Adolf Holtzmann

Germania

Adolf Holtzmann

Germania

ISBN/EAN: 9783742809391

Hergestellt in Europa, USA, Kanada, Australien, Japan

Cover: Foto ©Andreas Hilbeck / pixelio.de

Manufactured and distributed by brebook publishing software
(www.brebook.com)

Adolf Holtzmann

Germania

Vorwort.

Indem ich, durch das ehrende Vertrauen der Familie des Verfaßers des vorliegenden Werkes berufen, eine akademische Vorlesung meines unvergeßlichen Lehrers hiemit veröffentliche, erlaube ich mir über Anlage und Bearbeitung des Buches mich kurz zu erklären.

HOLTZMANN hielt diese Vorlesung an der Heidelberger Hochschule in zwei verschiedenen Faßungen, einmal als 'Erklärung von Tacitus Germania' in den Winterhalbjahren 1854/55 und 1856/57 und in den Sommern 1859 und 1860 in je zwei Stunden in der Woche, später als vierstündiges Collegium unter dem Titel 'Germanische Alterthümer mit Erklärung von Tacitus Germania' im Sommer 1862, in den Wintern 1863/64, 1864/65, 1866/67 und zuletzt im Sommer des Jahres 1868.

Von jeder der beiden Faßungen lag mir ein Heft aus HOLTZMANN's Feder bei der Bearbeitung vor; von der ersten besitze ich außerdem ein von mir im Sommerhalbjahr 1859 nachgeschriebenes Collegienheft.

Da sich die Vorlesung streng an den Wortlaut der Germania anschloß, so hielt ich es für passend, zwischen Einleitung und Commentar auch den Text einzuschieben, und zwar in der Gestalt, wie er sich nach den mir zugänglichen Handschriften und nach HOLTZMANN's Ansichten herstellen ließ.

Die kritische Behandlung dieses Textes ruht auf drei Handschriften, der vaticanischen Nr. 1862 — *A*, der Leydener — *B*, und der Stuttgarter — *S*. Für *A* beruhigte ich mich bei den Collationen von Maßmann und von Reifferscheid (in der Symbola philologorum Bonnensium Seite 621—628); eine genaue Nachvergleichung von *B* verdanke ich der opferwilligen Freundschaft W. N. Du Rieu's, und *S* durfte ich, Dank

der außerordentlichen Gefälligkeit des Herrn Director VON
STÄLIN, hier in meiner Wohnung benützen. Weitere Mittheilungen über die Handschriften *B* und *S* muß ich mir für
eine spätere Gelegenheit vorbehalten. Der Text will übrigens
keinen Anspruch auf durchgreifende Recension machen; die
ihm gegenüberstehende Uebersetzung ist dieselbe, welche
HOLTZMANN jeweils nach Lesung der Textesworte seinen Zu-
hörern vortrug.

Der Commentar, wie er in diesem Buche vorliegt, ist
aus der Verarbeitung der beiden Holtzmannischen Faßungen
erwachsen; an der originellen Darstellungsweise des Meisters
zu ändern, konnte der Herausgeber aus Rücksichten der Pietät
nicht über sich gewinnen. Nur Citate und Litteraturnach-
weise sind nach neueren Angaben nachgetragen, und die auf
losen Blättern vorliegenden Notizen von HOLTZMANN's Hand
wurden von mir theils in den Text eingeflochten theils als
Anmerkungen verwendet.

Bei der Verfertigung des Wörterverzeichnisses zur Germania, das besonders den classischen Philologen willkommen
sein wird, haben mir mit liebenswürdiger Bereitwilligkeit die
Herren Oberbibliothecar Dr. WILHELM BRAMBACH, Dr. FRANZ
TEUFEL und RICHARD ESCHKE beigestanden, wofür ihnen
mein verbindlichster Dank gebührt.

Möge das Buch, zunächst für Philologen, germanistische
wie classische, bestimmt, zur immer weiteren Erkenntniss
unserer ruhmvollen Vorzeit beitragen und mit seinem reichen
Inhalte zu weiterem Forschen anregen!

Carlsruhe, am Tage Karls des Großen 1873.

Dr. Alfred Holder.

Germanische Alterthümer verstehe ich in demselben
Sinne, wie uns griechische und römische Alterthümer geläufig
sind: der Ausdruck ist vielleicht nicht der passendste, aber wir
verstehen darunter die Schilderung des ganzen Lebens der
Griechen und der Römer, des öffentlichen und des häuslichen,
im Krieg und Frieden; also die Verfaßung, das Recht, Cultus,
Kriegführung, Künste, Handel und Industrie, Ackerbau, die
Sitten im häuslichen Leben, in Tracht u. s. w. und zwar
dargestellt sowohl nach der Litteratur, als nach den ge-
bliebenen Denkmälern, den Bauwerken, Gräbern, Kunst-
werken und Erzeugnissen der Industrie. — Unter germanischen Alterthümern möchte ich ebenso eine Darstellung
des ganzen Lebens der alten Germanen verstehen, und
zwar mit Beschränkung auf die heidnische Zeit, also mit
möglichster Ausschließung alles dessen, was aus Rom und
dem Christenthum abzuleiten ist: weder Geschichte noch
Grammatik, noch Litteratur; auch auf die Mythologie denke
ich nicht ins Specielle einzugehen; alles Uebrige wird
Gegenstand der germanischen Alterthümer. Da wir aber
weder eine einheimische heidnische Litteratur haben, die
der griechischen und römischen entfernt verglichen werden
könnte, noch eine große Menge das Leben deutlich dar-
stellender Denkmäler und Ueberreste, sondern vorzugsweise
auf die Schilderung der Römer und Griechen angewiesen sind,
so scheint mir eine systematische Ausführung der germanischen
Alterthümer vorerst noch nicht gerathen, und ich ziehe vor,
die wichtigste der Schriften, aus denen wir unsere Kenntniß
des Lebens der Germanen schöpfen, das ist die Germania
des Tacitus, zu Grunde zu legen, und in einem ausführlichen

Commentar derselben alles niederzulegen, was wir bis jetzt über das Leben unserer heidnischen Vorfahren ermitteln können.

Einige allgemeine Betrachtungen zur Darlegung meines Standpuncts. Die Cultur der altgermanischen Heiden sollen wir schildern: da begegnen wir sogleich einem Vorurtheil, das bis auf einen gewissen Grad noch allgemein ist, daß die Germanen ohne alle Cultur, völlige Barbaren, ein wildes Volk waren und ihre ganze Bildung durch die Herrschaft der Römer und besonders durch das Christenthum erhielten. So besonders Johann Christoph Adelung, Aelteste Geschichte der Deutschen. Leipzig 1806. In der abschreckendsten Weise wird hier die Rohheit der alten Germanen geschildert; alles, was in der Geschichte von Grausamkeiten, von Lastern, von Rohheit in vereinzelten Zügen vorkommt, wird zu einem schauderhaften Gesammtbild vereinigt; und es ist höchst komisch zu sehen, wie Adelung sich sträubt, irgend etwas Gutes bei den Germanen anzuerkennen; z. B. wie Caesar erzählt, daß bei den Sueben die Zufuhr des Weines verboten sei (b. G. IIII, 2), so fügt er hinzu, der Grund, den Caesar angebe, daß sie Verweichlichung fürchteten, sei nicht der richtige, sondern der Wein sei diesen rohen Menschen zu fad, zu schwach gewesen, sie hätten stärkere Getränke vorgezogen. — Adelung war es, der zuerst die eine Zeit lang so beliebte Vergleichung der Germanen mit den Urbewohnern Nordamericas aufstellte: und offenbar meinte er den Germanen schon eine Ehre zu erweisen, wenn er sie den Rothhäuten gleich setzte. Adelung gilt zwar jetzt nicht mehr, aber dennoch sind seine Lehren noch jetzt nicht ohne Nachwirkung. Es ist doch immer noch die vorherrschende Meinung, daß die Germanen Wilde gewesen seien, die erst durch römisches Recht und besonders durch die Missionare zur Cultur erzogen worden seien. — Unsere Juristen sind immer voll Bedenken, ob sie für die ältesten Zeiten überhaupt von Recht und Gesetzen reden dürfen bei einem Volk, das nur als umherschweifende Horde von Wilden erscheine.

Dagegen nun erkläre ich mich. Wenn die alten Germanen ein Volk waren wie die Nadowessier, Chippewayser oder gar wie Buschmänner, Neger und Kamtschadalen, so

müsten wir auch jetzt noch nichts anderes sein: es ist noch
nicht vorgekommen, daß ein wildes Volk durch Berührung
mit einem Culturvolk auf eine höhere Stufe erhoben und
eigentlich verwandelt wurde; vielmehr ist es allgemeines
Schicksal der wilden Völker, daß sie vor der vordringenden
Cultur sich zurückziehen, verschwinden und aussterben.
Die Frage nach der Einheit des Menschengeschlechts können
wir hier nicht aufnehmen: ob alle von einem Stammvater
abstammen, oder ob verschiedene successive Schöpfungsacte
stattgefunden haben. Die neuere Naturgeschichte hat sich,
so viel ich weiß, für letztere Ansicht entschieden, wonach die verschiedenen Racen der Menschen verschiedenen
Schöpfungsaltern angehören; die letzte vollkommenste Race
ist die weiße: jedenfalls ist der Unterschied der Racen
nicht bloß äußerlich in der Farbe; und die Erziehung und
die Religion genügen nicht, um ein wildes Volk in ein
Culturvolk zu verwandeln. — Da die Germanen ohne
Zweifel ein Culturvolk sind, so müßen sie auch schon vor
der Berührung mit den Römern und vor dem Christenthum alle Eigenschaften eines Culturvolkes gehabt haben
und wesentlich verschieden gewesen sein von wilden Völkern. Alles was für ein Culturvolk unumgänglich nothwendig ist, muß sich bei ihnen gefunden haben; also eine
Art von Litteratur, ein Rechtszustand, Gesetze, eine Summe
von Kenntnissen, eine Moral, eine Religion, ein Cultus.
Das erste Culturvolk, die Römer ahnten, daß die Herrschaft
der Welt an dieses Volk übergehe.

Was wir a priori verlangen, wird auch bewiesen durch
die Sprache. Wir haben für die älteste Zeit der Geschichte
der Völker kein Zeugniss als ihre Sprache. — Durch Vergleichung der Sprachen ergibt sich die Verwandtschaft der
Völker, und aus den Wörtern, die die verwandten Sprachen
gemeinsam haben, läßt sich ein Bild des Culturzustandes
gewinnen, auf welchem sich das Volk vor der Scheidung in
Völker vor den Wanderungen befand. Diese höchst interessanten Studien, die natürlich sehr schwierige Vorarbeiten
verlangen, haben kaum begonnen und sind noch sehr un-
vollkommen: z. B. in Jacob Grimms Geschichte der deutschen
Sprache, wo aus der Verwandtschaft der Namen der Metalle,
der Thiere, der Ausdrücke für Ackerbau und Viehzucht Rück-

schlüße gemacht werden. (Professor Adalbert Kuhn. — Les Origines indo-européennes par A. Pictet. Paris 1859—1863.)

Ohne auf diese Forschungen hier einzugehen, will ich nur bemerken, daß sich durch diese Vergleichungen ergeben wird, daß nicht nur sinnliche Dinge, wie Hausthiere, sondern auch schon Ausdrücke für sittliche und religiöse Begriffe den verwandten Völkern gemeinsam sind, und also schon für die Urzeit, für die gemeinsame Heimath, einen gewissen Grad von entwickelter Cultur nachweisen. Durch diese Sprachvergleichung nun ist sicher bewiesen, daß die Germanen zunächst verwandt sind mit den sanskritischen Völkern, den Hindu und Persern; in Europa mit den Slawen, den Griechen und Römern. Das Hauptwerk ist: Franz Bopp, vergleichende Grammatik (3. Ausgabe) 1868—1871. 3 Bände. Es ist also sicher erwiesen, daß die Germanen derjenigen Völkerfamilie angehörten, die man als sanskritisch oder früher indogermanisch bezeichnete, und die geistig und physisch den Vorrang vor allen andern behauptete, der alle eigentlichen Culturvölker angehören (mit Ausnahme der semitischen).

Also die heidnischen Germanen waren nicht Wilde, sondern ein Culturvolk; aber man muß sich hüten vor dem Gegensatz: die heidnischen Germanen als die Muster aller Tugenden und Vollkommenheiten ohne alle Fehler hinzustellen, nur Licht ohne Schatten. Laster und Rohheit kommen im Einzelnen vor, und auch im Großen haben die Religion, die Staatsverfaßung, die Sitten ihre Schattenseite. — Sie waren ein Culturvolk, aber sie musten allerdings einer höheren Stufe der Cultur erst durch das Christenthum und den modernen Staat zugeführt werden.

Hier muß ich eine Ansicht berühren, die noch weit verbreitet ist: die Deutschen seien ein Mischvolk; schon vor der Ankunft der Deutschen haben keltische Völker den Boden inne gehabt, diese wurden von den Deutschen zwar unterworfen; da sie aber höhere Bildung hatten, so überwanden sie geistig ihre Besieger, und die Germanen erhielten von den Kelten, mit denen sie gemischt lebten, die Elemente der Cultur, und sogar großentheils auch die Sprache. Diese Lehre wird mehr oder weniger deutlich und consequent in einer großen Menge von Büchern vorgetragen, von denen ich die wichtigsten hervorheben will. Heinrich

Schreiber in verschiedenen Schriften, z. B. über das
Kriegswesen der Kelten 1841; über die Metallurgie der
Kelten 1846, u. a. alles in seinem Taschenbuch für Geschichte
und Alterthum in Süddeutschland. (Die Grundansicht ist
eine ganz falsche, aber es findet sich sonst viel brauchbare
Gelehrsamkeit darin.)

Heinrich Leo, Ferienschriften. Vermischte abhandlungen
zur geschichte der deutschen und keltischen sprache. 2 Hefte.
Halle 1847 und 1852; in Aufsätzen in Haupt's Zeitschrift,
auch noch in seinen Vorlesungen über die Geschichte des
deutschen Volkes und Reiches. Halle 1854. Er geht in seinem
Eifer für das Keltische so weit, daß er sogar unser Hilfszeitwort
ich bin für keltisch erklärt.

Franz Joseph Mone (ein sehr gelehrter und verdienter
Mann): Urgeschichte des badischen Landes. Karlsruhe 1845.
2 Bände. Die gallische Sprache und ihre Brauchbarkeit
für die Geschichte. Karlsruhe 1851. Celtische Forschungen
zur Geschichte Mitteleuropas. Freiburg im Breisgau 1857.
In letzterer Schrift geht Mone, aber erst auf den letzten
Blättern, so weit, daß er auch die Germanen Caesars und des
Tacitus nicht als Deutsche gelten läßt, sondern behauptet,
diese seien noch Kelten gewesen, und erst mit der Völkerwanderung, mit den Alamannen, Sachsen, Franken, Gothen
treten die rohen Deutschen in die Geschichte ein, die
sich mit den germanisch-keltischen Urbewohnern mischten
und von ihnen Cultur und großentheils die Sprache an-
nahmen.

Diese Ansicht, daß ein hochgebildetes, kunstsinniges
Volk, die Kelten, zuerst unser Land bewohnte und von den
rohen Germanen unterdrückt worden sei, geistig aber seine
Unterdrücker überwunden habe, fand besonders lange Zeit
Eingang bei Dilettanten und besonders bei Sammlern von
Uralterthümern, von ausgegrabenen Schwertern, Pfeilspitzen,
Scherben u. s. w. Bei jedem Stück Metall, das gefunden wurde,
gerieth man in Entzückung, blickte mit dem Schauder heiliger
Ehrfurcht auf das Denkmal der untergegangenen Cultur
der Kelten; sonderbarerweise schrieb man demselben Kelten-
volk auch alle diejenigen Alterthümer zu, die gar keinen
Gebrauch der Metalle verrathen. So stieß man überall auf
sein ehrwürdiges Keltenvolk: fand man Metalle und Denk-

mäler mit vorgeschrittener Technik — ehrwürdiges Kelten
volk! — fand man die rohesten Werkzeuge eines Volkes,
das noch kein Metall kannte, Werkzeuge in Stein und Hirschhorn — wiederum ehrwürdiges Keltenvolk!

Die Frage nach der Herkunft der zahlreichen Waffen
und Schmuckgegenstände in Bronze und Gold, die eine
hohe Cultur, feinen Geschmack zeigen und die sich häufig
in nordischen Ländern, Deutschland, Gallien, Britannien
finden, ist noch eine offene. Vorerst ist meine Ansicht, daß
diese Gegenstände nicht der Beweis sind, dass vor den Germanen ein höher gebildetes Volk in diesem Lande wohnte,
sondern sie sind auf dem Wege des Handels dahin gekommen; sie sind ganz dieselben, die sich in Italien und
Griechenland finden, und bei genauerer wißenschaftlicher
Vergleichung dieser Gegenstände würde sich noch oft die
Fabrik, die Werkstätte bestimmen laßen, aus der diese
Gegenstände hervorgiengen, und auch die Handelswege würden sich bezeugen laßen, auf welchen sie in den Norden
kamen.

Ein anderer Beweis für die frühere keltische Einwohner-
schaft wurde in den Ortsnamen gefunden. Diese, sagt man,
laßen sich ganz leicht aus der keltischen Sprache verstehen.
So viel ich weiß, hat diese kindische Spielerei angefangen
bei Bullet, ehemaligem Professor der Theologie in Besançon,
der 1754 bis 1760 in drei Folio-Bänden Mémoires sur la
langue celtique nebst einem Dictionnaire celtique herausgab:
ich habe das Buch nicht selbst gesehen; es scheint ganz
werthlos. Nach Deutschland kam die Sucht durch Friedrich
Nicolai, den bekannten Berliner Buchhändler, der mit Lessing
die „Briefe, die neueste Literatur betreffend" herausgab
und auf die allgemeine deutsche Bildung einen ungeheuern
Einfluß ausübte. Er machte im Jahr 1781 eine Reise
durch Deutschland und gab eine Beschreibung derselben in
zwölf Bänden heraus, die viel gelesen wurde.

Auf diese Reise beziehen sich viele Xenien von Goethe
und Schiller, z. B.:

Nicolai reist noch immer, noch lang wird er reisen.
Aber ins Land der Vernunft findet er nimmer den Weg.

Seine Meinung sagt er von seinem Jahrhundert: er sagt sie,
Nochmals sagt er sie laut, hat sie gesagt und geht ab.

Nicolai entdeckt die Quellen der Donau! Welch Wunder!
Sieht er gewöhnlich doch sich nach der Quelle nicht um.

A propos Tübingen! Dort sind Mädchen, die tragen die Zöpfe
Lang geflochten, auch dort gibt man die Horen heraus.

Im eilften Band (1796) nun bemerkt er, daß man mit dem
Wörterbuch und der Methode des Bullet eine große Menge
Ortsnamen in Deutschland sehr schön erklären könne; z. B.
Hohenzollern sei deutlich Ho-gin-zorn d. h. Bergspitze mit
weißem Eise bedeckt. Tuttlingen sei Land am Eingang des
Flußes. Furtwangen sei Ffyrdd-Gwaneg Eingänge des Flußes.
Unadingen sei uns Ort, din tief, guen Baum: also tief-
liegender waldiger Ort. Hüfingen sei huf Waßer, in in, gen
Winkel: der Ort liegt im Winkel zweier Flüsse. Hirschberg
sei hiris-ber der schreckliche Berg. Ferner Bructerus sei broc
Berg und ter wild u. s. w.

Diese Spielerei fand nun großen Beifall, und auch ge-
lehrte Leute unterhielten sich damit und blieben ganz ernst-
haft dabei. Am weitesten geht darin Mone; und ihm ist die
Sache sehr Ernst, und er hat dazu umfaßende Studien gemacht; aber trotz aller Gelehrsamkeit, trotz allem darauf
verwandten Fleiß ist die Sache doch nur ein kindisches
Spiel: Bruch-sal großes Haus. Gerns-bach von gerns ein Bach.
Um sich zu überzeugen, daß man es hier nur mit einer
Spielerei zu thun hat, darf man sich in Mones Celtischen
Forschungen nur die sogenannten keltischen Wörter ansehen,
mit deren Hülfe Mone die Ortsnamen erklärt: da gibt es z. B.
einige hundert Wörter, welche alle Bach bedeuten: ebenso
für Berg, Haus u. a.

. K. A. F. Mahn, Etymologische Untersuchungen über
geographische Namen. Berlin 1856—1864.

Uebrigens ist die Deutung der Ortsnamen natürlich oft
sehr schwierig: die Namen reichen oft in ein sehr hohes
Alter hinauf, und es ist gewiss möglich, daß die ältesten
derselben wirklich noch von einer früheren Bevölkerung
herrühren und also einer fremden Sprache angehören (denn
wir können es nicht gerade als eine Unmöglichkeit behaupten, daß vor den Germanen schon ein anderes Volk
unser Land bewohnte; wovon später.). Wenn es also Ortsnamen gibt, die uns unbekannt bleiben, so ist das sehr
natürlich: Mone aber sieht darin den Beweis, dass er Recht

habe. Ueber Ortsnamen gibt es ein großes Werk von
Förstemann: Altdeutsches namenbuch. Zweiter Band:
Ortsnamen. 2. bearbeitung. Nordhausen 1871.

A. Gatschet, Ortsetymologische Forschungen als Beiträge
zu einer Toponomastik der Schweiz. Erster Band. Bern 1867.

Ludwig Steub, in mehreren Schriften.

Hier über die Kelten. Ich ergreife die Gelegenheit, Ihnen
gleich im Eingang zu sagen, daß ich in diesen Vorlesungen
die Grundansicht hege, die heutzutage von fast allen Histo-
rikern und Philologen für eine unrichtige, verkehrte gehalten
wird. Ich stehe auf dem Standpunct meines Buches 'Kelten
und Germanen. Eine historische Untersuchung. Stuttgart.
Verlag von Adolf Krabbe. 1855.', das ich noch nicht für
widerlegt halte.

Die herrschende Ansicht ist, daß das vielgenannte Volk
der Kelten von den Germanen gänzlich verschieden ist und
seine lebenden Repräsentanten in den brittischen Völkern hat,
nemlich den Iren, Schotten (Gaelen), den Kymren in Wales
und der Bretagne. Meine Ansicht ist, daß diese brittischen
Völker keine Kelten, dagegen die Germanen die lebenden
Repräsentanten der Kelten sind.

Daß die Germanen Kelten sind, war lange die vorherrschende Ansicht, z. B. noch bei Leibniz. Allmählich
hat sich die jetzt herrschende Ansicht festgesetzt: besonders
in Dom Martin Bonquet, Recueil des historiens des Gaules
et de la France. A Paris 1738 ff.; in ein System gebracht
von I. D. Schoepflin, Vindiciae Celticae. Argentorati 1754.
In Frankreich ist das System noch weiter ausgebildet durch
Amédée Thierry, Histoire des Gaulois 1828, 7. éd. 2 vols.
Paris 1866. Nach ihm sind die Gaulois streng zu scheiden
von den Germanen, dagegen dasselbe Volk wie die Britten:
sie zerfallen aber, nach Caesars Scheidung in Celtae oder
Galli und Belgae, in zwei von einander sehr verschiedene
Völker: die Galli, zu denen die Gaelen (Iren und Schotten)
und die Belgae, zu denen die Kymren (und Cimbri und
Cimmerii) gehören. Dieß ist dann noch weiter benutzt worden
um alle Widersprüche zu heben: die eine Race ist kunst-
geübt, die andre roh und kriegerisch; die eine schwarz, die
andre blond.

Dagegen ist mein Buch gerichtet. Früher schon ähnlich
Chr. Karl Barth, Teutschlands Urgeschichte. Hof 1817 —
1820 und zweite, ganz umgearbeitete Auflage in 5 Bänden, Erlangen 1840—1846. (ein sehr gelehrtes Buch). J. G. Rad-
lof, Neue Untersuchungen des Keltenthumes zur Aufhellung
der Urgeschichte der Teutschen. Bonn 1822.

Nach meinem Buch sind eine Menge Schriften erschienen.
Mir im Wesentlichen stimmen bei:

Renard, de l'identité de Race des Gaulois et des Ger-
mains. Bruxelles 1850 (noch mehrere Briefe an die Académie
folgten).

Ein Hauptwerk ist: Ludwig Lindenschmit, Die vater-
ländischen Alterthümer der fürstlich Hohenzoller'schen Sammlung zu Sigmaringen, beschrieben und erläutert. Mit 43 grav.
Tafeln und 103 in den Text gedruckten Holzschnitten. Mainz
1860. 4.

Rott, Ueber die Nationalität der Kelten. Passau 1866.

Aber gegen mich sind eine Menge von Recensionen, besondere Schriften.

H. B. Chr. Brandes, Das ethnographische Verhältniss
der Kelten und Germanen nach den Ansichten der Alten und
den sprachlichen Überresten dargelegt. Leipzig 1857. (Eine
kurze Abweisung in den Heidelberger Jahrbüchern der Litteratur 1857. Nr. 19. Seite 293—299.)

Christian Wilhelm Glück, die bei Caius Julius Caesar
vorkommenden keltischen Namen in ihrer Echtheit fest-
gestellt und erläutert. München 1857. (vgl. Germania IX,
S. 4 f.*).

Roget baron de Belloguet, Ethnogénie gauloise. I Glos-
saire gaulois. Paris 1858. II) Types gaulois et celto-bretons.
1861. III Preuves intellectuelles. 1868.

Joh. Scherrer, Die Gallier und ihre Verfassung. Heidelberg 1865.

Ich gebe hier kurz meine Argumente: nicht ausführlich,
da eben diese Vorlesungen uns nach und nach auf alles
führen werden.

Die herrschende Ansicht stützt sich auf Folgendes:
1) Daß die brittischen Völker Kelten sind, meinte man aus

den Namen der Völker zu erkennen: a) sie nennen sich Gael = Galli (allein der Name ist Gaedel Gaoidheal). Kymren = Cimbri: allein daß die Cimbri Germanen waren, kann nicht im mindesten bezweifelt werden. Der Name Kymren für die Bewohner von Wales ist den Alten unbekannt und kommt erst im zwölften Jahrhundert oder noch später auf: er hat mit den Cimbri oder den Cimmerii nichts zu thun.

b) Die Bewohner der Bretagne seien die Nachkommen der alten Gallier: da diese nun dieselbe Sprache wie in Wales haben, so sei damit entschieden, daß die alten Bewohner Galliens und Englands dasselbe Volk waren. Allein es ist vollkommen sicher, daß die Bretonen nicht die Nachkommen der alten Gallier sind, sondern aus England eingewandert: erst unter Constantin dem Grossen 306, dann unter Maximus 383 und wieder unter dem britannischen Imperator Constantinus 407, dann in großer Zahl im fünften Jahrhundert, vor den Sachsen fliehend.

c) Die Namen der Städte in Britannien und Gallien seien zum Theil dieselben; (vgl. besonders Brandes Seite 58 bis 62). Aber als die Römer nach Britannien kamen, gab es daselbst noch keine Städte; erst unter der römischen Herrschaft wurden sie gebaut und erhielten dann natürlich die Namen der gallischen Städte, aus welchen die ersten Ansiedler kamen; was z. B. ausdrücklich bezeugt wird von Camulodunum unter Claudius. (Tacitus ann. XII 32.) Geradè wie wenn man aus den nordamericanischen Städten Frankfurt, Straßburg u. s. schließen wollte, daß die Bewohner von Frankfurt und Straßburg Rothhäute waren!

d) Die Sprache. Von der Sprache der Kelten in Gallien ist uns sehr wenig erhalten, nur einzelne Wörter bei Griechen und Römern, einige wenige Inschriften, Namen, die meistens in den Handschriften sehr verderbt sind (nicht einmal bei Caesar können die Namen sicher gelesen werden).

Man hat in neuerer Zeit diese Reste öfters gesammelt: bei Belloguet; besonders Lorenz Diefenbach, Origines Europaeae. Die alten Völker Europas mit ihren Sippen und Nachbarn. Frankfurt am Main 1861. (Früher in den Celtica.) Die Inschriften von J. Becker in Frankfurt in den Beiträgen zur vergleichenden Sprachforschung auf dem Gebiete der

arischen, celtischen und slawischen Sprachen herausgegeben
von A. Kuhn und A. Schleicher. Band III. (Berlin 1863.)
Seite 162 bis 215. 326 bis 359. 405 bis 443. IV. (1865.) Seite
129 bis 170. (dort stehen wohl auch einige mit Unrecht: hoffent-
lich kommen noch mehr zum Vorschein). — Es fragt sich
nun, ob wir nach diesen dürftigen und unsicheren Resten die
gallische Sprache als eine irisch-brittische erkennen oder als
eine deutsche. Allgemein wird behauptet: als eine brittische.

Die brittischen Sprachen sind, eigentlich zwei, bedeutend
von einander verschieden, die irische und schottische, zusammen gaelisch, und die kymrische in Wales und in Bre-
tagne. Das beste Werk darüber ist I. C. Zeuss, Grammatica
Celtica. In zwei Bänden. Lipsiae 1853. (nach den ältesten
Denkmälern). (Editio altera cur. H. Ebel. Berolini 1871.
In 1 Band.) Die Wörterbücher sind sehr vorsichtig zu ge-
brauchen: für Irisch von Edward O'Reilly, An irish-english
Dictionary. To which is annexed a compendious irish grammar.
Dublin 1821. Für Wälsch von W. Owen, A Dictionary of the
welsch language. London 1803. (The second edition by W.
Owen Pughe. Denbigh 1832), und das Dictionarium Scoto-
Celticum, in 2 vols. Edinburgh 1828.

Die Britten (so nenne ich zusammen die Gaelen und
Kymren) sind von jeher geneigt, ihre Sprache für die Ur-
sprache zu halten, aus der alle anderen erklärt werden
können; so haben sie auch die punischen Sprachreste frisch-
weg aus dem Irischen erklärt. In neuester Zeit hält man
die Sprache für eine sogenannte indogermanisch-sanskritische,
besonders seit Pictet (einem gelehrten Genfer) und Bopp;
dennoch halte ich das für sehr zweifelhaft: ich bin sehr geneigt, die Urbestandtheile dieser Sprache für nicht arisch
(für finnisch?) zu halten; aber sobald das Volk mit andern
Völkern in Berührung kam, nahm es fremde Wörter in
großer Menge auf; zuerst wahrscheinlich von den Belgae;
dann lateinische in großer Menge: dann angelsächsische,
englische und französische, so daß jetzt von den alten
Wörtern wenige mehr zu erkennen sind. — Das ist gut, daß
jetzt mehrere Gelehrte sehr fleißig mit der Sprache sich
beschäftigen, in Kuhns und Schleichers Beiträgen (die zwar
alle an dem arischen Charakter und an der Identität mit
der gallischen Sprache nicht zweifeln: daher wird diese Sprache

allgemein die keltische genannt: ich möchte sie die brittische nennen).

Mit den Inschriften gelingt es bis jetzt nicht.

Einzelne Wörter: es ist bei der Beschaffenheit der brittischen Wörterbücher gar nicht schwer, jedes beliebige Wort in jeder beliebigen Bedeutung als brittisch nachzuweisen. Einige Beispiele:

brachio, siehe Kelten und Germanen S. 57 f.

didoron, ebd. S. 90 f.

pempedulon, kymrisch pemp fünf, dalen folium. (ula ist vielmehr deminutiv; siehe Kelten u. G. Seite 110.)

Dagegen: Die Alten haben die Britten immer für Autochthonen gehalten, für ein von den Galliern verschiedenes Volk (vgl. meine Schrift S. 57 ff.). Auch Tacitus, auf den man sich immer beruft, sagt ausdrücklich Agr. 11, daß wenigstens ein Theil der Bewohner wesentlich verschieden sei und eher mit den Spaniern und Hiberen verwandt. Nur an der Südküste haben sich belgische Ansiedler niedergelaßen. (Ihre physische Beschaffenheit; ganz andre Sitten, z. B. keine Ehe; Männer- und Weibergemeinschaft).

2) Daß aber die Germanen von den Kelten grundverschieden seien, soll bewiesen werden durch die Stellen:

Caesar b. G. I. 47, 4. (wir haben noch keine genügende Ausgabe!).

Sueton im Caligula c. 47.

Tacit. Germ. 43: 'Gothinos Gallica lingua coarguit non esse Germanos.'

Ferner die Sitten: Caesar b. G. VI 21, 1: 'Germani multum ab hac consuetudine ⟨Gallorum⟩ differunt.'

Caesar ist überhaupt in Unterscheidung der Nationalitäten nicht genau: gleich in I 1, 2 sagt er, daß die Aquitani Galli Belgae lingua, institutis, legibus inter se differunt: wonach man glauben sollte, daß die Belgae von den Galli ebenso wesentlich verschieden seien, wie diese von den Aquitani.

Wir werden in diesen Vorlesungen sehen, daß die germanischen Sitten die keltischen sind, wie dieß ausdrücklich auch Strabo bezeugt; denn wo er die Sitten der Gallier beschreiben will, da sagt er, daß er sie nicht schildere, wie sie zu seiner Zeit unter dem Einfluß der Römer geworden,

sondern wie sie vor alten Zeiten gewesen und wie jetzt die
Germanen seien, denn diese seien die ächten Galater. Ja
sogar Caesar selbst sagt VI 24, die Germanen seien nichts
anderes als eingewanderte Galli, sie seien die ächten geblieben,
während die Galli provinciarum verweichlicht seien.

Die physische Beschaffenheit.

Die Ansicht der Alten. Strabo, und die andern alle ebenso.
Nur Tacitus scheint der Ansicht zu sein, daß mit den Cimbri
ein ganz neuer Volksstamm in der Geschichte aufgetreten sei.

Die Cimbri sind ohne Zweifel Galli, aber ohne Zweifel
auch Germani.

Die Belgae, ohne Zweifel von Germanen abstammend, sind
zugleich wie die Nervii nach Strabo selbst Germanen; aber
ohne Zweifel auch Galli und mit den eigentlichen Celtae nahe
verwandt.

Die Sprache. Bei Festus: 'Cimbri lingua Gallica latrones';
Plutarch im Marius 11 übersetzt diese Stelle ins Griechische:
Κίμβρους ἐπονομάζουσι Γερμανοὶ τοὺς λῃστάς. Die Germanen
nennen die Räuber Cimbri.

Plutarch sagt vom Sertorius (Sertor. 3), er sei dem Marius
von großem Nutzen gewesen: da er die gallische Sprache verstanden, habe er sich in das Lager der Kimbren geschlichen.

Von den Treveri berichtet Hieronymus ad Galat. II. prol.
c. 3: 'unum est, quod inferimus et promissum in exordio
reddimus, Galatas, excepto sermone Graeco, quo omnis Oriens
loquitur, propriam linguam eandem paene habere, quam Tre-
veros, nec referre, si aliqua exinde corruperint.'

Livius XL 57: 'facile Bastarnis Scordiscos iter daturos:
nec enim aut lingua aut moribus aequales abhorrere.'

Die einzelnen Wörter: ambactus, gothisch andbahts (ὑπηρέτης, διάκονος), hd. ambaht (minister, satelles), alts. ambahtĕo
(minister), altn. ambátt (ancilla), Wurzel bah (facere).

braca, ahd. bruoch, ags. bróc, nord. brók, u. s. w.

Die Pflanzennamen des Dioskorides, z. B. IIII p. 172
δουκωνί, aber bei Marcellus Burdigalensis c. 7: 'gallice odocos';
ahd. atah, nhd. attich; andere bei Marcellus, cap. 16 p. 121
calliomarcus = Kalenwurz in einem deutschen Vocabular des
15. Jahrhunderts.

Die Inschriften kann ich nicht genügend erklären.

Die Namen auf rix, marus und gnatus (das letztere = nôt);
siehe Kelten und Germanen Seite 120 bis 125.

Die späteren Namen in Gallien; ferner, daß in dem Französischen gar nichts aus dem Brittischen erklärt werden kann.

Wir werden es also für berechtigt halten, zur Erklärung
des germanischen Lebens die Nachrichten über die Kelten bei-
zuziehen. Wenn Strabo die Gallier nicht nach den Galliern
seiner Zeit schildert, sondern nach den Germanen, so ist es
gewiß umgekehrt erlaubt, zur Erklärung des germanischen
Lebens die älteren Nachrichten über die Kelten zu vergleichen.
Gewiß ist, daß die Griechen auch die Germanen Kelten
und Galater nannten: was sie daher von den Kelten berichten,
kann sehr wohl von den Germanen gemeint sein. — Auch
wird in neueren Schriften sehr häufig zur Erläuterung germanischer Zustände auf gallische verwiesen: nach der herr-
schenden Ansicht dürfte es eigentlich nicht sein; aber es
geschieht doch, weil die Verwandtschaft zu nahe liegt. Wir
thun es aber mit gutem Gewißen.

Ich will hier nun gleich meine Grundansicht über das
Wesen der keltisch-germanischen Cultur aussprechen. Häufig
läßt man sich von der Neigung bestimmen, die alten Zustände aus den neuen zu erklären: das altgermanische Leben
sei eigentlich in seinem Elemente ganz dasselbe gewesen, wie
das heutige. Dieß ist unrichtig: es ist im Lauf der Zeit eine
völlige Umwandlung eingetreten. — Man hat sich ein Schema
gemacht, Jäger und Fischer, Nomaden und Hirten, Ackerbau, Handel und Industrie. — Nach einer Ansicht wären sie
wesentlich ebenso ein Ackerbau und Handel treibendes Volk
gewesen wie jetzt; das ist falsch. Andre: Nomaden; das ist
wieder falsch. Das Schema ist eben nicht vollständig: sie waren
durchaus Krieger, für den Krieg organisiert, vom Krieg lebend
(Ackerbau und Viehzucht nur als Nebensache treibend), etwa als
ausgewanderte Kriegercaste: daher lehrt ihre Religion vor allem
Todesverachtung. Nach unsern modernen Anschauungen ist es
nicht möglich, daß ein ganzes Volk nur den Beruf eines
Kriegers kennt und vom Krieg lebt: aber Kriegstüchtigkeit
ist die erste Bedingung des Lebens des Mannes, Abhärtung.
Daher kein Grundbesitz, keine festen Wohnsitze, keine Städte,
nicht weil sie als Nomaden umherziehen, sondern weil sie als
Krieger beständig bereit sein müßen, in den Krieg zu ziehen;

ihre Gau- und Dorfeintheilung ist zugleich die Ordnung des Kriegsheeres (centena): mit Blut ihren Lebensunterhalt zu erwerben; und es ist schimpflich, mit Arbeit und Schweiß zu verdienen, was mit Blut erworben werden kann: daher sind die Raubzüge erlaubt, und wenn sie selbst keinen Krieg haben, bieten sie sich allen Völkern an, für Sold ihre Kriege zu führen. So bieten selbst die Kimbren den Römern an, ihre Kriege zu führen, wenn sie Land angewiesen erhalten. Kurz, das Leben der Germanen erhält nach allen Seiten volles Verständniss, wenn wir sie als eine Kriegercaste auffaßen. Es versteht sich zugleich von selbst, daß diese Cultur nur für eine frühere Zeit angemeßen war: nur so lange es noch unbewohntes Land in Menge gab, nur so lange jedes Volk, mit dem man nicht besondern Frieden geschloßen hatte, als ein feindliches galt, mit dem man in Krieg lebte. Noch lange wirkte der alte germanische Geist nach (die Landsknechte als Söldner). Der freie Mann findet noch lange jede andere Beschäftigung, als den Krieg, unehrlich. Langsam hat sich das germanische Kriegervolk in ein Volk des Friedens und der friedlichen Arbeit verwandelt und ist damit in eine neue Cultur eingetreten, um nun auch auf dieser Stufe der Bildung sich den Vorrang vor allen Völkern zu erwerben, wie sie früher überzeugt waren, daß ihnen an kriegerischen Eigenschaften kein Volk verglichen werden könne.

Quellen.

Alle Nachrichten der Alten über Kelten und Germanen. Die für die Gallier bezeugten Quellen sind alle gesammelt in Dom Bouquet, rerum gallicarum scriptores I. Paris 1738: (bedarf jetzt natürlich der Berichtigung und Ergänzung). Die wichtigsten Schriftsteller sind Polybius, Caesar, Strabo, Diodorus Siculus, Livius und Ammianus Marcellinus (dessen Nachrichten aus Timagenes stammen, einem Griechen, der kurz vor unserer Zeitrechnung schrieb).

Für die Germanen selbst sind die wichtigsten Caesar und vor allen Tacitus.

Einheimische: leider ist von der nach Caesar umfangreichen Litteratur der Gallier (die aber nicht geschrieben wurde) nichts übrig geblieben. · In Germanien haben wir von

Deutschen sehr wenig was auf die heidnische Zeit zurückgeht:
doch in Umarbeitung unsere Heldenpoesie, das Nibelungenlied,
die Gudrun, das Heldenbuch, den angelsächsischen Beóvulf. —
Reiche Litteratur des Nordens, zum Theil noch Heidenthum, aber
das ist doch schon später und unter veränderten Verhältnissen:
wichtig vor allem ist die Edda; die alte Sitte ist großentheils
noch in den isländischen Saga, und besonders in Saxo Grammaticus überliefert. — Auch die leges barbarorum gehören hieher: sie sind alle schon in der Zeit des Uebergangs geschrieben, und es ist daher nicht mehr unsere Aufgabe, das
Recht nach diesen Quellen ausführlich darzulegen, aber sie
geben doch auch Aufschluß für die ältere Zeit in ihrer Uebereinstimmung; z. B. die Größe der Verwundung wird bemeßen
darnach, ob das herausgehauene Stück des Knochens so groß
sei, daß es, in einer gewissen Entfernung auf einen Schild
geworfen, noch gehört werde. Diese sonderbare Schätzung
der Wunde zum Zwecke der Strafbestimmung findet sich bei
den Langobarden, bei den Alamannen, Franken, Friesen und
in Skandinavien, muß also sehr alt sein.

Denkmäler.

Wir müßen uns natürlich auf die vorrömischen und noch
die während der Römerzeit und bis auf das Christenthum beschränken; sie sind nicht unbedeutend, aber schwer mit Sicherheit zu bestimmen: in der Erklärung herrscht noch große
Verschiedenh it. Es sind Bauwerke, Befestigungen und
Grabstätten; Steinarbeiten, zum Theil von großem Umfang,
von noch unsicherer Bestimmung: die sogenannten Cromlech,
Menhir, Steinringe u. s. w., wovon später. Waffen und Geräthe.
Es fehlt an einem zusammenfaßenden Werk. Einen Ver-
einigungspunct bildet das römisch-germanische Centralmuseum
in Mainz mit Nachbildung alles andern. Eine reiche Sammlung befindet sich in Kopenhagen.

Bearbeitungen.

Von älteren hebe ich hervor:
Jo. Ge. Keysler, Antiquitates selectae Septentrionales
et Celticae. Hannoverae 1720. 8.
Jo. Christoph. Cleffelius, Antiquitates Germanorum po-

lissimum Septentrionalium selectae quibus multa ad rem sacram
et domesticam spectantia illustrantur atque explicantur. Francofurti & Lipsiae 1733. 8°. (Zwei Schriften, die noch jetzt
nicht ohne Nutzen sind.)

Gustav Klemm, Handbuch der germanischen Alterthumskunde. Dresden 1836. (Mit der älteren Litteratur.)

Ein Hauptwerk ist das schon oben erwähnte Werk von
Lindenschmit, über die Alterthümer in Sigmaringen.

Noch bedeutender wird: Die Alterthümer unserer heidnischen Vorzeit. Nach den in öffentlichen und Privat-
sammlungen befindlichen Originalien zusammengestellt und
herausgegeben von dem römisch-germanischen Centralmuseum
in Mainz durch dessen Dir. L. Lindenschmit. Mainz 1864
—1871 (bis jetzt 3 Bände).

Für den Norden: Karl Weinhold, Altnordisches Leben.
Mit einer Schrifttafel. Berlin 1856.

Kaspar Zeuss, Die Deutschen und die Nachbarstämme.
München 1837.

Die verschiedenen Werke von Jacob Grimm, besonders
Deutsche Rechtsalterthümer. Göttingen 1828 (2. Ausgabe
1854). Geschichte der deutschen Sprache. Leipzig 1848.
2 Bände.

von Peucker, Das deutsche Kriegswesen der Urzeiten
in seinen Verbindungen und Wechselwirkungen mit dem gleich-
zeitigen Staats- und Volksleben. Berlin 1860—1861. 3 Theile.

Einzelnes später.

Cornelius Tacitus.

Der Vorname ist unsicher; nach Sidonius Apollinaris an
zwei Stellen (ep. IIII 14. 22) Gains; nach der Handschrift
der ersten sechs Bücher der Annalen Publius.

Sein Vater war vielleicht der Ritter Cornelius Tacitus,
welchen der ältere Plinius als kaiserlichen Procurator im belgischen Gallien getroffen hat, nat. hist. VII 76. Eine Inschrift bei Jülich von einem Corn(elius) Veru(s) Tacitus
(Corpus Inscr. Rhen. Brambach n. 623) wird bezweifelt.
Plinius erwähnt auch einen Sohn jenes Ritters, der aber nicht
unser Publius war, im dritten Jahr schon sechs Fuß groß
gewachsen, blödsinnig gestorben.

Als Geburtsort vermuthet man Interamna, heute Terni am Fluß Neri im Kirchenstaate, weil die Brüder Tacitus und Florianus, welche 275 und 276 nach Chr. regierten und den Geschichtschreiber unter ihre Ahnen zählten, daselbst Grund und Boden hatten.

Das Geburtsjahr: sicher vor 62: denn er war etwas älter als der jüngere Plinius, welcher in diesem Jahr geboren war. Nach Nipperdey 54. Da aber Plinius epist. VII 20, 3 sagt 'duos homines aetate propemodum aequales', so scheint mir die Annahme von Haase, der 58 annimmt, wahrscheinlicher.

Aus seiner Jugendzeit wißen wir nichts, als was er selbst im Dialogus 2 angibt, daß er mit großem Eifer die bedeutendsten Redner seiner Zeit, M. Aper und Julius Secundus, sowohl auf dem Forum, als in ihren Häusern besuchte. Daraus ist zu schließen, daß er sich früh für das Staatsleben ausbildete.

Er verlobte sich 77 mit der Tochter des Julius Agricola und heirathete sie im folgenden Jahr. Es scheint nicht, daß sie Kinder hatten; wenigstens erwähnt er sie nicht, obgleich er dazu Veraulaßung gehabt hätte im Agricola.

Im Jahr 88 war er Praetor und Mitglied der Commission der Fünfzehner, eines der höchsten Priestercollegien (vgl. Ann. XI 11). Er hatte in dieser doppelten Würde die Saecularspiele zu besorgen, welche Domitian halten ließ. Man sieht daraus, daß er sich der Gunst des Domitian zu erfreuen hatte, wie er auch selbst sagt, Histor. I 1: 'dignitatem nostram a Vespasiano inchoatam, a Tito auctam, a Domitiano longius provectam non abnuerim'. Da man nicht Praetor werden konnte, ohne vorher Quaestor und dann Aedilis oder Tribunus plebis gewesen zu sein, so hat man vermuthet, daß Tacitus das erste Amt noch unter Vespasian, das zweite unter Titus 80 bekleidete; allein nach Haase ist wahrscheinlicher, daß er unter Vespasian 78 ein geringes Anfangsamt hatte, etwa als Decemvir stlitibus iudicandis, und ebenso unter Titus sacerdotium aliquod oder munus extraordinarium, und daß er die drei höheren Aemter alle dem Domitian verdankte, 84 Quaestor, 86 Tribunus plebis oder Aedilis und 88 Praetor.

Als im Jahr 93 im August Agricola starb, war Tacitus (nach Agric. 45) schon im vierten Jahr von Rom abwesend, man weiß nicht wo und in welcher Eigenschaft. Es ist höchst wahrscheinlich, daß er nach der Praetur eine kaiserliche Provinz verwaltete.

Bald nachher ist er wieder in Rom 97 und wird gegen Ende dieses Jahrs Consul suffectus und damit Amtsgenoße des Kaisers Nerva. Weiter wißen wir nur, daß er im Jahr 100 mit dem jüngeren Plinius die Verurtheilung des Proconsuls Marius Priscus, welcher von den Africanern repetundarum angeklagt war, durchsetzte und deshalb vom Senat belobt wurde (Plinius epist. II 11), und endlich, daß er noch den Tod Traians 117 erlebte.

Er war ein Freund des jüngeren Plinius: mehrere Briefe desselben sind an ihn gerichtet. Sie beide waren die ersten litterarischen Notabilitäten der Zeit. In Testamenten wurden sie mit gleichen Legaten bedacht.

Aus diesen Briefen geht auch hervor, dass Tacitus von Schülern der Beredsamkeit umgeben war, die sich ebenso ihn zum Muster nahmen, wie er sich an jenen oben genannten berühmten Rednern gebildet hatte. Bei Berufungen von Lehrern wandte man sich an ihn.

Seine erste erhaltene Schrift ist der Dialogus de oratoribus, dessen Aechtheit von manchen bezweifelt wird, wie mir scheint ohne hinreichenden Grund, obgleich der Stil ein etwas anderer ist als in den Geschichtswerken, und obgleich keine andere äußere Beglaubigung vorhanden ist, als die Ueberschrift der Handschriften. Nach einigen noch unter Titus, wahrscheinlich in den ersten Jahren des Domitian geschrieben.

98 schrieb er den Agricola, in demselben Jahr die Germania.

Die Historien scheint er gleich nach Domitians Tode begonnen zu haben; sie giengen in vierzehn Büchern vom Jahr 69 nach Chr. bis zum Tode des Domitian. Wir besitzen nur die ersten vier Bücher und den Anfang des fünften, welche die Jahre 69 und 70 nicht vollständig umfaßen. Darin kündigt er zugleich an, daß er den Plan habe, auch die Geschichte des Nerva und Traian zu schreiben; dieß kam aber nicht zur Ausführung.

Dagegen ergänzte er sein Werk durch die Geschichte von Augustus' Tode bis zum Jahr 69 in den sogenannten Annalen, sechzehn Büchern ab excessu divi Augusti, die, wie es scheint, erst 117 vollendet wurden. Davon besitzen wir die ersten sechs mit einer großen Lücke und XI bis XVI, an Anfang und Ende nicht vollständig. Auch die Zeit des Augustus von der Schlacht bei Actium an wollte er schreiben, aber dieser Plan kam nicht zur Ausführung.

Kommen wir auf die Germania. Daß sie im Jahr 98 geschrieben ist, zeigt Capitel 37: das zweite Consulat des Kaisers Traian.

Ueber den Zweck, den Tacitus bei Abfaßung dieser Schrift hatte, ist viel geschrieben worden: wir müßen vor allen Dingen die Frage beantworten, ob die Germania als selbständige Schrift herausgegeben worden, oder ob sie ein Abschnitt aus den Historien ist. Diese letzte Ansicht, die schon von mehreren geäußert wurde, wird jetzt allgemein verworfen. Dennoch scheint sie mir die richtige aus folgenden Gründen: 1) als besondere Schrift wird die Germania nirgends erwähnt; das könnte allerdings zufällig sein; aber 2) entscheidend ist, daß die Schrift keinen Eingang, keine Vorrede hat. Das scheint mir für eine selbständige Schrift in der späteren rhetorischen Zeit des Tacitus eine Unmöglichkeit: alle Schriften des Tacitus haben Vorreden. Dagegen ein Abschnitt aus einem größeren Werke hatte eine besondere Vorrede nicht nöthig. 3) Wir wißen bestimmt, daß Tacitus im Jahr 98 mit Abfaßung der Historiae beschäftigt war; da nun die Germania im Jahr 98 geschrieben ist, so ist es höchst wahrscheinlich, daß er gerade damals in den Historien an ein Ereigniß kam, das ihm Veranlaßung gab, ausführlich von Germanien zu handeln. Ein solches Ereigniß konnte sein 84 der Krieg des Domitian am Oberrein oder noch wahrscheinlicher 93 der Oberbefehl Traians am Rein.

Ueber den Zweck der Germania ist also nicht weiter nöthig zu sprechen.

Eine deutliche Spur von Bekanntschaft mit der Germania, oder dem Abschnitte der Historiae, findet sich zuerst bei Cassiodorius (Variae V 2), der in einem Briefe des Theodorich an die Haesti eine Belehrung über den Bernstein gibt 'Cornelio scribente' (vgl. Germania cap. 45).

Im neunten Jahrhundert wurde in Fulda eine Translatio s. Alexandri geschrieben von zwei Mönchen Ruodolf und Meginhart (Pertz, Monum. Germ. II p. 673—681); sie kommen darin auf die Sachsen zu sprechen und entlehnen mehrere Abschnitte fast wörtlich aus der Germania. Dieser selbe

Ruodolf († 865) hat auch einen Theil der Annales Fuldenses geschrieben und in denselben sagt er (zum Jahr 852, Monum. Germ. I p. 368), daß er den Namen der Weser Visurgis kenne aus Cornelio Tacito scriptore rerum a Romanis in ea gente gestarum. Der Name Visurgis kommt in der Germania nicht vor, aber in den Annales (I 70 und II 9. 11. 12. 16. 17). — Es ist also wahrscheinlich, daß er einen Codex der dreißig Bücher des Tacitus (der Annalen und Historien) hatte. Aus diesem Codex war wahrscheinlich im eilften Jahrhundert der Codex der ersten sechs Bücher der Annalen abgeschrieben, welcher aus Corvey 1513 nach Florenz kam, der einzige, durch den dieser Theil gerettet ist: und aus eben diesem Codex wird sich den Abschnitt über Deutschland ein Mönch ausgeschrieben haben in dem Codex, der, wahrscheinlich nur in einer Abschrift, aus Hersfeld durch Henoch aus Ascoli nach Italien kam. Dieser Henoch Asculanus war von Pabst Nicolaus V (der 1447—1455 regierte) im Jahr 1451 nach Gallien und Deutschland geschickt, um Bücher zu erwerben: er scheint aber die Handschrift nicht vor 1457 nach Italien gebracht zu haben. In derselben Handschrift waren enthalten der Dialogus und Suetonius de viris illustribus. Daß die Handschrift aus Hersfeld kam, ist eine sehr wahrscheinliche Vermuthung nach einem Briefe des Poggio (1380—1459), der in Deutschland reiste ad libros exquirendos und der schon Nachricht hatte von einer Handschrift, die einige Werke des Tacitus enthalte, und die ein Mönch von Hersfeld ihm gegen gute Bezahlung verschaffen wolle. Dieser Codex ist derjenige, durch welchen allein die Germania und der Dialogus gerettet wurden.

Jene Abschrift des Henoch Asculanus ist verloren: aus ihr aber sind alle noch vorhandenen Handschriften geflossen. Eine der wichtigsten derselben ist die, welche 1460 sehr genau geschrieben wurde von Jovianus Pontanus (geboren im December 1426 zu Cerreto in Umbrien, wurde Erzieher und Staatsrath des Königs Alfons von Neapel und endlich sogar Vicekönig, † im August 1503). Diese Abschrift kam, man weiß nicht wie, in den Besitz des Jacob Perizonius (Voorbroek, geboren 26. October 1651 zu Dam, Professor zu Leyden seit 1693, gestorben 6. April 1715). Er vermachte der Universitätsbibliothek eine Kiste mit Handschriften. Darunter befand

sich diese; dort ist sie noch. Einen Abdruck gab Tross in
der Ausgabe: C. Cornelii Taciti de origine, situ, moribus ac
populis Germanorum libellus. Ad fidem codicis Perizoniani,
nunquam adhuc collati, edidit et notas adiecit Ludovicus Tross.
Accesserunt Dialogus de oratoribus et Suetonii de viris illustribus libellus, ad eundem codicem accurate expressi. Ham-
mone 1841. 8⁰. und damit erst erhielt die Kritik der Germania eine feste Grundlage. Einen berichtigten Abdruck der
Collation gab J. G. Orelli in seiner großen Ausgabe des
Tacitus, vol. II. Turici 1848. und im Jahr 1847 erschien
zu Quedlinburg und Leipzig die Germania von Hans Ferdi-
nand Maßmann, die auf einer neuen Vergleichung des Codex
beruht und zugleich die Lesarten aller andern Handschriften
gibt (daher als Sammlung des Materials schätzbar: aber die
Abhandlung S. 137 ff. ist vorsichtig zu gebrauchen: so spricht
er S. 141 von einem Kriege des Domitianus gegen die Germanen im Jahr 70; Seite 159 ist statt 'XVIII, 31.) von Vortiger
scuto impositus more gentis' zu lesen 'X, 31. von Vitigis more
maiorum scuto supposito': — alles falsch, träumerisch).

Von den andern (etwa achtzehn) Handschriften sind
besonders diejenigen wichtig, die dem Perizonianus am
nächsten kommen: es sind besonders zwei Vaticani, 1862 und
1518; daher hat Moriz Haupt in seiner kleinen Ausgabe der
Germania (Berolini 1855) ausser dem Perizonianus nur diese
beiden Vaticani berücksichtigt. Mir scheint, daß doch auch
die andern nicht ganz unberücksichtigt bleiben dürfen, besonders die Stuttgarter, die aus Neapel kommen soll und, wie
mir scheint, darum vorzüglich ist, weil die Numen zuweilen
richtiger sind.

Ich erwähne noch, daß die Germania zuerst bekannt
wurde durch die Ausgabe der damals bekannten Werke des
Tacitus, die 1470 in Venedig erschien, gewöhnlich Spirensis
genannt, weil sie Vendelinus de Spira besorgt hat; darin ist
auch Cornelij Taciti illustrissimi historici de situ moribg &
populis Germaniȩ libellus aureus. Agricola kam erst 1475 in
Mailand durch Francesco Puteolano heraus. Die unterdessen
aufgefundenen fünf ersten Bücher der Annalen gab Filippo
Beroaldo der Jüngere zu Rom heraus 1515 und verband damit die übrigen: die erste Ausgabe aller erhaltenen Schriften.

Von andern Ausgaben nenne ich keine.

Es fragt sich noch: aus welchen Quellen schöpfte Tacitus? Man meint, er sei selbst in Germanien gewesen und glaubt dafür sich auf die Stelle berufen zu können Cap. 8: 'vidimus sub divo Vespasiano Veledam': dieß kann sich eher auf einen Triumphzug beziehen, in welchem die Veleda aufgeführt wurde: Statius, silv. I 4, 90): 'captivaeque preces Veledae'. Andere meinen, Tacitus sei in Gallien und Germanien gereist in jenen vier Jahren, die er vor dem Tode des Agricola von Rom abwesend war (nicht unmöglich). Ferner kann er auch in seiner frühesten Jugend in Gallien gewesen sein, wenn jener eques Cornelius Tacitus bei Plinius sein Vater war. Aber nach meiner Ansicht enthält die Germania nichts, was Tacitus nicht aus früheren Schriften und vielleicht mündlichen Berichten gelernt haben kann; und nichts scheint mir zu beweisen, daß er Germanien selbst gesehen habe.

Von Schriften, aus welchen er über Germanien Nachrichten finden konnte, erwähnt er selbst folgende: 1) C. Sallustius, und nennt ihn rerum Romanarum florentissimus auctor, Ann. III 30. Dieser hatte in seinen Historien auch von den Germanen gehandelt (geschrieben etwa 40—35 vor Chr.). Rudolf Köpke (Die Anfänge des Königthums bei den Gothen. Berlin 1859.) sucht durch die Vergleichung von Stellen des Horaz und des Virgil mit Tacitus nachzuweisen, daß diese Dichter und der Geschichtschreiber aus einer gemeinsamen Quelle geschöpft haben müßen, die nur Sallust sein könne; bei den betreffenden Stellen werden wir darauf zurückkommen.

2) Caesar; er nennt ihn summus auctor (Germ. 28).

3) T. Livius; er nennt ihn Agric. 10 veterum eloquentissimus auctor. Es ist schon von andern bemerkt worden, daß Tacitus auch im Ausdruck oft merkwürdig an Livius erinnere[*], diesen also gewiss oft gelesen hatte: um so wahrscheinlicher ist es, daß er auch über die Germanen die leider verlorenen Bücher des Livius fleißig benutzte, die von den Germanen handelten, besonders CIIII, das schon nach der

---

[*] Liv. praefatio 6: 'ea nec adfirmare nec refellere in animo est' vgl. Tac. Germ. 3: 'quae neque confirmare argumentis neque refellere in animo est'.

Epitome merkwürdig an die Germania erinnert: prima pars libri situm Germaniae moresque continet.

4) Der ältere C. Plinius, welcher nicht nur in seiner naturalis historia von den Germanen spricht, sondern auch 20 Bücher bellorum Germaniae hinterließ. Der jüngere Plinius erzählt von ihm (epist. III 5, 4), cum in Germania militaret, sei ihm im Traum Drusus erschienen und habe ihn aufgefordert, sein Gedächtniss zu ehren, — darauf habe er die Geschichte aller Kriege der Römer mit den Germanen geschrieben. Leider ganz verloren. Es versteht sich bei dem innigen Freundschaftsverhältniss des Tacitus mit dem jüngern Plinius, daß er auch das Werk des alten studierte; er erwähnt ihn öfters, und namentlich die bella Germanica Ann. I 69.

Das sind die hauptsächlichsten Quellen.

Außer diesen hätte er benutzen können den Strabo, den er aber nicht kannte; den Aufidius Baasus, der unter Tiberius die Geschichte der römischen Bürgerkriege und des deutschen Krieges schrieb (verloren): es ist daher wahrscheinlich, daß er auch diesen benutzte, da er ihn im Dialog. 23 nennt.

Für die germanische Alterthumskunde gibt es keine wichtigere Schrift als die Germania des Tacitus. Wir müssen es als eine besondere Gunst des Schicksals betrachten, daß dieses kleine Buch des großen Geschichtschreibers nicht, wie so viele andere, verloren gegangen ist. Kein anderes Volk Europa's besitzt eine solche Grundlage seiner Alterthumskunde, eine so alte und so rühmliche Schilderung, die um so zuverläßiger ist, als sie von der Hand des Feindes, des siegenden aber immer von Furcht erfüllten Siegers entworfen ist. Das deutsche Volk kann keinem Römer dankbarer sein, als dem Verfaßer dieser Schrift. Und diesen Dank hat Deutschland bereits entrichtet dadurch, daß es die Werke des Tacitus nicht untergehen ließ. Denn ein großer Theil, vielleicht alle erhaltenen Schriften des Tacitus wären ganz verloren, wenn sie nicht für die Deutschen ein besonderes Interesse gehabt hätten. Im ganzen römischen Reich hat sich keine einzige Handschrift derselben erhalten, obgleich der Kaiser Tacitus befohlen hatte, daß sie jährlich zehnmal abgeschrieben und in allen Archiven des Reichs aufbewahrt würden. Nur

in Deutschland fanden sich im funfzehnten Jahrhundert noch
einige Stücke der Werke des Tacitus, und von diesen zwei
oder drei Codices stammen andere Abschriften und Ausgaben.
Nirgends wurden diese Werke eifriger studiert als bei uns.
Namentlich die Germania wurde mit Jubel aufgenommen
gleich bei ihrem Erscheinen; in der ersten Ausgabe heißt
sie libellus aureus. Sie ist seither die Grundlage unserer deutschen Alterthumskunde geworden und geblieben. Als solche
wollen wir sie denn auch in diesen Vorlesungen betrachten
und benutzen.

1. Germania omnis a Gallis Raetisque et Pannoniis Rheno
et Danuvio fluminibus, a Sarmatia Dacisque mutuo metu aut
montibus separatur: cetera Oceanus ambit, latos sinus et insularum inmensa spatia complectens, nuper cognitis quibusdam gentibus et regibus, quos bellum aperuit. Rhenus, Raeticarum Alpium inaccesso ac praecipiti vertice ortus, modico
flexu in occidentem versus septentrionali Oceano miscetur.
Danuvius molli et clementer edito montis Abnobae iugo effusus
pluris populos adit, donec in Ponticum mare sex meatibus
erumpat: septimum os paludibus hauritur.

2. Ipsos Germanos indigenas crediderim minimeque aliarum gentium adventibus et hospitiis mixtos, quia nec terra
olim sed classibus advehebantur qui mutare sedes quaerebant,
et inmensus ultra atque ut sic dixerim adversus Oceanus raris
ab orbe nostro navibus aditur. quis porro, praeter periculum
horridi et ignoti maris, Asia aut Africa aut Italia relicta Germaniam peteret informem terris, asperam caelo, tristem cultu
aspectuque, nisi sibi patria sit?

Celebrant carminibus antiquis, 'quod unum apud illos

Handschriften: A = die vaticanische Nr. 1862. B = die Leydener
XVIII. Perizon. C. 21. b = die Stuttgarter Hist. IV. Nr. 151. [C =
die farnesianische Hs. in Neapel IV. c. 21. D und E = die vaticanischen
Hss. Nr. 1518 und 4498.] Cornelius tacitus De origine et situ germanos
A CORNELII · TACITI · DE ORIGINE · SITV · MORIBVS · [AC POPVLIS · GERMA-
NORVM LIBER · INCIPIT : - B Cornelij Taciti de omnie sitv et : - [Membra
Germaxolff felicit incipit b
1. Rhaetisque Cellarius reliisque A rhetijsq; B recijs (ohne que)
b pannonis b 2. danuuio D danubio ABb motuo B metu B
3. separatur Bb seperatur A coetera B occeanus b 4. inmensu b
inueča B spacia b 6. et b ac AB relicaş It ret icuru b rheticurb
B 7. in] über der Zeile B septentrionali b septčtrionali B
occeano b 8. Danuuius D Danubius ABb Abnobae Hermolaus
Harbarus am Rande der Ausgabe von 1497 Arnoba A arnobe b Ar-
bonq B Arbonae A am Rande 9. pluris AB plures b ponthicu b

1. Germanien im Ganzen ist von Gallien, Rätien und Pannonien durch die Ströme Rein und Donau, von den Sarmaten und Dakern durch gegenseitige Scheu oder durch Berge geschieden. Das übrige begränzt der Ocean, welcher weite Halbinseln und sehr große Inseln umfaßt, nach der erst vor kurzem erlangten Kenntniss einiger Völkerschaften und Könige, die der Krieg erschloßen hat. Der Rein, entsprungen auf dem unerstiegenen und abschößigen Scheitel der rätischen Alpen, ergießt sich nach einer mäßigen Biegung nach Westen in den nördlichen Ocean. Die Donau, von der sanften und gelinde ansteigenden Höhe des Berges Abnoba herabfließend, komt zu mehreren Völkern, bis sie in das pontische Meer in sechs Armen heraus bricht; die siebente Mündung versiegt in Sümpfen.

2. Ich möchte glauben, daß die Germanen selbst Ureinwohner sind und durchaus nicht durch Einwanderungen und Verbindungen mit fremden Völkern vermischt, weil vor Zeiten diejenigen, welche ihre Wohnsitze ändern wollten, nicht zu Lande, sondern in Flotten ankamen, jenseits aber der unermeßliche, und so zu sagen widerstrebende Ocean selten von Schiffen aus unserm Welttheil befahren wird. Wer würde auch, abgesehen von der Gefahr eines schauerlichen und unbekannten Meeres, Asien oder Africa oder Italien verlaßen um nach Germanien zu ziehen, einem Lande, dessen Boden eine Wüste, das von Himmel rauh, von Anbau und Anblick traurig ist für jeden, dessen Vaterland es nicht ist?

Sie feiern in alten Gesängen, welche bei ihnen die ein-

<hr>

12. genciū B   hofpicijs B ᵗofpitijs B   miſtoſ B   13. querebāt A   11. imenſibus (*die Puncte von zweiter Hand*) B   alq; ut B   ulque AB occonnus B   15. ordo noſtro] urbo nru B1   prel' B   16. e borridi B   Africa B   17. celo B   18. niſi ſibi B   niſi ſi A   ni'ſi B   19. upat B

memoriae et annalium genus est, Teutonem deum terra editum et filium Mannum, originem gentis conditoresque. Manno
tris filios assignant, e quorum nominibus proximi Oceano Ingvaeones, medii Herminones, ceteri Istvaeones vocantur. quidam, ut in licentia vetustatis, pluris deo ortos pluresque gentis
appellationes, Marsos Gambrivios Suebos Vandilios affirmant,
eaque vera et antiqua nomina. ceterum Germaniae vocabulum
recens et nuper additum; quoniam qui primi Rhenum transgressi Gallos expulerint, ac nunc Tungri, tunc Germani vocati
sint. ita nationis nomen, non gentis evaluisse paulatim, ut
omnes primum a victore ob metum, mox etiam a se ipsis invento nomine Germani vocarentur.

3. Fuisse apud eos et Herculem memorant, primumque
omnium virorum fortium ituri in proelia canunt. sunt illis
haec quoque carmina, quorum relatu, quem barditum vocant,
accendunt animos futuraeque pugnae fortunam ipso cantu
augurantur; terrent enim trepidantve, prout sonuit acies, nec
tam vocis ille quam virtutis concentus videtur. affectatur praecipue asperitas soni et fractum murmur, obiectis ad os scutis,
quo plenior et gravior vox repercussu intumescat. ceterum
et Ulixen quidam opinantur longo illo et fabuloso errore in
hunc Oceanum delatum adisse Germaniae terras, Ascibure-
giumque, quod in ripa Rheni situm hodieque incolitur, ab illo
constitutum nominatumque; aram quin etiam Ulixi consecra-

---

1. méorio b   Teutonem *Perizonius* Tuifconé b hiftonem BB var.
Trifloné A trifloné B Tuifman A *Hand* cv)icö b   2. et AB, B corr.
ei BBB pr. conditoresque *Rhenanus* conditorisque AB conditoriofq; fu-
BB conditorem; fuiffe BB   3. tris AB tres b oceano b Ingvaeones
Müllenhoff, Zeitschr. f. D. Alterthum IX 250 ingguonef B ingouones A
Ingaonones BB Ingvenones BB   4. herminones b hormi,onef B Hermiones A Istvaeones, *Müllenhoff* a. a. O. Iftacuones ABBB iftaonones BB
5. in] *fehlt* b licencia b pluris AB plures b deos BB var. pluresque
ABB   6. appellatores b Marsos] marfoffi b Gäbriaiof A gubriniof B
gumbrios BB gumbrios (aus i ist von zweiter Hand o gemacht) b
sueuos *die Handschriften* Vandilios A wandilios b uandaliof B
7. celerü b germanie b   8. pmü BB   9. expulerint b ac AB ut B
tymgri BB   10. sint] fül b nacöuie b gentis b eualuiffe ABBB
var. coaluiffe b   11. etiam AB et b   13. mfbratur BB   14. forcium b
filia B prelia b   15. bec BB barditum ABB barilü BB var.   16.
futuroq; pugne b ipso] ipi S   17. enim) *fehlt* b sonuit] fonuif BB
18. vocis *Rhenanus* uoces *die Handschriften* ille B ille AB *Rhenanus*
uirtutes cölentq BB videtur BB *Rhenanus* uidentur ABBB   19. os] eof

zige Art von Geschichte und Jahrbüchern sind, den von der
Erde geborenen Gott Teuto und dessen Sohn Mannus, den
Anfang und die Begründer des Volkes. Dem Mannus schreiben
sie drei Söhne zu, nach deren Namen die nächsten am Ocean
Ingväonen, die mittleren Herminonen, die übrigen Istväonen
heißen. — Einige, wie das Alterthum Freiheit gestattet,
nehmen mehrere Söhne des Gottes und mehrere Volksnamen
an, Marsi, Gambrivii, Suebi, Vandilii, und dieß seien ächte
und alte Namen. Dagegen das Wort Germania sei ein jün-
gerer und neu hinzugekommener Namen, weil nämlich diejenigen, welche zuerst über den Rein giengen und die Gallier
vertrieben, diejenigen, die jetzt Tungri heißen, damals Germani genannt wurden. So sei ein nicht vom Stammvater
hergenommener Volksname allmählich in Gebrauch gekommen,
daß sie alle zuerst vom Sieger aus Furcht, bald auch von
ihnen selbst mit dem erfundenen Namen Germani genannt
worden seien.

3. Man erzählt auch Hercules sei bei ihnen gewesen,
und ihn singen sie als den ersten aller tapfern Männer wann
sie zur Schlacht anrücken. Denn sie haben auch solche
Gesänge, und durch den Vortrag derselben, den sie Bardit
nennen, entflammen sie ihren Muth, und sogar den Ausgang
der künftigen Schlacht kann man aus dem Gesang errathen.
Denn sie sind furchtbar oder zaghaft, je nachdem das Heer
getönt hat, und jener Gesang scheint nicht sowohl ein Einklang der Stimme zu sein als des Muthes. Besonders sehen sie
auf rauhen Ton und stoßweises Schmettern, und sie halten den
Schild vor den Mund, damit der Schall durch den Rück-
schlag um so voller und schwerer anschwelle. Uebrigens
sind einige der Meinung, daß auch Ulixes auf jener seiner
langen und sagenreichen Irrfahrt in diesen Ocean verschlagen,
in die Länder Germaniens gekommen sei, und die Stadt
Asciburgium, welche am Ufer des Reins liegt und noch
heute bewohnt ist, sei von jenem gegründet und genannt;
es sei sogar ein dem Ulixes geweihter Altar, mit beigefügtem

A1   fculū A   20. repercuſſa B1   21. Vlyſſem (ſſ aus x) B   22.
occeanū B   germanie B   Afciburgiūq; AB2   afciburgiūq; B1   23.
reni B   24. noiatūq: und am Rande von zweiter Hand deeſt B   nominatumque ακιnupγιον A   nomiatūq; und am Rande von zweiter Hand
gcñ B   nominatumque .... Haupt   eciñ B   ulyſſ (ſſ auf Rasur) B

tam, adiecto Laertae patris nomine, eodem loco olim repertam,
monumentaque et tumulos quosdam Graecis litteris inscriptos
in confinio Germaniae Raetiaeque adhuc extare, quae neque
confirmare argumentis neque refellere in animo est: ex ingenio
5 suo quisque demat vel addat fidem.

4. Ipse eorum opinionibus accedo, qui Germaniae populos
nullis aliis aliarum nationum conubiis infectos propriam et
sinceram et tantum sui similem gentem extitisse arbitrantur.
unde habitus quoque corporum, quamquam in tanto hominum
10 numero, idem: omnibus truces et caerulei oculi, rutilae comae,
magna corpora et tantum ad impetum valida: laboris atque
operum non eadem patientia; minimeque sitim aestumque tolerare, frigora atque inediam caelo solove assuerunt.

5. Terra etsi aliquanto specie differt, in universum tamen
15 aut silvis horrida aut paludibus foeda, umidior qua Gallias,
ventosior qua Noricum ac Pannoniam aspicit; satis ferax,
frugiferarum arborum impatiens, pecorum fecunda, sed pleru-
que improcera. ne armentis quidem suus honor aut gloria
frontis: numero gaudent, eaeque solae et gratissimae opes
20 sunt. argentum et aurum propitiine an irati dii negaverint
dubito. nec tamen affirmaverim nullam Germaniae venam argentum aurumve gignere; quis enim scrutatus est? possessione
et usu haud perinde afficiuntur. est videre apud illos argentea
vasa, legatis et principibus eorum muneri data, non in alia uti-
25 litate quam quae humo finguntur; quamquam proximi ob usum
commerciorum aurum et argentum in pretio habent formas-

---

1. luerte B toco B1 2. grecis B Iris B5 3. g'manie B Reliq̄ue
A rhetiaeque B recien; B 4. qne B 5. domat B 6. germanie
B 7. ullis *Heinrich Nolte* aliis A2B nacionū B naloibuſ B connubiis
die Handschriften 8. gentiū B 9. unde] tum B quāquā B quāq ·
B q̄q (am Hande tanq̄] A tanto] toto B 10. cerulei D cernlei BA
var. ceruli AB rutile come B 11. corpa B 12. paciencia B
estanq; tollerare B 13. inedia B1 in ediu in B2 celo B affu-
erunt A affuerāt B affuererāt B1 (—it B2) 14. e[a]] eui B aliq
ſp̄ B 15. feda B6 humidior AB humielior B 17. impaciē B
pecudum B plerαque *Lipsius* plerumque *die Handschriften* 18.
improcera B 19. req; A heeq; B fole B gratiſſime B dāpes A
ppicii ne B 21. germanie B 23. et B5 clia A periinde B perinde
A pinde *und um Hande* inde A aput B 25. utilitate *Vat. Urb. no.*

Namen des Vaters Laertes, an eben diesem Ort vorlängst
gefunden worden, und einige Denkmäler und Grabsteine
mit griechischer Schrift seien im Gränzgebiet Germaniens und
Rätiens noch vorhanden. Es liegt mir nicht im Sinn, diese
Nachrichten mit Gründen zu stützen oder zu widerlegen:
jeder mag ihnen nach seiner Denkart Glauben verweigern
oder schenken.

4. Ich selbst trete der Ansicht derjenigen bei, welche
glauben, daß die Völker Germaniens ein durch keinerlei
Verbindungen mit andern Nationen getrübter, eigenthüm-
licher und rein erhaltener und nur sich selbst gleicher Volksstamm geblieben seien. Daher auch die Leibesbeschaffenheit,
obgleich bei so großer Menschenmenge, ein und dieselbe;
alle haben trotzige und blaue Augen, röthliche Haare, große
und nur zum Angriff tüchtige Körper: nicht ebenso Ausdauer in Anstrengungen und Mühseligkeiten; durchaus nicht
können sie Durst und Hitze ertragen, an Kälte und Hunger
sind sie durch ihr Klima und ihren Boden gewohnt.

5. Das Land, obschon es einige Abwechslung im Aussehen hat, ist doch im Allgemeinen entweder schauerlich
durch Wälder, oder wüst durch Sümpfe; mehr feucht gegen
Gallien hin und mehr windig gegen Noricum und Pannonien
hin. Saatfrüchte bringt es hervor, Obstbäume kommen nicht
fort: reich ist es an Vieh, das aber meist unansehnlich bleibt.
Auch fehlt sogar den Rindern ihr Stolz, der Schmuck der
Stirne. Sie freuen sich der Menge derselben, und sie sind
ihr einziger und liebster Reichthum. Silber und Gold haben
ihnen die Götter, ich weiß nicht, ob aus Gnade oder aus
Zorn, verweigert: doch will ich nicht behaupten, daß keine
Ader in Deutschland Silber oder Gold erzeuge: denn wer
hat nachgeforscht? Wenn sie es aber besitzen und haben,
so machen sie sich nicht viel daraus: man sieht bei ihnen
silberne Gefäße, die ihren Gesandten und Fürsten zum Geschenk gemacht wurden, ganz ebenso in Gebrauch wie die
irdenen. Obwohl die zunächst Wohnenden, die an Handelsverkehr gewohnt sind, kennen den Werth des Goldes und

---

6.5, Romanae Angelicae bibliothecae (Augustinorum) no. Q. 5. 12, Lau-
rentianus plut. LXXIII. no. XX. Vindobonensis Hist. prof. no. 97,
jetzt no. 40 militate ABB   que 8   Angultur B   26. jeio 8

que quasdam nostrae pecuniae agnoscunt atque eligunt: interiores simplicius et antiquius permutatione mercium utuntur.
pecuniam probant veterem et diu notam, serratos bigatosque.
argentum quoque magis quam aurum sequuntur, nulla affecti-
5 one animi, sed quia numerus argenteorum facilior usui est
promiscua ac vilia mercantibus.

6. Ne ferrum quidem superest, sicut ex genere telorum
colligitur. rari gladiis aut maioribus lanceis utuntur: hastas,
vel ipsorum vocabulo frameas gerunt angusto et brevi ferro,
10 sed ita acri et ad usum habili, ut eodem telo, prout ratio poscit, vel comminus vel eminus pugnent. et eques quidem
scuto frameaque contentus est, pedites et missilia spargunt
plurraque singuli, atque in immensum vibrant, nudi aut sagulo
leves. nulla cultus iactatio; scuta tantum lectissimis coloribus
15 distingunt. paucis loricae, vix uni alterive cassis aut galea.
equi non forma, non velocitate conspicui. sed nec variare
gyros in morem nostrum docentur: in rectum aut uno flexu
dextros agunt, ita coniuncto orbe ut nemo posterior sit. in
universum aestimanti plus penes peditem roboris; eoque *equites*
20 mixti proeliantur, apta et congruente ad equestrem pugnam
velocitate peditum, quos ex omni iuventute delectos ante aciem
locant. definitur et numerus, centeni ex singulis pagis sunt;
idque ipsum inter suos vocantur, et quod primo numerus fuit,
iam nomen et honor est. acies per cuneos componitur. cedere
25 loco, dummodo rursus instes, consilii quam formidinis arbitrantur. corpora suorum etiam in dubiis proeliis referunt.
scutum reliquisse praecipuum flagitium, nec aut sacris adesse

---

1. nře pecunie 8   2. permutacõe 8   3. diû B   4. quã 8   sequuntur
die *Handschriften*   affcetione CD   affecede 8   affectatione AB   6. qa
über der Zeile B   10. abili 8   ratio] non ratõ 8   11. cõminus A
cominus BC   12. cotentus 8   13. in ī mensum 8   inuensū B   i mensū
A   14. iactacio 8   15. loricæ 9   galea *Rhenanus* galeç AB   galee 8
16. ne 8   nariare A   variare 8   narietate B   17. giros 8   fluxu 8
18. coniuncto ABC   cnncto BC   *Rand* A cūcto B   19. estimanti AB
20. equites mixti *Holtzmann*   mixti AB   missi B   preliantur 8   21.
delectos B   delectof A   22. Definitur AB   Diffinitur 8   23. quod 8BC
quidem AB1   primo AB   primũ 8   primus A *über der Zeile*   24. cõ-
ponũt 8   25. quã 8   fortitumidinif B   26. Corpa 8   etiam AB1
et iã 88   pliis 88   27. scutũ scutũ 81   flagiciũ 8

Silbers, und nehmen und schätzen einige Arten unseres
Geldes. Die Innern handeln einfacher und alterthümlicher
durch Austausch der Waaren. Von Münzen haben sie gern
alte und längst bekannte, die serrati und bigati: auch suchen
sie mehr Silbermünze als Gold, nicht aus Vorliebe, sondern
weil eine Menge Silbermünzen für den Gebrauch bequemer
sind für diejenigen, die mit allerlei und wohlfeilen Dingen
handeln.

6. Nicht einmal Eisen haben sie ausreichend, wie man
aus der Beschaffenheit ihrer Waffen entnehmen kann. Nur
wenige haben Schwerter oder größere Lanzen. Sie führen
Spieße, oder nach ihrem Wort Framen, mit schmalem und
kurzem Eisen, aber mit solcher Schneide und so zweckmäßig, daß sie mit derselben Waffe, wie es die Umstände
erfordern, sowohl in der Nähe als aus der Ferne fechten
können. Und zwar der Reiter begnügt sich mit Schild und
Frame. Die Fußgänger werfen auch Geschoße, jeder viele,
und sie schwingen sie ins Unendliche, nackt oder leicht im
Mantel. Kein Prunken mit der Ausrüstung: nur die Schilde
unterscheiden sie mit den ausgewühltesten Farben. Wenige
haben einen Harnisch, kaum einer oder der andere einen
Helm oder eine Sturmhaube. Die Pferde sind weder durch
Schönheit noch durch Schnelligkeit ausgezeichnet: aber sie
werden auch nicht nach unserer Weise abgerichtet in Volten
zu wechseln, man führt sie gerade durch oder nur in einer
Wendung rechts (oder links), indem der Kreis so abgeschloßen
wird, daß keiner der letzte ist. Im Allgemeinen geschätzt,
ist ihre Hauptstärke im Fußvolk, und mit demselben gemischt
fechten die Reiter, da die Schnelligkeit der Fußgänger, die
sie aus der ganzen jungen Mannschaft auswählen und vor
die Schlachtlinie stellen, ausreichend und tauglich ist zum
Reitertreffen. Es wird auch die Zahl der Reiter bestimmt:
es sind hundert aus jedem Gau; und gerade so werden sie
unter den Ihrigen genannt, und was zuerst ein Zahlwort
war, ist ein Name und eine Würde. Die Schlachtordnung
wird aus keilförmigen Haufen gebildet. Von der Stelle zu
weichen, wenn man nur wieder vordringt, gilt mehr für
Klugheit als für Feigheit. Die Leichen der Ihrigen bringen
sie weg, schon wenn die Schlacht zweifelhaft ist. Den Schild
verloren zu haben ist die größte Schande: und weder bei

aut concilium inire ignominioso fas; multique superstites
bellorum infamiam laqueo finierunt.

7. Reges ex nobilitate, duces ex virtute sumunt. nec
regibus infinita aut libera potestas, et duces exemplo potius
[5] quam imperio, si prompti, si conspicui, si ante aciem agant,
admiratione praesunt. ceterum neque animadvertere neque
vincire, ne verberare quidem nisi sacerdotibus permissum, non
quasi in poenam nec ducis iussu, sed velut deo imperante,
quem adesse bellantibus credunt. effigiesque et signa quaedam
[10] detracta lucis in proelium ferunt; quodque praecipuum fortitudinis incitamentum est, non casus nec fortuita conglobatio
turmam aut cuneum facit, sed familiae et propinquitates; et in
proximo pignora, unde feminarum ululatus audiri, unde vagitus
infantium. hi cuique sanctissimi testes, hi maximi laudatores:
[15] ad matres, ad coniuges vulnera ferunt; nec illae numerare aut
exigere plagas pavent, cibosque et hortamina pugnantibus gestant.

8. Memoriae proditur quasdam acies inclinatas iam et
labantes a feminis restitutas constantia precum et obiectu
pectorum et monstrata comminus captivitate, quam longe im-
[20]patientius feminarum suarum nomine timent, adeo ut efficacius
obligentur animi civitatum, quibus inter obsides puellae quoque nobiles imperantur. inesse quin etiam sanctum aliquid
et providum putant, nec aut consilia earum aspernantur aut
responsa neglegunt. vidimus sub divo Vespasiano Veledam,
[25]diu apud plerosque numinis loco habitam; sed et olim Albrunam et compluris alias venerati sunt, non adulatione nec tamquam facerent deas.

1. aut concilium] aut cō ciliū B   nec conciliū S   4. aut AB ac S
et S   etiam AB   pocius S   5. porspicui S   6. admiracōne profūt S
7. vincere S   "cōmissū und am rechten Rande p" S   8. penā S   9.
quam S1   rebellantibus S1   quedam S   10. preliū S   precipuū S
11. nec AB   neq; B   cōglobucio S   12. faciūt S   familic et S familie
aut B   13. unde] vnū S1   foeminarum B   vlulaco S   unde] vnū S1
fagitus S1   14. infanciū S   hij S   hij S   15. ondare B   aut AB et S
16. ciboeque] Alijq; S1   fortamia B   17. Meōre S   18. foemif B cōfuacia S
19. mōstrato S   cōminus A   cominus BS   quam S   ipatientiq B in-
paciencius S   21. puello S   Zwischen puelle und qq; Ranur in B
22. nobiles AB   nōbilef B   impentur B   eciā S   sanctum] faim und
am Rande von zweiter Hand feim S   23. aut] fehlt S1   eorā S   24.
neglegunt A   negligunt BS   vespesiano S   neledam AB   Voledā B
25. Albrunam W. Wackernagel auriniam ABS   Albriniam Hand A, B var.
26. compluris AB   coplures S   alias] alij S   adulacōne S   nec AB neq; B

den Opfern zu erscheinen noch zu den Gerichtsversammlungen
zu kommen ist solch Ehrlosem gestattet; und viele, aus
Kriegen entkommen, machten mit dem Stricke der Schande
ein Ende.

7. Könige nehmen sie nach dem Adel, Heerführer nach
der Tapferkeit. Aber die Gewalt der Könige ist nicht un-
umschränkt und frei: und die Heerführer, mehr Vorbilder
als Befehlshaber, wenn sie thatkräftig sind, wenn sie vor-
leuchten, wenn sie im Kampfe vorangehen, haben ihren Vorrang durch die Bewunderung. Uebrigens ist es nur den
Priestern erlaubt zu tadeln, zu binden, oder auch zu schlagen,
und zwar gleichsam nicht zur Strafe, noch auf Befehl des
Feldherrn, sondern wie im Dienste des Gottes, an dessen
Gegenwart bei den Kriegführenden sie glauben; auch bringen
sie in die Schlacht gewisse, aus den Hainen genommene
Bilder und Zeichen; und was der vorzüglichste Sporn der
Tapferkeit ist, nicht das Ungefähr noch zufällige Rotten
bilden die Geschwader und Schlachthaufen, sondern Familien
und Sippschaften. Und ganz in der Nähe sind die Unter-
pfänder, so daß der Weiber Heulen gehört wird und das
Geschrei der Kinder. An ihnen hat jeder die heiligsten
Zeugen, die höchsten Richter. Zu den Müttern, zu den
Gattinnen bringen sie die Wunden: und diese scheuen sich
nicht, die Streiche zu zählen und zu schätzen; und sie
tragen den Fechtenden Speisen zu und Ermahnungen.

8. Es wird der Geschichte überliefert, daß einige Heere,
die schon wichen und wankten, von den Weibern wieder
hergestellt wurden durch unabläßiges Flehen, Darbieten der
Brust und Hinweisen auf die nahe Gefangenschaft, die sie
in Beziehung auf ihre Frauen am meisten fürchten; so zwar,
daß die Staaten am festesten im Geiste gebunden sind, denen
man unter den Geiseln auch edle Jungfrauen zu stellen befiehlt. Ja sie meinen sogar, daß ihnen eine gewisse Heiligkeit und Sehergabe innewohne, und verschmähen weder ihre
Rathschläge noch lassen sie ihre Weissagungen unbeachtet.
Wir haben unter dem verewigten Vespasian die Veleda gesehen, die lange bei den meisten (Germanen) für eine Gottheit gehalten wurde. Aber auch früher haben sie die Al-
bruna und mehrere andre verehrt, nicht in Schmeichelei,
und nicht als ob sie sie zu Göttinnen machten.

9. Deorum maxime Mercurium colunt, cui certis diebus
humanis quoque hostiis litare fas habent. Martem concessis
animalibus placant et Herculem. pars Sueborum et Isidi sa-
crificat: unde causa et origo peregrino sacro, parum comperi,
nisi quod signum ipsum in modum liburnae figuratum docet
advectam religionem. ceterum nec cohibere parietibus deos
neque in ullam humani oris speciem assimulare ex magnitudine caelestium arbitrantur: lucos ac nemora consecrant
deorumque nominibus appellant secretum illud quod sola reverentia vident.

10. Auspicia sortesque ut qui maxime observant: sortium
consuetudo simplex. virgam frugiferae arbori decisam in sur-
culos amputant eosque notis quibusdam discretos super candidam vestem temere ac fortuito spargunt. mox, si publice
consuletur, sacerdos civitatis, sin privatim, ipse pater familiae,
precatus deos caelumque suspiciens ter singulos tollit, sublatos
secundum impressam ante notam interpretatur. si prohibu-
erunt, nulla de eadem re in eundem diem consultatio; sin
permissum, auspiciorum adhuc fides exigitur. et illud quidem
etiam hic notum, avium voces volatusque interrogare: proprium gentis equorum quoque praesagia ac monitus experiri.
publice aluntur isdem nemoribus ac lucis, candidi et nullo
mortali opere contacti; quos pressos sacro curru sacerdos ac
rex vel princeps civitatis comitantur hinnitusque ac fremitus
observant. nec ulli auspicio maior fides, non solum apud
plebem, apud proceres, apud sacerdotes; se enim ministros
deorum, illos conscios putant. est et alia opservatio auspiciorum, qua gravium bellorum eventus explorant. eius gentis,
cum qua bellum est, captivom quoquo modo interceptum cum

<hr>

2. Martem cöcessif aialilbus placat et herculë AB herculë ac martë
cöceffie animalibus placant s   3. fueuorum BB fuenorum A   6.
liburne figuratam s   8. celeftiū s   9. reuerīcia s   11. fortefq; AB
qui s Sorciū gfwetado s   12. frugifero s   14. temere] tenent AB
fpergunt s   15. consuletur AB confoletur s consultotur Halm   16.
colūq; s coelūq; B   18. gfultacio s   19. quidem] quod B1   20. ocius s
21. praefagia s   22. isdem s iisdem AB   23. contactis s pffaf B
25. fides] fehlt s   27. illos BB2 istos AB alia] a genus, alia s opser-
uatio B1 oder s obseruatio AB obferuatö s   28. explorat s exploratur
AB2 exploratur B1 captivom] captino in B captiuum AB

9. Von den Göttern dienen sie am meisten dem Mercurius und halten für recht, ihm an gewissen Tagen sogar Menschenopfer zu schlachten. Den Mars versöhnen sie mit zuläßigen Thieren und den Hercules. Ein Theil der Sueben opfert auch der Isis. Woher für den fremden Dienst Veranlaßung und Ursprung, habe ich nicht erfahren; nur zeigt das Symbol selbst, das nach Art einer Liburne gebildet ist, daß es eine eingeführte Religion ist. Uebrigens halten sie weder die Götter in Wänden einzuschließen, noch sie in irgend einer Gestalt menschlichen Gesichtes abzubilden, der Größe der Himmlischen angemeßen. Haine und Forste weihen sie und mit der Götter Namen nennen sie jenes Abgeschloßene, das sie nur in der Ehrfurcht schauen.

10. Auf Vorzeichen und Loose achten sie wie nur irgend ein Volk. Sie haben nur eine Art der Loosung. Einen abgeschnittenen Zweig eines Fruchtbaums zertheilen sie in Stäbchen, diese unterscheiden sie durch gewisse Zeichen, und streuen sie über ein weißes Kleid, ohne Ordnung, nach dem Zufall. Hierauf betet, wenn in öffentlichen Angelegenheiten gelost wird, der Priester des Staates, wenn von einzelnen, der Hausvater zu den Göttern, und nimmt, indem er zum Himmel blickt, dreimal je einen der Stäbe auf, und deutet die aufgehobenen nach dem vorher aufgedrückten Zeichen. Verbieten sie es, dann keine Befragung mehr über denselben Gegenstand an diesem Tage; erlauben sie es aber, so ist noch die Bestätigung der Vorzeichen erforderlich. Und dieß also ist auch hier bekannt, der Vögel Stimmen und Flug zu befragen; eigenthümlich ist es dem Volksstamme, auch auf Vorahnungen und Mahnungen der Pferde zu achten. Oeffentlich gehalten werden in eben jenen Hainen und Forsten weiße und von keiner irdischen Arbeit berührte; diese, an den heiligen Wagen gespannt, werden vom Priester und König oder Fürsten des Staates begleitet, die ihr Wiehern und Schnauben beobachten. Und kein Vorzeichen hat größere Glaubwürdigkeit nicht nur beim Volk, sondern auch bei den Vornehmen und Priestern: denn sich halten sie für Diener der Götter, jene aber für Vertraute. Es gibt auch eine andere Weise Vorzeichen zu beobachten, wodurch sie den Ausgang schwerer Kriege erforschen. Von dem Volk, mit welchem sie Krieg führen, einen auf irgend

electo popularium suorum, patriis quemque armis, committunt:
victoria huius vel illius pro praeiudicio accipitur.

11. De minoribus rebus principes consultant, de maioribus omnis, ita tamen ut ea quoque, quorum penes plebem
5 arbitrium est, apud principes pertractentur. coeunt, nisi quid
fortuitum et subitum incidit, certis diebus, cum aut incohatur
luna aut impletur; nam agendis rebus hoc auspicatissimum
initium credunt. nec dierum numerum, ut nos, sed noctium
computant. sic constituunt, sic condicunt: nox ducere diem
10 videtur. illud ex libertate vitium, quod non simul nec ut iussi
conveniunt, sed et alter et tertius dies cunctatione coeuntium
absumitur. ut turba placuit, considunt armati. silentium per
sacerdotes, quibus tum et coercendi ius est, imperatur. mox
rex vel princeps, prout aetas cuique, prout nobilitas, prout
15 decus bellorum, prout facundia est, audiuntur, auctoritate
suadendi magis quam iubendi potestate. si displicuit senten-
tia, fremitu aspernantur; sin placuit, frameas concutiunt.
honoratissimum assensus genus est armis laudare.

12. Licet apud concilium accusare quoque et discrimen
20 capitis intendere. distinctio poenarum ex delicto. proditores
et transfugas arboribus suspendunt; ignavos et inbelles et
corpore infames caeno ac palude, iniecta insuper crate, mer-
gunt. diversitas supplicii illuc respicit, tamquam scelera
ostendi oporteat, dum puniuntur, flagitia abscondi. sed et le-
25 vioribus delictis pro modo poenarum equorum pecorumque
numero convicti multantur. pars multae regi vel civitati, pars .

----

1. qnq; A1   2. *pre* iudicio A   4. omnis *Vatic. 2964* omnes AB5   5. por-
tractentur AB5   quid] quod B   6. incidit, certis] certis incidit B   incohar A
inchoatur B5   7. ïpletur B   8. inicium AB5 iudiciū B   9. dicere B
diem] dū spr.   10. viciū B   11. tercius, *dies* conctacōne cocunciū abfuitur
B   12. turba *Joh. Frid. Gronovius* turbŋ AB   turbe B   Silenciū B
13. tum AB corr. tamen B spr.   cohercundi B   correēdi B   coorcondi A
14. etas B   15. facūdia B   auūc B   16. quā B   sentēcia B   19. con-
siliū AB   quoque] quōq; AB var.   20. distinccio penarū B   21. inbellis B pr.? ïbelles B   imbelles A   22. corpe informes B   ceno B
coeno B   grato A1   23. illud B   21. flagitia A   flagicia B5 *Hand*
fupplicia B   cř B   25. poenarum B   penarū AB   poena: *Acidalius*

26. multantur A   muletătur B   meftantⁱ B   mulctŋ AB   melle und am
Rande von recciter Hand mulctŋ B

eine Weise weggenommenen Gefangenen laßen sie sich meßen mit einem erwählten ihrer Landsleute, jeden mit seinen landesüblichen Waffen. Der Sieg dieses oder jenes gilt als Vorentscheidung.

11. Ueber geringere Dinge berathen die Fürsten, über wichtigere alle, jedoch so, daß auch dasjenige, über welches das Volk entscheidet, bei den Fürsten verhandelt wird. Sie versammeln sich, wenn nicht etwas außerordentliches und dringendes vorfällt, an bestimmten Tagen, entweder im Neumond oder im Vollmond. Denn zu Geschäften halten sie dieß für den günstigsten Anfang. Und sie rechnen nicht nach der Zahl der Tage, wie wir, sondern der Nüchte. So wird angesagt, so anberaumt: Die Nacht scheint ihnen den Tag zu führen. Das ist ein aus der Freiheit entspringender Fehler, daß sie nicht auf einmal und nicht wie auf Befehl zusammenkommen: sondern auch der zweite und dritte Tag geht verloren durch die Saumseligkeit der Kommenden. Sobald der Haufe groß genug scheint, sitzen sie bewaffnet nieder. Stillschweigen wird durch die Priester, die dann auch Strafgewalt haben, befohlen. Alsbald wird ein König oder Fürst, je nach dem Alter, dem Adel, dem Kriegsruhm, oder der Beredsamkeit eines jeden angehört, und sein Vortrag hat mehr das Gewicht eines Rathes als die Macht eines Befehls. Wenn der Antrag misfällt, so verwerfen sie ihn durch Murren; gefällt er, so schlagen sie die Framen zusammen. Die ehrenvollste Art der Beistimmung ist mit den Waffen zu loben.

12. Man darf bei der Versammlung auch anklagen und einen peinlichen Process betreiben. Die Strafen sind verschieden nach den Vergehen. Verräther und Ueberläufer hängt man an Bäumen auf: Feiglinge und Schwächlinge und am Leibe Verrufene versenkt man in Koth und Sumpf mit darüber geworfenem Flechtwerk. Die Verschiedenheit der Hinrichtung hat die Beziehung, als sollten Verbrechen bei der Strafe gezeigt, Laster verborgen werden. Aber auch bei leichteren Vergehen werden die Ueberwiesenen nach dem Maß der Strafen um eine Anzahl Pferde und Rinder gebüßt. Ein Theil der Buße wird dem König oder dem Staat, ein Theil dem, für welchen Genugthuung genommen wird, oder den Verwandten desselben bezahlt. In den nemlichen Volks-

ipsi qui vindicatur vel propinquis eius exolvitur. eliguntur in
iisdem conciliis et principes, qui iura per pagos vicosque
reddunt; centeni singulis ex plebe comites, consilium simul
et auctoritas, adsunt.

5   13. Nihil autem neque publicae neque privatae rei nisi
armati agunt. sed arma sumere non ante cuiquam moris
quam civitas suffecturum probaverit. tum in ipso concilio vel
principum aliquis vel pater vel propinquus scuto frameaque
iuvenem ornant: haec apud illos toga, hic primus iuventae
10 honos; ante hoc domus pars videntur, mox rei publicae. insignis nobilitas aut magna patrum merita principis dignationem etiam adulescentulis assignant: ceteris robustioribus ac
iam pridem probatis aggregantur, nec rubor inter comites
aspici. gradus quin etiam ipse comitatus habet, iudicio eius
15 quem sectantur; magnaque et comitum aemulatio, quibus primus apud principem suum locus, et principum, cui plurimi
et acerrimi comites. haec dignitas, haec vires, magno semper
electorum iuvenum globo circumdari, in pace decus, in bello
praesidium. nec solum in sua gente cuique, sed apud fini-
20 timas quoque civitates id nomen, ea gloria est, si numero ac
virtute comitatus emineat; expetuntur enim legationibus et
muneribus ornantur et ipsa plerumque fama bella profligant.

      14. Cum ventum in aciem, turpe principi virtute vinci,
turpe comitatui virtutem principis non adaequare. iam vero
25 infame in omnem vitam ac probrosum superstitem principi suo
ex acie recessisse: illum defendere, tueri, sua quoque fortia
facta gloriae eius assignare praecipuum sacramentum est:
principes pro victoria pugnant, comites pro principe. si civi-

---

1. ipsi B pr. uidicatur ABS uidicauit AB1   2. lisdem *die Hand-*
schriften pncepſ B   3. plebib; B   4. autoritas B aulut B adſut
B adeſt adfunt A aſſūt B   5. nichil B publico AB priualo B
nisi] nō B1   6. non] nisi B1   7. probauerat B tum CD cō *oder* tō B
Cum AB1 Tum B2   8. propinqua B2 propinqui AB31   9. ū aput B
viuente B juuentu B2 var.   10. rei. pu. B roip. B   11. dignacōem B
dignitatem AB   12. celam B adulefcentulis *cod. Kappianus* adolo-
scentulis AB2 cetoris AB2 cetori *Lipsius*   13. aggregātur B robor B
14. quin etiam] ηāη; B1   17. hec B bec B1 hec B   18. in] (*vor* bello)
nec B1   19. prefidiū B Nec (*unter* N *ein* B) B   21. legacōibus B
24. cōm tatui (*das erste* t *aus* c) B adaequare AB ulro B   25. infumō,
m (= *und die Striche von zweiter Hand*; B   26. forciu B   27. glorio B
eius] fchlt B pcipuū B

versammlungen werden auch die Fürsten gewählt, welche in den Gauen und Weilern Recht sprechen. Jeden derselben umgeben die Hunnen aus dem Volke als Rath zugleich und als Bekräftigung.

13. Nichts aber unternehmen sie weder von öffentlichen noch besondern Geschäften außer bewaffnet. Aber es ist nicht üblich, daß einer die Waffen nehme, ehe die Gemeinde ihn tauglich befunden hat. Dann schmücken in der Volksversammlung selbst entweder einer der Fürsten oder der Vater oder ein Verwandter den Jüngling mit dem Schild und der Frame. Das ist bei ihnen die Toga, dieß die erste Ehre der Jugend: vorher werden sie als ein Theil des Hauses, jetzt des Staates angesehen. Ausgezeichneter Adel oder große Verdienste der Väter verschaffen auch zarten Jünglingen die Würde des Gefolgsherrn; um sie schaaren sich die übrigen, reiferen und längst berühmten, und schämen sich nicht, in ihrem Gefolge zu erscheinen. Aber auch das Gefolge selbst hat Rangstufen nach Maßgabe des Urtheils dessen, dem sie folgen; und groß ist der Wetteifer unter dem Gefolge, wer den ersten Platz bei ihrem Fürsten erhalten und unter den Fürsten, wer die meisten und tapfersten Gefährten habe. Das ist ihr Ansehen, ihre Macht, immer von der großen Schaar erlesener Jünglinge umgeben zu sein; im Frieden ihr Stolz, im Krieg ihr Schutz. Und nicht allein in seinem Volke, sondern auch bei den benachbarten Staaten verleiht das einem Jeden Namen und Ruhm, wenn er sich durch die Zahl und die Tapferkeit des Gefolgs auszeichnet: denn sie werden von Gesandtschaften gesucht und mit Geschenken geehrt, und meistens verhindern sie die Kriege schon durch ihren Ruhm.

14. Wenn es zur Schlacht kommt, so ist es schimpflich für den Fürsten, an Tapferkeit übertroffen zu werden, schimpflich für's Gefolge, der Tapferkeit des Fürsten nicht gleichzukommen. Aber Schande für das ganze Leben und Ehrlosigkeit ist es, den Fürsten überlebend aus der Schlacht gekommen zu sein. Ihn zu vertheidigen, zu schützen, und die eigenen Heldenthaten ihm zum Ruhm anzurechnen, das ist ihre erste Pflicht. Die Fürsten fechten für den Sieg, die Begleiter für den Fürsten. Wenn der Staat, in welchem sie

tas in qua orti sunt longa pace et otio torpeat, plerique nobilium adulescentium petunt ultro eas nationes, quae tum bellum aliquod gerunt, quia et ingrata genti quies et facilius
inter ancipitia clarescunt magnumque comitatum non nisi vi
5 belloque tuentur; exigunt enim principis sui liberalitate illum
bellatorem equum, illam cruentam victricemque frameam. nam
epulae et quamquam incompti, largi tamen apparatus pro sti-
pendio cedunt. materia munificentiae per bella et raptus.
nec arare terram aut expectare annum tam facile persuaseris
10 quam vocare hostem et volnera mereri. pigrum quin immo
et iners videtur sudore adquirere quod possis sanguine parare.

15. Quotiens bella non ineunt, [non] multum venatibus,
plus per otium transigunt, dediti somno ciboque, fortissimus
quisque ac bellicosissimus nihil agens, delegata domus et pe-
15 natium et agrorum cura feminis senibusque et infirmissimo
cuique ex familia: ipsi hebent, mira diversitate naturae, cum
iidem homines sic ament inertiam et oderint quietem. mos
est civitatibus ultro ac viritim conferre principibus vel armentorum vel frugum, quod pro honore acceptum etiam necessi-
20 tatibus subvenit. gaudent praecipue finitimarum gentium donis,
quae non modo a singulis sed et publice mittuntur, electi
equi, magna arma, phalerae torquesque; iam et pecuniam accipere docuimus.

16. Nullas Germanorum populis urbis habitari satis no-
25 tum est, ne pati quidem inter se iunctas sedes. colunt discreti ac diversi, ut fons, ut campus, ut nemus placuit. vicos
locant non in nostrum morem conexis et cohaerentibus aedi-

---

1. ocio B 2. adolescentium AB adolefcenciū B nacōēs que B
tum] bA Spr. 4. ancipicia B vi] ī B1 5. tuentur AB tuearo B

principis B 6. equom cod. *Monacensis* equum AB 7. epulo B

8. munificēcie B 10. ōstem B uolnera A uulnera BB meçori B
imo AB ymo B fagne B 12. Quoū quociēs B multum *Lipsius* non
multum *die Handschriften* ornatlibus B 13. ocium BB 14. nichil B

ponaliū B pr. penaciū B corr. 16. hebent AB habet B mira diuer-

fitate B nature B 17. iidem AB B inerciā B ccia B q̄ B1 19.
cciā B 20. precipue B finitimarū *über der Zeile* B genciū B 21.
quo B q̄ B a *tilgt* BB 22. magna *die Handschriften* insignia *Köchly*
phallere B iam bis docuimus *fehlt* B 24. urbis cod. *Romanus An-*
gelicae Bibliothecae (Augustinorum) Q. 5. 12 urbes AB B npŋ und *am*

Rande notū B 25. quidem] q̄ B1 iunctas] mōtas B 26. campos B

geboren sind, lange in Frieden und Ruhe müßig liegt, so
suchen die meisten adlichen Jünglinge freiwillig diejenigen
Völker auf, welche gerade einen Krieg führen, weil einmal
diesem Volke die Ruhe verhaßt ist, und dann weil sie leichter
in Gefahren berühmt werden, und weil man ein großes Gefolge nur durch Gewalt und Krieg erhalten kann. Denn sie
erwarten von der Freigebigkeit ihres Fürsten jenes ihr Kriegs-
ross, und jene blutige und siegreiche Frame. Denn Trinkgelage und wenn schon schmucklose, doch reichliche Ausrüstung gelten für Sold. Die Mittel der Freigebigkeit gibt
Krieg und Raub. Das Land zu pflügen und auf den Jahresertrag zu warten, dazu bewegt man sie nicht so leicht, als
den Feind herauszufordern und Wunden zu verdienen. Ja
sogar Trägheit und Feigheit scheint es ihnen, mit Schweiß
zu erwerben, was mit Blut gewonnen werden kann.

15. So oft sie nicht in Kriege gehen, bringen sie viele Zeit
auf der Jagd, noch mehr in Müßiggang zu, dem Schlafen
und dem Eßen ergeben; und je tapferer und kriegerischer
einer ist, desto weniger thut er: das Haus und die Sorge
der Penaten und der Felder ist den Weibern zugewiesen und
den Greisen und je den schwächsten von den Hausgenoßen.
Sie selbst sind müßig, mit einem wunderbaren Widerspruch
der Natur, da die nemlichen Menschen so sehr den Müßiggang lieben und die Ruhe haßen. Es ist Sitte der Staaten,
freiwillig und Mann für Mann den Fürsten Vieh oder Getreide darzubringen, was wie eine Ehre angenommen auch
für die Bedürfnisse die Mittel gibt. Sie freuen sich hauptsächlich der Geschenke benachbarter Völker, welche ihnen
nicht nur von einzelnen, sondern auch von Staatswegen geschickt werden, erlesene Pferde, große Waffen, Pferdeschmuck
und Halsketten. Schon haben wir sie gelehrt auch Geld anzunehmen.

16. Daß die Völker der Germanen nicht in Städten
wohnen, ist bekannt genug; nicht einmal unter einander
verbundene Wohnsitze mögen sie leiden. Sie wohnen getrennt
und zerstreut, wie eine Quelle, ein Feld, oder ein Wald ge-
fiel. Dörfer legen sie an nicht nach unserer Weise mit ver-
bundenen und aneinander stoßenden Gebäuden; sein Haus

pr. 27. locant B3A var. longant A nostrum] uri B connexis *die
Handschriften* cohorentib; ordificijs B

ficiis: suam quisque domum spatio circumdat, sive adversus
casus ignis remedium sive inscitia aedificandi. ne caementorum quidem apud illos aut tegularum usus: materia ad omnia
utuntur informi et citra speciem aut delectationem. quaedam
5 loca diligentius illinunt terra ita pura ac splendente, ut pi-
cturam ac liniamenta colorum imitetur. solent et subterraneos
specus aperire eosque multo insuper fimo onerant, suffugium
hiemi et receptaculum frugibus, quia rigorem frigorum eius-
modi locis molliunt, et si quando hostis advenit, aperta popu-
10 latur, abdita autem et defossa aut ignorantur aut eo ipso
fallunt quod quaerenda sunt.

17. Tegumen omnibus sagum fibula aut, si desit, spina
consertum: cetera intecti totos dies iuxta focum atque ignem
agunt. locupletissimi veste distinguntur, non fluitante, sicut
15 Sarmatae ac Parthi, sed stricta et singulos artus exprimente.
gerunt et ferarum pelles, proximi ripae neglegenter, ulteriores
exquisitius, ut quibus nullus per commercia cultus. eligunt
feras et detracta velamina spargunt maculis pellibusque beluarum, quas exterior Oceanus atque ignotum mare gignit. nec
20 alius feminis quam viris habitus, nisi quod feminae saepius
lineis amictibus velantur eosque purpura variant, partemque
vestitus superioris in manicas non extendunt, nudae brachia
ac lacertos; sed et proxima pars pectoris patet.

18. Quamquam severa illic matrimonia, nec ullam morum
25 partem magis laudaveris. nam prope soli barbarorum singulis
uxoribus contenti sunt, exceptis admodum paucis, qui non libidine sed ob nobilitatem plurimis nuptiis ambiuntur. dotem
non uxor marito, sed uxori maritus offert. intersunt parentes

---

1. suam] Ni S   spacio S   2. insticia S pr.   edificādi No ce-
mentorū S   3. aput S   4. spēm BS   delectacōm. quedā S   5. dili-
gecius S   diligentius ('en subraxis') B   illiniāt S   6. liniamenta B
liniamenta A   colorum die Handschriften locorum Nipperdey corporum
Köchly   subterrmeos AB   subterraneos S   8. hyemi S   quia] qui S
vigorō B   9. rostis B   11. quod] q̄ A   qrenda S   queredu A   12.
ligula B   13. intectos S1   iusta B   15. Sarmata B   sarmathe S
16. Gerunt S B2 Ferunt AB   ripe S   neglegōt D   negligenter AB
17. exquisitius S   commercia S   18. maculas S1   19. oeceanus S

ignitō S   20. alijs S   foemif B   femine sepius S   22. nudet S1
nude SB   24. ullarō B pr.   25. laudarim S1   27. nupciis S   28.
non] nos S1

umgibt jeder mit einem freien Platz, sei es als Schutzmittel gegen Feuersgefahr, sei es aus Unkunde im Bauen. Selbst der Mauersteine und Ziegel Gebrauch kennen sie nicht; sie nehmen zu allem unförmliches Bauholz, ohne Rücksicht auf Schönheit und Behagen (Comfort). Einige Stellen bestreichen sie besonders sorgfältig mit einer so reinen und glänzenden Erdart, daß sie ein Gemälde und farbige Zeichnungen nachahmt. Sie pflegen auch unterirdische Hölen zu öffnen, die sie von oben mit einer Menge Dung beladen, eine Zufluchtstätte für den Winter und ein Aufbewahrungsort der Feldfrüchte, weil sie die Strenge des Frosts durch solche Orte lindern, und wenn einmal ein Feind kommt, verheert er das Sichtbare, aber das Versteckte und Vergrabene bleibt ententweder unbekannt, oder leitet ihn irre, gerade weil er es suchen will.

17. Als Gewand tragen alle den Mantel, der mit einer Schnalle oder in deren Ermangelung mit einem Dorn zusammengeheftet wird: im Uebrigen unbedeckt bringen sie ganze Tage am Heerd und Feuer zu. Die Reichsten zeichnen sich durch ein Kleid aus, nicht ein weites, wie die Sarmaten und Parther, sondern ein enges, und die einzelnen Glieder zeichnendes. Sie tragen auch Felle wilder Thiere, die Nächsten am Ufer ohne Vorliebe, die Entfernteren sorgfältiger, da ihnen durch den Handel keinerlei Putz zukommt. Sie wählen die wilden Thiere aus, und die abgezogenen Häute besetzen sie mit Flecken und Fellen von Thieren, welche der äußere Ocean und ein unbekanntes Meer erzeugt. Und die Weiber haben kein ander Kleid als die Männer, außer daß die Weiber sich oft in linnene Gewänder hüllen, und diese mit Purpurstreifen säumen und den obern Theil des Gewandes nicht zu Aermeln erweitern, nackt an Armen und Oberarmen; aber auch der nächste Theil der Brust bleibt entblößt.

18. Jedoch die Ehen sind dort strenge, und keinen Theil der Sitten möchte man mehr loben. Denn fast allein unter den Barbaren begnügen sie sich mit einem Weibe, mit Ausnahme sehr weniger, welche nicht aus Wollust, sondern wegen ihres Adels um vielfache Verbindungen angegangen werden. Eine Mitgift bringt nicht das Weib dem Gemahl, sondern der Gemahl dem Weibe. Zugegen sind die Eltern und die

ac propinqui ac munera probant, munera non ad delicias
muliebris quaesita nec quibus nova nupta comatur, sed boves
et frenatum equum et scutum cum framea gladioque. in haec
munera uxor accipitur, atque in vicem ipsa armorum aliquid
5 viro affert: hoc maximum vinculum, haec arcana sacra, hos
coniugales deos arbitrantur. ne se mulier extra virtutum cogitationes extraque bellorum casus putet, ipsis incipientis matrimonii auspiciis admonetur venire se laborum periculorumque
sociam, idem in pace, idem in proelio passuram ausuramque:
10 hoc iuncti boves, hoc paratus equus, hoc data arma denuntiant.
sic vivendum, sic pereundum: accipere se quae liberis inviolata
ac digna reddat, quae nurus accipiant rursus, quae ad nepotes
referantur.

19. Ergo saeptae pudicitia agunt, nullis spectaculorum
15 illecebris, nullis conviviorum irritationibus corruptae. litterarum secreta viri pariter ac feminae ignorant. paucissima in
tam numerosa gente adulteria, quorum poena praesens et
maritis permissa: abscisis crinibus, nudatam, coram propinquis
expellit domo maritus ac per omnem vicum verbere agit;
20 publicatae enim pudicitiae nulla venia: non forma, non aetate,
non opibus maritum invenerit. nemo enim illic vitia ridet,
nec corrumpere et corrumpi saeculum vocatur. melius quidem
adhuc eae civitates, in quibus tantum virgines nubunt et cum
spe votoque uxoris semel transigitur. sic unum accipiunt
25 maritum quo modo unum corpus unamque vitam, ne ulla cogitatio ultra, ne longior cupiditas, ne tamquam maritum sed

---

1. ac propinqui s   ac munera *streicht Lachmann*   dolicias] *fehlt* s
2. muliebris *cod. Florentinus* muliebres, s muliebres AB   quesita s
comatur] ornatur s   3. hec s   4. ipsa armorum AB armorū ipm̄ s
5. hec archana s   6. cogitacōēs s   7. incipientis] incipientibus Bs
v. filio s   10. hec uincti s   hec paratus s   equus *cod. Kappianus*
equus ABs   hec s   denūciat s   11. vivendum] nine ū s   peundū B
periendum   ficū s pariendum ABs *var.* se q̄ B q; se s1 fe, *und am Rande* que
s2   12. q̄ B que s   rursus, q̄ s rursusque AB   13. inseratur s
14. Ergo] in s1   septae *cod. Arundelianus* sapta H sepla ABs
pudicicia s   15. irritaconib; corupte lrarū s   16. femine s
17. pena as   praesens] pns ABs   18. abscisa s adcisis A ac-
cisa s   20. publicatae] Rapte s publicate As *var.* pudicicie s
olato s   21. maritas s   iuenerit B fueuiet A inuenitur s vicia s
22. seculum AB se seculu s   melius quidem adhuc] Meliusq; ad

Verwandten und prüfen die Geschenke. Geschenke, nicht
zum Ergetzen der Frau erlesen, noch daß sich damit die
Neuvermählte schmücke, sondern Rinder und ein gezäumtes
Roß und ein Schild mit Frame und Schwert. Gegen diese
Geschenke wird das Weib übergeben, und dagegen bringt
sie selbst dem Mann einige Waffen. Dieß halten sie für das
stärkste Band, das für die geheimen Weihen, das für die Schutz-
götter der Ehe. Damit nicht die Gattin meine, außerhalb (des
Bereichs) der Tugendgedanken und außerhalb (des Bereichs)
der Kriegsfälle zu stehen, so wird sie durch die Weihe des be-
ginnenden Ehestandes selbst erinnert, daß sie als Genoßin der
Arbeiten und Gefahren komme, die gleiches im Frieden, gleiches
in der Schlacht leiden und wagen werde: das bedeuten die ge-
jochten Ochsen und das gerüstete Pferd, und die gegebenen
Waffen. So für das Leben, so für den Tod; sie erhalte Geschenke, die sie den Kindern unentweiht überliefern solle
und würdig, daß die Schwiegertöchter sie wieder erhalten,
und daß sie auf die Enkel gebracht werden.

19. Also leben die Weiber von Sittsamkeit umhegt,
durch keine lüsternen Schauspiele, durch keine aufregenden
Gastmäler verführt. Der Schriften Geheimnisse sind den
Männern ebenso wie den Frauen unbekannt. Sehr selten in
so zahlreichem Volk ein Ehebruch, dessen Strafe unmittelbar
folgt und dem Ehemanne überlaßen ist. Mit abgeschnittenen
Haaren, entblößt wird die Ehebrecherin in Gegenwart der
Verwandten von dem Gemahl aus dem Haus gejagt und mit
Schlägen durch das ganze Dorf getrieben. Denn die preis-
gegebene Keuschheit findet keine Gnade; nicht mit Schön-
heit, nicht mit Jugend, nicht mit Reichthum könnte sie einen
Gemahl finden; denn Niemand lacht dort über das Laster;
und verführen und sich verführen laßen wird nicht guter
Ton genannt. Beßer zwar ist es bis jetzt noch in denjenigen
Staaten, in welchen nur Jungfrauen heirathen, und es mit
der Hoffnung und dem Gelübde des Weibes ein für allemal
abgethan ist. So erhalten sie Einen Gemahl wie Einen Leib
und Ein Leben, daß kein weiterer Gedanke, keine längere
Begierde möglich ist, daß sie ihn nicht als einen Gemahl,

hoc B   23. ee A   ex B1   he (auf ee?) B2   civitates in], civitate, m B
tantum] tandem B1   25. quo modo; quo und am Rande ü von zweiter
Hand   cogitacio B

tamquam matrimonium ament. numerum liberorum finire aut
quemquam ex agnatis necare flagitium habetur, plusque ibi
boni mores valent quam alibi bonae leges.

20. In omni domo nudi ac sordidi in hos artus, in haec
corpora, quae miramur, excrescunt. sua quemque mater uberibus alit, nec ancillis aut nutricibus delegantur. dominum ac
servum nullis educationis deliciis dinoscas: inter eadem pecora,
in eadem humo degunt, donec aetas separet ingenuos, virtus
agnoscat. sera iuvenum venus, eoque inexhausta pubertas.
nec virgines festinantur; eadem iuventa, similis proceritas:
pares validaeque miscentur, ac robora parentum liberi referunt.
sororum filiis idem apud avunculum qui ad patrem honor.
quidam sanctiorem artioremque hunc nexum sanguinis arbitrantur et in accipiendis obsidibus magis exigunt, tamquam
etiam animum firmius et domum latius teneant. heredes
tamen successoresque sui cuique liberi, et nullum testamentum.
si liberi non sunt, proximus gradus in possessione fratres,
patrui, avunculi. quanto plus propinquorum, quanto maior
affinium numerus, tanto gratiosior senectus; nec ulla orbitatis pretia.

21. Suscipere tam inimicitias seu patris seu propinqui
quam amicitias necesse est; nec implacabiles durant: luitur
enim etiam homicidium certo armentorum ac pecorum numero
recipitque satisfactionem universa domus, utiliter in publicum,
quia periculosiores sunt inimicitiae iuxta libertatem.

Convictibus et hospitiis non alia gens effusius indulget.
quemcumque mortalium arcere tecto nefas habetur; pro fortuna

---

2. agnatis B flagiciū B 3. quā B bonē B 4. hec B 5.
corpora, quae] corporaī B corporaq; B miramur] miātur B uberi-
bus] ubere B 6. nec] ne B aut B] ac AB 7. educaroib; B dinoſ
dignoscas BB pectora B 8. etas B ſepet B ſeperut B 11. valideq; B
12. ydem B ad AB ap B 13. quidam] qd' B artioremque A arctio-
remque BB hunc] habet B sanguinis] ſāginisq; B 14. et i am
eli — etiam et i AB et in B 15. animum] anion und am Rande
rom zweiter Hand animū B lucina B 16. propinquior B1 quanto
Halm qu B tanto AB17B maior] magis B pr. 19. gratioſſor AB
gracioſſor B gratior A var. jcin B 21 inimicicias B1 amicicias B2
seu patris bis amicitias fehlt B1, am Rande inimicicias seu pris ſeu ſpioqui
q B2 23. nec] ne B iplacabtes B 25. inimicicie B iusta B 26.
et] fehlt B hoſpicijs B hoſpitib B alia] aliquis B effuſius] et effu-
ſius B 27. arcere] arces B1

sondern als wie die Ehe lieben. Die Zahl der Kinder zu beschränken oder eines von den Nachgeborenen zu tödten wird für Schande gehalten; mehr vermögen da gute Sitten als anderswo gute Gesetze.

20. Im Hause immer nackt und schmucklos wachsen sie zu solchen Gliedmaßen, zu solchen Leibern heran, wie wir sie bewundern. Jeden ernährt die eigne Mutter mit ihren Brüsten, und sie werden nicht Mägden und Ammen anvertraut. Den Herrn und den Knecht unterscheidet man nicht an feinerer Erziehung. Unter denselben Hausthieren, auf demselben Hausboden leben sie bis die Freien das Alter trennt, die Tapferkeit bewährt. Spät erst Liebesgenuß der Jünglinge und darum unerschöpflich die Manneskraft. Auch mit den Jungfrauen eilt man nicht; sie sind von gleicher Jugendkraft, ähnlicher Leibesgröße: gleich tüchtig und gesund verbinden sie sich, und die Kinder bezeugen die Leibeskräfte der Eltern. Die Schwestersöhne stehn beim Oheim in gleicher Ehre wie beim Vater; einige halten dieses Band des Blutes für heiliger und enger, und sehen mehr darauf beim Einfordern von Geiseln, als ob sie den Geist fester und die Verwandtschaft in weiterem Umfang fesselten. Erben jedoch und Nachfolger sind jedem die eigenen Kinder: und Testamente gibt es nicht. Wenn keine Kinder da sind, ist der nächste Grad im Erbrecht die Brüder, die Oheime väterlicher und mütterlicher Seite. Je größer die Zahl der Blutsverwandten und der Verschwägerten ist, desto geachteter ist das Alter; und die Kinderlosigkeit hat keinen Vorzug.

21. Man ist verpflichtet, sowohl die Feindschaften als die Freundschaften des Vaters oder eines Blutsverwandten zu den seinigen zu machen: aber sie dauern nicht unversöhnlich; denn sogar der Todtschlag wird mit einer gewissen Zahl von Rindern und Pferden gebüßt, und das ganze Haus nimmt die Genugthuung an; was heilsam ist für den Staat, denn im Verhältniss der Freiheit sind die Feindschaften gefährlicher.

Für Gastmäler und Bewirthungen ist kein anderes Volk eifriger besorgt. Es gilt für Sünde, irgend einem Sterblichen sein Obdach zu verweigern; jeder bewirthet ihn nach seinem Vormögen mit einem festlichen Male. Wenn die

quisque apparatis epulis excipit. cum defecere, qni modo
hospes fuerat, monstrator hospitii et comes; proximam domum
non invitati adeunt. nec interest: pari humanitate accipiuntur.
notum ignotumque quantum ad ius hospitis nemo discernit.
5 abeunti, siquid poposcerit, concedere moris; et poscendi in
vicem eadem facilitas. gaudent muneribus, sed nec data imputant
nec accepta obligantur. victus inter omnes pariter communis.
    22. Statim e somno, quem plerumque in diem extrahunt,
lavantur, saepius calida, ut apud quos plurimum hiems occu-
10 pat. lauti cibum capiunt: separatae singulis sedes et sua cuique mensa. tum ad negotia nec minus saepe ad convivia
procedunt armati. diem noctemque continuare potando nulli
probrum. crebrae, ut inter vinolentos, rixae raro conviciis,
saepius caede et vulneribus transiguntur. sed et de reconci-
15 liandis in vicem inimicitiis et iungendis affinitatibus et adsciscendis principibus, de pace denique ac bello plerumque in
conviviis consultant, tamquam nullo magis tempore aut ad
simplices cogitationes pateat animus aut ad magnas incalescat.
gens non astuta nec callida aperit adhuc secreta pectoris li-
20 centia ioci; ergo detecta et nuda omnium mens postera die
retractatur, et salva utriusque temporis ratio est: deliberant,
dum fingere nesciunt, constituunt, dum errare non possunt.
    23. Potui umor ex hordeo aut frumento, in quandam
similitudinem vini corruptus: proximi ripae et vinum mercan-
25 tur. cibi simplices, agrestia poma, recens fera aut lac concretum: sine apparatu, sine blandimentis expellunt famem.
adversus sitim non eadem temperantia. si indulseris ebrietati

2. ⌐ofpes B hofpicij B   4. ignotu B   5. abeunt' B poposcerit ABC poposcerris B1 poposcerut A 7. victus] vinclum *Lachmann*
omnes pariter *Tross* hospites AB ⌐ofpit-f B communis *Tross* comis
AB comes B comitas *Lachmann* 8. u CD ò B1 cim B1 eij A
9. fepius aqua calida B ut] ficuti B hyems A hyemps B 10. laute
B1 fepate B fepate B Seperate A sua] fui B 11. negocia B fepe B
12. cõtinuando potare B pr. 13. crebre B crebre B vinolatos rixe B
14. fupius cole B transfigitur B transfigutr B et] fehlt B cõciliandis B
16. inimicitiis *add. Arundeliana, Turicensis, Venetiana* inimicis AB
adscifcendis B1 18. cogitacõe B 19. ad huc CD ad hoc B ad hec
AB licecia B 20. ioci AB var. loci B var. 21. retrectatr B
racio B 23. umor] humor *die Handschriften* ordeo B frumeta B
24. fimilitude B ripe B et adverfus B 27. tempericia B idulxerif B

Mittel fehlen, wird derjenige, der eben noch der Wirth war,
der Wegweiser und Begleiter zur Herberge, und ungeladen
treten sie in das nächste Haus; und es kommt nicht darauf
an: mit gleicher Freundlichkeit werden sie aufgenommen.
In Bezug auf das Gastrecht unterscheidet Niemand zwischen
Bekannten und Fremden; es ist Sitte, dem Scheidenden, wenn
er etwas verlangt, es zu gewähren; und umgekehrt etwas zu
verlangen macht er ebenso wenig Umstände. Sie freuen sich
der Geschenke: aber weder rechnen sie die gegebenen an
noch werden sie durch die erhaltenen verbunden; denn der
Lebensunterhalt ist allen gemeinsam.

22. Unmittelbar aus dem Schlaf, den sie meistens in
den Tag ausdehnen, baden sie, meistens warm, insofern bei
ihnen den größten Theil des Jahres der Winter einnimmt.
Gebadet frühstücken sie; jeder hat seinen besonderen Sitz
und seinen eigenen Tisch. Dann begeben sie sich bewaffnet
zu den Geschäften, und nicht weniger oft zu Gastmälern.
Tag und Nacht ohne Unterbrechung zu zechen ist für keinen
Schande. Häufige Streithändel, wie sie unter Trunkenen zu
entstehen pflegen, werden selten durch Scheltworte, oft durch
Todtschlag und Verwundungen ausgemacht. Aber sie berathen
sich auch wiederum über Beilegung von Fehden, über
Knüpfung von Verwandtschaften und über die Wahl der
Fürsten, und endlich über Frieden und Krieg meistens bei
Gelagen; als ob zu keiner andern Zeit der Geist für einfache Ueberlegung offener oder für große Entschlüsse ent-
zündlicher wäre. Ein nicht verschmitztes, nicht arglistiges
Volk öffnet noch die Geheimnisse der Brust in der Un-
gebundenheit des Scherzes. Ist so die Meinung aller offen-
kundig und unverhüllt, so wird die Sache am folgenden Tage
wieder vorgenommen, und die Rücksicht auf beide Zeiten
ist gewahrt. Sie berathen, wann sie sich nicht zu verstellen
wissen, sie beschließen, wann sie nicht irren können.

23. Zum Getränk haben sie ein Gebräu aus Gerste oder
Korn, das durch Gährung dem Wein einigermaßen ähnlich
geworden ist. Die Nächsten am Ufer (des Rheins) kaufen
auch Wein. Die Speisen sind einfach, wilde Baumfrüchte,
frisches Wildbret oder saure Milch. Ohne Leckereien, ohne
Gewürze vertreiben sie nur den Hunger. Gegen den Durst
sind sie nicht von gleicher Mäßigkeit. Wenn man ihrer

suggerendo quantum concupiscunt, haud minus facile vitiis
quam armis vincentur.

24. Genus spectaculorum unum atque in omni coetu idem.
nudi iuvenes, quibus id ludicrum est, inter gladios se atque
5 infestas frameas saltu iaciunt. exercitatio artem paravit, ars
decorem; non in quaestum tamen aut mercedem, quamvis
audacis lasciviae pretium est voluptas spectantium. aleam,
quod mirere, sobrii inter seria exercent, tanta lucrandi per-
dendive temeritate, ut, cum omnia defecerunt, extremo ac no-
10 vissimo iactu de libertate ac de corpore contendant. victus
voluntariam servitutem adit: quamvis iuvenior, quamvis robustior, alligari se ac venire patitur. ea est in re prava pervicacia: ipsi fidem vocant. servos condicionis huius per commercia tradunt, ut se quoque pudore victoriae exolvant.
15 25. Ceteris servis non in nostrum morem discriptis per
familiam ministeriis utuntur: suam quisque sedem, suos penates
regit. frumenti modum dominus aut pecoris aut vestis ut
colono iniungit, et servus hactenus paret: cetera domus officia
uxor ac liberi exequuntur. verberare servum ac vinculis et
20 opere cohercere rarum: occidere solent, non disciplina et se-
veritate, sed impetu et ira, ut inimicum, nisi quod impune
est. liberti non multum supra servos sunt, raro aliquod momentum in domo, numquam in civitate, exceptis dumtaxat iis
gentibus quae regnantur. ibi enim et super ingenuos et super
25 nobiles ascendunt: apud ceteros impares libertini libertatis
argumentum sunt.
26. Faenus agitare et in usuras extendere ignotum; ideoque magis servatur quam si vetitum esset. agri pro numero

-- ———

1. haut mio facile vicijs q̄ armis vincent̄ 59 am Rande, fehlt 51
4. ludicrum] iudiciā 5   5. parauit AB parut 5   6. qſtū 5   queſtū B
tamen] tam 5   7. lafciuie 5   preciā 5   p̄ctū B   h̄ectātiō B   ex-
pectātiō A   expectāciō 5   8. q̄ miretur fobria 5   exertent 51   9.
defecerunt AB defecerit B   10. actu B pr.   corpe cōtendunt 5   12.
pernicacia 51   14. uictorie exfoluāt 5   15. discriptis] deſcriptis die
Handſchriften; vgl. Bücheler Rhein. Museum XIII 598 ff.   16. miſte-
riis miniſtriis A miſtriis B   utuntur] fehlt A   17 ut AB nach der
Rasur aut B vor der Rasur   18. et AB ut B   19. ac AB et 5
20. cohercere 5 coercere AB   21. ipetu 5   22 liberti — argumentum
sunt] nach ignorantur am Schluss von cap. 26 AB Blatt 30r, B auch
hier Blatt 30r am Rande mit der Bemerkung in hoc loco potius   supra]
super 5   23. hijs 5   24 q̄ B Blatt 30r   que 5B Blatt 30r   ibi] illi 5
et super ingenuos] fehlt B Blatt 30r   25. coeteros B certos 51   27.
Fenus 5   Fenus AB   Foen9 B

Trunksucht willfährt und ihnen so viel verschafft, als sie begehren, so werden sie ebenso leicht durch Laster als durch Waffen besiegt werden.

24. Sie haben nur eine Art von Schauspiel und in jeder Gesellschaft dasselbe. Nackte Jünglinge, denen dieß ein Spiel ist, stürzen sich tanzend unter Schwerter und drohende Framen. Die Fertigkeit hat sich zur Kunst, die Kunst zum Anstand ausgebildet; jedoch nicht des Erwerbes oder Gewinnes wegen; des noch so kecken Uebermuths Belohnung ist das Vergnügen der Zuschauer. Das Würfelspiel, was zu verwundern ist, treiben sie nüchtern als etwas ernsthaftes und zwar mit so hohem Wagniss in Gewinn und Verlust, daß sie, wenn alles verloren ist, auf den letzten und höchsten Wurf ihre Freiheit und ihre Person einsetzen. Der Besiegte begibt sich in freiwillige Knechtschaft; obgleich jünger, obgleich stärker, läßt er sich binden und verkaufen. So groß ist in einer nichtswürdigen Sache ihre Hartnäckigkeit; sie selbst nennen es Treue. Die Sclaven dieser Gattung veräußern sie im Handel, damit sie sich selbst der Schmach des Sieges entledigen.

25. Die übrigen Sclaven brauchen sie nicht nach unserer Weise, so daß in der Familie jeder seine angewiesene Dienstleistung hat; jeder steht seinem eigenen Wohnsitz vor und seinem eignen Herd. Der Herr legt ihm, wie einem Zinsbauer, ein Maß von Getreide, oder Vieh oder Kleider auf; und soweit gehorcht der Sclave. Die übrigen Geschäfte des Hauses verrichten das Weib und die Kinder. Es ist selten, daß sie einen Sclaven peitschen oder ihn mit Fesseln und Zwangsarbeit strafen; sie schlagen sie wohl todt, aber nicht zur Strafe oder aus Grausamkeit, sondern in der Hitze, im Zorn, wie einen Feind, nur daß es nicht geahndet wird. Die Freigelaßenen stehn nicht viel über den Sclaven: selten sind sie von einigem Einfluß im Haus, niemals im Staat, jedoch mit Ausnahme derjenigen Völker, welche von Königen beherrscht werden. Denn da steigen sie wohl über die Freien und über die Adlichen empor. Bei den übrigen sind die Freigelaßenen durch ihre Rechtsungleichheit ein Kennzeichen der Freiheit.

26. Geld anlegen und durch Zinseszins zu vermehren ist unbekannt; und wird darum mehr beobachtet, als wenn es

cultorum ab universis invicem *cognationibus* occupantur, quos
mox inter se secundum dignationem partiuntur; facilitatem
partiendi camporum spatia praestant. arva per annos mutant,
et superest ager. nec enim cum ubertate et amplitudine soli
[5] labore contendunt, ut pomaria conserant et prata separent et
hortos rigent: sola terrae seges imperatur. unde annum quoque ipsum non in totidem digerunt species: hiems et ver et
aestas intellectum ac vocabula habent, autumni perinde nomen
ac bona ignorantur.

[10]   27. Funerum nulla ambitio: id solum observant, ut corpora clarorum virorum certis lignis crementur. struem rogi
nec vestibus nec odoribus cumulant: sua cuique arma, quorundam igni et equus adicitur. sepulcrum caespes erigit: monumentorum arduum et operosum honorem ut gravem de-
[15] functis aspernantur. lamenta ac lacrimas cito, dolorem et
tristitiam tarde ponunt. feminis lugere honestum est, viris
meminisse.

    Haec in commune de omnium Germanorum origine ac
moribus accepimus: nunc singularum gentium instituta ritus-
[20] que, quatenus differant * *, quae nationes e Germania in Gallias commigraverint, expediam.

    28. Validiores olim Gallorum res fuisse summus auctor
divus Iulius tradit; eoque credibile est etiam Gallos in Germaniam transgressos: quantulum enim amnis obstabat quo
[25] minus, ut quaeque gens evaluerat, occuparet permutaretque
sedes promiscuas adhuc et nulla regnorum potentia divisas?

---

1. invicem cognationibus *Holtzmann* iuice B in ulcen A nicen
B1 uicu B2   2. dignationem AB dignacionem B2 fec dignos B1
pluintur B   3. pciendi B spacia B pstant B prestant A probant
BA var. pbul B2 var.   5. labore AB var. laborare BA var. separent B sepot B seperent A   & D et B2 ut AB9   6. ortos AB
torro B imponitur *und am Rande von zweiter Hand* imparat[al.] B
7. degerut B spes B2 hyems B   8. estas B ac] alq; B   9. honi B
Nach ignorantur *folgt in* AB: Liberti *bis* argumentum *sunt* (*vgl. cap.*
XXV)   10. ambitu B observat B obferuntur AB corpa B   11.
rhogi B   13. equs B equus AB adicitur B adiicitur AB sepulchru B
rossen die Handschriften   15. aspernantur] appnil B1 ac] et B
16. tristicia B   17. *Nach* meminisse *eine Zeile Zwischenraum, auf*
welcher roth ubea acin; auch cap. XXXIIII *wiederholt* 2a pa operp. B
18. Hec in omul B del *fehlt* B   19. genciu B   20. differant * *
Holtzmann que nacobca B   22. auctor A autor B2B var. auctoru B

verboten wäre. Die Felder werden nach der Anzahl der
Landbauer von ganzen Gemeinden abwechselnd besetzt, und
alsbald vertheilen sie dieselben unter sich nach der Würde.
Leichtigkeit der Theilung gewährt die Ausdehnung der Fluren.
Sie wechseln jährlich mit den Aeckern, und es bleibt noch
Feld übrig. Denn sie wollen nicht durch Arbeit Frucht-
barkeit und Ergiebigkeit des Bodens erzwingen, daß sie
Obstgärten pflanzen, und gesonderte Wiesen und Gärten be-
wässern. Nur Getreide wird von der Erde verlangt. Weshalb sie auch das Jahr nicht in eben so viele Jahreszeiten
theilen: Winter und Frühling und Sommer haben ihre Bedeutung und ihre Namen; vom Herbste kennen sie mit den
Gaben auch den Namen nicht.

27. In Leichenbegängnissen zeigen sie keinen Ergeiz.
Darauf allein sehen sie, daß die Leichname berühmter Männer
mit bestimmten Holzarten verbrannt werden. Den Holzstoß
bedecken sie nicht mit Gewändern und Wohlgerüchen: jedem
werden seine Waffen, einigen auch ihr Pferd ins Feuer geworfen. Rasen bildet das Grabmal. Der Denkmäler kost-
spielige und mühsame Ehre verschmähen sie als lästig für
die Todten. Wehklagen und Thränen enden sie bald, Schmerz
und Trauer spät. Den Frauen ziemt es zu klagen, den Männern
eingedenk zu bleiben.

Dieß ist es, was wir im Allgemeinen vom Ursprung und
den Sitten aller Germanen vernommen haben. Nun will ich
die Einrichtungen und Gebräuche der einzelnen Völker, so
weit sie von einander verschieden sind, abhandeln und zwar
diejenigen Völkerschaften, die aus Germanien nach Gallien
gewandert sind.

28. Der erste Gewährsmann, der verewigte Julius berichtet, daß einst die Gallier die mächtigern gewesen seien,
und darum ist es glaublich, daß auch Gallier nach Germanien
hinübergegangen seien; denn wie wenig hinderte ein Fluß,
daß nicht jedes Volk, wie es mächtig wurde, Wohnsitze,
die noch gemeinschaftlich und durch keine Staatsgewalt geschieden waren, einnahm und wechselte? Also wohnten

igitur inter Hercyniam silvam Rhenumque et Moenum amnes
Helvetii, ulteriora Boii, Gallica utraque gens, tenuere. manet
adhuc Boihemi nomen significatque loci veterem memoriam
quamvis mutatis cultoribus. sed utrum Aravisci in Pannoniam
5 ab Osis, Germanorum natione, an Osi ab Araviscis in Germaniam commigraverint, cum eodem adhuc sermone institutis
moribus utantur, incertum est, quia pari olim inopia ac libertate eadem utriusque ripae bona malaque erant. Treveri et
Nervii circa affectationem Germanicae originis ultro ambitiosi
10 sunt, tamquam per hanc gloriam sanguinis a similitudine et
inertia Gallorum separentur. ipsam Rheni ripam haud dubie
Germanorum populi colunt, Vangiones, Triboci, Nemetes. ne
Ubii quidem, quamquam Romana colonia esse meruerint
ac libentius Agrippinenses conditoris sui nomine vocentur,
15 origine erubescunt, transgressi olim et experimento fidei super
ipsam Rheni ripam collocati, ut arcerent, non ut custodirentur.

29. Omnium harum gentium virtute praecipui Batavi non
multum ex ripa, sed insulam Rheni amnis colunt, Chattorum
quondam populus et seditione domestica in eas sedes trans-
20 gressus, in quibus pars Romani imperii fierent. manet honos
et antiquae societatis insigne; nam nec tributis contemnuntur
nec publicanus atterit: exempti oneribus et collationibus et
tantum in usum proeliorum sepositi velut tela atque arma
bellis reservantur. est in eodem obsequio et Mattiacorum
25 gens; protulit enim magnitudo populi Romani ultra Rhenum
ultraque veteres terminos imperii reverentiam. ita sede fini-
busque in sua ripa, mente animoque nobiscum agunt, cetera

---

1. igitur] Ideo s   Hircyniä A   hircinia B1s   hircynià B   2. utra-
que] *fehlt* B   3. Boihemi (am Rande † Boijennonä) A   boiemi B
bobjemi s   nomē silgt ss   significutq; AB   sig.q; B   at signat ss   ue-
Lö# s   4. mutatibus B1   arauifci ABss   aranifci B1ss   5. ab Osis] a
bouf (am Rande †ofis) B   a Boijf A   a boys s   nacöu s   ofi ABss uar.
boy s   aranifcis s1   7. quia sss   qui AB   8. ripo s   9. Nervii
cod. *Hummelianus, Rhenanus* neruli ABs   neruli B   qitra B   affectationem AB   affectionē s   germanice AB   germanq B   originis s   am-
bitiofi s   10. fagnis s   a) a s   ·11. inercia s   fepentur s   12. ne Ubii
Orägtére nubij s   nubij B   nubii A   13. quidem] qui s   14. libencim s
15. Originē s pr.   17. precipui s   batáui B   balauij A   batani s   batbi
Rand ss   18. Chattorä s   Callorum A   cattorü B   19. fedicös s

zwischen dem hercynischen Wald und den Flößen Rein
und Main die Helvetier, weiterhin die Ubier, zwei gallische
Völker Noch bleibt der Name Böheim und deutet, obgleich
bei gewechselten Bewohnern, auf die alte Geschichte der
Gegend. Aber ob die Aravisker nach Pannonien von den Osern,
einem Volk Germaniens, oder ob die Oser von den Araviskern
nach Germanien gewandert sind, da sie noch dieselbe Sprache,
Verfaßung und Sitten haben, das ist ungewiss, weil vordem bei
gleicher Armuth und gleicher Freiheit beide Ufer die gleichen
Vorzüge und Nachtheile hatten. Die Treverer und Nervier sind
sogar stolz auf den vorgeblichen germanischen Ursprung, als
ob sie durch diesen Ruhm des Blutes von der Aehnlichkeit
und Untüchtigkeit der Gallier geschieden würden. Am Ufer
des Reins selbst wohnen unzweifelhaft germanische Völker,
die Vangionen, Triboker und Nemeter. Nicht einmal die
Ubier, obgleich sie verdient haben eine römische Colonie
zu sein und lieber Agrippinenser nach dem Namen ihrer
Gründerin heißen, schämen sich ihrer Herkunft; sie sind
nemlich vor Zeiten herübergekommen und nachdem ihre Treue
erprobt war, hat man sie hart am Ufer des Reius angesiedelt,
daß sie abwehren, nicht daß sie bewacht werden sollten.

29. Von allen diesen Völkern an Tapferkeit die ersten
sind die Bataver, die nicht viel vom Uferland, aber eine
Insel des Reinstroms bewohnen; vordem ein Volk der Chatten
und bei einem innern Krieg in diese Sitze ausgewandert, in
welchen sie ein Theil des römischen Reichs wurden. Es bleibt
die Ehre und der alten Bundesgenoßenschaft Abzeichen: denn
sie werden nicht mit Grundsteuern erniedrigt, noch schin-
det sie der Staatspächter. Befreit von Lasten und Deisteuern
und nur für die Anwendung in Schlachten ausgesucht, werden
sie wie Waffen und Geschoße für die Kriege aufbewahrt. In
dem gleichen Verhältniss des Gehorsams steht auch das Volk
der Mattiaker. Denn die Herrlichkeit des römischen Volkes
hat über den Rein und über die alten Grenzen hinaus die
Reichshoheit ausgedehnt. So leben sie dem Sitz und dem Gebiete nach auf ihrem Ufer, in Herz und Sinn mit uns; im

20. pa B   21. antiq B   22. collationibus AB   collacionib; B   colloca-
tionibuf *Raad* A   25. populi r. B   po.ro B   26. reuerenciā B   27.
coelora B   Celerū B

similes Batavis, nisi quod ipso adhuc terrae suae solo et caelo acrius animantur.

Non numeraverim inter Germaniae populos, quamquam trans Rhenum Danuviumque consederint, eos qui decumates agros exercent: levissimus quisque Gallorum et inopia audax dubiae possessionis solum occupavere; mox limite acto promotisque praesidiis sinus imperii et pars provinciae habentur.

30. Ultra hos Chatti initium sedis ab Hercynio saltu incohant, non ita effusis ac palustribus locis, ut ceterae civitates in quas Germania patescit: durant siquidem colles, paulatim rarescunt, et Chattos suos saltus Hercynius prosequitur simul ac deponit. duriora genti corpora, stricti artus, minax voltus et maior animi vigor. multum, ut inter Germanos, rationis ac sollertiae: praeponere electos, audire praepositos, nosse ordines, intellegere occasiones, differre impetus, disponere diem, vallare noctem, fortunam inter dubia, virtutem inter certa numerare, quodque rarissimum nec nisi Romanae disciplinae concessum, plus reponere in duce quam in exercitu. omne robur in pedite, quem super arma ferramentis quoque et copiis onerant: alios ad proelium ire videas, Chattos ad bellum. rari excursus et fortuita pugna. equestrium sane virium id proprium, cito parare victoriam, cito cedere: velocitas iuxta formidinem, cunctatio propior constantiae est.

31. Et aliis Germanorum populis usurpatum raro et privata cuiusque audentia apud Chattos in consensum vertit, ut

---

1. batauif B batauif A batauis s quod] q; (= que) s ipē B1 terro B2 terro B1 fue s celo s 3. germanie s 4. danuuidq; D danubiūq; AB8 decumates B documathes AB 5. inopie s 6. dubie s 7. prfidijs s pa prouincie s 8. Vltra aB8 Vlera A Vlera B1?

chatti A calli B8 iniciū s hircinio B Hircynio A hircino s incohant AB ichoaly B ichoal B8 9. cet'e s 10. durant, s durāt. (L aus a) B durant A 11. rarerfcūt B Chattos A callos B8 hercini9 B hircynius A hircinius s 12. simul] fehlt s au AB1 atq; AB8 13. voltus s vultus AB 14. racionis s rois B sollercie s solertie B ppone a ppofitos nofce s 16. intelligere die Hand-

schriften [pelus B 17. romanq B romane AB 18. difcipline con-

fenfum s 19. i pedite AB impedite s quē B q A q und am Rande von zweiter Hand qui s 20. preliū s uidens (a dunkler) s chattos AB callos B 22. id] ut B1 23. Iusta B cunctacio proprior

est, conftancie s 24. //// s in B1? rara AB raro BA var. 25. au-

diencia und am Rande von zweiter Hand audencia s chattos A callos B8

Uebrigen ähnlich den Bataveru, nur daß sie gerade durch den Boden und den Himmel ihres Landes lebhafteren Geistes sind.

Nicht unter die Völker Germaniens, obgleich sie jenseits des Rheins und der Donau sich angesiedelt haben, möchte ich diejenigen zählen, welche die decumatischen Aecker anbauen. Je der leichtsinnigste unter den Galliern und wer aus Noth tollkühn wird, hat den Boden von zweifelhaftem Besitz eingenommen; jetzt, da ein Grenzwall gezogen und die Besitzungen verschoben sind, werden sie für Ausläufer des Reichs und für einen Theil einer Provinz gehalten.

30. Jenseits dieser beginnen die Chatten, deren Wohnsitze mit dem hercynischen Gebirge anfangen, nicht in so flachen und sumpfigen Gegenden, wie die übrigen Staaten, in welche Germanien sich erstreckt; denn es dauern fort die Hügel, sie werden allmählich selten; und seine Chatten begleitet der hercynische Wald und hört mit ihnen auf. Dieß Volk ist von härterem Bau, gedrungenen Gliedern, trotzigen Blickes, und von großer Lebendigkeit des Geistes. Es hat für ein germanisches Volk viel Verstand und Geschick; sie haben erwählte Vorgesetzte und hören auf die Erwählten, sie halten Reih und Glied, sie verstehn die Gelegenheiten zu benutzen, verschieben den Angriff, stellen Posten aus bei Tage, verschanzen sich bei Nacht, halten das Glück für zweifelhaft, die Tapferkeit für zuverläßig: und was das seltenste ist und nur römischer Kriegszucht vorbehalten, sie verlaßen sich mehr auf den Feldherrn als auf das Heer. Alle ihre Stärke beruht auf den Fußgängern, welche sie außer den Waffen auch mit Werkzeugen und Vorräthen beladen. Andere sieht man zur Schlacht gehen, die Chatten zum Krieg. Selten sind Einzelkämpfe und ungeordnete Gefechte. In der That ist es das Eigenthümliche der Reiterei, schnell den Sieg zu gewinnen und schnell ihn aufzugeben: die Schnelligkeit ist der Furcht verwandt, ruhige Bewegung steht näher bei der Entschloßenheit.

31. Was auch bei andern germanischen Völkern zuweilen und nach der eigenen Thatenlust eines Jeden vorkommt, das ist bei den Chatten zu allgemeinem Brauch geworden, daß sie, sobald sie die Mannesjahre erreichen, Haupt- und Barthaar wachsen laßen, und erst nach Erlegung

primum adoleverint, crinem barbamque submittere, nec nisi
hoste caeso exuere votivum obligatumque virtuti oris habitum.
super sanguinem et spolia revelant frontem, seque tum demum
pretia nascendi rettulisse dignosque patria ac parentibus ferunt.
5 ignavis et imbellibus manet squalor. fortissimus quisque ferreum insuper anulum (ignominiosum id genti) velut vinculum
gestat, donec se caede hostis absolvat. plurimis Chattorum
hic placet habitus, iamque canent insignes et hostibus simul
suisque monstrati. omnium penes hos initia pugnarum; haec
10 prima semper acies, visu nova; nam ne in pace quidem vultu
mitiore mansuescunt. nulli domus aut ager aut aliqua cura:
prout ad quemque venere, aluntur, prodigi alieni, contemptores sui, donec exanguis senectus tam durae virtuti impares
faciat.

15   32. Proximi Chattis certum iam alveo Rhenum quique
terminus esse sufficiat Usipi ac Tencteri colunt. Tencteri
super solitum bellorum decus equestris disciplinae arte praecellunt; nec maior apud Chattos peditum laus quam Tencteris
equitum. sic instituere maiores: posteri imitantur. hi lusus
20 infantium, haec iuvenum aemulatio; perseverant senes. inter
familiam et penates et iura successionum equi traduntur: excipit filius, non ut cetera, maximus natu, sed prout ferox bello
et melior.

    33. Iuxta Tencteros Bructeri olim occurrebant: nunc
25 Chamavos et Angrivarios immigrasse narratur, pulsis Bructeris ac penitus excisis vicinarum consensu nationum, seu
superbiae odio seu praedae dulcedine seu favore quodam erga

---

1. adoleverit 5 aboleverit 51   crimē 5 pr.   sūmitte 5   2. ceso
exuere arie 5   3 tum] tamen 51   4. procia 5   nascendi 5A var.
noscendi B   retulisse *die Handschriften*   5. ibellibus B corr. Ibelli-
guf B pr.   6. insuper] *fehlt* 51   anulum AB   annulū 5   7. gestant
5 pr.   cede B5   absolueril B   chattorum A   cattorum B5   8. et]
über der Zeile B   9. suisq; quisq; 5   inicia 5   haec] hijs 5   10. nullu AB
culta 5   11. miciori 5   rura B   12. qqq; 5   13. exanguis AB5
exanguis 51   exangues B   dure 5   ipares B   15. chattis A5   cattif B
certum] crimē 51   16. ac] et B   tenecteri colunt 5   17. discipulus 5
precellūt 5   18. chattos A5   cattof B   19. hic 5   20. infanciū 5
haec] hic 51   hoc B5   emulacio 5   22. coetera B   feras 5   24.
lusta B   olim] *fehlt* 5   occurrebant] excurrebat 5   25. chamauos AB5

eines Feindes das gelobte und der Tapferkeit verpfändete
Ansehen des Angesichts ablegen. Ueber Blut und Sieges-
beute enthüllen sie die Stirne und glauben dann erst des
Lebens Preis davongetragen zu haben und des Vaterlandes
und der Eltern würdig zu sein. Feigen und Schwächlingen
bleibt der Wust. Je der tapferste trägt außerdem einen
eisernen Ring (das ist eine Schande bei diesem Volke), wie
eine Fessel, bis er sich durch den Tod eines Feindes löst.
Manchen Chatten gefällt diese Tracht, und sie ergrauen schon,
wenn sie noch damit ausgezeichnet und den Feinden zugleich
und den Ihrigen augenfällig sind. Diesen gebührt der Anfang
in allen Schlachten; sie sind immer die erste Schlachtreihe, anzusehen überraschend. Denn nicht einmal im Frieden verlieren
sie ihre Wildheit in sanftrem Aussehen. Keiner hat ein Haus
oder ein Feld oder irgend ein Geschäft; wie sie zu einem
kommen, werden sie beköstigt; verschwenderisch mit fremdem,
das eigene verachtend, bis das blutlose Greisenalter sie für
so rauhe Tugend unfähig macht.

32. Zunächst an den Chatten an dem Rheine, der von
da in stetem Bette fließend eine Grenze sein kann, wohnen
die Usipier und Tencterer. Die Tencterer zeichnen sich außer
dem allgemeinen kriegerischen Ruhm durch die Kunst der
Reiterschule aus; und nicht größer ist bei den Chatten das
Lob der Fußgänger, als bei den Tencterern der Reiter. So
haben es die Vorfahren eingeführt, die Nachkommen folgen
ihrem Beispiel. Dieß sind die Spiele der Kinder, dieß der
Wettstreit der Jünglinge; und die Greise harren darin aus.
Mit dem Gesinde und den Penaten und den Rechten der
Nachfolge werden die Pferde vererbt; es erhält sie der Sohn,
nicht wie das übrige, der älteste, sondern wie einer im Krieg
tapfer und besser ist.

33. An der Seite der Tencterer begegneten vordem die Bructerer: nun sollen die Chamaver und Angrivarier eingewandert
sein, nachdem die Bructerer nach einstimmigem Willen der benachbarten Völker vertrieben oder gänzlich vertilgt worden,
entweder weil ihr Uebermuth sie verhaßt machte, oder weil die

---

chamanos B21 Chamani *Rand* B angriuarios AB2A2 angriuarios B1 augi-
narios S ‡migralfe B2 Hructerija A 26. nacionū S 27. superbie S
prede S

uos deorum; nam ne spectaculo quidem proelii invidere. super
sexaginta milia non armis telisque Romanis, sed quod magni-
ficentius est, oblectationi oculisque cecciderunt. maneat, quaeso,
duretque gentibus, si non amor nostri, at certe odium sui,
quando urgentibus imperii fatis nihil iam praestare Fortuna
maius potest quam hostium discordiam.

34. Angrivarios et Chamavos a tergo Dulgubnii et Chasuarii cludunt aliaeque gentes haud perinde memoratae, a
fronte Frisii excipiunt. maioribus minoribusque Frisis vocabulum est ex modo virium. utraeque nationes usque ad Oceanum Rheno praetexuntur ambiuntque immensos insuper lacus
et Romanis classibus navigatos. ipsum quin etiam Oceanum
illa temptavimus: et superesse adhuc Herculis columnas fama
volgavit, sive adiit Hercules, seu quicquid ubique magnificum
est, in claritatem eius referre consensimus. nec defuit audentia
Druso Germanico: sed obstitit Oceanus in se simul atque in
Herculem inquiri. mox nemo temptavit, sanctiusque ac reve-
rentius visum de actis deorum credere quam scire.

35. Hactenus in occidentem Germaniam novimus: in
septentrionem ingenti flexu redit. ac primo statim Chaucorum
gens, quamquam incipiat a Frisis ac partem litoris occupet,
omnium quas exposui gentium lateribus obtenditur, donec in
Chattos usque sinuetur. tam immensum terrarum spatium
non tenent tantum Chauci, sed et implent, populus inter Germanos nobilissimus quique magnitudinem suam malit iustitia

---

1. nam] ñ (a auf o) B   quidem] qnib; B pr.   prelij B   2. -lx- B
milia AB   milia B   Romanis] roboris B1   magnificecio B   3. oblectationi B   ilo B   4. at AB52 hc B1   5. argentibus] in gentibus B
urgetibj iam AB   michil B1   nichil B2   jctare B   7. Angrivarios A
Angrivarios B Angrivarios B   chamavos AB2 chamavos B2   Dulgubnii *Jac. Grimm GDS* 629   dalgibini A dalgitabini B   dulgibini
cubrini B1 dulcubini B2   chasuarij B Thasuarij A tasuarij B   8.
cludunt A cludut B claudat B   alicq; B   meorate B   9. Frisij A
Frisii B frisy B   frisis AB   frisiir B1   10. utreq; B   nacetu B
oceani B   11. ptexantur B   in iuenso B   immensos AB   13.
teptavim9 B tetavimm AB   14. volgavit A vulgavit B vlgavit B
magnificu B   mag ficu *auf Kaiser (aus Hande maga)* B   magnus A,B *vor
der Kaiser?*   15. audencia B   16. Druso Germanico] Druso Neroni,
Germanico *Gruber*   oceanus B   17. templavit B teplavit AB   re-
uerenciu B   18. *Nach* scire *eine Zeile Zwischenraum, auf welcher*
ruth r? ... operp B   19. Hactenus (H roth) B   in] ad B   20. chau-

Beute reizte, oder aus einer gewissen Huld der Götter gegen
uns. Denn sie misgönnten uns nicht einmal das Schauspiel der
Schlacht. Ueber 60,000 fielen nicht durch römische Schwerter
und Geschoße, sondern was herrlicher ist, zu unserm Ergetzen
und für unsere Augen. Möchten doch immer und ewig die Völker, wenn auch nicht uns lieben, doch wenigstens sich selbst
haßen, denn bei den drängenden Verhängnissen des Reiches
kann uns schon das Glück nichts größres verleihen, als die
Zwietracht der Feinde.

34. An die Angrivarier und Chamaver schließen sich
von hinten die Dulgubnii und Chasuarier an und andre nicht
besonders berühmte Völker; von vorn reihen sich die Friesen
an. Die Friesen heißen die größern und die kleinern nach
dem Verhältniss ihrer Streitkräfte. Beide Nationen sind bis
zum Ocean vom Rein gesäumt und umfaßen überdieß ungeheure Seeen, die auch von römischen Flotten beschifft worden
sind. Sogar auch den Ocean haben wir dort versucht. Und
das Gerücht hat verbreitet, es seien da noch Säulen des Hercules; sei es daß Hercules wirklich dahin kam, oder daß wir
alles, was irgendwo herrlich ist, auf seinen Ruhm zu beziehen
übereingekommen sind. Zwar es fehlte nicht die Kühnheit
dem Drusus Germanicus; aber der Ocean duldete nicht, daß
nach ihm zugleich und nach Hercules geforscht würde. Bald
versuchte es Niemand mehr, und es schien uns frömmer und
ehrfürchtiger in Bezug auf Thaten der Götter zu glauben als
zu wißen.

35. Soweit kennen wir das westliche Germanien. Gegen
Norden geht es in einem ungeheuren Bogen zurück. Und
zuerst sogleich das Volk der Chauken, obgleich es bei den
Friesen beginnt und einen Theil der Küste inne hat, zieht
sich doch allen den Völkern, welche ich angeführt habe,
an der Seite hin, bis es endlich in einem Winkel die Chatten
berührt. Einen so unermeßenen Länderraum haben die
Chauken nicht nur, sondern füllen ihn aus, das edelste Volk
unter den Germanen, und welches vorzieht seine Größe durch

corū AB cancorū B 21. litorif B littoris AB 22. gécium B oplē-
ditur B oltenditur AB 23. chattos AB cattos B Tam CBB Nam
AB imenſū B ſpaciū B 24. chauci BB Chāci A iplent B 26.
malit B māliſt B maluit AB pr. iofticia B

tueri. siue cupiditate, siue impotentia, quieti secretique nulla
provocant bella, nullis raptibus aut latrociniis populantur. id
praecipuum virtutis ac virium argumentum est, quod, ut su-
periores agant, non per iniurias assequuntur; prompta tamen
5 omnibus arma ac, si res poscat, exercitus, plurimum virorum
equorumque; et quiescentibus eadem fama.

36. In latere Chaucorum Chattorumque Cherusci nimiam
ac marcentem diu pacem inlacessiti nutrierunt: idque iucundius quam tutius fuit, quia inter inpotentis et validos falso
10 quiescas: ubi manu agitur, modestia ac probitas minime potentiores sunt. ita qui olim boni aequique Cherusci, nunc
inertes ac stulti vocantur: Chattis victoribus fortuna in sa-
pientiam cessit. tracti ruina Cheruscorum et Fosi, contermina gens, adversarum rerum ex aequo socii sunt, cum in
15 secundis minores fuissent.

37. Eundem Germaniae sinum proximi Oceano Cimbri
tenent, parva nunc civitas, sed gloria ingens. veterisque famae
lata vestigia manent, utraque ripa castra ac spatia, quorum
ambitu nunc quoque metiaris molem manusque gentis et tam
20 magni exitus fidem. sexcentesimum et quadragesimum annum
urbs nostra agebat, cum primum Cimbrorum audita sunt arma,
Caecilio Metello ac Papirio Carbone consulibus. ex quo si ad
alterum imperatoris Traiani consulatum computemus, ducenti
ferme et decem anni colliguntur: tam diu Germania vincitur.
25 medio tam longi aevi spatio multa in vicem damna. non
Samnis, non Poeni, non Hispaniae Galliaeve, ne Parthi quidem

---

1. ipotēlia B inpotencia s · 3. precipuū s 4. agunt s asse-
quantur s 5. ac AB et B 8. in lacessiti diu nutrierūt (— und
ll vom exerciter Hand) s iucundius Bs iucundius oder incundius A
9. lucius fuit (facil 31) s ipotentia A inpotātes B unpotentes s1
impotentes s2 10. quiescas] coniecerm s1 ubi] nisi s1 agatur
s minime Holtzmann nomine s noīā AB nomina Puteolanus
potentiores Holtzmann supioris s superioris AB 11. equiq; s 12.
Chattis AB callis B sapium s 13. Tracti s2 Tacli ABs1 Cheru-
scorū Bs Cheruschorū A fosi s und Rand B fusi B fusi A 14.
aduersarū rerū ABs aduersariorū s1 aduersariis A var., B übergeschrieben ex aequo] pares, ut equi und am Rande von exerciter Hand
at ex equo s 15. secudis s corr. seculis s pr. 16. germanio s
sinum AB situ B oceano s cimbri AS cymbri B 17. famae s
18. spacia s 19. ambitu B ambitū s ambitum A nicciaria s 20.
sexcentesimum AB Sexcentesimū s quadragesimum] xl s 21. cym-

Gerechtigkeit zu schützen. Ohne Habsucht, ohne Leiden-
schaft ruhig und abgesondert rufen sie keine Kriege hervor
und machen keine Raub- und Plünderungszüge. Das ist der
vorzüglichste Beweis ihrer Tapferkeit und ihrer Macht, daß
sie es ohne Gewaltthätigkeit dahin bringen, daß sie die
Herren spielen. Allen jedoch sind die Waffen bei der Hand,
und, wenn es nöthig ist, ein Heer, Mann und Roß die
Menge; und bleiben sie ruhig, so haben sie doch den Ruf.

36. Auf der Seite der Chauken und Chatten haben die
Cherusker, da sie nicht herausgefordert wurden, einen allzu-
liefen und einen schlaffen Frieden lange gepflegt: und das
war angenehmer als heilsam: weil man nicht wohl thut, zwischen leidenschaftlichen und starken ruhig zu bleiben; wo
Gewalt gilt, richtet man mit Mäßigung und Biederkeit nichts
aus. So werden die Cherusker, die einst die guten und billichen
hießen, jetzt die unnützen und thörichten genannt. Den
siegreichen Chatten ist das Glück zur Weisheit geworden.
In den Untergang der Cherusker wurden auch die Fosi
mithineingezogen, ein angrenzendes Volk; im Unglück
sind sie gleichtheilende Genoßen, da sie im Glück die ge-
ringern waren.

37. Den nemlichen Bogen Germaniens bewohnen zunächst
am Ocean die Kimbern, jetzt ein kleiner Staat, aber an Ruhm
unermeßlich. Und es sind noch weithin Spuren der alten
Geschichte übrig, auf beiden Seiten des Reines Lager und
Rastplätze, aus deren Umfang man noch jetzt die Masse und
die Schaaren des Volks ermeßen kann, und die Glaubwürdigkeit eines so großen Ausganges. Es war das 640ste Jahr
unserer Stadt, als zuerst die Waffen der Kimbern gehört wurden,
unter den Consuln Caecilius Metellus und Papirius Carbo.
Wenn man von da bis zum zweiten Consulat des Kaiser Trajan
rechnet, so erhält man ungefähr 210 Jahre. So lange wird
Germanien überwunden. Während eines so langen Zeitraumes
viele Verluste gegenseitig. Nicht der Samniter, nicht die
Punier, nicht Spanien und Gallien, nicht einmal die Parther

---

brorum B   22. cecilio S   nc S   et AB   papirio S   Șapyrio B   Sapirio A
cous. B   si ad] fehlt S   23. consulatu B   con, A   constitutu S   du-
centi] ·cc B   24. forme] ferime S1   tam ABS2   tam B1   25. cui
Ḍacio S   26. Samnis] sumnis S   peni S   hifpanic gallievo S

Holtzmann, Germ. Alterthümer.   5

saepius admonuere: quippe regno Arsacis acrior est Germanorum libertas. quid enim aliud nobis quam caedem Crassi,
amisso et ipse Pacoro infra Ventidium deiectus oriens obie-
cerit? at Germani Carbone et Cassio et Scauro Aurelio et
5 Servilio Caepione, Cn. quoque Manlio fusis vel captis quinque
simul consularis exercitus populo Romano, Varum trisque cum
eo legiones etiam Caesari abstulerunt; nec inpune C. Marius
in Italia, divus Iulius in Gallia, Drusus ac Nero et Germanicus
in suis eos sedibus perculerunt. mox ingentes C. Caesaris
10 minae in ludibrium versae. inde otium, donec occasione discordiae nostrae et civilium armorum expugnatis legionum
hibernis etiam Gallias affectavere; ac rursus pulsi proximis
temporibus triumphati magis quam victi sunt.

   38. Nunc de Suebis dicendum est, quorum non una, ut
15 Chattorum Tencterorumve, gens: maiorem enim Germaniae
partem optinent, propriis adhuc nationibus nominibusque discreti, quamquam in commune Suebi vocentur. insigne gentis
obliquare crinem nodoque substringere: sic Suebi a ceteris
Germanis, sic Sueborum ingenui a servis separantur. in aliis
20 gentibus seu cognatione aliqua Sueborum seu, quod saepe
accidit, imitatione, rarum et intra iuventae spatium, apud
Suebos usque ad caniliem horrentem capillum retrosum
agunt, ac saepe in ipso solo vertice religant; principes et
ornatiorem habent. ea cura formae, sed innoxia; neque enim

---

1. fepius B   2. quā cedem B *   3. et ipfe *die Handschriften* MH
llf Rb *bei Maßmann* et ipō et ipē A   et ipo: et ipē B in ipō et ipē B
pacboro B   derectus B   abiecerit (a *auf* o?) B   4. et B   5. cepione
AB   Cn. *Ernesti* Marco AB   quoque] qn. (*auf* u?) B   6. consularis
AB confularp B   ppl. ro B   populi. r. B   ppli. ro. Bl   popoli romani A
Varū B   trifq; B   tresque AB   7. eciā B   caefari B cefari B Cae-
faris A   8. Iulius] gallus in Iulio B   et] *fehlt* B   9. eos] eo Bl
pertulerūt B   absperculerūt B   cefaris mine B   10. uerfe B   inde]
tū Bl   ociū BB   difcordie nře B   12. etiam] et iam BB   pulfi Nā B
pulfi inde A   inde pulfi ī B   pulsi: iam *Ruperti* Trom   14. Sueuis
die Handschriften   15. fecteroq ue *und am Rande von zweiter Hand*
tenet'teroq B   germanie B   16. optinēt B   obtineat AB   nacōnibus B
17. quamquam] quā B   in commune] vniuerfi Bl   fueni *die Hand-*
fchriften   18. crines B pr.   fueni a B fueuīs B Sueuis A   19. fueuorum *die Handschriften*   fepābur B   20. cognacōō B   fueuorum *die*
Handschriften   quod] quibus Bl   fepe B   21. imitacōō B   inter

haben öfter sich in Erinnerung gebracht; und thatkräftiger
als das Königthum ist die Freiheit der Germanen. Denn was
sonst als die Niederlage des Crassus, noch dazu mit dem
Verluste des Pacorus, könnte uns der bis unter einen Ventidius herabgeworfene Orient vorhalten? Aber die Germanen
haben den Carbo und den Cassius und den Scaurus Aurelius
und den Servilius Caepio, auch den Gnaeus Manlius geschlagen
oder gefangen und zugleich fünf consularische Heere dem
römischen Volke, den Varus und mit ihm drei Legionen selbst
dem Kaiser abgenommen. Und nicht ohne Gefahr haben sie
Gaius Marius in Italien, der göttliche Julius in Gallien, Drusus
und Nero und Germanicus in ihrer Heimath niedergeworfen.
Bald die ungeheuren Drohungen des Gaius Caesar, die zum
Gespötte wurden: hierauf Ruhe, bis sie unsere Zwietracht und
die Bürgerkriege benutzend ein Winterlager von Legionen
eroberten und sogar auf Gallien Absicht hatten. Und wiederum
vertrieben sind sie in der neuesten Zeit mehr betriumphiert
als besiegt worden.

38. Nun muß ich von den Sueben sprechen, die nicht
wie die Chatten und Tencterer nur eine Völkerschaft sind:
denn sie haben den grösten Theil Germaniens inne, noch
nach eigenen Nationen und Namen geschieden, obgleich sie
insgesammt Sueben heißen. Das Kennzeichen des Volkes ist,
das Haar quer zu streichen und in einen Knopf zu binden.
Daran unterscheidet man die Sueben von den übrigen Germanen, daran bei den Sueben die Freien von den Knechten.
Bei andern Völkerschaften, entweder durch eine gewisse Verwandtschaft mit den Sueben oder, was oft der Fall ist, aus
Nachahmung, kommt es einzeln und innerhalb der Jugendzeit
vor; bei den Sueben richtet man bis zum Greisenalter das
schauerliche Haar rückwärts und knüpft es oft nur auf dem
Scheitel selbst. Die Fürsten tragen es noch mehr geschmückt.
Das ist ihre Eitelkeit, aber eine unschuldige; denn nicht um
zu lieben oder geliebt zu werden, sondern um größer und

---

in
vincente spaciū ß   22. fuenos *die Handschriften*   caniciem ß   retrosum
agunt *Haupt*   retro sequatur ABs   retrosum agere solitum *Reifferscheid*

23. fepe ß   ipō folo D   ipfo B   ipō ß   folo A   religant ß   religatur AB

24. ornaciorej ßi   forçe ß   innoxia *Muret*   innoxiao C   innoxia ABs
inopie ßi

ut ament amenturve, in altitudinem quandam et terrorem
adituri bella compti ut hostium oculis ornantur.

39. Vetustissimos se nobilissimosque Sueborum Semnones
memorant; fides antiquitatis religione firmatur. stato tempore
5 in silvam auguriis patrum et prisca formidine sacram omnes
eiusdem sanguinis populi legationibus coeunt caesoque publice
homine celebrant barbari ritus horrenda primordia. est et
alia luco reverentia: nemo nisi vinculo ligatus ingreditur, ut
minor et potestatem numinis prae se ferens. si forte pro-
10 lapsus est, attoli et in surgere haud licitum: per humum evolvuntur. eoque omnis superstitio respicit, tamquam inde initia
gentis, ibi regnator omnium deus, cetera subiecta atque parentia. adicit auctoritatem fortuna Semnonum: centum pagis
habitatur, magnoque corpore efficitur ut se Sueborum caput
15 credant.

40. Contra Langobardos paucitas nobilitat: plurimis ac
valentissimis nationibus cincti non per obsequium, sed proeliis et periclitando tuti sunt. Reudigni deinde et Aviones et
Anglii et Varini et Eudoses et Suardones et Nuithones flumi-
20 nibus aut silvis muniuntur. nec quicquam notabile in singulis,
nisi quod in commune Nerthum, id est Terram matrem colunt
eamque intervenire rebus hominum, invehi populis arbitrantur.

---

2. bella] bello b corr.   compti ut *die Handschriften*   comptius
Lachmann   ornantur b   ornatur b   armantur Ab   3. se] b
Suevorum *die Handschriften*   semones b   senones b   semonef A   4.
flato Ab var.   Essino b   5. patru bb corr.   patriu AB pr.   sacrum
Ab   sacri b, b *Hand*   sacraru b1   omes b   omnes A   nominibusq; b
ols b *Hand*   6. eiusdem b   eiusdem b   einsdemq; A   sagwis b
legationibus b   cetoqz b   7. colebant A   8. reuencia b   9. si b
pre b   11. superstitio b   inde] in b   inicia b1   inicia bb   12.
parentia b   parencia b   13. adicit AB   Aditur (Stricke und Puncte
von zweiter Hand) b   auctem A und b *Hand*   agi b   Semnonum I)
senonu b   Semonu A   semonu b   pagis Ab   pagi lis *Brotier*   14.
habitatur b   habitantur AB   habitant *Ernesti*   corpore Ab pr. tempore b corr., A var.   ipe b *Hand*   officir b   Suevorum *die Hand-*
schriften   16. largobardos b   largobardos A   logobardos (am Rande
Longobardi) b   paucitas AB   pauca b   nobilitat C   nobilitas b nobilitas AB   17. nationibus b   prelijs b   18. et AB ac b Reudigni C

schrecklicher zu erscheinen, schmücken sie sich sorgfältig,
wenn sie zur Schlacht gehen, wie für die Augen der Feinde.

39. Für die ältesten und edelsten der Sueben geben sich
die Semnonen aus. Der Glaube an ihr Alterthum wird durch
die Religion bestätigt. Zu festgesetzter Zeit versammeln sich
durch Abgeordnete in einem durch der Väter·Weihen und
uralte Scheu geheiligten Wald alle Völker desselben·Blutes,
und begeben mit dem öffentlichen Schlachten eines Menschen
die schaudervolle Eröffnungsfeier ihres barbarischen Gottes-
dienstes. Dem Hain wird noch eine andere Ehrfurcht erwiesen. Niemand betritt ihn anders als mit einer Fessel gebunden, wie ein geringerer und um die Macht der Gottheit
zu zeigen. Wenn er etwas niederfällt, ist es ihm nicht erlaubt
sich zu erheben und aufzustehen; auf dem Boden wälzt man
sich hinaus. Und dorthin weist all ihr Aberglauben, als ob
von dort der Ursprung des Volkes, dort der allwaltende Gott,
das andere unterworfen und abhängig sei. Das Ansehen wird
vermehrt durch das Glück der Semnonen; hundert Gaue werden
von ihnen bewohnt; und ihre große Gesammtheit bewirkt,
daß sie sich für das Haupt der Sueben halten.

40. Dagegen die Langobarden adelt ihre geringe Zahl:
von den zahlreichsten und mächtigsten Völkern umringt sind
sie nicht durch Nachgiebigkeit, sondern durch Schlachten und
kühnes Wagen sicher. Die Reudigner hierauf und die Avioner
und Anglier und Warner und Eudosen und Suardonen und
Nuithonen sind durch Flöße oder Wälder geschützt. Und es
ist nichts merkwürdiges an allen diesen, als daß sie gemeinsam die Nerthus, das ist die Mutter Erde, verehren und
glauben, daß diese in die Angelegenheiten der Menschen ein-

Reudig D Reudigni B Veurdigni B Veurdigni A duinde] donn B
auiones AB, B am Rand aniones B1 Anionef B 10. Varini AB
uarni B Eudofef AB ondofes B fuardones BB fuarmes fou fuardones B Suarines AB nuithones B pr. vuithones B corr. Nurtonef B
Nurthones A Vithones *Jac. Grimm* Neutones *Holder* 20. aut] ot B1
quicq B in singulis] insignius *Reifferscheid* 21. mamme nerthü B1
insnime nerthü AB i cod·nerthü BB *Rand* in cod nerthü B in communo Northum A Ammun Ertham *Holtzmann* 22. invehere B1

est in insula Oceani castum nemus, dicatumque in eo vehiculum, veste contectum; attingere uni sacerdoti concessum. is
adesse penetrali deam intellegit vectamque bubus feminis
multa cum veneratione prosequitur. laeti tunc dies, festa loca,
5 quaecumque adventu hospitioque dignatur. non bella ineunt,
non arma sumunt; clausum omne ferrum; pax et quies tunc
tantum nota, tunc tantum amata, donec idem sacerdos satiatam
conversatione mortalium deam templo reddat. mox vehiculum
et vestes et, si credere velis, numen ipsum secreto lacu ablui-
10 tur. servi ministrant, quos statim idem lacus haurit. arcanus
hinc terror sanctaque ignorantia, quid sit illud quod tantum
perituri vident.

    41. Et haec quidem pars Sueborum in secretiora Ger-
maniae porrigitur: propior, ut quo modo paulo ante Rhenum,
15 sic nunc Danuvium sequar, Hermundurorum civitas, fida Romanis; eoque solis Germanorum non in ripa commercium, sed
penitus atque in splendidissima Raetiae provinciae colonia.
passim sine custode transeunt; et cum ceteris gentibus arma
modo castraque nostra ostendamus, his domos villasque pate-
20 fecimus non concupiscentibus. in Hermunduris Albis oritur,
flumen inclitum et notum olim; nunc tantum auditur.

    42. Iuxta Hermunduros Varisti ac deinde Marcomani et
Quadi agunt. praecipua Marcomanorum gloria viresque, atque ipsa etiam sedes pulsis olim Boiis virtute parta. nec
25 Varisti Quadive degenerant. eaque Germaniae velut frons est,

---

1. occeani B eo Rhenanus ea ABS 2. concessum] conmissu · seu
concessu B 3. Intelligit die Handschriften vectamque] ue Laq; B pr.

4. veneracõne B laeti] diu · B 5. quaecumq; B hospicioq; B
7. clausum bis amata fehlt B1 7. facialt B facratu B1 8. condu-
cione B deum B1 9. numen] noiem B 10. quos] equos B1 archa-
nus B 11. ignorancia B 12. perituri] pericia B1 13. Si haec B
Sueborum Rhenanus uboru B uerboru B verboru A secreciora

jrmanis porrigitur und daneben von zweiter Hand ppior suo (?) und
roth: 3ª ps operg, in der nächsten Zeile l'Roplor ut B quo mõ (~ von

zweiter Hand) B quom B 15. nunc] fehlt B Danuviu A danubiu
BS hermunduroru B Hermuduroru AB Hermiduri Rand B 17.
recte B rhetiae B prouintie B 16. custodia transierint B1 19.
castraq; B1 hijs B patefacim9 B 20. hermunduris B hermuduria AB

21. inclitum (inclytam B) et notum olim] ignotu olim, B 22. her-
munduros A hermuduros BS Varisti Müllenhoff, Zeitschrift für

greife und zu den Völkern komme. Es ist auf einer Insel des Oceans ein keuscher Hain, und in ihm ein ihr geweihter, mit Gewändern bedeckter Wagen. Den zu berühren ist nur dem Priester gestattet. Dieser merkt, wann die Göttin im Heiligthum anwesend ist, läßt sie mit weiblichen Rindern fahren und geleitet sie mit vieler Verehrung. Dann sind fröhliche Tage, und festlich die Orte, welche sie ihres Besuches und ihres Weilens würdigt. Sie gehen nicht in die Kriege und nehmen keine Waffen: verschloßen ist alles Eisen; Friede und Ruhe sind dann allein bekannt, dann allein geliebt, bis die Göttin des Verkehrs mit Menschen satt geworden ist, und der nemliche Priester sie dem Tempel zurückgibt. Alsbald wird der Wagen und die Gewänder, und wer es glauben will, die Gottheit selbst in einem geheimen See gewaschen. Den Dienst verrichten Sklaven, welche alsbald derselbe See verschlingt. Daher ein geheimnissvolles Grauen und ein heiliges Dunkel, was das sei, das nur dem Untergang Geweihte sehen.

41. Und zwar dieser Theil der Sueben erstreckt sich in das Innere Germaniens. Näher ist, um wie vorher dem Rein, jetzt der Donau zu folgen, der Staat der Hermunduren den Römern ergeben; daher mit ihnen allein von allen Germanen nicht bloß am Ufer Handelsverkehr, sondern tief herein und in der glänzendsten Colonie der Provinz Rätien. An verschiedenen Stellen und ohne Geleitsmann kommen sie herüber: und während wir den übrigen Völkern nur unsere Waffen und Lager zeigen, haben wir diesen unsere Häuser und Landsitze geöffnet, ohne ihre Habgier zu reizen. Bei den Hermunduren entspringt die Elbe, ein berühmter und einst ein bekannter Fluß, jetzt nur noch dem Namen nach.

42. Neben den Hermunduren leben die Varister, und hierauf die Marcomannen und die Quaden. Ausgezeichnet ist der Marcomannen Ruhm und Macht, und sogar auch der Wohnsitz selbst ist durch Tapferkeit errungen, da sie vordem die Boier daraus vertrieben. Auch die Varister und Quaden sind nicht

---

Deutsches Alterthum IX 131 f. Narißi AB   norifci (eher c als t) s Narifcl *Rand* B   marcomani A   Marcománi B corr. Marcománi B pr. Marchománi s   23. precipus s   Marcomanorum A   marcomioru B marchománorú s   24. ipsa etiam A   ipß eciam s   et ipfa B   sedes] fides s1   bolif B   boijs s   bolf A   parta s   parata AB   25. Varisti *Müllenhoff* Narifti A   narißi B   narißi (t oder c?) s   germánie s velut frons] vninerfaliter finis s1

quatenus Danuvio peragitur. Marcomanis Quadisque usque ad
nostram memoriam reges mansere ex gente ipsorum, nobile
Marobodui et Tudri genus: iam et externos patiuntur, sed vis
et potentia regibus ex auctoritate Romana. raro armis nostris,
saepius pecunia iuvantur, nec minus valent.

43. Retro Marsigni, Cotini, Osi, Buri terga Marcomanorum Quadorumque claudunt. e quibus Marsigni et Buri sermone cultuque Suebos referunt: Cotinos Gallica, Osos Pannonica lingua coarguit non esse Germanos, et quod tributa
patiuntur. partem tributorum Sarmatae, partem Quadi ut
alienigenis imponunt: Cotini, quo magis pudeat, et ferrum
effodiunt. omnesque hi populi pauca campestrium, ceterum
saltus et vertices montium [iugumque] insederunt. dirimit
enim scinditque Suebiam continuum montium iugum, ultra
quod plurimae gentes agunt, ex quibus latissime patet Lygio-
rum nomen in plures civitates diffusum. valentissimas nomi-
nasse sufficiet, Harios, Helvaeonas, Manimos, Elisios, Naharvalos. apud Naharvalos antiquae religionis lucus ostenditur.
praesidet sacerdos muliebri ornatu, sed deos interpretatione
Romana Castorem Pollucemque memorant. ea vis numini,
nomen Alcis. nulla simulacra, nullum peregrinae superstitionis vestigium: ut fratres tamen, ut iuvenes venerantur.
ceterum Harii super vires, quibus enumeratos paulo ante po-

---

1. dannlo A dannbio BC   peragitur AB   ragit B   praecingitur
Tagmann   marcomānis B pr. Marchomānis C   quadisq; AB   quadia
uc C   2. mansere ABC manserunt CD   3. Marobodui B Marabo-
dui A maroboditani C   Tudri AB81 tlldri 82   et AB et B paciũ-
tur C   aedJ fi 81   4. potencia C   5. fi-pius C   6. Retro ohne *Punct
vorher* B18   Cotini *Müllenhoff Z. IX 244* Gotini ABC   Ofi, Buri A
Ofi. buri (*am Rande* Ofi. Buri) B ofiburi 81 *und am Rande von zweiter
Hand* fiburi C   Marcomanorũ AB corr. marcomānorum B pr. marcho-
mānorũ C   7. claudunt 81   8. fucum *die Handschriften*   Cotinos
Müllenhoff gotinos AB gottinos C   9. lingwa C   10. partim C
furmate C   11. Cotini CD Gotini ABC   12. hij C   13. monciũ C
iugumquo] *streicht Acidalius*   14. fueuiam *die Handschriften* monciũ C   15. plũime C Legiorũ A legiorũ (*am Rande* Ligij) B legiorũ
und am Hand von zweiter Hand vegios C   Lugiorum *Müllenhoff
Z. IX 253 f.*   16. noiaw C   17. fufficiet 81 hurios AB hurio B
Helvaeonas *Müllenhoff Z. IX 248* heluconaf B2 heluetonaf 81 Hel-

entartet. Und diese sind gleichsam die Stirne Germaniens,
insofern sie von der Donau gebildet wird. Den Marcomannen und Quaden sind bis zu unserm Gedenken Könige
ihres eignen Stammes geblieben, das edle Geschlecht des
Maroboduus und des Tudrus. Jetzt dulden sie auch ausländische. Aber Macht und Gewalt ziehen diese Könige aus dem
Einfluß Roms; selten helfen wir ihnen mit unsern Waffen,
öfter nur mit Geld, und sie sind darum nicht weniger mächtig.

43. Hinten im Rücken der Marcomannen und Quaden
folgen die Marsigni, Cotinen, Osi und Buri; von welchen die
Marsigni und Buri in Sprache und Lebensweise Sueben vor-
stellen. Die Cotinen werden durch ihre gallische, die Oser
durch ihre pannonische Sprache überwiesen, daß sie keine
Germanen sind, auch weil sie Abgaben dulden. Einen Theil
der Abgaben legen ihnen die Sarmaten auf, einen Theil die
Quaden als Leuten fremder Abstammung. Die Cotinen, daß
sie sich um so mehr schämen müßen, graben auch Eisen aus.
Alle diese Völker haben wenig Flachfeld inne, im Uebrigen
Wälder und Bergesgipfel, denn es durchzieht und scheidet
Suebien ein ununterbrochener Bergrücken, jenseits desselben
die zahlreichsten Völker wohnen, von welchen am weitesten
der Name der Lygier sich erstreckt, der sich in mehrere
Staaten ausbreitet. Es wird genügen, die mächtigsten genannt zu haben, die Harier, Helväonen, Manimer, Helisier,
Naharwalen. Bei den Naharwalen wird ein Hain alter Götter-
verehrung gezeigt. Dem Götterdienst steht ein Priester vor
in Weiberkleidung; aber die Götter nennt man in römischer
Deutung Castor und Pollux. Dieß ist das Wesen der Gottheit: ihr Name ist die Alken. Keine Bildnisse, keine Spur,
daß der Glaube ein fremder sei; aber wie Brüder, wie Jünglinge verehren sie sie. Die Harier übrigens, nicht nur
durch die Heeresmacht, in welcher sie die kurz vorher auf-
gezählten Völker übertreffen, fürchterlich, kommen ihrer an-

---

le   huffefent   thallelonas
uctonaf A holuccanas B jnanimos B helifios B ellfior B Helyfion A
naharualof BA var. Nahanaruulof A nahauerfhales B naharwalos AB
nahauernalos B1 naharwalos B2   18. antiq B   19. prefidet B interpre-
tacõne B   20. memorant] nacĕ memorat (*die Puncte unter o und a
von zweiter Hand*) B   21. Alcis] aleif B   fimulachra B   peregrine BB
superstitionis] fufpicionis B   23. coeterã B   arij B1 und B2 var. alij B2
alii AB

pulos antecedunt, truces insitae feritati artis ac tempore lenocinantur: nigra scuta, tincta corpora; atras ad proelia noctes
legunt ipsaque formidine atque umbra feralis exercitus terrorem inferunt, nullo hostium sustinente novum ac velut infer-
5 num aspectum; nam primi in omnibus proeliis oculi vincuntur.
trans Lygios Gotones regnantur, paulo iam adductius quam
ceterae Germanorum gentes, nondum tamen supra libertatem.
protinus deinde ab Oceano Rugii et Lemovii; omniumque
harum gentium insigne rotunda scuta, breves gladii et erga
10 reges obsequium.

44. Suionum hinc civitates, ipso in Oceano, praeter viros
armaque classibus valent. forma navium eo differt quod utrimque prora paratam semper appulsui frontem agit. nec velis
ministrant nec remos in ordinem lateribus adiungunt: solutum,
15 ut in quibusdam fluminum, et mutabile, ut res poscit, hinc
vel illinc remigium. est apud illos et opibus honos, eoque
unus imperitat, nullis iam exceptionibus, non precario iure
parendi. nec arma, ut apud ceteros Germanos, in promiscuo,
sed clausa sub custode, et quidem servo, quia subitos hostium
20 incursus prohibet Oceanus, otiosa porro armatorum manus
facile lasciviunt: enimvero neque nobilem neque ingenuum,
ne libertinum quidem armis praeponere regia utilitas est.

45. Trans Suionas aliud mare, pigrum ac prope inmotum,
quo cingi cludique terrarum orbem hinc fides, quod extremus
25 cadentis iam solis fulgor in ortum edurat adeo clarus, ut

---

1. truces *Beroaldus* trucis AB trucif B insit[a] feritat[e] s
lenocinatt
lenocinantur s 2. tincta] cincta s1 corpa s prelia AB filia B 3. feralis]
legalis feralis s1 4. nullo] nll'm s1 5. prelijs s 6. Lugios *Müllenhoff*
liggos
Lygios A ligros s ligiof B Gotones *vgl. Ann. II 62* gothones ABs
regnat̅ A regnant Bs 7. cetere s 8. Protenus A occeano s Lemouij A
lemonij (*am Rande* Lemonii) B Lemouij A Lethovii *Aschbach* 9.
gencis s 11. Suionū B Svionum A Si nouū s1 Sin onū s ip̅ṡ s
ip̅q̅ B ip̅ṡ A oceano A oceanū B occeanum s praeter vires s
12. q utrinsq: s 13. frontem] fronte s1? 14. ministrant *Lipsius*
ministrantur ABs 17. excepcionibus s non] nifi s1 18. parendi]
parentibus *Reifferscheid* 19. subitos s 20. incursus] excursus s1
occeanus s otiofa C ociofa ABs otiome *Coler* 22. pronere s

— 75 —

gebornen Wildheit durch Kunst und die Zeit zu Hilfe. Schwarz
sind ihre Schilde, gemalt ihre Leiber; und zu den Schlachten
wählen sie finstre Nächte; durch ihr fürchterliches Ansehen
und die Dunkelheit jagen sie den Schrecken eines Todtenheeres
ein; und kein Feind kann den überraschenden und gleichsam
höllischen Anblick ertragen; denn zuerst in allen Schlachten
werden die Augen besiegt. Jenseits der Lygier werden die
Gotonen von Königen beherrscht, schon etwas straffer, als die
übrigen Völker Germaniens, jedoch noch nicht über die Freiheit hinaus. Weiterhin unmittelbar am Ocean die Rugier und
Lemovier, und das Kennzeichen aller dieser Völker sind runde
Schilde, kurze Schwerter und Gehorsam gegen Könige.

44. Von hier die Staaten der Suionen, im Ocean selbst,
sind nicht nur durch Männer und Waffen, sondern auch durch
Flotten stark. Die Gestalt der Schiffe unterscheidet sich
darin, daß vorn und hinten ein Schiffsschnabel immer das
zum Landen geschickte Vordertheil bildet. Weder bedienen
sie sich der Segel, noch befestigen sie die Ruder nach der
Reihe in den Schiffsseiten; los, wie in einigen Flößen, und
veränderlich, wie es die Umstände erfordern, dahin und dorthin beweglich ist ihr Ruderwerk. Auch Reichthum wird bei
ihnen geschätzt, und darum herrscht einer, schon ohne alle
Einschränkung, nicht mehr mit bedingter Pflicht des Gehorsams. Auch sind die Waffen nicht, wie bei den übrigen
Deutschen, allgemein, sondern verschloßen unter einem Hüter,
und zwar einem Sklaven; weil plötzliche Einfälle der Feinde
der Ocean verhindert, und eine müßige Schaar von Bewaff-
neten leicht Muthwillen treibt. Nemlich es ist dem Könige
förderlich, weder einen Edeln noch einen Freien und nicht
einmal einen Freigelaßenen über die Waffen zu setzen.

45. Jenseits der Suionen ist ein anderes Meer, ein träges
und fast unbewegtes, daß von diesem der Weltkreis begürtet
und eingeschloßen werde, kann man deshalb glauben, weil der
letzte Schein der untergehenden Sonne bis zum Aufgang
dauert mit solcher Helle, daß er das Sternenlicht matt macht;

---

23. Trans ruionas A Trans huonas und am Rande von zweiter Hand
läſuronas s   Trif Suſonef B   imolü s   inolü B   24. cludiq; AB
clandiq; s   25. ortum AB ortu ſe s   edurat AB   durat s

sidera hebetet; sonum insuper emergentis audiri formasque
equorum et radios capitis aspici persuasio adicit. illuc usque,
et fama vera, tantum natura. ergo iam dextro Suebici maris
litore Aestiorum gentes adluuntur, quibus ritus habitusque
5 Sueborum, lingua Britannicae propior. matrem deum venerantur. insigne superstitionis formas aprorum gestant: id pro
armis omniumque tutela securum deae cultorem etiam inter
hostis praestat. rarus ferri, frequens fustium usus. frumenta
ceterosque fructus patientius quam pro solita Germanorum
10 inertia laborant. sed et mare scrutantur, ac soli omnium sucinum, quod ipsi glesum vocant, inter vada atque in ipso
litore legunt. nec quae natura quaeve ratio gignat, ut barbaris, quaesitum compertumve; diu quin etiam inter cetera
eiectamenta maris iacebat, donec luxuria nostra dedit nomen.
15 ipsis in nullo usu: rude legitur, informe perfertur, pretiumque
mirantes accipiunt. sucum tamen arborum esse intellegas,
quia terrena quaedam atque etiam volucria animalia plerumque
interlucent, quae implicata umore mox durescente materia
cluduntur. fecundiora igitur nemora lucosque, sicut orientis
20 secretis, ubi tura balsamaque sudantur, ita occidentis insulis
terrisque inesse crediderim; quae vicini solis radiis expressa
atque liquentia in proximum mare labuntur ac vi tempestatum in
adversa litora exundant. si naturam sucini admoto igni temptes,

---

1. hebetat B ebetet A habet S1 ebetet et SS   2. equos der
italienische Corrector am Rande des cod. Urbinas 655 corū S dcorū AB
adycit S adiicit AB   3. fucuici S feuici (am Rande von zweiter Hand
fuiōnici) B Senici A   4. littore S Aefloru S Aefliorū A eftiorū (am Rand
Efini) B nlluāt' D albuuntur S abluuntur AB   5. sucuorum die
Handschriften lingwa britanico S   6. fupoefticionis S   7. omniumque ABS omnique cod. Turicensis deu S cuiaj S   8. oftis B
hoftes AB preftat S fufciū S   9. coeterofq; B pacientius quā S
10. inercia S fucinā AB succinum B   11. quod] quib; S ipso]
pprio S   12. littore S que S q̃uo B quouc S racio S   13. que-
fitum S quia etiam] q̃ūq; und am Rande von zweiter Hand qui etiā S
14. cieclamenta] eruclamēta S   15. perfertur A profertur SS   16.
Sucum A Succum SS intelligas AB intelligis S   17. quedā S eviā S
18. que S humore die Handschriften   19. igitur] ergo S   20. thura

außerdem setzt der Glaube bei, daß man den Schall der auf-
tauchenden Sonne vernehme und die Gestalten der Pferde
und die Strahlen des Hauptes erblicke. Nur bis dorthin, und
das ist die Wahrheit des Gerüchts, reicht die Natur. Nun
also vom rechten Ufer des suebischen Meeres werden die
Völker der Aester bespült, welche die Sitte und die Tracht
der Sueben haben, aber eine Sprache, die der britannischen
näher steht. Sie verehren die Mutter der Götter. Als Kennzeichen ihres Glaubens tragen sie Ebergestalten; dieß Zeichen
statt aller Waffen und Schutzwehr verleiht dem Verehrer der
Göttin auch unter den Feinden Sicherheit. Selten brauchen
sie Eisen, gewöhnlich Stöcke. Getreide und die übrigen Feldfrüchte bauen sie mit einer nach der Trägheit der Germanen
ungewöhnlichen Ausdauer. Aber auch das Meer durchsuchen
sie; und sie ganz allein sammeln in Untiefen und am Ufer
selbst den Bernstein, den sie selbst Glesum nennen. Aber
welches sein Wesen sei und auf welche Weise er entstehe,
haben sie als Barbaren nicht untersucht oder erfahren. Lange
sogar blieb er unter den übrigen Auswürfen des Meeres liegen,
bis unsre Ueppigkeit ihn bekannt machte. Ihnen selbst ist er
ohne allen Nutzen; er wird roh gesammelt und ohne Bearbeitung hergebracht, und den Preis empfangen sie mit Staunen.
Indessen kann man erkennen, daß er ein Saft von Bäumen
ist, weil sehr oft gewisse Thiere des Bodens, und auch flie-
gende durchleuchten, welche in die Flüßigkeit gerathen sind
und alsbald von dem hart werdenden Stoff eingeschloßen
werden. Daher möchte ich glauben, daß es fruchtbarere Haine
und Wälder, wie in dem Innern des Orients, wo Weihrauch
und Balsam ausschwitzt, so auch in den Inseln und Ländern
des Occidents geben muß; diese, von den Strahlen der benachbarten Sonne ausgepresst und flüßig gemacht, rinnen zum
nächsten Meer herab und werden von der Macht der Stürme
an die gegenüberliegenden Ufer ausgeschwemmt. Wenn man
die Natur des Bernsteins im Feuer untersucht, so brennt er

---

balsama quoq; ß   fudantur AB   fidūt B   21. q̃ B   quæ ß illimque
Reifferscheid   vicini] suelnæque *Reifferscheid*   soliu] folium ß1   radijs B2
radius AB?1   22. liquæcin ß   vi] in B   23. littora ß   fucini A

fucini B?   fuaj ß   igui B   igne AB   ˮlilæ und am Rande von
zweiter Hand lēptor ß   lonlea AB

in modum taedae accenditur aliтque flammam pinguem et olen-
tem: mox ut in picem resinamve lentescit.

Suionibus Sitonum gentes continuantur. cetera similes
uno differunt quod femina dominatur: in tantum non modo a
libertate sed etiam a servitute degenerant. hic Suebiae finis.

46. Peucinorum Venetorumque et Fennorum nationes Germanis an Sarmatis adscribam dubito, quamquam Peucini, quos
quidam Bastarnas vocant, sermone cultu, sede ac domiciliis
ut Germani agunt. sordes omnium, ac corpora procera conubiis mixtis nonnihil in Sarmatarum habitum foedantur. Veneti
multum ex moribus traxerunt; nam quicquid inter Peucinos
Fennosque silvarum ac montium erigitur latrociniis pererrant.
hi tamen inter Germanos potius referuntur, quia et domos
figunt et scuta gestant et peditum usu ac pernicitate gaudent:
quae omnia diversa Sarmatis sunt in plaustro equoque viven-
tibus. Fennis mira feritas, foeda paupertas: non arma, non
equi, non penates; victui herba, vestitui pelles, cubile humus:
sola in sagittis spes, quas inopia ferri ossibus asperant. idem-
que venatus viros pariter ac feminas alit; passim enim comitantur partemque praedae petunt. nec aliud infantibus ferarum imbriumque suffugium quam ut in aliquo ramorum nexu
contegantur. huc redeunt iuvenes, hoc senum receptaculum.
sed beatius arbitrantur quam ingemere agris, inlaborare do-

---

1. tede ABℝ tecle ℝ1 alitque] illicq; ℝ1 flamā ℝ pingwej s
oleatō s 3. Suionibuſ ℝ Sinonibj s Siuionibuſ A Sitonū Aℝ si-
thonū (am *Rand* Sithones) ℝ continuantur sℝℝ continuatur Aℝ
Cetero s ſimiles, effe (*die Puncte von neciter Hund*) s ſimileſ (am
Rande ſits) ℝ 4. quod] qᵈ (ᴧ *von neciter Hand*) s fi. eciam s
degenerant Aℝℝ degäatur ℝ1 hic Aℝ hi ℝ ſueuię Aℝ ſueuie s
ſuenę A var. finis *Puteanus und cod. Hummelianus* finet Aℝℝ *dann
eine Zeile Zwischenraum in* s 6. Peucinorum Aℝℝ (Peucini *Rand* ℝ)
Peucurorum A var. ℝℝ var., ℝ *übergeschrieben* [Rutinorū s1 uene-
torūq; (am *Rand* Veneti) ℝ Venethorūq; A uenetorū (ohne que) s
fennorū ℝℝ Fenorū A nacões s 8. peucini Aℝℝ prutini s1 9.
omnium] amniū s corpora procera *Holtzmann* torpor procerum *die
Handschriften* connubiis *die Handschriften* 10. miſtoſ ℝ mixtos Aℝ
non nichil Aℝ habitum] bïtu ℝ fedantar ℝℝ Veneti ℝℝℝ Venethi
Aℝℝ 11. Peucinos] prutinos s1 peutinos s2 12. moncio s 13.
hij s 14. figūt ℝ fingunt Aℝ peditū ℝℝ corr. pecudum Aℝ pr.
pedum *Lipsius* 15. que s 16. Fennis Aℝ femur·s feda s 18.
fola s fole Aℝ sola et *Nolte* 19. piter s 20. prede s 21. im-
briūq; ℝ hymbriumq; Aℝ quā s aliquo] obliquo *Heinsius* aliquo

in der Weise des Kienholzes und ernährt eine fette und riechende Flamme: bald wird es zu einer klebrigen Masse wie Pech und Harz.

An die Sujonen reihen sich die Völker der Sitonen. Im Übrigen ähnlich unterscheiden sie sich in einem, daß eine Frau regiert: soweit sind sie nicht nur unter die Freien, sondern sogar unter die Sklaven herabgesunken. Hier ist das Ende Suebiens.

46. Ich weiß nicht, ob ich die Stämme der Peuciner und der Veneter und der Fennen zu den Germanen oder zu den Sarmaten rechnen soll; obwohl die Peucinér, welche bei einigen Bastarnen heißen, in der Sprache, in der Lebensweise, in der Wohnart und den Häusern den Germanen gleich sind. Allen gemeinschaftlich ist Schmutz, und selbst die hochgewachsenen Leiber werden durch die gemischten Ehen einigermaßen in die Häßlichkeit der Sarmaten entstellt. Die Wenden haben viel von ihren Sitten angenommen. Denn den ganzen Wald und Gebirgsstrich, der sich zwischen den Peucinern und Fennen erhebt, durchirren sie als Räuber. Dennoch werden sie eher den Germanen beigezählt, weil sie sowohl feste Wohnungen haben, als auch Schilde tragen und sich des Gebrauches und der Gewandtheit des Fußvolks erfreuen; welches alles bei den Sarmaten ganz anders ist, welche auf dem Wagen und dem Pferde leben. Bei den Fennen eine erstaunliche Barbarei und ekelhafte Armuth. Keine Waffen, keine Pferde, keine Wohnstätten; zum Lebensunterhalt Kraut, zur Kleidung Felle, ihr Lager der Boden. Ihre einzige Hoffnung in den Pfeilen, denen sie in Ermanglung von Eisen beinene Spitzen geben; und die gleiche Jagd ernährt ebenso die Männer und die Frauen; denn diese begleitet ihn überall und begehrt ihren Theil der Beute. Und die Kinder haben keinen andern Schutz vor den wilden Thieren und vor dem Wetter, als daß sie in einer gewissen Verschlingung von Aesten bewahrt werden. Dahin ziehen sich die jungen Leute zurück; das ist die Zuflucht der Greise. Aber sie halten es für seliger, als auf Feldern zu seufzen, in Häusern sich zu

---

cavo H. *Wölffel*   22. hoc] hoc B   hic b   23. inlaborare b   illaborare B   illaborare A

mibus, suas alienasque fortunas spe metuque versare: securi
adversus homines, securi adversus deos rem difficillimam assecuti sunt, ut illis ne volo quidem opus esset. cetera iam
fabulosa: Hellusios et Oxionas ora hominum voltusque, cor-
5 pora atque artus ferarum gerere: quod ego ut incompertum
in medium relinquam.

---

1. securi adversus deos) *fehlt* AB   *die Worte* securi aduorsus deos.
Rem difficilê assecuti *stehen von der zweiten Hand in einer Rasur in* B
difficillimam CD   difficilimā B   difficilem AB   3. sunt] *fehlt* B   Coetera B   4. bellusios ABB   Fanesios *Holtzmann*   oxionas AB   exio-
nas B   aionaſ A var. B var. Oeonas *Holtzmann*   uoltusq; A   vltusq; B
unltusq; B   corpa B   5. quod] qua B   *Am Ende* Finit B

plagen, und um sein und der andern Eigenthum Hoffnung und Furcht zu hegen. Ohne Sorgen den Menschen gegenüber, ohne Sorgen den Göttern gegenüber haben sie die schwerste Sache erreicht, daß sie nicht einmal zu wünschen nöthig haben. Das Uebrige ist schon fabelhaft, daß die Hellusier und die Oxionen menschliches Antlitz, aber Leiber und Glieder wilder Thiere haben: was ich als unerforscht dahingestellt sein lasse.

Commentar.

Die Ueberschrift rührt nach meiner Ansicht nicht von Tacitus her, sondern von demjenigen, der in Deutschland (Fulda) diesen Abschnitt der Historien herausschrieb. Die Handschriften geben sie sehr verschieden. Merkwürdig ist S: de origine ritu et moribus Germanorum. Die Verwechslung von r und s scheint zu beweisen 1) daß der Urcodex sehr alt war, dem achten oder neunten Jahrhundert angehörte, während die Handschrift des Henoch nicht vor dem dreizehnten Jahrhundert geschrieben zu sein scheint; 2) daß S unmittelbar aus dem Urcodex geflossen ist und daher alle Beachtung verdient. Uebrigens könnte man sogar zweifeln, ob nicht ritu richtiger gelesen ist: denn Cap. 27 sagt Tacitus: nunc singularum gentium instituta ritusque expediam.

I.

Germania omnis] Darunter versteht Tacitus hier die Germania magna, transrhenana, barbara, nicht mit Inbegriff der römischen Provinzen Germania prima et secunda; denn diese lagen in Gallia, links vom Rein. Diese Theile Galliens hatten diesen Namen schon unter Tiberina, nach Tacitus Annalen an mehreren Stellen, wo schon Germania inferior und superior, und schon unter der Zeit des Augustus wird Germaniae im Plural gebraucht, z. B. Ann. I 34. Diese beiden römischen Germaniae waren aber nicht als besondere Provinzen angesehen, sondern sie waren nur militärische Verwaltungsbezirke (dioeceses) von Gallia Belgica, obgleich Tacitus den Ausdruck provincia hat, z. B. Ann. IIII 73. Unter Augustus wurde Gallien in vier Provinzen eingetheilt, nach Tacitus eigentlich sechs: die vier Hauptprovinzen und die beiden Germaniae.

Die Grenze der beiden römischen Germaniae gibt nur Ptolemaeus II 9, 4 an, ein sonst ganz unbekanntes Flüßchen Ὀβρίγκα. Wahrscheinlich der Vinxtbach, der sich unterhalb der Burg Rheineck in den Rein ergießt. Dort ein Votivstein

(Corpus Inscr. Rhen. ed. Brambach nr. 649) Finibus (woher wahrscheinlich der Name des Baches herrührt), und dort war bis zur französischen Occupation die Grenze der Erzdiöcesen Cöln und Trier.

Die Grenzen werden von Tacitus im Großen angegeben. Wo die Grenze vom Rein zur Donau geht, erfahren wir nicht. Ueber die agri decumates Cap. 29.

Galli ist hier natürlich nicht ethnographisch als Volksname zu verstehen, sondern nur geographisch, wie Gallia. Galli wohnen bis zum Rein; Tacitus weiß sehr wohl, daß unter diesen Galli links vom Rein auch germanische Völker wohnen, die ethnographisch keine Galli sind.

Die Donau als Südgrenze findet sich noch nicht bei Pomponius Mela III 3, 25, bei welchem Germania sich bis zu den Alpen erstreckt.

Raeti ist hier Name der römischen Provinz und umfaßt auch Vindelicia. Die Vindelici vom Bodensee bis zum Einfluß des Inn in die Donau, sie werden hier zu Raetia gezählt, die Raeti südlich von den Vindelici in dem Gebirge (jedoch nach Ptolemaeus II 12, 2 wohnen die Raeti westlich vom Lech, die Vindelici östlich: falsch). Schon bei Horatius carm. IIII 4, 17 sq. Raeti Vindelici. Tacitus ann. II 17 Raetorum Vindelicorumque cohortes. Augsburg heißt Augusta Vindelicorum, aber bei Tacit. Germ. 41 splendidissima Raetiae provinciae colonia. Es ist also sicher, daß Vindelicia mit begriffen ist in Raetia, obgleich sie zu Augusts Zeit zwei verschiedene Provinzen gewesen zu sein scheinen.

Die Raeti und Vindelici wurden schon unter Augustus durch Tiberius und Drusus unterworfen, römische Provinz von 15 vor Chr. bis ins fünfte Jahrhundert, daher ganz und völlig romanisirt. Welcher Nationalität aber die Urbewohner angehörten, ist sehr schwer zu sagen, weil es au Nachrichten fehlt. Zeuss, Die Deutschen und die Nachbarstämme S. 228 ff., und nach ihm ziemlich alle Neueren nennen sie Kelten, weil Zosimus I 52. II 10 sie so nennt und wegen einiger Ortsnamen, Καμβόδουνον (Kempten) bei Strabo IIII 6, 8 p. 206, Δρουσόμαγος und Ταξγαιτον (bei Caesar b. Gall. V 25 29 ein Mannsname Tasgetius) und andere bei Ptolemaeus II 12, 5: weiterhin Βοιόδουρον (Innstadt) Ptolem. II 13, 2. Aber Zosimus ist ohne alles Gewicht; die Ortsnamen sind nur vereinzelt und vielleicht schon später. Hier wohnten früher die Boii, wie schon der Name Boiodurum sehr wahrscheinlich macht. (Jetzt ist allgemeine Ansicht, daß die Boii nie in Baiern wohnten). — Strabo sagt gar nichts; nus ist von Bedeutung, daß er sie nicht zu den Kelten zählte. Dagegen war die Ansicht der Alten, daß die Raeti zu den Tusci gehörten, wofür drei Stellen: Livius V 33, 10 f.: 'Tusci... trans Padum omnia loca excepto Venetorum angulo ... usque ad Alpes tenuere. Alpinis quoque ea gentibus haud dubia origo est, maxime Raetis (dieß mag wahr sein von einzelnen Völkerschaften in dem Südabhange der Alpen): quos loca ipsa efferarunt, nequid ex antiquo, praeter sonum linguae, nec eum incorruptum, retinerent.' Plinius III 133: 'Raetos Tuscorum prolem arbitrantur a Gallis pulsos duce Raeto.' Justinus XX 5, 9: 'Tusci quoque duce Raeto avitis sedibus amissis, Alpes occupavere et ex nomine ducis gentes Raetorum condiderunt.' In diesem Sinne Ludwig Steub, Ueber die Urbewohner Rätiens und ihren Zusammenhang mit den Etruskern. München 1843, und Zur rhätischen Ethnologie. Stuttgart 1854.

Weiter die Pannonii. Es ist auffallend, daß er hier die Norici übergeht, die dazwischen liegen. Er scheint sie zu Pannonia zu rechnen, wie Germ. 5 Noricum ac Pannonia; aber Ann. II 63 Noricum provinciam.

Die Provinz erstreckt sich von der Mündung des Inn bis zum mons Cetius, dem Kahlenberg. Endlich bis zur Sau und dem Gebirge. Das Land war früh den Römern bekannt durch Reichthum an Eisen und Gold, etwa seit 13 vor Chr. den Römern unterworfen. Mit einem regnum; einen König Voccio nennt Caesar b. Gall. I 53, 4. Ihre Hauptstadt war Noreia, man meint Neumarkt in Steyermark. Welche Nationalität? unbekannt, wahrscheinlich illyrisch: aber die Taurisci, die in Noricum wohnten, sind nach dem Namen und dem ausdrücklichen Zeugniss des Strabo Kelten. Einige nehmen Taurisci für den alten Stamm der Norici selbst, und dann waren diese Kelten. Aber die Taurisci wohnten auch außerhalb Noricum. Die Stadt der Taurisci ist bei Strabo VII 5, 2 p. 314 Nanportus (Ober-Laibach).

Pannonia ist vom mons Cetius das Land rechts der Donau bis zur Sau und den julischen Alpen. Die Pannonii (von den Griechen mit gelehrter Affectation Παίονες genannt) waren ein illyrisches Volk (von welchem die Albanesen oder Skipetaren stammen), von Augustus unterworfen. Auch unter ihnen, wie unter den Norici, wohnte ein berühmtes Keltenvolk, die Scordisci.

Die Ostgrenze wird am unvollkommensten bestimmt, weil sie die unbekannteste war, mit zwei Namen: Sarmatae, bei den Griechen Σαυρομάται. Diese werden häufig als die Stammväter der slawischen Völker angesehen, was aber nicht richtig ist. Die Slawen treten zuerst unter dem Namen Venedi auf, zuerst von Plinius III 97 genannt. Die Sarmaten sind ein Reitervolk, das den Scythen in der Sprache verwandt war: zur Zeit des Tacitus verlieren sie immer mehr an Boden vor den Slawen und später vor den Hunnen und verschwinden endlich ganz.

Die Daci gehören zu dem großen thrakischen Volksstamm, zu dem auch die Geten gehören. Nach Jacob Grimm wären allerdings die thrakischen Volksstämme von germanischen nicht verschieden: die Geten wären die Gothen; dieß ist aber unrichtig und eine unhaltbare Hypothese; aber schon in alter Zeit wurden oft Getae und Gothi verwechselt, und von Jornandes

Als die Daci unter Traian römische Provinz wurden, verloren
sie schnell ihre Nationalität und wurden Romanen (die heutigen
Rumänen).

Die Grenzbestimmung durch diese beiden Namen Sarmatae
und Daci findet sich ebenso bei Plinius IIII 80: Germanorum
confinium sei ad Pannonica hiberna Carnunti, campos et plana
Jazyges Sarmatae, montes vero et saltus pulsi ab his Daci
⟨tenent⟩. . Carnuntum, ausgedehnte Ruine oberhalb Haimburg,
also ziemlich da, wo noch jetzt die Grenze gegen Ungarn ist.
— Weiter nach Norden gibt Tacitus keine Grenze an, weil er
sie nicht kennt. Doch berichtet Plinius IIII 97, dass nach
einigen die Sarmaten mit Venedis und Sciris vom Gebirge
Saevo bis zur Vistla wohnen; also war die Weichsel die Grenze
der Germanen gegen sarmatische und slawische Völker; so mag
wohl auch Tacitus sich die Grenze gedacht haben: von der Grenze
von Haimburg nordwärts zur Weichsel, und an ihr bis zum Meer.

sinus] nicht maris (Meerbusen), sondern terrae (Halbinseln),
wie Cap. 37 eundem Germaniae sinum, wie vorher Cap. 35
ingens flexus. So auch Vergil. georg. II 123 von Indien extremi
sinus orbis; und Horat. epod. 1, 13: 'Occidentis usque ad ulti-
mum sinum'. Sonst, wenn es Meerbusen wären, hätte er efficiens
statt complectens sagen müßen.

insularum immensa spatia] Wahrscheinlich meint er nicht nur
die dänischen Inseln, sondern auch Skandinavien, das auch
Plinius für eine Insel hält.

nuper cognitis] Es ist nichts bekannt von einem Feldzuge
der Römer an die Nordküste Deutschlands kurz vor Tacitus'
Germania. Es kann kein Zweifel sein, daß die Züge des Drusus 12 bis 9 vor Chr. gemeint sind, von denen Suetonius im
Claudius 1 sagt: 'Oceanum septemtrionalem primus Romanorum
ducum navigavit' und Plinius II 167: 'auspiciis divi Augusti
Germaniam classe circumvecta ad Cimbrorum promunturium et
inde inmenso mari prospecto.' und Monumentum Ancyran. V
14 bis 17: 'cla⟨ssi qui praerat meo iussu⟩ ab ostio Rheni ad
⟨s⟩olis orientis regionem usque ad . . . . m navigavit, quo neque terra neque mari quisquam Romanus ante id
tempus adit.' — Uebrigens ganz parallel Plinius II 246: 'nam
et a Germania inmensas insulas non pridem compertas cognitum
habeo' und mit bestimmter Beziehung auf den Zug des Drusus
12 v. Chr. Plinius IIII 97: 'XXIII inde insulae Romanis armis
cognitae. earum nobilissimae Burcana . .' und ebenso Strabo
VII 1, 3 p. 291. — Auffallend ist nuper, vgl. Cap. 2 vocabulum nuper additum. Man hat verglichen Cicero deor. nat. II
126: 'quod, ea quae nuper, id est paucis ante saeclis, medico-
rum ingeniis reperta sunt.' Tacitus hist. IIII 17: 'nuper caeso
Quintilio Varo' sagt Civilis im Jahr 69 vom Jahr 9. — Ob nicht
vielleicht an beiden Stellen der Germania die Quelle Livius
ist? Bei Livius war nuper ganz am Platze.

bellum aperuit] so Agricola 22: 'tertius expeditionis annus novas gentis aperuit'.

modico flexu in occidentem versus] versus als Participium nach Passow und Orelli; vgl. Hist. I 76: 'omnes versae in orientem provinciae'. II 83: 'versam in Italiam maro': als Praeposition Ernesti. Man kann verstehen vom ganzen Laufe des Flußes von den Alpen zum Meer, daß er eine geringe Richtung nach Westen habe, oder wahrscheinlicher von der letzten Drehung des Rheins bei Arnheim (so Gerlach und Orelli).

molli et clementer edito] Gegensatz von der sanften und allmählich ansteigenden Höhe des Abnoba und Alpium inaccesso ac praecipiti vertice. Die Stelle erinnert an Strabo IIII 6, 6 p. 207: ἡ ⟨κορυφὴ⟩ ... ῥάχις μετρίως ὑψηλή, ὅπου αἱ τοῦ Ἴστρου πηγαί.

Abnobae] Nach den Handschriften müsste man Arbonae oder Arnobae lesen. Der Name Abnoba ist durch andere Schriftsteller (Plinius IIII 79, Ptolemaeus II 11, 7, Avienus orb. terrae 437) und durch Inschriften (Corpus Inscript. Rhen. ed. Brambach nr. 1626. 1654. 1683. vgl. 1690) gesichert. Dieß dient zur Kritik der Handschriften, daß für die geographischen Namen in der Germania keine Sicherheit in den Handschriften, und B hier schlechter als S und A ist. Nach den Inschriften ist sicher, dass Abnoba der Schwarzwald war, wenigstens von Lörrach bis Pforzheim und Ettlingen. Nach Ptolemaeus muß der Name sich auf den Odenwald bis gegen Darmstadt und, wie es scheint, sogar auf das Gebirge nördlich des Mains erstreckt haben. Er setzt II 11, 9 die Τέγκεροι zwischen Rein und Abnoba, was wahrscheinlich Verwirrung ist.

Die sieben Mündungen sind erwähnt bei Strabo VII 3, 15 p. 305; Plinius IIII 79 gibt die Namen von sechs derselben an; die erste Peuce, die siebente ohne Namen.

Wir haben hier drei alte Namen: Rhenus, Danuvius, Abnoba. Sie können sehr wohl einer alten Sprache angehören, wobei zunächst an die Alpenvölker, die Raeti, zu denken wäre, die sich vielleicht weiter erstreckten. (Erklärt ist bei Mone alles!)

Rhenus kommt zuerst bei Caesar vor; wohl schon vorher. Ahd. und mhd. Rîn, altfriesisch, ags. und altn. Rîn. Das h in Rhein scheint ohne alle Begründung, nach dem lateinischen Rhenus, und dieß nach dem griechischen Ῥῆνος, also pedantisch. Man hat Rhenus als deutsches Wort erklären wollen, von hrains rein, und hrinan tangere, allein das h ist vermuthlich falsch. Auffallend ist, daß im Deutschen i, im Lateinischen ē steht. Der Name ist nicht deutsch, sondern gehört dem Volke an, das vor der gallisch-germanischen Einwanderung die Alpenländer bewohnte; vgl. Pfeiffer's Germania IX S. 191. Ein Rhenus (Reno) findet sich auch in Oberitalien (bei Bononia) bei Plinius III 118. XVI 161: also wohl ein Volk, das von Norditalien durch die Alpen kam, die Raeti?

Danubius, in seinem untern Lauf Ister, Ἴστρος. Nach den Inschriften soll die richtige Form Danuvius sein. Man hat scythisch Don, Düna, Eridanus u. s. damit verglichen; andere nehmen es natürlich keltisch. Der Name hat sich jedenfalls ganz regelmäßig weiter gebildet im deutschen Tuonowa: dem alten A entspricht ein gothisches ô, ahd. uo; d wird t. Er ist wenigstens wie ein einheimisches Wort, nicht wie ein entlehntes, fremdes behandelt.

Abnoba, etwa wie mons Adula; als mythologischer Name, Name einer Göttin, Diana Abnoba.

II.

ultra] Gerlach übersetzt „obendrein“, unmöglich; es ist „jenseits“, nämlich ultra fines imperii Romani, oder auch ultra Germaniam; nach Orelli „weiterhin als bis man gekommen ist, longinquius (navigare) quam adhuc factum est“: unpassend, denn dahin kommt man auch raris navibus nicht. Davon hängt die Auffaßung von adversus ab. Die einen erklären: „abgewandt“, nemlich auf der andern Seite des Festlandes liegend; eigentlich wäre eher aversus, wie auch, dem Acidalius folgend, Thiersch lesen wollte, diesem Sinne entsprechend; oder adversus entgegenströmend; so auch Gerlach und Orelli: entgegengekehrt, auf dem man zu den Antipoden kommt. Die andern: widerwillig, den schiffenden feindlich. Für beide Bedeutungen laßen sich Parallelstellen anführen: wenn ultra jenseits heißt, so kann adversus nur im letzten Sinn „feindlich“ aufgefaßt sein, sonst wäre es tautologisch: so auch Plinius epist. VI 16, 17: ‘mare adhuc vastum et adversum permanebat’, so auch beim älteren Plinius II 179 der Gegensatz von mare adversum und pronum. Germ. 34: ‘sed obstitit oceanus.’ Livius XXVIII 30: ‘in adversum aestum’: ich möchte denen beistimmen, die hier dem Meer gleichsam einen freien Willen beilegen laßen, also „feindselig“, wie auch Agric. 10 vom Meer wie von einem belebten Wesen gesprochen wird; und eben weil dieß nicht gewöhnlich war, steht dabei ut sie dixerim. Der Grund also: Einwanderer kamen auf Schiffen, aber auf jenem wüsten Ocean schifft man nicht: also da man nicht wohl auf Schiffen gekommen sein kann, sind sie indigenae. B nisi patria sit, was wohl nisi si; andere nisi patria ohne si; S nisi ibi patria sit. Dieß gienge nicht auf quis peteret (denn der ist ja schon dort), sondern auf informis, aspera, tristis: das Land ist für jeden, dessen Vaterland es nicht ist, ein wüstes, rauhes, trauriges.

Die Gründe, die Tacitus gegen Einwanderung anführt, sind nicht von großem Gewicht. Aus Griechenland und Italien und zur See wird man nicht wohl nach Germanien eingewandert sein, aber zu Land und von Asien her. Aber Tacitus hätte doch diese Meinung nicht aussprechen können, wenn die Ger-

manen nicht schon eine ziemlich lange Zeit ihre Wohnsitze eingenommen hätten. Diese Stelle ist daher unverträglich mit der
Ansicht einiger neueren Gelehrten, daß erst kurz vor Caesar
die germanischen Völker aus dem Norden, aus Skandinavien
nach Deutschland eingewandert seien. So W. Wackernagel, so
P. A. Munch in seiner norwegischen Geschichte. Diese Ansicht
stützt sich auf zweierlei: 1) daß vor Caesar nirgends die Germanen erwähnt werden, sondern in Germanien nur keltische
Bevölkerung: die Germanen können also erst kurz vor Caesar
eingewandert sein, die keltischen und die thrakischen und sar-
matischen Völker wie ein Keil aus einander treibend. — Darauf
ist zu antworten, daß die Germanen vor Caesar nicht genannt
werden, weil der Name Germani, wie wir sogleich sehen werden,
ein neu erfundener und zwar erst durch Caesar aufgebrachter
ist: die Völker aber waren schon vorher da und wurden mit
allem Rechte mit dem Namen der Kelten oder Galater befaßt,
weil sie wirklich Kelten waren. 2) Die Sagen, die von Jornandes und andern erzählt werden: allein diese Sagen haben
kein großes Gewicht. Wir wollen sie aber kurz betrachten.

Die Deutschen hatten ihre alten Ueberlieferungen von ihrer
Herkunft und allerdings Sagen von Ueberfahrt über ein Meer;
wir haben andere Sagen von bestimmterer Faßung, nach denen
das deutsche Volk von Osten kam und erst dann nach Norden,
Wanderungen des Odin, viel wahrscheinlicher; es ist auch
ganz unmöglich, daß im ersten oder zweiten Jahrhundert vor
Chr. so große Volksmassen von Skandinavien nach Germanien
gekommen wären, das hätte große Bewegungen gegeben, dann
müsten in Schweden Spuren eines früheren Anbaues, dichte
Bevölkerung zu finden sein.

Es ist zu verwundern, daß die Wandersage der Germanen
noch nirgends ausführlich behandelt ist. Jacob Grimm sagte
in seiner geschichte der deutschen sprache 684: 'Bei andrer
gelegenheit werde ich ausführlicher die mythen zusammenstellen
und erörtern, die sich mehrfach über die auswanderung einzelner
stämme erzeugten.' Nach meinem Standpunct muß ich die
Wandersage der Gallier oder Kelten überhaupt mit der Wandersage der Germanen verbinden.

Ammianus Marcellinus (im vierten Jahrhundert, nach Timagenes) XV 9, 3 ff.: 'Aborigines primos in his regionibus
quidam visos esse firmarunt, Celtas nomine regis amabilis et matris
eius vocabulo Galatas dictos: ita enim Gallos sermo Graecus
appellat. alli Dorienses antiquiorem secutos Herculem Oceani
locos inhabitasse confines. Druidae memorant re vera fuisse populi partem indigenam, sed alios quoque ab insulis extimis con-
fluxisse et tractibus transrenanis, crebritate bellorum et adluvione
fervidi maris sedibus suis expulsos. ainnt quidam paucos post
excidium Troiae et fugitantes Graecos ubique dispersos loca
haec occupasse tunc vacua. regionum autem incolae id magis

omnibus adseverant, quod etiam nos (Ammianus?) legimus in monumentis eorum incisum, Amfitryonis filium Herculem ad Geryonis et Taurisci saevium tymnnorum perniciem festinasse, quorum alter Hispanias, alter Gallias infestabat: superatisque ambobus coisse cum generosis feminis suscepisseque liberos plures et eos partes quibus imperitabant, suis nominibus appellasse.'

Darin ist also die Nachricht überliefert, daß sie von Osten her aus Deutschland eingewandert seien, nicht umgekehrt. — Ferner Anknüpfung an die griechische Heimkehr aus Troia, noch nicht an die Troianer, wie wir das ebenso in Deutschland finden.

Livius V 34, 1—4: 'Celtarum penes Bituriges summa imperii fuit: ii regem Celtico dabant. Ambigatus is fuit, virtute fortunaque, cum sua, tam publica praepollens, quod in imperio eius Gallia adeo frugum hominumque fertilis fuit, ut abundans multitudo vix regi videretur posse. hic magno natu ipse iam exonerare praegravante turba regnum cupiens, Bellovesum ac Sigovesum, sororis filios, inpigros iuvenes, missurum se esse in quas dii dedissent auguriis sedes, ostendit. quantum ipsi vellent numerum hominum, excirent, nequa gens arcere advenientes posset. tum Sigoveso sortibus dati Hercynei saltus: Belloveso haud paulo laetiorem in Italiam viam dii dabant.' Es wird weiter ausführlich erzählt, wie Bellovesus den Phocaeern bei Gründung von Massilia geholfen habe, und dann wird ein Zug unter Priscus Tarquinius gesetzt, und wie sie Mediolanium gründen; ein zweiter Zug unter Clitovius nach Brixia und Verona; dann an den Ticinus. Dann die Boii und Lingones jenseits des Padus, aber intra Appenninum. Zuletzt die Senones.

Es scheint mir eine Kunde und also ein früheres Zeugniss derselben Sage bei Caesar VI 24, 2, daß die Galli propter hominum multitudinem agrique inopiam trans Rhenum colonias mitterent, welche loca circum Hercyniam silvam occupaverunt (Volcae Tectosagae, diese sind nachher die „Germani, die die alte Sittenstrenge und Tapferkeit beibehalten, während die Galli provinciarum verweichlicht sind).

Mit dieser Sage ist zu vergleichen Plutarch im Camill 15, die Γαλάται seien τοῦ Κελτικοῦ γένους, sie hätten wegen Menschenmenge ihre Heimath verlaßen; ein Theil sei an den nördlichen Ocean gezogen, über τὰ Ῥιπαῖα ὄρη*, und bewohnen jetzt τὰ ἔσχατα τῆς Εὐρώπης: ein anderer Theil habe sich in dem Land zwischen den Pyrenäen und den Alpen bei den Senonen und Keltorioi niedergelaßen, und sie seien durch gekosteten Wein dazu bewogen worden, über die Alpen nach Italien zu kommen.

---

* Die montes Riphaei werden von einigen mit den Alpen identificiert; Aeschylus im befreiten Prometheus (bei schol. Apoll. Rhod. IIII 284 frgm. 191 Nauck) sucht auf ihnen die Quellen der Donau.

Justinus XXIIII 4: 'Galli abundanti multitudine, cum eos non caperent terrae quae genuerant, CCC milia hominum ad sedes novas quaerendas, velut ver sacrum miserunt. ex his portio in Italia consedit, quae et urbem Romanam captam incendit; et portio Illyricos sinus, ducibus avibus (nam augurandi studio Galli praeter ceteros callent) per strages barbarorum penetravit, et in Pannonia consedit.'

An dieser Sage ist gewiss ohne Bedeutung die von Livius angegebene Zeit, und zweitens ist es eine natürliche Entstellung, daß als Ausgangspunct der Wanderung Gallien angegeben wird: wenn die Römer Sagen hörten von Galliern, die ihre Heimath verließen, so ist natürlich, daß sie meinten, sie kämen aus Gallien. Beim Zug des Hannibal über die Alpen sagt es Polybius III 48, 6 ausdrücklich, daß die Kelten vom Rhodanus oft mit Heeren über die Alpen gezogen. Strabo IIII 1, 13 p. 187 ist der Ansicht, daß die Tectosages in Kleinasien von den Tectosages in Tolosa ausgewandert seien. Diodorus Siculus V 32 behauptet im Gegentheil, diejenigen Gallier, welche Rom eroberten und Delphi plünderten, seien die nördlichen und den Skythen benachbarten Gallier gewesen, welche auch Cimbri und Cimmerii genannt wurden.

Es ist vielmehr wahrscheinlich, daß die Gallier über den Brenner in das Etschthal kamen, also aus den Donaulanden;* und das wird um so wahrscheinlicher, wenn man bedenkt, daß in Italien Boii und Senones neben einander wohnten, wie später in Deutschland.

Nach Plutarch im Camillus muß der Ausgangspunct mehr im Osten gedacht werden; der eine Zug geht nach Norden, den andern aber, statt direct nach Italien, läßt er den Umweg nehmen durch Südfrankreich. Er folgt der späteren Ansicht.

Fragen wir, wann? Jene Zeitbestimmung von Tarquinius ist nur Combination. Vielmehr waren die Gallier, nach der Aussage des Livius selbst, ein ganz unbekanntes Volk, als sie 391 vor Chr. vor Clusium erschienen, und sie können noch nicht lange vorher nach Italien gekommen sein. — Die Griechen aber kamen mit den Kelten erst unter Alexander in Berührung: Diodor. Sic. XVII 113: es seien Gesandte von fast der ganzen bewohnten Erde zu Alexander gekommen; auch aus Thracien, und ihre Nachbarn, die Galater, die damals zuerst den Griechen bekannt wurden, im Jahr 324; und Justinus XII 13, 1: 'ab ultimis litoribus oceani Babyloniam (Alexandro) revertenti nuntiatur, legationes ... Galliae ... adventum eius Babylone opperiri.'

Strabo VII 3, 8 p. 301 sq., Ptolomaeus Lagi erzähle, daß bei diesem Zuge Alexanders (335 v. Chr. an die Donau) Kel-

---

* Die ersten Niederlaßungen Mailand, Brixen, Verona. Bei Livius V 31, 8 per saltus Juliae Alpis.

τοὺς τοὺς περὶ τὴν Ἀδρίαν ihm ihre Freundschaft angeboten. Auf die Frage beim Trinken: τί μάλιστα εἴη ὃ φοβοῖντο; hätten sie geantwortet: nichts, als den Himmelseinsturz: aber die Freundschaft eines solchen Mannes schätzen sie hoch. Ebenso Arrian I 4.

Außerdem weiß Herodot II 33, also im fünften Jahrhundert, daß der Istros bei den Kelten entspringt.

Weiter hinauf reichen keine Nachrichten. Doch sind alle übereinstimmend der Ansicht, daß Kimmerier ein früherer Name der Kelten war; die Kimmerier aber wohnten nach Herodot IIII 11 in dem spätern Lande der Skythen, nördlich vom schwarzen Meer, besonders auf der Krim, von den Skythen bedrängt. Die Zeit ist zu bestimmen nach Herodot I 15, wo er sagt, die vor den Skythen fliehenden Kimmerier seien nach Kleinasien gekommen, hätten Sardes erobert zur Zeit des Ardys, Gyges Sohn (im siebenten Jahrhundert).

Die Germanen: das wichtigste Jornandes 4 (es fehlt an einer kritischen Ausgabe): die Gothen kamen aus Scaudza (Skandinavien), sie seien nach Gothiscauzia, dann ad sedes Ulmerugorum gegangen und hätten die Vandalos eorum vicinas unterjocht; dann seien sie ad Scythiae terras gewandert, durch verschiedene unbekannte Völker ad extremam Scythiae partem, quae Pontico mari vicina est. Das letzte wird richtig sein, sie kamen vom schwarzen Meere, wo wir die Kimmerier finden; aber daß sie dahin aus Skandinavien gekommen, ist gewiss nicht wahr. — Offenbar gelehrte Entstellung einer alten poetischen Wandersage. Er beruft sich ausdrücklich auf die alten Lieder, paene historico ritu. In diesen Liedern nun wurde als das Land ihrer Herkunft ein Land gepriesen in Ausdrücken, die officina gentium und vagina nationum übersetzt wurden; sie seien zu Schiffe ausgewandert; Jornandes, oder ein früherer, meinte nun, das könnte nur Scandinavia sein; und darnach werden dann auch die andern Nationen bestimmt.

Paulus Diaconus hat seine Nachrichten aus dem Chronicon, das dem Edict des Königs Rothari im Jahr 643 vorausgeschickt, aber nicht vollständig erhalten ist. (Origo gentis Laugobardorum, ed. D. Bluhme, in: Monumenta Germaniae historica. Legum tom. IIII p. 641 sqq.) Die Winnili seien gekommen aus insula quae (sub consule qui *Cav.*) dicitur Scandanan (Scandinavia), quod interpretatur in partibus Aquilonis (die Modeneser Handschrif hat sonderbar quod interpretatur ex India (und darüber ex scidia) in partibus), ubi multae gentes habitant. Dann ebenfalls von einem Krieg mit den Wandalen und Ragiland (wie dort Ulmerugorum). Auch die Burgunder sollen nach der, wie es scheint, sehr alten vita Sigismundi aus einer Insel Skandinavien gekommen sein. Das haben Neuere angenommen, W. Wackernagel, Munch. Gewiss nicht richtig: Schweden war, wie jetzt noch, sehr schwach bevölkert, noch im Mittelalter von Wäldern bedeckt; keine Spuren einer früheren Bodencultur, nirgends Reste älterer menschlicher Wohnungen, nirgends die Gebeine und Grahdenkmäler der Bewohner selbst.

Dagegen aus Asien nach Norden: eigentlich auch Jornandes vom schwarzen Meer her. Der Eingang der Ynglinga saga, Cap. 5: In Asien in Tyrkland sei Asgard, dort habe Odinn geherrscht: als aber die Römer sich ausbreiteten, sei Odinn nordwärts gezogen; zuerst nach Gardariki (Rußland), dann nach Saxland (Sachsen, Deutschland), wo er seinen Söhnen Reiche gab: dann nach Norden nach Odins ey in Fünen und dann nach Sigtun in Schweden. — Dieß ist gewiss der richtige Weg, und auch das Zurückweichen vor den Römern ist gewiss eine gute Erinnerung, aber nicht aus Asien, sondern aus Deutschland nach Norden. — Ebenso die Vorrede zur Snorra Edda, jedoch mit wunderlicher Vermischung kirchlicher und profaner Gelehrsamkeit in die nordische Ueberlieferung. In Tyrkland sei Troia oder Asgard gelegen, wo Odinn herrschte; als Pompeius in Asien Krieg führte, sei Odinn nach Norden gezogen: lange habe er in Saxland gewohnt, wo er drei Söhnen Reiche gab; dann zieht er nach Reidgotaland und zuletzt nach Svíþióð.

Die fränkische Wandersage (bei K. L. Roth, die Trojasage der Franken, in Pfeiffer's Germania I Seite 34 — 52; über Trithemius siehe meine Recension in den Heidelberger Jahrbüchern 1850, S. 50 ff.) ist im siebenten Jahrhundert schon ausgebildet, Spuren finden sich schon im fünften. Anknüpfung durch Namensähnlichkeit, z. B. Anagis, Anchis oder Ansegisilus und 'Αγχίσης. In der Edda (Völuspa 41) ein Saal des Riesen Brimir, wird gedeutet für den Saal des Priamus. Die alte Wandersage ist vielleicht schon zur Zeit Chlodwigs an die römische Troiasage angeknüpft worden, um eine Verwandtschaft der römischen Bevölkerung Galliens mit den Franken zu Stande zu bringen. Hier wieder eine Verwandtschaft mit den Galliern. Denn gallische Völker hatten ebenso ihre Wandersage schon viel früher an die römische angeknüpft, um eine Blutsverwandtschaft mit den Römern zu Stande zu bringen. Lucan I 427: 'Arverni — ausi Latio se fingere fratres, sanguine ab Iliaco populi', und die Haedui wurden vom Senat schon vor Caesar's Zeit* als fratres und consanguinei anerkannt, was nur auf Abstammung aus Troia bezogen werden kann. Es ist dieß ein bedeutsamer Fingerzeig, daß die Wandersage der Haedner, der Arverner, und der germanischen Völker dieselbe war. Bei den Galliern hieß der Nachkomme des Priamus, der sie führte, Vassus (ho-

---

* b. G. I 33, 2: 'Haeduos, fratres consanguineosque saepenumero a senatu appellatos' ... ja schon in dem Vertrag, den sie 122 vor Chr. mit den Römern schloßen, Livius LXI: 'Haeduorum agros, sociorum populi Romani'.

zengt durch eine Inschrift Mercurio Vasso. Caloti bei Brumbach
nr. 835) und bei den Franken Francus oder Francio.

Spätere Sagen über die Sachsen bei Widukind um 967 und
in dem Annolied um 1080.

Es wäre zu vergleichen Nennius historia Britonum (angeblich
vom Jahr 858, aber sein Werk ist offenbar sehr interpoliert) und
Gottfried von Monmonth.

minimeque mixtos] Das hat sich natürlich im Laufe der
Zeit sehr geändert. — Uebrigens wenn die Kelten, nach meiner
Ansicht nicht vor dem siebenten Jahrhundert, vielleicht erst
im sechsten und fünften Jahrhundert nach Deutschland und
Gallien kamen, so muß die Frage entstehen, ob jene Länder
nicht schon vorher bewohnt waren. Herodot sagt, die Κελτοί
grenzen an die Κυνήσιοι (II 33) oder Κύνητες (IIII 49), welche
die westlichsten von Europa seien; diese werden auch in Avienus
ora maritima 201. 205. 223 erwähnt, am Anas (Guadiana); —
dann die Hiberes in Spanien und zu ihnen die Aquitani (Rest
ihrer Sprache ist die baskische, die merkwürdig in ihrem Bau der
americanischen ähnlich ist; sie wohnten vielleicht weiter herauf).
Die Ligures, griechisch Λίγυες, vom Rhodanus östlich durch
die Alpen und in Italien: Strabo II 5, 28 p. 128 sagt ausdrücklich von ihnen, sie seien ein anderes Volk als die Kelten
gewesen, obgleich von anderer Lebensweise. Wahrscheinlich
erstreckten sie sich früher weiter nach Norden, und Avienus
ora maritima 132—137 sagt, daß sie von den Kelten in häufigen
Schlachten zurückgetrieben sich in ihre horrentia domos (Dorn-
sträuche) gezogen hätten.
Weiter kommen die Raeti und Vindelici, vielleicht ein tus-
kisches und dann illyrisches Volk, die ebenfalls sich weiter
nach Norden erstreckt haben konnten.
Nördlich sind es die Finnen und Lappen, die man gewöhnlich als zusammengehörig darstellt, die aber vielleicht zwei
verschiedene Völker sind; die Lappen, eigentlich Polvolk; die
Finnen dagegen verwandt mit den Ungarn: beide aber waren
Jäger- und Fischervölker: sicher reichten sie früher weiter herab
und können wohl auch in Deutschland gewohnt haben. — Brittische Völker. — Agathyrsen, blonde Haare, Tätowieren, Weibergemeinschaft, in Siebenbürgen und dem östlichen Ungarn.
Unter diesen Völkern hätten wir die früheren Bewohner
zu suchen, die von den Kelto-Germanen verdrängt und theilweise vertilgt wurden. Ob Reste derselben? Denkmäler? Es
finden sich, nicht sehr häufig, aber von Norden bis an die Alpen
Reste eines Volkes, das noch kein Metall kannte und Waffen
und Geräthe von Stein und Knochen, Hirschhorn hatte* (auch

---

* Neulich auch bei Ladenburg.

Feuerstein); eines Volkes, das zum Theil in Höhlen und erweiterten Felsspalten wohnte, z. B. an der oberen Donau bis Sigmaringen; oder auf Pfahlbauten in den Seen der Schweiz. Schon diese Wohnart läßt mich nicht glauben, daß das Volk ein germanisch-keltisches war. Diese Kelten suchten nie sich zu verstecken; sie suchten mit Trotz die Gefahr; sich einzuschließen war ihnen zuwider; hier aber ein Volk, das ängstlich in Höhlen und auf Pfählen im Waßer eine Zuflucht suchte vor wilden Thieren. Auch ist wohl anzunehmen, daß die Kelto-Germanen bei ihrer Einwanderung bereits einigen Gebrauch der Metalle kannte. Uebrigens sind die Studien erst im Beginn. Man findet in diesen Pfahlbauten auch viel Bronze und Eisen. Lindenschmit ist der Meinung, die Pfahlbauten vom Bodensee seien von den Vindelici bewohnt gewesen, welche von Tiberius in einer Seeschlacht auf dem Bodensee (15 v. Chr.) besiegt wurden; das war das Ende dieser Bauten, aber der Anfang kann in viel höheres Alter hinaufreichen.

Eben solche Geräthe und Waffen in Dänemark und Schweden werden den Finnen zugeschrieben.

Ferner würde ich Alterthümer, die einen lebhaften Handel beurkunden, nicht den Germano-Kelten zuschreiben. Denn diese waren entschieden kein handeltreibendes Volk. Aber theils durch Geschenke, die ihre Fürsten erhielten, theils als Beute ihrer Raubzüge können sie ebenfalls Gegenstände des Handels erhalten haben und außerdem blieben sie natürlich ihrem Princip, alles den Waffen zu verdanken, nicht getreu, und Handelsleute des Südens wurden nicht überall, wie bei den Nervii und Suebi zu Caesars Zeiten, zurückgewiesen, sondern man tauschte zuerst von ihnen Waaren ein; besonders der Wein war gesucht; später hatte man sogar Geld. Im Allgemeinen aber ist das Volk, das aus dem Süden die Menge von Erzgeräthe, Waffen und Schmuck durch den Handel erhielt, schwerlich ein germanisch-keltisches gewesen, sondern eines der früher den Boden bewohnenden Iberer, oder Ligurer, oder Britten. Ferner Schutzwaffen, Panzer, Beinschienen u. s. w. im Allgemeinen nicht germanisch.

Entschieden würde die Sache durch die Gerippe der Menschen selbst, besonders die Schädelform. Aber es ist schwierig, nachdem Deutschland das Schlachtfeld war, das von den Leichen aller Racen gedüngt wurde, und da eine Mischung noch im Frieden Statt gefunden. Zudem möchte es schwer sein, sicher das Volk zu bestimmen. Die Versuche, die Kelten und Germanen am Schädel zu unterscheiden, musten natürlich scheitern: denn die physische Erscheinung des Galliers ist von der des Germanen nicht verschieden, sie haben also auch denselben Schädel. Es sollen sich in Frankreich gerade in den ältesten Monumenten nicht selten negerartige Schädel finden!! — Die Kraniologie, eine neue Wißenschaft, mag wohl mit Sicherheit

die Schädel eines Negers, eines Kalmüken, eines Engländers
unterscheiden, aber die ersten Völker derselben Race gewiss
nicht. Herodot sagt III 12, die Schädel der Perser seien zer-
brechlich, die der Aegypter hart.

carminibus antiquis] Diese merkwürdige Stelle beweist,
daß die Germanen alte Gesänge hatten, und zwar damals
schon für alt gehaltene, welche den Ursprung des Volkes
besangen, und daß in diesen Gesängen ihre historischen
Erinnerungen aufbewahrt wurden, und es keine andere Art
von Geschichte gab; und darin liegt auch, daß diese Gesänge
nicht geschrieben wurden. — Ueber die älteste Poesie werde
ich ausführlich in der Litteraturgeschichte sprechen. — Die
herrschende Ansicht, man habe sich unter diesen Gesängen
nichts von großer Bedeutung zu denken, wie wir uns in
neuerer Zeit die Volkslieder vorstellen, keine historischen Erinnerungen von großem Umfang, nur Vereinzeltes, rührt her
einmal von der Nachwirkung der Adelungischen Vorstellung,
zweitens von der neuen Theorie des Epos (F. A. Wolf, Lachmann). Dieser Theorie zu Liebe dürfen die alten Deutschen
nicht im Stande gewesen sein, größere Lieder, historische Erinnerungen, hervorzubringen; sie müßen dieser Theorie zu
Liebe als ganz stupide Wilde erscheinen.

Ich behaupte dagegen: man muß hier allerdings alles darin
finden, was darin liegt. Die Germanen hatten eine Geschichte,
Historie, ein wirkliches annalium genus, eine zusammenhängende
Geschichte des Volkes. Diese Einrichtung war bei den Skalden bis ins dreizehnte Jahrhundert. Hier gibt Tacitus nur
den Anfang, den Ursprung des Volkes; sie hatten auch noch
von dem Arminius Lieder, Ann. II 88: 'Arminius . . . canitur
adhuc barbaras apud gentes.' Ein weiteres, ganz wichtiges
Zeugniss Jornandes 4: prisca Gothorum carmina paene historico
ritu, nachdem er die Geschichte ihrer Wanderungen erzählt;
er legt also diesen alten Gesängen ausdrücklich historischen
Werth zu. Paulus Diaconus de gestis Langobardorum (grösten-
theils geschöpft aus den Gesängen der Langobarden) I 27 berichtet, daß es von Alboin historische Lieder gab; 'Alboin vero
ita praeclarum longe lateque nomen percrebuit, ut hactenus
tam etiam apud Baioariorum gentem quam Saxonum sed etiam
alios eiusdem linguae homines eius liberalitas et gloria, bello-
rumque felicitas et virtus in eorum carminibus celebretur.' Nun
ein sehr wichtiges Zeugniss ist Eginhard (vita Caroli M. cap. 29)
von Karl dem Großen: 'barbara et antiquissima carmina, quibus
veterum regum actus et bella canchantur, scripsit memoriaeque
mandavit,' namentlich erhalten in der Edda. — Solche historische Gesänge musten alle Culturvölker haben, ehe sie eine
geschriebene Litteratur hatten: denn ein Bedürfniss nach hi-
storischer Ueberlieferung hatte jedes Volk, das nicht auf der
untersten Stufe der Bildung steht; nicht nur das natürliche

Interesse an dem Schicksal der Vorfahren, sondern auch für die
Ordnung des Rechts eines Staats waren solche Ueberlieferungen
nothwendig, z. B. Erbrecht, die Succession, die Genealogie:
ferner dienten solche als Lehrbücher der Moral. — Daß sie
wirklich zusammenhängende Ueberlieferungen hatten, beweisen
Jornandes, Paulus Diaconus, Saxo Grammaticus. Was den Paulus
betrifft, so ist jetzt erst die Chronik von Rothari bekannt geworden, die er benutzt hat. Da heißt es ausdrücklich cap. 13
p. 2 Bluhme: 'utilem prospeximus propter futuris temporis memoria, nomina regum antecessorum nostrorum, ex quo in gente
nostra Langobardorum reges nominati coeperunt esse, in quantum per antiquos homines didicimus, in hoc membranum adno-
tari iussimus.' Also ausdrücklich, daß er die ganze Reihe der
Könige, sechzehn Generationen, zuerst habe schreiben laßen,
wie er sie von den antiqui homines lernte. Ebenso die Gesetze
selbst: er sagt Edict. cap. 386 p. 89: 'antiquas legis patrum
nostrorum quae scriptae non erant, condedimus.' Die Germanen
hatten also, wenn auch keine geschriebene, doch eine gesungene
historische Litteratur, nur durch das Gedächtniss aufbewahrt,
wie von den Galliern Caesar b. G. VI 14, 3 von den heiligen
Liedern der Druiden berichtet: 'neque fas esse existimant ea
litteris mandare', und diese war gewiss nicht bloß didaktisch,
sondern auch historisch. Daß der Ruhm der Tapfern durch
Gesänge erhalten wurde, sagen Aelian, Lucan u. a. Diodor
V 29 sagt, daß sie vor dem Kampfe τάς τε τῶν προγόνων
ἀνδραγαθίας ἐξυμνοῦσι καὶ τὰς ἑαυτῶν ἀρετὰς προφέρονται. Virorum fortium landes canere ist das Geschäft der Barden;
und im Jahr 634 d. St. erschien ein Gesandter des Königs
Bitultus (Betultus die fasti triumph., C. Inscr. Lat. I, p. 460)
der Arverner in Rom mit einem Barden, der das Lob des
Königs, der Allobrogen und des Gesandten sang (Appian IIII
de rebus Gallicis cap. 12) und vom Vater dieses Bitult, Luerius
bei Strabo IIII 2, 3 p. 191 und Athenaeus IIII 13 p. 152 d aus
Posidonius XXIII (c. 50 vor Christus), 'ἀφορίσαντος δ' αὐτοῦ
προθεσμίαν ποτὲ τῆς θοίνης, ἀφυστερήσαντά τινα τῶν βαρβάρων
ποιητὴν ἀφικέσθαι·'

Aber nicht dem Zufall waren des Volkes Gesänge überlaßen. Es gab Leute, die den Beruf hatten, deren Geschäft
es war, die Litteratur zu lernen; bei den Galliern ist es anerkannt. — Die antiqui homines des Rothar; besonders waren
es die antiquitatis periti des Saxo Grammaticus, die Skalden.

Teutonem] Ein Name, in dem ein Volksname enthalten ist,
ein Gott, von dem das Volk den Namen hat. Von den Handschriften lesen einige 'Thisconem, z. B. S; die Mehrzahl mit t,
tnistonem und tristonem. Von B sagt Tross 'tristonem, ita tamen,
ut discerni nequeat, utrum *Tuistonem* an *Tritonem* vel *Tiutonem*

legendum sit'. Maßmann gibt im Facsimile triftonem ohne
weitere Bemerkung. Wie wir bei Abnoba gesehen haben, für
die Eigennamen geben die Handschriften keine Sicherheit. Nur
wenn der Name auch bei andern Schriftstellern oder noch beßer
auf Münzen oder Inschriften vorkommt, hat man Sicherheit.
Dieß ist aber hier nicht der Fall. Man kann also über Vermuthungen nicht hinauskommen; die wahrscheinlichste wird die-
jenige sein, welche einen sonst vorkommenden Namen gibt. —
Jacob Grimm hat sich für Tuisco entschieden, und das steht
nun fest in der ganzen Schule, und dagegen einen Zweifel zu
äußern gilt als Frevel. Wenn nun wirklich in der deutschen
Mythologie ein Gott Tuisco nachgewiesen werden könnte, so
wäre damit die Sache entschieden; aber das ist nicht der Fall.
Es ist nichts als eine Grille. Allerdings ist isk eine deutsche
Ableitungssylbe: aber muß denn das Wort ein abgeleitetes sein?
Auch gibt es einen Namen Tin, der nordische Kriegsgott Týr:
davon sei Tuisco abgeleitet. Das ist nichts als eine ganz un-
sichere Annahme, die man ganz leicht durch eine andere, ebenso
gute ersetzen könnte.

Wilhelm Wackernagel in der Zeitschrift für deutsches Alterthum VI 19 liest ebenfalls Tuisco und sieht darin unser Wort
'zwischen'; und dieß soll hier heißen Zwitter, der Gott, der
Mann und Weib zugleich ist. Nun steht wirklich in der nordischen Mythologie, wie auch bei andern Völkern, an der Spitze
der Kosmogonie ein solches zweigeschlechtiges Urwesen, der Riese
Ymir, dessen Füße mit einander das Riesengeschlecht erzeugen:
von diesem also habe Tacitus gehört. Aber das Riesengeschlecht
ist eben nicht das Geschlecht der Götter und Menschen.

In der nemlichen Zeitschrift IX S. 259 f. hat auch Herr
Karl Müllenhoff über die Sache gesprochen und findet, es müße
Tuistonem gelesen werden. Das sei das Wort 'Zwist', nemlich
nicht Händel, sondern der Faden, filum duplicatum; und das
sei der passende Name gewesen für jenen zweigeschlechtigen
Ymir: also in der Sache stimmt er ganz mit Wackernagel überein, obgleich er anders liest.

Wenn ich vorurtheilsfrei die Stelle betrachte, so muß ich
hier einen Namen erwarten, der als Name des Volkes vorkommt.
Denn nach den Söhnen oder Enkeln sind die Marsi, Gambrivii,
Suebi, Vandili genannt; also ist es höchst wahrscheinlich, daß
an der Spitze ein Name steht, von dem das Volk im Ganzen
genannt ist. Einen solchen erhalte ich, wenn ich Teutonem lese.

Es ist merkwürdig, dass der Besitzer der Handschrift B,
Perizonius, und nach ihm Cluverus wirklich so lesen. Lesen
wir teut, so ist sehr begreiflich, wie daraus die verschiedenen
Lesarten trift oder tvitt entstehen konnten; diplomatisch läßt
sich viel beßer Teutonem rechtfertigen, als oben Abnoba. Ich
kehre also zu der alten Lesart des Perizonius zurück, die in

neuerer Zeit nur von einem vertheidigt wurde, von Heinrich
Hattemer in einem kleinen Schriftchen: „Ueber Ursprung,
Bedeutung und Schreibung des Wortes Teutsch. Nebst einigen
Beigaben. Schaffhausen 1847." Seite 3. Wir werden also
einen Gott Teuto, Teutonis erhalten, von dem das deutsche
Volk abstammt und von dem es den Namen hat: dagegen
meint Jacob Grimm, Geschichte der deutschen Sprache
S. 791, dieß könne darum nicht sein, weil Teuto eine schwache
Form wäre, und alle Götternamen starke Formen hätten: es
müßte also Teutus,i heissen. Dieß ist rasch hingeschrieben
und wenig überlegt: einer der bekanntesten Götternamen, Frauja
(Herr) hat ebenfalls schwache Form, und Volksnamen auf ones,
wie Saxones, Teutones in schwacher Form sind nicht selten.
Aber allerdings könnte neben Teuto, gen. Teutonis ein gleich-
bedeutendes Wort gestanden haben, das die Lateiner Teutus,
Teuti geschrieben haben würden. Die kürzere Form Teutus
scheint erhalten in goth. þiuþ, welches nur als Neutrum vorkommt und ἀγαθόν als Subst. übersetzt.

Dieser Teuto ist gleich dem gallischen Teutates (auch Teutantem, worüber später). Vollständig gleich ist goth. þiudans,
diutan (rex, „Volksmann", gewiss ein passender Name), aga-
thedden im Caedmon geradezu für Gott gebraucht und zwar
ohne Artikel. Daneben þiuda, das Volk, und þiudisk zum
Volk gehörig, deutsch: das Volk nannten sie sich gerade so,
wie viele Flußnamen eigentlich nur „der Fluß" bedeuten: das
Volk, der Fluß κατ' ἐξοχήν. — Ferner ist Teuto und þiudans
zu erkennen in dem alten Volksnamen Teutones oder Teutoni.
Die Teutones sind also im Allgemeinen die Deutschen, die sich
die „Könige" nannten; unter diesem Namen werden sie zuerst
erwähnt von Pytheas, also ungefähr 330 vor Chr.: die Bewohner
der Insel Abalus verkaufen den Bernstein den benachbarten
Teutoni. Die Alten hielten die Kimbren und Teutonen für
zwei verschiedene Völker; so sagt z. B. Livius epit. LXVII:
'reversique (Cimbri) in Galliam bellicosis ac Teutonis coniun-
xerunt'; aber es ist deutlich, daß die Kimbren selbst Teutoni
waren, denn wo die einen von Kimbren, sprechen die andern
von Teutonen. Vielmehr sind es zwei Namen derselben, Cimbri
als „Räuber", Teutones nach der Abstammung. Als ein besonderes Volk können sie nirgends sicher nachgewiesen werden;
nur bei Geographen, Pomponius Mela, Plinius und Ptolemaeus,
die eben glaubten, bei den Namen auch einen Ort anweisen zu
müßen.

Es scheint mir, daß Teutoni ursprünglich der allgemeine
Nationalname der Deutschen war, der aber allmählich in Vergeßenheit gerieth und nur einem kleinen Volke blieb. Doch
im allgemeinen Sinn sagt Virgil: 'Teutonico ritu soliti torquere
cateias' (Aen. VII 741), wozu Servius: 'cateias, tela Gallica:
unde et 'Teutonicum ritum dixit'. Bei Lucan I 256 furor Teu-

tonicus. Besonders deutlich ist Claudian. in Eutrop. I 406:
'Teutonicus vomer, Pyrenaeique iuvenci andavere mihi'. Schon
Martial XIII 26: 'caustica Teutonicos accendit spuma capillos;
captivis poteris cultior esse comis'. Plinius XXXV 25: 'in foro
fuit et illa pastoris senis cum baculo (tabula), de qua Teuto-
norum legatus respondit interrogatus, quantine eum aestimaret?
sibi donari nollo talem vivom verumque'.

In späterer Zeit ist Teutonicus nur eine gelehrte Bezeichnung: die kürzere Form Teut erscheint in vielen Namen: in
einer großen Menge Personennamen Teutmar (Dietmar), Teut-
tiorix (Dietrich) Deotwin (gerade wie ags. Freávine, Hadumar)
und besonders bei den Galliern Teuto und Touto. Teutobur-
giensis saltus Tac. Ann. I 60 und eine Stadt Teutoburgium
(Heiligthum des Teuto); ein anderes Teutoburgium lag in Pannonien. Noch später, in einer ahd. Glosse diotpure populosa
civitas. Also jener Wald, in welchem Armin die römischen
Legionen vernichtete, war nach dem Namen das Heiligthum des
Teut oder Teuto.

Dieser Teuto wird angeführt von denjenigen, die deutsch
mit t schreiben; aber Gothisch hat th, dem entspricht die deutsche
media d.

Dieser Teuto also war der Sohn der Erde und der Vater
des Mannus: dieser ist man, woher „Mensch" kommt. Ein
solcher Mann steht auch im Indischen; davon manuga und mā-
nuša. Es muß aber auffallen, daß der Vater des deutschen
Volkes älter sein soll, als der Vater des Menschengeschlechts;
man würde passender umgekehrt den Mannus zum Vater des
Teuto machen, und es ist nicht unmöglich, daß hier Tacitus
nicht richtig auffaßte und die beiden Namen vernetzte. Es ist
höchst auffallend, daß noch ein Dichter um 1300, nemlich
Heinrich Frauenlob, sagt: 'Mennor der erste was genant, dem
diutische rede Got tet bekant'. Dieser Mennor ist Mannus.
Ist das aus Tacitus geschöpft? oder waren solche Lieder, von
denen Tacitus spricht, um 1300 noch nicht ganz verklungen?
Es kommt bei Frauenlob noch mehr vor, das räthselhaft ist.
In den Schulen der Meistersinger scheint vieles aus älterer Zeit
herübergekommen zu sein.

conditoresque] haben die Ausgaben ohne Note; aber sonderbar fast alle Handschriften conditorisque, was doch nur ein
Fehler sein kann; oder deutet dieß etwa auf filium Manni,
originis gentis conditorisque? S hat conditoriosq ohne Sinn
und corrigiert conditoremq. Origo und conditores sind eben
Teuto und Mannus.

Die drei Söhne des Mannus: vom ersten Sohne stammen
die Ingaevones. Bei Plinius, wo der Name ebenfalls vorkommt,
geben die Handschriften Ingvaeones, was vielleicht richtig ist.
Der Sohn wird Ingu oder Ingvo geheißen haben; dieß kommt
in der deutschen Mythologie vor; im Norden haben wir einen

Gott Ingvi, entspricht ganz genau einem Inguo. Der Name
Inguo ist erhalten in Zusammensetzungen Ingu-mâr, bei Tacitus
Inguio-mêrus, Ingu-ram u. s. Ferner im Angelsächsischen als
Bezeichnung eines Fürsten frea Ingvina, das ist dominus Ing-
vaeonum; und es kann also in diesem Falle nicht bezweifelt
werden, daß die nordische Mythologie wirklich einen Namen
des Tacitus bewahrt hat: sie dient dem Tacitus zur Bestätigung.

Dieser Ingvi ist nach der Darstellung ein Sohn des Odinn
(Wodan), und von diesem Ingvi stammt ein Königsgeschlecht
und ein ganzes Volk ab, das sich Ynglingar nennt mit falsch
eingeschobenem l (wie z. B. im Namen der Stadt Ueberlingen
aus Ihuringa). Es gibt eine Ynglinga Saga.

Nach dem zweiten Sohn benannt sind die Herminones,
wofür einige Handschriften wohl schlecht Hermiones; auch Pomponius Mela III 32: 'ultimi Germaniae Hermiones': also etwa
Hermin: dieß scheint erhalten zu sein in Irmin, das in Compos.
vorkommt, Irmin diot (Volk der Herminonen, besonders irmin-
sûl (die dem Gott Irmin geweihte Seule), irminþiod (irmindeot)
als „Menschengeschlecht“ im Heliand und im Hildebrandslied;
irminman im Heliand, irmingot im Hildebrandslied. Im Altnordischen iörmun grund terra etc. Dasselbe ist auch irman, und
so scheint gothisch airmana dasselbe zu sein, also der gothische
König Airmana reiks, Hermanrik, könnte als rex Herminonum
gefaßt werden. Vielleicht Hermunduri.

Vom dritten Sohne stammen die Istaevones. Die Lesarten
bei Plinius scheinen aus Istvaeones entstanden; der Sohn hieß
also wohl Istu, Istvo. Jacob Grimm will Iscaevones lesen und
denkt an askr (Esche): nemlich nach der nordischen Mythologie (Völuspâ 17, 7) ist der erste Mensch aus der Esche entstanden. Ohgleich die Handschriften sowohl bei Tacitus als bei
Plinius für t sind, so ist doch auf das Diplomatische nichts zu
bauen; c und t werden beständig verwechselt; daher könnte
man auch Iscvo, Iscvo annehmen. Mit diesem wißen wir nichts
Sicheres anzufangen. — Dagegen für Istn könnte man anführen
die Astingi (gothisch Hazdiggôs), das Königsgeschlecht der Vandalen und Westgothen, und auch als Volksname. Ferner ahd.
hertinga, womit Notker heroes übersetzt; ags. heardingas, altn.
Hadding: doch ist überall das a statt i.

Von derselben Genealogie, aber etwas abweichend, weiß
Plinius IIII 99 f.: 'Germanorum genera quinque: Vandili, quorum
pars Burgodiones, Varinnae, Charini, Gutones; alterum genus
Ingvaeones, quorum pars Cimbri, Teutoni ac Chaucorum gentes:
proximi autem Rheno Istaeuones, quorum pars Cimbri (wofür
Spener sehr wahrscheinlich Sicambri). mediterranei Hermiones,
quorum Suebi, Hermunduri, Chatti, Cherusci: quinta pars Peucini, Basternae supra dictis contermina Dacis'. Wenn man den
ersten und den fünften Theil wegläßt, so sind die drei Theile

den Tacitus übrig. — Jetzt zerfallen die Deutschen deutlich in drei große Stämme: 1) den hochdeutschen (Franken, Alemannen, Baiern, Thüringer); 2) den niederdeutschen, wozu die Angelsachsen; 3) den nordischen (Dänen, Schweden, Norweger). Ob diese wirkliche Dreitheilung mit der des Tacitus zusammenfällt, ist schwer zu entscheiden. Es müßten wohl die Ingvaeones der nordische Zweig sein, die Herminones der niederdeutsche, die Istvaeones der oberdeutsche. Aber im Einzelnen scheint dazu die Aufzählung bei Plinius nicht zu passen. Und ebenso im Einzelnen auszuführen, zu welchem der drei Aeste jedes einzelne der Völker, die Tacitus anführt, gehört, scheint kaum möglich.

Eine höchst merkwürdige Bestätigung der Nachricht des Tacitus enthält eine alte Völkertafel, welche in Handschriften lange Zeit unbeachtet blieb; zuerst von Graff (althochd. Sprachschatz I S. 497) aus einem Codex von St. Gallen Nr. 732 p. 154; dann in verschiedenen Faßungen von Pertz, Monum. Germ. VIII 314, nach römischen und neapolitanischen Handschriften von Maßmann in Haupt's Zeitschrift I 561. Zuletzt von K. Müllenhoff in Philol. und histor. Abhandlungen der K. Akademie der Wissenschaften zu Berlin 1862. S. 532—538. Dieselbe Völkertafel mit weiteren Zusätzen findet sich auch bei Nennius, historia Britonum cap. 17. Die Namen sind schrecklich entstellt: im Codex von St. Gallen: 'tres fuerunt fratres unde sunt gentes XIII. erminus, inguo et istio. frater eorum erminus genuit Gothos unalagotos, wandalus, gipedes et saxones. . . Inguo frater eorum genuit burgundiones, loringus, langolardus, baioarius. . . Istio frater eorum genuit romanos, brietones, francus, alamannus'. — Der Codex von La Cava: 'Muljus rex tres filios habuit, quorum nomina hec sunt: Armen Tingus Ostjus. singuli gennerunt quaterons generacjones: Armeu genuit gothos guandalos brjgjdus (für Gepides) saxoues. — Tingus genuit Tuscos (für Turingos) et longobardos burgondiones bajoarjos. Hostjus genuit Romanos brittones francos et alamanuos'.

Bei Nennius im 17. Capitel: 'Primus homo venit ad Europam de genere Iafeth Alanus cum tribus filiis suis, quorum nomina sunt Hessitio, Armeno, Negue. Hissitio autem habuit filios quattuor: hi sunt Francus Romauus Britto Albanus. Armenon autem habuit quinque filios: Gothus Valagothus, Gebidus, Burgondus, Langobardus. Neugo autem habuit tres filios: Wandalus, Saxo, Boguarus'. Danach scheint bei Nennius Ingvi einen Sohn weniger zu haben, doch wird nachher von ihm gesagt, daß vier Völker von ihm abstammen, Boguarii Uandali Saxones et Taringi. Man sieht also leicht, daß die drei Nachrichten eigentlich buchstäblich übereinstimmen, nur mit Verderbniss. Aber auch mit Tacitus. Der Vater Mulius oder Alanus ist nach Tacitus in Mannus zu ändern. Es fragt sich nun, ob diese Völkertafel aus Tacitus oder Plinius genommen sein kann? Es scheint dieß doch kaum möglich: Plinius vertheilt die Völker ganz

anders; und weder er noch Tacitus geben die Namen der
Söhne des Mannus. Es scheint also, daß diese Nachrichten aus
andern Quellen genommen sind, vielleicht aus jenen antiqua
carmina selbst, die also zur Zeit der Abfaßung noch vorhanden
waren. Müllenhoff glaubt, daß die Völkertafel um 520 im
fränkischen Reich in Gallien entworfen sei (Zeitschrift IX 249).
Mannhardt wird eine andere Ansicht aufstellen.

Es wären damit die übrigen Stammsagen der Germanen
und Gallier zu verbinden. Die gothische, die wichtigste, bei
Jorunndes c. 14 ist leider noch nicht brauchbar, doch ist deutlich, daß Gapt, das ist Gaut (Gâuts), als Eponymus der Gothen
an der Spitze steht; ein Nachkomme von ihm ist Amal, der
Stammvater der Amaler, dessen Enkel Ostrogotha. — Die dänische bei Saxo Grammaticus I p. 21 ff.: Von Humblus stammen
zwei Söhne Dan und Angul, deutlich die Dänen und Angeln;
dann ein Enkel Skiöld, von dem das dänische Königsgeschlecht
der Schildunge (Skiöldûngar) sich herleitet. Wichtig ist die
angelsächsische, besonders behandelt von J. Grimm in der ersten
Ausgabe der deutschen Mythologie und Kemble (Neunius und
die angelsächsische Chronik). Die Namen sind von christlichen
Mönchen an die biblischen angeknüpft; zuerst die angelsächsischen Namen auf Vôden, dann diese auf Noe und Adam. Die
langobardische scheint mehr historische Sicherheit zu haben;
Ibur ist derselbe, von dem Ueberlingen den Namen hat. Die
nordischen sind zahlreich: Odinn gibt die Reiche in Deutschland an seine Söhne: dann ebenso im Norden; ein Sohn Vôdens
ist z. B. Saxnôt, von dem die Sachsen abstammen u. s. w. Also
überall dasselbe wie bei Tacitus: Abstammung von den Göttern,
und an der Spitze jedes Volkes der Sohn eines Gottes, von dem
das Volk den Namen hat.

Bei den Galliern. Caesar VI 18, 1: 'Galli se omnes ab
Dite patre prognatos praedicant idque ab druidibus proditum
dicunt'. Dieser ist wohl Teutates; also ebenso von den Göttern.
— Diodor. Sic. V 24: Hercules sei aus Iberia nach Gallien gekommen und habe Alesia gegründet. Dieser habe mit der
stolzen Tochter eines mächtigen Mannes den Γαλάτης erzeugt:
von ihm hätte das Volk den Namen der Galater. — Etwas
anders Parthenius cap. 30: Herakles sei nach Gallien zu Βρε-
ταννός, dessen Tochter Κελτίνη von ihm einen Sohn Κελτός geboren habe. Dagegen Ammian Marc. XV 9, die Celten seien
genannt vom König Celta und von seiner Mutter Galata. Aber
auch Hercules habe den Tauriscus (es sollte wohl heißen Tau-
tiscus?) erlegt und dann mehrere Kinder erzeugt und die Länder
mit ihren Namen genannt. Dionys. Halic. XIIII 3 vom Riesen
Κελτός: andere sagten: Ἡρακλῆς habe mit Ἀστερόπη zwei Söhne
Ἴβηρ und Κελτός erzeugt. Eustath. in Dionys. v. 74: 'ἀπὸ Γα-
λάτου τινὸς υἱοῦ Ἀπόλλωνος'. Appian, de rebus Illyricis 2: der
Kyklop Polyphem und die Galatea hätten die Söhne Κελτός,

Ἰλλυριός und Γάλας erzeugt, und diese hätten über die nach ihnen genannten Kelten, Illyrier und Galater geherrscht.

recentur] durch den Coniunctiv deutet Tacitus an, daß er die Nachricht nur als Angabe anderer berichte.

in licentia vetustatis] Nachrichten aus sehr hohem Alterthume sind nicht immer ganz übereinstimmend.

Das Ganze: quidam affirmant, also von Tacitus als Bericht überliefert.

gentis appellationes] Namen nach dem Stammvater.

deo ist Manno, einige beziehen es falsch auf Touto, andere ebenso falsch deo, „einem Gott"; es kann nur derselbe Gott Mannus sein, dem vorher drei Söhne zugeschrieben wurden; ebendemselben schreiben andere eine größere Zahl von Söhnen zu und theilen also die Germani nicht in drei, sondern in mehr Theile, gentes. Solche werden hier vier angeführt, wohl beispielsweise, er hätte noch mehr aufführen können.

Marsi. Dieser Name kommt in der Germania nicht mehr vor; sonst nur in den Annalen und den Historien des Tacitus, und einmal bei Strabo VII 1, 3 p. 290. Dieser sagt, sie seien ein Theil der Sugambren, und bei Tacitus kommt der Name der Sugambren nicht vor, außer Ann. II 26, wo Tiberius von seinen früheren Thaten spricht: 'Sugambros in deditionem acceptos', und XII 39, daß die Siluren gänzlich vertilgt werden sollten, wie 'quondam Sugambri excisi aut in Gallias traiecti forent'; und IIII 47 (in dem Jahr 26 n. Chr.) eine cohors Sugambra im römischen Heer gegen Rhoemetalces. Der Name Sygambri, Sugambri (ich vermuthe su — tū, Gegensatz zur — δύς, vgl. Germania II 215) von gambar (strenuus). Sie sind bei Caesar b. G. VI 35, 5 proximi Rheno, unterhalb der Ubii; zu ihnen kommen die Reste der Teucteren und Usipeten IIII 16; zweitausend Reiter überfallen das Lager in Aduatuca VI 35, 10. Gegen sie sind hauptsächlich die Feldzüge des Drusus gerichtet. Dem Tiberius gelang es, wie er selbst sagt Tac. Ann. II 26, mehr consilio quam vi, auch die Sugambren zu unterwerfen. Sueton. Aug. 21: 'Germanosque ultra Albim flavium summovit, ex quibus Suebos et Sigambros dedentis se traduxit in Galliam atque in proximis Rheno agris conlocavit'. Tiber. 9: 'Germanico ⟨bello⟩ quadraginta milia dediticiorum traiecit in Galliam iuxtaque ripam Rheni sedibus adsignatis conlocavit': daraus macht dann Eutrop VII 9 vierhunderttausend, quadringenta captivorum milia. Nun versteht man Tacitus ann. XII 39: 'ut quondam Sugambri excisi aut in Gallias traiecti forent.' Darauf bezieht sich Strabo VII 1, 3 p. 290: am Rein hätten die Römer einige Völker nach Gallien verpflanzt, andere seien εἰς τὴν ἐν βάθει χώραν hinabgezogen, wie die Marsi, die aber nicht die zahlreichsten seien, ein Theil der Sygambren. Daß bei Ptolemaeus II 11, 8 wieder Σύγαμβροι am rechten Reinufer erscheinen, ist ohne Bedeutung. Im fünften Jahrhundert ist

en Gelehrsamkeit nnd classische Affectation, daß die Franken
Sigambri genannt werden.

Die Marsi nun haben nach Ann. II 25 an der Schlacht gegen
den Varus Theil genommen und einen Adler erbeutet. Im Jahr
14 n. Chr. machte Germanicus einen Rachezug in ihr Gebiet,
wo celeberrimum templum quod Tanfanae vocabant (Ann. I 51).
Jac. Grimm GDS I 620 glaubt, in der Gegend von Dortmund:
der Zug gieng von castra Vetera aus zur silva Caesia; diese sei
in einer Urkunde von 796 bei Th. J. Lacomblet Urkundenbuch
für die Geschichte des Niederrheins. Bd. I p. 4 ur. 6 silua
quę dicitur Heissi, in aqnilonari ripa fluuii Rurę. Sonst meinte
man, in der Gegend von Münster. — Der Name des Gottes
könnte erhalten sein in Namen wie Merseburg (Marsiburg),
Mersburg nnd im altfränkischen Maunsnamen Marso.

Gambrivii. Dieser Name kommt nnr noch einmal vor, bei
Strabo VII 1, 3 p. 291 Γαμαßρlouιol, wo Cherusker, Chatten,
Gamabrivier und Chattnarier: uns ist sonst gar nichts bekannt.
Merkwürdig hat S hinter dem vorhergehenden Namen noch si,
marsossi, also sigambrios, wohl für Sigambros (wozu vielleicht
Ubios?) Ueber die Ubii und die Suebi unten.

Vandilios] Bei Tacitus ist dieß die einzige Erwähnung des
Volkes; ohne Zweifel gleich Plinius IIII 99 Vandili, wie dieser
den ersten der fünf Stämme nennt, nnd denen er zuthrilt
Burgodiones, Varinnae, Charini, Gutones. Später Vaudalen,
in der Sprache zunächst den Gothen; sie erscheinen erst im
zweiten Jahrhundert an den Quellen der Elbe, später in Pannonien; nach einer andern Nachricht (Procop. de bello Van-
dalico I 3 p. 319 Dind.) kommen sie von der Μαιῶτιc, in der
Sprache ganz gothisch.

Der Name Germani also sei ein neuer. Er kommt schon
auf den fasti Capitolini vor zum Jahr der Stadt 531, also vor
Chr. 222. Dann ist es vocabulum recens: allein diese fasti
sind nicht gleichzeitig; sie sind erst in den letzten Regierungs-
jahren des Augustus verfaßt; und wenn schon ohne Zweifel
nach ältern, ächten Documenten, so wurden doch dabei die alten
geographischen Bestimmungen nach der neuen officiellen, von
Augustus verfaßten Reichsgeographie geändert. Gemeint sind
die Gaesati, die nach Polybius II 22, 1 aus der Gegend der
Rhône kamen, die man aber zur Zeit des Augustus, wie eine
Stelle des Properz IIII (V) 10, 39 beweist, für Bewohner des
Rheinlands hielt und darum Germani nannte. Nachher kommt der
Name nicht mehr vor bis Caesar. In der deutschen Grammatik I³ S. 10 sagt Jacob Grimm, der Name sei schon vor
Caesar allgemein gewesen: das ist entschieden ein Irrthum.
K. L. Roth, Alter des Germanennamens, in Pfeiffer's Ger-
mania I 156 f. zeigt, daß der Name in Wirklichkeit nicht
vor Caesar's gallischem Kriege vorkommt; aber er meint, es
sei doch wahrscheinlich, daß er schon in der Zeit des Sklaven-

krieges, 73 vor Chr., aufgekommen sei; dieß halte ich für
unrichtig; die Sklaven wurden zuerst immer nur Galli genannt;
erst als Caesar b. G. I 40 im Lager vor der Schlacht mit
Ariovist im Jahr 58 seinen Soldaten gesagt hatte, diese Germani seien ja schon einmal von ihnen besiegt worden im Sklaven-
kriege, wurden auch die empörten Sklaven zum Theil Germani
genannt. Cicero braucht den Namen zuerst im Senat in seiner
Rede in L. Pisonem 33, 81 im Jahr 55 und kurz vorher de provinciis consularibus 13, 33 im Jahr 56, also zwei Jahre nach
dem Beginn des gallischen Krieges. Auf diese Zeit also muß
sich das nuper und recens beziehen, wobei ich auf das ver-
weise, was ich über nuper zu Cap. 1 bemerkt habe. Uebrigens
sagt Tacitus selbst: quidam affirmant; er hatte also diese Nachricht über die Germani aus einem älteren Schriftsteller entnom-
men, bei dem das nuper vielleicht noch natürlicher lautete, wahrscheinlich Livius.

Im Folgenden hat man vielfach ändern wollen, und diese
Aenderungen sind in manchen Editionen aufgenommen: so tunc
Tungri, nunc Germani; in statt non; victo statt victore; oder a
victis, a doctore oder a victorum metu; alles dieß ist ohne Werth.

Zuerst fragt sich, wie zu faßen sei nationis nomen, non
gentis. Es sind hier natio und gens nicht dem Umfang nach
entgegengesetzt, sondern nur in Beziehung auf die Art der
Bezeichnung. Gentis nomen ist ein von dem Stammvater hergenommener Volksname, nationis nomen ist jeder andere, nicht
vom Stammvater hergenommene Volksname. Tacitus hat zuerst
mehrere gentis nomina angeführt, wie Ingvaeones, Herminones,
Istvaeones, Marsi u. s. w.; ihnen allen entgegengesetzt ist der
Name Germani ein nationis nomen, non gentis, ein nicht die
Abstammung bezeichnender Name.

Wenn wir ohne Künstelei und vorgefaßte Meinung übersetzen, so wird hier gesagt, daß diejenigen, die zuerst über
den Rein gekommen und dort nach Vertreibung der Gallier
sich angesiedelt hätten (und es seien die Tungri), damals, und
zwar a victore ob metum den Namen Germani erhalten hätten
und zwar habe victor den Namen ob metum erfunden; und das
sei dann der allgemeine Nationalname geworden, dessen sie sich
dann auch selbst bedienten.

Es fragt sich nun, ob diese natürliche Uebersetzung keinen
genügenden Sinn gibt. Man sagt, es sei ein innerer Widerspruch, daß der victor ob metum einen Namen erfinde, und will
darum ändern.

Es fragt sich vor allem: welcher Sprache gehört das Wort
an? 1) Aus dem Deutschen gibt es eine Menge Erklärungen:
Germänner; Wehrmänner; Kriegsmänner (guerre) u. s. w., alles
ohne Bedeutung. Auch die früher von J. Grimm und später
von W. Wackernagel (Haupt's Zeitschrift IV 480) empfohlene
Erklärung aus Irmin ist unmöglich. 2) Erklärungen aus dem

sogenannten Keltischen gibt er die Masse: Pott (Etymol. Forschungen' II 2 S. 873 f.): ger = air sei orieus und man
locus, also die 'Ostleute.' H. Leo und J. Grimm GDS 787 meinen,
es müße heißen a victo ob metum, nemlich von den vertriebenen Galliern, und es sei wirklich ein gallisches Wort,
eine Ableitung vom brittischen gairm Geschrei, und bedeute
also die 'Schreier'; so, meint man, hätten die besiegten Gallier
wohl aus Furcht ihre Besieger nennen können, deren schreck-
liches Geschrei einen eigenthümlichen Eindruck auf sie machte;
und dafür könnte man die Chinesen anführen, die beim Krieg
mit den Engländern ihren Soldaten den Rath gaben, zu schreien
und schreckliche Gesichter zu machen, damit die Barbaren davon
laufen. — Nun hat aber Caspar Zeuss in seiner Grammatica
Celtica II 735 (p. 773 der zweiten Auflage) nachgewiesen, daß
von jenem kymrischen gairm nach dem Bildungsgesetze der
kymrischen Sprache unmöglich ein Wort german, Schreier,
gebildet werden konnte; er schlägt nun vor, german als ein
Compositum zu faßen, das nach dem Cambrischen der 'kleine
Nachbar' bedeute; wenn nun diese neue Erklärung nach dem
kymrischen Sprachgesetze vielleicht möglich ist, so sieht man
doch nicht, wie man ob metum ein Volk den kleinen Nachbarn
nennen kann. Den beiden Erklärungen steht noch ferner entgegen, daß sie Tacitus doch unmöglich als bekannt voraus-
setzen konnte; er hätte doch nothwendig sagen müßen, die
besiegten Gallier hätten die Tungri ob metum Germani genannt; denn Germani bezeichne in der gallischen Sprache
die schreckliche, furchterregende Eigenschaft des Schreiens;
da er das nicht ausdrücklich sagt, und da er auch nicht a
victo, sondern a victore schrieb, so kann diese Erklärung unmöglich die richtige sein.

Mone in seinen Celtischen Forschungen S. 330 erklärt:
ger nahe, maon Volk, also 'das nahe Volk.'

Das alles ist ohne alle Berechtigung; denn einmal ist die
gallische Sprache nicht die kymrische; zweitens haben nicht die
Gallier den Namen gegeben, da die Gallier nicht die Sieger waren..

Eine andere Erklärung mit Beibehaltung von victore ist von
Georg Waitz (in der deutschen Verfassungsgeschichte); sie ist
so undentlich und gezwungen, daß ich sie gar nicht vortragen
würde, wenn sie nicht sogar von Orelli (und auch von Gerlach
im Wesentlichen) angenommen wäre; sie ist übrigens auch
schon bei alten Auslegern anzutreffen. Erstens nimmt Waitz
gentis als das Umfassende, Allgemeine, natio als das Kleinere,
Besondere: er liest in für non: also der Name der natio (der
Völkerschaft) sei allmählich zu dem Gesammtnamen der gens
(des ganzen Volks) geworden. Gerlach behält zwar non, versteht aber im Wesentlichen ebenso: so sei einer Völkerschaft,
nicht des Volksstammes Namen allmählich geltend geworden.

Weiter erklärt Waitz, die Tungri als Sieger über die Gallier

hätten alle über dem Rein zurückgebliebenen Germani genannt,
und zwar ob metum, nemlich um den Galliern Furcht einzujagen. Gerlach sagt zwar, ob metum könne unmöglich ob
metum incutiendum sein, aber er erklärt nichtsdestoweniger in
diesem Sinn. Es ist alles bei dieser Erklärung zuwider: zuerst
ob metum activ; dann ist es doch wunderlich, daß die Tungri,
um den Galliern Furcht einzujagen, ihren Namen auf die
übrigen germanischen Volksstämme übertragen haben sollten;
wollten sie denn vor den übrigen Germanen, nicht vor sich
selbst, Furcht einjagen? Waitz sagt, um den Galliern begreiflich zu machen, daß sie mit all den andern Germanen eines
Stammes seien; dann aber wäre ob metum wohl eher aus Furcht
des Siegers vor den Galliern und zugleich um Furcht zu machen.
Ferner ist doch ganz unmöglich, ut omnes primum a victore,
mox a se ipsis zu verstehen, daß die omnes, die a se ipsis
Germani genannt werden, nicht diejenigen sein sollen, die a
victore besiegt wurden, sondern diejenigen, von denen der
victor ausgieng (omnes a victore, nemlich Gallorum, nicht von
dem der sie besiegte, sondern von denjenigen unter ihnen,
die die Gallier besiegten). Endlich ist bei dieser ganzen Erklärung von der Entstehung des Namens Germani an nicht
erklärt, wie der Name Germani zuerst entstand; es wird angenommen, die Tungri seien zuerst von den Galliern mit einem
gallischen Namen, man weiß nicht warum, Germani genannt
worden, und der victor, die siegend vordringenden Tungri,
hätten dann diesen Namen angenommen und ob metum auf
alle Germanen übertragen, nämlich um den Galliern zu zeigen,
daß sie nicht allein stünden, sondern hinter ihnen ein großes
Volk, also um ihnen Furcht zu machen (was ja aber, da sie
gesiegt hatten, nicht nöthig gewesen wäre), und dann hätten
die übrigen Germani den Namen auch allmählich angenommen.
Diese Erklärung ist so gezwungen und so unmöglich als nur
möglich, gilt aber jetzt: also victore und a se ipsis sei kein
Gegensatz, sondern der victor sei der siegende Theil der ipsi,
der Germanen. Wenn das natürlich! Diese Auffaßung von
ob metum ist höchst gezwungen. a victore seien die Germanen
invento nomine genannt worden, sagt Tacitus; aber nicht der
victor ist es, sagt Waitz, der den Namen erfunden hat, sondern die besiegten Gallier; und endlich erfahren wir erst
nichts über die Bedeutung von Germani.

Einige übersetzen a victore 'nach dem Sieger'; so der alte
Boxhorn: die Tungri hatten bei den Galliern Germani geheißen,
und da dieser Name durch die Tungri ein schrecklicher geworden, hätten die Galli aus Furcht a victore nach ihren Be-
siegern auch die übrigen Germani genannt, und diese hätten
den Namen angenommen. Es wäre zwar möglich a victore
'nach dem Sieger'; aber bei dem Gegensatz a se ipsis ist diese
Erklärung hier unmöglich.

Vielmehr der victor, der den Namen erfunden hat, kann nur derjenige sein, der die Germanen besiegte, der Römer; und das Wort muß lateinisch sein und 'Acht' bedeuten: wie auch Strabo VII 1, 2 p. 290 ausdrücklich sagt, daß die Römer den Namen gegeben haben, und wie Tacitus es selbstverständlich annimmt; denn sonst hätte er über die Bedeutung des fremden Wortes etwas sagen müßen. Es fragt sich also nur, ob wir das denkbar und in der Geschichte erklärlich finden, daß die Römer die Germanen die Aechten nannten ob metum. Den Namen erhielten qui primum Rhenum transgressi Gallos expulerunt: nun wird bei Caesar aufs bestimmteste gesagt b. Gall. I 31, daß die von Ariovist geführten Germanen, die von den Arvernern und Sequanern ins Land gezogenen, die ersten gewesen seien, die über den Rein kamen und sich daselbst niederließen; denn dieß letzte wird ausdrücklich versichert, daß sie agros et cultum et copias Gallorum adamassent und den dritten Theil des Gebietes der Sequaner mit Vertreibung der Besitzer für sich behalten hatten und eben auch das zweite Drittel in Besitz nehmen wollten. Zwar waren schon früher die Cimbri und Teutones nach Gallien gekommen, aber diese hatten keine festen Wohnsitze genommen. Es stimmt also diese Nachricht mit der Wirklichkeit überein; es waren diejenigen Germanen, die von Caesar besiegt wurden, welche zuerst den Namen erhielten: und wirklich kommt der Name vor dem Jahre 58 nie vor, wie wir gesehen haben. Tacitus sagt weiter, es seien die Tungri gewesen; wirklich finden wir bei Caesar an der Stelle der Tungri (Tongern) einige Völker, welche gemeinschaftlich Germani heißen, b. G. II 4, 10: 'Condrusos, Eburones, Caeroesos, Paemanos, qui uno nomine Germani appellantur'. Man meint nun, diese Germani seien ein altes gallisches Volk gewesen, das von alten Zeiten her Germani geheißen habe, und also von den eigentlichen Germani ganz verschieden war. Aber es ist deutlich VI 32, 1, wenn sie dem Caesar sagen laßen neve omnium Germanorum, qui essent citra Rhenum, unam esse causam, daß sie selbst sich von den eigentlichen Germanen nur dadurch unterscheiden, daß sie dießseits des Reines wohnen. Uebrigens nichtsdestoweniger sind es eben diese Germani, die Eburones, die sich selbst auch Galli nennen V 27 in der Rede des Ambiorix. Es ist daher nicht anders zu glauben, als daß sie ein Theil jener von den Sequanern gerufenen Germanen waren, die sich auf dem gallischen Boden vielleicht schon mehrere Jahre vor der Niederlage des Ariovist niedergelaßen hatten und die nach der Niederlage in Gallien blieben, indem sie sich in den Schutz der Treveri begaben, wie Caesar IIII 6, 4 berichtet.

H. D. Chr. Brandes S. 183 sucht das zu widerlegen; von dieser Einwanderung könnten diese Eburones u. s. w. nicht kommen; denn Caesar sage, sie seien antiquitus eingewandert.

Caesar sagt vielmehr II 4, 1: 'plerosque Belgas esse ortos ab Germanis Rhenomque antiquitus traductos'. Aber II 3, 4 sagt er: 'reliquos omnes Belgas, nemlich außer den Remi, in armis esse, Germanosque, qui cis Rhenum incolant, sese cum his coniunxisse'. Also Germani ist bei Caesar eine Bezeichnung für Belgae; er gebraucht den Namen Germanen in dreierlei Weise: 1) die Belgae selbst sind Germani antiquitus traducti; 2) die Eburones sind Germani, qui cis Rhenum incolunt; 3) die Tencteri sind Germani, qui latius vagabantur et in fines Eburonum pervenerunt (IIII 6, 4).

Es paßt also alles, daß der victor Niemand andern als der Römer, als Julius Caesar sein kann. Jene Deutschen unterwarfen sich die Gallier, wie selbst aber wurden von den Römern besiegt. Es ist also Germani ein lateinisches Wort, und so, und nicht andern wollte es Tacitus verstanden wißen, da er sonst, wenn er es als ein fremdes genommen wißen wollte, die Bedeutung hätte angeben müßen. Da er dieß nicht thut, nahm er es als lateinisches; und der victor, der einen lateinischen Namen gibt, kann doch nur der Römer sein.

Invento nomine kann durchaus nicht, wie einige wollen, heißen „mit einem vorgefundenen Namen", sondern es heißt „mit einem (vom victor ob metum) neu erfundenen Namen". Diesen Namen erfanden sie ob metum, weil sie vor den Germanen sich fürchteten; ob metum deutet darauf, daß der Name noch vor dem Siege gegeben wurde. Die Römer unter Caesar gaben den Deutschen unter Ariovist den Namen Germani aus Angst: nun wißen wir ja, daß wirklich die Soldaten Caesar's vor Ariovist und seinen Deutschen eine große Angst hatten, b. G. I 39. Damals also, im Jahr 58 vor Chr., war die Schlacht mit Ariovist; in jener trepidatio militum, welche Caesar so lebhaft und ergetzlich schildert, gaben die Soldaten Caesar's, also die victores, vor dem Sieg aus Furcht den Kriegern des Ariovist den erfundenen Namen Germani.

So weit ist alles deutlich; aber was bedeutet nun dieser Name, und wie konnte man ihn aus Furcht geben? Er kann kein sogenannt gallisches, noch ein deutsches Wort sein, denn die Soldaten Caesar's so wenig als später Tacitus verstanden deutsch.

Es ist vielmehr lateinisch; nun hat germanus zwei Bedeutungen: 1) ächt; 2) Bruder. Es ist nun wunderlich, daß man hier nur an die zweite, abgeleitete Bedeutung denkt: „Bruder"; die Römer hätten sie aus Angst Brüder genannt. Das ist freilich schwer zu verstehen. Die Römer nannten wohl manche Völker aus besonderer Gunst fratres oder consanguinei, wie die Haedui, die Arverni, womit sie zugleich die Sage, die diese Völker von ihrer troianischen Herkunft hatten, als bewiesen anerkannten; aber aus Furcht gaben sie diese Titel nie und nie im Lager, und wenn sie ihn gaben, lautete er fratres, und nicht germani. Dieß ist also nichts. Dagegen die erste Bedeutung: „die ächten, die rechten, die wahren"; das ist schon begreiflich, wie die Soldaten, die aus Furcht den Namen gaben, das verstanden. Weiter nun geht Tacitus nicht, und mehr können wir aus ihm nicht entnehmen, als daß die Soldaten des Caesar die Deutschen des Ariovist aus Angst die Ächten nannten, germanos; wenn wir einen bestimmten Sinn suchen, was sie als Ergänzung zu Ächt dachten, so müßen wir bei andern Schriftstellern danach suchen. Und diese Belehrung finden wir bei Strabo, einem Schriftsteller, der sehr zuverlässig und genau ist, und zudem unter Augustus und Tiberius schrieb, gerade in der Zeit, in welcher man noch dem Entstehen des Wortes Germani ganz nahe war, und noch wissen konnte, wie es gemeint war. Dieser nun sagt aufs bestimmteste, die Römer hätten die Germanen so genannt, um sie als Ächte, γνήσιοι zu bezeichnen; nämlich als ächte Galater, Kelten. Er sagt ausdrücklich, weil die Germanen vor. den Kelten sich nur dadurch unterscheiden, daß sie noch wilder, größer und blonder, röther seien, so scheinen ihm die Römer sie mit Recht Germani genannt zu haben, ὡς ἂν γνησίους Γαλάτας φράζειν βουλόμενοι, um sie als die Ächten Kelten zu bezeichnen, denn germanus sei lateinisch Ächt. Es ist höchst wunderlich und fast unglaublich, daß die gelehrten Leute so übersetzen, als sage Strabo, daß die Römer die Germanen Brüder der Gallier nennen. γνήσιοι Γαλάται kann doch unmöglich Brüder der Galater heißen, sondern ächte Galater. So hätten wir also von einem sehr gewichtigen Gewährsmann die vollständige Erklärung des Namens Germani, die bei Tacitus noch keine Ergänzung nothwendig hatten. Ich glaube auch wirklich, daß Tacitus nicht mehr deutlich wuste, was Strabo noch wuste, daß die Germani die Ächten Kelten hießen; denn er scheint allerdings die Germanen als ein ganz anderes Volk als die Gallier darzustellen. Laßen wir vorerst diese Frage bei Seite, ob die Gallier und die Germanen wirklich demselben Volksstamm, dem keltischen, angehörten, so ist zu untersuchen, ob die Ergänzung, die Strabo gibt, in die Stelle des Tacitus Licht wirft; ob also es denkbar ist, daß die Soldaten Caesars die Deutschen des Ariovist aus Furcht Ächte Kelten nennen konnten. Hier ist nun zu merken, daß die Römer seit den Zügen des Brennus den grösten Schrecken vor den Galliern oder Kelten hatten, und nicht anders wusten, als daß ihrem Reich von den Kelten der Untergang drohe. Dafür einige Belegstellen. Sallust. Iug. 114, 2: 'illimque usque ad nostram memoriam Romani sic habuere, alia omnia virtuti suae prona esse, cum Gallis pro salute non pro gloria certare'. Cicero in der Rede de provinciis consularibus 13, 33: 'nemo sapienter de re publica nostra cogitavit Iam inde a principio huius imperii quin Galliam maxime timendam huic imperio putaret'. Justin. XXXVIII 4, 9 läßt den Mithridat sprechen: 'Gallorum nomen semper Romanos terruit'. Nun muß man

ferner wißen, daß nach der vorherrschenden Ansicht der Römer
die Gallier, die unter Brennus Rom erobert hatten, nicht aus
Italien oder Gallien gekommen waren, sondern aus dem Norden,
dasselbe Volk wie die Kimbern. Da dieß aus Livius nicht her-
vorgeht, so will ich die beweisenden Stellen angeben:

Diod. Sic. V 32: Die wildesten seien die im Norden wohnen, den Skythen benachbart. Das seien die Kimmerier und
Κιμβροι: diese seien es, welche Rom eroberten.

Appian IIII 2: Die Gallier, welche Rom eroberten, seien
vom Norden gekommen μοῖρα Κελτῶν τῶν ἀμφὶ τὸν Ῥῆνον ἱκανή
(unter Antoniu.).

Besonders Strabo III 3, 2 p. 192: Die Σηκοανοί seien von
Alters her Feinde der Römer; und sie hätten sich oft mit den
Germanen verbündet (πρὸς Γερμανοὺς προσεχώρουν) zu ihren
Zügen nach Italien und hätten dabei ihre Macht bewiesen, denn
diese (die Germanen) seien stark gewesen mit den Sequanern,
und schwach ohne sie.

Nun wird man sehr leicht begreifen, wie im Lager des
Caesar der Name Germani ob metum a victore gegeben wurde.
Als sie gegen Ariovist geführt werden sollten, wurden sie von
der grösten Furcht ergriffen, weil sie glaubten, jetzt beginne
der Kampf mit denjenigen Kelten, von welchen ihnen und dem
römischen Staat der Untergang vom Schicksal bestimmt sei.
Nicht mehr mit den verweichlichten Kelten in Italien und dem
südlichen Gallien hätten sie jetzt zu fechten, sondern mit denjenigen, die aus dem Norden kommend noch ihren ganzen Un-
gestüm und unbezwingliche Tapferkeit bewahrt hätten, mit denjenigen, welche schon einmal unter Brennus Rom erobert,
ein-zweitesmal als Kimbren die grösten Heere vernichtet hätten
und jetzt zum drittenmal ihre vom Schicksal ihnen gegebene
Aufgabe Rom zu vernichten gewiss erfüllen würden; mit den
ächten Kelten, mit den Germani hätten sie zu kämpfen, und da helfe
keine Tapferkeit. — So also sprachen damals die angsterfüllten
Römer und in dieser Angst erfanden sie den Namen Germani.

Auf diese Weise steht alles im schönsten Einklang. Aber
Tacitus selbst hat das ganze Gewicht, den ganzen Inhalt dieser
Worte schwerlich selbst erfaßt. Er hat diese Worte, wie er
selbst sagt, von andern entlehnt, vielleicht von Livius. Er
selbst wuste nicht mehr, daß zu Germani ursprünglich in Gedanken Galli ergänzt wurde, wie wir das von Strabo wißen.

Dieß ist zugleich die richtige Ansicht: denn obgleich damals die Germanen noch nicht der römischen Herrschaft ein
Ende machten, so haben sie es doch später gethan und sich so
in der ganzen Geschichte, auch nachmals in der Reformation als
germani, als die wahren Feinde und Besieger der römischen
Macht, bewiesen. (Jacob Grimm brieflich.)

Der Name Kelten—Helden. Diese Gleichung ist schon von
Leibniz richtig erkannt; nachher ganz verworfen, von mir wieder

vorgebracht (Kelten und Germanen S. 154 f.), gebilligt von
Jac. Grimm in seiner Abhandlung: von Vertretung männlicher
durch weibliche Namensformen 1858 (Kleinere Schriften Band
III Seite 372); z. B. im Heliand: populus ist helitho folk. helitho fast gleich die Leute. Das i ist nur euphonisch. ags.
häled, plur. sehr häufig häled statt häleþas. Im Hildebrandslied helidos; in Eigennamen helid auch Halid. Ob es dasselbe
ist wie Γαλάται? und aus Galtus Gallus geworden? in meinem
Buche habe ich so geschrieben und Galat mit Gaut zusammen-
gebracht.

mox a se ipsis] Caesar IIII 7: die Tencterer nennen sich
Germani.

III.

memorant] Die Gewährsmänner des Tacitus sind einige
römische Schriftsteller, aus denen Tacitus schöpfte, wahrscheinlich Plinius oder vielleicht Livius, nicht etwa die Deutschen selbst
(apud eos).

primum] supple eum. Den Hercules nennt Tacitus noch
Cap. 9 als einen Gott, dem geopfert wird; von diesem wird
dort gehandelt werden. Ebenso Cap. 34 Herculis columnas:
hier aber ist er primus fortium virorum; in den späteren deutschen
Quellen ist das Sigfrid, von dem es z. B. in der Edda, z. B.
Gripisspá 7, 1—4 heißt: þú munt maðr vera
                          mæztr und sólu,
                          ok hæstr borinn
                          hverjam iöfri.
und 23, 5—8:   hvíat uppi mun
                          medan öld lifir,
                          naddela bodi!
                          nafn þitt vera.
52, 5—8   munat mæiri maðr
                          á mold koma
                          und sólar sjöt
                          en þú, Sigurðr! þikkir.
Sigurðarkviða II 14, 5 ff. sjá mun ræsir
                          ríkstr und sólu u. s. w.
Fáfnismál 23, 4—6   manna þeirra
                          er mold troda
                          þik kved ok óblandastan alinn.
Nibel. 730, 3: der beste, der ie ûf ors gesaz.

Sollte schon zu Tacitus' Zeit ein anderer diese erste Stelle
inne gehabt haben?

Bei den Gothen nach Jornandes 5 wurden von den Fürsten,
von Amali die Thaten der Helden besungen: ante quos etiam
cantu maiorum facta modulationibus citharisque canebant: und
genannt wird Ethespamara (ohne Zweifel Atepomarus, 'Ατεπο-

μάρος Γάλλων βασιλεύς Plutarch parallel. 30. flav. 6, 4) Hanala,
Fridigern Widigoja: et aliorum, quorum in hac gente magna
opinio est, quales vix heroas fuisse miranda iactat antiquitas ...
von diesen wird nur noch Widigoja von Priscus bei Jorsandes
34 erwähnt: venimus in locum illum, ubi dudum Widigoia, Gothorum fortissimus, Sarmatum dolo occubuit. — Daß die Gallier
Lieder von den tapfersten Thaten der Vorfahren hatten, ist vielfach bezeugt, aber die Namen der besungenen Helden sind nicht
erhalten. — Das Rolandslied bei der Schlacht von Hastings.
(Malmesbury 1. III. cap. 1.)

Es ist nicht etwa unarticuliertes Geschrei gemeint, sonst hätte
er nicht sagen können: Herculem canunt. Solche Schlachtge-
sänge erwähnt Tacitus öfters: Histor. II 22, wo von den Germanen im Heer des Vitellius die Rede ist, die unter Caecina
Placentia belagern: cohortes Germanorum, *cantu truci* et moro
patrio nudis corporibus super umeros scuta quatientium (während
der Schlacht). Das waren dieselben Soldaten des Vitellius,
deren Stolz das römische Heer beleidigte, Histor. II 74: quod
truncus corpore, horridi sermone ceteros ut impares invidebant.
IIII 18 von dem Heer des Civilis: ut virorum cantu, feminarum
ululatu sonuit acies. Ann. I 65 vom Heer des Arminius in der
Nacht vor der Schlacht barbari festis epulis, laeto cantu aut
truci sonore mbiecta vallium ac resultantis saltus complerent.
Ann. IIII 47 die cohors Sugambra cantuum et armorum tumultu
trux. Ammian. XXXI 7, 11 vom Jahr 377: barbari vero maiorum laudes clamoribus stridebant inconditis.

Von den Galliern Silius Italicus (zur Zeit des Domitian)
Punica III 345—348 vom gallischen Heer des Hannibal; 'misit
dives Gallaecia (das nach Strabo von reinen Kelten bewohnt
war) pubem, barbam nunc patriis ululantem carmina linguis,
nunc pedis alterno percussa verbero terra, ad numerum resonas
gaudentem plaudere cactras'. IIII 213—215: Ein Gallier Vo-
segus haut einem Römer den Kopf ab 'iubaque suspensam por-
tans galeam atque inclusa perempti ora viri, patrio divos clamore
salutat'. Caesar von den Eburonen V 37 'tum suo more victoriam conclamant atque ululatum tollunt'. Diodor. V 29: 'ἐπι-
παιανίζοντες καὶ ᾄδοντες ὕμνον ἐπινίκιον' (vorher τὰς τῶν προγόνων ἀνδραγαθίας ἐξυμνοῦσι u. s. w.). Livius X 26, 11 von den
Senones Galli: 'Gallorum equites, pectoribus equorum suspensa
gestantes capita et lanceis infixa ovantesque moris sui *carmine*'.
XXXVIII 17 (in Kleinasien): 'ad hoc cantus incohantium proelium et ululatus et tripudia, et quatientium scuta in patrium
quendam morem horrendus armorum crepitus'. Polyb. II 29, 6
(ann. u. 529 οἷς ἅμα τοῦ παντὸς στρατοπέδου συμπαιανίζοντος —
n. Chr. 225 Sieg des Aemilius).

haec geht auf das Vorhergehende, wie cap. 18: haec munera ...... haec arcana sacra. Also hier „solche Lieder",
d. h. Lieder von den Heldenthaten der Vorfahren, Lieder, die

bei der Schlacht gesungen werden. Um das deutlich hervor-
treten zu laßen, habe ich „denn" hinzugesetzt und quorum
aufgelöst.

relatus ist ein Wort, das nur in dieser Bedeutung bei Tacitus vorkommt, hier und Hist. I 30.

barditum] so die besten Handschriften, baritum Orelli und
andere. Dagegen bei Ammian. Marc. XXVI 7, 17 'pro torri-
fico fremitu, quem barbari dicunt barritum (uaritum V)' und
XVI 12, 43 'Cornuti enim et Braccati (der Name einer römischen Legion) . . . barritum ciere vel maximum: qui clamor ipso
fervore certaminum a tenui susurro exoriens paulatimque ado-
lescens ritu extollitur fluctuum cautibus inlisorum'. XXXI 7,
11: 'quam (vocem) gentilitate appellant barritum'. Veget. epit.
r. mil. III 18: 'clamor autem, quem barritum vocant, prius non
debet adtolli, quam acies utraque se iunxerit'. Hieher gehört
auch Pauli Festus p. 31, 10 Müller: '*barbaricum* appellatur clamor exercitus, videlicet quod eo genere barbari utuntur'.

Wenn man barritus liest, wird zur Erklärung ein deutsches
baron und barren angeführt, das „schreien" heißen soll und in
schwäbischen und schweizerischen Idiotiken gefunden wird, und
friesisch bere (clamor), baria (clamare, nach Richthofen aber
stets nur accusare, manifestare).

Andere, die auch barditus lesen, ziehen lieber aus der
nächsten Zeile obiectis ad os scentis und erklären barditus als
Schildgesang. Im Altnordischen heißt bardi clypeus, dieß ist
aber eigentlich bordi, bord.

Andere wollen darin einen Beweis für deutsche Barden
finden, die solche Heldenlieder sangen. Allerdings konnte es
von bard „Sänger" ein Verbum bardjan geben, wovon dann
bardit abgeleitet richtig der relatus carminum wäre. Dazu
kommt, daß wirklich bei den Meistersingern bar oder bart der
Name einer Art ihrer Gesänge ist.

Jedenfalls hatten die Deutschen Sänger von Beruf, ob aber
der Name der Barden auf die Gallier beschränkt war, oder
auch bei den Germanen galt, kann nicht völlig ermittelt werden.
Ich habe in meinem Buch „Kelten und Germanen" S. 91—93
wahrscheinlich zu machen gesucht, daß er auch bei den Germanen galt. — Die alten Zeugnisse laßen sich ganz gut auf
die Germanen beziehen. Amm. Marc. XV 9, 8 'et bardi quidem
fortia virorum inlustrium facta heroicis composita versibus cum
dulcibus lyrae modulis cantitarunt'. Ammianus Marcellinus hat
aus 'Timagones geschöpft, der wie alle Griechen noch keinen
Unterschied machte zwischen Germanen und Kelten. Bei Festus
p. 34, 11 M.: 'bardus Gallice cantor appellatur, qui virorum
fortium laudes canit' ist Gallice auch für deutsch gebraucht,
vgl.: 'Cimbri sunt Gallice latrones'; Strabo: germanisch heißen
Κίμβροι Räuber. Lucanus an jener Stelle I 447 ff.: vos quoque
qui fortes animas belloque peremptas laudibus in longum vates

dimittitis aevum, plurima securi fudistis carmina, bardi' bezieht sich eigentlich wahrscheinlich auf die Deutschen, und eine Glosse hat nicht Unrecht: Bardi Germaniae gens.

Dieß ist was für die eine und die andere Meinung beigebracht worden ist: Sichores ist nicht zu ermitteln.

Es scheint, daß barditus der eigentliche Kriegsgesang der Deutschen bieß; später wurde das bloße Kriegsgeschrei von den Römern barritus genannt, wie das Geschrei des Elefanten.

Einige, Rhenanus und Passow, lesen trepidantve, prout sonuit (barditus), acies: aber Histor. IIII 18: virorum cantu sonuit acies. '

voces illae — videntur] so die Handschriften. Rhenanus und Dekker, auch Haupt: nec tam vocis ille quam virtutis concentus videtur; dieß würde mir beßer gefallen: denn jener Gesang scheint nicht sowohl ein Einklang der Stimme, als des Muthes; nicht sowohl die Stimmen verschmelzen zu einem Klang, als vielmehr der Muth aller wird auf die gleiche Weise erhoben. Eine ähnliche Stelle bei Cicero, offic. 1 40, 145: 'melior actionum quam sonorum concentus est'. — Jedenfalls ist der Sinn der ganzen Stelle, daß man aus dem Schall des Gesangs erkennen kann, ob sie siegesfreudig oder besorgt sind, und also nicht sowohl ihre Stimmen, als ihren Muth, ihre Tapferkeit daraus ermeßen kann.

fractum ist nicht etwa „dumpf". Von der Trompete Vergil. georg. IIII 72: 'fractos sonitus tubarum': wir würden sagen Trompetenstöße: also „stoßweise gebrochen".

murmur ist nicht ein Flüstern, sondern es wird auch vom Löwen und vom Donner gebraucht: also nicht ein dumpfes, gedämpftes Brausen, wozu das Folgende gar nicht paßt, sondern schmetternde Stöße, stoßweises Schmettern.

ceterum scheint hier im Inhalt einen Sprung auf etwas ganz Heterogenes zu bezeichnen; aber es nimmt den Anfang wieder auf. fuisse apud eos et Herculem memorant. ceterum, also ungefähr: übrigens, um auf das Angefangene zurückzukommen, auch.

quidam opinantur können nur griechische oder römische Schriftsteller sein; es ist also eine römische Auslegung der deutschen Sage, keineswegs der Glaube der Deutschen selbst. Jedoch ist es sehr wohl möglich, daß auch in Deutschland, wie in Gallien, die einheimische Wandersage zuerst an die griechische Wandersage von Herakles und Odysseus angeknüpft wurde, erst nach näherer Bekanntschaft mit den Römern an die römische Aeneassage und Troiasage. — Griechische Berührungen sind bemerkbar, auch in der Sprache. Die Mythen konnten von Massilia aus nach Gallien und bis an den Rhein gelangen; oder von der Adria und Thracien her, wo wir galatische und germanische Völker, die Skordisken und Bastarnen in naher Berührung mit Griechen finden; und hier könnte der Gewährsmann vielleicht Plinius sein, weil eine so bestimmte geographische

Angabe, wie confinio Germaniae Raetiaeque, auf einen späteren Schriftsteller schließen läßt.

Asciburgium) Wo liegt es? Ptolemaeus (II 11, 28 'Ἀσκι-βούργιον) und wohl nach ihm ein späterer, Marcianus Heracleota, dessen Zeit unsicher ist (von den meisten wird er in den Anfang des fünften Jahrhunderts gesetzt), peripl. maris exteri 2, 36 haben ein Asciburgium am rechten Ufer des Rheins, und zwar unterhalb der Theilung, etwa wo jetzt Doesburg liegt; aber auf der Peutingerischen Tafel, die den Ort Asciburgia nennt, lag es auf dem linken Ufer zwischen Gelduba (jetzt Gelb) und Vetera (jetzt Xanten), etwa da, wo jetzt Asburg ist, ein kleines Dorf bei Meurs. Diese Lage scheint Bestätigung zu erhalten durch Tacit. hist. IIII 33, wo wir erfahren, daß eine ala in Asciburgium ihr Winterlager hatte zwischen Nenß und Xanten. (Bei Keysler antiquitates selectae p. 268 ein kleines Dorf Ascel-burg bei Xanten, oder Essenberg auch bei Meurs, gegenüber am Rhein auch Duisburg.) Auffallend ist, daß Tacitus als einen Hauptort der Germanen einen Ort anführt, der links vom Rhein liegt.

Man sieht in Asciburgium ein Compositum, Aski-burg, und will in dem Aski jenen Sohn des Mannus finden, Iscn, von dem die Iscaevones stammen; sehr unsicher. Geht man von der heutigen Form des Namens Asburg aus, so darf man nicht Asci-burgium trennen, denn aus Aski-burg konnte nicht wohl As-burg werden. Es kommt dazu, daß burg nirgends Neutrum ist. Im Deutschen ist es Feminin, es ist früh, wahrscheinlich aus dem Altgallischen, ins Lateinische aufgenommen, als masc. burgus, in den romanischen Sprachen borgo. Vegetius epit. de re militari IIII 10: 'castellum parvum, quem burgum vocant' (im vierten Jahrhundert). Procop. de aedificiis 4, 6 (289, 16) nennt mehrere solche Burgen, Μαρεβούργος u. s. w. — Doch finden wir auch schon das Neutrum bei Ammian. XVIII 2, 4, Quadriburgium am Rhein. Bei Ptolemaeus II 15, 5 Τευροβούργιον in Pannonien, wofür aber andere Tentiburgum. Ein Λακιβούρ-γιον in Mecklenburg bei Ptolem. II 11, 37. — Doch sind diese vereinzelten und unsichern Formen nicht genügend als Neutra zu sichern. — Es müßte also eher Asciburgus heißen. — Ein kühner Gedanke: wir müßen trennen As-kiburgium. Das zweite Glied ist kiburgi, eine Ableitung von burg, die zwar nicht vorkommt, aber ganz regelmäßig und sprachrichtig ist. Dann ist die Gestalt As-burg erklärt, und das Neutrum gerechtfertigt: nemlich mit der Vorsilbe ki (ga) und gi werden Sammelwörter im Neutrum gebildet: wie kibirgi, Gebirge, von berg. So wäre also kiburgi „wo mehrere Burgen zusammen sind", ein kiburgium eine Vereinigung von Burgen, also eine Stadt. Das erste Glied wäre dann as, vielleicht für ans dialektisch, oder das n durch einen Schreibfehler weggeblieben. Das ans kommt in Compositis vor, Ansfrid, Asfrid, Osfrid; Anshelm und Ashelm

u. s. w., schon in unseren ältesten Quellen. Aus aber oder as
ist bekanntlich dens; Askihurgi also ist die Stadt der Ansen,
der Götter, vgl. Völuspâ 28, 2 borgar Ása. — Aber die Schwierig-
keit: die Vorsilbe ki heißt allerdings gothisch ga, dem gothischen ga kann kein lateinisches ci entsprechen; aber diese Vorsilbe ga entzieht sich bis jetzt der regelmäßigen Lautverschie-
bung. Schon cúv und cum, wieder cum und gothisch ga passen
nicht zusammen; im Deutschen selbst findet sich neben ga fast
ebenso alt chi (im Isidor) und hi: dieß führt auf altes ki, und
wir müssen also für die älteste Zeit zwei Gestalten annehmen,
ki und ga (skr. saham, und zwar ist das s hier für ç: daraus
erklärt sich sowohl cúv als cum, und die erste Silbe ki, die zweite
gam). — Nun kennt Ptolomaeus II 11, 7 noch ein anderes
Asciburgium, Ἀσκιβούργιον (ὄρος), nemlich wahrscheinlich das
Gebirge, von welchem die Elbe entspringt. Hier ist es auffallend, daß ein Gebirge eine Stadt heißen soll; höchst wahrscheinlich hat hier eine Verwechslung stattgefunden, und man
muß schreiben As-kibirgion, Gebirge der Götter, jetzt noch
Riesengebirge: man hat nur die Riesen an die Stelle der Ansen
gesetzt.

Wenn diese Erklärung des Namens Asciburgium richtig
ist, so hätten wir hier das nach der nordischen Sage von Odinn
gebaute Asgard. Denn Odinn kommt aus Asgard und baut
wieder ein Asgard. Dieß ist die Wohnung der Götter, eigentlich der Himmel: dann aber auch eine Stadt in Asien, die man
schon sehr früh, sobald man die Stammsage mit der römischen
in Verbindung brachte, für Troia hielt. Der Wanderer also,
der dahin kam, in dem man zu Tacitus' Zeit Odysseus wieder
finden wollte, den man später aber mit einem Sohn des Priamus
identificierte, ist Odinn. Und da ist nun sehr auffallend, daß
wirklich am Rein, und zwar wenigstens nicht weit von diesem
Asciburgium ein neues Troia, Klein-Troia erscheint, das in der
deutschen Sage eine große Rolle spielt. Nemlich Xanten wird
wenigstens schon im elften Jahrhundert Troia genannt im
Annolied 23, 389—392: Franko, ein Troianer, der nach der
Zerstörung von Troia eine neue Heimath suchte, ließ sich mit
den Seinigen unten am Reine nieder, und sie bauten da mit
Freuden ein klein Troia, und den Bach hießen sie Sante nach
dem Waßer in ihrem Lande. Hier also der Stammvater der
Franken: hier nun sitzt nach unserer ältesten Sage das Königsgeschlecht, das später in Worms, Gunther und Hagen: daher
Hagen von Troia, woraus mit Entstellung später von Troneke
(Burg auf dem Hunsrück). Nach der späteren Sage ist es
Sigfrid, der zu Xanten aufwächst. Man hat gemeint, es sei
durch Entstellung aus Colonia Traiana entstanden, unrichtig.
Denn Colonia Traiana ist Cleve oder Kellen bei Cleve: Xanten
aber ist Vetera: der Name ist wohl aus Sancti entstanden;
daß man daraus Xanten machte, geschah unter dem Einfluß

der Troiasage und mag wohl durch den Xanthus vermittelt sein. — Es scheint also, daß ursprünglich Asburg die alte Götterstadt Ascibrg, Asgard, Troia war; als aber dieser Ort unbedeutend wurde, trug man die Sagen auf das nahe Santen über; und diese beiden Orte Asburg und Santen sind die Puncte, an welche die ältesten Spuren unserer Mythologie und epischen Ueberlieferung anknüpften; und daß diese Orte schon in den frühesten Zeiten durch Mythologie und Heldensage verherrlicht waren, das lehrt uns unsere Stelle; und insofern sind diese Worte allerdings das älteste Zeugniss für unsere einheimische Heldensage.

Bekanntlich wollte man noch an vielen Orten, an welche Odysseus nach Homer nicht kam, Denkmäler des Odysseus finden. Strabo III 2, 13 p. 149: ἐν τῇ Ἰβηρίᾳ Ὀδύσσεια πόλις. Solinus in Calidonia (22, 1 p. 112 Momms.: 'in quo recessu Ulixem Calidoniae adpulsum manifestat ara Graecis litteris scripta' und in Lusitania 23, 6 p. 116: 'ibi oppidam Olisipono Ulixi conditam'. Vgl. Claudian. in Rufinum I 123 sqq. Servius zu Vergil. Aen. VI 107.

Am Ende nach *nominatumque* wiederholen einige den Namen mit griechischen Buchstaben, ganz unnöthig.

Ulixi consecratam] Nach dieser und einigen andern Stellen die Regel von dem sogenannten Dativus auctoris. Ann. XV 41: 'aedes Statoris Jovis vota Romulo'. Suelon. Aug. 1: 'ara Octavio consecrata', Jul. 88: 'ludos consecratos ei' (nemlich ab eo) Veneri Genetrici'. Doch ist hier der Dativ passender: dem Ulixes gewidmet; es wären nach griechischer oder römischer Vorstellung die Gefährten des Ulixes gewesen, die ihrem Führer einen Altar widmeten; ähnlich wie Sallust. Jug. 79, 10: 'Carthaginienses in eo loco Philaenis fratribus aras consecravere'.

Laertae] Es scheint, daß es der Name des Vaters war, an dem die Römer erkannten, daß die ara dem Ulixes geweiht war. Eine Namensähnlichkeit, also wie Anagiaes Anchises. Nun finden wir wirklich in der nordischen Mythologie einen Namen, der auffallend an Laertes erinnert, nemlich Loridi, das ist ein Name des Thunar, Thórr, und wird auch unter den Vorfahren des Odinn genannt. Zwar ist der Name dunkel, und man schreibt dafür auch Hlórridi, wodurch die Aehnlichkeit mit Laertes geringer wird. Nichts Sicheres.

Für die Nachricht von Ulixes beruft sich Tacitus nach andern auf eine vor Zeiten bei Askiburgi gefundene Inschrift, auf der Ulixes und dessen Vater Laertes genannt seien. Wenn Tacitus sagt olim, so müsste dieß Denkmal vor der römischen Zeit gesetzt gewesen sein; alle arae, die wir haben, gehen nicht über die römisch-gallische Zeit hinaus. Es kann daher bezweifelt werden, ob so früh schon am Rein Inschriften gefertigt wurden: indessen ist es keineswegs unmöglich: und wenn etwas nicht Unmögliches bezeugt wird, so darf dieß Zeugniss nicht ohne Weiteres verworfen werden. Es fand sich also schon zur Zeit der ersten Römerherrschaft in Asburg ein Stein, auf dem ein Name vorkam, welchen der Berichterstatter für den des Odysseus hielt, weil der Name des Vaters Laertes lautete.

Weitere Denkmäler, hat Tacitus versichern hören, sollten noch an der Grenze Germaniens und Raetiens vorhanden sein. Dieß ist um so glaubwürdiger, als sich wirklich noch einzelne Denkmäler in Raetien finden, die der vorrömischen Zeit anzugehören scheinen. Sie sind in einem Alphabet geschrieben, das am nächsten mit dem etrurischen übereinstimmt und also auch Aehnlichkeit mit dem griechischen hat. Diese Denkmäler sind gesammelt von Theodor Mommsen in den Mittheilungen der Antiquarischen Gesellschaft in Zürich VII. (1853).

Graecis litteris.] Es kann aber auch wirklich griechische Schrift gemeint sein. Bei den Helvetiern fand Caesar (b. Gall. I 29, 1) Tafeln mit griechischer Schrift. Dieß wird dadurch bestätigt, daß die ältesten gallischen Münzen wirklich griechische Schrift haben, die bald mit der lateinischen vertauscht wurde. Von den arae mit Inschrift in gallischer Sprache sind wirklich zwei oder drei mit griechischen Buchstaben, s. Becker, und die andern lateinisch. — Die griechische Schrift wurde den Galliern von Massilia aus bekannt, und es ist gar nicht unglaublich, daß sich ihr Gebrauch bis an den Rein erstreckte. Und wenn sie bei den Helvetiern in Gebrauch war, so konnte sie auch an den Unterrein vorgedrungen sein. Aber mit der römischen Herrschaft kam dann die lateinische Schrift zur allgemeinen Anwendung.

An dieser Stelle findet sich in den Commentaren gewöhnlich die Behauptung, aus Dahlmann Forschungen I 172 wiederholt, daß nicht an Runen zu denken sei, weil die Runenschrift erst im zwölften Jahrhundert aufgekommen sei. Wir werden später auf die Runenschrift zu sprechen kommen; hier nur die Bemerkung, daß die Behauptung Dahlmanns entschieden falsch ist; man kann aus den Namen des gothischen Alphabets mit ziemlicher Sicherheit schließen, daß die Gothen schon im vierten Jahrhundert ein ausgebildetes Runenalphabet hatten, dem ein einfacheres vorausgieng; aber an unserer Stelle ist nur von griechischer oder römischer Schrift die Rede.

neque confirmare neque refellere in animo est] Gerade so Livius in praef. 6: 'ea nec adfirmare nec refellere in animo est' und V 21, 9: 'haec neque adfirmare neque refellere operae pretium est'. Ich habe oben wahrscheinlich gefunden, daß Tacitus seine Nachrichten über die Germanen und über Ulixes aus Livius geschöpft habe: dieß wird um so wahrscheinlicher, als wir hier eine Redensart des Livius finden.

IIII.

nullis ullis aliarum nationum conubiis infectos] In der translatio s. Alexandri (c. 863) von dem Fuldaer Mönch Ruodolf: 'generis quoque ac nobilitatis suae providissimam curam habentes nec facile aliis aliarum gentium vel sibi inferiorum conubiis infecti, propriam et sinceram et tantum sui similem gentem facere conati sunt ... et id legibus firmatum, ut nulla pars in copulandis coniugiis propriae sortis terminos transferat, sed nobilis nobilem ducat uxorem et liber liberam, libertus coniungatur libertae et servus ancillae. si vero quispiam horum sibi non congruentem et genere praestantiorem duxerit uxorem, cum vitae suae damno componat'. Dieß ist nicht richtig; alle Freien, nobiles und liberi, dürfen Ehen schließen, aber nicht mit Unfreien, und auch nicht mit Nichtdeutschen. Die Germanen in Gallien und Italien waren zuerst ganz getrennt von den Romanen ohne Ehebündnisse, jede hatten ihr besonderes Recht. Das änderte sich allmählich. Besonders Theodorich der Große gieng darauf aus, seine Gothen und Römer in ein Volk zu verschmelzen, nahm römisches Recht an und beförderte Ehen zwischen Gothen und Römern. Die schwerste Strafe war auf die Ehe eines Freien mit einer Unfreien gesetzt. Ein Freier konnte mit einer Unfreien nur im Concubinat leben. — Saxo Grammaticus VI p. 284 ff.

Wie es scheint, ist seit dem dreißigjährigen Krieg größere Vermengung; in Württemberg ist weitaus der größere Theil der Bewohner nicht germanischer Abkunft.

aliis aliorum] aliis ist verdächtig, schon von Lipsius gestrichen, doch von Gerlach und Orelli vertheidigt; der Pleonasmus dient zur Verstärkung = nullis omnino aliarum.

infectus ist nicht nur vermengt, sondern durch die Vermengung verschlechtert.

tantum sui similem, also von allen andern Völkern leicht zu unterscheiden, durch seine charakteristischen Merkmale, die er nachher hervorhebt.

gentem] gens hier offenbar im weitesten Sinn: aber durch den Gegensatz hier zu nationum, in diesem Sinn also = natio.

idem omnibus] man kann nach idem interpungieren, wie Orelli, oder nach omnibus, wie Haupt und Halm.

Man nimmt tolerare zu assuerunt: also muß auch zu frigora atque inediam — tolerare ergänzt werden.

Zur Sache: *tantum sui similem*] Prokop sagt bell. Vandal. I 2 p. 312 f. Dind. von den Gothen, Vandalen u. s. w., sie seien alle gleich und unterscheiden sich nur durch die Namen: οὗτοι ἅπαντες ὀνόμασι μὲν ἀλλήλοιν διαφέρουσιν, ὥσπερ εἴρηται, ἄλλῳ δὲ τῶν πάντων οὐδενὶ διαλλάσσουσι.

Tacitus unterscheidet sie von allen andern, aber nicht von den Kelten: denn diese haben ganz dieselben Kennzeichen,

während die physische Beschaffenheit der jetzt so genannten
keltischen Völker ganz anders ist.

truces et caerulei oculi] Caesar b. G. I 39: 'saepe numero
sese cum his ⟨Germanis⟩ congressos ne voltum quidem atque
aciem oculorum ⟨dicebant⟩ ferre potuisse'. Plutarch. Mar. 11
erwähnt bei den Kimbren χαροπότης τῶν ὀμμάτων (die himmel-
blaue Farbe). Horat. epod. 16, 7 'nec fera caerulos domuit
Germania pube'. Juven. 13, 164: 'caerula quis stupuit Germani lumina, flavam caesariem?' Das Gedicht des Ausonius
(edyll. 7, 10) auf Bissula: 'oculos caerula, flava comas.' Merk-
würdigerweise findet sich über die Farbe der Augen der Gallier
keine Nachricht: aber wenn Aristoteles sagt, daß die Völker
im Norden blaue Augen haben, was von der Kälte komme,
so kann das nur von den Kelten gemeint sein. Ammian.
Marc. XV 12, 1: 'celsioris staturae et candidi paene Galli
sunt omnes et rutili luminumque torvitate terribiles.' Vielleicht
auch Claudian. in Rufinum II 110: 'truces Galli (oculis)'.
Silius Ital. IIII 234: Gorgoneoque Larum torquentem lumina
vultu'.

rutilae comae] Die rothen oder blonden Haare werden an
unzähligen Stellen genannt. Es ist, glaub' ich, unnöthig, einzelne Stellen anzuführen (der rothe Otto; der Rothbart; Thôrr
raudskeggiadr; silfar haddr = Gold). Aber ganz ebenso die
Gallier, die Kelten im Allgemeinen. Vergil. Aen. VIII 660:
aurea caesaries von den Galliern, die Rom eroberten. Diodor.
Sic. V 32 sagt, daß die Kinder der Gallier meistens πολιά,
weißköpfig, seien: τὰ δὲ παιδία παρ' αὐτοῖς ἐκ γενετῆς ὑπάρχει
πολιὰ κατὰ τὸ πλεῖστον· προβαίνοντα δὲ ταῖς ἡλικίαις εἰς τὸ τῶν
πατέρων χρῶμα ταῖς χρόαις μετασχηματίζεται. V. 28: die Kelten
hätten nicht nur von Natur blonde Haare, sondern sie erhöhen
künstlich die Farbe. Livius XXXVIII 17 von den Galatern
in Kleinasien: Gallorum promissae et rutilatae comae. Bei
Claudian. in Rufin. II 110 sq.: 'inde truces flavo comitantur
vertice Galli quos Rhodanus velox, Araris quos tardior ambit'
und 'flava Gallia' de laudibus Stilichonis II 240. — Silius
Italicus, Punica IIII 200—202 (Schlacht am Ticinus): 'ob-
cumbit Sarmens, flavam qui ponere victor caesariem crinemque
tibi, Gradive, vovebat auro certantem et rutilum sub vertice
nodum'. Clemens Alexandrinus im Paedagogus III 3 sagt von
den Kelten, sie seien furchtbar durch die blonde Farbe der
Haare, die Krieg ankündigen, da sie dem Blute gleichen.
Ammian. Marcell. XV 12, 1: alle Gallier seien rutili. Alle
sind darin einstimmig.

Ueber die Pflege der Haare siehe oben Diodor V 28: an
dieser Stelle sagt derselbe, daß sie die Haare häufig mit Kalk-
wasser waschen, wodurch sie so dick wie Rosshaar würden.
Plinius von den Galliern XXVIII 191: 'prodest et sapo, Gallorum hoc inventum rutilandis capillis. fit ex sebo (Talg) et

cinore, optimus fagino et carpineo, duobus modis, spissus ac liquidus, uterque apud Germanos maiore in usu viris quam feminis. Daß dieß Mittel in Rom angewandt wurde, sagt Valerius Max. II 1, 5 von den römischen Frauen: 'quo formam suam concinniorem efficerent, summa cum diligentia capillos cinero rutilarent'. Ammian. Marc. XXVII 2: im Jahr 366 schweiften alamannische Schaaren in Gallien: Jovinus, ein Befehlshaber unter Valentinian, überfiel eine Schaar derselben unversehens: 'videbat lavantes alios, quosdam comas rutilantes ex more, potantesque non nullos'. Martial. XIIII 26, 1: 'caustica Teutonicos accendit spuma capillos'. VIII 33, 20: 'mutat Latias spuma Batava comas' und XIIII 27: 'si mutare paras longaevos cana capillos, accipe Mattiacas — quo tibi calva? — pilas'. Ovid. ars am. III 163 sq.: 'femina canitiem Germanis inficit herbis, et melior vero quaeritur arto color.' Apoll. Sidon. carm. 12, 6 sq.: 'Burgundio cantat esculentus, infundens acido comam butyro?' — Auf Bildern in Manuscripten.

Vom Schnitt der Haare später.

Hier hätte Tacitus noch die Weiße der Haut anführen können; auch diese wird ebenso von den Germanen wie von den Galliern oder Kelten gerühmt. Amm. Marc. XV 12, 1, die Galli seien fast alle candidi. Die lactea colla Verg. Aen. VIII 660. Diodor. V 28: τοῖς δὲ capἔl κάθυγροι καὶ λευκοί. Hieronym. comment. in epist. ad Galatas II 3 (t. VII p. 426 Vall. ed. Veron. 1737) aus dem Lactantius: 'Galli antiquitus a candore corporis Galatae nuncupabantur' (also von τὸ γάλα!).

Prokop bell. Vandal. I 2 p. 313 Dind. von den gothischen Völkern: 'λευκοὶ γάρ ἅπαντες τὰ cῶματά τέ εἰcι τὰc κόμαc ξανθοί, εὐμήκειc τε καὶ ἀγαθοὶ τὰc ὄψειc'.

Endlich magna corpora; unzählige Stellen. Apoll. Sidon. carm. 12, 10 entschuldigt sich artig, daß er schlechte Hexameter mache: Thalia verachte die Sechsfüßler, seitdem sie siebenfüßige Burgunder gesehen habe; 'spernit senipedem stylam Thalia, ex quo septipedes videt patronos'.

Von Karl dem Großen Eginhard: er sei zwar sehr groß gewesen, aber doch nicht über das rechte Maß, denn er habe sieben Fuß gehabt.

Aber ebenso allgemein von den Kelten: Caesar b. G. II 30, 4: 'plerumque omnibus Gallis prae magnitudine corporum suorum brevitas nostra contemptui est', wie bei Herodian. VI 7, 8. [Caesar] bell. Afr. 40: 'animadvertit mirifica corpora Gallorum Germanorumque ... mirifica specie amplitudineque' (im Heere des Scipio, alle gefallen). Livius XXXVIII 17: 'Gallorum procera corpora'. Diodor. Sic. V 28: 'οἱ δὲ Γαλάται τοῖς μὲν cῶμαcίν εἰcιν εὐμήκειc'.

Es ist daher zwischen den Kelten oder Galliern und Germanen kein wesentlicher Unterschied in der Körpergestalt.

Strabo sagt das ausdrücklich VII 1, 2 p. 290: sie seien ganz gleich, nur daß die Germanen die Gallier an Wildheit, blonder Farbe und Größe noch ein wenig übertreffen.

Fragen wir, welches der lebenden Völker diese Kennzeichen hat, so ist kein Zweifel: es ist das germanische, obgleich vielfach gemischt und durch den Einfluß des Klimas geändert. Dagegen die eigentlich brittischen Völker zeigen einen ganz anderen Typus. Zwar Strabo sagt einmal IIII 5, 2 p. 200, die Britten seien noch größer als die Kelten, nicht ganz so blondhaarig, aber von schlafferem Körperbau; er hat einige in Rom selbst gesehen. Aber jene Britten, welche Strabo in Rom sah, waren höchst wahrscheinlich Abkömmlinge belgischer Einwanderer. Lucan III 78: 'flavis Britannis' (wahrscheinlich ein Versehen, vielleicht statt Sigambris): dagegen 'Tacitus im Agricola 11: 'Silurum colorati vultus, torti plerumque crines'. (Brandes, Ethnographisches Verhältniss S. 35 ff.!) Als Niebuhr die Gallier des Brennus nach der Angabe der Alten schilderte, erhielt er ein Schreiben aus der Bretagne, er habe ja keine Gallier, sondern Germanen geschildert; die Gallier, Bretonen, seien klein und dunkel, schwarz oder braun. — de Belloguet, Ethnogénie Gauloise.

tantum ad impetum calida] Caesar b. G. III 19, 6: 'ut ad bella suscipienda Gallorum alacer ac promptus est animus, sic mollis ac minime resistens ad calamitates perferendas mens eorum est'. — Bei Livius XXXVIII 17 sagt Manlius (im J. 189) zu seinem Heer von allen Galliern: 'iam usu hoc cognitum est: si primum impetum quem fervido ingenio et caeca ira effundunt, sustinueris, fluunt sudore et lassitudine membra, labant arma; mollia corpora, molles ubi ira consedit animos, sol pulvis sitis, ut ferrum non admoveas, prosternunt'. Livius X 28, 4 (Schlacht von Sentinum 459): 'Gallorum corpora intolerantissima laboris atque aestus fluere, primaque proelia plus quam virorum, postrema minus quam feminarum esse'. Germanicus bei Tacit. ann. II 14: 'iam corpus ut visu torvum et ad brevem impetum validum, sic nulla vulnerum patientia'. Polyaen. VIII 10, 3: Marius wußte, daß die Kimbern Frost und Schnee ertragen könnten, aber nicht Hitze und Sonne. Orosius V 16: 'post ubi incalescente sole fluxa Gallorum corpora in modum nivium distabuerunt, usque in noctem caedes potius quam pugna protracta est'. Noch viele Stellen. Tacitus hat sogar hier einen Zug auf die Germanen übertragen, der viel weniger von ihnen, als den Galliern in Gallien und Italien gilt.

Durst. Plutarch im Crassus 25: Die Gallier hätten sehr durch Hitze und Durst gelitten, ἀμφοτέρων ἀήθεις ὄντες.

V.

Da ventosior und umidior keinen Gegensatz bilden, so haben ältere Ausleger geändert: sie wollten humilior und verticosior (= montosior) u. a. Ein eigentlicher Gegensatz ist nicht beabsichtigt. — umidior besonders der nördliche Theil, den die Römer besonders kennen lernten, zwischen Rein und Weser. Bei den Feldzügen der Römer in diesem Lande ist immer von den Sümpfen die Rede, über welche sie aggeres mit Dämmen und pontes legen. Ann. I c. 61; c. 63: 'pontes longos . . . : angustus is trames vastas inter paludes et quondam a L. Domitio aggeratus; cetera limosa, tenacia gravi caeno aut rivis incerta erant', und Hist. IIII 73: 'relictis paludibus et solitudinibus suis'. — Pomponius Mela III 29: 'terra ipsa multis inpedita fluminibus, multis montibus aspera et magna ex parte silvis ac paludibus invia'. —

Von den Wäldern gibt Plinius, nat. hist. XVI 6 eine Schilderung, z. B. Hercyniae silvae roborum vastitas intacta aevis et congenita mundo; daß z. B. durch das Aneinanderstoßen der Wurzeln Hügel entstehen, and wo die Erde nicht folgt, die Wurzeln zuweilen bis zu den Aesten empor Bogen bilden, so daß ganze turmae Reiter unten durch reiten können u. s. w.

Er geht nun auf die Producte über: von den wilden Thieren sagt Tacitus hier nichts; doch Ann. IIII 72, es seien bei den Germanen ingentium beluarum feraces saltus. — Caesar nennt einige: hier muß wieder die Naturgeschichte zu Hilfe kommen. Caesar nennt Thiere, die jetzt nicht mehr vorkommen: man findet im Boden untergegangene Arten von Ochsen, Hirschen u. s. w., aber ich habe noch nicht Sicheres gefunden, ob diese ausgestorbenen Thierarten noch bis in historische Zeit herab vorkommen. Caesar b. G. VI 28 von uri etc. wenig kleiner als die Elefanten, sehr stark und schnell und neque homini neque ferae, quam conspexerunt, parcunt; können nicht gezähmt werden, ne parvoli quidem excepti: hos studiose foveis captos interficiunt; hoc se labore durant adolescentes atquo hoc genere venationis exercent, et qui plurimos ex his interfecerunt, relatis in publicum cornibus, quae sint testimonio, magnam ferunt laudem. Die Hörner, am Rand mit Silber eingefaßt, in amplissimis epulis pro poculis utuntur.

Den Ur erwähnt Tacit. Ann. IIII 72. — Plinius VIII 38 unterscheidet davon die bisontes iubatos. Auch das Nibelungenlied hat ûr (945, 2) und wisent (924, 4. 945, 1. 2040, 2). Es ist mir noch nicht gelungen, bei den Naturforschern eine genaue Unterscheidung dieser beiden Ochsenarten zu finden, und wie sie sich zum Büffel und andern Arten verhalten.

Ferner hat Caesar ein Thier, dessen Namen er nicht angibt, VI 26, einen bos cervi figura, cuius a media fronte inter aures unum cornu existit excelsius magisque directum his, quae

nobis nota sunt cornibus: ab eius summo sicut palmae ramique
late diffunduntur. — Man will darin den Schelch des Nibelungenliedes sehen, und diesen hält wieder Pfeiffer (Germania
VI 225—231) für den untergegangenen Riesenhirsch. Aber
dieser Riesenhirsch hat zwei Hörner: und die Naturforscher behaupten, daß der Riesenhirsch nicht gleichzeitig mit dem
Menschen war.

Ferner die alces, die man mit Elenthier identificiert, obgleich Caesar's Beschreibung (VI 27) nicht darauf paast; der Elch
des Nibelungenliedes (945, 1). — Sicher ist, daß noch im zehnten
Jahrhundert eine Urkunde von Otto I. 943 (bei Wilh. Heda
historia episcopatus Ultrajectensis 1642 Fol. S. 83 f.) verbietet,
daß in einem großen Wald in den Niederlanden gejagt werde,
und dabei werden auch genannt bestiae quae teutonica lingua
Elo aut Schelo appellautur.

Wilde Pferde bei Plinius nat. hist. VIII 39: 'Septentrio
fert et eqnorum greges ferorum ... praeterea alcen iuvenco similem, ni proceritas aurium et cervicis distinguat, item natam
in Scadinavia insula nec umquam visam in hac urbe, multis
tamen narratam achlin haud dissimilem illi, sed nullo suffragi-
num flexu, ideoque non cubantem, sed adclinem arbori in somno,
eaque incisa ad insidias capi, alias velocitatis memoratae. labrum
ei superius praegrande. ob id retro graditur in pascendo, ne in
priora tendens involvatur'.

Venantius Fortunatus (im sechsten Jahrhundert) an Gogo:
er soll jagen in den Ardennen oder dem Vosagus: nec mortem
differt ursus, onager, aper. Also der wilde Esel. Da non schelch
onager in Glossen (Graff VI 475), so habe ich ihn darnach
erklärt. — Aber meine Erkundigung bei Naturforschern war
vergeblich.

Natürlich Bären, Wildschweine u. s. w.

Vögel: Plinius nat. hist. X 132: 'In Hercynio Germaniae
saltu invisitata genera alitum accipimus quarum plumae ignium
modo conluceant noctibus'.

Obgleich nicht logisch, folgen wir doch dem Text. satis
ist nicht Adverbium, sondern Substantivum: Verg. georg. II
222: 'illa ⟨terra⟩ ferax oleost.' aber sata für segetes ist sonst
nicht gebräuchlich, außer in der Poesie, bei Virgil öfter.

. Weizen? Gerste und Hafer, Hirse. — Flachs, Rüben, Pa-
stinaken, Rettige, Spargel, Bohnen. — *frugiferarum arborum*]
Obst, er meint nur feineres Obst, denn agrestia poma erwähnt
er selbst cap. 23.

impatiens] vergl. Agric. 12: 'solum ... patiens frugum'.

improcera] sc. pecora sunt. Daher ältere, Lipsius, plernque
lesen wollten, was wohl richtig ist. Merkwürdig hat F. A. Wolf
zu Ann. I 10 und ebenso Passow improcera auf terra bezogen:
das wäre eine Inversio von ganz auffallender Kühnheit (wobei
sie sich beziehen auf C, G nodi aut angulo leves ...).

pecora besonders Schafe und Ziegen. In Schweinen bestand besonderer Reichthum; die westfälischen Schinken waren schon in der Römerzeit berühmt.

suus honor wird erklärt durch gloria frontis: doch wird wohl nicht gemeint sein ganz ohne Horn; sondern nur nicht mit so großen Hörnern.

Vieh der einzige Reichthum. Darin liegt schon, was Cap. 26 weiter ausgeführt wird, daß sie keinen Grundbesitz hatten: dagegen ist nicht ausgeschloßen ein Reichthum an Waffen, Schmuck, Geräth. Man darf aber aus dieser Stelle nicht schließen, daß die Germanen ein Nomadenvolk waren ohne Ackerbau: vielmehr findet sich bei allen deutschen Völkern Feldbau, aber in einem, wie wir sehen werden, absichtlich auf der niedersten Stufe gehaltenen Zustand. Aber auch auf eine wirkliche Blüte der Viehzucht darf aus unserer Stelle nicht geschloßen werden.

Neulich ist von Roscher in Leipzig ein Aufsatz erschienen über den Landbau bei den Germanen in den Abhandlungen der Leipziger Akademie, numero gaudent sei der Grundsatz aller niedrig cultivierten Völker, daß viel schlecht gehaltenes Vieh beßer sei, als wenig gut gehaltenes. gaudent 'einen großen Werth darauf legen' wie Cap. 15: gaudent donis. 21 muneribus. 46 pedum usu ac pernicitate gaudent. Agric. 44: opibus nimiis non gaudebat; speciosae contigerant. — Vgl. Caesar VI 35, 6 von den Sugambren, die über den Rein kamen ins Gebiet der Eburonen, um zu plündern: magno pecoris numero, cuius sunt cupidissimi barbari, potiuntur (nur etwas stärker = gaudent). Daß übrigens Vieh der einzige Reichthum war, zeigt die Sprache, da die Wörter für Vieh und Reichthum identisch sind; gothisch faihu, ags. feoh = pecunia; goth. skatts, ahd. skaz = Geldstück; altfries. sket Geld und Vieh (slawisch skot Vieh), ferner alt-nethom, altn. meidm ursprünglich ein Pferd; dann: Reichthum, Schatz, schon Ulfil. maiþms δῶρον. Ueber Geld im Handel nachher.

Die Weideplätze: Plin. nat. hist. XVII 26: 'nam quid laudatius Germaniae pabulis? et statim subest harena tenuissimo caespitum corio'. —

Mineralreich. — Es wird das Reingold im fünften Jahrhundert erwähnt. Das Gold in der Sage. Die Gallier nach Diod. V 27 haben viel Gold. Die Natur gibt es ihnen ohne Mühe: aus dem Flußsand wird es gewaschen und durch Feuer gereinigt. Verwendet wird es zu Schmuck der Männer und Frauen: die Ringe an Hand und Arm, und dicke um den Hals, auch goldne Harnische. Fingerringe: eine große Masse Goldes an den heiligen Orten. Die Schweiz goldreich, Strabo IIII 3, 3 p. 193 und au h Poseid. VII 2, 2. — Der Name Gold (χρυσός, aurum, slaw. zlato). Großer Goldreichthum in Noricum gerühmt bei Strabo IIII 6, 12 p. 208. — Silber. Tacitus muß damals noch nicht gewust haben, was er Ann. XI 20 erzählt, daß Curtius

Rufus um 47 n. Chr. die Ehre des Triumphes erhielt, weil er in agro Mattiaco ein Silberbergwerk durch die Soldaten eröffnete, das aber wenig ergiebig war und bald wieder aufgegeben wurde; die Soldaten, mit der beschwerlichen Arbeit unzufrieden, schrieben damals anonyme Briefe an den Kaiser, er solle diejenigen, denen er seine Heere anvertraue, lieber vorher triumphieren laßen. — Vielleicht erwähnt er hier diese Silbergrube auch deshalb nicht, weil er nach Cap. 29 das Gebiet der Mattiaker noch zum römischen Reich rechnete, oder weil die Sache bald ein Ende nahm. Die erste Silbergrube im Harz bekanntlich in der Zeit Otto's des Großen. — Nach Strabo und Plinius hatten die Gallier nicht viel Silber, nach Diodor fehlt es gänzlich: jedenfalls müßen die Keltogermanen auch dieses Metall schon gekannt haben, ehe sie mit den Römern in Berührung kamen: . der Name ἀργύριον, argentum: goth. silubr, ahd. silapar (lithau. sidabras, slaw. srebro, russ. serebro). Das Silber (Caesar b. G. VI 28, 6) an den Hörnern der uri beweist, daß sie damals es schon kannten. — Eisen wird von Tacitus cap. 6 bezeugt, wenn schon in geringer Menge. (Noricum von Alters her berühmt.) Auch dieser Name ist deutsch: gothisch eisarn, ahd. als. isarn, Eisen (altn. idrn). Daher wohl erst die Britten kymrisch haearn, (aus isarn) ir. jarann, gael. iarn. Dagegen ist auffallend, daß wir für Kupfer keinen einheimischen Namen haben. Goth. aiz, ahd. êr ist lat. aes; und dafür kupfar ist cuprum. (plî, gen. plîwes, plumbum; Zinn ahd. ziu, ags. altn. tin aus stannum?)

Salz. Plin. n. h. XXXI 82: 'Galliae Germaniaeque ardentibus lignis aquam salsam infundunt', und Tac. ann. XIII 57 Hermunduri und Chatti. Die Orte wurden für heilig gehalten: preces mortalium a deis nusquam propius audiri. inde indulgentia numinum illo in amne illisque silvis salem provenire, non ut alias apud gentes eluvie maris arescente unda, sed super ardentem arborum struem fusa ex contrariis inter se elementis, igne atque aquis, concretum'. — Näheres darüber bei Plinius n. h. XXXI 83: 'quercus optima, ut quae per se cinere sincero vim salis reddat, alibi corylus laudatur. ita infuso liquore salso arbor etiam in salem vertitur. quicumque ligno confit sal niger est.'

haud perinde] scil. ac facile expectares: 'nicht sonderlich'. Vgl. Agric. 10: 'mare pigrum et grave remigantibus (perhibent) ne ventis quidem perinde attolli'. Einige wollen an dieser und ähnlichen Stellen proinde lesen, was bei gleicher Abbreviatur ebenso gut gelesen werden kann und auch im Sinn von perinde meist ebenso gebraucht wird. Einige wollen die Vergleichung auf possessio und usus beziehen: zu besitzen zwar wünschen sie es, aber zu gebrauchen wißen sie nicht, nicht in gleicher Weise (Kritz). Das scheint gezwungen; es ist vielmehr eine Vergleichung zu ergänzen: nicht so wie andere Völker, oder wie diese Metalle es verdienen. Es erinnert diese Stelle an Justin

II 2, 7 (von den Scythen): 'aurum et argentum non perinde ac
reliqui mortales adpetunt'. — Pomponius Mela II 1, 19 von den
Sarthen: 'Sarthae auri argentique maximarum pestium ignari
vice rerum commercia exercent...'

utilitate die meisten Handschriften. utilitate scheint mir
beßer, nach dem Zusammenhang: sie machen im Gebrauch keinen
Unterschied zwischen den irdenen und den goldenen, und
zeigen dadurch, daß sie den Werth des Goldes nicht verstehen.
— Diese Nachricht, daß sie den Werth des Goldes gar nicht
zu schätzen wusten, ist doch mit einiger Vorsicht aufzunehmen,
und sieht aus, wie auf eine Anekdote, einen vereinzelten Vor-
fall gegründet.

bigati (auf der Vorderseite der weibliche Götterkopf mit
Flügelhelm, die Göttin Roma, auf der Rückseite die Victoria
in den bigae, später Juppiter in den quadrigae) werden von
Plin. XXXIII 46 erwähnt: 'notae argenti fuere bigae atque
quadrigae, inde bigati quadrigatique dicti' (nämlich Denare,
der Rand der Münze wurde in der republicanischen Zeit aus-
gezahnt, daher sind hier serrati die republicanischen Denare;
wir finden noch saiga als Münzname im alemannischen und
bairischen Gesetz).

Die hier gerühmte Einfachheit und Geringschätzung des
Goldes und Silbers war wohl ursprünglich allen Kelten gemein,
aber jedenfalls nur vorübergehend. Später bemächtigt sich ihrer
die auri sacra fames: von den Kelten sagt schon Diod. Sic.
V 27 ὄντων τῶν Κελτῶν φιλαργύρων καθ' ὑπερβολήν, und
Livius XXI 20, 8 Hannibal habe die Gallier mit Gold für sich
gewonnen auro, cuius avidissima gens est. Wir sehen sie sogar
Gräber aufwühlen, um Gold zu suchen: Plutarch. Pyrrhos 26.
— Aber derselbe Heißhunger nach Gold findet sich später auch
bei den Gothen, Alemannen, Franken, den Sachsen und Nor-
mannen. Jene Alemannen, die in St. Gallen plünderten, öffneten
ebenfalls die Gräber um Gold zu suchen u. s. w.

Handel (vgl. W. Wackernagel, Gewerbe, Handel und
Schifffahrt der Germanen in Haupt's Zeitschrift f. D. A. IX,
530 ff.). Die ganze Lebensweise und Verfaßung ist dagegen.
Eine Kriegerkaste, wenn wir so wollen, ein Volk von Räubern
treibt keinen Handel; wie jene Bastarnen bei Plutarch (Aem.
Paul. 12), sie seien Leute, die weder das Feld bauen, noch
schiffen, noch von der Horde leben könnten, sondern nur eine
Kunst und ein Werk gelernt hätten, nemlich fechten. Die
Kimbern verlangen Feld, dafür wollten sie die Kriege der Römer
führen: ebenso noch Ariovist zu Caesar I 44, 13: wenn Caesar
ihm Gallien überlaße, so wolle er dafür die Kriege Caesars
ausfechten.

Zugleich war kein Bedürfniss, kein Mangel vorhanden (victus
communis): bei der Art den Boden zu vertheilen und bei Ueber-
fluß von Menschen Auswanderung. Die nothdürftige Kleidung

bereiten sie sich selbst. — Luxus ist nicht gestattet, und keine Verweichlichung. — Die Geschenke, die die principes ihren clientes machen, opulae et apparatus: materia munificentiae per bella et raptus (Cap. 14). — Unter diesen Umständen war es ganz staatsklug, dass sie keinen Handel gestatteten: die Nervier, b. G. II 15, 4 nullum aditum esse ad eos mercatoribus; nihil pati vini reliquarumque rerum ad luxuriam pertinentium inferri, quod iis rebus relanguescere animos et remitti virtutem existimarent. — LIII 2, 1 von den Sueben: mercatoribus est aditus magis eo, ut quae bello ceperint, quibus vendant, habeant, quam quo ullam rem ad se inportari desiderent. — §. 6: vinum ad se omnino inportari non sinunt, quod ea re ad laborem ferendum remollescere homines atque effeminari arbitrantur.

Aber natürlich erhielt der Handel frühe Zugang; besonders mit Wein; Diod. Sic. V 26: die Kaufleute aus Italien brachten Wein auf den Flüßen und zu Wagen; und διδόντες οἴνου κεράμιον ἀντιλαμβάνουσι παῖδα, τοῦ πόματος διάκονον ἀμειβόμενοι.

Schon Cicero konnte in der Rede pro Fonteio 5, 11 (69 v. Chr.) sagen: referta Gallia negotiatorum est, plena civium Romanorum. Von mercatores ist bei Caesar öfters die Rede; z. B. I 39, 1; von den Belgae sagt er I 1, 3: 'minime ad eos mercatores saepe commeant'. In der regia des Maroboduus sind nostris e provinciis lixae ac negotiatores, quos ins commercii, dein cupido augendi pecuniam, postremum oblivio patriae suis quemque ab sedibus hostilem in agrum transtulerat. Tac. ann. II 62. Ebendieselben lixae negotiatoresque Romani auf einer Insel der Batavi Hist. IIII 15. — Besonders die Ubii Caes. IIII 3, 3: 'multum ad eos mercatores ventitant, et ipsi propter propinquitatem Gallicis sunt moribus assuefacti'; dann die Hermunduri, die nach Augsburg kommen. Germ. 41.

Einfuhr: hauptsächlich Wein. Germ. 23: proximi ripae et vinum mercantur: der dann auch bald, man nimmt an auf Anordnung des Kaisers Probus, am Rein gebaut wird. Valens und Gratianus (codex IIII 41, 1) verboten die Ausfuhr des Weins (damit nicht die Barbaren zu Einfällen in das römische Gebiet gereizt würden?). — Ferner wohl Schmuck und Kleidung, Germ. 17, gerunt et ferarum pelles, proximi ripae neglegenter, ulterius exquisitius, ut quibus nullus per commercia cultus. Wohl auch Waffen: doch war ihnen Eisen zu bringen verboten (codex IIII 41, 2) durch K. Marcianus, wohl schon früher: 'perniciosum namque Romano imperio et proditioni proximum est barbaros, quos indigere convenit, telis eos, ut validiores reddantur, instruere.'

Dagegen: Kriegsbeute, vgl. Caesar IIII 2, 1 — wohl hauptsächlich Kriegsgefangene, die als Sklaven verkauft wurden — wie bei Diodor ein Knabe für einen Krug Wein — be-

sonders auch die Freien, die durch Spiel die Freiheit verloren, verkaufte man aus Schamgefühl. Germ. 24. Dann Bernstein: dieß jedoch ein Handelsartikel an der Ostsee, der schon
im höchsten Alterthum vor der keltogermanischen Einwanderung
geführt wurde; es waren auch die Guttonen, bei denen nach
Pytheas der Bernstein gefunden wurde, keine Germanen;
dieser gehört also hieher nicht als Ausfuhrartikel, sondern
als Einfuhr. Die Guttonen verkaufen ihn an die Teutonen (im
vierten Jahrhundert). — Zwischenhandel. — Sie brachten ihn
nach Carnuntum, von wo ihn römische Kaufleute weiter
führten. Zur Zeit Nero's reiste ein römischer Ritter an die
Ostsee, um den Fundort des Bernsteins kennen zu lernen.
Plin. nat. hist. XXXVII 45. Wahrscheinlich giengen auch
römische Kaufleute auf dem Weg von Carnuntum zur Ostsee:
daher die römischen Münzen und römischen Begräbnissurnen
in Schlesien und Preussen, die zu beweisen scheinen, daß der
Handel in der Mitte des zweiten Jahrhunderts besonders lebhaft betrieben wurde. — Gänsefedern: die deutschen galten
für die besten und wurden theuer bezahlt. Plin. X 53. —
Menschenhaare. — Kaiser Tiberius ließ sich alljährlich Zucker-
rüben aus Deutschland für seine Tafel kommen. Plinius n. h.
XIX 90. — (Ganz anders natürlich in Gallien, wo reiche Producte und früh ein lebhafter Handel.)

Tauschmittel. Geld. (Vgl. Ad. Soetbeer in den Forschungen
zur Deutschen Geschichte I 205—300. III 293—383. IIII 241
—354. VI 1—112.) — Oben schon der Name für Thier. Die
ältesten leges barbarorum haben noch Spuren davon, daß die
Bußen in Kühen bezahlt wurden: wie ausdrücklich Tacitus
sagt Germ. 12: 'equorum pecorumque numero convicti multantur'. Noch die lex Ripuar. 36, 11 gestattet die Entrichtung
des Wergeldes in Vieh und verzeichnet den entsprechenden
Geldwerth: im Norden finden wir den Werth einer Kuh als
Rechnungseinheit. In der Graugans, in einem Anhang Fiar lag
(Geldordnung) z. B. drei einjährige Kälber = eine Kuh; ein
siebenjähriger Stier = zwei Kühe; ein vier- bis zehnjähriger
Hengst = eine Kuh. Sechs bis acht Schafe oder Ziegen = eine
Kuh. Ferner z. B. dreimal 80 Pfund Schafwolle = eine Kuh.
(Hier bemerken wir gelegentlich das Auffallende, daß die große
Zahl durch Multiplication von 80 gewonnen wird; in der Lex salica
24000 durch 30mal 800 und 32000 durch 40mal 800.) Chlotar legt
den von ihm besiegten Sachsen einen Tribut von 500 Kühen auf.
Die Wertheinheit war schon für die Bußtaxe nöthig. Uralt: ebenso
im alten Indien, wo ebenfalls nach Kühen gerechnet wird. Der
Kaufpreis für ein Weib wird in Rindern entrichtet Germ. 18.

Ein anderes Tauschmittel war im Norden das im Haus
gewobene Wollenzeug, Vadmal genannt (während die Kuh
gewissermaßen das große Geld, war Vadmal die Scheidemünze).
Eine Kuh gleich 1 Hundert Ellen Vadmal (d. i. 120 Ellen).

— Eine Spur davon vielleicht in Germ. 25: 'frumenti modum dominus aut pecoris aut vestis iniungit.' Den Uebergang zum Metallgeld bildeten die Ringe, torques um Hände, Arm und Hals; eherne und goldene, wie sie in Gräbern gefunden werden; torques als Geschenk Tac. Germ. 15. Im Beóvulf der Ring des Hygelác, Königs der Geaten. In dem Nibelungenlied als Schmuck bei Männern und Frauen, als Geschenk, als Bezahlung. Ganz ebenso bei den Galliern, wie bei den Germanen: Polyb. II 29, 8: in der Schlacht, die in den ersten Reihen sind alle mit goldenen μανιάκαις καὶ περιχείροις geschmückt. Der Consul P. Cornelius Scipio nach seinem Triumph über die Boier 191 v. Chr. lieferte an die römische Schatzkammer aureos torques 1471 ab (Livius XXXVI 40). Ueber diese Ringe handelt ausführlich Heinrich Schreiber im Taschenbuch für Geschichte und Alterthum in Süddeutschland (Freiburg i. B. 1840.) Seite 67 bis 152. — Manlius Torquatus.

Ring oder baug. Hildebrand windet vom Arme die hongâ, cheisuringu gitân, sô imo se der chuning gap. Der Sänger Vidsîd rühmt die Freigebigkeit der Fürsten, die ihm Ringe schenkten. Der Fürst heißt beâhgifa. Wieland: Reichthum seiner Goldringe, auf Schnüre gezogen u. s. w. Die rothen Ringe öfter, von Gold, Reichthum.

Das Geld, baugr, heißt nordisch die gerichtliche Buße; der baugr = 12 Uncen. Solche Ringe sind in Gräbern zum Theil in Stücke gebrochen. Die Stücke dienten als kleine Münze.

Es wurde also das Metall gewogen: auch ausländische Münzen wurden zerschnitten, und die Theile hatten ihren Werth nach dem Gewicht. — Im Norden noch lange die Wage: das Wergeld wurde gewogen. Dafür muste es schon früh bestimmte Gewichte geben. In den Schild gemeßen, Nibel. 1520, 3. 919, 1 u. s. w. In der Edda findet sich außer dem allgemeinen fé, baugr auch schon penningr, skillingr, eyrir pl. aurar. (marc war die Einheit des Gewichts.) Gemünztes Geld nach Tacitus durch die Römer, hier und Cap. 15: 'iam et pecuniam accipere docuimus'. Es ist die Frage, ob nicht schon früher gallisches; denn in Gallien wurde schon lange vor Caesar Geld geprägt. Auf dieß sehr schwierige Gebiet kann ich natürlich nicht ausführlich eingehen. Hauptwerk: Lelewel, Etudes numismatiques. Bruxelles 1841 und Adolphe Duchalais, Description des médailles gauloises faisant partie des collections de la Bibliothèque Royale, accompagnée de notes explicatives. Paris 1846. 8. Th. Mommsen, die nordetruskischen Alphabete auf Inschriften und Münzen (Mittheilungen der Antiquarischen Gesellschaft in Zürich VII [1853] S. 197—259; darin auch über die keltischen Münzen). Die Gallier prägten griechische Münzen, und zwar den Goldstater Philipps II, dagegen im Norden hatte man schon früh andere

Goldmünzen; sie zeigen ein Pferd oder einen Ring. Zu diesem belgischen System scheinen auch die sogenannten Regenbogenschüßelchen zu gehören, meistens mit einem Pferd auf der concaven Seite; sie finden sich nicht selten in Deutschland. (Streber, Vindelici und Norici.)

Caesar b. Gall. V 55, 1: Die Treveri schicken über den Rein, pecunias pollicentur, und VI 2, 2 Treveri ... inventis nonnullis civitatibus iure inrando inter se confirmant obsidibusque de pecunia cavent (möglich nach dem Gewicht, wahrscheinlicher geprägtes Geld). Dieß erinnert an Polyaen. strategem. IIII 17: Antigonus Gonnatas habe Gallier unter Βιδήριος in Sold genommen; jedem einen χρυσοῦν Μακεδονικόν versprochen und Geiseln gegeben. Nach der Schlacht gegen Antipater gibt ihnen Antigonus das Geld, aber sie verlangen auch für die Weiber und Kinder, das sei ἕν ἑκάστῳ. Statt dreißig Talente fordern sie hundert. List des Antigonus.

Ein anderes Beispiel bei Livius XLIIII 26: Perseus (im J. 168) hatte Gallier: bi pacti erant eques denos praesentes aureos, pedes quinos, mille dux eorum.

Tacit. ann. II 13 (im Jahr 16 vor der Schlacht an dem Visurgis): in der Nacht unus hostium, Latinae linguae sciens, acto ad vallum equo voce magna coniuges et agros et stipendii in dies, donec bellaretur, sestertios centenos, siquis transfugisset, Arminii nomine pollicetur; scheint also römisches Geld zu sein.

Von diesen fremden Münzen ist in den ältesten deutschen Quellen die Rede; in den angelsächsischen Evangelien wird δραχμή übersetzt cāsering (Kaiserling) und derselbe Ausdruck cheisnringu kommt im Hildebrandslied vor. Das sind Münzen mit dem Bilde des Kaisers, wohl griechische, die byzantii hießen, woher ahd. bîsant. — Zuerst die fränkischen Könige prägten Gold mit ihrem Bilde: der Ostgothe Theoderich ließ noch mit dem Bilde des Kaisers Zeno und Anastasius münzen, doch auch mit seinem eigenen. — Gothisch kintus Heller, κοδράντης. Matth. 5, 26.

VI.

in universum aestimanti] Ebenso Agric. 11.

cassis aut galea] nach Isidor von Sevilla orig. XVIII 14, 1 (sehr unsicher) war cassis von Eisenblech, galea von Leder.

In eoque mixti proeliantur habe ich ergänzt equites, worüber nachher. eo ist also der Ablat., pedite mixti. Daß miscere so construirt wird, ist bekannt.

spargunt ist ein gewählter Ausdruck: Verg. Aen. XII 50 sq.: ferrum spargimus.

consilii quam formidinis] magis vor quam anzulaßen liebt
Tacitus; so Histor. III 60 praedae quam periculorum socias.
Ann. IIII 61 claris maioribus quam vetustis. Ann. I 58 pacem
quam bellum probabam. Wahrscheinlich Nachahmung des Sallust,
der ebenso z. B. Cat. 9, 5: beneficiis quam metu imperium
agitabat. Iug. 102, 6: amicos quam servos quaerere. Doch
auch Livius, z. B. XXIII 43, 13: ipsorum quam Hannibalis
intercesse; und den Livius und den Sallust (rerum Romanarum
florentissimus auctor Ann. III 30) hat er sich offenbar zu
Mustern genommen und vieles von ihrem Stil sich angeeignet.
Diese Redeweise ist übrigens auch volksmäßig. Schon Plautus
öfters, z. B. Rudens IIII 4, 70 tacita bonast mulier quam
loquens.

Bewaffnung: zuerst Schutzwaffen; hervorgehoben wird die
Dürftigkeit derselben: scutum; selten Harnisch; und noch seltener cassis aut galea. Dieß ist nicht nur zu erklären aus
dem Mangel an Eisen, sondern es war ein absichtlicher Trotz,
ein Verachten der Todesgefahr, eine Begierde, den bloßen
Leib mit ehrenvollen Narben zu schmücken, wie sie bei den
Kelten charakteristisch ist (z. B. der Gallier des Manlius Torquatus war nudus). — Polyb. II 28, 7 f. von dem Sieg des
Aemilius: die Insubrer und Boier hätten nur Hosen und das
leichte Sagum getragen, aber die Gäsaten hätten in ihrer φι-
λοδοξία auch das Sagum und die Hosen ausgezogen und hätten
völlig nackt, nur mit goldenen Ringen an Hals und Arm geschmückt, nur mit den Waffen in der Hand gefochten.

Livius XXXVIII 21 (von den Galatern in Kleinasien):
'detegebat vulnera eorum, quod nudi pugnant, et sunt fusa et
candida corpora, ut quae numquam nisi in pugna nudentur: ita
et plus sanguinis ex multa carne fundebatur et foediores patebant
plagae, et candor corporum magis sanguine atro maculabatur.
sed non tam patentibus plagis moventur. interdum insecta cute,
ubi latior quam altior plaga est, etiam gloriosius se pugnare putant. iidem, cum aculeus sagittae aut glandis abditae introrsus,
tenui vulnere in speciem, urit', und sie können das Eisen nicht
ausziehen, 'tum in rabiem et pudorem tam parvae perimentis
verti pestis prosternunt corpora humi' etc. Diod. Sic. V 29:
einige unter Ihnen verachten den Tod so sehr, daß sie ganz
nackt, bis auf einen Leibgürtel, in die Schlacht gehen; und
V 30: einige hätten Harnisch, andere begnügten sich mit
dem natürlichen Brustpanzer und föchten nackt.

Livius XXII 46, 6 (von der Schlacht am Trasumennus):
Galli super umbilicum erant nudi.

Von den Germanen des Ariovist sagt Caesar bei Cass. Dio
XXXVIII 45, 4 γυμνοὶ τὸ πλεῖστόν εἰςι.

Tac. hist. II 22 von den cohortes Germanorum im Heer
des Vitellius: more patrio nudis corporibus. Auf der Traians-
seule und einigen andern Bildwerken.

Paulus Diaconus de gestis Langob. I 20 von den Herulern in der Schlacht mit den Langobarden 'nudi pugnabant, operientes solummodo corporis verecunda', und Procop. de bello Persico II 25: 'οὔτε γὰρ κράνος, οὔτε θώρακα, οὔτε ἄλλο τι φυλακτήριον Ἔρουλοι ἔχουςιν, ὅτι μὴ ἀςπίδα καὶ τριβώνιον ἁβρόν. ὃ δὴ διεζωςμένοι, ἐς τὸν ἀγῶνα καθίςτανται· δοῦλοι μέντοι Ἔρουλοι, καὶ ἀςπίδος χωρὶς ἐς μάχην χωροῦςιν.' Agathias von den Franken II 5: die Brust bis zur Hüfte nackt, dann Hosen von Linnen oder Leder. Die nordischen Berserkir.

Noch später zeigt sich bei den Deutschen diese Verachtung einer Schutzwaffe. Otto's I. Heer begehrt nur Strohhüte, als er es im August 946 gegen Hugo von Paris führte (Widukind III 2).

Georg von Frundsberg, von dem venetianischen Feldherrn Alviano eingeschloßen, aufgefordert, sich mit seinen „nackten Landsknechten“ zu ergeben, antwortet: er habe zwar nur nackte Knaben; aber wenn diese nur ein Glas Wein im Leibe hätten, seien sie ihm lieber, als alle Bepanzerte des Liviano. Hierauf die siegreiche Schlacht von Vicenza.

gentes periculorum avidae nennt Tacitus die Germanen Hist. V 19, und Aelian. var. hist. XII 23 ἀνθρώπων ἐγὼ ἀκούω φιλοκινδυνοτάτους εἶναι τοὺς Κελτούς. Das zeigt sich in dieser Verachtung der Schutzwaffe.

Die Bewaffnung war eine sehr mangelhafte, und nur diesem Umstand verdankten die Griechen und Römer die Rettung vor den Kelten und Germanen, außerdem freilich auch der Disciplin, wovon später.

Polybius II 30, 7: nur die mangelhafte Bewaffnung sei Schuld, daß die Gallier von den Römern besiegt wurden: κατ' ἄνδρα λειπόμενοι, ταῖς τῶν ὅπλων καταςκευαῖς, und ähnlich Pausanias an zwei Stellen von den Galliern in Griechenland. — Ebenso Tac. ann. II 21: nec minor Germanis animus, sed genere pugnae et armorum superabantur.

In der Bewaffnung waren die einzelnen Völker wieder verschieden, und wurden, wie die Franken, die Sachsen, die Langobarden, wahrscheinlich auch die Cherusci, Suardones u. s. w. von ihrer Lieblingswaffe benannt; darum waren aber doch alle Germanen. So werden auch nicht alle Kelten immer dieselbe Waffe geführt haben.

Ursprünglich war der Schild die einzige Schutzwaffe aller Kelten und Germanen. Ausdrücklich sagt Pausanias X 21, 2: außer ihren θυρεοῖς ἐπιχωρίοις hätten sie keine Schutzwaffe gehabt; ebenso hier die Germanen, da die loricae und cassis nur ausnahmsweise. — Der altgallisch-germanische Schild wird von den Griechen θυρεός, von den Römern scutum genannt, war also wie diese viereckig, nicht rund wie der clipeus, ἀςπίς oder die kleine parma (Vergil. Aen. VIII 662 scutis protecti corpora longis). Er war sehr groß: Livius XXIII 21 longa scuta. XXVIII 17

vasta scuta. Strabo IIII 4, 3 p. 196: θυρεὸς μακρός. Diodor.
V 30: θυρεοῖς ἀνδρομήκεσι*. — Ebenso von den Germanen
Tac. ann. II 14 inmensa barbarorum scuta: aber sie waren
nicht, wie die griechischen und römischen, gewölbt, sondern
plana (Liv. XXIII 31) und daher trotz ihrer Länge nicht breit
genug, um die großen Leiber zu decken. Livius: scuta longa,
ceterum ad amplitudinem corporum parum lata, et ea ipsa plana,
male tegebant Gallos. Ebenso Polyb. II 30, 3 von den Gäsaten,
daß der galatische θυρεός den Mann nicht decke (Polyb. III 114, 2
gegen Livius, die Schilde der Kelten und Iiberen seien gleich).

Der Schild war also nichts als ein Brett, eine Holztafel,
auch aus Reisern geflochten. Ann. II 14: ne scuta quidem ferro
nervove (Leder) firmata, sed viminum textus vel tenuis et fu-
catas colore tabulas. — Die Schilde der Aduatuci waren ebenso
beschaffen: Caes. b. G. II 33, 2: scutis ex cortice factis aut vimi-
nibus intextis, quae subito, ut temporis exiguitas postulabat,
pellibus induxerant. Dieß aber wird freilich nicht als ihre
gewöhnliche Bewaffnung angegeben, sondern als ein Noth-
behelf, da sie ihre Waffen schon abgeliefert hatten. Und
offenbar war damals der Schild der Gallier, nach der langen
Bekanntschaft mit den Römern, schon beßer gearbeitet; aber
ursprünglich von Holz.** Daß aber die Germanen nur hölzerne
Schilde hatten und die Schilderung des Tacitus richtig ist,
beweist der altdeutsche Name des Schildes lintâ, ags. lind;
der Schild war aus Lindenholz; so asc (Esche) für hasta und
âlmr (nord. Ulme) für Bogen. Im Hildebrandslied kämpften
sie mit den askim unti im iro lintun luttilo wurtun, im Beóvulf
(2337—2341) läßt sich der Held des Gedichtes zum Kampf
mit dem Drachen einen eisernen Schild machen, weil die gewöhnlichen Holzschilde nichts helfen würden. — Uebrigens in
der spätern Zeit haben die Schilde der germanischen Völker
eine runde, kreisrunde, häufig ovale Form, unten sich zu-
spitzend, von mäßiger Größe, während noch die Schilde der
Gothen bei der Belagerung Roms durch Vitigis (Procop. b.
Gotth. I 22) auffallend groß waren. — Sie sind noch lange von
Holz. Die Franken Sigiberts legen sich auf ihre Schilde, um
über die Rhone zu schwimmen (Gregor. Tur. hist. eccl. IIII 30,
vgl. III 15 im J. 533 Attalos, und Leo über die Mosel). Daher
auch der geringe Werth: in der lex Ripuar. 36, 11 sind Schild
und Lanze zu 2 solidi angesetzt. Daher erklärt sich, daß sich
in den Gräbern keine Schilde erhalten haben, mit Ausnahme
der Eisennägel (an der Stelle, wo innen die Handhabe) und

* Nur die Ostseevölker Germ. 43 haben als insigne rotunda scuta.
Dagegen die Britten, Agric. 36 brevibus caetris (wie die Spanier und
Africaner).

** Caesar b. G. I 5, 3 von den Helvetii: Gallis magno ad pugnam
erat inpedimento, quod pluribus eorum scutis uno ictu pilorum trans-
fixis et colligatis. .

der Buckeln, die aber wohl nur auf den Schilden der Vornehmen vorkamen. — Ein Lederüberzug wird früh angewandt
worden sein; daher es vorkommt, daß bei Hungersnoth die
Schilde, d. h. das Leder darüber, zur Nahrung bereitet wird
(im Jahr 590 Paul. Diac. III 31 von dem Heere Childeberts).

Es versteht sich, daß Vornehme reichere Schilde mit goldenem
Rand, sogar Edelsteinen hatten. In dem Nibelungenliede 2270,
3, 994 (der Schild Sigfrids; er schleudert ihn auf Hagen, daß
er zerbricht und die Edelsteine abfallen). Im Norden: der
Graf Hacon schenkt dem Dichter Skaaleglam als Lohn für ein
Gedicht einen Schild, auf dem Bilder aus der alten Geschichte,
und goldene Spangen und Edelsteine. Vgl. auch Saxo Gramm.
IIII S. 154 f. VII S. 357 f. — Es versteht sich, daß solche
Schilde die Hiebe und Stöße nicht lang anshielten. Hilde-
brandslied. — In dem Nibelungenlied 1996, 3, 4 von Dancwart:

 dô schuzzen si der gêre sô vil in sinen rant,

 daz er in durch die swære muose lâzen von der hant.

2094, 1, 2:

 dô schuzzen si die gêre mit kreften von der hant

 durch die vil vesten schilde ûf liehtez ir gewant

und Irinc 2115, 4:

 ein schilt der was verhouwen, einen bezzern er gewan.

2190, 4:

 dô sach man schiere ir schilde stecken gêrschüzze vol

und Hagen 2253, 2, 3:

 disen rîchen schild: den habent mir die Hinnen zerhouwen

       vor der hant.

Darum hatten die Könige ihre Schildträger, die hinter ihnen
standen um ihnen einen neuen Schild zu reichen. Sehr schön
ist die Erzählung vom Tod des gothischen Heldenkönigs Teja
(bei Procop. b. Goth. IIII 35): Teja tritt vor die Schlachtreihe,
und als sein Schild von Geschoßen durchbohrt ist, reicht ihm
der Schildträger einen andern: so ficht er den dritten Theil
des Tages hindurch, und als auch der zweite Schild durch die
darin steckenden Geschoße so beschwert ist, daß er ihn nicht
mehr tragen kann, ruft er seinen Schildträger mit Namen; und
dieser bringt ihm einen neuen; aber im Augenblick, wo er
entblößt ist, wird er von einem Wurfspieß durchbohrt.

Der Schild ist übrigens nicht bloß zum Fechten bestimmt.
Im Schild werden die Schätze getragen, oft in den Nibelungen.
Es ist das Maß. — Im Schild wird der gefallene Held weg-
getragen (wie die spartanische Mutter: mit diesem oder auf
diesem). Nib. 1010, 1, 2:

 dô die herren sâhen, daz der helt was tôt,

 si leiten in ûf einen schilt, der was von golde rôt.

Klage 2102 f. dô er den marcgrâven rîch

    in sîne schilde ligen vant.

Den Schild im Kreise zu wirbeln, war ein Kriegspiel der Franken.

Zu clipeos rotare ludus bei Apoll. Sidon. carm. 5, 247 und
anderen ebenda erwähnten Fechtersprüngen, welche auch in der
Dietrichs- und Sigfridssage wiederkehren, s. Geuthe in Fleck-
eisens Jahrbüchern. 1864, 1 S. 74. Die Anzahl des Heeres
wird nach Schilden gerechnet: lex Bajuv. 3, 8: cum 42 clipeis.

lectissimis coloribus] Das sei der einzige Schmuck. Ebenso
Diod. V 30 von den Galliern θυρεοῖς πεποικιλμένοις ἰδιοτρόπως,
und er fährt fort: einige hätten auch eherne, schön gearbeitete
Thierfiguren, nicht nur zur Zierde, sondern auch zum Schutz.
Diese Farben scheinen zunächst zur Unterscheidung der einzelnen
Volksstämme gedient zu haben. Tacitus sagt von den Hariern
Cap. 43, sie hätten schwarze Schilde; von den Kimbern sagt
Plutarch im Marius 25: θυρεοῖς δὲ λευκοῖς στίλβοντες. Im
Hildebrandslied haben Vater und Sohn hvitte scilti: dagegen
im Beóvulf, also bei den Schildungen, gelbe Schilde. Die
Sachsen hatten rothe, die Friesen braune Schilde. Rothe und
weiße: Helreid Brynhildar 9, 3. Aber außer diesen Farben
des Volkes mögen auch schon die einzelnen Geschlechter ihre
Auszeichnung, ihre Wappen geführt haben. So jene Thiere
bei Diodor. Ammian. Marcell. XVI 12, 6 kennt scutorum insignia bei den Alamannen, woran sie einander erkannten. Das
ist das Hantgemâl, ein Zeichen, durch welches der Mann sein
Eigenthumsrecht und zugleich seine Ahkunft nachwies: ein
Wappen, das, wenn es auf einem Gegenstand angebracht war,
den Eigenthümer kennzeichnete. Vgl. Homeyer in den Abhandlungen der Berliner Akademie der Wissenschaften 1852
und in der Zeitschrift für deutsche Mythologie und Sittenkunde
herausgegeben von Wolf I 185—189 über die Haus- und
Hofmarke, holmaerke, homaerke. — Im Helland 10, 24 f. Schm.
biet man that alla thea olilendiun man. iro odil sohtin. helidos
iro handmahal. — Bethlehem, thar iro bodero was, thes helides
handmahal, endi oc thero belagun thiornun. 126, 7: Hieru-
salem, thar Judeono guas, hereo (l. heri) endi handmahal
endi bohidstedi. Also die Orte, wo das Handgemal oder Heri
eines Geschlechts oder eines Volkes sich befindet. Dieß heri
=cumbol im angelsächsischen Gedicht Caedmon 3699, und
cumhol ist die Kriegsfahne. Die Kriegsfahne ist das Wappen
eines Geschlechts. Da das Heer nach Verwandtschaften geordnet war,[*] so war die Fahne eines cuneus zugleich das
Wappen eines Geschlechts. Die heri oder cumhol wird man
auf den Schild gemalt haben: die cumbol stellten öfters Thiere
vor (s. oben Diodor): in den ags. Gedichten findet sich öfter
eqfur cumbol, Ehrenzeichen. Hier haben wir also auch schon
die Wappenthiere. Das sind die effigies et signa quaedam de-

---

[*] Vgl. Cap. 17: 'quodque praecipuum fortitudinis incitamentum
est, non casus neque fortuita conglobatio turmam aut aciem facit, sed
familiae et propinquitates'.

tracta lucia in proelium, von denen Tacitus Cap. 7 spricht: also in den heiligen Hainen wurden diese Sinnbilder der Geschlechter, diese Wappen und Handgemal aufbewahrt. Es sind jene ἀκίνητοι, jene goldenen Feldzeichen, die von den Insubrern im Heiligthum der gallischen Minerva aufbewahrt wurden, Polyb. II 32, 6. — Also nach dem Heliand sollen alle Fremden dahin gehen, wo das Sinnbild ihres Geschlechtes in einem heiligen Hain aufbewahrt ist; das ist ihre eigentliche Heimath. — Diese Figuren wurden selbst heilig gehalten. Im Caedmon wird enmbol auch für Götzenbild gesetzt, das angebetet wird. Da nemlich alle Geschlechter ihren Ursprung auf einen Gott zurückführten, so ward das heri oder enmbol, das Wappen und die Fahne des Geschlechts, nichts anderes als das Sinnbild des Gottes, von dem das Geschlecht abstammte.

Diese enmbol (heri, hantgemäl) sind sehr wichtig, da alle Rechte und Pflichten des Mannes von seiner Abstammung abhiengen (in Erbschaft, Succession, Blutrache u. s. w.). Es muste daher sehr frühe eine genealogische Wißenschaft geben: es muste Leute geben, welche die Abstammung der Geschlechter, die Verwandtschaft u. s. w. genau kannten, um die Streitigkeiten zu schlichten. Einer solchen Kenntniss rühmt sich im Hildebrandslied der alte Hildebrand: er fragt seinen Sohn, welches Geschlechtes, ennosles, er sei: wenn du nur einen nennst, so weiß ich die andern: denn kund ist mir alles irmindeot. — Zur Erleichterung dieser Kenntniss nun dienten diese Wappen, das hantgemal, heri, und derjenige, der die Kenntniss der heren hatte, der also über näheres oder ferneres Anrecht nach der Abstammung entscheiden konnte, wird wohl heriowald, herold geheißen haben. Chariowalda, Arioaldus, Hariolt, Charolt sind altdeutsche Namen. Die Heroldswißenschaft, die Heraldik, ist daher bei den Deutschen gewiss uralt, und sie war von der größten Wichtigkeit. Man meint gewöhnlich, das ganze Wappenwesen und die Heraldik seien erst im Gefolge des Ritterwesens entstanden; diß ist entschieden falsch. Dagegen zeugt schon der Name der Heraldik selbst. Das Ritterwesen ist etwas Fremdes, aus dem Orient durch Spanien und Frankreich nach Deutschland gekommen: hätte das Ritterwesen die Heraldik mitgebracht, so hätte es auch einen Namen für diese Wißenschaft mitgebracht, einen arabischen oder romanischen. Das Ritterwesen fand den Herold schon vor bei den Germanen und eignete sich ihn an; und da die alte Heroldswißenschaft schon bei ganz veränderten Verhältnissen, unter der Herrschaft des römischen Rechts, die alte Bedeutung und Wichtigkeit verloren hatte, so bildete sich jetzt in der Ritterzeit ein neues Wappenwesen, eine neue Heraldik, die nun freilich im Verhältniss zur altgermanischen Heraldik nur noch eine Zierath oder eine Spielerei war. Denn in der Ritterzeit war das Wappen nicht viel mehr als ein Schmuck, der nur noch in den künstlichen Ritterverhältnissen von Bedeutung war, für das Leben aber, für die Rechtsbeziehungen u. s. w. ohne Werth. Es war nicht mehr das Handgemal, nach dem die Erbschaften und andere Rechte geordnet wurden, nicht mehr das Symbol, die Fahne, unter der ganze Geschlechter in den Krieg zogen, und nicht mehr das im Heiligthum verwahrte und selbst heilig verehrte Sinnbild des göttlichen Stammvaters und Kennzeichen der Geschlechter und der Völker, in welche das Volk sich verzweigte. Der Herold war daher nur 'noch ein untergeordneter Diener des Königs, er war nicht mehr der Chariovalda, der höchste Richter, die höchste Urkundsperson. Sehen Sie darüber mein Buch „Kelten und Germanen" im Anhang Seite 168—171.

Von andern Schutzwaffen hatten sie nur ausnahmsweise lorica, noch seltener galea, cassis; ebenso Germanicus in den Ann. II 14: non loricam Germano, non galeam. Und wirklich finden sich in den Gräbern alamannischer Franken höchst selten Spuren von Helm und Harnisch. Von den Germanen des Ariovist sagt Cassius Dio XXXVIII 50, 2, sie fochten mit unbedecktem Kopf. Eine spätere Schilderung der Franken bei Agathias II 5: Harnisch und Beinschienen kennen sie nicht, die meisten mit unbedecktem Kopf, wenige mit einem Helm versehen. — Ebenso bei den ursprünglichen Galliern; aber sie hatten zur Zeit Caesars bereits den Werth der Schutzwaffen schätzen gelernt: Diod. V 30 sagt von ihnen, daß sie eherne Helme haben, mit großen Figuren: entweder Hörner oder Bilder von Vögeln und vierfüßigen Thieren, und eiserne Ringpanzer oder Panzerhemden θώρακας σιδηροῦς ἁλυσιδωτούς... Er erwähnt auch χρυσοῦς θώρακας.

Die Gallier hatten sogar nach Tac. ann. III 43 sogenannte cruppellarios, ferratos (Leute, die ganz in Eisen eingehüllt waren); vom Aufstand des Sacrovir: adduntur e servitiis gladiaturae destinati, quibus more gentico continuum ferri tegimen: cruppellarios vocant, inferendis ictibus inhabiles, accipiendis inpenetrabiles. Vgl. Appian. Rom. hist. (Syr. cap. 32) vol. 1 p. 583 Schweigh.: in der Schlacht von Magnesia 564 d. St. auf beiden Seiten des Fußvolkes Reiter, Γαλάται τε κατάφρακτοι, καὶ τὸ λεγόμενον Ἄγημα τῶν Μακεδόνων.

So blieben auch die Germanen nicht stehen: Plutarch Mar. 25 rühmt die reiche Rüstung der Kimbern, Helme in Thiergestalten, darauf hohe Büsche; eiserne Harnische, große und schwere Schwerter u. s. w. Sie hatten sich natürlich auf ihren langen Zügen vielfach mit Beute bereichert, besonders an Waffen.

Ammian. Marc. XVI 12, 24: der Alamannenfürst Chnodomar zeichnete sich durch einen Helm aus mit einem flammeus torulus.

Procop. b. Gotth. I 23: ein Gothe, ἀνὴρ ὢν οὐκ ἀφανής, vor Rom mit Helm und Panzer.

Uebrigens laßen doch die dem Hochdeutschen, Angelsächsischen und Nordischen gemeinsamen Namen auf ein hohes
Alter schließen: goth. hilms, ahd. alts. ags. hëlm, altn. hiâlmr
(von hilan tegere).

Goth. brunjô, hd. hrunja, brünne, ags. byrne, altn. brynja.
Dasselbe Wort altslawisch bruja, bronja (nach Grimm von
brinnan, vom Glanz?). — ahd. halspërga, ags. healsbeorg, altn.
hâlsbiorg femin., woraus das franz. haubert, und aus diesem ein
fehlerhaftes mhd. masc. halsbërc.

saro, ags. searo, ahd. gisarawi, mhd. geserwe und mhd.
compos. sarwât, sarrinc; auch ahd. as. bring, bes. im Plural: so
oft im Nibelungenliede.

In der lex Angliorum et Werinorum tit. VI 5: ad quem-
cunque hereditas terrae pervenerit, ad illum vestis bellica, id
est lorica, et ultio proximi et solutio leudis debet pertinere.

Die Angriffswaffen. Nach Cap. 18 besteht die ganze Ausrüstung des Mannes in scutum, framea und gladius (Schild,
Spieß und Schwert): und ebenso noch im dreizehnten Jahrhundert im Norden: auf dem Waffending muste jeder Freie
erscheinen um seine Waffen vorzuzeigen; jeder muste haben
Schild, Spieß und Schwert und wurde bestraft, wenn eines
fehlte. — In der ältesten Zeit nach unserer Stelle nur Schild
und Spieß: Schwerter hatten nur wenige, weil es an Eisen
fehlte, und auch der Spieß, wie Ann. II 14, hatte nicht immer
eine Eisenspitze, sondern war im Feuer gehärtet (praeusta tela).

Das Schwert. In Gallien nach Strabo IIII 4, 3 p. 196
eine lange μάχαιρα, auf der rechten Seite getragen. Die Schilderung von dem Kampfe des Manlius Torquatus mit dem Gallier
findet sich aus Q. Claudius Quadrigarius (Geschichtschreiber
zur Zeit des Sulla) bei Aulus Gellius IX 13, 7—17: Gallus
nudus, praeter scutum et gladios duo, torque atque armillis de-
coratus. . . . Manlius hatte einen gladius Hispanicus. . . .
Gallus sua disciplina scuto proiecto captabundus; Manlius scuto
scutum percussit . . . eo pacto ei sub Gallicum gladium successit
atque Hispanico pectus hausit. — Das gallische Schwert war
lang und nur zum Hieb brauchbar; das spanische kurz zum
Stoß. — Gut erklärt durch Livius XXII 46, 5: Gallis Hispa-
nisque (im Heere des Hannibal) scuta eiusdem formae fere
erant, dispares ac dissimiles gladii: Gallis praelongi ac sine
mucronibus. Hispani punctim magis quam caesim assueto pe-
tere hostem, brevitate habiles et cum mucronibus. — Dasselbe
poetisch Lucan. Pharsalia VI 258 f.:

 si tibi durus Hiber aut si tibi terga dedisset
Cantaber exiguis aut longis Tentonus armis.

Liv. XXXVIII: 17 praelongi gladii. Diodor. V 30: Die
Gallier hätten σπάθας (womit zweischneidige Schwerter gemeint
sind) μακράς aus Eisen auf der rechten Seite an einer Kette
getragen. — Polybius im zweiten Buch an mehreren Stellen:

sie hätten kein κέντημα, mucro gehabt; und seien so schlecht
geschmiedet gewesen, daß einer nur einen Hieb damit führen
konnte; dann waren sie sowohl nach der Länge, als nach der
Breite verbogen und musten mit dem Fuße wieder gerade ge-
treten werden. — Ebenso Polyaen. strateg. VIII 7, 2 von den
Galliern des Brennus: das Eisen der Kelten sei weich und
schlecht geschmiedet, ihre Schwerter hätten sich gebogen und
seien unbrauchbar gewesen.

Also sehr lang, zweischneidig, von Eisen, schlecht geschmiedet, auf der rechten Seite getragen. Ebensolche gallische
Schwerter auch bei den Germanen, nur allmählich beßer geschmiedet. Indem Tacitus 44 die Rugii u. s. w. durch die
breves gladii unterscheidet, giht er als germanisches bloß longus
zu erkennen. Die Kimbern haben große und schwere Schwerter
(Plut. Mar. 25: ϲυμπεϲόντεϲ δὲ μεγάλαιϲ ἐχρῶντο καὶ βαρείαιϲ
μαχαίραιϲ). Von den Suchen des Arioviat giht wenigstens
Cassius Dio XXXVIII 49, 2 an, daß ihre Schwerter länger als
die römischen gewesen.

Solche zweischneidige, $2^1/_2$—$3^1/_2$ Fuß lange, 2—3 Zoll
breite eiserne Schwerter finden sich nicht selten in den germanischen Gräbern des fünften und sechsten Jahrhunderts.
Die langen Schwerter der Germanen waren von den Italienern
und in den Kreuzzügen gefürchtet; die von Uhland besungenen
Schwabenstreiche kamen öfters vor. — In dem Nibelungenlied
lang: 73, 1 diu ort der swerte giengen nider ûf diu sporn; —
zweischneidig, die ecken (73, 4); 1824 Hagen legte es über
das Bein, aus dem Knopf ein Jaspis, ein gehilze daz was
guldîn, die scheideporten rôt (1265, 2).

Wahrscheinlich sehr früh auch das einschneidige, kürzere
Schwert, das sich viel in Gräbern findet. Zur vollständigen
Bewaffnung gehörten beide, das eine links, das andere rechts.
Beim Gallier mit Manlius; Waltharius 336 f. das zweischneidige
Schwert links, das einschneidige rechts. — Kaiser Otto IV. in
der Schlacht von Bovines 1214 führt ein solches zum Schrecken
der Franzosen. — Ausnahmsweise sehr groß, 4 Fuß lang,
3 Zoll breit, der Rücken $^1/_2$ Zoll. Mit zwei Händen geführt,
vgl. auch Tacitus hist. I 79: 'Rhoxolani, Sarmatica gens . . .
nihil ad pedestrem pugnam tam ignavum: ubi per turmas ad-
venere, vix ulla acies obstiterit. . . . gladii, quos praelongos
utraque manu regunt, usui, lapsantibus equis et cataphractarum
pondere. id principibus et nobilissimo cuique tegimen, ferreis
lamminis aut praeduro corio consertum, ut adversus ictus impene-
trabile, ita impetu hostium provolutis inhabile ad resurgendum.'

Namen der Schwerter: gotbisch mēkja (neutr. oder masc.?),
altn. mackir, altg. mĀki. — Gotbisch balrus, altg. hēru, ags. heor,
altn. hiörr, Schwert. — sahs (wahrscheinlich das kurze)ags. seax,
altn. sax, wahrscheinlich neutr. — ags. bill, altg. bil,gen. billes;
im Hildebrandslied billiu (nicht zu verwechseln mit Beil, bîhal).

. Eine Menge poetische Namen.

Es wird noch erwähnt die gallische Waffe, die mataris, die ich für das Wurfmeßer halte; das Meßerwerfen spielt eine große Rolle im Wolfdietrich, Lanzelet. Ein Meßer zum Zerschneiden der Speisen wird von Posidonius bei Athenaeus IIII 13 p. 152ᵃ erwähnt, das an der Scheide des Schwertes angebracht war. Dolch aus dem Slawischen erst im sechzehnten Jahrhundert. Luther kennt es noch nicht.

Von der Lanze und dem Wurfspieß.

Er scheint hier dreierlei zu unterscheiden: die maiores lanceae, die nur selten vorkommen. Die hastae oder frameae, die die Reiter haben, und die missilia des Fußgängers. Es ist nicht deutlich, wie sich die drei unterscheiden. Ann. I 64 haben die Cherusci hastas ingentes ad vulnera facienda quamvis procul. In II 14 sagt Germanicus: die enormes hastae seien eher ein Hinderniss primam utcumque aciem hastatam, ceteris praeusta aut brevia tela. — II 21 praelongae hastae (der ingens multitudo?). Dieß scheint im Widerspruch mit unserer Stelle, wo die lanceae maiores unterschieden zu werden scheinen von hastae, die also nicht enormes, praelongae waren: die lanceae seien zu groß, um geworfen zu werden. Dennoch scheint es mir, daß Tacitus nicht dreierlei unterscheiden will, sondern nur zweierlei, die lanceae und missilia: also hastae nur ein anderes Wort für lanceae. Sie werden zwar telum genannt, aber da dieß hier im Gegensatz von missilia steht, so ist offenbar eine Waffe gemeint, die zwar geschleudert werden kann, aber gewöhnlich in der Hand behalten wird[*]; die Waffe des Reiters ist doch viel eher der Langspeer als der Wurfspieß. — Nachdem er also gesagt, daß gladii und maiores lanceae selten sind, geht er zur Beschreibung eben dieser lanceae über, indem er aber, um nicht denselben Ausdruck zu gebrauchen, hastae sagt. Es ist die Waffe des Reiters. Ein Beispiel von einem Gallier, vom Atrebaten Commius, b. Gall. VIII 48, 5: 'Commius incensum calcaribus equum coniungit equo Quadrati lanceaque infesta magnis viribus medium femur traicit Voluseni'; also wie die Ritter mit eingelegter Lanze gegen den Feind ansprengend. Ebenso Gregor von Tours V 20: Guntchramnus Boso und der Graf Dracolenus, der ihn in vollem Rosselauf mit dem Speer trifft, der zersplittert. Bei den Langobarden: Analong, der Speerträger König Grimoalds, durchbohrt mit der Lanze einen Griechen und hebt ihn daran aus dem Sattel in die Luft. Von den Vandalen sagt Procop b. Vandal. I 8, sie wären allesammt Reiter und gebrauchten zumeist den Speer und das Schwert:

---

[*] Das eminus kann auch gemeint sein, wegen der Länge, nicht geworfen; vgl. Hist. V 16: lumentis corporibus et praelongis hastis fluitantem labantemque militem eminus fodichant; wie oben Ann. I 64.

Die lanceae und die hastae waren verschieden durch das Eisen, die lancea hatte mehr Eisen.

und von den Gothen sagt Procop b. Gotth. I 27: die Reiter
der Gothen pflegen nur Speer und Schwert zu führen, weshalb
dieselben, wenn es nicht zum Nahegefecht kommt, leicht von
den Bogenschützen niedergeschoßen werden. — Totila hat
einen mit Purpurbändern und Gold geschmückten Speer (Procop). — Bei den Franken bei Procop b. Gotth. II 25 haben
nur die Reiter δόρατα: die Fußgänger Schild, Schwert und
πέλεκυς.

Also dieser Speer, der vom gallischen und germanischen
Reiter geführt wird, am meisten Aehnlichkeit hat mit dem
Ritterspeer der späteren Zeit, gehört auch zu der vollständigen
Ausrüstung der Fußgänger. Das Eisen war kurz und schmal
(aus Mangel an Eisen), aber so groß, daß damit nicht nur in
weite Ferne gestoßen, sondern auch in der Nähe gehauen und
gerißen werden konnte: ohne Zweifel im Ganzen dieselbe Lanze,
welche Diodor V 30 beschreibt, aber mit viel mehr Eisen: eine
Elle langes Eisen und noch längeres Eisenbeschläg, die Breite
nicht viel geringer als eine Spanne; er vergleicht sie dann mit
dem σαύνιον. Nur aus Armut und Mangel an Eisen hatten
die Germanen weniger Eisen am Speer. Das Wort lancea selbst
soll gallisch-germanisch sein nach Diodor V 30 λόγχας ἃς ἐκεῖνοι
⟨die Gallier⟩ λαγκίας καλοῦσι, sehr unwahrscheinlich; nach andern
ein spanisches: L. Cornelius Sisenna, ein Geschichtschreiber
etwa 119—67 vor Chr., von dem Auszüge bei Nonius Marcellus
erhalten sind, sagt im dritten Buch (bei Nonius 19—18 u. 26
p. 648 Quich.): 'Galli materibus, Spani (sani vulgo) lanceis
configunt.' Auch nach Varro bei Gellius XV 30. 7 ist die
lancea spanische Waffe.

Dagegen framea ist nach Tacitus ein deutsches Wort, und
zwar nach cap. 18 scutum cum framea gladioque und cap. 24
inter gladios atque infestas frameas vom Schwert wohl unterschieden. Cap. 11 frameas concutiunt, 13 scuto frameaque
invenem ornant und 14 illam cruentam victricemque frameam.
In den Annalen und Historien kommt das Wort nicht vor;
kein anderer Schriftsteller braucht es, als Juvenal XIII 78: 'per
Solis radios Tarpeiaque fulmina iurat et Martis främĕam et Cirrhei
spicula vatis' und Gellius X 25, 2. Spätere, Augustinus epist.
120, 16, und Isidor. orig. XVIII 6, 3 hielten die framea, die
sie offenbar nur aus den lateinischen Schriftstellern kannten,
für ein Schwert: '⟨framea⟩ gladius ex utraque parte acutus,
quam vulgo spatham vocant ... framea autem dicta quia ferrea
est. nam sicut ferramentum, sic framea dicitur, ac proinde
omnis gladius framea'. Darnach von späteren Schriftstellern
öfters gleich gladius gebraucht. Waltharius v. 1016: in framea
tunicaque simul confisus aëna und 1376: belliger ut frameae
murcatae fragmina vidit; auch bei Gregor von Tours, Notker
und Saxo Grammaticus. Aber noch ein altes, merkwürdiges
Glossar bei Angelo Mai (n. 355. 386): frameae hastae

longissimae sunt, quibus etiamnunc (?) Armorici utentes hoc
nomen tribuunt. Aehnlich eine Glosse bei Nyerup. Es kann
nun aber der Name nicht nachgewiesen werden. Eine Vermuthung, daß das Wort bei dem ersten, der es nannte, vielleicht Plinius, falsch geschrieben wurde und dann in dieser
entstellten Gestalt sich fortpflanzte: bei Tacitus muste bereits
die falsche Gestalt des Namens feststehen: als ähnlichen Fehler
führt Grimm an eine in Deutschland liegende Stadt Γιατου-
τάυβα bei Ptolemaeus II 11, 27 aus Tac. ann. IIII 73 ad sua
tutanda digressis rebellibus. So konnte auch ein solcher fremde
Namen falsch gelesen werden. — Vosagus Caes. b. G. IIII 10, 1.

Grimm nun meint franca; das wäre sehr gut möglich: ags.
masc. franca, nicht gerade oft, aber sicher in der Bedeutung
lancea; auch altn. frakka, masc. (Rîgsmâl 32, 8). Dieß ist
sehr ansprechend; aber Grimm will die Bedeutung lancea nicht
gelten laßen, sondern er verwirrt wieder alles, indem er die
francisca hier finden will, die fränkische Streitaxt. Man muß
stehn bleiben bei dem ags. franca, in der Bedeutung Lanze:
die Streitaxt und francisca ist ganz was andres.

Ein anderer Versuch wäre zu lesen scramen: in der lex
Wisigoth. IX 2, 9: 'sic quoque ut unusquisque de his, quos secum
in exercitum duxerit, partem aliquam zavis vel loricis munitam:
scutis, spatis, scramis, lanceis sagittisque instructos': hier scheint
lanceis eine Erklärung von scramis zu sein: etwa scramis id
est lanceis. Dasselbe Wort in dem Compositum scramasaxus
bei Gregor von Tours, erklärt cultelli permaximi. (Gehört dazu
unser Schramme?)

Davon werden unterschieden die missilia*, die Worfspieße,
deren jeder mehrere hat. Es sind die Gere, die überall in
unsern alten Gedichten vorkommen und ebenso geworfen werden.
Dieselbe Waffe und derselbe Name ist das gallische gaesum =
ahd. gêr, ags. gâr, altn. geir: z. B. Propert. V 10, 42. Vergil.
Aen. VIII 661 f. Jeder hat duo Alpina gaesa in der Hand.
Bei Claudian. II in Stiliconem 240 die personificierte Gallia:
binaque gaesa tenens. Bei Caesar z. B. III 4, 1.

Auch tragula (ahd. as. strâla fem., sagitta) ist bei Caesar
ein Worfgeschoß der Gallier: I 26, 3 die Helvetier werfen
mataras ac tragulas; V 35, 6 Balventio utrumque femur tragula
traicitur (von den Eburonen); bell. Hisp. 32 Galli tragulis.

Ich übergehe andere Waffen, von denen wir nichts sicheres
wißen: wie die cateia bei Vergil. Aen. VII 741: 'Teutonico ritu
soliti torquere cateias' und die man für die Worfkeule hält, die
bei den Gothen gebräuchlich war (im J. 377) nach Amm. Marc.
XXXVIII 7, 12: 'barbarique . . . ingentes clavas in nostros con-
icientes ambustas, . . . sinistrum cornu perrumpant'. Strabo IIII

---

* Hier nicht andere missilia, wie Steine, Bleikugeln' u. s. w.,
weil plura.

4, 3 p. 196 bei den Galliern: Holz, τρόσφψ ἐοικός, geschlendert.

Die Streitaxt, von der die Alten keine Nachricht geben, die aber bei den Franken eine Zeit lang allgemein war, unter dem Namen francisca, aber wenigstens zur Zeit Karls des Großen bei ihnen schon wieder außer Gebrauch: auch die Gothen und am längsten die Angelsachsen brauchten sie.

Aber einige Worte über Bogen und Pfeil. Er war nicht allgemein und wird von Tacitus und Caesar nicht als deutsche Waffe genannt: Tac. cap. 46 nur bei den Finnen; aber dennoch war er bekannt. Die Gallier nach Caesar VII 81, 4: 'sagittariosque omnes, quorum erat permagnus numerus in Gallia'; Strabo a. a. O.: sie hätten auch Bogen und Schlender. Ebenso sagt zwar Agathias II 5 von den Franken, sie hätten keine Bogenschützen gehabt; aber zur Zeit Karls des Großen und früher bei Gregor wird Pfeil und Bogen zur völligen Ausrüstung gezählt. Die gothischen Bogenschützen waren berühmt, und z. B. als ausgezeichneter Bogenschütze wird gerühmt Aligern, der Bruder des Totila (Agathias I 9); der Bataver Goranus unter Hadrian. — Im Nibelungenliede nur für die Jagd, und als Kriegswaffe nur bei den nichtdeutschen Völkern.

Hier können wir nicht umhin, von der Metallurgie der Kelten und Germanen zu sprechen. Es gilt ja als eine ganz ausgemachte Sache, daß hierin ein wesentlicher Unterschied der rohen Germanen und der hochgebildeten Kelten bestehen soll. Daß die Germanen zwar Metalle kannten und benutzten, steht fest, daß sie aber die Metalle nicht bergmännisch gewannen und in der Herstellung der Metalle nur eine sehr geringe Stufe erreicht hatten, steht ebenfalls fest. Wo wären sie sonst bei einer so mangelhaften Bewaffnung stehen geblieben? — Bei den Galliern und Kelten im Allgemeinen ganz ebendasselbe, ebendieselben Waffen: in Eisen; aber die höchst mangelhafte Bearbeitung der Schwerter. — Was sagen dazu die Keltologen? Sie ignorieren alle diese schlagenden Beweise; und zeigen dagegen auf die Funde von Waffen und Geräthen in Gold und Erz, die allerdings eine sehr fortgeschrittene Technik beweisen: die Kelten also sind die Künstler. — Erst Lindenschmit weist nach, daß noch zur Zeit des Plinius, n. h. XXXIIII 96, die Gallier auch in Gewinnung und Bearbeitung des Kupfers auf einer sehr primitiven Stufe standen: und daß die Stellen, die man für eine frühe Metallurgie der Kelten anführte, falsch verstanden sind. Er weist nach, daß noch in der Römerzeit die Verfertiger der gallischen Kunstwerke Römer und Griechen waren. Er weist nach, daß die Waffen in Bronze sich ganz ebenso in ganz Europa finden und daß sie mit einem Wort griechischer und etruskischer Herkunft sind, auf dem Weg des Handels nach Gallien, wie nach Irland gekommen. Als schlagender Beweis dient, daß die Bronzeschwerter ganz dieselben

sind, wie in Griechenland, kurz, scharf angespitzt, während die
gallischen Eisenschwerter lang, eine mucrone, und daß der Hand-
griff viel zu klein für eine gallische oder germanische Faust ist.
— Es ist noch sehr viel zu untersuchen, die verschiedenen
Perioden u. s. w., aber in der Hauptsache hat Lindenschmit
das sehr große Verdienst, jenem Phantom ein Ende gemacht
zu haben. Doch wird es noch einige Zeit dauern.

Die Schmiedekunst in der Mythologie. — Wieland. Mimir.
(Sigfrid.) — Madelger im Rolandslied, ein bairischer Schmied,
deutet auf Noricum. Aber eigentlich die Zwerge. Auch Wieland (Völundr) lernt seine Kunst bei den Zwergen, und ist
nach der Edda (Völundarkviða) ein Sohn eines Finnenkönigs.
In den leges barbarorum überall der faber, und aurifex. Unter
den Merowingern werden bedeutende Kunstwerke und Künstler
erwähnt; in der vita s. Severini cap. 3 (Acta SS. Jan. I p. 488)
werden von Eugippius im fünften Jahrhundert aurifices barbari
erwähnt, welche Giso, die Königin der Rugier, gefangen hält.
Die goldenen Hörner, räthselhaft. Der Bukaroster Runenring,
s. Maßmann in Pfeiffer's Germania II 209—213; ein anderer
Goldschmuck zum Theil mit gleicher Schrift im Norden.

sagulum, Kleiderwesen Cap. 17.

Tacitus geht nun über auf die Pferde: sie seien nicht
schön, noch schnell. Ebenso Caesar IIII 2, 2 von den Sueben:
'iumentis (worunter hier nur Pferde) Germani importatis non
utuntur, sed quae apud eos nata, prava atque deformia; haec
cotidiana exercitatione summi ut sint laboris efficiant'. Also
Ausdauer, aber nicht Schnelligkeit. In VII 65, 5: Caesar wirbt
Reiter aus Germania, aber quod minus idoneis equis utebantur,
gibt er ihnen die Pferde der Tribunen und der römischen
Ritter: und so erhielt er die vortreffliche germanische Reiterei,
die ihm so große Dienste leistete. — Es ist doch kaum glaublich, daß die Germanen nicht erlaubt hätten, fremde und beßere
Pferde einzuführen; wenigstens electi equi (cap. 15) laßen sich
ihre principes gerne schenken von den benachbarten Völkern;
und unter den munera amplissime missa, die (nach Caesar I
43, 4) Ariovist vom Senat erhalten hatte, waren wahrscheinlich
auch Pferde: wie z. B. Livius XLIIII 14 (vor Chr. 169):
'legati transalpini ab regulo Gallorum — Balanos ipsius traditur
nomen; gentis ex qua fuerit, non traditur — Romam venerunt,
pollicentes ad Macedonicum bellum auxilia; gratiae ab senatu
actae muneraque missa, torquis aureus duo pondo et paterae
aureae quattuor pondo, equus phaleratus armaque equestria'.

Wenigstens im 5. und 6. Jahrhundert war die Pferderace
bei den Thüringern schon sehr veredelt. König Theodorich
der Große rühmt sehr die edlen Pferde, die er aus Thüringen
von Hermanfrid geschenkt erhält. (Cassiodor. var. IIII 1.)
Die Gallier, nach Caesar IIII 2, 2: 'iumentis, quibus maxime
Galli delectantur quaeque impenso parant pretio'.

Livius XXXXIII 5 (im Jahr 170 vor Chr.): Gesandte regis Gallorum Cincibili, die sich über den tribunus militum in Macedonia beschweren; man schickt ihm Geschenke: goldene torques, silberne Gefäße, et duo equi phalerati cum agasonibus et equestria arma ac sagula, und außerdem wird ihnen gestattet, daß jeder der Gesandten zehn Pferde kaufen und aus Italien ausführen dürfe.

Das Nächste ist nicht sehr deutlich: es bezieht sich offenbar auf die Uebungen der Reiterei; und es sind Ausdrücke der Reitschule. Im Allgemeinen muß der Sinn sein: die Pferde sind zwar nicht durch Schönheit und Schnelligkeit ausgezeichnet, aber für das Nöthige sind sie zweckmäßig, und unnöthige Künsteleien, die mehr für die Parade als für den Krieg passen, kennen die Germanen nicht.

variare gyros] Orelli meint einen Achter (∞) im Galopp reiten, changieren im Galopp: dafür eine bestätigende Stelle im Virgil, georgicon III 191 f., wie das Pferd zu einem Kriegspferd erzogen wird: im vierten Jahr

> carpere mox gyrum incipiat gradibusque sonare
> compositis, sinuetque alterna volumina crurum.

Das Entgegengesetzte ist, daß sie nur gerade aus reiten, oder in der Reitschule nur nach einer Richtung, rechts herum. Dem variare gyros ist entgegengesetzt uno flexu, also ohne zu changieren im Galopp; und so einer hinter dem andern, daß sich der letzte wieder an den ersten anschließt, und also keiner der letzte ist. Es kann sich das natürlich nur auf die Reitschule beziehen: aber daß sie nie links geritten seien, ist doch unglaublich, sondern eben uno flexu: entweder rechts oder links; es könnte ein Wort ausgefallen sein. Jedoch ist zu bemerken, daß in den Gräbern auch noch später Zeit der Sporn sich nur einzeln findet; ohne Zweifel am linken Fuß getragen. Daher Galopp nur nach rechts.

Ihre Hauptmacht beim Fußvolk: in universum. Es gibt also Ausnahmen. Eine solche sind die Tencteri, von denen Tacitus Cap. 32: 'Tencteri equestris disciplinae arte praecellunt'. Caesar sagt ferner von den deutschen Reitern, was Tacitus nicht erwähnt, daß sie sich keiner Sättel und Steigbügel bedienen; IIII 2, 4. 5: 'neque eorum moribus turpius quicquam aut inertius habetur, quam ephippiis uti. itaque ad quemvis numerum ephippiatorum equitum quamvis pauci adire audent,' und in demselben Capitel, daß der Reiter vom Pferde springt um zu Fuße zu fechten, §. 3: 'equestribus proeliis saepe ex equis desiliunt ac pedibus proliantur: equosque eodem remanere vestigio adsuefecerunt, ad quos se celeriter, cum usus est, recipiunt'. Ein solches Reitergefecht schildert Caesar sehr anschaulich IIII 12, 1. 2: 5000 römische Reiter werden von nur 800 deutschen Reitern angegriffen und in die Flucht gejagt: sobald die fliehenden Römer wieder Halt machen, springen die nach-

jagenden Deutschen von den Pferden und erstechen den Römern
die Pferde; und die 4000 Reiter Caesars (freilich auch Gallier)
werden von 500 helvetischen Reitern in die Flucht getrieben I, 15.

II 24, 4 die equites Treveri, quorum inter Gallos virtutis
opinio est singularis. II 17, 4: die Nervii haben keine Reiterei.

Außerordentliche Gewandtheit. — Später Sättel.

Von den Galliern im Allgemeinen Strabo IIII 4, 2 p. 196:
sie seien alle μαχηταὶ τῇ φύσει, aber beßere Reiter als Fußgänger. Dieß steht nicht im Widerspruch mit Tacitus von den
Germanen. Denn auch bei den Galliern war die Hauptmacht
beim Fußvolk: aber vom römischen Standpunct aus waren die
Gallier und Germanen besonders als Reiter geschätzt, wie Strabo
gleich hinzufügt, der beste Theil der römischen Reiterei seien
die Gallier (inclusive Germanen).

eoque (sc. pedite) *mixti proeliantur* (sc. equites): dieß letztere
Wort ist wahrscheinlich ausgefallen. Einen Beweis, daß plus
penes peditem roboris, sieht Tacitus darin, daß auch die Reiter
mit Fußgängern in gemischter Schlachtordnung fechten, indem
die Fußgänger gleichen Schritt halten mit den Pferden. Was
hier Tacitus nur andeutet, wird ausführlich von Caesar beschrieben, wo er von Ariovist spricht I 48, 4—7: 'genus hoc
erat pugnae, quo se Germani exercuerant. equitum milia erant
sex, totidem numero pedites velocissimi ac fortissimi, quos ex
omni copia singuli singulos suae salutis causa delegerant; cum
his in proeliis versabantur. ad eos se equites recipiebant. hi,
siquid erat durius, concurrebant; siqui graviore vulnere accepto
equo deciderat, circumsistebant; siquo erat longius prodeundum
aut celerius recipiendum, tanta erat horum exercitatione cele-
ritas, ut iubis equorum sublevati cursum adaequarent'. — VII
65, 4: 'trans Rhenum in Germaniam mittit ad eas civitates,
quas superioribus annis pacaverat, equitesque ab his arcessit et
levis armaturae pedites, qui inter eos proeliari consuerant'.
Man sieht aus dieser Stelle, daß Caesar selbst diese neue Fechtart in seinem Heere, wenigstens durch seine deutschen Truppen,
einführte. Das bestätigt VIII 13, 2, wo Germani, quos propterea
Caesar traduxerat Rhenum, ut equitibus interpositi proeliaren-
tur. Insbesondere ahmte sie Caesar in der Schlacht bei Phar-
salus nach, b. civ. III 74. 84.

Dieselbe Fechtart finden wir bei gallischen Völkern. Aus
späterer Zeit erinnere ich mich keines Beispiels. Dagegen die
Gallier, die unter Brennus nach Delphi kamen, hatten nach
Pausanias (Phoc. X 19, 6) eine Schlachtordnung, die sie τρι-
μαρκισία nannten: jeder Reiter hatte zwei Begleiter; wird der
Reiter verwundet, so nimmt ein Begleiter seine Stelle ein, der
andere bringt ihn in Sicherheit. — Noch deutlicher ist Livius
XXXXIIII 26: Im Jahr 168, als Perseus sich zum Krieg gegen
die Römer rüstete, kamen 10000 gallische Reiter, und ebensoviel
Fußgänger, par numerus peditum, et ipsorum iungentium cursum

equis, et in vicem prolapsorum equitum vacuos capientium ad
pugnam equos. (Es sind die Bastarnae, ihr König Clondicus.)
Ja sogar die Gallier in Gallien selbst scheinen diese Fechtart
gekannt zu haben; s. Caesar VII 80, 3: 'Galli inter equites raros
sagittarios expeditosque levis armaturae interiecerant', bei der
Belagerung von Alesia. (Nicht zu verwechseln mit den velites
der römischen Armee: sie setzten sich hinter den Reiter, um
schneller vom Platz zu kommen, aber sie fochten nicht mit den
Reitern gemischt.)

    numerus: centeni. Nach dem Zusammenhang scheinen es
die leichtbewaffneten Fußgänger zu sein; aber warum sollten
gerade diese einen Ehrennamen haben? Da sie doch einzeln
ausgewählt werden, so ist ihre Zahl durch die Zahl der Wäh-
lenden bestimmt; und diese sind doch die Vornehmen: es scheint
mir equites zu ergänzen, und auf diese bezieht sich die Stelle.
Jeder pagus stellt nach Caesar IIII 1, 4 tausend Reiter; davon
also der zehnte Theil, hundert Reiter, der ein Ehrenname war.
Wahrscheinlich hunno (alt canna); so im Heliand, centurio; und
öfters in Glossen (hunnifh tribunalis gloss. Mons. 379); das
Wort ist erhalten in dem Volksnamen Canninefates, es sind die
Reiter der Bataver; cannane ist gen. plur. von canna, Ableitung
von cand = centum; fates = gothisch faths, dominus, also =
equitum domini. Eine sinnige Combination von Wilhelm Nitzsch
giht Müllenhoff in Haupts Zeitschrift X 553: es seien die mixti
gemeint, also fünfzig Reiter und fünfzig Leichtbewaffnete. Da
nun Ariovist nach b. G. I 48 im Ganzen 120000 hat, und
nach I 48, 5 sechstausend Reiter und sechstausend pedites,
zusammen also 12000 mixti. Da nun die Sueben hundert Gaue
hatten (ein Großhundert), also 120 Gaue, und jeder Gau 1000
Reiter stellt, so kommt richtig heraus 120000 Mann, und darunter 12000 mixti. Aber die Combination hat einen Fehler:
die Truppen des Ariovist waren nicht die hundert Gaue der
Sueben; denn die Vangiones, Nemetae, Harudes waren keine
Suehl; und die Suebi des Caesar sind die Semnonen des Tacitus
c. 39, die allein die hundert Gaue haben.

    Andere, Waitz deutsche Verfassungsgeschichte I² 155 und
Friedrich Thudichum: jeder pagus (also in engerem Sinn als
bei Caesar) habe ursprünglich 100 Mann gestellt; und daher
heißen die Schaaren noch centeni, obwohl es mehr oder weniger
sind.

    Hier war noch ein Wort zu sagen von dem Wagen-
kampfe. Die Gallier in Italien fochten zum Theil auf Streitwagen. Polybius und Livius. Diodor erwähnt den Streitwagen. Bituit wird in Rom auf seinem silbernen Streitwagen
bei dem Triumph des Fabius gezeigt, Florus I 37, 5. Aber
schon zu Caesars Zeit war diese Fechtart in Gallien nicht mehr
gebräuchlich: und erst in Britannien trifft er auf diese ihm
ganz neue Streitart. Höchst alterthümlich: bei den Aegyptern,

Babyloniern, Assyriern, Indiern und alten Griechen. — Bei
den Galliern scheint sich der Streitwagen am längsten bei den
Belgae erhalten zu haben, und durch diese kam er zu den
Britten. Bei den Germanen finden wir keine Spur. Harald
Hyldetand bei Saxo Grammaticus VIII p. 889 Müller: 'falcato
curru vecttus', wozu die Note: 'Nulla alia curruum falcatorum
mentio fit in monumentis nostris'. Sein auriga, Bruno ist
Odinn u. s. w.

   acies per cuneos componitur] Eine keilförmige Stellung: Vegetius de re militari III 19: 'cuneus dicitur multitudo peditum,
quae iuncta acie primo angustior, deinde latior procedit et ad-
versariorum ordines rumpit, quia a pluribus in unum locum tela
mittuntur. quam rem milites nominant capnt porcinum.' Sie
wird von den Römern gewählt, wenn das feindliche Heer durch-
brochen werden soll; Caesar VI 40, 2: 'alii cuneo facto ut
celeriter perrumpant'. In Histor. II 42 entgegengesetzt catervis
et cuneis. Bei Livius XXXII 17 heißt die macedonische
Phalanx cuneus. — Was will nun Tacitus sagen? daß die Germanen eine regelmäßige Schlachtordnung hatten auf die Weise
des römischen cuneus? Dafür ließe sich anführen Agathias
II 8 p. 44ᵃ (p. 192 Dind.) vom Jahr 552: die Franken, eigentlich Alamannen unter Bucelin greifen bei Capua den Narses
an: 'ἦν δὲ αὐτοῖς ἡ ἰδέα τῆς παρατάξεως, οἱονεὶ ἔμβολον·
δελτωτῷ γὰρ ἐῴκει, καὶ τὸ μὲν ἐμπρόσθιον, ὁπόσον ἐς ὀξὺ
ἔληγεν, στεγανόν τε ἦν καὶ πεπυκμένον τῷ πάντοθεν ταῖς ἀσπίσι
περιπεφράχθαι'. Dazu bei Saxo Grammaticus I p. 52 Müller,
Odinn habe den Hadingus gelehrt, das Heer so zu ordnen,
daß zwei in erster, vier in zweiter, acht in dritter Reihe stünden u. s. w., und die Schleuderer und Bogenschützen auf der
Seite. — Auch der von Vegetius angeführte Name findet sich
im Nordischen: svinfylking. Schon bei Manu K. 7: den Königen
Indiens wurde befohlen, die Krieger wie einen Keil mit der
Spitze voraus in der Gestalt eines Ebers marschieren zu laßen.
In der Edda (Sigurdarkvida II 23, 8) hamalt fylkja. Aber
für die Zeit des Tacitus gilt das nicht, und es scheinen andere
Zeugnisse zu widersprechen: Ann. II 45 'diriguntur acies, pari
utrimque spe, nec, ut olim apud Germanos, vagis incursibus
aut disiectis per catervas: quippe longa adversum nos militia
insueverant sequi signa, subsidiis firmari, dicta imperatorum accipere': also erst durch die Römer hatten sie gelernt eine
Schlachtordnung einhalten. Nach Histor. IIII 76 im Krieg des
Civilis sagt Tutor von Trier: daß die von ihm zu Hilfe er-
warteten Germanen ohne Ordnung fechten: Germanos non
inberi, non regi, sed cuncta ex libidine agere, und darum den
römischen Soldaten nicht gleichgestellt werden könnten. Mit
Unrecht hat man angeführt Hist. IIII 20: 'illi veteres milites
in cuneos congregantur': dieß sind allerdings Batavi et Canninefates: aber es sind Veteranen des römischen Heers, nach deren

Anknaft Civilis iusti iam exercitus ductor heißt. Bei Tacitus wird der Ausdruck cuneus häufiger als bei andern gebraucht. Germ. 7 turmam aut cuneum, offenbar nur die Abtheilung des Heeres, wie Legion, Regiment, Compagnie; so Hist. V 18 Bructerorum cuneus transtavit . . . Es scheint aus allem hervorzugeben, daß die Germanen keine bestimmte Schlachtordnung hatten und nur das eine beobachteten, daß die Geschlechtsverwandten sich zusammenstellten, einen Haufen, eine Scbaar bildeten, wie Cap. 7. Eine solche Scbaar von Verwandten wird auch hier mit cuneus gemeint sein, keine Schlachtordnung. Vielleicht ist etwas ausgefallen, und es könnte ein deutsches Wort anklingen; nemlich kuni ist Geschlecht, gens, stirps, tribus; Vorstand davon kuning. Es ist möglich, daß hier ursprünglich von Tacitus oder von dem Schriftsteller, aus welchem Tacitus schöpft, nichts anderes gesagt war, als daß die Germanen sich in der Schlacht nach Geschlechtern, die sie kuni nennen, anstellen, und daraus wurde aus Missverständniss: acies per cuneos componitur.

referunt] Dafür weiß ich wenig Belege: in dem Nibelungenliede Rüedeger: 2322, 'lât in uns after wegen tragen, daz wir nâch tôde lônen noch dem man'. Dagegen Silius Italicus Pun. III 340—343: 'venere et Celtae sociati nomen Hiberis. bis pugna cecidisse decus, corpusque cremari tale (tabe N. Heinsius) nefas: caelo credunt superisque referri, inpastus carpat si membra iacentia vultur'.

scutum reliquisse] wird bestätigt durch die lex Salica 30, 6 (p. 17 Merkel): 'si quis alteri reputaverit quod scutum suum iactasset et non potuerit adprobare, 120 dinarios qui faciunt solidos 3 culpabilis iudicetur'.

sacris adesse] Dasselbe, was wir im Norden wiederfinden; ein solcher hieß nordisch vargr í véum, ein Wolf in den Heiligthümern. Caesar VI 13, 6 f. von den Druiden: 'sacrificiis interdicunt. haec poena apud eos est gravissima. quibus ita est interdictum, hi numero impiorum ac sceleratorum habentur, his omnes decedunt, aditum sermonemque defugiunt, noquid ex contagione incommodi accipiant, neque his petentibus ius redditur neque honos ullus communicatur'.

VII.

Zuerst die politische Verfaßung; die Stände und die Regierung. Darüber ist sehr viel geschrieben worden: am meisten Geltung haben jetzt zwei gleichzeitige Werke: Georg Waitz, deutsche Verfassungsgeschichte. 1. Band. Kiel 1844 (2. Auflage 1865). 8. und Heinrich von Sybel, Entstehung des deutschen Königthums. Frankfurt a. M. 1844. 8.

Die Sätze von Waitz sind: Es ist ein Irrthum, wenn man den Ackerbau bei den Deutschen, wie sie in der Geschichte uns entgegentreten, gar nicht oder nur in beschränkter, unvollkommener Weise finden will. Die Nachrichten des Caesar IIII 1 und VI 22 beziehen sich nur auf die Sueben, als einen eigenthümlich organisierten militärischen Staat, und es ist die Ansicht abzuweisen, die auf diese Stellen gestützt den Deutschen jener Zeit allen festen Grundbesitz oder gar allen ordentlichen Ackerbau abzusprechen geneigt ist. Die Nachrichten des Tacitus G. 26 haben nichts gemein mit denen des Caesar: bei Caesar ist von der Vertheilung des ganzen Landes an Geschlechter und Familien die Rede; hier von der Vertheilung einer Feldmark unter die Mitglieder der Dorfschaft: jährlich wechseln sie die Felder (nemlich Wechsel in Gebrauch) und ein Theil des Ackers liegt brach.

Also ungeachtet der Stellen des Caesar und des Tacitus bestand von jeher fester Grundbesitz: danach richteten sich die Lebensverhältnisse, die Rechte und Pflichten eines jeden hiengen davon ab; auch das öffentliche Recht wurde dadurch bestimmt.

Nach dem Grundbesitz richtete sich die Eintheilung des Landes, des Volkes, des Heeres; nur der Grundbesitz gewährt die vollen politischen Rechte: Theilnahme an der Gemeinde. — So lange der Sohn nicht Grundbesitz erwarb, blieb er in dem Mundium des Vaters. Die Verbindung von hundert Hufenbesitzern bildet eine Gemeinde; eine Vereinigung von Gemeinden ist der Gau = civitas. Mit dem Gau verbindet sich stets der Begriff einer volksthümlichen Unterscheidung innerhalb des Stammes. Aber bei Tacitus ist pagus nur die Unterabtheilung, die Hundertschaft.

Jede Hundertschaft hatte ihr eigenes Thing: ebenso auch der Gau, die civitas. In diesen Thingen wählen sie die principes.

Ein Adel ist vorhanden; seine Entstehung und Bedeutung sind unklar und mitunter ein bestimmtes Maß des Grundbesitzes: wahrscheinlich höheres Wergeld und Ehe. Aber keine politischen Vorrechte in Bezug auf die Wahl der principes.

Die principes sind, also ganz ohne Beziehung auf den Adel, gewählte Beamte. Das Recht ein Gefolge zu halten hatten nun aber diese Beamten.

Das Königthum findet sich zur Zeit des Tacitus nur bei wenigen entfernten Stämmen.

Diese Sätze gelten jetzt, sind aber alle falsch.

Dagegen Sybel:

Die alten Deutschen hatten keinen Grundbesitz und einen sehr mangelhaften Feldbau. Die politische Verfaßung kann daher nicht auf der räumlichen Gemeinde beruhen, sondern nur auf dem Geschlecht. Nicht nach agrarischen Bezirken werden die Menschen auf einander angewiesen, sondern die Ackervertheilung beruht auf der grundsätzlichen Verbindung der Geschlechter, ebenso der Organismus der Gerichte und des

Heeres, mit einem Wort, das Dasein des gesammten germanischen Staats. Das Gemeinwesen stellt sich dar als eine große Familie, seine Theile als einzelne Zweige und Vetterschaften derselben — der jedesmalige Vorsteher gilt, wenn auch nicht als leiblicher Ahnherr seiner Untergebenen, doch als deren nächster und meistberechtigter Repräsentant. So entsteht nothwendig und wie von selbst eine Stammtafel des Volkes, in welcher der Ahnherr des Volkskönigs auch der Vater der gesammten Nation, dessen Söhne zugleich als die Gründer der einzelnen Centenen und die Vorfahren der betreffenden Hundertfürsten gedacht werden und so hinab bis auf die niedersten Stufen und kleinsten Verbände (wie bei den Afghanen). — Adelinge, d. h. einem solchen Geschlecht angehörige, sind alle Freie. Dann aber beschränkt sich der Begriff auf diejenigen Geschlechter, welche die politischen Repräsentanten des Staats, die Leiter der Geschäfte, die nächsten Nachkommen des gemeinsamen Ahnherrn sind.

Das Principat ist nicht bloß ein Amt, sondern ebenso an Geburt wie an Wahl gebunden. — Es fehlt diesem Adel eine dem strengen Adelbegriff wesentliche Eigenschaft, die Abgeschloßenheit gegen die übrigen Stände.

Die principes, die geborenen und gekorenen Repräsentanten der Hundertschaften oder Gane konnten auch Könige genannt werden und hatten vorübergehend die Leitung der civitas. — Es treten einzelne gentes an die Spitze, und ihr Vorstand ist dann der Volkskönig. Ein solcher Oberkönig ließ die Selbständigkeit der kleinen Republiken unberührt. Vor der Völkerwanderung hat ein Gegensatz republicanischer und monarchischer Staaten nicht stattgefunden. — Während der Völkerwanderung mit dem Einfluß der römischen Verhältnisse lösten sich die Geschlechter, und die Geschlechtsverfaßung wurde eine Monarchie über Ortsgemeinden.

Im Ganzen richtig, aber der Fehler: sie seien zur Staatenbildung nicht gekommen; kein Staatsbewustsein.

Der neueste ist Friedrich Thudichum, der altdeutsche staat, mit beigefügter übersetzung und erklärung der Germania des Tacitus. Gießen 1862. 8.: Sie hatten keinen Grundbesitz, aber auch keinen Adel. Die principes sind nur auf ein Jahr gewählte Beamte: und einer von diesen Beamten hat das Recht ein Gefolge zu halten. Aber eines scheint nothwendig, entweder in Geschlechtern, oder auf der örtlichen, durch den Grundbesitz zusammengehaltenen Gemeinde muß der Staat sich erbauen; da Thudichum beides läugnet, so sehe ich nicht, auf was er seinen Staat baut.

nobilitas. Durch den Gegensatz ex virtute ist deutlich die Geburt bezeichnet, also ein Geburtsadel. Cap. 13 'Insignis *nobilitas* aut magna patrum merita principis dignationem etiam adulescentulis assignant'. Cap. 11 'prout aetas cuique, prout nobilitas, prout decus bellorum, prout facundia est, audiuntur'. — Hist. IIII 28 'societate nobilissimis obsidum firmata'. Ann. XI 17 'quando nobilitate ceteros anteiret (Italicos)'. — Es kann also kein Zweifel sein, daß die vornehme Geburt ein Vorzug war; insofern gab es einen Adel. Aber woher? und worin bestand der Vorzug? Waitz: mit hohem Wergeld und Ehe. Das wäre eine völlige Scheidung und läßt sich durch nichts wahrscheinlich machen. — Größerer Grundbesitz wäre bei Waitz das natürliche; aber da es überhaupt keinen Grundbesitz gab, so konnte auch darauf kein Standesunterschied gegründet werden. Andere meinen verschiedene Abstammung: aber das ist entschieden falsch: alle freie Deutsche stammten von den Göttern ab, ebenso wie die Könige; oder ein Dienstadel, Hofadel? nicht möglich: erst seit dem fünften Jahrhundert. — Als ein besonderer Stand darf der nobilis nicht vom Freien geschieden werden. Jeder Freie war nobilis: aber es gab doch einen Gradunterschied, allerdings nach der Abstammung: und die Sache ist am besten von Sybel aufgefaßt. Alle stammten zwar von den Göttern, aber es gab doch Familien, die gleichsam als die unmittelbaren Nachfolger der göttlichen Stammväter galten, während die andern mehr Seitenlinien angehörten. Auf diese directere, nachweisbarere Abstammung wurde aber ein Werth gelegt. Der Adel hatte ein religiöses Princip. In der Beziehung auf die Götter lag das Geheimniss seines Ansehens und seiner Macht. Nur die directen Nachkommen Wodans konnten die jährlichen großen Opfer darbringen, wie sollten die Götter aus Rücksicht auf ihre geliebten Enkel und Nachkommen nicht die Opfer gnädig aufgenommen und dafür dem Volk fruchtbare Zeiten geschickt haben? Ebenso in Kriegszeiten konnte man sicher nur dann auf die Gunst der siegverleihenden Götter rechnen, wenn man unter der Anführung eines ihrer Enkel in die Schlacht zog. Mit Einführung des Christenthums verlor der germanische Adel, wenn auch nicht sein Dasein, doch seine rechte Bedeutung, den Boden in dem er wurzelte. Der altgermanische Adel konnte nie verloren gehen: selbst in der größten Armut, ja sogar bei persönlicher Untüchtigkeit und Schlechtigkeit blieb doch ein Adlicher ein Nachkomme Wodans; und hatte als solcher Vorzüge, die kein anderer mit ihm theilte. Daher sehen wir in dem Gedicht des nordischen Skalden Thiodolf von Hvin (im neunten Jahrhundert), in welchem die Vorfahren eines damaligen Fürsten aufgezählt werden, daß von einigen dieser Ahnen sehr wenig rühmliches, und von einigen sogar sehr unrühmliches erzählt wird: aber nichts destoweniger ist es ein Ruhm für Harald von ihnen abzustammen, denn sie sind die Söhne des Wodan, und ihre Nachkommen sind durch sie mit den Göttern verbunden. Diese Heiligkeit des Adels gieng mit dem Christenthum verloren und kann durch nichts mehr ersetzt werden.

Wir haben gesehen, daß die nobiles nicht ein besonderer
Stand waren: alle Freien waren nobiles; aber ein Unterschied
des Grades; daher wird das Wort häufig, und zwar sehr be-
zeichnend, im Comparativ und Superlativ gebraucht. Die fränkischen Könige sind nach Gregor von Tours de nobiliore
familia. Oft bei Tacitus nobilissimi u. s. w. Paulus Diac. von
den Langobarden: 'prosapia Gunginiorum, quae apud eos gene-
rosior habebatur'. Diese nobiliores und nobilissimi sind diejenigen, aus denen vorzugsweise die principes und reges genommen werden. Das gilt, wie mir scheint, überall für die
eigentlichen Deutschen: hingegen kommt bei Tacitus nirgends
ein wirklicher Gegensatz von ingenuus und nobilis vor. Cap. 25:
'ibi enim ⟨liberti⟩ et super ingenuos et super nobiles ascendunt'.
Cap. 14: 'enimvero neque nobilem neque ingenuum, ne libertinum quidem armis praeponere regia utilitas est'; an beiden
Stellen ist, wie Ich zeigen werde, von Völkern die Rede, die
zwar politisch zur Germania gehören, aber keine Germanen sind.

Ebenfalls diesen nichtgermanischen Völkern scheint mir
das Rigsmâl anzugehören; wenigstens sind die darin geschil-
derten Standesunterschiede durchaus nicht altgermanisch. Ein
Ase, Heimdall, unter dem Namen Rigr, durchwandert die Erde
und kommt zu Ai und Edda, die schlechtgekleidet am Feuer
sitzen und ihm dickes Brod vorsetzen: er bleibt drei Nächte
dort, und Edda gebiert nach neun Monaten ein Kind, schwarz
von Haut, geheißen Thraæl. Dieser heirathet die krummbeinige
Thŷr, und von ihm kommt der Knechte Geschlecht. Rigr kommt
weiter zu Afi und Amma: das Kind ist Karl, der mit Snör
der Bauern Geschlecht erzeugt. Rigr kommt weiter zu Vater
und Mutter: der Sohn Jarl, der mit Erna der Stammvater der
Adlichen wird. (Im Norden ist zwar viel Germanisches lange
aufbewahrt, aber auch Einmischung von Fremdem in Politischem
und Religiösem.) — Die Scheidung in den Leges von nobilis
und liber oder ingenuus ist schon ein spätes Verhältniss.

Der Adel hat Anführung im Krieg, Gericht und Frieden.
(Ein Mittelstand der centeni, wovon Cap. 12.) Also drei
Stände. Anführer, Reiter, Fußvolk; alle sind gleich; nach
Umständen kann jeder, der im Volk ein eques war, auch ein
princeps sein.

Der Name adaling, Edeling, bezeichnet jeden der adlich
von Familie ist, eigentlich jeden Freien, aber wird dann bald
in beschränktem Sinn für die nobiliores gebraucht: im ags.
eigentlich fast nur für die königliche Familie.

In späterer Zeit sind durch die geänderten Eigenthums-
verhältnisse und durch den Hofdienst große Veränderungen
eingetreten: gehört nicht hieher.

Dagegen wollen wir einen Blick auf den gallischen Adel
werfen. Ursprünglich wie bei den Germanen: in gleichem Sinn
heißt z. B. Orgetorix bei den Helvetiern nobilissimus. Caes.

h. G. I 2, 1 und bei Tacitus hist. IIII 55 Classicus bei den Treverern: 'nobilitate opibusque ante alios; regium illi genus': — aber bei dem eingetretenen großen Unterschied zwischen Reich und Arm waren die Freien in großer Zahl genöthigt gewesen, sich ihrer Rechte zu begeben und unter dem Schutz der Mächtigen zu leben, Caes. VI 13, 1. 2: 'plebes paene servorum habetur loco: .... plerique, cum aut aere alieno aut magnitudine tributorum aut iniuria potentiorum premantur, sese in servitutem dicant nobilibus. in hos eadem omnia sunt iura, quae dominis in servos'. Also aus Noth und weil sie den Obliegenheiten eines freien Mannes nicht nachkommen konnten, haben sie sich der Freiheit begeben. So bildete nun der kleine Theil derer, die bei großem Reichthum die Freiheitsrechte bewahren konnten, eine Aristokratie: die equites bei Caesar. Daher sagt Strabo, die gallischen Staaten seien Aristokratien gewesen. Dasselbe aus demselben Ursache später bei den Germanen. Freie, die sich, weil ihnen die Mittel fehlen, der Freiheitsrechte begeben, sind die liti, laeti.

reges.] (Rudolf Köpke, die Anfänge des Königthums bei den Gothen. Berlin 1859. 8. Felix Dahn, die Könige der Germanen. 6 Abtheilungen. Würzburg 1866—1871. 8.) Also die Germanen hatten Könige; abzuweisen ist die Ansicht derjenigen, welche diese reges nur bei denjenigen Germanen finden wollen, von welchen Tacitus 25 sagt: 'exceptis dumtaxat iis gentibus quae regnantur'; da nach 43 'Gothones regnantur, paulo iam adductius quam ceterae Germanorum gentes'.

Von allen Ostseevölkern 43: 'omnium harum gentium insigne ... erga reges obsequium', und bei den Suiones Cap. 44: 'unus imperitat, nullis iam exceptionibus, non precario iure parendi'. — Die Ansicht, daß bei diesen Völkern reges ex nobilitate waren, bei den übrigen dux ex virtute, ist entschieden unrichtig: jene sind keine germanischen Völker: sie haben eine despotische Regierung, die sich sich kein germanisches Volk gefallen ließ. Auch die Gothonen scheidet er bestimmt aus: adductius quam ceterae Germanorum gentes. Also die ceterae werden doch auch regnantur, sie haben auch einen rex, dessen Macht aber sehr beschränkt ist. So nennt Tacitus auch bei solchen gentes, die ohne Zweifel nicht zu jenen östlichen und nördlichen gehören, reges; wie Ann. XIII 54 von den Friesen 'Verrito et Malorige, qui nationem eam regebant, in quantum Germani regnantur'. Ann. XII 29 'Vibilius Hermundurorum rex'; Italicus ist ein rex der Cherusker, wie auch Χαριόμηρος ein βασιλεύς der Cherusker war (Cassius Dio LXVII 5, 1): ohne des Marobodus zu gedenken oder des Vannius, der den Suebis von Drusus impositus, Ann. XII 29 und des Königs der Bructeri, den nach Plinius epist. II 7, 2 die Römer einsetzen. Also reges ex autoritate Romana, wie Germ. 42. Jene Ostsee- und Nordvölker, nach mir keine Germanen, waren despotisch be-

berecht, und es gab bei ihnen kein republicanisches concilium. Bei den germanischen Völkern war die höchste Autorität bei dem concilium, dem Volksding, und doch gab es Könige. Cap. 11 (bei einem concilium): 'max rex vel princeps, prout aetas cuique, prout nobilitas, prout decus bellorum, prout facundia est, audiuntur, anctoritate suadendi magis quam inbendi potestate' .. ebenso 10: 'rex vel princeps civitatis'. Also sicher nicht bloß bei jenen nichtgermanischen Völkern.

Der König war kein rex im römischen Sinn, wo ius et nomen regium ist, solus arbiter rerum an sein und statim exequi (Ann. II 73. VI 38 (32)), und seine Macht eine sehr beschränkte. — Wahrscheinlich rex genannt, weil im Deutschen reiks, wie Procop. b. Gotth. I 1: Θευδέριχος ... ῥήξ τε διεβίω καλούμενος· οὕτω γάρ σφῶν τοὺς ἡγεμόνας οἱ βάρβαροι καλεῖν νενομίκασι. Aber dieser deutsche reiks war weit entfernt dasjenige zu sein, was die Römer unter rex verstanden, wobei man besonders an die altpersischen Könige dachte. Ulfila übersetzt mit reiks ἄρχων. Es gehört dazu unser adj. reich und das subst. das Reich. — Findet sich häufig in Compos. und Eigennamen wie Doiorix, Athanaricus u. a., auch ganz sicher im gallischen Dumnorix, Orgetorix u. a. ...

2) kuninc, ags. cyninc, nord. konungr, verkürzt köngr. Es ist ohne Zweifel von kuni (genus): der natürliche Repräsentant des Geschlechts. Grimm ist dagegen, weil das nord. o in konung nicht paßt; aber das Nordische ist öfters, besonders in Namen, entstellt.

3) kindins, bei Ulfila ἡγεμών, ist bei Amm. Marc. XXVIII 5, 14 hendinos: 'apud hos (Burgundios) generali nomine rex adpellatur Hendinos'.

4) ahd. truhtîn, ags. dryhten, altn. dróttinn (daher dróttuing noch nordisch regina) gehört zu goth. draúhts; altn. drótt populus, altn. druht familia (cohors); also eigentlich der Gefolgsherr.

5) þiudana, ags. þeóden, bei Ulfil. βασιλεύς (gehört zu þinda, wie kuning zu kuni). Der höchste Herrscher, der geborene Repräsentant des Volkes. Die Römer gebrauchten das Wort rex nur schwankend von einigen deutschen Fürsten: etwas anderes, wenn einzelnen der Senat den Ehrentitel rex verlieh, wie dem Ariovist. Caesar 1, 33, 2. — Es mochten häufig nur die Vorstände der Gaue sein, der Geschlechter; daher auch reguli; und Ammianus Marcellinus erwähnt zu gleicher Zeit bei den Alamannen eine große Zahl von reges; und ebenso bei Ammian. XVI 12, 45 Batavi cum regibus. . Aber bei Tacitus scheint doch ein Unterschied zwischen den principes von geringerer Macht, und dem princeps civitatis vel rex. Es scheint, daß er nicht den kuning, sondern den thiudan bezeichnet. Es fragt sich aber, ob nicht nur der pagus, sondern auch die civitas ihren Vorstand hatte. Die gewöhnliche Ansicht ist:

daß nur die centenae ihre principes hatten, die höhere Einheit der civitas aber nur republicanisch durch das concilium hergestellt war: also kein ständiger magistratus der ganzen civitas. Das würde jedenfalls eine sehr niedere Staatsbildung sein, und die Staatsidee wäre aus dem Geschlechtsbegriff noch nicht herausgetreten. Diesen Eindruck machen nun gleich die ersten Nachrichten bei Caesar nicht. Es ist vielmehr auffallend, daß die Staatsgewalt und das Bewustsein, in einem Staat zu leben, und den Gesetzen des Staats, den Anordnungen der Obrigkeit Gehorsam schuldig zu sein, bei den Germanen des Caesar schon sehr kräftig erscheint. Caesar VI 22, 2: 'magistratus ac principes in annos singulos gentibus cognationibusque hominum, qui una coierunt, quantum et quo loco visum est agri attribuunt atque anno post alio transire cogunt'. Das ist doch keine gegeringe Gewalt, die diese magistratus ac principes haben, und erstreckt sich nicht nur über einzelne, sondern den gentes weisen sie jährlich ihre Wohnplätze an, sie müßen also eine größere Herrschaft haben, als bloß eine centena. Noch auffallender aber tritt der Staatsbegriff hervor in den Gründen, die sie für diesen Wechsel angeben: es sind bloß Staatszwecke; damit sie nicht studium belli gerendi verlieren, damit kein Unterschied zwischen Arm und Reich entstehen könne, und wenn sich ein Volk freiwillig solcher Zwecke wegen so tiefgreifenden Anordnungen fügt, so ist wahrhaft das Staatsbewustsein sehr lebendig (z. B. Strafrecht, Cap. 12). Damit scheint freilich im Widerspruch zu stehen, daß Caesar gleich nachher (Cap. 23, 4. 5) sagt, daß sie nur im Krieg magistratus, qui ei bello praesint, wählen; im Frieden nullus communis magistratus der civitas, sed principes regionum atque pagorum inter suos ius dicunt controversiasque minuunt. Man darf annehmen, daß das Volk, das was Caesar hier civitas nennt, im Frieden zwar keinen gemeinsamen princeps hatte, aber doch durch jährliche concilia und sacrificia verbunden war. Dann aber hatte bei diesen conncilia doch ohne Zweifel einer der pagus den Vorrang, und sein princeps war gewissermaßen princeps civitatis. — Aber um jene Staatsidee lebendig zu erhalten, genügt es nicht an einem solchen princeps civitatis und dem gemeinschaftlichen Volksthing: es muste Leute geben, welche das Staatsrecht kannten, aus der alten Geschichte erläuterten und ihm eine göttliche Weihe verliehen: den sacerdos. Es scheint mir nicht ohne Bedeutung, was Caesar von den Helvetiern erzählt I 13, 6: 'se ita a patribus maioribusque suis didicisse, ut magis virtute quam dolo contenderent aut insidiis niterentur', und I 14, 7: 'ita Helvetios a maioribus suis institutos esse, uti obsides accipere, non dare consuerint, eius rei Romanum populum esse testem', mit Hinweisung auf die Niederlage des L. Cassius durch die Tiguriner im Jahr 107 vor Chr. Es beweist, daß die Helvetier ihre Geschichte kannten und von ihren maiores darin unter-

richtet wurden mit Nutzanwendung: ebenso die Germanen
IIII 7, 3 die Gesandten der Tencteri: 'quod Germanorum consuetudo haec sit a maioribus tradita, quicumque bellum in-
ferant, resistere neque deprecari'. — Sie hatten ihre überlieferte
Volksmoral, durch Geschichte erhärtet: die maiores konnten
nicht zufällig das wißen und lesen, sondern es sind diese
maiores ein besonderer Stand, eben jene antiqui homines, die
bei Rothari die alten Gesetze und die alten Geschichten auf-
zuzeichnen im Stande sind. Eben solche maiores müßen es gewesen sein, welche den be. Caesar ausgesprochenen Staatszweck
aufstellten und nicht in Vergeßenheit gerathen ließen: sie
müßen neben dem rex, dem princeps civitatis Antheil gehabt
haben an der Regierung der civitas; und es ist nicht zufällig,
daß in unserm Capitel und andern Tacitus gleich neben dem
rex den sacerdos neunt. Doch davon später.

Also ich behaupte gegen Sybel, daß die Germanen zur
Zeit des Caesar und des Tacitus bereits ein lebendiges Staatsbewustsein hatten. Sybel meint, sie seien über die Geschlechter
hinaus zu einer eigentlichen Staatsidee nicht gekommen. Das
scheint mir durch die Stelle des Caesar widerlegt. Auch zeigt
die Geschichte, daß sie zwar bis zu der Idee einer wirklichen
staatlichen Einheit aller Germanen sich nicht erhoben, obgleich
man eine Ahnung davon darin finden könnte, daß Ariovist bereits rex Germanorum heißt, daß sie aber doch nicht stehen
blieben bei der Einheit des pagus, oder einer beschränkten
civitas. Zur Zeit Caesars scheinen die Suebi die Einheit der
deutschen Nation nahezu hergestellt zu haben; sie haben nicht
nur selbst hundert Gaue, sondern sie haben sich eine Menge
anderer civitates soweit unterworfen, daß VI 10 die Suebi iis
nationibus quae sub eorum sint imperio denuntiare etc., und
auch die Ubier selbst IIII 3, 4 sind vectigales der Suebi. Auch
noch bei Tacitus ist das ganze östliche Germanien von der
Donau bis zur Ostsee die Suebia, Armin sucht die Cherusci zu
einem freien Volk zu machen; es gelang ihm nicht.

Zur Erläuterung die Gallier. Ebenfalls eine Menge civitates, die unabhängig von einander sind; aber die Gallier im
engern Sinn, Celtae, haben ihre jährlichen Volksversammlungen
im Gebiet der Carnutes (Caesar VI 13, 10), wo die Druiden
Recht sprechen, und über sämmtliche Druiden unus praeest,
auf Lebenslang. Ferner hat immer einer der Staaten den Vorrang, früher die Arverni: dann durch die Gunst der Römer die
Haedui; dann mit Hilfe des Ariovist die Sequani, so daß doch
eine Einheit hergestellt ist. — Ebenso bilden die Belgae eine
große Zahl civitates: aber auch sie haben ihre concilia, II 4,
4. 10, 4, und ein Staat hat den Vorrang, die Suessiones II 4.
— Ob die concilia aller Gallier, der Celtae und der Belgae, die
von Caesar öfters erwähnt werden, schon vor der Ankunft
Caesars stattfanden, ist zweifelhaft."

Also wie bei den Galliern, so war auch bei den Germanen eine wirkliche Staatsidee und ein äußerer Verband der civitates, oder wenigstens der pagi; aber allerdings mangelhaft. Gallier kämpfen gegen Gallier, Germanen gegen Germanen. Und der princeps der civitas oder des pagus, der als der mächtigste und der beste galt, war jedenfalls nicht mehr bloß ein kuning, sondern ein thiudans. Aber Macht hatte er eigentlich nicht. Das concilium beschloß: das war eine Republik. Wir ersehen aus Tacitus nur, daß er als der erste genannt wird von denen, die im Concilium das Wort ergreifen: ferner Cap. 12 pars multae regi vel civitati, also nicht ihm persönlich; und die freiwilligen, aber durch die Sitte gesicherten Geschenke, welche die principes erhalten (Cap. 15), kamen natürlich dem rex vor allen zu Gute. — Aber seine Macht war eine beschränkte: nec regibus infinita aut libera potestas. (Die bekannte Geschichte von Chlodovechus bei Gregor von Tours II c. 27.) — Ebenso bei den Eburonen Caesar V 27, 3: 'sua esse eius modi imperia, ut non minus haberet iuris in se multitudo, quem ipse in multitudinem'.

Das eigentliche Geschäft ist im Krieg zu führen; zwar ist der rex nicht nothwendig der oberste Feldherr, denn der wird ex virtute gewählt, aber seinen pagus, oder seine centena, oder die civitas zu führen, wird er nicht ermangeln. Noch die Germanen im römischen Heer ließen sich nicht von römischen Officieren befehligen, sondern Hist. IIII 12 '⟨cohortes Batavorum⟩ quas vetere instituto nobilissimi popularium regebant'. An der Spitze jeder gens zieht der kuninc. So auch bei den Galliern b. Gall. VIII 12, 4. 5: '⟨Remi⟩ amisso Vertisco, principe civitatis, praefecto equitum (im römischen Heer), qui cum vix equo propter aetatem posset uti, tamen consuetudine Gallorum neque aetatis excusatione in suscipienda praefectura usus erat neque dimicari sine se volnerat'. — In dem Nibelungenliede 2074:

    'ez zæme', sô sprach Hagene, 'vil wol volkes trôst,

    daz die herren væhten zaller vorderôst,

    alsô der künec Gunther unt Gêrnôt hie tuot ..'

Aber ein Geschäft, und das wichtigste, kann man nicht aus Tacitus kennen: der König ist es, der bei den großen Opferfesten im Namen des Volkes die Opfer darbringt und für das Volk die drei üblichen Minnetrunke thut. Man hat hier eine hohenpriesterliche Function des Königs sehen wollen; das ist es aber nicht, sondern er ist nur Repräsentant des Volkes, der durch die Priester das Opfer darbringt.

Also er wird gewählt (sumunt) ex nobilitate; das scheint ein Widerspruch: die Nobilitas ist die Erbfolge; dann ohne Wahl. Aber auch den erblichen König muste das Volk anerkennen; und im Fall kein Sohn vorhanden war, muste über den nächsten Grad entschieden werden, insofern eligere. — ex

nobilitate. So wißen wir, daß die Franken die Merovinger
wählten de prima et ut ita dicam nobiliori familia (Gregor von
Tours II 9). Die Gothen die Amalunger, und die Vandalen
die Asdingi u. s. w. Die Cherusker schicken nach Rom, um
sich den Italicus zu erbitten, weil er der einzige stirpis regiae
ist (Ann. XI 16). Die angelsächsische Genealogie Germ. 42
'Marcomanis Quadisque usque ad nostram memoriam reges mansere ex gente ipsorum, nobile Marobodui et Tudri genus'. Von
den Dänen Saxo Gramm. VII p. 350: der ganze königliche
Stamm ist untergegangen: 'qui quum se consuetae nobilitatis
regimine defectos viderent, regnum popularibus tradunt, creatis-
que ex plebe principibus, Ostmaro Scaniae, Hundingo Sialan-
diae procurationem attribuunt'.

Aber wir wißen auch, daß Könige abgesetzt wurden, und
zwar ohne persönliche Schuld. Wenn das Opfer den rechten
Erfolg nicht hatte, wenn nicht Sieg im Kriege, und fruchtbare
Zeiten im Frieden darauf folgten, so war der König dafür ver-
antwortlich: er hatte entweder nicht richtig geopfert, oder seine
Person war den Göttern nicht angenehm; wenn daher mehr-
jähriger Misswachs und lange daucrndes Kriegsunglück eintrat,
so wurde der den Göttern missliebige König entfernt. Yng-
ligas. 18: In den Tagen des Königs Domaldi war in Schweden
große Noth; da brachten sie große Opfer in Uppsal, zuerst
mit Ochsen, aber das half nichts. Aber im zweiten Jahr
opferten sie Menschen, aber die Ernte war noch schlechter.
Aber im dritten Herbst kamen sie in Menge nach Uppsal, und
sie sagten, daß die Noth an König Domaldi liege; da erschlagen
sie ihn als Opfer und röthen mit seinem Blut die Götterbilder.
Das ist nicht vereinzelt, und merkwürdig berichtet von den
Burgunden Ammian. Marcell. XXVIII 5, 14 'rex ritu veteri
potestate deposita removetur, si sub eo fortuna titubaverit belli
vel segetum copiam negaverit terra', wozu noch die Bemerkung,
daß die Aegypter es ebenso machen. — Außerdem körperliche
Gebrechen und, vgl. Paulus Diac. IIII 43: 'sed cum Adaloaldus
overas mente insanuiret, de regno eiectus est'.. etc.

dux. Es ist hier ohne Zweifel derselbe dux gemeint, von
dem Caesar spricht; der den Oberbefehl von Seiten der civitas
erhält, wenn sie einen Krieg zu führen hat. Also nicht von
dem Gefolgsführer. Dieser nun wird gewählt, ex virtute. Aber
man würde sehr irren, wenn man meint, die nobilitas sei dabei
gar nicht in Betracht gekommen. Im Gegentheil meinten die
Germanen, nicht siegen zu können, außer unter der Führung
der nobilissimi. Wenn aber mehrere pagi oder civitates sich
zu einem Kriege verbanden, so muste zwischen den reges oder
principes, da sich alle für gleich nobiles hielten, die Wahl oder
das Loos entscheiden. Wir haben in der Geschichte kein Beispiel, daß zum Anführer ein anderer, als ein nobilissimus gewählt wurde. Ein solcher war Arminius; wir erfahren zwar

nichts von seiner Wahl, aber aus Aun. II 88 duodecim ⟨annos⟩
potentiae explevit, geht hervor, daß seine potentia gerade mit
der Teutoburger Schlacht begann: er war aber sicherlich ein
Adlicher (nobilior): er, sein Vater Segimer, sein Schwiegervater
Segestes und sein Oheim Inguiomerus sind principes, und sein
Neffe Italicus ist geradezu regiae stirpis, weil er der Sohn eines
Bruders von Arminius ist. — Auch Civilis war regia stirpe
Hist. IIII 13. In demselben Krieg wird von den Canninefaten
Brinno zum dux erwählt, inpositus scuto more gentis et susti-
nentium umeris vibratus, IIII 15: aber auch er ist claritate
natalium insigni. Von Marobodnus sagt Strabo VII 1, 3 p. 290:
er sei vom ἰδιώτης emporgekommen: was doch wohl nicht sagt,
daß er nicht edlen Geschlechtes gewesen, wie Velleius II 108, 2
ausdrücklich sagt, und Tac. Germ. 42.

Beispiele aus der gallischen Geschichte. Die Belgae wählen
für den Krieg mit den Römern Caes. II 4, 7 ein gemeinsames
Oberhaupt, den Galba: 'ad hunc propter iustitiam prudentiam-
que summam totius belli omnium voluntate deferri'. Aber dieser
Galba war schon vorher König der Suessiones, der Sohn des
mächtigen Königs Divitiacus. — Ebenso III 17 'Viridovix
summam imperii tenebat earum omnium civitatum, quae defe-
cerant' (offenbar durch Wahl). — VII 4, 4. 6 'Vercingetorix
... rex ab suis appellatur .... omnium consensu ad eum de-
fertur imperium' — und VII 57, 3 'summa imperii traditur
Camulogeno Aulerco, qui prope confectus aetate tamen propter
singularem scientiam rei militaris ad eum est honorem evocatus'.

In andern Fällen entscheidet das Loos. Beda hist. eccl.
V 10 (vol. III p. 194 Giles.): 'non enim habent regem iidem
antiqui Saxones, sed satrapas plurimos suae genti praepositos, qui
ingruente belli articulo mittunt aequaliter sortes, et quemcumque
sors ostenderit, hunc tempore belli ducem omnes sequuntur,
et huic obtemperant; peracto autem bello, rursum aequalis potentiae omnes fiunt satrapae': also deutlich kann, das Loos nur
einen der satrapae treffen. Dasselbe bei Widukind von Corvei
I 14 (Mon. Germ. III 424): 'a tribus etiam principibus totius
gentis ducatus administrabatur ⟨Saxonum⟩ (nemlich Ostfali, An-
garii und Westfali): si autem universale bellum ingrueret, sorte
eligitur, cui omnes oboedire oportuit, ad administrandum in-
minens bellum'. Also in allen Fällen, sei es rex, sei es dux,
sie können nicht siegen, ehe ein Führer regiae stirpis. Als die
Heruler in Unterpannonien unter Justinian ihren eigenen König
Ochon erschlagen hatten, schickten sie zu ihren Brüdern nach
Skandinavien um einen Mann aus ihrem königlichen Geschlecht,
weil sie ohne einen solchen nicht siegen könnten. Procop. b.
Gotth. II 15. — Loos und Wahl kann nur auf Fürsten sich
beschränken.

Es versteht sich, daß ein solcher dux, wenn er mehrere
Jahre lang mit ausgedehnter Vollmacht regiert hatte, die Ver-

suchung füllen muste, auch im Frieden das imperium beizu-
behalten. So schon von dem Arverner Celtillus, Caes. VII 4, 1
'principatum Galliae totius obtinuerat et ob eam causam, quod
regnum appetebat, ab civitate erat interfectus'.

I 2, 1 'Orgetorix, longe nobilissimus et ditissimus — regni
cupiditate inductus coniurationem nobilitatis fecit' etc., er muß
(4, 1) ex vinculis causam dicere: von seinen clientes befreit
(§. 2), die civitas will armis ius suom exsequi . . . . mortuus
est (§. 3). — Ebenso Arminius (Ann. II 88): regnum adfectans
. . . dolo propinquorum cecidit.

Die Könige, wie es scheint auch die duces haben keine
Strafgewalt: dazu stimmt nicht ganz Caes. VI 23, 4: für den
Krieg werden magistratus gewählt, qui . . . vitae necisque
habeant potestatem. Im Allgemeinen wird Tacitus gelten, aber
für besondere Fälle besondere Vollmacht. — Von dem gallischen Vereingetorix, der eben ein solcher für den Krieg gewählter dux war, wird seine Strenge hervorgehoben Caes. VII
4, 9. 10: 'magnitudine supplicii dubitantes cogit: nam maiore
commisso delicto igni atque omnibus tormentis necat; leviore
de causa auribus descetis aut singulis effossis oculis domum re-
mittit'. — Wie weit übrigens die gewöhnliche Strafgewalt der
gallischen magistratus gieng, und wer die Todesurtheile fällte,
ist nicht deutlich: nur bei den Haedui war es der Vergobretus,
der vitae necisque in suos habebat potestatem; er wurde für
ein Jahr gewählt, wie es scheint, I 16, 5 und VII 32, 3. 33, 2;
er durfte das Gebiet der Häduer nicht verlaßen. Eben diese
Würde hatten auch die Lexovii am Ausfluß der Seine, nach
einer Münze. (Vgl. Kelten und Germanen S. 113 f.)

ne verberari quidem] nicht einmal! als das geringste im
römischen Heer.

sacerdotes. Man hat nach Caesar VI 21, 1: 'Germani neque
druides habent, qui rebus divinis praesint, neque sacrificiis student' geläugnet, daß die Germanen einen Priesterstand und
Opfer hatten. Hier hat Caesar entweder ganz falsch berichtet
oder er will zum Unterschiede von den Galliern sagen, daß
der Priesterstand bei den Germanen nicht die Macht hatte, wie
bei den Galliern, und nicht den Namen der Druiden. Priester
erwähnt Tacitus noch 10. 11. 43. Eine ausgebildete Hierarchie,
ganz wie in Gallien, findet sich bei den Burgundern; Ammian.
Marcell. XXVIII 5, 14: 'nam sacerdos apud Burgundios omnium
maximus vocatur Sinistus, et est perpetuus, obnoxius discriminibus nullis ut reges'. Damit vergleiche man Caesar VI 13, 8 f.:
'his autem omnibus druidibus praeest unus, qui summam inter
eos habet auctoritatem. hoc mortuo aut siqui ex reliquis ex-
cellit dignitate, succedit, aut, si sunt plures pares, suffragio
druidum, nonnumquam etiam armis de principatu contendunt';
also ebenfalls lebenslänglich. — Sinistus heißt der älteste, und
das biblische πρεσβύτερος (Priester) übersetzt auch Ulfila sinista:

darum ist es möglich, daß auch die *maiores natu* der Usipeter
und Tencterer, welche mit den *principes* ins Lager des Caesar
kommen und von diesem verrätherisch gefangen genommen
werden, IIII 13, die Priester waren; auch bei den Angelsachsen
und bei den nordischen Germanen finden wir Priester und eine
Hierarchie.

effigies et signa] Offenbar nach dem Zusammenhang steht
die Gegenwart des Gottes beim Heer mit diesen Kriegszeichen
in Verbindung. Es waren die Fahnen und, wie wir oben gesehen haben, die Wappenbilder der einzelnen Stämme. So ist
eo symbol, sgn. Fahne und Wappen zugleich, im christlichen Sinn
Götzenbild. Denn es ist das Sinnbild eben des Gottes, von
dem das Geschlecht abstammte; insofern ist die Kriegsfahne
zugleich das Symbol der Gegenwart dieses Gottes; meistens
wird dieß Symbol ein Thier gewesen sein, und so versteht sich
Histor. IIII 22 von dem Heere des Civilis: 'hinc veteranarum
cohortium signa (die römischen unter Civilis), inde depromptae
silvis lucisque ferarum imagines, ut cuique genti inire proelium
mos est, mixta belli civilis externique facie obstupefecerant
obsessos'. — Es waren keine *simulacra* der Götter, Bildseulen
in Menschengestalt, solche hatten die Germanen nicht, aber
Symbole, signa et effigies in Thiergestalt. Oft eo symbol
Eberfahne bei den Angelsachsen, so wohl auch Bär, Löwe,
Adler u. a. Diese Symbole sind zum Theil noch erhalten in
den Thieren der Wappen, die nicht erst in der Ritterzeit auf-
kamen, sondern zum Theil wenigstens ins höchste germanische
Alterthum hinaufreichen. — Polyb. II 32, 6: die Insubrer holen
die goldenen σημαίας, welche ἀκίνητοι heißen, aus dem Heiligthum der Athener. Die Heiligkeit der Fahne auch in Gallien:
Caesar VII 2, 1 'profitentur Carnutes se multum periculum communis salutis causa recusare principesque ex omnibus bellum
facturos pollicentur', und weil es nicht mehr Zeit ist, einander
Geisela zu geben, verlangen sie (§. 2) 'ut iureiurando ac fide
sanciatur, conlatis militaribus signis, quo more eorum gravissima
caerimonia continetur, ne facto initio belli ab reliquis deserantur'.

fortuita conglobatio wird zu meinem Erstaunen öfters ganz
falsch verstanden; der unordentliche Hanfe, gelegentliche Zu-
sammenrottung, ungefähres Zusammenströmen; der Gegensatz der
deutschen Heerscharen sind die römischen Cohorten: die römische
Cohorte also sei eine fortuita conglobatio; nämlich streng geordnet, gewiss viel mehr als die turmae der Germanen, aber
eine Zusammenstellung nach bloß äußerlichen Zufälligkeiten,
wie gleiche Größe u. s. w : bei den Deutschen im Gegentheil ist
die Ordnung nicht sehr zu rühmen, aber es ist ein natürliches
Band, das sie vereinigt: die Familie.

familiae: so ist das Heer des Ariovist nach Völkern, und
wahrscheinlich auch das Volk nach Familien aufgestellt: Caes.
I 51, 2 'Germani suas copias castris eduxerunt generatimque

constituerunt paribusque intervallis Harudes, Marcomanos, Triboces, Vangiones, Nemetes, Sedusios, Suebos'. Sybel S. 16 bemerkt, wie mir scheint mit Recht, daß nicht nur die Völker geschieden waren, sondern in den Völkern wieder Geschlechter: weil sonst bei gleichem Zwischenraum die Heerhaufen selbst zu ungleich geworden wären, da nicht alle Völker in gleich großer Zahl vertreten waren. So das Heer des Civilis: Hist. IIII 16 'Canninefates, Frisios, Batavos propriis cuncis componit', und IIII 23 'Batavi Transrhenanique, quo discreta virtus manifestius spectaretur, sibi quaeque gens consistant'. (Vgl. IIII 77.)

Dasselbe bei den Galliern. Caesar VII 19, 2 'Galli generatim distributi in civitates' und VII 36, 2 'Vercingetorix mediocribus circum se intervallis separatim singularum civitatium copias collocaverat'. — Dio 112 tribus der Boii bei Plinius nat. hist. III 116 aus Cato origg. II frgm. 8 Jord. — Die gothischen φυλαί bei Eunapius, excerpt. cap. 46 pag. 82 Niebuhr (zum Jahr 376). Das Merkwürdige ist, daß ebenso die Dörfer von gentes bewohnt wurden Caesar VI 22, 2 'principes gentibus cognationibusque, qui una coierunt, agros attribuunt'. So bei den Langobarden *fara*. Paul. Diac. II 9: 'qui Gisulfus non prius se regimen eiusdem ⟨Foroiulianae⟩ civitatis et populi ... suscepturum edixit, nisi ⟨Alboin⟩ ei, quas ipse eligere voluisset Langobardorum faras, hoc est generationes vel lineas tribueret. factumque est, et annuente sibi rege quas optaverat Langobardorum praecipuas prosapias, ut cum eo habitarent, accepit'. — Daher auch z. B. fara Autharoni gleich vicus Autharoni.

Also dasselbe Wort fara ist generatio oder prosapia, eine Heeresabtheilung und ein vicus. — Dadurch ist Sybels Ansicht bewiesen, daß Heereseintheilung und Ansiedlung nach Geschlechtern geschieht. Das Heer ist in Völker (gentes) getheilt, und die Unterabtheilungen sind die Familien; ebenso diese Völker (gentes) bilden in der Ansiedlung die Gaue, und die Unterabtheilungen der Familien sind die Dörfer.

Aber nun zugleich Zahlen: das Heer war zwar nach Völkern und Geschlechtern geordnet, aber es muste doch auch eine gleichmäßige Größe der Rotten und Schaaren erzielt werden. — Die Eintheilung nach Zahlen und die nach Geschlechtern widersprechen einander. — Doch scheint die Eintheilung des Heeres nach Zahlen sehr alt zu sein, und sie spiegelt sich ab in den Zahlen der Orts- und Gauverhältnisse. Angenommen, daß ursprünglich das Heer nach Tausenden und Hunderten geordnet war, und diese Tausende und Hunderte waren zugleich Geschlechter, so muste die Heeresabtheilung, je nachdem die Geschlechter sich vermehrten oder verminderten, bald mehr oder weniger als Tausend oder Hundert sein. — Uebrigens ist aus der Angabe über die Zahl nichts Sicheres zu entnehmen. Zuerst bei Caesar: daß die Helvetii 4 pagi (I 12, 4), 400 vici,

12 oppida (I 5, 2) hatten. Das würde für jeden pagus 100
vicos und 3 oppida ergeben. Da nun aber 100 nicht durch
3 getheilt werden kann, so liegt die Vermuthung sehr nahe,
daß es das Großhundert war, 120, wie wir es bei den Germanen finden. (Schon bei den Gothen; sehen Sie meinen Artikel
in Pfeiffers Germania I 217—223 und II 424 f. Beweis bei
Saxo Grammaticus V p. 233: jeder millenarius der Flotte habe
4 alac gehabt, jede ala habe 300 remiges; also sei der millenarius mille ac ducentorum capax. Bekannt ist hundrad smátt
oder tírœtt; und hundrad stórt oder tolfrœtt. So sagt Ari Multiscius im 'Islendingabók cap. 4 S. 6 Möbius, das Jahr habe
305 Tage: 'at retto tale ero í hverjo áre V dagar ens fjórþa
hunþraþs, ef eigi es hlaupár, en þá einom fleira'. Wenigstens
war in Norwegen und Dänemark im Leben das Großhundert
gebräuchlich bis ins siebzehnte Jahrhundert.) Auf 40 vici kam
ein oppidum; also jeder pagus hat 120 vici und 3 oppida. Da
nun die Zahl der Ausgewanderten (nach b. G. I 29, 2) 263000
betrug, so kämen, diese mit 180 dividiert, ungefähr 548 Seelen
auf den vicus, also ungefähr 100 oder 120 Familien. Bei den
Nervii sind alle ausgezogen (b. G. II 28, 2), 60000; und 600
Senatoren; also wie es scheint 1 Senator auf 100 Streiter. —
Bei den Sueben 100 Gaue: gewiss ist hier pagus etwas kleineres
als bei den Helvetii: es werden nicht 100, sondern nur 10 (12)
vici sein: daraus 1000 (1200) Streiter (abwechselnd 1000
bleiben zu Haus), also wahrscheinlich ursprünglich 1000, die
sich dann verdoppelten. Reiter, centeni, 10 aus jedem vicus.
Nun finden wir bei den Alamannen das huntari als Theil des
Gaus, nemlich hundert ursprüngliche Loose, praedia, oder villae.
Im Angels. hundred, Unterabtheilung der scire. Nordisch herad
von her — erutum: das höhere fylke; beides als Namen des
Heeres. — Also das Loos, praedium, villa, Hufe, ist das Land,
das bei der ursprünglichen Landesvertheilung einer Familie angewiesen wurde; 100 oder vielleicht 120 solche sind 1 vicus der
Helvetier, 1 huntari der Alamannen, 1 hundred der Angelsachsen, 1 herad der Norweger. Die höhere Einheit ist schwankend; bei den Helvetii 100 oder wahrscheinlich 120 solcher
vici bilden einen pagus; bei den Sueben wahrscheinlich nur 10
einen pagus; bei den Angelsachsen scire; bei den Norwegern
fylke. Aber insbesondere an dem nordischen Namen ist noch
ersichtlich, daß es ursprünglich Eintheilungen des Heeres waren:
herad, fylke. — Sehr auffallend in dem Nibelungenlied wird
die Einheit des Volkes, über das ein König herrscht, als 3000
Streiter genommen. Str. 616: die Helden im Nibelungenland versammeln sich; es sind drîzec hundert, aus denen Sigfrid 1000
auswählt. — 706: Gernot sagt, die Burgunder haben drîzec
hundert recken, aus denen sich Grimhilde 1000 auslesen soll;
das muß auch eine alte Grundlage haben.

pignora] nemlich da im Fall der Besiegung die Frau und

Kinder verloren sind, so sind sie pignora für die Tapferkeit der Streitenden: an ein modernes: die „theuren Pfänder der Liebe“ ist natürlich nicht zu denken.

So Hist. IIII 18 'Civilis matrem suam sororesque, simul omnium coniuges parvosque liberos consistere a tergo iubet, hortamenta victoriae vel pulsis pudorem' (das ist pignora). Und Ariovist Caes. I 51, 3 'eo (redis et carris) mulieres imposuerunt, quae in proelium proficiscentes passis manibus flentes implorabant, ne se in servitutem Romanis traderent'.

Uebrigens ganz dasselbe bei den Galliern: VII 48, 3 'matres familiae . . . suos obtestari et more Gallico passum capillum ostentare liberosque in conspectum proferre coeperunt' (bei der Belagerung von Gergovia).

exigere] so alle codd., ein verlorener Codex, der Arundelianus, soll exugere haben, und so lesen einige Ausgaben. exigere ist nicht „verlangen“ in der gewöhnlichen Bedeutung, sondern untersuchen, dem Werthe nach abschätzen, wie z. B. bei Sueton d. Jul. 47: 'margaritarum . . . . pondus manu exegisse': also hier, wie groß sie sind, je größer, desto ehrenvoller, an welcher Stelle u. s. w.

pavent Gegensatz gegen römische Damen.

VIII.

obiectu pectorum] soll wohl heißen: daß sie ihre Männer auffordern, ihnen lieber die Brust zu durchbohren, als sie in Gefangenschaft gerathen zu lassen.

Caesar I 51, 3. Plutarch im Marius 19: am ersten Schlachttag bei Aquae Sextiae (gegen die Teutonen und Ambronen) wurden die siegreich vordringenden Römer aufgehalten durch die Weiber, die mit Schwertern und Beilen vor der Wagenburg unter schrecklichem Heulen so wüthend auf alles einhieben, sowohl die Römer, als ihre eigenen fliehenden Männer, und so furchtlos den Römern in die Schwerter griffen, daß diese entsetzt umkehrten. Das ist vielleicht der Fall, von dem Tacitus spricht: memoriae proditur. Nachdem am andern Tag die Römer völlig gesiegt haben, ermorden sie sich selbst; ebenso bei den Kimbern, bei Vercellae (Plut. Mar. 27).

capilitate.] In Cassius Dio LXXVII 14, 2: als Caracalla deutsche gefangene Weiber fragen ließ, ob sie lieber verkauft oder getödtet werden wollten, so zogen sie den Tod vor; und als sie dennoch verkauft werden sollten, tödteten sie sich alle selbst und einige auch ihre Kinder.

Tacitus spricht nicht von der eigentlichen Theilnahme der Weiber am Krieg: wie auch bei Plutarch nur ausnahmsweise. Aber es scheint, daß es früh bei germanischen Völkern bewaffnete Frauen gab, die sich ganz dem Kriegsdienst widmeten. Eine auffallende, fast orientalische Erscheinung. Cassius Dio

LXXI 3 erzählt von einem Einfall der Germanen in Rätien in
der Zeit Marc Aurels. Auf dem Schlachtfeld finden sich Leichen
bewaffneter Frauen; und Flavius Vopiscus im Aurelian. 31 erzählt von zehn gothischen Weibern, welche in männlichem Anzug
fechtend zu Gefangenen gemacht werden, und viele andere seien
gefallen. — Das sind die nordischen Schildmägde, die man gewöhnlich als mythologische Wesen darstellen möchte; nicht nur
in der Edda hat Atli eine Leibwache von solchen Amazonen,
sondern auch in der Schlacht von Bravalla kämpfen im Heer des
Harald Hildilönn 300 Schildjungfrauen, zum Theil mit Namen
(Weblörg, Wisma und Heidr) genannt. Saxo Gramm. II p. 67:
Frotho erobert die Stadt des Handuvanus durch Kriegslist: 'per-
mutata cum ancillulis veste, *peritam se pugnandi puellam simulat
... transfugae titulo oppidum petit'*. III p. 138: Sela, die
Schwester des von Horvendillus erlegten Collerus, ist bellici perita
muneris. Diodor sagt V 32 von den gallischen Weibern, sie seien
ebenso groß und stark als die Männer; und Amman. Marc. XV
12, 1: die Weiber seien noch stärker als die Männer, und es sei
nichts gegen sie auszurichten 'tum maxime cum illa inflata cervice
suffrendens ponderanseque niveas ulnas et vastas admixtis calcibus
emittere coeperit pugnos ut catapultas tortilibus nervis excussos'.

nobiles in allen Hss.: Jedoch in B v über o, also nubiles; so
Haupt, schwerlich richtig. Sueton d. August. 21: 'a quibusdam
vero novum genus obsidum, feminas, exigere templaverit, quod
neglegere marium pignera sentiebat'.

obsides] Im Nibelungenlied ist die erste Gemahlin Etzels,
Helche, von vielen fürstlichen und adlichen Frauen umgeben,
denen sie zwar eine sorgfältige Erziehung geben läßt, die aber
zugleich Geiseln sind für die Treue der unterworfenen Völker.
So im Waltharius die burgundische Königstochter Hiltgunde als
Geisel, ebenfalls am Hof Etzels.

Eine Verehrung der Weiber finden wir schon bei den Galliern: Hannibal machte mit seinen Bundesgenoßen, den Galliern,
den Vertrag, daß, wenn die Gallier sich über die Karthager be-
schwerten, die Richter in Karthago entscheiden sollten; wenn
aber die Karthager eine Klage hätten gegen Gallier, so sollten
gallische Frauen das Urtheil sprechen. Das sind wohl bestimmte
Frauen gemeint, die einen ähnlichen Einfluß hatten, wie bei den
Germanen die Veleda, von welcher ganz ähnlich Tacitus berichtet,
Hist. III 65, daß die Cölner und Tencterer, als sie ein Bündnis
schließen wollten, als arbiter den Civilis und die Veleda bestimmten, apud quos pacta sancientur. Höchst wahrscheinlich gab
es also gerade zur Zeit des Hannibal in Gallien eine Jungfrau
von ähnlicher Macht. Und auf einer Insel Sena im britannischen
Meer (Pomponius Mela III 48) leben neun Jungfrauen, zu denen
man schiffte, um Heilmittel zu holen und um über die Zukunft
Aufschluß zu erhalten.

Bei den Germanen Caesar b. G. I 50: 'ut matres familiae

eorum ⟨Germanorum⟩ sortibus et vaticinationibus declararent, utrum proelium committi ex usu esset necne. Solche Weiber hinderten den Ariovist. — Clemens Alex. Stromata 1, p. 360 Pot.: ʽεἰςὶ δὲ καὶ παρὰ Γερμανοῖς αἱ ἱεραὶ καλούμεναι γυναῖκες, αἳ ποταμῶν δίναις προσβλέπουσαι καὶ ῥευμάτων ἑλιγμοῖς καὶ ψόφοις τεκμαίρονται καὶ προθεσπίζουσι τὰ μέλλοντα'.

Solche prophetische Weiber öfters in den nordischen Quellen spákonur, oder völva. Diese altdeutsche Verehrung der Frauen ist nicht dieselbe wie die spätere ritterliche: die alte beruht auf der Scheu vor dem Prophetischen und Heiligen, sanctum et providum. Man gehorcht den Weibern als Göttern, und sie geben den Ausschlag in Angelegenheiten des Krieges und des Staates: dagegen der ritterliche Frauendienst ist eine reine Privatsache, und der Ritter sieht bei seiner Herrin nichts Ueberirdisches, sondern ein Gut, das er durch seinen Dienst erwerben will, und auf das er durch seinen Dienst, wenn er angenommen wird, ein Recht erlangt. Der ritterliche Frauendienst ist im Grund nichts als eine durch die Sitte, die Convenienz geheiligte Aufhebung der Ehe: die ritterliche Frauenverehrung ist durchaus nichts Germanisches, sondern steht mit der deutschen Frauenverehrung in schroffstem Widerspruch. Das Ritterwesen konnte hauptsächlich deswegen in Deutschland nicht durchdringen, wie im südlichen Frankreich, weil die ritterliche Galanterie sich nicht vertrug mit der germanischen Hochachtung der Frauen.

vidimus. Wahrscheinlich hat Tacitus sie beim Triumphzug gesehen: es könnte freilich auch heißen: wir haben gesehen (oder erlebt), daß Veleda in der Zeit des Vespasian lange für eine Göttin gehalten wurde.

Velĕda. Es ist zweifelhaft, ob Velĕda oder Velēda*. Statius in den Wäldern I 4, 90 scandiert captivaeque preces Velēdae. Darnach sprechen wir; aber Cassius Dio LXVII 5, 3 Οὐελήδα. Ist das letztere richtig (und es kann sehr wohl richtig sein), so hat wohl der gelehrte Däne Finn Magnusen recht, der ein Compositum darin sieht mit heid, wie Adalheid, Albheid (Alpheit) u. s. w. — Die nord. Vala, auch Heid(r), etwa Valaheid; oder völ ist Kunst, List. Volheid also die Prophetin. Von dieser Veleda erzählt Tacitus hist. IIII 61: ʽea virgo nationis Bructerae late imperitabat, vetere apud Germanos more, quo plerasque feminarum fatidicas et augescente superstitione arbitrantur deas. tuncque Veledae auctoritas adolevit: nam prosperas Germanis res et excidium legionum praedixerat'. Man sieht daraus, wie eine prophetische Jungfrau dadurch eine politische Gewalt erhielt, daß ihre Prophezeiungen eintrafen. Wie weit die Verehrung gieng, zeigen andere Stellen, IIII 65: bei einem Bündniss der Cölner und Tencterer soll Velaeda Schiedsrichter sein: es werden

---

* In der florentiner Handschrift der Historien findet sich sechsmal Veleda, nur einmal (V 22) Velede.

Gesandte mit Geschenken an sie geschickt, und diese erlangen, was sie wünschen; aber coram adire, adloquique Veledam negatum: arcebantur aspectu, quo venerationis plus inesset. ipsa edita in turre; delectus e propinquis consulta responsaque ut internuntius numinis portabat. V 22: die Germanen überfallen die Rheinflotte der Römer, und practoriam triremem flumine Lupia donum Veledae traxere; V 24: Cerialis steht mit Veleda in heimlicher Unterhandlung, Veledam propinquosque monebat. Hier brechen die Historien ab: im Folgenden wäre wahrscheinlich die Gefangenschaft der Veleda erzählt worden, die captiva Veleda des Statius.

Auriniam nach den Handschriften oder Albriniam, höchst wahrscheinlich Albrunam: mit runa werden viele Frauennamen gebildet; Alb, eine Art göttliches Wesen: wirklich kommt vor Elbrûn (die also die Geheimnisse der Elben kennt), dabei könnte man sich beruhigen. Aber es gibt auch ein Helrûn, die die Geheimnisse der Göttin Hel (der Hölle) kennt: dieser Name kommt wirklich vor im Nordischen und in ags. Glossen (Zeitschrift IX 451) prophetissam hellrunan. Aber auch Aliorunœ: bei Jornandes 24 wird von König Filimer berichtet, er habe bei seinem Volke (also bei den Gothen) quasdam magas mulieres gefunden, quas patrio sermone aliorunas (alibrunas J. Becker Rh. Mus. XIX 639) is ipse cognominat, easque habens suspectas de medio suo proturbat, longeque ab exercito suo fugatas in solitudinem, coëgit errare. Von ihnen und den Waldmenschen, Faunen, kommen die Hunnen her. — Ein drittes Wort, das auch passt: ahd. alarûna, nord. Ölrun (Völundarkviða 4), als Name einer weisen Frau, eigentlich eine, die alle Geheimnisse kennt; und alrûna, unser Alraun ist noch lange als Name einer Prophetin geblieben, noch in einem Gedichte des 15. Jahrhunderts:

'Alraun du vil güot,
mit trawrigem müet
rüef ich dich an;
dasin meinen leidigen man
bringst darzue,
das er mir kein leid nimmer tue.'

(Grimm D. Mythol.² 1153.) Dann ist Alraun noch geblieben als Name einer Zauberwurzel. (Also embarras de richesse!)

Andere heilige Jungfrauen bei Cassius Dio LXVII 5, 3 'Γάννα παρθένος, ἣν δὲ μετὰ τὴν Οὐελήδαν ἐν τῇ Κελτικῇ θειά-ζουσα'. Von Vitellius erzählt Sueton cap. 14, daß vaticinante Chatta muliere, cui velut oraculo adquiescebat: da diese ihm sagt, daß er nicht zur Herrschaft gelange, so lange seine Mutter lebe, so ließ er diese verhungern. — Drusus (Suet. Claud. 1).

Noch viel später werden solche Prophetinnen erwähnt; bei Gregor von Tours (zum Jahr 577) zieht Guntheramnus eine Frau zu Rath, ut ei quae erant eventura enarraret: und im neunten Jahrhundert eine Alamannin Thiota, die nach Mainz kam. —

Auch in Heidelberg die Jettha oder vielmehr Heida, eine Wahr-
sagerin, die vom Thurm herab wahrsagte und am Wolfsbrunnen
zerrißen wurde (in Leodius Ann. de vita et reb. gestis Frid. II
p. 296).

Dagegen etwas anderes sind im Nibelungenlied die weißa-
genden Meerweiber, eine Art Nixen.

non adulatione nec tamquam facerent deas sagt Tacitus
mit Beziehung auf die römischen Vergötterungen: der Senat,
aus Schmeichelei, machte die Schwester des Caligula, Drusilla,
und sogar das viermonatliche Töchterchen des Nero von der
Poppaea zu Göttinnen. Nicht so war es bei den Germanen, sondern sie glaubten wirklich, daß den Weibern sanctum aliquid
innewohne, und diejenigen Weiber, deren Prophezeiungen eintrafen, hielten sie wirklich für göttliche Wesen. — Ich begreife
daher nicht, wie man zwischen unserer Stelle und Hist. IIII 61,
augescente superstitione arbitrantur deas, einen Widerspruch hat
entdecken wollen. Orelli bemerkt auch, daß die beiden Stellen
im Grunde einander nicht widersprechen.

<h2 style="text-align:center">IX.</h2>

Im Allgemeinen steht dieses Capitel im entschiedensten
Widerspruch mit denjenigen, welche melden, daß die Germanen
keine persönlichen Götter gehabt hätten, sondern nur die Elemente, die sichtbare Sonne, den Mond u. s. w. verehrten, und mit
den Stellen, die sagen, sie hätten keinen eigentlichen Götterdienst
und keine Opfer gehabt. Man beruft sich besonders auf Caesar
VI 21, 2: 'deorum numero eos solos ducunt quos cernunt et quorum aperte opibus iuvantur, Solem et Volcanum et Lunam, reliquos ne fama quidem acceperunt'; und ferner 'sacrificiis non student' (§. 1). Dazu Agathias im sechsten Jahrhundert, der I 7
von den Alamannen sagt, daß sie Bäume und Flüße für heilig
halten: das letzte ist wohl richtig, aber außerdem hatten sie auch
persönliche Götter. Caesar ist, wie in seiner Nachricht über die
Priester, entweder schlecht berichtet, oder er drückt sich sehr
undeutlich aus; es kann kein Zweifel darüber sein, daß die heidnischen Germanen zu allen Zeiten Götter verehrten und zwar mit
Opferdienst. sacrificiis non student kann bei Caesar nur heißen,
daß sie nicht so eifrig im Opferdienst seien, wie die Gallier; so
sagt er auch VI 22, 1 agriculturae non student und beschreibt
doch selbst die Art ihres Feldbaus.

Mercurium] Ganz mit denselben Ausdrücken von den Gal-
liern Caesar VI 17, 1: 'deum maxime Mercurium colunt'. Der
germanische und gallische Götterglaube war im Grund derselbe.
Der deutsche Name dieses höchsten Gottes, den die Römer dem
Mercur gleich setzten, ist Wodan, Wuotan, bei Paulus Diaconus
I 10: 'Wodan ... ipse est qui apud Romanos Mercurius dicitur
et ab universis gentibus ut deus adoratur'. Ein noch viel älteres
Zeugniss ist der Wochentag Mittwoch: dies Mercurii heißt alt-

nordisch Odinsdagr, schwedisch und dänisch Onsdag, ags. Wôd-
nesdäg, englisch Wednesday, niederl. Woensdag, belgisch Goens-
dag, niederdeutsch Gudenstag, Gonesdag: aber wie man dazu
kam, den deutschen Wodan dem Mercur gleichzusetzen, ist nicht
ganz deutlich; vielleicht ohne Namensähnlichkeit; es scheint nämlich Irman, Irmin ein Name des Wodan gewesen zu sein, und
darin sah man Ἑρμῆς: ferner war er der Beschützer des Handels
und der Reisenden, sein Bild war auf den Märkten; er verleiht
den Reichthum; so konnte er ihm schon verglichen werden. —
Uebrigens war diese interpretatio Romana des deutschen Gottes
doch sehr unpassend, denn der Sohn Wodans, Thôrr, wurde als
Donnergott dem Juppiter gleich gestellt; und so kam es dazu, daß
in der deutschen Mythologie Mercur der Vater des Juppiter war;
weshalb schon Saxo Grammaticus dagegen eifert, daß man in
Wodan den Mercur finden wolle. An andern Stellen wird Wodan
dem Mars gleich gesetzt als Verleiher des Sieges, oder dem
Juppiter. Ohne Zweifel derselbe Gott ist derjenige, welchen er
Cap. 2 Teutonem deum terra editum heißt, der Stammvater des
deutschen Volkes. Dieß geht hervor aus Cap. 39, wo von dem
Gottesdienst der Sueben die Rede ist; es werden dem Gott der
Sueben Menschen geopfert; das ist also Mercur, dem allein
Menschen geopfert werden; und bei ihm sind initia gentis, er ist
regnator omnium; so Jener Teuto origo gentis. Der gallische
Mercur hieß Teutates: Lucan. Phars. I 445 'placatur sanguine diro
Teutates'; es scheint nun allerdings, daß dieß nur eine andere
Form desselben Namens ist: Teuto: Teutonem — thiudan: Teutatem, wofür bei Lactantius I 21, 3 die Variante Teutantem: dieß
letztere ist wohl die ursprüngliche Form; einmal gieng das t verloren, Teutonem: einmal das n, Teutatem. Auch diesem Teutates
werden Menschen geopfert, und es ist wohl derselbe, welchen
Caesar VI 18, 1 Dis pater nennt, von welchem die Gallier abstammen, wie die Deutschen von Teuto.* Caesar denkt wirklich
an den Gott der Unterwelt, Pluto: Odinn ist wirklich gewissermaßen Pluto; sterben = zu Odinn fahren.

certis diebus] so 11; 27 certis lignis. — Dieß scheint besonders an beiden Solstitien gewesen zu sein; der längste und der
kürzeste Tag: sunewende; so im Nibelungenlied öfters: zeinen
sûnewenden (90, 4. 2142, 1), zen næhsten sûnewenden (1440, 3.
1517, 4), geîn disen sunewenden (742, 3); die großen Feste.
Ausdrücklich wird bemerkt, daß der große Mord der Nibelungen
zeinen sunewenden geschah (2142, 1); also zu einer Zeit, wo von

---

* Bei Schöpflin in seiner Alsatia illustrata I p. 58 ein Bruchstück einer
Chronik des 13. Jahrhunderts: Julius Caesar habe nach Unterwerfung
von Germania, deum terre placare volens, Mercurium videlicet, qui
a Deptonicis precipue colebatur, quoniam deus facundiae dicebatur,
unde etiam Greca etymologia Mercurius quasi Mercatorum kirios
vocatur, seu Theutates idem Theutonicorum theus, einen Tempel bei
Ebersmünster im Elsaß hergestellt.

Alters her ein großes Volksfest mit Menschenopfer gefeiert wurde;
daher haben die Worte Hagens 2013, 3: nu trinken wir die minne
unt gelten skilniges win eine furchtbare Bedeutung: jetzt soll
das Volksfest mit dem Menschenopfer beginnen. Daher auch
die Sunwentfeuer noch jetzt in Oesterreich, wofür Johannisfeuer. In dieser Zeit waren noch lange große Volksfeste; noch
Karl der Große feierte Sunwend; die Gebräuche beim Johannisfeuer sind Ueberreste dieses altheidnischen Opferfestes: auch in
Frankreich ist allgemein im Volk noch das Johannisfeuer üblich.
In Seeland wurden alle neun Jahre in Lethra große Opferfeste
an der Sommersonnenwende gehalten, wobei 99 Pferde, 99 Hunde,
99 Hähne und 99 Menschen geopfert wurden (so Thietmar von
Merseburg 1, 9 ed. Mader), erst durch Heinrich den Vogler 934
abgeschafft. — Midsumar. — Wintersunwende war wohl ursprünglich das Julfest, Midwinter. December und Januar hießen Jul,
schon gothisch Jiuleis: von altn. jol leitet Diez, etymol. Wörterbuch
der romanischen Sprachen I' 214, französisch joli ab; noch jetzt
heißt englisch Weihnachten yule. Ferner die Tag- und Nachtgleiche. Frühlingsanfang und Winteranfang; der Sommertag,
der noch jetzt vom Volke gefeiert wird. Besonders bei Anfang
des Winters große Feste; der Herbst ist noch jetzt die natürlichste
Zeit zu Volksfesten, Erntefest, u. s. w. In einem angelsächsischen Kalender, den uns Beda Venerabilis aufbewahrt hat de
temp. rat. c. 15, heißt der November blôtmônad, d. h. Opfer-
monat, weil sie in diesem Monat, wie Beda sagt, die Thiere den
Göttern opferten. Wenn der Lauf der Sonne im Allgemeinen die
heiligen Zeiten bestimmte, so hieng die genaue Bestimmung vom
Lauf des Mondes ab: Neumond und Vollmond; so heißt der
October bei Beda vinterfylled, das heißt der Vollmond, mit dem
der Winter beginnt. Tac. 11: die Volksversammlung fand statt
certis diebus, cum aut incohatur luna aut expletur. Dort Weiteres.

humanis hostiis) Es kann nicht bezweifelt werden, daß die
Deutschen ihrem Wodan Menschen opferten; bei Tac. noch Germ.
39. — Ferner von wirklichen Menschenopfern erzählt er Ann.
I 61 (sie opferten die Tribunen und Centurionen des römischen
Heers), XIII 57 von einem Krieg der Hermunduren und Chatten,
worin victores diversam aciem Marti ac Mercurio sacravere, quo
voto equi viri cuncta victa occidioni dantur. Weitere Belegstellen
in Jac. Grimms Deutscher Mythologie' S. 39 f.: ich könnte dazu
noch weitere geben. Von den Gothen sagt Jorn. 5, daß sie dem
Mars (d. i. hier Wodan) die Gefangenen opfern opinantes bellorum praesulem aptius humani sanguinis effusione placandum: von
den Sachsen Apollinaris Sidonius ep. VIII 6: daß sie den zehnten
Gefangenen tödteten; auch im Norden kommen ohne Zweifel
Menschenopfer vor; auch hierin ist die Religion der Germanen
der gallischen gleich: Caesar VI 16 und viele andere. Caesar
unterscheidet öffentliche Menschenopfer und Privatopfer; ein
Kranker und wer in Lebensgefahr schwebt, opfert für sich einen

Menschen. Wie wir aber oben Ann. XIII 57 gesehen haben, daß
bei den Deutschen ganze Heere den Göttern geopfert wurden, so
auch bei den Galliern; Caesar VI 17, 3: 'huic ⟨Marti⟩, cum
proelio dimicare constituerunt, ea quae bello ceperint pleramque
devovent; cum superaverunt, animalia capta immolant reliquasque
res in unum locum conferunt'. — Die Art des Todes der Opfer
war verschieden; von den Sachsen sagt Sidonius nur, daß sie
eine grausame war; und dabei kann man an die grausame Sitte
der Nordländer denken, die sie einen Adler schneiden nannten
(s. Grimm RA. S. 691); von den Kimbern erzählt Strabo VII 2, 3
p. 294, daß Priesterinnen über einem Keßel den Gefangenen den
Hals durchschnitten und aus dem strömenden Blut weissagten. —
Bei dem großen Volksfeste bei der Sommersunwende scheint das
Opfer verbrannt worden zu sein. Von den Galliern melden
Caesar und Strabo IIII 4, 5 p. 198, daß sie ein großes Weiden-
geflechte machten, das nach Caesar VI 16, 4 menschliche Gestalt
hatte; dieß wurde mit Thieren und Menschen angefüllt und verbrannt. Daher wohl kommt es, daß in das Johannisfeuer noch
an manchen Orten Katzen geworfen werden, oder ein Pferdekopf
u. s. w. — Bei den Galliern waren die Opfer nach Caesar außer
den Gefangenen besonders Verbrecher; das kommt auch bei den
Germanen vor; die Hinrichtung des Verbrechers war ein Opfer.
Aber auch Unschuldige wurden geopfert; noch von den Franken,
die dem Namen nach schon Christen waren, erzählt Procop im
gothischen Krieg II 25, daß sie im Jahr 539 in Italien einfallend,
da Weiber und Kinder opferten; besonders merkwürdig ist was
Justin XXVI 2, 2 von den Galliern erzählt, die im Heer des Antigonus als Miethsoldaten gegen Ptolemaeus fochten: sie opfern,
und die Zeichen sind ungünstig; hierauf non in timorem, sed in
furorem versi sperantesque deorum minas expiari caede suorum
posse, coniuges et liberos suos trucidant (sie kommen alle in der
Schlacht um). — Es wird also zuletzt das Liebste geopfert; so
finden wir auch im Norden, daß das Volk im ersten Jahr das gewöhnliche Opfer bringt; hilft das nicht, so werden im zweiten
Jahr Menschen geopfert; hilft das wieder nichts, so wird der
König des Volkes selbst geopfert.

Herculem. (Unsicherheit der Stellung.) — Hier ist ohne
Zweifel interpretatione Romana Thunar gemeint, der sonst
Juppiter. Tacitus sagt nichts von einem deutschen Juppiter, der
von andern genannt wird; er setzt dafür Hercules. Zwischen
Wodan und Mars kann hier nur Juppiter Thunar gemeint sein;
und es ist nicht glaublich, daß Tacitus von dem Cultus des Thunar
nichts gehört habe, der nach Odinn der wichtigste deutsche Gott
ist. Es konnte aber sehr wohl der deutsche Thunar mit Hercules
verglichen werden: denn Thunar zog wie Hercules umher um Un-
geheuer zu erlegen. So ist wohl auch Ann. II 12 silva Herculi
sacra ein Hain des Thunar gemeint. Dagegen in Germ. 3 fuisse
apud eos et Herculem memorant, primamque omnium virorum

fortium ituri in proelia canunt ist unter Hercules wohl nicht
Thunar, sondern ein heros, ein Halbgott, ein Sohn eines Gottes
gemeint. Im römischen Gallien finden sich zahlreiche Altäre
des Hercules; ein Name und die Beschreibung des gallischen
Hercules ist von Lucian aufbewahrt (Herc. 1): Hercules heiße
Ogmius; er werde als sehr alter Mann dargestellt, der nicht sowohl durch seine Stärke, als durch seine Beredsamkeit alles überwunden; denn die Vernunft stellen die Celten als Hercules dar,
weil die Vernunft das stärkste sei. Daher muß ogmius Vernunft
bedeuten: goth. ahma.

Es könnte Starcatherus (Starködr) sein, in nordischen
Quellen, besonders bei Saxo Grammaticus. Dieser ist sehr alt,
drei Menschenalter; ein ausgezeichneter Held, ein Sohn eines
Gottes; besonders berühmt durch seine Beredsamkeit; das große
Heldengedicht, welches von Saxo benutzt wurde, sei von Star-
catherus gedichtet.

Martem] Die Abgesandten der Tencterer im Jahr 70 zu
Cöln; 'redisse vos in corpus nomenque Germaniae, communibus
deis et praecipuo deorum Marti grates agimus'. Hist. IIII 64. —
Vermuthlich Saxnôt in der abrenuntiatio diaboli (Heyne S. 85):
'ec forsacho allum diaboles wercum and wordum Thunaer ende
Wôden ende Saxnôte ende allem (l. allum) thêm unholdum the
hira genôtâs sint'. Ein anderer Name ist Tîu (daher Ziestag),
und Eru.

concessis animalibus] Entweder im Gegensatz zu humanis
hostiis, oder auch eine Unterscheidung unter den Thieren selbst:
Pferde, Rinder, Schweine, Ziegen, Schafe (auch Hunde?) und
Vögel. (Pferdefleisch eßen.)

Isidi] Tacitus selbst stellt diese Göttin als eine fremde den
andern entgegen. Dennoch war es schwerlich die ägyptische Isis.
Zisa in einem Auszuge der Gallica historia scheint erfunden zu
sein zur Erklärung eines Ortsnamens bei Augsburg, Zisberg =
Berg des Ziu, daraus durch Entstellung Zisinberg, und daraus
entstanden die Göttin Zisa. In einer alten Glosse heißen die
Schwaben Cynvari, Ziovari = Verehrer des Ziu. Eher ist an
die Nehalennia auf Walchern zu denken, die mit einem Schiffe
abgebildet wird. Die Römer hatten ein Fest navigium Isidis
am 5. Merz. Es findet sich eine spätere Nachricht, aus dem
zwölften Jahrhundert (Rodulfi gesta abb. Trudonensium lib.
XII cap. 11 in Monum. Germ. SS. X p. 310) von einem Schiff,
das durch die Städte Belgiens gezogen wurde. Nur kann aber
die Insel Walchern nicht wohl pars Sueborum heißen. Aber
dieß ist nicht die einzige Göttin der Germanen; außerdem gab
es viele andere. Tacitus selbst erwähnt noch Tanfana Ann. 1 51,
Baduhenna IIII 73, Nerthus (?) Germ. 40.

cohibere parietibus] Eigentliche Tempel hatten die alten
Deutschen nicht, ebenso wenig die alten Gallier. Caesar fand

noch nirgends Tempel in Gallien, sondern nur heilige Plätze,
auf welchen die Tempelschätze aufgehäuft lagen, ohne eingeschloßen zu sein, loca consecrata VI 17, 4. Besonders waren es
Eichenwälder: einen solchen bei Massilia schildert Lucan III 399.
Auch heilige Inseln, heilige Teiche, in welchen die Schätze be-
wahrt wurden, so in Tolosa. Vgl. Caesar VI 17. Dasselbe bei
Diodor V 27: 'ἐν τοῖς ἱεροῖς καὶ τεμένεσιν ... ἔρριπται πολὺς
χρυσὸς ἀνατεθειμένος τοῖς θεοῖς· καὶ τῶν ἐγχωρίων οὐδεὶς
ἅπτεται τούτου διὰ τὴν δεισιδαιμονίαν, καίπερ ὄντων τῶν
Κελτῶν φιλαργύρων καθ' ὑπερβολήν'. Später aber hatten die
Gallier wirkliche Tempel, einen sehr berühmten des Mercurius zu
Clermont, von dem Vandalenkönig Crocus zerstört (Gregor. Tur.).
In Deutschland viele Stellen von heiligen Hainen; darin waren
ohne Zweifel Altäre; es versteht sich aber von selbst, daß die-
jenige Stelle des Waldes, in welcher der Altar stand und die
effigies und signa aufbewahrt wurden, durch einen Zaun oder
einen Graben abgeschloßen war: diesen abgeschloßenen Raum
versteht hier Tacitus unter secretum: im Norden heißt ein solcher
Ort stafgardr; bei den Angelsachsen: Beda Venerabilis hist. eccl.
II 13 erzählt von dem northumbrischen König Edwine, der im
Jahr 627 getauft wurde, wie er über Annahme des Christenthums
sich mit verständigen Männern des Volkes berieth: alle waren
dafür, selbst der heidnische Oberpriester Coifi, und wie der König
diesen fragt, wer aras et fana idolorum cum saeptis quibus erant
circumdata zuerst entweihen solle, so antwortet Coifi, daß er selbst
es thun wolle, und so zerstört er fanum cum omnibus saeptis.
Der Name dieses abgeschloßenen Theils war wohl paro (Pferch).
— Jacob Grimm ist der Meinung, daß doch auch schon gemauerte
Tempel bei den Germanen vorgekommen seien; dafür spreche,
daß die Römer celeberrimum templum quod Tanfanae vocabant
(Tac. Ann. I 51) dem Boden gleich gemacht; allein wenn man
es im Zusammenhang liest (profana simul et sacra et celeberrimum
illis gentibus templum q. T. v. ... solo aequantur), geht nicht
daraus hervor, daß es ein eigentlicher Tempel war: es können
auch Bäume und jene Zäune gemeint sein. Bei spätern Schriftstellern ist wohl öfters von Tempeln die Rede, aber das waren
römische oder christliche. Das einzige ist die lex Frisiorum,
also auch schon aus späterer Zeit, additio sapientum tit. 11:
'qui fanum effregerit, ... immolatur diis, quorum templa violavit'.
Auch im Norden gab es in späterer Zeit kostbare Tempel.

    neque in ullam humani oris speciem assimulare.] Keine Bilder
in Menschengestalt. Dieß steht nicht in Widerspruch mit Cap. 7
effigies et signa quaedam; dieß waren bloß symbolische Zeichen
der Götter, aber keine Statuen und Bilder. Dasselbe gilt von
den Kelten im Allgemeinen: sie hatten ursprünglich keine Götterbilder; so ist Lucan III 415—417 zu verstehen: 'non vulgatis
sacrata figuris numina sic metuunt: tantum terroribus addit, quos
timeant non nosse deos': sie haben größere Scheu vor den

Göttern, weil sie keine Bilder von ihnen haben. Von Brennus
in Delphi wird erzählt, er habe seine Verachtung ausgedrückt
über die tiefe Bildungsstufe der Griechen, die Götterbilder an-
beteten. Die Griechen lachten über den Aberglauben der Götter,
aber mit Zittern, die Germanen mit Verachtung. — Später aber
hatten die Gallier zahlreiche Bilder. Von simulacra des Mercurius
spricht schon Caesar VI 17, 1 (vielleicht keine eigentlichen Bildseulen). — Das Denkmal von Paris in Notre-Dame; die Hermes-
bilder in Lothringen, bes. auf dem Berg Fromont; Bilder der
Nehalennia in Walchern u. a. Ja die Gallier übertrafen sogar
die Römer im Eifer für kostbare Götterbilder; Plinius XXXIIII 45
meldet, daß Zenodorus in Rom (zur Zeit des Nero) für die Arverner die größte aller existierenden Götterstatuen verfertigt habe;
das Bild des Mercur, das 4 Millionen Sestertien kostete, und woran
zehn Jahre gearbeitet wurde. Das Bild stand ohne Zweifel im
berühmten Tempel zu Clermont, der von Crocus zerstört wurde.
Bei den Deutschen möchte Jac. Grimm (D. Myth.³ S. 94 ff.) schon
früh eigentliche Götterbilder annehmen; aber für die alte Zeit läßt
sich kein genügendes Zeugniss anführen. Von den Gothen unter
Athanarich († 381) berichtet Sozomen. hist. eccl. VI 37: es sei ein
Gott auf einem Wagen bei den Zelten herumgeführt worden,
ξόανον; es könnte aber der Wagen ein verdeckter gewesen sein,
wie der der Nerthus vehiculum veste contectum (Cap. 40). Dagegen die drei angeblichen Bilder, welche Columban im Jahr 612
bei Bregenz in den See warf, sind sicher römische, keine germanische*. Das erste sichere Zeugniss von einem germanischen
Götterbild ist die Irminsul (vielleicht keine eigentliche Bildsäule).
Im Norden finden wir später kostbare Bildsäulen.

secretum illud ist wahrscheinlich nur jener abgeschloßene
heilige Theil des Waldes, in dem die Altäre standen, stafgardr;
und diese secreta nannten sie mit den Namen der Götter: also
eine silva Herculis, locus Baduhennae, Nerthi nemus; in einer
wenigstens sehr ähnlichen Bedeutung gebraucht Tacitus secretum
im dialog. de oratoribus c. 12: 'nemora vero et luci et secretum
ipsum', also „der einsame Ort". So Germ. c. 40 von dem Hain
der Nerthus, daß nur die Priester hineingiengen, nicht das
Volk; die übrigen also sahen diese Räume sola reverentia, nicht
mit den Augen; diese in den secretis, in penetralibus wohnenden Götter nennt Armin in den Annalen II 10 penetralis Germaniae deos.

Andere wollen secretum illud in mystischer Weise erklären:
„und rufen unter der Götter Namen jenes unerforschliche Wesen
an, das nur ihr ehrfurchtsvolles Gemüth erkennt". secretum ist
secessus, nicht arcanum.

---

* Vgl. Kelten und Germanen S. 138.

X.

Die Zukunft vorauszusagen war bekanntlich ein Geschäft der gallischen Druiden. Von Divitiacus sagt Cicero de divinatione I 41, 90: 'in Gallia druidae sunt e quibus ipse (der Bruder Cicero's spricht) Divitiacum Haeduum .... cognovi, qui et naturae rationem quam φυσιολογίαν Graeci appellant, notam esse sibi profitebatur et partim auspiciis, partim coniectura, quae essent futura dicebat'.* Justin. XXIIII 4, 2. 3 von dem Heer des Brennus: 'ex his portio in Italia consedit, quae et urbem Romanam captam incendit; et portio Illyricos sinus ducibus avibus (nam augurandi studio Galli praeter ceteros callent) per strages barbarorum penetravit'.

Was das Loosen bei den Germanen betrifft, so hat man als ältestes Beispiel Caesar b. G. I 53 ex.: 'is se praesente de se ter sortibus consultum dicebat, utrum igni statim necaretur, an in aliud tempus reservaretur: sortium beneficio se esse incolumem'. Daß die Wahl des dux durchs Loos geschah, haben wir schon oben zu Cap. 7 gesehen; ja es kommt sogar vor in Schweden, daß die Annahme des Christenthums durch das Loos entschieden wurde, wie in der vita s. Anskarii cap. 27 (Mon. Germ. S. II p. 712) erzählt wird (es scheint daß sie Loose mit den Namen ihrer Götter, und eines mit dem Namen Christi bezeichneten und nun fragten, welcher ihnen helfen wolle: da kam das Loos Christi heraus). Schön ist die Stelle des Tacitus erläutert von Homeyer in den Monatsberichten der Berliner Akademie 1853 S. 747 ff. (über das germanische Loosen). Auf Hiddensee bei Rügen: sie schneiden die Hauszeichen auf kleine Hölzer, diese werden in ein Gefäß geworfen und als Loose herausgezogen. Lex Frisionum tit. XIIII 1 (Mon. Germ. XV. Legg. III p. 667) um zu wißen, wer einen Todtschlag verübt hat: zwei virgae, eines mit dem Kreuz, das andere ohne Zeichen; eines nimmt der Priester vom Altar; wenn das unbekreuzte, so ist der Schuldige unter den sieben, qui de homicidio commisso iuraverunt. Dann bezeichnet jeder von den sieben suam sortem signo suo; sie werden von einem puer innocens einzeln weggenommen; der, dessen Loos übrig bleibt, ist des Mords schuldig. — Auch eine Abhandlung über altdeutsche Loosung und Weissagung von Müllenhoff, in der Allgemeinen Monatsschrift für Wißenschaft und Litteratur von 1852.

Die auspicia wurden von der Kirche aufs strengste verboten, z. B. leges Wisigothorum VI 2, 5: 'quicunque sunt IIII, quibus augures vel auguria observare contigerit, quinquagenis publice

---

* Auch ein Geschäft der Skalden. Nach Saxo Gramm. lib. XIIII p. 812 hatte Bischof Absalon einen Isländer Namens Arnold bei sich, der sowohl die alte Geschichte zu erzählen wuste, als auch die Zukunft voraussagen konnte.

subiiciantur verberibus corrcendi'. Der gröste Theil des jetzt noch im Volk haftenden Aberglaubens bezieht sich auf die Deutung der Zukunft; aber man kann nicht mit Sicherheit bestimmen, was davon ursprünglich germanisch ist, und was aus römischem und griechischem Aberglauben stammt. Denn im Aberglauben zeigen alle Völker eine große Verwandtschaft und lernen von einander. Ich erwähne nur, daß das Wort lößeln noch jetzt in Baiern der Name ist für alle die Handlungen, die man vornimmt um die Zukunft zu errathen; es gibt besondere Lößelnächte, Zeiten, in denen man besonders leicht die Zukunft vorausbestimmen kann, besonders die Nacht vor dem Thomastag, die vor Christtag und Dreikönigstag. (Da Bleigießen u. s. w., die Rauchnächte von Weihnacht und Dreikönig; also die Sunwend, Thomas und Weihnacht.)

Sie nehmen *virgam frugiferae arbori decisam*; wird wohl die Buche sein, denn eigentliche Obstbäume hatten die Germanen nicht; also ganz wörtlich ein Buchstab. Die *notae* sind deutlich nach den von Homeyer angeführten Stellen die Hausmarken; daher allerdings Zusammenhang mit den Runen anzugeben ist.

candidam vestem.] Wichtiger Beweis dafür, daß die germanische Religion keine andere war als die gallische. Gisberti Voetii selectarum disputationum theologicarum pars tertia. Ultrajecti 1659. p. 121: 'Quod malleum ant cornicem atriam (ubi paerpera decumbit) obvolvant candido linteo'. — Ebenso bei den Druiden, Plinius XVI 250 f.: zwei junge tauri candidi coloris ... sacerdos *candida veste* ... candido id ⟨viscum⟩ excipitur sago.

temere ac fortuito] Ebenso bei Cicero de off. I 29, 103, scheint eine herkömmliche Formel zu sein; *consuletur* ist die beßere Lesart; das Futur: wenn man befragen will; vgl. 'ante forum si frigus erit, si messis in umbra' Vergil. ecl. 5, 70. Das *consulere* soll hier nach Orelli und Ritter heißen „wenn über Staatsangelegenheiten Raths gepflogen wird"; aber dazu ist das Loosen nicht nöthig. *consulere* ist fragen, hier für: das Orakel des Looses fragen, wie sonst haruspicem, Apollinem consulere; so sonst frailich nicht; aber nach dem Zusammenhang kann auch hier consulere nichts anders sein, als das Geschäft des Loosens. *consulere* scheint vox solemnis für dieß Loosen, für Orakelfragen zu sein. Bei Caesar b. Gall. I 53, 7 heißt es: consulere sortibus de aliquo.

singulos] nicht: alle nach der Reihe, einen nach dem andern (das wäre kein Loosen) sondern: dreimal nach einander, dreimal jedesmal einen; wenn dreimal dasselbe Loos herauskam, war es ein Orakel.

sacerdos civitatis] s. oben Cap. 7; civitatis zeigt eine Rangordnung an, dieß ist der oberste, jener sinistus bei Amm. Marc. XXVIII 5, 14: 'nam sacerdos apud Burgundios omnium maximus vocatur sinistus, et est perpetuus, obnoxius discriminibus nullis ut reges'.

caelum suspiciens] damit er nemlich die Loose nicht ansehen, auswählen kann.

auspiciorum] also ob die auspicia dasselbe Ergebniss haben wie die sortes.

hic] nicht bei den Römern, sondern in Germania; dieß Altbekannte findet sich auch bei den Germanen.

avium voces] noch jetzt der Kukuk; man fragt ihn in ganz Deutschland, wie viel Jahre wir noch leben, wie lang ein Mädchen noch ledig bleibt.

proprium gentis soll nicht heißen: eines Theils der Germanen; alle achten auf Vögel, aber auf Pferde ein Stamm; sondern das ist: den Vogelßug haben die Germanen mit andern Völkern gemein; aber das Weissagen aus den Pferden ist den Germanen eigenthümlich; also gens = natio.

isdem] von denen schon gesprochen, den heiligen.

Solche in heiligen Hainen weidende Pferde werden erwähnt in der Geschichte des Olaf Tryggvason (sonar saga): er hört, daß die Bewohner von Drontheim vom Christenthum zur Verehrung des Frey abgefallen sind; er eilt dahin; wo er landet, weiden des Gottes Pferde; auf diesen eilt er mit seinem Gefolge zum Tempel und zerstört die Bilder.

Prophezeiung durch ein schwarzes Pferd bei den Pommern bei Herbord vita Ottonis (Pertz Monum. Germ. Scriptt. XII 793).

candidi] Ebenso bei den Persern; Herodot I 189: 'τῶν τις ἱρῶν ἵππων τῶν λευκῶν'. (Die Geschichte des Darius.) — Weissagung der Pferde: noch der indiculus paganiarum cap. 13: de auspiciis equorum, im Concil zu Liftinae im Jahr 745.

pressos sacro curru] gewählte Ausdrucksweise, statt: currui subinnctos.

alia observatio] ist nicht dasselbe mit dem Zweikampf als Gottesurtheil, da hier nicht über ein Recht entschieden werden soll, sondern ein auspicium um die Zukunft zu errathen; aber es hängt doch damit zusammen. Wem hier in der Probe der Kriegsgott Sieg verleiht, dem wird er auch in der Entscheidung ebenso den Sieg verleihen.

XI.

principes] Der Ausdruck wird von Tacitus offenbar in verschiedenem Sinn gebraucht; Ende Cap. 12 die Richter; Cap. 13 die Gefolgsherren; aber hier nichts anderes als nobiliores; das zeigt der Gegensatz von plebs: wie in Cap. 10 'non solum apud plebem, apud proceres'. — Es sind die geborenen Häuptlinge und Vorstände, der rex und seine Verwandten; daher auch im Verlauf rex vel princeps: man sieht daraus, daß die souveräne Volksgemeinde und der rex nebeneinander bestanden, und diejenigen Unrecht haben, welche die reges nur auf diejenigen Völker beschränken wollen, welche keine Republiken waren.

Neuere wollen unter principes nur gewählte Beamte verstehen (Waitz und Thudichum), also „Vorsteher"* zu übersetzen, oder „Beamte". Sie seien weder nobiles, noch aus dem Adel hervorgegangen. Dafür ist eigentlich gar nichts anzuführen, als in Cap. 12 eliguntur (wovon dort), 22 de adsciscendis principibus. — Ann. I 55: 'Segestes suasit Varo, ut se et Arminium et ceteros proceres vinciret: nihil ausuram plebem principibus amotis'. Ann. II 9: 'eius in ripa cum ceteris primoribus Arminius adstitit'. II 15: 'Arminius aut cetori Germanorum proceres'. II 19: 'plebes primores, iuventus senes agmen Romanum repente incursant, turbant'. Hist. IIII 14: Civilis berief 'primores gentis et promptissimos volgi'.

Also überall principes gleich primores, proceres: überall Gegensatz plebs: das bedeutet nicht Angestellte, Beamte, sondern die nobilitas, die Geburt.

plebem] plebs ist hier die Menge aller Freigeborenen. Also die Volksversammlung hat die höchste Gewalt, die Verfaßung ist vollkommen demokratisch. Davon zeigen sich noch später deutliche Spuren: die ersten fränkischen Könige können nichts von Wichtigkeit unternehmen ohne Beistimmung des Volks und Heeres (frânde rât); so erzählt Gregor von Tours II 27 von Chlodwig, daß bei der Theilung der Beute der König die Einwilligung des Heeres verlangt habe, daß er ein Gefäß außer seinem Antheil erhalte; einer aber widersprach: er dürfe nichts nehmen als quae sibi sors vera largitur; worauf der König den Krug hergibt.

Lesart *pertractentur*. Da abbreviert, so kann auch gelesen werden praetractentur. Dieß Wort (praetractata) findet sich aber nicht früher als bei Tertullian, fug. in pers. 4. Daher ist es bedenklich, es bei Tacitus zu setzen. pertractare kommt bei Tacitus vor im Dialog. 1: 'quos eandem hanc quaestionem pertractantes invenis admodum audivi' „vollständig verhandeln". — Entweder „vorher bei den Fürsten berathen", nachher im concilium; oder die Berathung ist Sache der principes; das Volk entscheidet durch die Abstimmung; aber die eigentliche Berathung ist eine Sache der Fürsten; wie auch im letzten Fall, musten doch dem Volke die Gründe vorgetragen werden; also kommt es auf dasselbe heraus. Die principes berathen die Angelegenheiten und stellen die Anträge. Dazu passt der Schluß; nur diejenigen dürfen Reden halten, die in großem Ansehen stehen, rex oder princeps; aber alle sind stimmberechtigt.

Die höchste Gewalt ist also beim concilium, also demokratisch, doch, wie wir sehen, schon durch ein aristokratisches Element eingeschränkt, insofern über geringe Dinge die principes allein entscheiden, und auch über wichtige die principes die Anträge stellen. — Es ist im ganzen Kapitel nur von der Regierung, von

* Allerdings sind es Vorsteher, aber geborene; nicht auf kurze Zeit gewählt, oder angestellt.

Staatsangelegenheiten die Rede; die Privatangelegenheiten und Rechtsstreitigkeiten im folgenden Kapitel.

Es steht also fest, daß das concilium die höchste Gewalt hatte, und daß ohne Zustimmung desselben nichts Wichtiges geschehen konnte. Aber im Einzelnen ist die Sache nicht ganz deutlich: ist es das concilium der centena, des pagus, oder der civitas? Da von zwei oder drei Tagen die Rede ist, die verloren gehen, bis sie zusammen kommen, und von dem rex oder princeps, so ist es von einem concilium der civitas zu verstehen. Daneben ist immer noch möglich, daß auch die kleineren Einheiten, der pagus und vicus, ihre concilia hatten: davon aber sagt Tacitus nichts.

Bei den Galliern ebenfalls Republiken. Caesar VI 20, 3: 'de re publica nisi per concilium loqui non conceditur'. Es muste also jede civitas ihre regelmäßigen concilia haben. Doch wird sich die Theilnahme auf die equites beschränkt haben, da die clientes auf ihr Freiheitsrecht verzichtet hatten. Diese concilia werden übrigens auch da stattgefunden haben, wo es reges gab, und die an denselben Stimmberechtigten bilden wahrscheinlich den senatus, von dem Caesar öfters spricht. Bei den Helvetiern I 4, 1: Orgetorix muß, ohne Zweifel vor dem concilium, moribus suis ex vinculis causam dicere. Ueber die Belgas II 4, 4: 'in communi Belgarum concilio ...'

Im Fall des Krieges V 56, 2. 3: Der Treverer Indutiomarus 'armatum concilium indicit. hoc more Gallorum est initium belli: quo lege communi omnes puberes armati convenire consuerunt; qui ex iis novissimus convenit, in conspectu multitudinis omnibus cruciatibus affectus necatur' — nicht im Widerspruch mit illud ex libertate vitium, da hier nicht von dem gewöhnlichen concilium die Rede ist.

Strabo IIII 4, 3 p. 197 scheint seine Nachricht aus Caesar genommen zu haben: vor Alters seien sie aristokratisch regiert worden; sie wählten einen ἡγεμών für ein Jahr: das folgt aus der Stelle Caesars I 16, 5 über den Vergobretus, der jährlich gewählt wurde, und ἐκ πόλεμον εἰς ὑπὸ τοῦ πλήθους ἀπεδείκνυτο στρατηγός, auch nach Caesar. Er weiß aber noch etwas Besonderes von den συνεδρίοις: wenn einer den Sprechenden stört, so droht ihm ὁ ὑπηρέτης mit dem gezogenen Schwert; wenn er ihm zwei- und dreimal gedroht hat, und er fährt fort zu stören, so schneidet er ihm von seinem Sagum so viel ab, daß das übrige nichts mehr werth ist.

Von dem Concilium der Germanen spricht Caesar VI 23, 7 nur beiläufig: 'ubi quis ex principibus in concilio dixit se ducem fore' etc. Dann aber IIII 19, 2: die Snebi, sobald sie erfahren, daß Caesar eine Brücke über den Rein baue, more suo concilio habito. Hist. IIII 64: die Tencterer 'missis legatis mandata apud concilium Agrippinensium (also der Uhier) edi iubent ...' Tacitus spricht Cap. 39 von dem Wald bei den Semnones, in

welchem stato tempore Gesandte aller Völker eiusdem sanguinis
zusammen kommen; also nach der civitas hier, die natio; natürlich nur legationes.

Daß beim Volke die Gewalt ist, wird noch lange anerkannt; vgl. die schon erzählte Geschichte von Chlodwig bei
Gregor von Tours II 27: die ersten fränkischen Könige können
nichts thun ohne Einwilligung des Volkes; wie in dem Nibelungenlied: König Gunther kann nichts thun, ohne sich mit
seinen Freunden zu berathen (âne frinnde rât). Der Lango-
hardenkönig Liutprand (713—735) im Eingang seines Gesetzes
I, 3: 'adsistente omni populo statuere praevidimus legem'. Auch
bei den Franken: die Volksversammlung auf dem Merzfeld noch
unter den Karolingern ein Rest der alten souveränen Volksgemeinde. Noch Heinrich I. hielt eine Volksversammlung, in
welcher der Krieg gegen die Ungarn beschloßen wurde.

Die Sachsen in Hucbaldi vita s. Lebuini (Pertz Mon. Germ.
S. II p. 361): 'statuto quoque tempore anni semel ex singulis
pagis atque ex .. ordinihus tripartitis singillatim viri duodecim
electi et in unum collecti, in media Saxouia secus flumen Wiseram et locum Marklo nuncupatum exercebant generale concilium, tractantes sancientes et propalantes communia commoda
utilitatis iuxta placitum a se statutae legis'.

Bei den Angelsachsen hundred gemôt, soll alle vier Wochen
gehalten werden: und scir (oder shire) gemôt, Grafschafts-
gericht, jährlich zweimal; dieß sind aber nicht mehr eigentliche
Volksversammlungen in Landesangelegenheiten, sondern Gerichte. Im Norden waren noch lange die Thinge der kleinen
und großen Kreise, heradsþing, fylkesþing.

Die Namen: þing, mâl (mallum), gemôt.

certis diebus] Solche Versammlungen, die an bestimmten
Tagen gehalten wurden, heißen später die ungebotenen Dinge,
die regelmäßigen, die nicht besonders angesagt werden. Ist
aber etwas besonders Wichtiges vorgekommen, dann wird ein
Ding geboten, zu einer außerordentlichen Versammlung geladen, zwischen der Zeit gehalten. Dieß geschieht im Norden
durch ein Symbol, einen Stock; oder wenn es sich um eine
Ermordung handelt, örvarþing (Pfeilversammlung): jeder seinem
Nachbar.

Wohl nicht an jedem Neumond und jedem Vollmond;
sondern die regelmäßige Volksversammlung war an gewissen
Neumonden und Vollmonden des Jahrs. Sie fielen wohl ohne
Zweifel zusammen mit den großen Volks- und Opferfesten in
Cap. 9. Unter den Merowingern im Merz, später von Pipin
auf den Mai verlegt.

Noch später finden sich drei (zuweilen vier) ungebotene
Dinge (Gerichte): Frühjahr, Herbst und Hornung (und das vierte
im Sommer?). Es sind wohl wieder die alten heiligen Zeiten,

die zwei Sunwenden und die zwei Tag- und Nachtgleichen.
Bloße Gerichte freilich viel häufiger.

auspicatissimum] Wir haben ein Beispiel in der Geschichte
des Ariovist (Caesar b. G. I 50, 4): dem verbieten die Weiber,
vor dem Neumond zu schlagen; wahrscheinlich also nicht bei
abnehmendem Monde; diese Zeit gilt noch für die ungünstige.
(Aberglaube beim Haarschneiden.)

noctium] Sie rechnen nach Nächten. Hier ist wieder voll-
kommene Gleichheit der Germanen und Gallier. Caesar VI 18, 2
(weil ab Dite patre prognati): 'ob eam causam spatia omnis
temporis non numero dierum, sed noctium finiunt'. Ganz ebenso
bei den Deutschen, lange nach Nächten, im Nibelungenlied
1500 'über dise siben naht, do künde in diu maere' oder 1478, 3
'in disen siben nahten': noch englisch fortnight, sennight.

constituunt und *condicunt* im gerichtlichen Sinn: anberaumen
und vorladen. So sind auch in der lex Salica alle Fristen
nach Nächten angegeben: 'inter decem noctes; super septem
noctes cum testibus eum rogare debet, ut ante indicem ad mallo-
bergo 'debeat convenire'. So auch im Sachsenspiegel I 67 'Swen
man aber beclaget umme ungerichte, deme sal man teidingen
dries, iemer uber vtracehn nacht'.

nox ducere diem videtur] Also die Nacht und der folgende
Tag machen ein νυχθήμερον. Der volle Tag dauert vom Abend
bis zum folgenden Abend. Ebenso die Gallier Caes. VI 18, 2:
'dies natales et mensium et annorum initia sic observant, ut
noctem dies subsequatur'. Dazu eine merkwürdige Nachricht
bei Beda de temporum ratione 15 (vol. VI p. 178 Giles): Die
Angelsachsen begannen das Jahr acht Tage vor dem Januar,
also zu Weihnachten, und nannten diese Nacht mōdra niht,
Nacht der Mütter; also sie begannen das Jahr mit der Nacht.

turbae die Handschriften; Gronovius liest turba, vielleicht
beßer: sobald die Zahl groß genug ist; turbae: ohne Ordnung,
wie es dem Haufen gefällt.

armati] Ebenso von den Galliern Livius XXI 20, 1 beim
Zuge des Hannibal: 'armati (ita mos gentis erat) in concilium
venerunt'. Caesar V 56, 2: 'Indutiomarus concilium armatum
indicit' (wenn schon nur im Kriegsfall). In Deutschland finden
sich noch lange Spuren; in der Schweiz vor noch nicht lange
herkömmlich, noch in einigen Cantonen der Fall; siehe Orelli.
Von Pipin König von Italien verboten: legg. Langobard. tit. 42:
'ut nullus ad mallum vel ad placitum intra patriam arma, id est
scutum et lanceam portet'.

silentium] Der Gerichtsbann wird verkündet, der Thingfrieden; in nordischen Quellen finden wir, daß die Eröffnung
des Things mit der feierlichen Verkündigung des Thingfriedens
beginnt. Das war um so nothwendiger, als man sich bewaffnet
versammelte. Der Bruch des Thingfriedens war eines der

schwersten Verbrechen; der Thingfrieden bezog sich auch auf
die zum Thing Reisenden.

tum] Die Priester hatten während des Things eine hohe
Gewalt.

frameas concutiunt] Ein Beispiel Hist. V 17 (Civilis hat
gesprochen): 'ubi sono armorum tripudiisque (ita illis mos) ad-
probata sunt dicta' und Caesar VII 21, 1 (Vercingetorix): 'con-
clamat omnis multitudo et suo more armis 'concrepat, quod
facere in eo consuerunt, cuius orationem approbant'.

XII.

Von der Rechtspflege. Am Ende des Capitels heißt
es, daß in den gewöhnlichen Fällen die principes und centeni
comitas in jedem Gau die Rechtspflege haben; hingegen bei
sehr wichtigen Fällen, und wenn es sich um Leben und Tod
handelte, konnte die Sache vor die Volksversammlung gebracht
werden. In licet liegt schon, daß es das Gewöhnliche nicht ist.
Das concilium entscheidet, wie es scheint, in zweiter Instanz
und hat in Criminalfällen das Urtheil zu fällen. Es fragt sich
vor allem, ob es Gesetze gab, und Gesetzeskundige, Rechtsgelehrte. Beides hängt zusammen: wenn es Gesetze gab, so
muste es auch eine Art von gelehrten Rechtskundigen geben.
Ich glaube nun, ohne Gesetze läßt sich ein Staat gar nicht
denken: und wenn wir nicht zugeben wollen, daß die Germanen
Horden von Wilden waren, so müßen wir ihnen auch Gesetze
und Gesetzeskundige zuerkennen. Es ist das nicht nur für
das Strafrecht nöthig, daß nicht in jedem einzelnen Fall will-
kürlich die Strafe bestimmt wurde, sondern nach früheren Fällen
eine Norm vorhanden war: sondern auch für die concilia des
11. Capitels, für die Gesetzgebung, die Verwaltung, Regierung.
Man kann doch nicht annehmen, daß die Beschlüße jedesmal
nur für einen einzelnen Fall gegeben waren, sie sollten gewiss
eine längere Dauer haben; also muste auch Jemand da sein,
der die Beschlüße der früheren concilia kannte, eine Art von
Gesetzsammlung, wenn auch nicht geschrieben, sondern im Gedächtnis bewahrt. Es ist dafür von Wichtigkeit, daß die
sacerdotes bei den concilia erscheinen: als, die Gelehrten, die
den ganzen geistigen Schatz der Nation bewahrten, musten
auch die Gesetze von Geschlecht zu Geschlecht überliefern.
Sie gaben der ganzen Staatsordnung eine höhere Weihe, und
als Rechtsgelehrte hatten sie gewiss den grösten Einfluß auf
die zu fällenden Urtheile. So hatten bei den Galliern die
Druiden die Rechtspflege gänzlich an sich gerißen. Ohne
Zweifel hatten die reges, die concilia und jene vergobreti richterliche Gewalt: aber die eigentlichen Rechtsgelehrten waren die
Druiden, und daher hatten sie die letzte Entscheidung: Caesar

VI 13, 5: 'fere de omnibus controversiis publicis privatisque
constituunt et, siquod est admissum facinus, si caedes facta, si
de hereditate, de finibus controversia est, idem decernunt,
praemia poenasque constituunt' und ebenda §. 10: 'certo anni
tempore in finibus Carnutum, quae regio totius Galliae media
habetur, considunt in loco consecrato. huc omnes undique, qui
controversias habent, conveniunt eorumque decretis iudiciisque
parent'.

Im 7. Capitel des Tacitus finden wir, daß bei den Germanen sogar im Krieg die Strafe nur von dem Priester voll-
zogen werden konnte; um so mehr im Frieden: daher Cap. 11
'quibus tum et coercendi ius est' nicht bloß auf die Aufrecht-
haltung der Ordnung, des Gerichtsbannes, sondern auf die
gerichtliche Strafvollstreckung zu beziehen ist. Auch mußten
die Priester auf das Urtheil selbst großen Einfluß haben als
die Rechtskundigen. Daher ist auch ahd. êwarto, d. i. legis
custos, ein Name für sacerdos; und êosago iudex; und im Altnordischen ist der Name des Richters godi, eigentlich Tempel-
vorstand, und das ist gothisch gudja Priester. Es ist also
überall vorwiegender Einfluß der Priester in der Rechtspflege;
bei den Germanen aber ist die höchste Entscheidung bei dem
concilium; bei den Galliern ist entscheidend der Priester allein.

Rechtsgelehrte waren später bei den Franken die sagi-
barones. Besonders im Norden erscheinen Rechtskundige. In
Island der lagman, lögsögumadr auf drei Jahre gewählt, hat
jeden dritten Sommer das ganze Landrecht und jeden Sommer
die Regeln über die Gerichtsordnung auf dem Gesetzberg vor-
zutragen: er ist also das lebendige Gesetzbuch des Volkes.
Das älteste Gesetz der Isländer war von Ulflioth um 925, der
nach Norwegen gereist war, um sich mit den Rechtskundigen
zu besprechen: es blieb ungefähr 200 Jahre in Uebung, ohne
aufgeschrieben zu sein; es war also für die Ueberlieferung durch
das Gedächtnis gesorgt.

In Schweden hatte nach Snorro jeder Bezirk sein lögþing,
Gerichtsversammlung, und seinen lagman: was dieser für Recht
erklärt, das gilt. Diese Lagmänner erscheinen auch noch bei
den Gothen (in Schweden) und sie sind sehr mächtig. Als
Olaf Schoßkönig gegen den Willen seines Volkes nicht Frieden
schließen wollte mit Norwegen, erhob sich der Lagman Thorgny,
ein alter Mann von erhabenem Wuchs, dem der Bart, wenn er
saß, auf den Knieen lag, und sprach: 'Wir Bauern wollen,
daß du, König Olaf, mit Norwegens König Frieden schließest
und ihm deine Tochter Ingegard zur Frau gibst. Wenn du
nicht willst, so werden wir dich überfallen und dich todt-
schlagen, um nicht länger Unfrieden und Unrecht zu dulden.
Denn so haben es unsere Voreltern gemacht: fünf Könige,
die so von Hochmuth erfüllt waren, wie du es gegen uns bist,
haben sie bei Mulathing in einen Brunnen geworfen. Sprich

nun rasch, welchen Theil du erwählst.' Da erklang ringsumher
Waffengeräusch. Der König stand zum Sprechen auf und sagte,
daß er des Volkes Wünsche erfüllen wolle; denn so hätten es
alle Schwedenkönige gehalten, daß sie das Volk hätten entscheiden laßen! — In dem westgothländischen Gesetz heißt es:
der Lagman soll eines Bauern Sohn sein; und alle Bauern sollen
ihn erwählen mit Gottes Hilfe: und nur das heißt ein Ding
aller Gothen, wo der Lagman zugegen ist. — Aber in Wirklichkeit gieng die Würde des Lagman in langer Reihe vom
Vater auf den Sohn. Wir besitzen ein Verzeichniss von 19
westgothländischen Lagmännern bis gegen den Schluß des
dreizehnten Jahrhunderts. Von einem derselben wird gerühmt,
daß er einmal kurz vor seinem Tode das ganze Gesetz der
Westgothen an éinem Tage vorgetragen habe.

Nicht wenige Zeugnisse haben wir vom Unterricht im
Rechte, den Knaben mehrere Jahre lang von rechtskundigen
Männern erhielten.

Die Einrichtung war gewiss uralt und nicht auf den Norden
beschränkt; und wenn schon Tacitus nichts davon sagt, so
dürfen wir doch unbedenklich annehmen, daß schon auf dem
concilium, von dem er berichtet, ein lagman, ein ésaga, éwarto,
d. i. sacerdos, die zu Recht bestehenden Gesetze dem Volke
vortrug.

Der friesische ásega. Richthofen: vor Einführung des
Christenthums muß ásega, wie das ähnlich componierte éwarto
und wie das isländische godi Benennung der die Rechtskunde
im Volke wahrenden Priester gewesen sein: noch um 1200 ásega
= Priester.

Diese von dem ésaga von Geschlecht zu Geschlecht überlieferten alten Gesetze bilden allerdings die Grundlage unserer
leges barbarorum, die jedoch unter ganz veränderten Verhältnissen und mehrere Jahrhunderte später aufgezeichnet, von der
gemeinsamen Grundlage nicht mehr viel bewahrt haben.

Procop. de bello Gotth. IIII 20 erwähnt einen νόμος πά-
τριος der Weriner, wonach es erlaubt war, nach des Vaters
Tod die Stiefmutter zu heirathen. Nach Jornandes 11: 'Dice-
neus philosophiam eos instruxit ... physicam tradens, natura-
liter propriis legibus vivere fecit, quae usque nunc conscriptas
Belagines nuncupant' (von bilagjan, Satzungen), also sogar schon
geschrieben: und da die Gothen gewiss schon im 4. Jahrhundert
eine ausgebildete Runenschrift hatten, so ist es nicht unglaublich. Von den Franken ist es nach der Vorrede der lex
Salica höchst wahrscheinlich, daß sie schon im 4. Jahrhundert
ein in ihrer Sprache geschriebenes Gesetz hatten, wovon die
lex Salica eine lateinische Uebersetzung mit Anmerkungen der
Malberger Glosse kümmerliche Reste sind. Vornen in der lex
Ripuariorum: 'Theodoricus rex Francorum cum esset Catalaunis,
elegit viros sapientes, qui in regno suo legibus antiquis eruditi

erant ... iussit conscribere legem Francorum Alamannorum et
Baiovariorum et unicuique genti, quae sub eius potestate erat,
secundum consuetudinem suam: et quae erant secundum consuetudinem paganorum, mutavit secundum legem Christianorum'
etc. Rothar. 384: 'inquirentes et memorantes antiquas leges
patrum nostrorum, quae scripta non erant, condidimus' etc.,
gerade wie er die Namen seiner Vorfahren aufschreiben ließ
'in quantum per antiquos homines didicimus'.

Wenn nun Tacitus weiter berichtet, daß außer dem concilium in jedem Gau ein princeps das Recht pflegte, so scheint
noch ein drittes hinzukommen, der Adel, oder bürgerliche
Beamte; die Rechtspflege also ist gewesen 1) beim ganzen
Volke im concilium, 2) bei den principes mit den centeni:
diese Stelle soll beweisen, daß die principes des Tacitus nichts
sind als gewählte und angestellte Beamte. Allein dieß ist nur
scheinbar. Es sind vielmehr jene principes eben die goði,
immer nobiliores durch Geburt*: und andere als solche werden
auch nicht zum dux gewählt: aus diesen principes werden nun
auch diejenigen gewählt, welche als die tauglichsten erscheinen
um Recht zu sprechen. Ein anderer als ein nobilior wird
schwerlich dazu gewählt worden sein. Der Gegensatz ist plebs.
Bei Caesar VI 23, 5: 'in pace nullus est communis magistratus,
sed principes regionum atque pagorum inter suos ius dicunt
controversiasque minuunt'. Es scheint allerdings, daß diese
Wahlen nicht auf Lebenszeit galten; denn sonst wäre das
Wahlgeschäft selten vorgekommen. Wir haben gesehen, daß
der lögsögumaðr in Island auf drei Jahre gewählt wurde; bei
den Galliern der vergobretus, der über Leben und Tod zu
entscheiden hatte, auf ein Jahr. So vielleicht hier.

Ebenso im germanischen Norden; der goði, der Vorstand
des Tempels und der Richter des Bezirkes, ist immer zugleich
ein jarl, ein nobilior, gehört einer adlichen Familie an, und
alle vornehmen Geschlechter trachten nach der Würde des goði.

So könnte auch hier der princeps zugleich ein Rechts-
gelehrter, ein Åsega, insofern ein Priester sein. So sagt auch
Tacitus cap. 10 'non solum apud plebem, apud proceres, apud
sacerdotes'; also die sacerdotes gehören nicht zur plebs, sondern
sie sind principes; wenn daher hier Tacitus sagt 'principes eliguntur qui iura reddunt', so scheint dieß nichts anderes zu
heißen, als daß unter den principes derjenige, der durch seine
juristischen Kenntnisse der tauglichste scheint, goði, Åsega zu

---

* Die gallischen und germanischen Priester waren aus dem Adel
genommen; nach Caesar VI 13 gab es bei den Galliern drei Stände:
plebes, equites und druidae; aber wir sehen an dem Beispiel des Divitiacus, daß die druidae den Familien der equites angehörten; so ist
Divitiacus Princeps und zugleich Druide; und Liscus I 16. 5 ist ebenfalls princeps und vergobretus, der für ein Jahr gewählte höchste
Richter.

werden, auf dem Thing (concilium) ansgewählt wird. Nicht jeder princeps, jedes Glied der fürstlichen Familie war tauglich ein godi, ein Recht sprechender Priester zu sein, aber jeder godi gehörte einer fürstlichen Familie an, war princeps. Man sagt nun, es müsse dann reddant gelesen werden; dieß wäre allerdings deutlicher, aber ist nicht nothwendig; wenn es aber nothwendig ist, so ist unbedenklich zu ändern.

Dem princeps, der das Richteramt in einem Gau erhalten hatte, sind beigegeben centeni ex plebe: daß er hundert Begleiter habe, scheint kaum möglich; nirgends wird eine so große Zahl von Beisitzern oder Geschwornen erwähnt. Es ist wahrscheinlich, daß auch hier, wie oben Cap. 6, centeni nicht als Zahlwort zu nehmen ist, sondern als Bezeichnung der Würde (nomen et honor), als Uebersetzung von hunno; und dieß wird zur Gewißheit dadurch, daß noch viel später hunno für eine Gerichtsperson vorkommt, zur Bezeichnung dieser comites des Richters; z. B. in einer Urkunde vom Jahr 1437 'wan ich zu der zit ein honne (Geschworner) was'; vom Jahr 1056: 'illi qui hunnones dicuntur' (Grimm Deutsche RA. 756). Also die equites sind zugleich die Schöffen: der Stand der scepenbaren des Sachsenspiegels. In jedem Gau (pagus) 100 (oder 120), und wenn nun der Gau der Germanen, nach unserer früheren Vermuthung, aus 10 vici oder Hundertschaften bestand, so waren aus jedem vicus 12 equites. Zwölf ist nun wirklich die Zahl der Beisitzer: zwölf Schöffen (scabini) gehören zu einem placitum. Bei den Friesen sind dem åsega (iudex) zwölf Männer (comites) aus der Gemeinde beigegeben: sie heißen nur die tolf orkenen (Urkunden), testes. Ebenso im Norden der lögmadr, bei ihm zwölf nefndir (nominati), und daher ein rechtes Gericht tölfmannadömr (Ausspruch der zwölf Männer). Bei Saxo Grammaticus VIIII p. 447: '⟨Regnerus⟩ ut omnis controversiarum lis ... duodecim patrum approbatorum iudicio mandaretur, instituit', und in der Hervarar Saga: 'rex Heidrekus duodecim viros sapientissimos delegit ad diiudicandum causas omnes in regno'. Oft werden 7 Schöffen, 7 orkenen (bei den Friesen) genannt: sieben ist die Majorität von zwölf; sieben wenigstens sind nöthig um die Majorität zu bilden.

Es scheint, daß Lebensstrafe vom concilium verhängt werden konnte. Tacitus gibt an, in welchen Fällen es geschah: und da muß es sehr auffallend sein, daß für alle Verbrechen gegen Einzelne, selbst Mord, nichts von Todesstrafe gesagt wird; dagegen sind es Verbrechen gegen den Staat, Verrath und Herislis, ja sogar bloße Untüchtigkeit für den Staatszweck (moralische und physische), für den Krieg, ignavi et inbelles, die mit dem Tode bestraft werden. Dieser Erscheinung gegenüber kann man nicht mehr sagen, daß sie kein staatliches Bewußtsein gehabt hätten; im Gegentheil, ein höchst lebhaftes. Ich finde, daß die Juristen gar nicht darauf geachtet haben.

proditores] Rotharis legg. 4: 'si quis inimicum publicum infra provinciam iuvitaverit aut introduxerit, mortis incurrat periculum'. Lex Alamannorum 25: 'aut vitam perdat aut in exilium eat, ubi dux miserit, et res eius infiscentur in publico'.

transfugas] Rotharis legg. §. 3: 'si quis foris provinciam fugere tentaverit, mortis incurrat periculum'. Diese transfugae sind diejenigen, die herisliz machen: Caroli M. legg. §. 81 (Pertz Monum. Germ. III p. 88): 'qui herisliz fecerit, vitae periculum incurrat', und 'quicunque absque licentia principis de hoste reversus fuerit, quod factum Franci herisliz dicunt'. Capitulare von 812: 'ibi quod theodisca lingua harisliz dicitur visi sunt indicasse Tassilonem ad mortem'. Es ist also nicht ganz dasselbe wie transfuga. Daher wobl auch Heeresflüchtigkeit (ohne zum Feinde überzulaufen): capit. Ticinense a. 801: 'si quis adeo contumax aut superbus exstiterit, ut demisso exercitu absque iussu vel licentia regis domum revertatur et quod nos theodisca dicimus lingua herisliz fecerit, ipse ut reus maiestatis vitae periculum incurrat'. Edict. Rothar. 7: 'si quis contra inimicos pugnando collegam suum dimiserit aut astaliam eum fecerit id est cum deceperit et cum eo non laboraverit, animae incurrat periculum'.

arboribus suspendunt] Diess ist für Verbrecher eine bei allen germanischen Völkern übliche Todesart; aber ursprünglich nicht schimpflich. Nach Adam von Bremen werden in Upsala bei den großen Festen die Opfer, sowohl Menschen als Thiere, aufgehängt, und nach Saxo Grammat. I p. 60 nimmt sich der König Hadingus freiwillig das Leben durch Erhenken. Bei Diodor V 32 ist Hängen und dann Verbrennen der Leiche gallische Strafe für alle Verbrechen. Bei Bonifatius epist. 59 (S. 172 Jaffé): ein gefallenes Mädchen muß sich selbst erwürgen; der Verführer wird gehängt; beide Leichen werden zusammen verbrannt.

ignavi heißt Feiglinge; *imbelles* Schwächlinge. Also hier ist nicht die Rede von einem Verbrechen, sondern von moralischer oder physischer Untauglichkeit. Daß auch die bloße Feigheit und physische Untüchtigkeit mit dem Tode bestraft wurde, scheint uns allerdings barbarisch, aber nichtsdestoweniger war es wirklich so: auch Aussetzen der Kinder, Mitverbrennen der Wittwe und Sklaven; das Tödten der Greise um ihnen die Leiden des Alters zu ersparen, der Selbstmord um dem Alter zu entgehen; das alles ist barbarisch, aber wirklich vorkommend bei den Germanen.

In diesem Zusammenhang kann *corpore infames* nicht von einem unnennbaren Laster, wie alle Ausleger thun, verstanden werden, und welches allerdings an andern Stellen von Tacitus (Ann. I 73 vgl. XV 49) unter corpore infamis verstanden wird, sondern solche, die mit unheilbaren, ekelhaften Krankheiten behaftet waren. Plinius epist. VII 27, 5: 'spatiosa et capax

domus, sed infamis et pestilens'. Livius XXI 31, 8: 'infames
frigoribus Alpes'. Bei Gellius XVII 12 ist febris 'materia
infamis'.

So wißen wir von den Herulern (Procop. bell. Goth.
II 14), daß unheilbar Kranke und Altersschwache getödtet
wurden. Die ganze Tugend des Mannes besteht in der Kriegstüchtigkeit.

caeno] Diese Strafe noch in der lex Burgundionum 34, 1
gegen die untreue Gemahlin: 'siqua mulier maritum suum, cui
legitime iuncta est, dimiserit, necetur in luto'. Weitere Todes-
arten: verbrennen; jener Procillus bei Ariovist (Caesar b. G.
I 53, 7), Orgetorix (Caes. I 4, 1); später: enthaupten, er-
tränken u. s. w.

scelera] Verbrechen, Landesverrath und Herisliz.

flagitia] schimpfliche Eigenschaften, die zum Kriege un-
tüchtig machen, wie Feigheit, Weiblichkeit, unheilbare Krankheiten. Die Todesstrafe nur bei Verbrechen gegen den Staat
oder Untauglichkeit für den Staat. Dagegen bei allen Privatangelegenheiten, Verbrechen gegen Einzelne, selbst Mord, Todtschlag, wurden nicht mit dem Tod bestraft; alle Verbrechen
gegen Privatpersonen konnten gesühnt werden; hier war die
Strafe der Privatrache, der Blutrache überlaßen*, und das
Gesetz suchte nur durch eine Buße beschwichtigend einzuwirken
(Cap. 21).

poena ist Coniectur des Acidalius, von Gerlach und Orelli,
Haupt, Halm aufgenommen**; handschriftlich nur poenarum;
da damit ein passender Sinn sich ergibt, so darf nicht geändert
werden: „Aber auch bei leichteren Vergehen werden sie, wenn
sie überwiesen sind, nach dem Maß der (überlieferten) Buß-
sätze um eine Anzahl Pferde und Rinder gestraft." Das scheint
ganz passend.

Also alle Verbrechen gegen Personen, Todtschlag, haben
eine Strafe von Geldeswerth: und so finden wir es wirklich in
den leges barbarorum. Jedes Verbrechen, vom Todtschlag bis
zur geringsten Verwundung, hat seine gesetzliche richterliche
Taxe, modus poenarum. Gerade dieß ist das Bezeichnende im
germanischen Recht. Und zwar ein Theil als Entschädigung
für den Verletzten oder die Verwandten desselben; ein Theil
für den Staat oder den König als Strafe; jener leudis, dieser
fredus. Es gehört dazu Cap. 21: 'nec implacabiles durant
(inimicitiae): luitur enim etiam homicidium certo armentorum
ac pecorum numero recipitque satisfactionem universa domus'.
Der eigentliche Kern unserer leges barbarorum ist eben dieser

* Pflicht der Blutrache: lex Angl. et Werin. tit. 6, 5: 'ad quemcumque hereditas terrae pervenerit, ad illum vestis bellica, id est lorica,
et *ultio proximi* et solutio leudis debet pertinere'.

** Ich bin doch nicht ganz sicher, ob pro modo „verhältnißmäßig"
heißen kann.

modus poenarum. Es war gewissermaßen gesetzlich bestimmt, wie viel ein Mensch werth sei: das Wergeld, lendis.

Daran hatten die Verwandten Antheil: z. B. in der Graugans: die volle Buße (3 Mark*, 6 Unzen und 48 Pfennige) erhalten Vater, Sohn, Bruder des Erschlagenen; die zweite Buße 24 Unzen und 32 Pfennige Großvater, Enkel, die dritte 2 Mark, 3 Unzen und 24 Pfennige Vaters Bruder und Bruders Sohn; die vierte aus 14 Unzen und 16 Pfennigen Vatersbrüder und Vaterschwestersöhne u. s. w.

In der norwegischen Berechnung beträgt die Hauptbuße 10 Mark oder 32 Kühe; die Bruderbuße 5 Mark; und die Brudersohnsbuße zu 4 Mark. Lex salica 62: 'si cuiuscumque pater occisus fuerit, medietate composicionis filii collegant, et alia medietate parentes qui proximiores sunt tam de patre quam de matre inter se dividant'.

Aber ebenso waren die Verwandten des Todtschlägers haftbar; es ist in den nordischen Gesetzen in gleicher Weise bestimmt, wie viel der nächste Verwandte des Mörders zu bezahlen hatte. Der Thäter selbst muste die ganze Buße bezahlen, aber er hatte das Recht, seine Verwandten zur Beisteuer zu zwingen. — Bei den Franken gehört hieher das berühmte Gesetz von der chrenecruda. Lex salica tit. 58: wenn der Mörder die Buße nicht zahlen kann, so muß er aus den vier Winkeln seines Hauses den Staub in die Faust nehmen und auf die Schwelle treten und intus in casa repiciens und mit der linken Hand über seine Schultern super proximiorem parentem werfen. Hatte dieser aber auch die Mittel nicht, so warf er wieder in gleicher Weise den Staub auf den proximior parens. Der Mörder muste im bloßen Hemde, einen Stock in der Hand, über den Zaun springen. Zahlte keiner, so wurde er auch an vier Gerichtstagen öffentlich ausgestellt, um abzuwarten, ob ihn Niemand auslöse; geschah es nicht, so erlitt er die Todesstrafe. (Unter chrenecruda verstehe ich proximior parens.) Man sieht deutlich, daß ursprünglich die Verwandten verpflichtet waren: aber schon unter Chilperich (561—584) wurde es dem Belieben der Verwandten anheimgestellt, ob sie zahlen wollten, und Childebert II 596 verbot sogar jede Auslösung; und eine alte Notiz sagt: 'de chrenecruda lex, quam paganorum tempore observabant, deinceps nunquam valeat, quia per ipsam cecidit multorum potestas'.

Bei den Nordländern gab es kein höheres Wergeld, als das des freien Mannes; und das ist ohne Zweifel das alte: bei den Angelsachsen thwy—six—twelfhyndimen: 2, 6, 12 hundert Schillinge. — Das Wergeld bei den salischen und ripuarischen Franken betrug 200 Schillinge; dreifaches Wergeld für einen antrustio, Graf, sagibaro u. s. w.

---

* 1 Mark Silber 28 Unzen.

Thüringer Wergeld 200 für den Freien, 600 für den Adelichen.

Im alamannischen und baierischen Recht 160, oder 1. 2. 80 Schillinge, und noch verschiedene Stufen aufwärts. Bei den Burgundern 150, 200 und 300 Schillinge. Ebenso bei den Langobarden u. s. w.

Sobald die Buße bezahlt und angenommen war, hörte die Fehde auf, und das Recht der Rache erlosch.

Außerdem aber musste der Verbrecher noch eine Strafe an den Staat bezahlen, für den gebrochenen Frieden: fredus: meistens den dritten Theil der compositio. Während jenes mehr eine Vergütung des Schadens, ist dieß mehr eine Strafe, ein Anerkenntniss, daß man nicht nur gegen die Person, sondern zugleich gegen den Staat sich vergangen hat.

equorum pecorumque] oben cap. 5. Auch schon erwähnt, daß die alten Bußen wirklich noch in Vieh angegeben sind: noch Widukind von Corvey II 6 (Mon. Germ. III 439): 'condemnavit ⟨Otto I⟩ Evorhardum centum talentis aestimatione equorum' (d. h. statt der Pferde, die eigentlich zu entrichten waren, ihr Geldwerth).

pars regi etc.] so im edictus Rothari 9: 'siquis qualemcunque hominem ad regem incusaverit ... et si provare non potuerit, wergild suo conponat, medietatem regi et medietatem cui crimen iniectum fuerit'.

vindicatur] Die Handschriften auch vindicavit, was aber nicht richtig sein kann.

eliguntur] Diese Stelle soll also beweisen, daß die principes bei Tacitus kein Geschlechtsadel, sondern eingesetzte Beamte sind. Ich habe mich darüber schon oben ausgesprochen. Es heißt nichts Weiteres, als daß im Ding bestimmt wird, welcher der verschiedenen principes, die in einem Gau wohnen, die Würde des godi, des Richters, haben solle. Aber dieser Richter war immer nur aus fürstlichem Geschlecht, wie in Island der godi immer jarl, nobilior ist. Dieß zeigt schon der Gegensatz ex plebe.

iisdem] wie cap. 10 iisdem nemoribus.

XIII.

Der deutsche Name des Comitats ist githigini und gasindi. Im Angelsächsischen finden wir auch dugud, dugod, geógod. So auch im Ludwigslied: 'gab her imo dugidi, frouise githigini, stual hier in Vrankon, so bruche her es lango'. Einen Commentar zu dieser Stelle bildet besonders das angelsächsische Gedicht Beóvulf (Beóvulf war zuerst Gefolgsführer, später König). Comites sind dieselben, die Tacitus an andern Stellen clientes nennt: ann. I 57 clientes des Segestes. II 45 Inguiomerus mit manu clientium geht zu Marobod über. XII 30 des Vannius.

Caesar hat die erste Nachricht VI 23, 6—8: 'latrocinia nullam habent infamiam, quae extra fines cuiusque civitatis fiunt, atque ea inventutis exercendae ac desidiae minuendae causa fieri praedicant. atque ubi quis ex principibus in concilio dixit se ducem fore, qui sequi velint, profiteantur, consurgunt ii, qui et causam et hominem probant, suumque auxilium pollicentur atque ab multitudine collaudantur: qui ex his secuti non sunt, in desertorum ac proditorum numero ducuntur, omniumque his rerum postea fides derogatur'. Also ein freiwilliger Zug, zu dem einem princeps sich Freiwillige anschloßen. — Es versteht sich von selbst, daß ein solcher princeps nicht der Cap. 12 zum Richter erwählte princeps, oder der Gauvorstand sein kann; denn diese konnten sich natürlich nicht freiwillig auf Kriegszüge einlaßen; es waren entschieden nur solche principes, die gerade kein Amt hatten und daher Zeit zu solchen freiwilligen Kriegszügen. Deutlich in Cap. 14: *plerique nobilium adulescentium petunt ultra eas nationes, quae tum bellum aliquod gerunt, quia et ingrata genti quies, et facilius inter ancipitia clarescunt magnumque comitatum* non nisi vi belloque *tuentur*. Es gehört daher zu den unnatürlichsten Behauptungen von Waitz, daß kein anderer als der gewählte Beamte einen Comitat halten durfte. Also die Polizei oder bewaffnete Macht ganz in den Händen der Beamten. Moderne Ansicht, gänzliche Verkennung des germanischen Wesens; vielmehr ganz recht bei Caesar: irgend einer ex principibus, natürlich einer der Zeit dazu hatte: es versteht sich übrigens, daß diese Gefolgschaften sich nicht gleich wieder auflösten; so kam es, daß auch im Frieden sehr lange die Beute die Mittel zur Unterhaltung gewährte, ein princeps sein Gefolge hatte. — Es scheint, daß sogar Ariovist eigentlich nur ein solcher Gefolgsherr war; er sagt Caes. I 44, 2, er habe non sine magna spe magnisque praemiis domum propinquosque reliquisse: was Tacitus sagt, daß solche bewährte Führer legationibus expetuntur, das scheint also bei Ariovist der Fall gewesen zu sein: er hatte sich in seiner Heimath als ein tapferer Führer, wahrscheinlich durch frühere Züge gegen die Norici, Ruhm erworben; da wandten sich an ihn die Sequani um Beistand: aber die Zahl der freiwilligen comites wurde so groß, daß es ein Heer, aber doch aus vielerlei Völkerschaften gemischtes, gab. Als sie sich niederließen, ließen sie ohne Zweifel erst nachher ihre Familien nachkommen.

Daß diese Gefolgschaften der Keim einer gänzlichen Umgestaltung der germanischen Verhältnisse war, leuchtet ein. Mächtige Gefolgsherren musten das Verlangen haben, sich der Suveränität der Volksgemeinde zu entziehen, nach dem regnum zu trachten. Ihr ständiges Gefolge bildete sich zu dem bevorzugten Stande, zu einem Adel aus; und bei auswärtigen Eroberungen, wie in Gallien, erwuchs daraus das Lehenswesen.

v. Peucker, Das deutsche Kriegswesen der Urzeiten I

S. 283 f., hat ausgeführt, daß ein eigentlicher Kriegzug nicht ohne Genehmigung der Volksgemeinde stattfinden durfte. Dafür die friesischen Gesetze. Die Rüstringer Küren (Richthofen S. 116): ein ohne Bewilligung der Rüstringer unternommener Kriegzug wird mit 100 Mark gestraft. — „Kein Hausmann darf eine Heerfahne aufbinden und in ein anderes Land ziehen mit einem hauptlosen Heere. Das ist ein hauptloses Heer, wenn kein Graf oder Herzog dabei ist. Wer die Fahne in der Hand führt, verwirkt täglich 30 Mark, und alle, die ihm folgen, 21 Schillinge, darum, daß kein Hausmann eine Heerfahne anbinden und in ein anderes Land fahren darf, ohne seines Landes Rath." Rüstringer Rechtsatzungen (Richthofen S. 122). — Zum Eintritt in fremden Kriegsdienst muste die Erlaubnis der Volksversammlung eingeholt werden. Dieß scheint hervorzugehen aus Tacit. ann. XI 17. Italicus, der Sohn des Flavius, des Bruders des Arminius. Die Gegner werfen ihm vor, daß sein Vater ein Feind des Volkes gewesen; die Freunde sagen: 'nec patrem rubori, quod fidem adversus Romanos volentibus Germanis sumptam numquam omisisset'.

Die comites sind dieselben, welche bei Caesar in Gallien ambacti et clientes heißen, und das Gefolgschaftswesen ist bei den Galliern ganz dasselbe wie bei den Deutschen. Caesar VI 15, 2: 'eorum ⟨equitum⟩ ut quisque est genere copiisque amplissimus, ita plurimos circum se ambactos clientesque habet. hanc unam gratiam potentiamque noverunt'. Die Folge war, daß Privatleute mächtiger waren als die Obrigkeiten: wie I 17, 1 der Haeduer Liscus dem Caesar klagt 'esse nonnullos, quorum auctoritas apud plebem plurimum valeat, qui privatim plus possint quam ipsi magistratus'. 18, 5: '⟨Dumnorigem⟩ magnum numerum equitatus suo sumptu semper alere et circum se habere'. Orgetorix bei den Helvetiern (I 4, 2) mit 10000 Menschen vor Gericht, familia sua. Die Gefahr der Einrichtung bei den Galliern war um so größer, als der alte keltische Communismus des Grundbesitzes schon längst aufgehört hatte. Daher gab es viele Arme, und es musten Steuern (tributa) bezahlt werden. Die clientes, ambacti, waren zugleich für ihren ganzen Lebensunterhalt auf ihren Herrn angewiesen, der daher, wie Caesar VI 13, 2 sagt, ganz wie in servos verfahren konnte. Bei den Germanen konnte kein freier Mann eigentlich arm sein, es war in Beziehung auf Landbesitz ein Communismus; es konnte also auch keiner durch Noth gezwungen sein in einen Comitat zu treten: er folgte einem princeps und nahm von diesem seinen Unterhalt, aber nicht aus Noth, sondern bloß des Ruhmes wegen und der Kriegsübung, auch wohl um Beute zu machen: aber er blieb ein freier Mann in der Gemeinde.

Polybius II 17, 12 von den Galliern in Italien: 'περὶ δὲ τὰς ἑταιρείας μεγίστην σπουδὴν ἐποιοῦντο διὰ τὸ καὶ φοβερώτατον καὶ δυνατώτατον εἶναι παρ' αὐτοῖς τοῦτον ὃς ἂν πλείστους ἔχειν δοκῇ τοὺς θεραπεύοντας καὶ cυμπεριφερομένους αὐτῷ'. Spätere Stellen auch bei den Celtiberen in Spanien.

---

armati] Allgemein keltisch. Nicolaus Damascenus fragm. p. 144 Orelli: 'Κελτοὶ cιδηροφοροῦντες τὰ κατὰ πόλιν πράττουcι'. Posidonius bei Athenaeus IIII 13 p. 152ᵇ, daß den Kelten beim Gastmahl hinter ihnen stehende Diener die Waffen halten: 'καὶ οἱ μὲν τοὺς θυρεοὺς ὁπλοφοροῦντες ἐκ τῶν ὄπιcω παρεcτᾶcιν· οἱ δὲ δορυφόροι, κατὰ τὴν ἀντικρὺ καθήμενοι κύκλῳ, καθάπερ οἱ δεcπόται cυνευωχοῦνται'. Germ. 22: 'tum ad negotia, nec minus saepe ad convivia procedunt armati'. Oben cap. 11.

Die Mündigkeit beginnt, wenn der Jüngling der Volksversammlung vorgestellt und von ihr als waffenfähig anerkannt ist. Ein bestimmtes Alter wird hier nicht angegeben; es scheint, daß der eine früher, der andere später für mündig erklärt wurde nach der Verschiedenheit der physischen und moralischen Anlage und Entwicklung. Später gilt ein bestimmtes Alter, das zwanzigste Jahr bei den Westgothen, das achtzehnte bei den Langobarden. Das fünfzehnte Jahr wohl nach dem römischen Recht, das zwölfte bei den Angelsachsen und Franken; sogar in einzelnen Fällen das zehnte. Das ist das Fest der Schwertleite (mhd. swertleite). Bei Cassiodor. Var. 1 38: 'iuvenes nostros, qui ad exercitum probantur idonei'; solche Feste werden in alten Gedichten geschildert, in den Nibelungen von Sigfrid, Gudrun (schon Einfluß der Rittersitte). Ludwig der Fromme an. 791 von seinem Vater ense accinctus est. 837 dominus imperator filium suum Carolum armis virilibus id est ense cinxit. Noch Friedrich auf dem Tag von Mainz 1183 gab seinen 2 Söhnen das Schwert. Caesar VI 18, 3 berichtet von den Galliern, daß sie in reliquis vitae institutis hoc fere ab reliquis differant, quod suos liberos, nisi cum adoleverunt, ut munus militiae sustinere possint, palam ad se adire non patiuntur filiumque puerili aetate in publico in conspectu patris adsistere turpe ducunt. Ebenso bei den Langobarden, Paulus Diac. I 15: 'scitis non esse apud nos consuetudinem, ut regis filius cum patro prandeat, nisi prius a rege gentis exterae arma susceperit'.

princeps ist hier deutlich nicht als godi, der Mann von fürstlichem Geschlecht, sondern als Anführer einer Gefolgschaft, als dux .. wie oben cap. 12 principes, die godi waren. Führer einer Gefolgschaft.

Halm, über die Germania in den Sitzungsberichten der Münchener Akademie 1864. II, zeigt, daß dignatio nicht active Bedeutung haben kann.

ceteris nehme ich als Ablativ zu aggregantur in der Be-

deutung; sie werden begleitet, umschaart von den übrigen.
Diese Jünglinge haben ein Gefolge, das aus vielen berühmten
und starken Männern besteht. robustiores ist Gegensatz von
adolescentuli und bezieht sich auf das Alter, Cicero Philipp.
V 16, 49 Gegensatz adnlescens, aetate multo robustior. Diese
Erklärung ist ganz neu. Alle andern Erklärer nehmen ceteris
als Dativ, und aggregantur „sie werden beigezählt". Auf
diese Art kommt immer etwas Ungenügendes und Unpassendes
heraus, wie man es auch drehe. Einige wollen principis digna-
tiouem verstehen als Werthschätzung von Seiten des princeps;
ein ganz junger Mensch könne vom princeps, dem gewählten
Gauvorstand, wegen seines hohen Adels und der Verdienste
seines Vaters eine besondere Werthschätzung erlangen und von
ihm den besten des Gefolges, älteren, längst berühmten gleich-
gesetzt werden. Aber principis dignatio heißt das nicht; —
und was soll dann heißen nec rubor inter comites adspici*? —
sondern die jungen Leute erhalten sollst den Rang, das Amt
des princeps. Andere wollen lesen ceteri, Lipsius, Gerlach,
Haupt; das wird so erklärt: einer von den jungen Adlichen
kann princeps werden, die übrigen jungen Adlichen, nemlich
diejenigen, welche nicht die Würde des princeps erlangen,
reihen sich den stärkeren und erprobteren principes an und
schämen sich nicht, comites zu sein; auch dieß ist sehr undeutlich und gezwungen; daß ein adulescentulus, welcher nicht
princeps ist, sich andern, nemlich nicht mehr jungen, sondern
erprobten principes als comes unterordnete, war ganz natürlich
und braucht nicht als etwas Besonderes hervorgehoben zu werden.
Daß ein Junger einem Aelteren, ein Nicht-Princeps einem
Princeps sich unterordnet: das versteht sich ja von selbst,
daß er sich nicht schämte. Die einzig passende, ungezwungene
Erklärung ist die von mir zuerst gegebene. Aber wie ist es
möglich, daß Niemand diese einfache Erklärung fand? aggregantur heißt allerdings nach unsern Wörterbüchern nicht „sie
werden umgeben", sondern „sie werden eingereiht, zugezählt".
Aber bei Curtius IIII 5, 17 kommt vor: oppidani adgregant se
Amphotero, die Städter schaaren sich um ihn, bilden sein Gefolge; dafür konnte er ganz gut sagen: Amphoterus adgregatur
⟨ab⟩ oppidanis. Schon bei den guten Schriftstellern kommen
Beispiele vor, daß bei passiver Construction ein Object, das
nicht einmal im Accusativ steht, Subject wird; z. B. bei Cicero
opt. gen. or. 4, 11: 'oratores arriderentur' (oratoribus arridere).
Tacitus: 'regnantur civitates'. Auch Sueton. Nero 43: 'ne desci-
scentibus aggregarentur'. Das zweite wäre, daß hier der Ablativ
mit Praeposition stehen müste; aber das ist gerade das Kennzeichen des Stils des Tacitus: ann. XIIII 6: 'respicit Anicetum

----

* Es war ja eine besondere Ehre, die der princeps dem adulescentulus erweist; er braucht sich also nicht zu schämen.

trierarcho et centurione comitatum'. Hist I 50: 'captam totiens
suis exercitibus orbem'. Sehr viele Beispiele.

Die Stelle ist von den Juristen vielfach benützt, um zu
zeigen, wie die Stellung des germanischen Adels war; es gehe
daraus hervor, daß die nobiles zwar principes werden konnten,
aber ebendarum auch nicht: der eingesetzte Beamte nicht
adlicher Herkunft nahm adliche Jünglinge in sein Gefolge.
Waitz behauptet, der germanische Adel habe gar nichts zu bedeuten gehabt. Im Gegentheil beweist unsere Stelle das große
Ansehen des Adels: wenn ein Jüngling noch ganz unbekannt
war, aber von insigni nobilitate, also aus dem königlichen Ge-
schlechte, so wurde er Gefolgsführer, und die berühmtesten und
tapfersten, im Krieg ergranten Krieger schämten sich nicht, im
Gefolge des Knaben zu erscheinen. Die principes, als die Gefolgsführer, die duces waren immer nobiles, fürstliche. Das
wird noch ganz hervorgehoben Cap. 14: 'plerique nobilium
adulescentium' etc. Die Stelle bestätigt also vollkommen die
oben Cap. 7 vorgetragene Ansicht (von Eichhorn und Savigny)
gegen die neueren Juristen. Dazu auch Hist. IIII 12: 'cohor-
tibus (Batavorum) quas vetere instituto nobilissimi popularium
regebant'. Also sogar die germanischen Cohorten der Römer
gehorchten nach altem Herkommen nur ihren einheimischen
fürstlichen Führern; und Ann. I 55: Segestes gibt dem Varus
den Rath, ut se et Arminium et ceteros proceres vinciret: nihil
ausuram plebem principibus amotis. Nichts desto weniger behaupten die neueren Juristen, die principes seien aus dem Volk
gewählte Beamte im Krieg und Frieden gewesen.

primus locus] Das ist ganz wörtlich zu verstehen: die
nächste Stelle am princeps; in der Halle beim Trinkgelage hat
jeder seinen Platz, nach der Werthschätzung; die ersten hießen
eaxlgestenllan (im Angels. „die an der Achsel stehen", neben
dem princeps ihren Platz haben, eine besondere Auszeichnung
der Fahnenträger).

decus in pace] Also die principes behielten auch in Friedens-
zeiten ihr Gefolge bei, die principes hatten ihren Hof; es war
dieß aber kein Recht, sondern ein freiwilliger Dienst, Sache
des Ansehens. (Ueber den Hof und die githigini am besten
Beowulf von Bouterwek.)

XIIII.

turpe principi] Im Nibelungenlied die Forderung, daß die
Fürsten sich auszeichnen; dem Etzel gegenüber wird es von
Hagen ausgesprochen Str. 2074, 1. 2:
        'ez zæme', sô sprach Hagene, 'vil wol volkes trôst,
        daz die herren væhten zaller vorderôst'.
Es ist aber infame, mit dem Leben davonzukommen, wenn der

dux (Fürst) gefallen ist; im Beóvulf werden die Gefolgsleute,
die den Herrn im Stiche ließen, angeredet 2884—2891: „Euer
Geschlecht wird kein Kleinod mehr erhalten; kein Schwert wird
euch mehr gegeben werden: alle Glieder eurer Verwandtschaft
werden nun das Landrecht verlieren, wenn die Edelinge weit und
breit hören eure Flucht, die schandbare That. Beßer ist der Tod
jedem Manne, als solch ein Schandleben." Amm. Marc. XVI
12, 60 von den Alamannen: '⟨Chnodomarii⟩ comites ducenti
numero et tres amici iunctissimi, flagitium arbitrati post regem
vivere, vel pro rege non mori, si ita tulerit casus, tradidere
se vinciendos (nachdem jener sich dem Julian ergeben hatte)'.
Aus Saxo Grammaticus II p. 108 f.: Als Rolvo (dänischer König)
gefallen ist, 'tantum excellentissimis regis meritis ea pugna a
militibus tributum est, ut ipsius caedes omnibus oppetendae
mortis cupiditatem ingeneraret, eique morte iungi vita iucundius
duceretur'. Nur einer, Viggo, ist übrig; dieser wird vom Sieger
Hjartvarus in Dienst genommen, und mit dem dargereichten
Schwert ersticht er den Hjartvarus, um seinen Herrn zu rächen,
'quo facto ovans irruentibus in se Hjartvari militibus cupidius
corpus obtulit, plus voluptatis se ex tyranni nece, quam amari-
tudinis ex propria sentire vociferans'. — Eigentlich das ganze
Nibelungenlied ist die Verherrlichung der Treue des Dienst-
mannes (Irinc, Rüedegêr, ebenso Hagen u. s. w.). Dasselbe wird
aber auch noch von den Galliern berichtet: Tac. ann. III 46:
'Sacrovir ... sua manu, reliqui mutuis ictibus occidere' und
Caesar III 22, 3 von den soldurii bei den Galliern: 'neque
adhuc hominum memoria repertus est quisquam, qui eo inter-
fecto, cuius se amicitiae devovisset, mortem recusaret'. Caesar
VII 40, 7: 'Litaviccus cum suis clientibus, quibus more Gallorum nefas est etiam in extrema fortuna deserere patronos,
Gergoviam profugit'. Von den Celtiberen Valerius Maximus II
6, 11 („sie halten es für ein Greuel (nefas), im Treffen übrig
zu bleiben, wenn der gefallen ist, für dessen Erhaltung sie ihr
Leben gelobt haben") und Plutarch im Sertorius 14: „Da es
Sitte der Iberer ist, daß die um den Befehlshaber stehenden,
wenn er fällt, mit ihm sterben, und dieß die dortigen Barbaren
Weihung nennen, so hatten die andern Heerführer wenige von
den Schildbewaffneten und den Gefährten, Sertorius aber viele
tausend Mann, die sich geweiht hatten, im Gefolge. Man sagt
aber, als sie bei der Stadt geschlagen worden, und die Feinde
auf sie eingedrungen, hätten die Iberer, ihrer selbst nicht nicht
achtend, den Sertorius zu retten gesucht und ihn einer nach
dem andern auf den Schultern bis zu den Mauern getragen:
und als der Befehlshaber in Sicherheit war, da habe sich dann
jeder von ihnen zur Flucht gewendet."

nobilium in Verbindung mit *magnum comitatum* beweist aufs
deutlichste, daß die Gefolgsherrn nicht Beamte, Gauvorstände
u. s. w. sind, sondern adliche Glieder der fürstlichen Familien

waren. (Waltz, Deutsche Verfassungsgeschichte I² 263 will die Stelle anders erklären.)

liberalitate] Beispiel eines Ablativ ohne Praeposition ex oder a; charakteristische Eigenthümlichkeit des taciteischen Stils.

illum bellatorem . . . illam cruentam] ist poetisch.

Einige lesen *epulae et convictus* (ohne Handschrift), andere unterdrücken auch das et, um apparatus als Genetiv nehmen zu können; Orelli ließt et, nimmt aber epulae et apparatus als ἓν διὰ δυοῖν, epularum apparatus; aber warum nicht auf die Bewaffnung zu beziehen? also Wohnung (versteht sich von selbst), Kost und Ausrüstung für den Krieg.

annum] Ertrag des Jahres, poetische Ausdrucksweise, z. B. Lucan III 452: 'agricolae raptis annum flevero iuvencis'.

volnera mereri] Vgl. Gudrun Str. 32:

ez ist an riehen fürsten ein harte kranker muot
die zesamene bringent âne mâze guot
obe si'z mit recken niht willeclîchen teilen.
die si üz stürmen bringent, tiefe wunden, wie sol man
die heilen?

XV.

non multum alle Handschriften, Lipsius hat non gestrichen, ebenso Ernesti, Oberlin, Bekker; dagegen Orelli und Haupt behalten non bei: es passt beßer zu plus. Auch konnte Tacitus, der den Caesar kannte, nicht wohl so bestimmt ihm widersprechen, der b. G. VI 21 sagt: 'vita ⟨Germanorum⟩ omnis in venationibus atque in studiis rei militaris consistit', und von den Sueben IIII 1, 8: 'multum sunt in venationibus'*. Jagdlust der Germanen, der fränkischen Könige, in unsern Gedichten: im Nibelungenlied 919, wie der Krieg mit den Sachsen nicht zu Stande kommt, gehen sie auf die Jagd:

'nu wir der herverte ledec worden sîn;
sô wil ich jagen rîten von Wormez über den Rîn,
unt vil kurzewîle zem Otenwalde hân,
jagen mit den hunden, als ich *vil dicke* hân getân.'

Verlorene deutsche Gedichte, in denen besonders viel von Jagd die Rede war. Ekkehardi chronicon universale a. 1101 (Mon. Germ. S. VI p. 225): 'Aerbonis posteri, quem in venatu a visonta bestia confossum vulgares adhuc cantilenae resonant'.

feminis] Von den Bewohnern von Gallaecia in Spanien Silius Italicus Pun. III 350—353:

'cetera femineus peragit labor: addere sulco
semina et inpresso tellurem vertere aratro
segne viris: quidquid duro sine Marte gerendum,
Callaici coniux obit inrequieta mariti.'

---

* Caesar von alces und uri.

Erziehung. Caesar VI 21, 3: 'ab parvolis labori ac duritiae sindent'.

ultro] soll die freiwillige Gabe unterscheiden von der gezwungenen Abgabe; keine Steuern u. s. w. Gezwungene Abgaben kommen spät auf. Die Stelle in den Lorscher Annalen, Annal. Laurish. min. Jahr 753 (Pertz I 116): 'in die autem Martis campo secundum antiquam consuetudinem dona illis regibus a populo offerebantur'; noch öfter werden die annualia dona erwähnt.

armentorum ed frugum] Genetivi partitivi.

docuimus] Ann. XI 16: Italicus schickt Claudius zu den Cheruskern pecunia auctum. Hist. IIII 76 'Tutor dem Civilis entgegen, man solle nicht warten, denn auf die Germanen sei nicht zu zählen; pecuniam ac dona, quis solis corrumpantur, maiora apud Romanos. Dann Julius Capitolinus vit. M. Antonin. 21, 7: 'emit et Germanorum auxilia contra Germanos'. Herodian VI 7, 9: πάντα τε ὑπισχνεῖτο ⟨ὁ Ἀλέξανδρος⟩ παρέξειν ὅσων δέονται, καὶ χρημάτων ἀφειδῶς ἔχειν. τούτῳ γὰρ μάλιστα Γερμανοὶ πείθονται, φιλάργυροί τε ὄντες καὶ τὴν εἰρήνην ἀεὶ πρὸς Ῥωμαίους χρυσίου καπηλεύοντες.

XVI.

Bei den Widerlegungen meiner Schrift „Kelten und Germanen" hat besonders Georg Waitz gesagt, die Kelten hätten immer in Städten gewohnt, die Germanen nicht. Gerade diejenigen Völker, die er für die keltischen hält, die Britten, haben keine Städte, das sind aber keine Kelten. Auch hierin haben die Germanen nur länger bewahrt, was früher allgemein keltisch war. Von den italischen Galliern sagt Polyb. II 17, daß sie κατὰ κώμας ἀτειχίστους, also nicht in Städten, wohnten und auf dem Boden schliefen, beständig bereit weiter zu ziehen. Von den Galliern sagt Justin XXXXIII 4, 1 aus Trogus Pompeius, daß sie erst von den Griechen in Massilia gelernt hätten, Städte mit Mauern zu bauen. Und noch zu Caesar's Zeit hatten zwar die Helvetii oppida und vicos, aber daß dieß zwar Wohnplätze, aber keine Städte waren, das beweist der Umstand, daß sie und die Tulingi, Rauriei, Latovici sich leicht entschlußen, sie zu verbrennen und einen andern Wohnort aufzusuchen, I 54. Andere hatten bereits Städte, aber als etwas Neues, z. B. VII 15: die Gallier beschließen auf den Rath des Vercingetorix, ihre Städte zu verbrennen; es geschieht überall, nur die Stadt Avaricum, pulcherrimam totius Galliae urbem, quae praesidio et ornamento sit civitati, verbrennen sie nicht. Das war eine wirkliche Stadt. Bei den Germanen werden auch oppida genannt, wie Mattium gentis caput, Ann. I 56; und am linken Ufer Asciburgium: aber dort hat man sich nur einen Versammlungsort zu denken, der wahrscheinlich durch eine Verzäunung geschützt war, wohin man sich im Nothfall zurückziehen konnte: daher tun d. i. Zaun der älteste Name für Stadt, auch im gallischen dunum; das andere Wort war burg, ein Ort, wo man etwas bergen, aufheben kann, ebenfalls schon bei den Galliern, da das Wort früh zu den Römern kam. Daß die Germanen und Kelten im Allgemeinen nicht in Städten wohnten, war nicht etwa Mangel an Cultur, sondern das war ein System; sie wollten keine Städte haben, um nicht verweichlicht zu werden; sie waren ein Wandervolk (aber doch keine Nomaden), Krieger, die keine bleibende Stätte haben durften, daher auch kein Grundeigenthum, damit sie nicht etwa sich fester anbauen; wie ausdrücklich Caesar bemerkt VI 22, 3, Wechsel der Felder, ne accuratius ad frigora atque aestus vitandos aedificent. Sogar später, als die Germanen Städte erobert hatten, wohnten sie lieber auf dem Land und überließen die Stadt den Romanen. Ammian. XVI 2, 12: 'ipsa oppida ut circumdata retiis busta declinant'. Die Tencterer verlangten von den Cölnern (Hist. IIII 64), beim Aufstand des Civilis, daß sie ihre Mauern einrißen, munimenta servitii; etiam fera animalia, si clausa teneas, virtutis obliviscuntur. Julian. ad S. P. Q. Atheniensem p. 278 Spanh.: πολλῶν πάνυ Γερμανῶν περὶ τὰς πεπορθημένας ἐν Κελτοῖς πόλεις, ἀδεῶς κατοικούντων. Auch jetzt haben in unsern ältesten Städten (Constanz, Rheinfelden, Waldshut) die Bewohner der Städte andere Physiognomie, als die auf dem Land umher. Die ältesten fränkischen Könige wohnten auf ihren Villen, nicht in Städten. — Städtebau erst durch Heinrich I.

ut fons etc.] Auch das ist ganz dasselbe, wie es von den gallischen Häusern berichtet wird; Caesar VI 30, 3: 'ut sunt fere domicilia Gallorum, qui vitandi aestus causa plerumque silvarum atque fluminum petunt propinquitates': so entkommt Ambiorix durch den Wald, als das Haus umringt ist.

tegularum] also wohl Strohdächer; so Caesar b. G. V 43, 1: 'casas, quae more Gallico stramentis erant tectae'.

caementorum] Stelle des Herodian VII 2, 9 f. von Maximinus, er habe alles durch Feuer zerstört: λίθων μὲν γὰρ παρ' αὐτοῖς ἢ πλίνθων ὀπτῶν σπάνις, ὗλαι δ' εὔδενδροι, ὅθεν ξύλων οὔσης ἐκ τελείας συμπηγνύντες αὐτὰ καὶ ἁρμόζοντες σκηνοποιοῦνται.

Die ursprünglich gallischen Häuser waren wahrscheinlich ebenso gebaut, wie wir es in Island noch lange finden. Nach nordischen Quellen: das Haus ist von Holz, die Balken (timburstockar), Baumstämme werden auf der bloßen Erde aufeinandergelegt, zu viereckigem Bau zusammengefügt, Blockhaus, die Balken greifen in einander, nicht mit Eisen befestigt, und die Hauswinkel konnten durch heftigen Druck auseinander getrieben werden. Inwendig werden die Balken mit Brettern (þili) beschlagen, außen bethoert; das Dach war im Norden

von Birkenrinde, bei den Germanen wahrscheinlich von Stroh;
vom gallischen Haus Caesar b. G. V 43, 1. Das Dach reicht
weit herab; im Norden kommt vor, daß man hinaufspringt.
Das Haus hat nirgends Fenster, oben am Dach in der Mitte
ist eine Oeffnung, die als Licht- und Rauchloch dient, und durch
Schieber vor Regen geschloßen wird. Dagegen hat jedes Haus
zwei einander entgegenstehende Thüren, vor jeder Thür bis-
weilen ein kleines Vorhaus, wieder mit einer Thür. Die Thür
kann von Innen mit Riegel geschloßen werden. Unter dem
Loch ist ein steinerner Herd, um den Herd herum stehen Bänke.
Der höchste Sitz, der Thür gegenüber, öndvegi, ist Ehrenplatz
des Hausvaters, ihm gegenüber der Ehrenplatz des Gastes. Der
Sitz ist je nach der Nähe ehrenhafter. Da wird getrunken
u. s. w. An dem Hochsitz gehen die Tragepfeiler in die Höhe,
ragen über das Dach hinaus, geziert mit Bildern des Gottes,
besonders Thörr; diese Bilder waren heilig, die Wanderer
nahmen sie mit. Wo die Bänke aufhörten, war ein etwas er-
höhtes Getäfel, die Querbank, über die ganze Hausbreite, Stelle
der Weiber. Die Königinnen aber neben dem König auf dem
öndvegi. Ursprünglich war die Schlafstelle in besonderen
Räumen. Dieß ist das ursprünglich germanische und wahrscheinlich auch gallische Haus. Dieß sogenannte Rauchhaus
findet sich noch jetzt zuweilen in Island und den Färöerinseln.

lineamenta colorum] sind farbige Linien, lineamenta colorata;
einige, wie C, imitentur, scheint beßer; sie bestreichen mit einer
so reinen Erde, daß sie, indem sie dieß thun, Gemälde und
farbige Linien nachahmen, gleichsam Gemälde und farbige
Zeichnungen anbringen; mit imitetur: daß sie, die Erde, nachahmt. Nun sagt Nipperdey Rhein. Museum N. F. XVIII 343,
das könne nicht aus der Eigenschaft der Erde, glänzend zu
sein, folgen: — er versteht imitari vom Zurückwerfen des
Spiegelbildes und ändert dann locorum, von Haupt angenommen:
die Erde ist so rein glänzend, daß sie wie ein Spiegel die Oerter,
die Gegenden (das Haus) zurückwerfe. — So auch Köchly, der
aber statt colorum corporum schreibt. — Ich zweifle doch, ob
imitetur ohne allen Zusatz so verstanden werden kann.

specus . . . fimo] Jene Häuser waren also nicht einmal fest
genug gebaut, um im Winter Schutz zu gewähren: daher in
die Erde gegrabene Vertiefungen, die mit Dung bedeckt wurden:
und wegen der Sicherheit im Krieg. Unterirdische Wohnungen
schon bei Plinius XIX 9 erwähnt: 'in Germania defossi atque
sub terra id opus ⟨texendi lina⟩ agunt'. Ammian. XVII 1, 8:
'⟨Julianus⟩ cum prope silvam venisset squalore tenebrarum hor-
rendam, stetit diu cunctando, indicio perfugae doctus per sub-
terranea quaedam occulta fossasque multifidas latere plurimos,
ubi habilo visum fuerit erupturos'. Von solchen Wohnungen
haben wir noch Spuren, W. Wackernagel in Haupt's Zeitschrift
Band VII S. 126 ff. Man nannte sie tung, und daher kommt

es, daß in einigen Orten Deutschlands noch jetzt Orte tung
heißen, z. B. Leiberstung, Kartung, Duchtung, Halberstung.
(Gegenden, wo ursprünglich solche Vertiefungen waren.) In den
ältesten Glossen wird tung übersetzt mit geneconm (γυναικεῖον)
und textrinum, nemlich jene unterirdischen Orte, wo nach
Plinius die Weiber weben. Dunk kommt noch lange vor: 'camera
textoris in terra qui in yeme non sentit frigus'. 'Die Lein-
weber wirken unter der Erden, welche Werkstatt sie Dunken
nennen' (s. Dunk in Grimm's Wörterbuch Bd. II Sp. 1532 f.).
In der lex Salica screona, woher das französische écrigne, kleine
unterirdische, mit Mist bedeckte Gemächer, wo die Mädchen
im Winter zur Abendzeit sitzen. Es ist zweifelhaft, ob Dung
Mist, und Dunk dasselbe Wort ist.

hiemi] Reifferscheid homini, vgl. cap. 46: 'nec aliud infantibus ferarum imbriumque suffugium'. suff. hiemi wird aber
bestätigt durch das folgende. Es ist aber allerdings hiemi
nicht = hieme im Winter, sondern wieder oratorisch hominibus
hieme vexatis.

XVII.

Bekleidung: dazu was oben cap. 6 über Bewaffnung: un-
bewaffnet waren sie nur im Haus, an ihrem Feuer; also soll
hier nichts weiter gesagt werden, als wie sie in ihrer Wohnung
gekleidet sind, ohne Rüstung: da genügt das sagum, das finden
wir wieder bei den Galliern, und einem Theil der Spanier;
und auch von den Römern angenommen im Krieg. Cap. 6:
'pedites ... nudi aut sagulo leves'. — Sie waren bunt Hist. V 23
sagulis versicoloribus, die von den Germanen statt der Segel
aufgespannt werden. Vergil. Aen. VIII 660: 'virgatis lucent
sagulis'. — Dasselbe von der gallischen Nationaltracht, z. B.
Caecina redet in der aus Gallien mitgebrachten Tracht versi-
colori sagulo, bracas barbarum tegmen indutus (Hist. II 20).
spina] Gewandnadel: über dem rechten Arm, der also
frei blieb.
cetera intecti, im Uebrigen, außer dem sagum, unbedeckt.
Andere faßen es so: übrigens bringen sie ganze Tage am Feuer
unbedeckt (also auch ohne sagum) zu. Daß sie großentheils
nackt waren, bezeugt Caesar VI 1, 5: 'pellibus aut parvis geno-
num tegimentis utuntur, magna corporis parte nuda'. Von den
Sueben IIII 1, 10: 'in eam se consuetudinem adduxerunt, ut
locis frigidissimis neque vestitus praeter pellis haberent quicquam,
quarum propter exiguitatem magna est corporis pars aperta'. —
Aber es scheint hier nur vergeßen zu sein, daß sie außer dem
Sagum auch eine Bedeckung der Beine hatten, Hosen trugen;
wenigstens finden wir später die Hosen bei allen germanischen
Völkern; die Beschreibung der Franken durch Agathias II 5:
ohne Harnisch und Beinschienen, meistens mit unbedecktem

Haupt, einige mit Helmen; mit bloßer Brust und bloßem Rücken bis zum Nabel; dann ἀναξυρίδας, οἱ μὲν λινᾶς, οἱ δὲ καὶ σκυτίνας διαζωννύμενοι τοῖς σκέλεσι περιαμπίσχονται. Bei allen Deutschen findet sich das Wort bröch für Hose, das ist dasselbe Wort wie gallisch braca. Diodor V, 30 von den Kelten im Allgemeinen. Polyb. II 28, 7 von den Insubrern und Boiern, Beinkleider und leichte Mäntel. Strabo IIII 4, 3 p. 196 von den Belgiern, der Kriegsmantel und breite Beinkleider. Gallia bracata. Cicero sagt, die Gallier kamen nach Rom sagati bracatique (pro Fonteio 15, 33). Außer diesen Hosen und dem sagum haben einzelne noch ein anderes Kleid, einen anschließenden Rock; bei den Männern hatte er Aermel; dieß eng anliegende Gewand ist das Hemd (ahd. hemidi), dasselbe Wort bei Galliern und Germanen (camisia — Hemd)*. Von den Galliern haben die Römer es gehört, aus einer älteren Gestalt, ursprünglich camithia.

ferarum pellis] Daraus geht hervor, daß das gewöhnliche sagum nicht Thierhaut war, sondern von Wolle oder Leinwand.

proximi ripae neglegentius] Die den Römern zunächst wohnenden legen keinen großen Werth auf Pelzwerk, weil sie schon mehr römische Moden kennen.

beluarum quas exterior Oceanus etc.] Das sind wohl Hermelin und Seehund gemeint. Nibel. 373, 2: 'härmînen vedere' (veder der Besatz), und 371:

> 'von vremder vische hinten bezoc wol getân,
> die dacte man mit sîden' u. s. w.

purpura] natürlich nur roth, nicht der eigentliche Purpur. Plinius XXI 170: 'hyacinthus in Gallia maxime provenit. hoc ibi fuco hysginum tingunt'. Ein Purpursaum nicht nur bei den Weibern; Apoll. Sidonius epist. 4, 20 beschreibt die fränkischen Edeln: sie tragen 'vestis alta, stricta, versicolor, vix appropinquans poplitibus exsertis, manicae sola brachiorum principia velantes; viridantia saga limbis marginata puniceis; penduli ex umero gladii balteis supercurrentibus strinxerant clausa bullatis latera rhenouibus'. Das war wohl Nachahmung der römischen, wo der Purpurstreif auf der tunica die Ritterwürde bezeichnete. Ein solcher Streif hieß clavus: daher pfâwenkleit von genagelten riehen pfellen Nibel. 1320.

XVIII.

quamquam] auf das vorhergehende: obgleich nemlich nach römischen Begriffen die Nacktheit der deutschen Frau unanständig war, und man daher vermuthen könnte, daß die Sitten nicht rein seien, so sind doch die Ehen musterhaft.

* Hieronym. epist. 64, 11 (I p. 369 Vall. ed. Veron. 1734): 'solent militantes habere lineas, quas camisias vocant'.

paucis] so Ariovist bei Caesar I 53, 4: 'duae fuerunt Ariovisti uxores, una Sueba natione ..., altera Norica'. Von einigen fränkischen Königen ist es bekannt, daß sie zwei oder mehr Frauen hatten. Ebenso von nordischen Königen, Haraldr konungr átti margar konur.

dotem.] Das Weib bringt dem Mann kein Vermögen, keine Aussteuer; er muß ihr Geschenke machen, die von ihren Verwandten geprüft werden*. Es scheint, daß Tacitus hier eine Sitte beschreibt, die ihm nicht recht verständlich war, nemlich daß die Frau ihren Eltern abgekauft wird; der Kaufpreis wird hier die dos genannt, die der Mann der Frau, oder den Verwandten der Frau bringt. Die älteste Sitte war wohl, daß sich die edle Jungfrau den Gatten frei wählte; die jungen Fürsten versammelten sich, und die Königstochter wählte unter ihnen; so in den indischen Gedichten (vgl. meine Indischen Sagen); ganz so von den alten Galliern erzählt Justinus aus Trogus Pompeius aus den ersten Zeiten von Massilia XLIII 3: Zur Zeit des Tarquinius seien die Phocäer nach Gallien gekommen unter der Führung des Simos und Protis. Der König der Segobrigii, Nannus, sei gerade gewesen 'occupatus in apparatu nuptiarum Gyptis filiae erat, quam more gentis, electo inter epulas genero nuptam tradere illic parabat'. Da wurden auch die griechischen Gäste zum Gastmal geladen: 'introducta deinde virgo cum iuberetur a patre aquam porrigere ei quem virum eligeret, tunc omissis omnibus ad Graecos conversa aquam Proti porrigit' (auch bei Plutarch erzählt und bei Athenaeus aus Aristoteles, doch zum Theil mit andern Namen). In nordischen Sagen kommt es auch vor, daß sich die Jungfrau ihren Gemahl in versammeltem Ring auswählt (Beispiele: Jacob Grimm R. A. Seite 421. Regnilda bei Saxo Gramm. I p. 50 sq. den Hadingus). Dieß war wohl aber nur ein Vorrecht der edelsten Jungfrau; gewöhnlich wurden die Frauen gekauft. Noch lange blieb der Ausdruck für Heirath: eine Frau oder auch einen Mann kaufen. Die Frau ist Eigenthum des Mannes, er kann sie verkaufen. So Tacitus ann. IIII 72: die Friesen, um die Abgaben an die Römer bezahlen zu können, verkaufen ihre Kinder; und dann 'corpora coniugum aut liberorum servitio tradebant'. In der Erzählung von der guoten vrou (in Haupts Zeitschrift II 443) verkauft ein Mann in der Noth seine Frau

---

* Ganz anders bei den Galliern, wo der Communismus zur Zeit des Caesar aufgehört hatte, b. G. VI 19: 'viri, quantas pecunias ab uxoribus dotis nomine acceperunt, tantas ex suis bonis aestimatione facta cum dotibus communicant. huius omnis pecuniae coniunctim ratio habetur fructusque servantur: uter eorum vita superavit, ad eum pars utriusque cum fructibus superiorum temporum pervenit'. Schlimme Folgen: 'cum pater familiae illustriore loco natus decessit, eius propinqui conveniunt et, de morte si res in suspicionem venit, de uxoribus in servilem modum quaestionem habent et, si compertum est, igni atque omnibus tormentis excruciatas interficiunt'.

(v. 2415: 'ze rehte er si kouſte'). Die angelſächsischen Gesetze bestimmen, daß der Buhle eines Weibes dem Manne propria pecunia eine andere Frau kaufen müße. — Cassiodor. Var. IIII 1: Theodorich läßt dem Hermanfrid von Thüringen schreiben, dem er eine Verwandte (neptem) zur Ehe gibt, daß er more gentium, obgleich die res impretiabilis sei, die pretia destinata angenommen habe, nemlich 'equos argenteo colore vestitos, quales decuit esse *nuptiales*' (also auch wie Tacitus frenatus equus). Saxo Grammaticus V p. 88: der König Frotho habe den besiegten Ruthenern das dänische Gesetz auferlegt, 'nequis uxorem nisi *empticiam* duceret, *venalia* siquidem connubia plus stabilitatis habitura censebat, tutiorem matrimonii fidem existimans, quod pretio firmarentur'. — Weiteres bei Grimm, Rechtsalterthümer S. 420 f. Wenn aber Tacitus den Kaufpreis dos nennt, so scheint dieß doch nicht ganz falsch zu sein; sondern es scheint schon ziemlich frühe üblich gewesen zu sein, daß die Eltern der jungen Frau den Kaufpreis nicht für sich behielten, sondern der Tochter mitgaben. So finden wir im Norden, daß das mundr (der Kaufpreis) zwischen Vater und Bräutigam ausgemacht wird, aber die Tochter erhält es, und bei den Langobarden bleibt die meta (der Kaufpreis) ebenfalls in der Hand der Frau. Es ist also das pretium zugleich dos. Uebrigens ist in den Worten 'in haec munera uxor accipitur' doch ziemlich deutlich ausgesprochen, daß diese Geschenke zugleich der Kaufpreis waren: gegen solche Geschenke erhält der Mann die Frau. Diesen Geschenken nun wird eine tiefere religiöse Bedeutung zugeschrieben; diese Uebergabe ist das Sacrament, das die Ehe heiligt, maximum vinculum; hier scheint Tacitus ein deutsches Wort zu übersetzen; durch diese Geschenke wurde die Ehe gültig: sie waren das vinculum, das Band, das die Ehe vollkommen schließt. Nun finden wir bei den alten Franken zwar nicht mehr diese Geschenke, sondern dafür tres solidi et donarius, wenigstens bei der Ehe einer Wittwe: und diese heißen reipus, d. i. gothisch raips, unser Reif, vinculum, gothisch skauda-raip Schuhriemen.

arcana sacra] sie schreiben also diesen Geschenken eine geheime Kraft zu, und sehen in ihnen coningales deos, d. i. wohl durch dieselben erhalte die Ehe die religiöse Weihe und den Schutz der Frigg, der Gemahlin Odins, welche den Ehen vorsteht.

propinqui] Indem das Geschenk an die Verwandten gegeben wird, ist gesagt, daß die Ehe keine heimliche ist, sondern von allen anerkannt. Die Zustimmung der Verwandten ist nöthig zu einer gültigen Ehe. So sehen wir, daß Gunther die Zustimmung der Verwandten erhält zur Vermählung der Grimhilde. — Rüdeger's Tochter. — Im Norden finden wir, daß das Erbrecht der Kinder bestritten war, weil ihre Mutter nicht mit Einwilligung der Verwandten geheirathet habe, sondern eine hernomin sei. Daher vermählen, Gemahlin u. s. w. von mahal (cautio), also öffentlich erklärte Heirath, in dem Ring, durch feierliche Frage und Antwort von dem mage und man.

Die Gabe des Mannes war dreierlei: pretium, dos und Morgengabe. Das *pretium* kommt dem Wergeld der Frau gleich und wird ihrem Vater, oder dem Inhaber des Mundiums, Mundoaldus, tutor bezahlt. Es heißt méta. Bei den Langobarden wird gesetzlich bestimmt, daß diese méta nicht über eine gewisse Summe betragen dürfe: der Freigebigkeit des Bräutigams werden Schranken gesetzt.

Bei den Franken war auch ein Scheinkauf: mit Uebergabe dieses Scheinpreises war die Ehe geschloßen. Daher wurde diese Form auch von der königlichen Familie beobachtet: z. B. Chlodwig bei seiner Werbung für die burgundische Princessin Chrotilde: 'legati offerentes solido et denario, ut mos erat Francorum, eam partibus Chlodovei sponsant' (Fredegarius cap. 18). — Mit Empfang der méta übergibt der Vater oder tutor die Frau in das Mundium des Bräutigams.

Ursprünglich war wohl méta und *dos* dasselbe: dann aber, als die méta abkam, eine besonders bedungene dos.

Dagegen die Morgengabe scheint bei allen deutschen Völkern von Alters her vorzukommen; vom Nibelunge hört, er sei Grimhildens Morgengabe (Nibelungenl. 1129, 4. Klage 1327).

Dagegen sagt Tacitus, daß auch die Frau dem Mann eine Waffe bringe. Es scheint dieß auf die sogenannte Gürtung, procinctus zu gehen. Es war neulich Sitte, daß der Bräutigam bei Schließung der Ehe von dem bisherigen mundoaldus der Braut mit einem Schwert umgürtet wurde; damit war die Uebertragung des mundium symbolisch angedeutet, und die Frau trat damit in die neue Familie, in die Kampf-, Eides- und Rachegenoßenschaft. — In langobardischen Formeln (Liber Papiensis Roth. 182 in Mon. Germ. Legg. IIII p. 333): 'et per istam spatam et istum wautonem sponso tibi Mariam meam filiam'.

Der Trauring scheint römisch: annlus pronubus; im Nibelungenlied nicht: aber Sigurd nimmt der Brynhild einen Ring Andvaranaut und gibt ihr einen andern! Im Nibelungenlied Sigurd mit Brunhild nimmt den Ring.

Mitgift eigentlich nicht. aber es scheint doch Sitte gewesen zu sein, die Braut nicht ungeschmückt zu entlaßen: gulli reifa; gulli göfga ist in der Edda synonym mit gefa die Tochter verheirathen; langobardisch faderfin.

ae munera streicht Haupt nach Lachmann.

accipere se quae] Im Allgemeinen ist der Gedanke deutlich, aber die Construction und die Bedeutung im Einzelnen ist unsicher.

Es lesen einige rursusque, andere rursus quae; referant 1 Codex (Turicensis), Rhenanus, Bekker. Ferner, ob das erste quae auf digna zu beziehen und ob digna reddat gleich digna

faciat: oder liberis reddat. — Sie erhalten Geschenke, welche
sie unentweiht ihren Kindern geben sollen, würdig, daß wiederum die Schwiegertöchter sie erhalten, und daß sie wieder auf
die Enkel gebracht werden; also für inviolata reddat ac digna
quae. — Orelli meint: inviolata servet et digna faciat. Andere
3 parallele quae: welche sie unentweiht und würdig den Kindern geben soll, welche die Schwiegertöchter erhalten, und
welche auf die Enkel gebracht werden sollen. — Wenn man
rursusque und referantur liest, so ist quae vor nurus in doppelter
Beziehung, einmal Accusativ und einmal Nominativ. Im Ganzen
genommen nicht von Wichtigkeit.

XVIIII.

saepta (septa) die Handschriften, Gerlach, Orelli; eine verlorene Handschrift, der cod. Arundelianus, soll septae haben.
Für dieß saeptae läßt sich eine Parallelstelle aus Livius anführen, die Tacitus wohl vor Augen hatte, III 44, 4: 'postquam omnia pudore saepta animadverterat' (als Appius bemerkt
hatte, daß alle Versuche bei Verginius vergeblich, daß omnia
pudore saepta); dann: legibus saeptus, praesidiis philosophiae.
Darnach wäre besser saeptae. Aber die neueren lesen alle
saepta: „mit geschützter Keuschheit".

litterarum secreta.] Es ist deutlich, daß in diesem Zusammenhange nicht in Beziehung auf die Keuschheit der Weiber, wovon
vorher und nachher die Rede ist, gesagt werden kann, daß die
Deutschen keine Schrift hatten. Die Stelle kann nicht als Zeugniss angeführt werden für die Behauptung, daß die Germanen
die Schrift nicht kannten. Die Germanen hatten eine Schrift.
Runenschrift war wenigstens schon im vierten Jahrhundert in
Gebrauch, höchst wahrscheinlich schon viel früher.* Vielmehr
kann in diesem Zusammenhange nach spectaculorum illecebrae,
conviviorum irritationes unter litterarum secreta nur etwas die
Sinnlichkeit reizendes, zur Unkeuschheit verführendes sein; es
ist die geheime, die schlüpfrige, die obscöne Litteratur. (Lächer-
lich Gerlach: wenn einige neuere Uebersetzer von Heimlich-
keit des Briefwechsels oder von Liebesbriefen hier reden, so
schieben sie ihre eigene gemeine Betrachtungsweise der Dinge
einem edlen Geschichtschreiber unter!) Tacitus denkt hier sehr
natürlich an Rom, wo damals die geheime Litteratur schon sehr
ausgebildet war und zur Auflösung alles Bestehenden mächtig
beitrug.

Die Keuschheit und eheliche Treue der deutschen Weiber
wurde so streng bewahrt, weil sie nach der ganzen religiösen

---

* Schreiben von Deutschen erwähnt Tacitus selbst Ann. II 88: 'Maroboduus ... scripsit Tiberio'. 88 'Adgandestrii ... lectus in senatu
litteras'.

Anschauung die heiligste Pflicht war, weil ihre Verletzung für
das ganze Geschlecht von den verderblichsten Folgen war.
Die alten Deutschen hatten nemlich den Glauben, den wir
ebenso im alten Indien finden, daß das Loos der Verstorbenen
von den Handlungen ihrer lebenden Nachkommen abhängig
sei. Jeder Lebende hat die heiligste Pflicht, für seine verstorbenen Vorfahren Waßer und eine Art von Kuchen zu opfern;.
davon leben die Verstorbenen; so lange ihnen dieß Opfer gebracht wird, haben sie ihre Stelle im Himmel; hört das Opfer
auf, so fahren sie zur Hölle. Es ist daher die erste und
heiligste Pflicht des Mannes, sein Geschlecht fortzupflanzen,
einen Sohn zu erzeugen. Denn wenn sein Geschlecht auf der
Erde ausstirbt, so sind auch die verstorbenen Vorfahren verloren. Wenn nun aber die Frau unkeusch lebt, und untreu
ist, so ist vielleicht derjenige, den der Mann als seinen Sohn
ansieht, nicht sein Sohn: das Geschlecht ist nicht fortgepflanzt.
So hängt nicht nur das Glück der Lebenden, sondern die
Seligkeit der heilig verehrten Vorfahren von der ehelichen
Treue der Frau ab, und nun können Sie sich denken, daß die
germanische Frau, in solchen Vorstellungen aufgewachsen, die
Unkeuschheit und Untreue fürchtet und saepta pudicitia lebt. Für
die indische Vorstellung, die ganz dieselbe ist wie die deutsche,
will ich nur eine Stelle anführen aus dem indischen Gedichte
Bhagavad-Gita 1, 41 und 42: „durch Unfrömmigkeit verderben
die Weiber; sind da die Weiber schlecht, so entsteht Vermengung der Geschlechter: dann fallen die Väter, des Waßers
und des Kuchens beraubt, in die Hölle herab." (Das eigentliche Verständniss des germanischen Instituts finden wir in
Indien, die Römer erzählen nur die Thatsache: aber die Denkart, die Anschauungsweise, aus der die Handlungen hervorgiengen, konnten sie nicht wiedergeben: diese ist in den
indischen Gedichten ausgesprochen. Daher ist für Erforschung
des deutschen Alterthums nichts nothwendiger als das Studium
des indischen.)

abscisis".] Die Ehebrecherin wird also nicht mit dem Leben
bestraft, sondern vertrieben. In den späteren Gesetzen der
Germanen finden wir, daß der Ehebrecherin Nase und Ohren
abgeschnitten werden, oder sie wird verbrannt, nach einem Brief
des Bonifatius epist. 59 (p. 172 Jaffé) wurde sie erhenkt, oder
auch von den Weibern zu Tod gepeitscht. Die ältere Strafe
bei Tacitus findet sich noch im dänischen Gesetz des Waldemar
(Seel ges. 2, 27): der Ehemann soll die Ehebrecherin in bloßem
Hemd und Mantel aus dem Hof treiben.

publicatae enim] das enim geht auf den folgenden Satz.
saeculum] Zeitgeist.

---

* abscisis, von abscido abhauen; accisis wäre von accido. Andere.
abscisis von abscindo „abgeschnittenen".

melius adhuc eae civitates] soll gewiss nicht heißen: noch
beßer als hei den Germanen ist das Verhältniss bei denjenigen
Staaten, in welchen Wittwen nicht heirathen, sondern die *eae
civitates* sind eben die Germanen: heßer als bei uns verdorbenen
Römern ist es bis jetzt noch bei den Germanen, bei welchen
nicht nur die verstoßene geschiedene Frau, sondern auch die
Wittwen nicht wieder heirathen können, bei welchen also nur
Jungfrauen ein für allemal heirathen. Tacitus sagt also nur, daß
die Wittwe nicht wieder heirathet: *ne ulla cogitatio ultra*; daß
sie aber mit dem todten Gemahl stirbt, sagt Tacitus nicht; aber
wir haben davon Beispiele. Die Indische Wittwenverbrennung
ist bekannt, noch bis jetzt nicht ganz unterdrückt, in den alten
Gedichten erwähnt (vgl. meine Ind. Sagen). Bei den Germanen
wird es ausdrücklich von den Herulern gesagt Procop. b. Gotth.
II 14: wenn ein Mann stirbt, so gibt sich die Frau am Grabe selbst
den Tod mit dem Strick: thut sie es nicht, so ist sie verachtet.
In den Eddaliedern ersticht sich Brunhild auf dem Leichen-
hügel des Sigurd, um mit ihm verbrannt zu werden, damit
diesem nicht die Thür der Unterwelt auf die Ferse falle. So
stirbt Nanna, die Gemahlin Baldrs, aus Schmerz über den Tod
ihres Gemahls und wird auf dessen Scheiterhaufen verbrannt.
(Etwas ähnliches von den Galliern Caesar VI 19, 3, wo
entweder schon bei den Galliern selbst der Tod der Wittwe
als eine Strafe aufgefaßt wurde, oder von den Römern mis-
verstanden: 'cum pater familiae illustriore loco natus decessit,
eius propinqui conveniunt et, de morte si res in suspicionem
venit, de uxoribus (uxoris?) in servilem modum quaestionem
habent et, si compertum est, igni atque omnibus tormentis excruciatas interficiunt'. Kurz darauf (§. 4) sagt Caesar, daß
nicht lange vor seiner Zeit mit dem Leichnam des Verstorbenen
zugleich die 'servi et clientes, quos ab iis dilectos esse con-
stabat, iustis funeribus confectis una cremabantur'. Dabei ohne
Zweifel auch die Wittwe. Ganz dasselbe wie bei der Brunhild
bei dem Tod des Sigurd. In den alten Grabdenkmälern finden
sich häufig Reste des Verbrannten in einer Urne und daneben
ganze Skelete, wahrscheinlich Sklaven, die nach seinem Tode
geopfert wurden. Diese Verbrennung der Wittwe aber kam
wohl nur in den ältesten Zeiten vor. Später blieb nicht nur
die Wittwe am Leben, sondern schon in der lex Salica, wohl
noch aus heidnischer Zeit, finden wir Bestimmungen über den
Fall der Wiederverheirathung einer Wittwe, und im edictus
Rothari 182: 'potestatem habeat illa vidua, si voluerit, ad alio
marito ambolandi, libero tamen'.

agnati die nachgeborenen Kinder, die geboren sind, nachdem schon ein Erbe und die gewünschte Zahl der Kinder geboren sind; so auch von den Juden Hist. V 5: 'necare quemquam ex agnatis nefas'. Cic. de orat. I 57, 241: 'constat
agnascendo rumpi testamentum'. Aber Ansetzen der Kinder

kommt doch in den späteren Quellen vor, besonders lang im
Norden; den Christen war an den heidnischen Skandinaviern
besonders ein Grenel, daß sie Kinder ansetzten und Pferdefleisch aßen; und die Sitte war bei allen deutschen Völkern
so fest gewurzelt, daß im Gesetz der Wisigothen VI 3, 7
Todesstrafe darauf gesetzt wurde. — Die Aussetzung durfte
nicht stattfinden und war Mord, sobald das Kind mit Waßer
begoßen worden war (denn eine Art Taufe fand schon vor dem
Christenthum statt), oder sobald es etwas genoßen hatte. Dafür
die vita des heiligen Lindger bei den Friesen. Die Mutter des
Heiligen, Liafburch, hatte ausgesetzt und zwar ertränkt werden
sollen, weil sie ein Mädchen war; aber eine benachbarte Frau
kam dazu und strich dem Kind etwas Honig in den Mund,
welchen es sogleich schluckte; so war es gerettet (cap. 7 Monm.
Germ. S. II p. 406). Bei den Germanen konnte nicht Rücksicht auf Vermögen und Erbschaft die Aussetzung veranlaßen;
es hatte jeder bei dem Communismus das nöthige, wohl aber
Schwächlichkeit: wenn nach c. 12 der Kriegsuntaugliche versenkt wurde, so war es ja eine Wohlthat, wenn der Vater die
schwächlichen Kinder nicht für diesen Tod aufbewahrte. Jene
Taufe mit kaltem Waßer war zugleich eine Gesundheitsprobe:
wenn das neugeborene Kind, nachdem es in den kalten
Strom getaucht war, nicht starb, so muste es wohl eine kräftige
Constitution haben: darauf bezieht sich wohl Claudianus in
Rufinum II 112: 'et quos nascentes explorat gurgite Rhenus'.

transigitur] transigere cum aliqua re = rem finire et absolvere.

boni mores ... leges.] Die Germanen hatten im Sinne der
Römer keine leges, keine geschriebenen, aber nichts destoweniger
hatten sie mündlich überlieferte Gesetze. Was über die Straf-
bestimmungen gesagt wird, pro modo poenarum 12 und certo
numero pecorum 21 ist nicht denkbar ohne eine feste Ueberlieferung. Diese Strafsätze, die doch immerhin, wenn auch für
die einfachsten Verhältnisse berechnet, eine Art von Buch aus-
machen musten, wurden ohne Zweifel von den sacerdotes aus-
wendig gelernt und so überliefert. Das sind dieselben alten
Bestimmungen mit den nothwendig gewordenen Veränderungen,
welche in die leges barbarorum, und z. B. die lex Salica über-
gegangen sind. Im Epilog des Rothari p. 48: 'leges patrum
nostrorum, quae scriptae non erant, condidimus'. Strafsätze
waren Hauptsache, Strafe für Verwundungen.

XX.

sordidi kann doch hier kaum heißen „schmutzig", sondern
„ohne Schmuck", denn nach c. 22 baden sie täglich; geht auf
die Kleider, mit dürftigen und unschönen Kleidern.

sera] Vgl. Caesar VI 21, 4. 5: 'qui diutissime impuberes
permanserunt, maximam inter suos ferunt laudem: hoc ali sta-

toram, ut vires nervosque confirmari putant. intra annum vero
vicesimum feminae notitiam habuisse in turpissimis habent rebus'.
Auch hierin sehen wir die Beziehung auf den Staat und die
religiöse Grundlage. Das ganze Leben der Germanen bestimmt
mit Rücksicht auf Kriegstüchtigkeit, das war ihre Religion. Die
Keuschheit und Sittenreinheit war nicht eine Privattugend,
sondern sie war um des Staats willen verlangt; für den Staat
muste sich jeder tüchtig zum Kriegsdienst erhalten, für den
Staat muste er die Kraft bewahren, um wieder gesunde und
kraftvolle Kinder zu zeugen. Die Impotenz war nicht eine
Privatsache, sondern ein Verbrechen gegen den Staat, zugleich
eine Versündigung gegen die Vorfahren. Später kommen die
frühen Ehen auf, besonders in fürstlichen Familien, wie z. B.
der junge Heinrich, Sohn des Kaisers Friedrich II., schon in
seinem vierzehnten Jahr mit der zwanzigjährigen Margarete
von Oesterreich verheirathet im Jahr 1225. Zu dieser Zeit hat
höchst wahrscheinlich Walther von der Vogelweide den Spruch
gedichtet:

> 'diu minne lât sich nennen dâ,
> dar sî doch niemer komen wil'.

Die Fran soll ihr minneclîchez jâ vor Kindern bergen; denn
> 'minn' unde kintheit sint einander gram'.

pares] Noch in den Leges Karls des Großen §. 143: 'nullus
praesumat ante annos pubertatis puerum vel puellam in matrimonium sociare indissimili aetate, sed coetaneos et sibi con-
sentientes'.

sororum] Die Kinder der Schwester* stehen ebenso nach,
als die eigenen, daher erben sie nicht. Nibel. 1967, 2. 3:

> 'swenne ir ze lande widere rîtet an den Rîn,
> sô sult ir mit iu füeren iuwern swestersun'.

Die Handschriften *tanquam et in animum*; in ist wohl zu
tilgen; vielleicht fehlt etwas.

testamentum] keines, weil einmal das zu vererbende Vermögen nur sogenannte Fahrniss war, nicht liegende Güter, und
weil alles durch Herkommen bestimmt war; die nächsten Erben
waren die Söhne.

Auffallend ist, daß bei fratres, patrui nicht auch die Eltern
genannt werden (möglich, das als nicht gewöhnlich, aber mehr
deutet darauf, daß wirklich die Eltern ausgeschloßen werden,
in den späteren Landrechten: 'es stirbet kein Gut zurück'.

orbitatis] Tacitus denkt an die römischen Zustände; bei
den Römern hatten es die reichen kinderlosen Leute sehr gut;
da war alles bereit, ihnen alles angenehme zu verschaffen, um
von ihnen im Testament bedacht zu. werden. Ammian. Marc.
XIIII 6, 22: 'nec credi potest, qua obsequiorum diversitate
coluntur homines sine liberis Romae'.

---

* Kinder des Bruders: Caesar b. G. V 27, 2 Ambiorix.

XXI.

necesse est] Es war also nicht eine freiwillige Sache, sondern
eine Verpflichtung, die Sache seiner Verwandten zu der seinigen
zu machen: aber ebendeswegen, weil necesse est, muß bestimmt
entschieden sein, wie weit die Blutsverwandtschaft verpflichtet;
es war dieß auch nöthig wegen der Erbschaft ohne Testament.
Indische Vorstellung: im Indischen heißen die Blutsverwandten
sapiṇḍā von piṇḍa Opferkuchen, den man im Todtenopfer
bringt; einen solchen Kuchen muß man bringen dem verstorbenen Vater, dem Großvater und Urgroßvater, und alle, die
demselben Mann ein Todtenopfer, den piṇḍa, bringen, sind
unter einander blutsverwandt, sapiṇḍā.

        Urgroßvater   .
        Großvater   . .
        Vater   . . .
        Sohn   . . . .
        Enkel   . . . . .

Aber auch der Großvater und Urgroßvater mütterlicher Seite
der sapiṇḍī erben; in der sapiṇḍī darf man unter einander
nicht heirathen; stirbt ein Mann ohne Kinder, so ist vorgesorgt,
daß der nächste Verwandte mit der Wittwe des Verstorbenen
einen Sohn erzeugt, der dem Verstorbenen gehört. Die Germanen
hatten ebenfalls Opfer für die Voreltern, piṇḍa oder śrāddā. Es
war der Kirche viel schwerer, diese Opfer für die Verstorbenen
zu unterdrücken, als die Opfer für die Götter (dÂdaisn, alts.).
Wahrscheinlich sind die propinqui, die einerseits erben, ander-
seits die Feindschaften und Freundschaften zu den ihrigen
machen musten, eben diejenigen, welche den gleichen Verstorbenen Todtenopfer brachten. Diese waren, unter einander
blutsverwandt, verpflichtet, jeden Schaden, den einer litt, als
gemeinsamen anzusehen und den Tod zu rächen. Ebenso
waren sie haftbar für einander; wenn einer gestraft werden
sollte und er konnte nicht bezahlen, so muste der nächste Verwandte zahlen. In dieser Verbindung kommt in der lex Salica
58 der Ausdruck vor chrenechruda als Uebersetzung des proximior parens. Die richtige Lesart chamchröda enthält den Namen
des Todtenopfers chröda — sanskr. śrāddā; cham — ga; chamchröda sind diejenigen, die zusammen ein Todtenopfer bringen,
— sapiṇḍā. Langobardisch gafant (gafandus) = diejenigen,
die unter sich durch fant (piṇḍa) verbunden sind. Es scheint
sogar, daß die Verpflichtung in Indien, daß der nächste sapiṇḍā
für den Verstorbenen mit seiner Wittwe einen Sohn erzeugen
muste, auch in Deutschland bestand. Daher erklärt sich, daß
die ersten Missionare in Deutschland so oft im Falle waren,
gegen die Sitte zu kämpfen, daß einer die Wittwe seines verstorbenen Bruders heirathete; und zwar hat der Bruder es nicht
gerne gethan.

inimicitias] Die älteste Spur dieser inimicitiae findet sich schon zu Zeiten des Varus, bei Vellei. Patere. II 118, 1: die Germanen bedanken sich bei Varus, 'quod solita armis discerni iure terminarentur'. Der deutsche Name ist Fehde. In den sogenannten Gesetzen der Barbaren wird noch ganz der Rechtszustand, wie ihn Tacitus beschreibt, vorausgesetzt; z. B. Rothari 74: 'in omnibus istis plagis et feritis supra descriptis, quae inter homines liberos eveniunt, ideo maiorem compositionem posuimus, quam antiqui nostri, ut *faida*, quod est *inimicitia*, post compositionem acceptam postponatur —; et causa sit finita, amicitia manente'. Am deutlichsten zeigt sich der Hergang bei der Blutrache in den ältesten isländischen Sagas. Auf einen Todtschlag folgt ein anderer; zuerst werden die Bußen nicht angenommen; erst wenn die zwei Familien sich gegenseitig großen Schaden gethan haben, gelingt es, eine Versöhnung zu Stande zu bringen. — (Nibel.)

armentorum etc.] Dafür in den Gesetzen eine Buße in Geld, sowohl für jede Verwundung als auch für den Todtschlag, das wërgëlt. pecora zwar eigentlich kleineres Herdenvieh; aber hier doch wohl nur auf Pferde zu beziehen; nun haben wir ja Cap. 12, daß sie equorum pecorumque numerum convicti, also auch Pferde; da das Pferd das werthvollste war, so wurden gewiss für den Todtschlag auch Pferde gegeben. Schon angeführt: Otto I. 'condemnavit Evurhardum centum talentis aestimatione equorum'. — Aber damit will ich nicht sagen, daß pecora mit „Pferde" übersetzt werden könne; sondern unter den armenta et pecora sind auch Pferde.

universa domus] muß wieder bestimmt sein, wer die satisfactio empfängt und wer die Pflicht hat, die Blutrache zu betreiben: nemlich alle, die mit dem Erschlagenen durch das Band des Todtenopfers verbunden sind. Lex Sal. 62, 1: 'si cuiuscumque pater occisus fuerit, medietate composicionis filii collegant, et alia medietate parentes qui proximiores sunt (eben die banchrada) tam de patre quam de matre inter se dividant'. — In dem Cap. 12 sehen wir, daß einen Theil der Strafe der König oder der Staat erhielt. Dieser Theil heißt im Gesetz fredus, was für den gebrochenen Frieden an den Staat bezahlt wurde; damit war anerkannt, daß Verletzung und Tödtung doch nicht mehr reine Privatsache war, sondern auch ein Vergehen gegen den Staat, und wenn jene satisfactio nur eine Art Schadenersatz für die Beschädigten war, so war dagegen dieser dem Staat bezahlte Theil schon eine wirkliche Strafe. Uebrigens kommen oft Beispiele im Norden vor, daß die Verwandten die satisfactio verschmähten: „ich will meinen Sohn nicht im Geldbeutel tragen".

ultro] denn wenn die Sitte nicht eine solche satisfactio geheiligt hätte, so hätte iuxta libertatem, da der Staat keine Gewalt hatte zu hindern, die Pflicht der Rache zum Untergang ganzer Familien geführt; ein solches Fehderecht, das Recht der Blutrache war etwas sehr gefährliches.

iuxta] hier wohl in einer Weise gebraucht, die doch nur der späteren Latinität angehört; nächst der Freiheit, im Verhältniss der Freiheit, das heißt: je größer die Freiheit, oder je geringer die Staatsgewalt, desto gefährlicher sind die Fehden. So Justin: 'virtus iuxta magnitudinem laboris erigitur'.

convictibus et hospitiis] Einen Commentar dazu bilden die nordischen Sagas: in Island die Gastmäler, veitala sehr häufig: in der Laxdoelasaga eine veitala, die 14 Tage dauert. 900 Gäste geladen. Das sei unter allen bekannten die zweitgröste gewesen; eine andere mit 1200 Gästen, und jeder beim Abschied beschenkt.

Verg. Aen. IIII 51 *hospitio indulgere* den Gast pflegen.

hospitiis] Caesar VI 23, 9: 'hisque ⟨hospitibus⟩ omnium domus patent victusque communicatur'. Sogar noch in den späteren Gesetzen Strafen gegen Verweigerung gastlicher Bewirthung: Lex Burgund. 38, 11: 'quicunque hospiti venienti lectum aut focum negaverit, trium solidorum inlatione mulctetur'. Capitul. 1. a. 802: 'Praecipimus, ut in omni regno nostro neque dives neque pauper peregrinis hospitia denegare audeat'. Zahlreiche Beispiele in dem Nibelungenlied, in welcher verschwenderischen Weise Gäste bewirthet werden, bes. Rüedeger·von Bechelâren gepriesen als der mildeste Wirth; 1211, 2. 3: 'den gesten hiez man schenken, mit willen tet man daz, mete den vil guoten unt den besten wîn'. Dasselbe wird von allen Kelten gerühmt: Nicolaus Damasc. frgm. p. 144 Or.: daß der Mord eines Fremden schwerer bestraft werde, als der eines Einheimischen, nemlich der Todtschlag des Fremden mit Tod, des Bürgers mit Verbannung.

arcere tecto] Nicolaus a. a. O.: τὰς δὲ θύρας τῶν οἰκιῶν οὐδέποτε κλείουσι: Jedem Fremden standen die Thüren fortwährend offen.

apparatae epulae sind nicht ein gewöhnliches, sondern ein festliches, prächtiges Mahl, wie es dem Manne seine Vermögensverhältnisse erlauben; so apparati ludi prachtvolle Spiele u. s. w.

invicem] nicht eine Gegengabe; sondern hinwiederum umgekehrt.

notum ignotumque] im Nibelungenliede sehr häufig: den gesten unt den kunden gap man ross unt ouch gewant. Str. 26, 4.

abeunti] so in dem Nibel. Hagen beim Scheiden von Bechelâren begehrt einen Schild (1737), den er sogleich erhält (1739).

nec data imputant nec acceptis.] Die Gaben erwarben keinen Dank, und der Empfänger ist zu nichts verpflichtet; es wird also als ein Recht und als eine Schuldigkeit angesehen.

victus inter hospites comis] so die Handschriften. Das ist:
der Verkehr unter den Gastfreunden ist freundlich, man ist höflich
gegen Fremde und Gäste. Das gibt einen Sinn. Darauf ist zu
beziehen Caesar VI 23, 9: 'hospitem violare fas non putant;
qui quascumque de causa ad eos venerunt, ab iniuria prohibent
sanctosque habent', und Pomponius Mela III 28: 'ius in viribus
habent Germani, adeo ut ne latrocinii quidem pudeat, tantum
hospitibus boni mitesque supplicibus'. Also man kann es so
laßen; allein etwas unbefriedigendes hat es doch. Nachdem
schon ausführlich die Freigebigkeit und Gastfreundschaft gepriesen ist, kommt dieser Satz ziemlich überflüßig. Andere: victus
inter hospites communis. Das schließt sich beßer an das Vorhergehende an; sie sehen es an als ihr Eigenthum; jeder verlangt
ohne Umstände, denn die Nahrungsmittel gehören auch dem
Gaste, sind communes, und es ist dieß eine Umschreibung der
Worte des Caesar VI 23, 9: victusque communicatur. So erklärt es Selling, wie mir scheint richtig. Andere Vermuthung:
Troß meint, es sei zu lesen victus inter omnes pariter (öaptr)
communis. Die Lebensmittel gehören allen gleich, nicht allein
von den hospites die Rede; ansprechend. Weitere Vermuthungen
übergehe ich; nur des Manns wegen Lachmann: vinclum inter
hospites comitas, von Haupt aufgenommen. Gerlach will die
ganze Stelle tilgen als einen unächten Zusatz.

XXII.

in diem] gegen die römische Sitte, vor Tag aufzustehen.
calida ist auffallend. Caesar IIII 1, 10 sagt ausdrücklich,
die Suebi seien so abgehärtet gewesen, 'ut locis frigidissimis
neque vestitus praeter pellis haberent quicquam .... et lavaren-
tur in fluminibus', und VI 21, 5: 'in fluminibus perluuntur'.
Herodian VII 2, 6: 'εἰσὶ δὲ καὶ πρὸς τὸ νήχεσθαι γεγυμνα-
σμένοι ἅτε μόνῳ λουτρῷ τοῖς ποταμοῖς χρώμενοι'; und öfter
vom Schwimmen, im Beóvulf. (Die germanischen Cohorten
gewinnen öfters den Sieg durch Schwimmen.) — Das Baden
war bei Aquae Sextiae den Kimbern verderblich. Plutarch im
Marius 19 erzählt, daß die Schlacht begann, als die meisten
noch nach dem Bade frühstückten, andere noch badeten.
separatae.] Dasselbe oder ähuliches bei Strabo IIII 4, 3 p. 197
von den Galliern, daß sie beim Speisen ἐν στιβάσι sitzen, d. h.
auf Gras. Posidonius bei Athenaeus IIII 13 p. 152ᵃ ebenfalls
von den Kelten, daß sie auf Heu sitzen und an kleinen höl-
zernen Tischen: 'Κελτοὶ τὰς τροφὰς προτίθενται, χόρτον ὑπο-
βάλλοντες, καὶ ἐπὶ τραπεζῶν ξυλίνων, μικρὸν ἀπὸ τῆς τῆς
ἐπηρμένων'.
Nach den isländischen Sagas hat jeder seinen besonderen
Sitz nach seinem Rang und Alter, höher oder niederer, näher
oder ferner.

vinolentos.] Von der Trunksucht der Germanen viele Stellen
(Ende Cap. 23), z. B. Appian. b. civ. II 64 von den Hilfs-
truppen Caesars: 'μάλιστα αὐτῶν οἱ Γερμανοὶ γελοιότατοι κατὰ
τὴν μέθην ἦσαν'. In Polyaen. strategem. VIII 25, 1 die Gallier
nach der Einnahme Roms durch Wein berauscht und nieder-
gemacht: 'φύσει δὲ τὸ Κελτικὸν ὑπέροινον'. Dagegen von den
Suchen Caesar IIII 2, 6, daß sie die Einfuhr des Weines
verbieten, weil er verweichliche, und ebenso die Nervier
II 15, 4.

raro conviciis] so in dem Nibel. 2404 Dietrich: 'wie zimt
daz belede lip, daz si sulu scholten, sam diu alten wîp?'

transiguntur] dafür B transfiguntur, Schreibfehler.

sed et A und B; S und viele Handschriften ohne et.

transigere zu Ende führen, sehr häufig, Hist. II 38: 'trans-
acta sunt bella'; und Ann. XII 19: 'bellorum egregios finos,
quotiens ignoscendo transigatur'.

inimicis die meisten Handschriften; einige Herausgeber
inimicitiis.

adsciscendis principibus.] Die letzte Stelle, die beweisen soll,
daß die deutschen principes ein gewählter Beamtenstand waren.
Hier ist wohl nur von der Wahl die Rede, von der in Cap. 12
gesprochen ist. — Es wurde die bei der großen Volksversammlung vorzunehmende Wahl bei Gastmählern besprochen. Die
Tapferkeit, der Ruhm, die Freigebigkeit der verschiedenen Gefolgsherrn wurde besprochen, wonach jeder bestimmte, welchem
er sich anschließen wollte.

bello] ein Beispiel Hist. IIII 14: da beruft Civilis die primores specie epularum in einen heiligen Hain; da zechen sie,
und wie er sicht, daß sie noctu ac laetitia incaluisse, hält er
eine Rede u. s. w.

licentia ioci.] D darüber geschrieben loci, so auch einige
Handschriften (S), die meisten ioci richtig; wir haben ein Beispiel in dem Nibelungenlied 1712, 3, wo Volkêr in Bechelâren
licentia ioci durch seine gämelîche sprüche die Verlobung
Gîselhers einleitet.

XXIII.

Ein Trank aus Gerste, das Bier. Plinius XXII 164: 'ex
iisdem (frugibus) fiunt et potus .. cervesia in Gallia'. — Das
Wort Bier ist aus latein. bibere entstanden, aus Klöstern hervorgegangen; hingegen das altgallische Wort für Malz ist brace
Plinius XVIII 62; dasselbe Wort ist erhalten in unserm brauen
(s. Kelten und Germanen Seite 79).

Ein Epigramm des Kaisers Julianus (t. III p. 111 ed. Lips.)
auf das Bier, es sei nicht Bakchos, ein Sohn des Zeus:
'κεῖνος νέκταρ ὄδωδε, σὺ δὲ τράγον· ἦ ῥά σε Κελτοὶ
τῇ πενίῃ βοτρύων τεῦξαν ἀπ' ἀσταχύων'.

Die Romanen lernten von den Franken Bier trinken: vita s. Columbani c. 26 (Acta SS. ord. Ben. Mabillon s. II p. 13): 'cervisiam, quae ex frumenti et hordei succo excoquitur, quamque prae ceteris in orbe terrarum gentibus practer Scoticas et barbaras gentes, quae Oceanum incolunt, usitantur, id est Gallia, Britannia, Hibernia, Germania, ceteraeque quae ab eorum moribus non desciscunt'. Vita s. Salabergae cap. 3 (Act. SS. sept. VI p. 527): 'ius tritici, vel hordii quod cervisiam nuncupant .... quo occidentalium pleraeque nationes utuntur'. Schon Bischof Vedastus trank bei Hoxinus Bier. Vita s. Vedasti cap. 7. Act. SS. febr. I p. 793.

frumentum: Plinius XVIII 149: 'avena ... quippe cum Germaniae populi serant eam neque alia pulte vivant'. Gewiss nicht Weizen; Roscher in Leipzig meint, es könne das Einkorn, triticum monococcum sein.

corruptus ist gegoren.

Getrunken wird aus Hörnern, wenigstens bei festlichen Gelegenheiten, wie schon Caesar VI 28, 6: 'haec 〈urorum cornua〉 studiose conquisita ab labris argento circumcludunt atque in amplissimis epulis pro poculis utuntur' und Plinius XI 126: 'urorum cornibus barbari septentrionales potant, urnisque vini capitis unius cornua inplent'. Büffelshörner beim Trinken, Saxo Grammat. V p. 253 bei dem Mahl, das der König von Britannien dem Frotho III gibt, 'nec bubalinorum cornuum, quibus potio promeretur, usus aberat'. — Ein barbarischeres Trinkgefäß waren die Schädel der erlegten Feinde: von den Galliern Livius XXIII 24, 12: der Consul L. Postumius wurde 216 mit zwei Legionen von den Boiern vernichtet, und aus seinem Schädel ein Trinkgefäß gemacht, woraus an Festen geopfert wurde. — Der Becher Alboins.

poma] Holzäpfel oder auch Beeren, nach Cap. 5 gibt es keine Obstbäume: frugiferarum arborum impatiens.

recens soll doch nicht heißen roh, obgleich Pomponius Mela III 28 von den Deutschen sagt, sie seien 'victu ita asperi incultique, ut cruda etiam carne vescantur aut recenti, aut eam rigentem in ipsis pecudum ferarumque coriis manibus pedibusque subigendo renovarant' (durch Manipulationen eßbar gemacht). Dagegen Posidonius ·XXX bei Athenaeus IIII 13 p. 153ª von den Kelten, daß sie wohl gekochtes Fleisch eßen: ἄριστον προςφέρονται κρέα μελnδὸν ὠπτημένα, καὶ ἐπιπίνουσι γάλα, καὶ τὸν οἶνον ἄκρατον. Es kann sein mit rohes Fleisch eßen, es kann vorgekommen sein, wie auch wir westfälischen Schinken und Beefsteak.

XXIII.

Der Waffentanz. Auf einem Bild in Augsburg. Saxo Grammat. VII p. 367 von Harald Hyldetand, während eines fünfzigjährigen Friedens hätten seine Leute beständige Uebungen im Fechten gehalten: sie seien so geschickt gewesen, daß sie die Augenbrauen des Gegners abgehanen hätten ohne sie zu verwunden; und diejenigen, welche bei solchen Uebungen, wenn ihnen also die Augenbrauen seien abgehauen worden, geblinzelt hätten, seien als untanglich entlaßen worden. So hatten die Jomsviker ein Gesetz, daß sie bei keinem gegen sie geführten Hiebe blinzeln durften.

unum] Es ist doch sehr wahrscheinlich, daß bei religiösen Festen Aufzüge mit Vermummungen stattfanden.

quibus id ludicrum est] es ist ihnen ein Spiel; also non in quaestum aut mercedem, wie die römischen iaculatores, circulatores scaenici u. s. w.

quamvis nicht zum Satz, sondern nur auf audacis zu beziehen.

inter seria exercent heißt nicht, wie manche wollen, abwechselnd seriis interponunt, sondern rebus seriis annumerat, ut rem seriam exercent.

aleam ... de libertate] Aehnlichkeit mit den Indern; ein Beispiel in den Karningen (s. meine Indischen Sagen I² S. 10, wo Jazischthira seine Freiheit verspielt). Dasselbe sagt Ambrosius de Tobia 11 von den Hunnen.

iuvenior für innior findet sich noch einigemal bei späteren Schriftstellern, Columella VIIII 11, 9. Plinius epist. IIII 8, 5. Apulei. metam. VIII 21 p. 210.

fide] Treue im Worthalten, „ein Wort ein Mann"; das Worthalten ist bei den Germanen die höchste Pflicht, ebenso bei den Hindu und den alten Persern.

exolvant] Tacit. ann. VI 50: 'donec Tiridates cum paucis in Syriam revectus pudore proditionis omnes exsolvit', und hist. III 61: 'donec Priscus et Alfenus desertis castris ad Vitellium regressi pudore proditionis cunctos exolverant'. Doch auch bei Livius, sogar Virgil und Cicero.

XXV.

servis] Ueber die Entstehung der Knechtschaft sagt Tacitus nichts, als der einen Art im vorigen Capitel, die aber nur ausnahmsweise vorkam. Wir müßen ohne Zweifel Kriegsgefangene hauptsächlich darunter verstehen, wie Ariovist bei Caesar I 36, 1: 'ius esse belli, ut qui vicissent iis quos vicissent, quem ad modum vellent, imperarent'. So wißen wir, daß Römer als Sklaven unter Germanen lebten, Tac. ann. XII 27: Römer, die seit der Niederlage des Varus Sklaven waren, wurden im vierzigsten Jahre befreit. Aber es gab auch deutsche Sklaven, von demselben Stamme: Ann. XIII 56 von den aufgeriebenen Ampsivarii: 'inbellis aetas in praedam divisa est'. Jornandes 16 berichtet von den Gothen, daß sie oft Markomannen und Quaden

als Sklaven verkauften. — In der isländischen Sage Melkorka,
eine gefangene irische Königstochter. Gudrun. — Da es bei
allen deutschen Völkern von Altern her Sklaven gab, so ist es
sehr wahrscheinlich, daß die Germanen bei ihrer Einwanderung
schon eine Bevölkerung vorfanden, welche theils zurückgedrängt,
theils ausgerottet wurde, theils im Sklavenstande fortlebte.
Vielleicht zur Zeit Caesars noch theilweise als vorhanden b. G.
IIII 10, 4 f.: '⟨Rhenus⟩ ubi Oceano appropinquavit, in plures
defluit partes multis ingentibusque insulis effectis, quarum pars
magna a feris barbarisque nationibus incolitur, ex quibus sunt,
qui piscibus atque ovis avium vivere existimantur, multisque
capitibus in Oceanum influit'. Es könnten dieß brittische Völker
sein": noch in Ludwigs des Frommen Zeit waren auf der Insel
Walchern Sitten wie bei den Britten: 'Imperator placabilibus
verbis in hunc modum Fredericum (achten Bischof von Utrecht)
alloentus est: ... est autem Walachria tunc dioecesis insula
multum infamis, ubi, proh dolor, concumbere dicitur non solum
frater sorori, verum etiam filius suae propriae genitrici' de
Beka, et Heda, de episcopis Ultraiectinis. Ultraiecti 1643 p. 23.

Von dieser früheren Bevölkerung sind Spuren vorhanden,
die rohen Alterthümer, Steine: Felsenhöhlen und Wohnungen
in den Seen; aber auch schon reiche Cultur durch Handel; die
Kegelgräber mit ihrer Bronze. (Eine kleine Race; spitze
Schwerter, Schutzwaffen aller Art.)

Name für Sklaven auch welsch, ags. vil, gen. vilœ.

Uebrigens sehen wir, daß der Zustand dieser Sklaven ein
sehr erträglicher war; sie hatten nur dem Herrn Abgaben zu
entrichten und sich vor seinem Zorn zu bewahren. Ueber die
Behandlung der Sklaven s. auch lex Wisigoth. VI tit. 5, 12:
'nam si ex disposito malitiae servum suum vel ancillam seu per
so seu per alium quemlibet extra publicum examen occidere
quicunque praesumpserit, pro facti huius temeritate libram auri
fisco persolvat atque insuper perenni infamia denotatus testi-
ficari ei ultra non liceat'.

discriptis] discribere auflegen, anweisen, zutheilen.

regit] er ist Herr in seinem Sitz, nicht wie ein Sklave.
Doch nicht jährlich mitgenommen? Unklarheit.

ut colono] er steht einem römischen colonus gleich, der
einen Acker vom Eigenthümer gepachtet und nichts zu bezahlen
hat als den Pachtzins.

uxor ac liberi] nemlich nicht des servus, sondern des Herrn
des Sklaven.

liberti] Dabei denkt er an die Römer; Ann. XIIII 39: Nero
habe nach Britannien seinen libertus Polyclitus geschickt 'ad
spectandum Britanniae statum ... nec defuit Polyclitus quo minus

---

* Rettberg, Kirchengeschichte II 199, meint, es seien die Friesen.

ingenti agmine Italiae Galliaeque gravis, postquam Oceanum
transmiserat, militibus quoque nostris terribilis incederet. sed
hostibus inrisui fuit, apud quos flagrante etiam tum libertate
nondum cognita libertinorum potentia erat'. Man denke übrigens an den Pallas und Narcissus unter Claudius, schon früher
Chrysogonus des Sulla, Demetrius des Pompeius.

liberti gleichbedeutend libertini am Ende. Ein Unterschied
bei den eigentlichen Germanen und bei den Staaten quae
regnantur. Bei den ersten haben die liberti keine politischen
Rechte: es scheint also ihre Freiheit nur darin zu bestehen,
daß sie den Zins, frumenti modum aut pecoris aut vestis, nicht
mehr zu bezahlen haben; aber sie standen dem freien Manne
nicht gleich. Anders in den Staaten quae regnantur, wie bei
den Suiones, die keine wahren Germanen sind. In diesen
konnten die liberti größeren Einfluß erlangen als die ingenui,
selbst die nobiles; nemlich wenn sie im Gefolg, Dienst des
Königs waren: so sehen wir auch später bei den Franken, als
die königliche Gewalt sich entwickelte, daß die Antrustionen,
das Gefolge des Königs, nicht bloß aus freien Franken, sondern auch aus Freigelaßenen und Romanen besteht, und daß
diese alle das dreifache Wergeld hatten.

Ueber die Art der Freilaßung in der späteren Zeit gibt
es viele Nachrichten, die gewiss in ein hohes Alter reichen,
aber, da Tacitus nichts davon sagt, hier übergangen werden
können.

quae regnantur] Das sind nicht diejenigen germanischen
Staaten, bei welchen es reges gibt — solche finden sich überall —, sondern bei welchen die Macht nicht beim concilium
ist, sondern beim rex: wie Cap. 43 'Gothones regnantur', Hist.
I 16 bei den 'gentibus quae regnantur certa dominorum domus
et ceteri servi'.

XXVI.

faenus agitare] Geld auf Zinsen anlegen, in usuras (faenus)
extendere heißt die Zinsen zum Kapital schlagen: Zinseszins
erheben.

servatur] nemlich daß sie es nicht thun.

agri ... occupantur] Eine viel besprochene Stelle; invicem B
in vices A. Die meisten, auch S, haben vices ohne in; per vices
die ältesten Ausgaben, dafür viele Bekker. Das richtige ist in vices
oder invicem; nur wenn Orelli behauptet, das gebe einen ganz
andern Sinn, so weiß ich nicht, worauf das sich gründet. Es
scheint mir, daß nach universis ein Wort ausgefallen ist, nemlich es soll, wie die Vergleichung mit Caesar VI 22, 2 lehrt,
gesagt werden, daß die Gemeinden (gentes oder cognationes)
die Felder besetzen, und daß die einzelnen sie nur gleichsam
leihweise haben von der Gemeinde. Nach dem universis ist

etwa cognationibus zu ergänzen. Das Wort invicem läßt vermuthen, daß Tacitus die Stelle des Caesar IIII 1, 4—6 vor Augen hatte: 'hi ⟨Suebi⟩ centum pagos habere dicuntur, ex quibus quotannis singula milia armatorum bellandi causa ex finibus educunt. reliqui, qui domi manserunt, se atque illos alunt. hi rursus in vicem anno post in armis sunt, illi domi remanent. sic neque agricultura nec ratio atque usus belli intermittitur'. Nemlich es ist jedenfalls der Gedanke, daß das Grundeigenthum nicht dem einzelnen, sondern der Gesammtheit, der ganzen Gemeinde gehört, und zwar wird der ager nach der Größe der Gemeinde ausgewählt, unter die einzelnen wird es dann vertheilt secundum dignationem, so daß die principes größern Antheil bekommen, und arva per annos mutant besagt deutlich, daß sie mit dem Anbau des Feldes wechseln, den einzelnen Feld anweisen, aber nicht zum Eigenthum, sondern nur zur Nutznießung, und zwar mit jährlichem Wechsel. Ganz dasselbe sagt Caesar an zwei Stellen, IIII 1, 7 von den Sueben: 'privati ac separati agri apud eos nihil est, neque longius anno remanere uno in loco incolendi causa licet', und VI 22, 2 von allen Germanen: 'neque quisquam agri modum certum aut fines habet proprios; sed magistratus ac principes in annos singulos gentibus cognationibusque hominum, qui una coierunt, quantum et quo loco visum est agri attribuunt atque anno post alio transire cogunt'. Es scheint, daß Tacitus hauptsächlich diese zwei Stellen vor Augen hatte, wonach die gentes und cognationes das Land angewiesen bekamen, aber nur für ein Jahr. Tacitus kannte den Caesar 'summus auctor' cap. 28. Caesar gibt für diese Erscheinung auch die Gründe an (§. 3. 4): 'eius rei multas afferunt causas: ne assidua consuetudine capti studium belli gerendi agricultura commutent'; ferner 'ne latos fines parare studeant, potentioresque humiliores possessionibus expellant'; ferner 'ne accuratius ad frigora atque aestus vitandos aedificent'; und ferner 'neque oriatur pecuniae cupiditas, qua ex re factiones dissensionesque nascuntur; ut animi aequitate plebem contineant, cum suas quisque opes cum potentissimis aequari videat'. Es ist eigentlich mehr oder weniger bei allen alten Völkern zu finden, daß ursprünglich das Volk selbst oder der Fürst als Repräsentant des Volkes das alleinige Eigenthum des Bodens hatte, bei den Hebräern, bei den Spartanern u. s. w.; es ist ganz moderne Ansicht, daß der Staat selbst nichts, sondern alles die einzelnen Glieder des Staats besitzen; die Folgen dieser modernen Ansicht sind oben die von Caesar angegebenen: eine ungeheure Kluft, welche zwischen den Besitzenden und den Nicht-Besitzenden immer verderblicher, immer unheilbarer sich öffnet, eine Kluft, in welcher die ganze moderne Gesellschaft zu versinken droht. — Ganz dasselbe muß ursprünglich Einrichtung aller Kelten gewesen sein; in Italien: Polybius II 17, 11 sagt ausdrücklich, daß sie kein Eigenthum hatten als Heerden und Gold, und daher beständig bereit waren, den Wohnort zu verändern. Von einem keltischen Volk in Spanien, den Vakkäern, sagt dasselbe Diodor V 34: sie vertheilen den Boden jährlich neu, und der Jahresertrag gehört allen. In Gallien selbst zwar war die Sache zur Zeit Caesar's anders geworden: schon feste Wohnsitze; aber dennoch entschließen sich noch ganze gallische Völker, wie die Helvetier, ihre Dörfer zu verbrennen und weiter zu wandern; das wäre nicht möglich gewesen, wenn der Boden schon in erbliches Privateigenthum vertheilt gewesen wäre. — Also alle keltischgermanischen Völker sind zwar keine Nomaden, sondern sie kennen den Ackerbau, aber sie haben keinen Privatgrundbesitz. Der Boden und sein Ertrag war Gemeingut. Privatbesitz war die Beute eines jeden, seine Heerden, Waffen, sein Schmuck, seine Ringe u. s. w., aber nicht sein Haus, sein Feld. Dieser Communismus hatte große Vortheile, wie sie Caesar anseinandersetzt; es gab unmöglich Arme; das Nothwendige konnte keinem fehlen, denn an Boden zum Vertheilen fehlt es nie, wie Tacitus sagt 'facilitatem partiendi camporum spatia praestant' und 'superest ager'. — War die Bevölkerung eine große, so fand Auszug statt: ein fremdes Volk (wohl auch ein deutsches) wurde vertrieben, wie dieß Caesar von den Sueben erzählt, und es war dann wieder Platz genug. Ferner beständige Waffenbereitschaft, es war eine Militärcolonie. Ein System, eine Regierungsweisheit, und die Vortheile, die daraus erwuchsen, wurden wirklich auch erreicht. — Die neueren Juristen nun, besonders G. Waitz, läugnen diesen Communismus. Die Germanen hätten von jeher Privatgrundbesitz gehabt, und dieß sei sogar die Grundlage der ganzen Verfaßung gewesen. Caesar habe nicht gewust, was er sage, hingegen Tacitus sage ganz etwas anderes: es sei zu lesen: ah universals vicis occ., und dann agri sei von der ersten Besitzergreifung zu verstehen und die erste Vertheilung, die aber erbliches Eigenthum zur Folge habe (invicem weggeschafft). arva per annos mutant heiße nichts anderes, als daß jeder auf seinem Privatgut mit dem Anbau der Felder abwechsle nach der Dreifelderwirthschaft. (Ein Theil bleibt immer brach liegen.) Nun die Dreifelderwirthschaft kann unmöglich hier gemeint sein, denn eine solche Ausbildung der Landwirthschaft wird ausdrücklich von Tacitus in den folgenden Worten geläugnet. Vor kurzem hat ein Nationalökonom die Sache behandelt, Roscher in Leipzig in den Verhandlungen der sächsischen Gesellschaft der Wissenschaften zu Leipzig, philos.-historische Klasse, December 1858; er spricht sich ganz entschieden so aus wie ich, er verneint die Dreifelderwirthschaft ganz entschieden.

Drei Jahreszeiten; nun haben wir allerdings auch ein Wort für Herbst, herbist findet sich schon in unsern ältesten hochdeutschen Sprachquellen (etwa im 8. Jahrhundert), aber es ist wahrscheinlich kein deutsches Wort, sondern kommt von καρπίζω, und ist ins Deutsche gekommen in einer Zeit, als die

Deutschen viel mit den griechischen Völkern verkehrten; z. B.
das Wort Graf. — Wirklich deutsche Wörter haben wir bloß
für drei Jahreszeiten, Lenz, Sommer, Winter; englisch nur
spring, summer, winter deutsch, autumn ist lateinisch.

XXVII.

funerum . . .] Mit diesen Worten bildet Caesar's Beschreibung
der gallischen Leichenfeierlichkeiten einen scheinbaren Gegensatz: er sagt nemlich VI 19, 4: 'funera sunt pro cultu Gallorum
magnifica et sumptuosa; omniaque, quae vivis cordi fuisse arbitrantur, in ignem inferunt, etiam animalia, ac paulo supra
hanc memoriam servi et clientes, quos ab iis dilectos esse con-
stabat, iustis funeribus confectis una cremabantur'. Im Grund
aber sagt Tacitus ganz dasselbe von den Germanen, nur mögen
die Gallier dabei mehr Pracht gezeigt haben. Was Caesar von
den Galliern sagt, paßt ganz auf die nordischen Gebräuche, wie
sie in der Edda und in den Saga geschildert werden, namentlich
daß Knechte mit verbrannt werden. Das Wesentliche, in dem
Germanen und Gallier übereinstimmen, ist, daß die Leichen
verbrannt werden, nicht begraben: dieß war das Ursprüngliche,
und in der Edda wird sogar die Leiche Baldrs verbrannt.
Sigurdr, Brynhildr. Snorri Sturlason in der Vorrede zur Yn-
glingasaga: das erste Zeitalter wird das Brennzeitalter genannt;
da sollte man alle verstorbenen Männer verbrennen und ihnen
Bautasteine (Gedenksteine) errichten. Nachdem aber Frey in
Upsala unter einen Grabhügel gelegt war, errichteten manche
Vornehme ihren Verwandten ebenfalls Grabhügel, und nachdem
der Dänenkönig Dan der Uebermüthige sich einen Hügel hatte
machen laßen, und befohlen hatte, daß man ihn nach seinem
Tode mit seinen Königskleidern, mit der Kriegsrüstung, mit
dem Pferde und Sattelzeug hineinlegen solle, befolgten viele
seines Geschlechtes dieses Beispiel*; so fieng in Dänemark das
Zeitalter der Grabhügel an, während bei den Schweden und
Nordmännern das Zeitalter des Verbrennens noch lange fort-
dauerte.

In Deutschland ward das Verbrennen erst mit Einführung
des Christenthums abgeschafft. Karl der Große befiehlt (Monum.
Paderborn. p. 302): 'si quis corpus defuncti hominis secundum
ritum paganorum flamma consumi fecerit et ossa eius ad cinerem
redegerit, capite punietur'. Doch kam bei den Germanen eine
Art von Bestattung wohl schon zur Zeit des Heidenthums vor:
im Beóvulf wird der Leichnam des Scild mit reichem Schmucke
auf ein Schiff gebracht, und dieß der Woge überlaßen. Ebenso
im Norden: Sigmund legt den Leichnam seines Sohnes Sinfiötli

* In Island wurde begraben, aber mit Kostbarkeiten, was aber
natürlich bald aufhörte. (Schiff.)

in ein Schiff, und ein unbekannter Fährmann fährt damit fort.
Der Glaube war, daß diese Todten über das Meer von den
Boten der Götter der Unterwelt nach Niflheim und nach Wal-
halla übergeschifft werden, wo sie wieder lebendig werden.

certis lignis], welche diese Holzarten sind, finde ich nirgends
(Haselnuß?). Dagegen heißt es bei Saxo Grammaticus V p. 235,
König Frotho III. habe das Gesetz gegeben: daß ein centurio
oder satrapa auf einem Scheiterhaufen verbrannt werde, der
aus seinem eigenen Schiffe gemacht sei; daß aber zehn guber-
natores mit unius puppis igne verbrannt worden: 'ducem proprio
iniectum navigio concremari'[*]. — In Indien bestimmte Holzarten, aber andere Holzarten als in Deutschland.

vestibus nec odoribus] ist Gegensatz gegen die römischen
Gebräuche. Ann. III 2 bei der Leichenfeier des Germanicus:
equites vestem odores aliaque funerum sollemnia cremabant.

sua cuique arma.] Saxo Gramm. VIII p. 391, wo bei dem
Tod eines Königs das Heer ermahnt wird: 'cumque superiectum
ignis cadaver absumeret, maerentes circuire proceres imponsius-
que cunctos hortari coepit, uti arma, aurum et quodcunque
opimum esset, liberaliter in nutrimentum regi sub tanti taliter-
que apud omnes meriti regis veneratione transmitterent'.

sepulcrum caespes erigit] gesuchte Art des Ausdruckes statt
e caespite erigitur. Gerade so Seneca epist. I 8, 5: 'hanc
⟨domum⟩ utrum caespes erexerit, an varius lapis gentis alienae,
nihil interest'. — Jedenfalls sehen wir, daß sie doch sichtbare
Denkmäler hatten; solche Hügel finden sich in großer Zahl
besonders in Norddeutschland, die sogenannten Hünenbetten:
das sind aber nicht bloße Erdhügel, sondern in denselben finden
sich steinerne Kammern mit Urnen mit Asche. Die sogenannten
Dolmen bestehen aus einigen kleineren Steinen, auf welchen ein
größerer ruht. Das ist keltisch-germanisch. Nach Inschriften
und Runen stellen diese Steine die Brücken vor, auf welchen
die Seele über die Ströme der Unterwelt reitet. In der lex Salica
kommt eine Stelle vor, wo von den Steindenkmälern die Rede
ist: 'si quis aristatonem hoc est stapplus super mortuum missus
expulaverit aut mandualem quod est ea structura sive selave qui
est ponticulus sicut mos antiquorum faciendum fuit' (novellae
textus c. 339 Seite 88 Merkel). Solche Denkmäler finden sich
in Skandinavien und Deutschland, in ganz Gallien. Man hat
diese Dolmen für Druidenaltäre gehalten, aber die neuesten
Ausgrabungen haben sie für Grabdenkmäler erwiesen; alles mit
Asche von unten bis oben gefüllt, eine Art von Katacomben, wo
die Reste vieler aufgehäuft wurden. Außerdem werden Bautasteine erwähnt; Gedächtnispfeiler (Menhir). Wenn schon diese
Steindenkmäler oft colossal sind, so waren sie doch keine

---

[*] Saxo Gramm.: 'deinde rogum extruit, Danis inauratam regis sui
puppim in flamma fomentum coniicere iussis'.

eigentlichen Gebäude, wie die römischen Mausoleen, und diese
versteht Tacitus unter monumentorum arduum et operosum
honorem.

feminis lugere] so beweint Grimhild immer den Tod Sigfrids. Nibel. 1116, 3: 'si klaget unz an ir ende, die wîle
werte ir lîp'. Nach *quatenus differant* scheint mir etwas ausgefallen.

XXVIII.

Ueber die Geschichte und ursprünglichen Wohnsitze der
einzelnen Völkerschaften Germaniens haben wir in neuerer Zeit
mehrere vortreffliche Werke erhalten, besonders: Die Deutschen
und die Nachbarstämme. Von Kaspar Zeuss. München 1837,
und: Die Geschichte der deutschen Sprache von Jacob Grimm.
Leipzig 1848. 2 Bände. Unter den Commentaren geht am
tiefsten in diese Frage ein Gerlach.

Da Tacitus zuerst von denjenigen germanischen Völkern
sprechen will, die links vom Rein wohnten und dahin aus Germanien eingewandert waren, so warf er sich die Frage auf, ob
nicht auch umgekehrt Gallier über den Rein gegangen seien
nach Germanien. Es ist ihm dieß wahrscheinlich, weil nach
Caesar einst die Gallier mächtiger waren als die Germanen.

summus auctor derjenige Schriftsteller, dem in diesen Dingen
am meisten Glauben zu schenken sei. Es ist die Stelle VI 24:
'ac fuit antea tempus, cum Germanos Galli virtute superarent,
ultro bella inferrent, propter hominum multitudinem agrique
inopiam trans Rhenum colonias mitterent. itaque ea, quae
fertilissima Germaniae sunt, loca circum Hercyniam silvam ...
Volcae Tectosages occupaverunt atque ibi consederunt; quae
gens ad hoc tempus his sedibus sese continet summamque habet
iustitiae et bellicae laudis opinionem'. Also Caesar glaubt, daß
diese gallische Völkerschaft noch zu seiner Zeit am hercynischen
Wald wohnte; davon findet sich sonst nirgends eine Spur, wenn
nicht Caesar eben die germanischen Völker selbst für die eingewanderten Gallier hält. 'Nunc quidem in eadem inopia, egestate
patientiaque Germani (wofür einige: qua Germani) permanent,
eodem victu et cultu corporis utuntur (nemlich wie die alten
eingewanderten Gallier); Gallis autem (den zurückgebliebenen)
provinciarum propinquitas et transmarinarum rerum notitia multa
ad copiam atque usus largitur: paulatim adsuefacti superari
multisque victi proeliis ne se quidem ipsi cum illis virtute com-
parant'. An dieser Stelle scheint Caesar ganz dasselbe zu sagen
was Strabo, daß die Germanen vollständig die alte Tapferkeit
der Kelten beibehalten hätten, die Gallier aber seien entartet.
— Die Volcae Tectosages finden wir zuerst zwischen Rhône
und der Garonne, mit der Hauptstadt Tolosa. Von dort sollen
die Züge des Brennus nach Griechenland ausgegangen sein (in

Tolosa seien die Tempelschätze von Delphi gelegen), und ein
Theil des Heeres des Brennus habe sich in der Gegend von
Byzanz niedergelaßen und sei von da nach Kleinasien über-
gegangen; und wirklich heißt wieder ein Theil der kleinasia-
tischen Galater Tektosagen. Also aus dieser Heimath der
Tektosagen sei ein anderer Zug über den Rein gegangen zu
den hercynischen Wald. Das ist gewiss dieselbe Nachricht, die
auch Livius erhalten hat V 34: es sei zur Zeit des Tarquinius
Priscus das keltische Volk so zahlreich gewesen, daß das Land
es nicht ernähren konnte. Da sei Bellovesus nach Italien ausgewandert, Segoveso sortibus dati Hercynei saltus. — Dieß sind
gewiss alte ächte Sagen, aber der Ort, von wo die Auswanderung ausgieng, war schwerlich Gallien (das war ein Misver-
ständniss nach späterer geographischer Anschauung), sondern
ein östlicheres Land. Denn es ist höchst wahrscheinlich, daß
die Ausbreitung der Gallier in Italien nicht über die Alpen
von Gallien ausgieng, sondern über den Brenner und das
Etschthal.

diritas, B von zweiter Hand *diversas*. Die Ausgaben zum
Theil *diversas*; wohl beßer *divisas*.

Hercynia silva, auch *Hercyuius saltus*, oder *Hercynium
iugum*. Bei Eratosthenes nach Caesar Ὀρκύνιος, bei Aristoteles
meteor. I 13 Ἀρκύνια ὄρη. Ueber die Lage und die Grenze
dieses Waldgebirgs sind die Nachrichten sehr unklar. Die
Hauptstelle ist Caesar VI 25, 1: 'huius Hercyniae silvae latitudo
novem dierum iter expedito patet'; also neun starke Tagreisen
breit; (2) 'oritur ab Helvetiorum et Nemetum et Rauricorum
finibus rectaque fluminis Danuvii regione pertinet ad fines Da-
corum et Anartium'; (3) 'hinc se flectit sinistrorsus diversis ab
flumine regionibus multarumque gentium fines propter magnitudinem attingit'; (4) 'neque quisquam est huius (des west-
lichen) Germaniae, qui se aut adisse ad initium eius silvae
dicat, cum dierum iter sexaginta processerit, aut, quo ex loco
oriatur, acceperit'. Also alle deutschen Gebirge nördlich der
Donau und die ungarischen. Tacitus jedoch scheint das Gebirge Abnoba als ein besonderes zu betrachten. Aber im Lande
der Chatten ist die Hercynia silva, also nördlich vom Main.
Dann heißen besonders die Böhmen einschließenden Gebirge
und ihre östlichen Fortsetzungen in Mähren Hercynia. So
Velleius Paterculus II 108: 'gentem Marcomannorum, quae
Maroboduo duce ... incinctos Hercynia silva campos incolebat'.
Ueber den Namen ist zu bemerken, daß er große Aehnlichkeit
hat mit gothisch fairguni, Gebirg: ein Theil des Taunus heißt
beim Volk noch der Heirich.

Moenus, so auch bei Plinius VIIII 45. Die Etymologie
ist dunkel. Also von dem böhmischen Gebirge, südlich vom
Main, bis zum Rein hatten früher Helvetier gewohnt; Tacitus
spricht aber natürlich von einer früheren Zeit, und weiterhin

also über dem Gebirge die Boii. Diese Nachricht wird bestätigt
dadurch, daß bei Ptolemaeus II 11, 10 die Gegend des Schwarz-
waldes die Ἐλουητίων ἐρημος genannt wird. — Also zur Zeit
des Caesar bereits bewohnten sie die Schweiz nicht weiter nördlich als bis zum Rein; ihre Auswanderung, ihr Untergang durch
Caesar sind bekannt. Wer sind aber die Germani, mit welchen
zur Zeit des Caesar die Helvetii zu kämpfen haben? Ich weiß
es nicht; wahrscheinlich Markomannen, die vom Main her Streif-
züge machten.

Die *Boii*: nichts ist schwieriger, als die Verbreitung, die
Wanderungen dieses Volkes zu verfolgen. Zuerst finden wir
Boier in Italien; dort fanden sie das Land nördlich vom Po
schon von gallischen Völkern besetzt, giengen daher über den
Po, vertrieben die Etrusker und Umbrer und setzten sich in
den Apenninen fest. Sie hatten nach Cato 112 tribus; überwältigt vom Consul P. Cornelius Scipio (191 v. Chr.) giengen
sie als Volk unter. Nach Strabo sollen sie von hier an die
Donau ausgewandert sein, höchst unwahrscheinlich. Es ist
wahrscheinlicher, daß sie nicht aus Gallien, sondern aus ihrer
Heimath Boihem gekommen waren. Von den Boiern in Boien-
heim weiß noch Strabo VII 2, 2 p. 293, daß sie ihr Land
gegen den Andrang der Kimbren behaupteten. Zur Zeit Caesar's
(I 5, 4) waren die Boii nach Noricum gegangen und hatten
Noreia besetzt; ein Theil von ihnen schloß sich den Helvetiern
an, und diese erhielten mit Caesar's Vergünstigung Wohnsitze
bei den Haeduern (I 28, 5). Zur Zeit des Augustus wurden die
Boier in Pannonien von dem Dakenkönig Boirebistas vernichtet
(Strabo VII 3, 11 p. 304). Ihre ehemaligen Wohnsitze ließen
nun deserta Boiorum. Aus Böhmen selbst waren sie von den
Markomannen verdrängt worden. Germ. 42. — Dieß Volk
gieng also in den Zeiten Caesar's und Augustus' unter, obgleich
sich einzelne Spuren noch später finden, auch von den bei den
Haeduern angesiedelten; ihr Name hat sich erhalten im Namen
ihrer Heimath Böhmen, Boihemum, was wohl richtiger Boiohemum
heißen sollte, wie bei Velleius II 109. hêmu, hêm, gothisch
haim, unser heim (wobei auffallend e für ei, statt â); s. altdeutsche Grammatik I 1 Seite 12.

Nun aber wohnten die Boii nicht bloß in Böhmen, sondern
bis zur Zeit, als Caesar nach Gallien kam, ehe die Helvetier
auswanderten, auch im Land südlich der Donau, vom Bodensee bis nach Oesterreich: also im heutigen Baiern. Dieß wird
wunderlicher Weise in neuerer Zeit geläugnet, aber ich begreife
es nicht. Caesar I 5, 4: '⟨Helvetii⟩ Boios, qui trans Rhenum
incoluerant et in agrum Noricum transierant Noreiamque oppug-
narant, receptos ad se socios sibi adsciscunt'. Dazu Strabo
VII 1, 5 p. 292: es berühren den See (den Bodensee) ein
wenig die 'Ραιτοί, mehr die Ἐλουήττιοι, und die Οὐινδολικοί und
die Wüste der Boii bis nach Pannonien, und IIII 6, 8 p. 206:

'Ἑξῆς δὲ τὰ πρὸς ἕω μέρη τῶν ὁρῶν καὶ τὰ ἐπιστρέφοντα πρὸς νότον 'Ραιτοὶ καὶ Οὐινδολικοὶ ⟨κατέχουσι⟩ συνάπτοντες 'Ελουηττίοις καὶ Βοῖοις· ἐπίκεινται γὰρ τοῖς ἐκείνων πεδίοις'. Man hat hier angenommen, daß Strabo den Bodensee und den Plattensee in Ungarn vermenge. (Allerdings setzt Plinius III 148 deserta Boiorum an den lacus Peiso.) — Dazu Boiodurum, später Boitro, jetzt Innstadt, gegenüber von Paßau. — Unbegreiflich Zeuß, Die Deutschen und die Nachbarstämme S. 245: „Im Nordabhange der Alpen bis zur Donau, vom Bodensee ostwärts, findet sich keine Spur von Bojen".

Nun abgekürzt hieß das Land Baia beim Geographen von Ravenna IIII 19: die Bewohner also Baiowarii. Zuerst bei Jornandes 55 westlich von den Suavi, und Venantius Fortunatus IIII: 'pergis ad Augustam ...: si vacat ire viam, neque te Baioarius obstat'; merkwürdig ebenso als Räuber, wie im Nibelungenlied 1197. 1329.

Nur die Helvetii und Boii also, meint Tacitus, könnten wohl aus Gallien nach Germanien eingewandert sein. Höchst wahrscheinlich hatten Boii in Gallien nie gewohnt vor der Zeit Caesar's, als dieser sie ansiedelte. Sie waren keltische, aber eben darum mit den Germanen zunächst verwandte Völker.

Etwas anders ist es mit den Osi und Aravisci: diese waren ohne Zweifel Pannonier, ein nicht germanisches Volk. Wenn Tacitus hier sagt Osi Germanorum natio, so meint er nur, daß sie innerhalb der geographischen Grenzen Germaniens wohnen; aber cap. 43 sagt er selbst, ihre Sprache sei die pannonische, und sie seien keine Germanen. Die Aravisci heißen bei Plinius III 148 Eravisci, bei Ptolemaeus II 16, 3 'Αραβίσκοι'[*]. Beide zählen sie zu den Pannoniern, aber die Pannonier und Illyrier sind ein eigener Volksstamm, von dem sich noch die Albanesen oder Skipetaren mit einer eigenen Sprache erhalten haben.

Jetzt erst kommt er, wie er angekündigt hat, auf die germanischen Völker in Gallien zu sprechen. Die Treveri mit der Hauptstadt Augusta Treverorum, Trier; zu vergleichen b. Gall. VIII 25, 2: 'quorum civitas, propter Germaniae vicinitatem cotidianis exercitata bellis, cultu et feritate non multum a Germanis differebat'. Sie rühmen sich ihrer germanischen Abkunft und können also nicht eine ganz andere Sprache sprechen als die Germanen; aber sie waren ohne Zweifel auch Gallier und sprachen dieselbe Sprache wie die Gallier; daher gallische und germanische Sprache und gallische und germanische Völker nicht wesentlich verschieden sein konnten.

Dasselbe finden wir bei den Nervii, einem belgischen Volke. Alle Belgen rühmten sich germanischer Abkunft, insbesondere aber die Nervier, von denen auch Strabo IIII 3, 4 p. 194 sagt: 'Νέρουιοι καὶ τοῦτο Γερμανικὸν ἔθνος'. Ihr tapferer Wider-

---

[*] Araviscus und Eraviscus in Inschriften.

stand gegen Caesar ist bekannt, b. Gall. Buch II. Von diesen
weiß Tacitus nicht sicher, ob er sie zu den Germanen rechnen
darf; aber sicher Germanen sind folgende: Vangiŏnes, Triboci,
Nemetes. Diese drei Völker erscheinen im Heere des Ariovist
Caes. I 51, 2, und wahrscheinlich waren sie damals mit Ariovist
über den Rein gekommen; ihnen hatten die Sequani, wie Caesar
I 31, 10 berichtet, ein Drittel ihres Gebietes abgetreten; und
nach der Besiegung des Ariovist blieben sie, weil sie fest angesiedelt waren. Die Triboci wohnten im Elsaß, die Nemetes
um Speier, die Vangiones bei Worms (gothisch vaggs, campus;
Wangen z. B. in Ellwangen, Furtwangen). Im Elsaß die
Triboci, vielleicht von drei Buchen. Nemetes: die heiligen
Wälder nimidas in dem Indiculus superstitionum et paganiarum,
zugleich auch gallisches Wort; vgl. Kelten und Germanen S. 108.

Hier hätte Tacitus auch die Cap. 2 genannten Tungri erwähnen können, nach denen wohl noch die Stadt Tongern
zwischen Lüttich und Spaa den Namen hat; es sind Eburones;
auch die Aduatuci, die nach Caesar V 38 Nachbarn der Eburonen sind; die Eburones des Caesar sind ebenfalls Germani;
und ich habe schon hervorgehoben, wie Caesar einmal alle
Belgae für ursprünglich germanischer Abkunft hält; zweitens
die Eburones im Gegensatz zu den Belgan Germanen genannt,
weil sie eingewandert waren in der Zeit des Ariovistus; und
diesen werden wieder die Tencteri als Germani entgegengesetzt,
weil diese bloß plündernd ins Land gefallen waren; vgl.
Pfeiffer's Germania VIIII S. 6.

Die Ubii wohnten zu Caesar's Zeit rechts vom Rein; sie
wurden von den hinter ihnen wohnenden Sueben zinsbar gemacht. Sie schloßen sich an die Römer an. Agrippa führte
sie über den Rein, um zum Schutz des Reines gegen die Germanen zu dienen, 38 v. Chr. Bei ihnen war eine Stadt Ara
Ubiorum, wo die I. und XX. Legion ihr gewöhnliches Standlager
hatten. Im Jahr 50 n. Chr. wurde eine römische Colonie gegründet und nach ihrer Gründerin Colonia Agrippinensis genannt, von der jüngeren Agrippina, der Tochter des Germanicus; jetzt Cöln. Die Ubier verwandelten sich schnell in
Römer und nannten sich Agrippinenses; daher, beim Krieg
des Civilis, Hist. IIII 28: 'actae utrobique praedae, infestius
in Ubiis, quod gens Germanicae originis, ciurata patria, Romanorum nomen, Agrippinenses vocarentur'.

conditor] die Gründerin.

XXVIIII.

Zu den gallischen Germanen rechnet er auch die Bataver,
auf einer Reininsel: die tapfersten von allen diesen. — Ob
Batāvi oder Batăvi, ist nicht sicher: Juvenal. VIII 51 'Batavi';
Lucan. I 431 'Batăvi'; Martial. VI 82, 6 'Batăvam'; VIII 33, 20

'Batava'; Silius ,III 604 'Batavo'. Anth. Lat. nr. 660, 2 Riese: 'Batavon'.

non multum ex ripa] „Sie bewohnen keine große Strecke am linken Rheinufer". So übersetzt auch Orelli und die meisten; sie wohnen zwar auch auf dem linken Rheinufer in Gallien, aber ihr Hauptsitz ist auf einer Insel. Andere, wie Gorlach: „nicht weit vom Ufer"; das bildet keinen Gegensatz zu sed insulam und paßt nicht in den Zusammenhang.

in quibus ... fierent] ist nicht die Absicht, sondern: „woher es kam, daß sie ... wurden".

oneribus et collationibus] Die vcera sind die regelmäßigen Abgaben, die collationes sind die sogenannten freiwilligen Gaben, etwa wie jetzt in Rußland; Plinius paneg. 41 lobt den Traianus: 'te collationes remisisse ...'

Die Bataver findet schon Caesar auf der Insel IIII 10, 2; daß sie aber von den Chatten auswanderten, davon weiß nur Tacitus. In welcher Zeit, ist unbekannt; aber vor Caesar, der doch von den Chatti noch nichts weiß. Der alte Name hat sich erhalten in den jetzigen Landschaftsnamen Over- und Neder-Betuwe. Zur Zeit Caesar's nahmen sie nicht Theil an den kriegerischen Bewegungen. Drusus setzte von ihrer Insel aus über den Rhein. Tacitus sagt, fast gleichlautend mit unserer Stelle, Histor. IIII 12: 'Batavi, donec trans Rhenum agebaut, pars Chattorum, seditione domestica pulsi extrema Gallicae orae vacua cultoribus, simulque insulam iuxta sitam occupavere' etc. Sie wurden von den Römern als Bundesgenoßen betrachtet und fochten auf Seite der Römer gegen die Germanen; Hist. IIII 12: 'diu Germanicis bellis exerciti', dann fochten die batavischen Cohorten in Britannien mit großem Ruhm. Besonders berühmt waren die batavischen Reiter (die Cauniufates).

Aber da die Römer allmählich vergaßen, sie wie Bundes-genoßen zu behandeln, erhoben sie sich gegen die römische Herrschaft unter Civilis. Aber auch nach ihrer Unterwerfung wurden sie mit einer gewissen Achtung von den Römern behandelt; das ist: manet honos et antiquae societatis insigne. Darauf beziehen sich Inschriften, worin die Batavi amici et fratres populi Romani heißen (Bramb. nr. 2003: 'gens Bata-vorum amici et fratres Rom. imp.' Orelli nr. 177: 'civ. Batavi fratres et amici p. R.'), deren Aechtheit aber angefochten wird; ich weiß nicht warum.

Mattiacorum gens] Bisher war von Völkern links vom Rhein oder auf Rheininseln die Rede; nun geht er auf das rechte Ufer über und spricht zuerst von denjenigen germanischen Ländern, welche wie Theile des römischen Reichs betrachtet werden. Mattiaci ist Wiesbaden. Plinius XXXI 20: 'sunt et Mattiaci in Germania fontes calidi trans Rhenum, quorum haustus triduo fervet'. Bei Amm. Marc. XXVIIII 4, 3: 'Mattiacae aquae'. Schon unter Claudius (Ann. XI 20) wurden von einer römischen

Legion Silberbergwerke in agro Mattiaco betrieben; aber bei
dem Kriege des Civilis sind die Mattiaci mit den Chatti Feinde
der Römer. — Es wird öfters angegeben, Hauptstadt der Mattiaci sei Mattium (Ann. I 56); aber dieß ist wahrscheinlich nicht
Wiesbaden, sondern ein Ort an der Eder. Die eigentliche Be-
sitznahme erfolgte wahrscheinlich erst durch Traian, der fünf
Jahre am Rein befehligte und in der Gegend von Mainz eine
Befestigung anlegte. Da nun Tacitus unter Traian schrieb, so
sieht man, warum Tacitus von dieser Erwerbung des kleinen
Gebietes in so wichtigem Tone spricht: von der magnitudo
populi Romani und imperii reverentia.

Non numeraverim] Es muß auffallen, wie verächtlich Tacitus von der Erwerbung Schwabens spricht: es geschah dieselbe höchst wahrscheinlich unter Domitianus im Jahr 84, wie
von K. L. Roth im Schweizerischen Museum für historische
Wissenschaften. II. Band (1838) S. 30—40 gezeigt wird. Zu
den dort angegebenen Belegstellen kann ich noch eine wichtige
hinzufügen: Frontin (ein Zeitgenoße des Tacitus) berichtet
strateg. I 3, 10, Domitian habe die Feinde seiner Herrschaft
unterworfen, nachdem er einen limes 120000 Schritte lang, d. i.
50 Stunden aufgeführt habe. Es wirft ein merkwürdiges Licht
auf Tacitus, daß diese ganze Stelle eine Schmeichelei gegen
Traian ist; daß er die Erwerbung von Wiesbaden als eine
äußerst ruhmvolle That darstellt, dagegen die That seines Vor-
gängers, die Unterwerfung Schwabens, als eine ganz unbedeu-
tende Sache schildert.

decumates] ein Ausdruck, der nur an dieser Stelle vorkommt,
daher zweifelhafte Auslegung. Das Wort scheint von decuma
Zehnten gebildet, wie bei Vitruv. II 10 'infernates ... super-
natibus' und Plinius XVI 196 'infernas abies supernati prae-
fertur'. Cicero (in C. Verrem act. II lib. III 6, 13) hat ager
decumanus, und das ist wohl dasselbe: Felder, von denen ein
Zehnten entrichtet wird. Nun erzählt Tacitus ann. XIII 54,
daß die Friesen agros vacuos et militum usui sepositos be-
setzten. Solche agri vacui et militum usui sepositi waren höchst
wahrscheinlich auch das von den Germanen verlaßene Gebiet
im Winkel zwischen Rein und Donau, den Soldaten zugewiesen,
und diese überließen diese Felder gegen einen Zehnten an,
wie Tacitus sagt, levissimum quemque Gallorum. So erklärt
auch Orelli. — Andere aber leiten decumates her von der zehn-
füßigen Meßruthe. Warum diese Länder gerade so vermeßen
worden sind, ist nicht abzunehmen. Andere nehmen decumates
als Nominativ: diejenigen, welche als Zehntpflichtige einen
Acker bebauen; oder: decumates Bebauer vermeßener Grund-
stücke, und führen dafür an, daß die Wörter auf as gewöhnlich
Personennamen sind, wie damnas, Fidenas u. s. w.

dubiae possessionis] weil man vor dem Einfalle der Germanen nicht geschützt war.

limite acto] Dieß geschah durch Domitian, Frontin a. a. O. Die Spuren dieses limes sind noch zu sehen, unter den Namen Pfahlgraben, Teufelsmauer. Uebrigens finden sich häufig zwei Linien hinter einander, und oft in großer Entfernung davon wieder kürzere Grenzwälle. Wahrscheinlich als der äußerste Wall nicht mehr vertheidigt werden konnte, wurde ein zweiter angelegt und kleiner für besonders bedrohte Puncte.

promotis praesidiis.] Domitian schob die Besatzungen, die bis dahin am Rein gestanden waren, bis an diesen limes vor. — Zur Zeit des Kaisers Probus 283 wurde das ganze Land von den Alamannen besetzt. — Dieser römische limes geht von Regensburg über die Altmühl oberhalb Eichstädt, Weißenburg, Gunzenhausen, Oettingen, Ellwangen über den Kocher und die Jaxt, durch den Odenwald über Obernburg an den Main, von oberhalb Aschaffenburg und Hanau gegen Gießen hin, und dann wieder über Butzbach zurück nach Homburg vor der Höhe; dann über den Taunus nach Idstein, und endet etwa an der Mündung der Lahn in den Rein. — Genaueres finden Sie in Stälins Wirtembergischer Geschichte. I S. 14. 61. 80.

XXX.

has] = die Mattiaci.

Chatti] die Hessen. Diese und die Friesen sind die einzigen Völker, die noch jetzt an der Stelle wohnen, wo sie zuerst erwähnt werden; die also nie, so weit die Geschichte reicht, ihre Heimath gewechselt haben. Aber es ist zweifelhaft, ob die Chatti wirklich die Hessen sind. Der Name Chatti kommt noch vor bei Apollinaris Sidonius carm. 7, 391: 'Chattumque palustri alligat Albin aqua', und Claudian. bell. Get. 420: 'quaeque domant Cattos, immansuetosque Cheruscos'; aber vielleicht aus gelehrter Kenntniss; dann kommen im achten Jahrhundert Hassi und Haessones vor. Sind das dieselben? Es sollte eigentlich Hazzi heißen; wie watar nicht wasar, sondern ahd. wazar, und erst später Waßer. Es hat daher auch Grimm zuerst entschieden geläugnet, daß die Chatti die Hessen seien; jetzt gibt er es selbst zu; aber eine sehr bedenkliche Unregelmäßigkeit bleibt. Kaspar Zeuss S. 96 hält ebenfalls die Hessen nicht für die Chatten; sondern Hassi, Hessi ist bei ihm der Name eines fränkischen Gaus an der Fulda und Weser, wie auch ein Hassegau in Thüringen und ein anderer Hasagau im ostfränkischen Maingebiet, wo noch Haßfurt, Haßberg. Die Bewohner dieses Gaues seien dann Hassi genannt worden.

Die Chatti müßen zunächst neben den agri decumates den Rein berührt haben.

saltus Hercynius muß hier der Taunus und weiter nördlich der Westerwald gemeint sein; sie reichen, so weit das Gebirg reicht von Süden nach Norden; aus andern Stellen geht hervor, daß sie ostwärts bis zu den Hermunduren reichten, von denen sie durch einen Salzfluß, wahrscheinlich die Werra (wo Suhl, Salzungen, Schmalkalden Salzwerke haben *) geschieden waren; ihr Hauptort Mattinm war an der Adrana, Eder; und ihre nördlichste Spitze scheint an der Diemel an die Chauci gerührt zu haben, und an die Cherusci.

Auffallend ist, daß Caesar, der doch die Batavi erwähnt **, die Chatten nicht nennt. Die Züge des Drusus waren hauptsächlich gegen die Chatten gerichtet. Die Chatten scheinen betheiligt gewesen zu sein bei der Besiegung des Varus 9 n. Chr. Im Jahr 15 überfiel sie Germanicus an der Adrana, und verbrannte ihren Hauptort Mattium, während die Cherusker von Caecina beschäftigt wurden, Ann. I 56. Im folgenden Jahr nahm Silius die Gattin und die Tochter des chattischen Fürsten Arpus gefangen, Ann. II 7. Im Jahr 17 feierte Germanicus seinen Triumph, wobei auch Ramis, die Tochter eines Chattenfürsten, aufgeführt wurde, und ein Priester der Chatten, Libes (Strabo VII 1, 4 p. 292). — Im Jahr 50 (Ann. XII 27) wird Germania superior, die decumatischen Felder von den einfallenden Chatten beunruhigt. Sie werden von dem Legaten Publius Pomponius überfallen, und dabei einige römische Kriegsgefangene aus der Zeit der varianischen Niederlage befreit. Auf Kriege zwischen den Chatten und den Cheruskern deutet Ann. XII 28: 'enm quis (Cheruscis) aeternum discordant'. Im Jahr 58 wurden die Chatten in einer Schlacht wegen heiliger Salzquellen von den Hermunduren besiegt, und das ganze Heer dem Mercur und dem Mars geopfert, Ann. XIII 57.

In der Zeit des batavischen Aufruhrs und wohl in Verbindung damit belagern Chatten, Usipeter und Mattiaker die Stadt Mainz, Hist. IIII 37. Domitian führte im Jahr 84 einen Krieg gegen die Chatten ohne Ruhm. Im Jahr 88 brach ein Krieg zwischen Chatten und Cheruskern aus, in welchem die letztern völlig besiegt wurden, so daß ihr Fürst Chariomer Hilfe bei den Römern suchte. Darauf bezieht sich Tacitus Germ. 36.

Von da an werden die Nachrichten seltener; Ende des zweiten Jahrhunderts machten Chatten einen Einfall in das römische Germanien und Rätien (Capitolin. M. Antonin. 8, 7), und Caracalla, der im Anfang des dritten Jahrhunderts gegen die Alamannen focht, kämpfte in ihrer Nähe auch gegen die Chatten (wofür, falsch Κέννοι). An derselben Stelle aber erscheinen später Franken, und es ist dafür die Ansicht von Zeuss, daß die Chatten keine anderen seien als die Franken. Marcomir, ein Fürst der Franken, zur Zeit Valentinians (in der zweiten Hälfte des vierten Jahrhunderts) wird ausdrücklich ein Chatte genannt.

* Oder vielleicht bei Kißingen.
** Die Batavi nur an einer (verdorbenen) Stelle: IIII 10, 1. Die Ansicht, die Chatti seien die Suebi Caesar's, ist falsch.

Zu interpungieren ist nach *patescit*; aber es hat etwas
Bedenkliches, daß *siquidem* hinter *durant* steht; auch daß das
durant heißen soll *porriguntur, continuantur*, ist nicht recht durch
andere Beispiele zu erhärten. So Orelli, Gerlach und fast alle;
andere, wie Passow, Kritz** interpungieren nach *durant*; also
die Chatten *durant*, halten aus, leben, wohnen nicht an so
sumpfigen Orten u. s. w. Ich übersetze nach den meisten, ohne
ganz überzeugt zu sein; *durare* in beiden Bedeutungen ist nicht
sicher nachgewiesen.

Chattos suos] die also die eigentlichen Bergbewohner sind.
prosequitur und *deponit* rhetorisch.

Th. Bergk im Philologus XVI (1860) Seite 627 stellt *Hercynius* hinter *deponit* und liest *suus saltus*. Aber *deponit* „er
hört auf"?

ut inter] Darin liegt eine gewisse Verachtung; so Hist.
IIII 13: 'Civilis ultra quam barbaris solitum ingenio sollers',
und Velleius Paterc. II 118, 2 von Armin.: 'ultra barbarum
promptus ingenio'. Im Allgemeinen hatten also die Römer
keine große Meinung von der Intelligenz der Germanen.

disponere diem] bei Tag eine geordnete Thätigkeit, jedem
im Heere sein Geschäft anweisen; der eine Futter holen, der
andere Holz u. s. w.

vallare noctem] heißt: bei Nacht *vallare castrum*; rhetorisch.

Die Infinitive sind Nominative, Apposition zu *multum
sollertiae*.

fortunam inter dubia] Vgl. Livius XXII 25, 14: 'bono im-
peratore haud magni fortunam momenti esse, mentem rationem-
que dominari'.

Statt *Romanae* lesen einige *ratione*, schlecht. Es ist mir
etwas nicht recht Befriedigendes, daß *ratione conceditur* heißen
soll: es wird *ratione* bewirkt. Dazu Caesar bell. Gall. VI 1, 4:
'docuit <Gallos>, quid populi Romani disciplina atque opes
possent'.

ad proelium] so Hist. II 40: 'non ut ad pugnam, sed ad
bellandum profecti'.

excursus] daß einzelne aus Keil und Glied hervorrennen.

iuxta formidinem] nicht weit von der Furcht, ihr verwandt,
steht ihr nahe; so Cap. 21. Der Gedankengang ist nicht recht
deutlich. Der Chatten Stärke liegt im Fußvolk; das ist ein
Zeichen, daß sie ihr Heil nicht in der Schnelligkeit suchen, die
mit der Furcht verwandt ist.

— —

* Nach Kritz: 'eo, quod haec loca non ita laxa ac palustria sunt,
ut ceterae regiones Germaniae, sedes Chatti non mutant, sed in patrio
solo constanter permanent'.

XXXI.

audentia] Bei Tacitus für audacia (auch c. 34. Ann. XV 53).

rutilum] So wirklich Civilis, Hist. IIII 61: 'barbaro voto post coepta adversus Romanos arma propexum rutilatumque crinem patrata demum caede legionum deposuit'. Ebenso in Paulus Diaconus hist. III 7: 'sex milia Saxonum, qui bello superfuerant, devoverunt se neque barbam neque capillos rasuros, nisi se de Suebis hostibus ulciscerentur'. Gregor. Tur. V 15: 'illi quoque, qui ex Saxonibus remanserant, detestati sunt, nullum se eorum neque barbam neque capillos incisurum, nisi prius se de adversariis ulciscerentur' und bei Snorro in Haralds saga ens Harfagra cap. 4: 'þá svarar Haralldr konungr . . . þess streingi ec heit, oc þvi skyt ec til Guds þess er mic skóp, oc lillo rædr, at alldri skal skera hár mitt ne kemba, fyrr enn ec hefi eignaz allan Noreg, med sköttum oc skylldum oc forráði, enn deya all ödrum kosti', und später cap. 23: 'þá tók Haralldr konungr laugar, oc þá let hann greida hár sitt, oc þá skar Rögnvalldr Jarl hár hans, enn ádr hafti verit dskorit oc úkembt X vetnr; var hann ádr kalladr Lúfa, enn sidan gaf Rögnvalldr hönum kenningar nafn, oc kalladi hann Haralld hinn Hárfagra'.

squalor] nemlich des ungeschorenen Haares.

In den Worten liegt nichts Schwieriges, aber im Gedanken ist ein unheilbarer Widerspruch. Das nicht abgeschnittene Haar soll ein Zeichen der Feigheit sein, ignavis et inbellibus; der Ring ignomini osum, und doch placet habitus (was nicht auf den Ring allein gehen kann), und diese Langbehaarten und Beringten werden dem Feinde gezeigt, haben den Ehrenplatz in der Schlacht; sie sind besonders geehrt bis ins höchste Alter. Hier scheint ein Missverständnis zu Grunde zu liegen. Vielmehr scheinen die langen Haare gerade ein Kennzeichen gewesen zu sein eines besonderen Gelübdes der Tapferkeit, eine Ehrenauszeichnung. Wenigstens finden wir es später bei den Franken, reges criniti; sie hätten, sagt Gregor von Tours II 9, 'reges crinitos super se creavisse de prima et ut ita dicam nobiliori suorum familia'. Die Könige werden an ihrem langen Haar erkannt. Das Haarscheren ist: zur Regierung untauglich machen. Als der Chrothild Scheere und Schwert geschickt werden zur Wahl, ob ihre Söhne geschoren oder getödtet werden sollen, nimmt sie das Schwert III 18: 'satius mihi est, si ad regnum non erigantur, mortuos eos videre quam tonsos'. Von den letzten Merovingern sagt Eginhard c. 1: 'neque regi aliud relinquebatur, quam ut regio tantum nomine contentus, crine profuso, barba submissa, solio resideret'. Es scheint, daß diese Auszeichnung der Tapfersten, aus denen dann die Könige hervorgiengen, schon zur Zeit des Tacitus bei den Chatten üblich war.

nulli domus] Dazu Ynglinga saga 34: 'voro margir sækonungar þeir er réþu liði mikla, oc átta engi lönd; þotti sá einn verð fullu heita mega sækonungr, er hann svaf alldri undir sótkum ási, oc drack alldri at arinshorni'. Dazu Ariovist bei Caesar b. G. I 36, 7: 'intellecturum, quid invicti Germani, exercitatissimi in armis, qui inter annos XIIII tectum non subissent, virtute possent'.

XXXII.

certum] Der nun ein sicheres, gleichbleibendes Bett hat, nicht in mehreren Armen fließt, wie es zum Theil noch oberhalb Straßburg ist, und früher wohl bis gegen Bingen hin war: daher kann er jetzt eine Grenze sein (terminus esse sufficiat).

Usipi] Ann. I 51 heißen sie Usipetes, so auch Caesar IIII 1, 1. Tacitus geht in der Aufzählung der Völker von Süden nach Norden; wo die Chatten den Rein nicht mehr berühren, beginnen die Usipi; ihnen folgen weiter nördlich die Tencteri, die nach Hist. IIII 64 gegenüber von Cöln wohnen.

equestris disciplinae] Was von ihrer Reitkunst gesagt wird, wird bestätigt von Caesar IIII 2, 3, wovon schon oben.

Die Usipi und Tencteri kommen im Jahr 55 vor Chr. über den Rein nahe der Mündung, weil sie von den Sueben vertrieben waren. Sie werden von Caesar (IIII 1) vertilgt: wobei er sie der Treulosigkeit beschuldigt, aber vielmehr gegen sie eine so treulose Hinterlist braucht, daß Cato darauf antrug, er müße dem Feinde ausgeliefert werden, und daß sogar der Senat für nöthig fand, Caesar's Verfahren untersuchen zu laßen. Nur ein Theil der Reiterei, sagt Caesar IIII 16, 2, sei entkommen in das Gebiet der Sugambren. Das Volk scheint später wieder herangewachsen zu sein, und sie haben sich in den ersten Jahren des Augustus gerächt im Bündnis mit den Sugambren. Sie schlugen zwanzig Centurionen ans Kreuz, verheerten Gallien und schlugen im Jahr 16 v. Chr. das Heer des M. Lollius Paulinus, wobei sie den Adler der fünften Legion erbeuteten. Als hierauf Augustus selbst nach Gallien zillo, schickten sie ihm den Adler zurück. Im Jahr 12 kamen sie wieder über den Rein, aber Drusus schlug sie zuerst in Gallien und griff sie dann in ihrem eigenen Lande an. Die Usipi verlegten dem heimziehenden Caecina den Weg, Ann. I 51; und später finden wir sie als römische Söldner. Im Jahr 70 n. Chr. belagerten sie Mainz mit den Chatten. Im zweiten Jahrhundert kommen sie nicht mehr vor; es scheint, daß sie sich allmählich mehr südlich zogen und vielleicht als Alamannen wieder erscheinen.

XXXIII.

urgentibus imperii fatis] Einige wollen lesen vergentibus. Lucan X 30: 'satis urgentibus actus'. Deutlich ist der Gedanke, daß der Untergang des Reiches drohe und nur durch die Uneinigkeit der Feinde aufgehalten werden könne. Dazu Histor. I 3: es sei deutlich, daß 'adprobatum est non esse curae deis securitatem nostram, esse ultionem'. Es war der alte Glaube der Römer, daß ihnen von den gallischen Völkern der Untergang drohe. Die Germanen, oder die ächten Kelten waren berufen, das Schicksal zu erfüllen. Obgleich Tacitus die wahre Bedeutung des Namens Germanen nicht mehr zu erkennen scheint, so sieht man doch seiner ganzen Darstellung an, daß er an eine Unterwerfung der Germanen nicht glaubt, sondern im Gegentheil von ihnen den Untergang des römischen Reichs erwartet. Darauf beziehen sich diese Worte.

Bructeri] Diese wohnen zwischen Ems und Lippe und sind in größere und kleinere getheilt. Sie nahmen Theil an der Besiegung des Varus und werden beim Zuge des Drusus und später des Germanicus genannt. Beim Aufstand des Civilis war Veleda, eine Bructerin, thätig, und ihr wurde ein erbeuteter Dreiruderer zum Geschenk auf der Lippe heraufgezogen. Ueber diese angebliche Vernichtung der Bructerer durch ihre Nachbarn, von der Tacitus hier spricht, ist uns sonst nichts bekannt; die große Schlacht muß wohl nicht lange vor der Zeit, als Tacitus schrieb, geliefert worden sein. (Wie gering ist unsere Kenntniss!) Aber eine gänzliche Vertilgung war es doch nicht; später treffen wir sie wieder. Der jüngere Plinius epist. II 7 erzählt, daß Vestricius Spurinna den Bructerern einen König brachte: 'vi et armis induxit in regnum ostentatoque bello ferocissimam gentem terrore perdomuit'. Sie werden darnach öfter genannt bis ins achte Jahrhundert, und an der unteren Lippe behielt der Gau Boralitra ihren Namen (in der vita s. Liudgeri 11 in Pertz Mon. Germ. SS. II 417).

Chamari und *Angrivarii* sollen ihre Stelle eingenommen haben; beide werden nicht oft genannt: die Chamavi Ann. XIII 55 am Niederrhein*; später erscheinen sie als ein Theil der Franken. Ihr Name scheint im Mittelalter erhalten in Hamaland, einem Gau um Deventer.

Angri-varii. Stamm ags. vere, vare, altnord. veri, heißt colens, habitans; in den andern Sprachen ist es nicht mehr nachzuweisen, zum goth. Verbum varjan, das nicht nur defendere, vitare, sondern auch habitare heißt. Ein subst. fem. varu, civitas, nur im compos. buchvaru (civitas), ceaster varu (civitas),

---

* Bei Strabo VII 1, 3 p. 291 Χάττοι zwischen Sugambren und Bructerern. Ptolemaeus II 11, 19 Χαμαουοί. Die Peutingerische Tafel stellt die Chamavi 'qui et Franci' an den untern Rheinlauf.

cord-varar (terrae incolae), hellevaran (interni incolae), buch-
varr (cives); altnord. skipveri, plur. verjar (nanta), skogverjar
(Waldbewohner), Romverjar (ags. Romvara) Romani; eyverjar
(Inselbewohner). Dazu gehören die alten Volksnamen: Angrivarii, Ampsivarii, Bajuvarii, Chasuarii, Chatmarii, Ripuarii. —
Insofern colentes nicht nur bewohnende, sondern auch ver-
ehrende heißt, kann auch Cynvari hieher gehören, Schwaben
in Augsburg (in einer alten Wessobrunner Glosse = Suâpa),
womit zu vergleichen bei Ptolemaeus II 11, 17 Τευτονόαροι,
Verehrer des Teuto.

Angri· ans angar (Wiese): also Wiesenbewohner? —

Sie kommen nur bei Tacitus vor, und bei Ptolemaens
('Αγγριονάριοι II 11, 16), der aber ans Tacitus schöpft. —
Allerdings auch Angrarii = Ostfalen, aber diese kommen erst
im achten Jahrhundert vor, und es ist sehr zweifelhaft, daß
Angrarii die Angrivarii des Tacitus sind. Daher ist der Name
bedenklich; vielleicht ein Schreibfehler. Ann. II 8: nachdem
Germanicus mit der Flotte in die Ems eingelaufen und auf dem
Marsch gegen die Weser begriffen ist, wird ihm berichtet, daß
in seinem Rücken die Angrivarii abgefallen sind. — II 19 erfahren wir, daß die Germanen die Römer an einer sumpfigen
Stelle angrißen, in der ein Damm hervorragte, welchen die
Angrivarii als Grenzwall gegen die Cherusci aufgeworfen hatten.
22, daß sie sich unterwarfen, als Germanicus den Stertinius
gegen sie schickte, und 24, daß die Flotte des Germanicus, auf
der er aus der Ems in den Ocean geschifft ist, vom Storm zerstreut wurde, daß aber die Angrivarii 'nuper in fidem accepti
multos redemptos ab interioribus reddidere'. Nach allen diesen
Stellen muß man glauben, daß die Angrivarii an der Ems
wohnten. Sie werden dann noch II 41 mit unter den Völkern
genannt, über welche Germanicus triumphierte. Auch nach
unserer Stelle etwa an der Ems. Daher hat Nipperdey an
einigen Stellen der Annalen Ampsivarii für Angrivarii gesetzt,
Anwohner der Ems. Dieß ist nicht unwahrscheinlich, nur hätte
er es überall thun sollen: denn in II 19 läßt er doch Angrivarii stehen. — Er unterscheidet also zwei Völker, die Ampsivarii an der Ems, und die Angrivarii, welche er zwischen Weser
und Elbe setzt, wie mir scheint, mit Unrecht, weil er die
Schlacht II 19 zwischen Weser und Elbe setzt. Die Ampsivarii von Amisia und vari. Von diesen berichtet Tacitus zum
Jahr 58, Ann. XIII 55, ihr Anführer Boiocalus sei wegen seiner
römischen Gesinnung von Arminius in Fesseln geschlagen worden, habe dem Germanicus Dienste geleistet, und sein Volk
den Römern unterworfen, und nach fünfzigjährigem Gehorsam
gegen die Römer ward er und sein Volk von den Chauci aus
ihren Wohnsitzen vertrieben; und sie verlangen von den Römern,
daß ihnen am Rein die agri vacui et militum usui sepositi
überlaßen werden: diese hatten kurz vorher die Frisii unter

Verritus und Malorix besetzt; aber Dubius Avitus will sie vertreiben. Sie schickten Gesandte nach Rom; aber Nero läßt sie vertreiben. Nun stellt Boiocalus vor: die Römer sollten doch lieber befreundete Völker in ihrer Nähe haben, als leere und wüste Felder. Früher hätten die Chamavi hier gewohnt, dann die Tubantes und nach diesen die Usipi. — Wie der Himmel den Göttern, so sei die Erde den Menschen gegeben, und quaeque vacuae, eas publicas esse. Da ruft er Sonne und Sterne an, ob sie auf unbewohnte Länder herabschauen wollten; sie sollten lieber das Meer adversus terrarum ereptores ausgießen. — Avitus erwidert: es sei der Befehl der Götter, welche Boiocalus anrufe, daß die Römer herrschen sollen: aber ihm als einem alten Freunde wolle er Felder anweisen. Boiocalus verweigert diese ut proditionis pretium und fügt hinzu, es könne ihnen an Feld zum Leben fehlen, aber nicht zum Sterben. Da trennen sie sich als Feinde, und die Ampsivarii verbinden sich mit den Bructeri und Tencteri und anderen deutschen Völkern zum Krieg gegen die Römer. Aber Avitus schreibt an den Curtilius Mancia, den Legaten des superior exercitus, er solle über den Rein gehen; er führt selbst sein Heer drohend gegen die Tencteri: so wagen weder diese noch die ebenfalls geschreckten Bructeri, den Ampsivarii zu helfen; und diese wandern zu den Usipi und Tubantes und, von diesen vertrieben, zu den Chatti, und dann zu den Cherusci. Auf diesem langen Zuge fällt ihre kriegstüchtige Mannschaft, inbellis aetas in praedam divisa est. — Ein trauriges Stück deutscher Geschichte!

Ein Wort von den Tubantes, die in der Germania nicht genannt werden, zu welchen die Bructeri und Usipetes und Tencteri gehören; von Tacitus werden sie noch Ann. I 51 (zum Jahr 14 n. Chr.) genannt. Die Bructeri, Tubantes und Usipetes besetzen die Höhen, um dem Germanicus den Rückzug aus dem Land der Marsi abzuschneiden. Bei Strabo VII 1, 4 p. 292 Τουβαττιων. Später in römischem Dienst Tubantes neben Salli, Batavi, Bructeri in der Notitia. Es ist nichts anderes als der Gau Twente in den Niederlanden mit der Stadt Deventer: Twente heißt in einer Urkunde des achten Jahrhunderts Tuvanti. Nemlich bant ist ein altdeutsches Wort, das zwar nicht allein vorkommt, aber häufig in Namen, = Gau, hochdeutsch banz, daher clibenze bei Otfrid III 18, 11 ein Fremder. — Besonders in den Niederlanden; wir haben also Tubantes aus tvi-bantes: an der Schelde lag ein Ostrobant und Westrobant, ferner in Seeland Testerbant, von einem dem lateinischen dexter entsprechenden sonst nicht vorkommenden tester, rechts: daraus das Toxiandria Ammian. Marc. XVII 8, 3 (hochdeutsch wäre zestar, das nicht vorkommt, aber gothisch taihsvô, ahd. zesawâ). Dann Suiftarbant ein Wald an der Yssel, von suiftar: auch wohl swiftar als links; doch nicht nachzuweisen oder ags. svîd, compar. svîdre dexter (aber dieß ist von svinþe). Ferner findet sich an der Ems ein Gau Burnibant; besonders aber Bracbant, wahrscheinlich von brácha (aratio). Hucinobantes bei Ammian. Marc. XXVIIII 4, 7, wahrscheinlich zu Huchonia der Buchenwald, in der Gegend bei Fulda; wahrscheinlich schon bei Caesar, VI 10, 5 Bacenis silva, der Suebi und Cherusci scheidet.

XXXIIII.

haud perinde] „nicht sonderlich", oder: atquo hac.

Drusus Germanicus] Mit diesem Cognomen wird Drusus selten genannt; aber es war ihm vom Senat beigelegt, Florus II 30, 28. Strabo VII 1, 4 p. 291.

Einige, wie Kritz, in zwei, den Drusus und den Germanicus, und das wäre insofern passend, als ja wirklich Germanicus versuchte, durch die Ems in den Ocean zu fahren, dabei aber unglücklich war: wie Tacitus selbst Ann. II 23 erzählt.

obstitit Oceanus] rhetorisch.

Die *Dulgubnii* heißen bei Ptolemaeus II 11, 17 Δουλγούμνιοι; auch die *Chasuarii* werden nur noch bei Ptolemaeus II 11, 22 Κασουάροι erwähnt; aber die Lage, die Ptolemaeus diesen beiden Völkern anweist, scheint nicht in Uebereinstimmung mit Tacitus, der sie rückwärts von den Angrivarii und Chamavi setzt. Es fragt sich, ob auch die Chasuarii nicht die Χαττουάριοι sind, die Strabo VII 1, 3 p. 291. 4 p. 292 unter den Völkern nennt, über welche Germanicus triumphierte; die wieder dieselben sind wie die Attuarii (ags. Hetvare) bei Velleius Patorculus II 105, 1 und Ammianus Marcellinus XX 10, 2, die zu den Franken gezählt werden. Es kommt ein pagus Hattorn im Mittelalter vor an der Ruhr (Herbede), und ein anderer pagus Hatuaria jenseits des Reins (an der Roer, Nebenfluß der Maas).

Die Chasuarii scheinen den Namen zu haben von der Hase, Nebenfluß der Ems; und die Dulgubnii in der Nähe von Dülmen an der unteren Lippe.

Chattuarii scheint sich zu Chatti zu verhalten wie Baiuvarii zu Boii.

Frisii] noch nicht von Caesar genannt; aber Plinius IIII 101 kennt sie hinter den Batavern und Cannenefaten. Tacitus unterscheidet größere und kleinere; wie auch größere und kleinere Bructerer, größere und kleinere Chauken. Sie wurden durch Drusus überwältigt, aber empörten sich im Jahr 28 und behaupteten ihre Freiheit bis zur Ankunft des Corbulo, Ann. XI 19 unter Claudius im Jahr 47; sie waren beim Aufstand des Civilis besonders thätig, Hist. IIII 79.

Nach Tacitus müßen sie vom Lande der Bructerer an nördlich des Reius bis ans Meer wohnen; östlich von den Chauken begrenzt, also etwa an der Ems. Später heißt das Land der Chauken ebenfalls Friesland.

XXXV.

Er geht nun nördlich. Chauci, die von der Weser in größere und kleinere getheilt sind: die kleineren, die von der Ems bis zur Weser, die größeren, die von der Weser bis zur Elbe wohnen. Sie erstrecken sich nach Tacitus vom Meer an hinter allen genannten Völkern bis zu den Chatten. Aus Ann. XIII 55 erfahren wir, daß sie die Ampsivarii aus ihren Wohnsitzen verdrängten. Sie wurden den Römern zuerst durch Drusus bekannt, Ann. I 38 von dort liegender römischer Besatzung und I 60. II 17 Chauci als Verbündete der Römer. Darauf bezieht sich wohl das große Lob, das ihnen Tacitus hier ertheilt. Es scheint nemlich, daß sie am Kampfe gegen Varus sich nicht betheiligten. Später aber troten sie als Feinde der Römer auf. Das Land und die Lebensweise der Chauci schildert Plinius XVI 2 f. Das Land wird vom Meer überströmt, sie leben auf künstlichen Erdhaufen bloß von Fischfang, trinken nur Regenwaßer, brennen Torf. 'et hae gentes si vincantur hodie a populo Romano, servire se dicunt! ita est profecto: multis fortuna parcit in poenam'.

si res poscat, exercitus] nach poscat ein Komma, dann drei Nominative, exercitus, arma, und plurimum. Andere wollen anders: arma ac, si res poscat exercitus; dieß kann aber nicht Accusativ sein, da si res poscat eine stehende Formel ist. Andere nehmen exercitus als Genetiv von plurimum und dazu virorum equorumque als Apposition, höchst künstlich und unnöthig. Oder plurimum enim Reifferscheid.

XXXVI.

inpotentis muß hier heißen: leidenschaftlich, kriegslustig; derjenige, der sich von der Kriegslust hinreißen läßt, wegen jeder Kleinigkeit Streit anfängt.

nomina superioris scheint mir verdächtig, obgleich die Neueren keinen Anstand nehmen. Es soll heißen: modestia und probitas sind Namen, die der Sieger erhält; es kommt nur darauf an zu siegen; dann erhält man nachträglich den Ruhm der probitas und modestia. Der Besiegte aber wird getadelt. Aber gerade die modestia wird dem Besiegten nicht abgesprochen, und der Sieger wird nicht gerade modestus gerühmt. — Gerlach: man müße zuerst der mächtigere sein, dann erst könne man die modestia zeigen. Schon Heinsius will lesen nomina superiori. Das sind für den Sieger Namen, aus denen

er sich nichts macht, die er verachtet; er behandelt ein be-
siegtes Volk nicht beßer, weil es bescheiden und gerecht war.
— Gronovius und Tanaquil Faber: nomina sequioris. Offenbar
soll gesagt werden: sobald es zum Krieg kommt, so reicht man
mit modestia und probitas allein nicht aus, sondern verliert
seine Sache; das muß offenbar der Sinn sein. — nomina hat
keine einzige Handschrift, die Handschriften haben nomine; es
deutet an, daß etwas an der Stelle nicht in der Ordnung ist;
ich lese minime potentiores.

tracti] die beßern Handschriften haben tacti ruina, das
ließe sich auch vertheidigen.

Cherusci das ruhmvollste aller dieser Völker, zuerst von
Caesar genannt VI 10, 5: durch einen Wald Bacenis seien sie
getrennt von den Sueben. Der Wald Bacenis wird nirgends
als bei Caesar genannt; man meint, es sei der Harz und vielleicht westlich der Thüringer Wald, der noch im Mittelalter
Buchonia oder Bocauna heißt. In einem Brief Pipins an Bonifatius
liegt Fulda in solitudine Ducbonia*. Die Cherusker wohnen
vom Teutoburger Wald links der Weser bis zur Elbe, etwa in
der Gegend von Paderborn, Hildesheim und Halberstadt. Wie
weit sie sich nach Norden erstreckten, ist am schwierigsten zu
bestimmen**. Die Cherusker und ihre Verbündeten vernichteten die römische Gewalt in Germanien in der Schlacht gegen
Varus im Jahr 9 n. Chr. Die Unternehmungen des Germanicus hatten keinen Erfolg. Dann waren es wieder die Cherusker, die die Macht des Marobod brachen in den Jahren 17,
18, 19. Marobod muste nach Italien fliehen, wo er im Jahr
39 starb. Armin erlag schon im Jahr 19 dolo propinquorum
(Ann. II 88). Im Jahr 49 war von dem fürstlichen Geschlecht
der Cherusker nur noch Italicus übrig, den sich das Volk von
den Römern erbat. Aus unserer Stelle erfahren wir, daß die
Cherusker nach langer Ruhe von ihren alten Stammfeinden,
den Chatten, besiegt wurden; das ist wohl dasselbe Ereignis,
von welchem ein Fragment des Cassius Dio epit. LXVII 5, 1
berichtet, der Fürst der Cherusker Chariomer sei von den
Chatten vertrieben worden im Jahr 84. Seit dieser Zeit verschwinden die Cherusker unter ihrem Namen. Die späteren
Erwähnungen der Cherusker scheinen aus der Gelehrsamkeit
geflossen. Der Name wird erklärt von gothisch hairus, alts.
heru Schwert. Sie sind wohl dieselben, die später wieder unter
dem Namen Sachsen erscheinen.

Die *Fosi* werden später nicht mehr erwähnt; ihren Namen
erklärt man durch die Fuhse, Nebenfluß der Aller.

----

* Brief des Zacharias an Bonifatius (epist. 82 p. 228 Jaffé vom Jahr
751): 'monasterium Salvatoris a te constructum in loco, qui vocatur
Boconia, erga ripam fluminis Vultaha'. Passio s. Bonifatii p. 480 Jaffé:
'ad introitum silve Bochonye'.
** Vielleicht gegen die Ampsivarier.

XXXVII.

sinum] Dasselbe cap. 35 'in septentrionem ingenti flexu'; cap. 1 'latos sinus' und cap. 29: 'sinus imperii'; also eine Ausdehnung des Landes nach Norden, womit hauptsächlich die dänische Halbinsel gemeint ist; aber auch schon die Chauci und die Cherusci sind auf diesem sinus oder flexus. Die Cimbri müßen östlich von den Chauci, nördlich von den Cherusci gedacht werden. Bei Ptolemaeus II 11, 12 wohnen sie nur im nördlichsten Theil der Halbinsel, die Kimbern erscheinen zuerst in Illyrien 113 v. Chr.; woher sie kamen, wußte man nicht; die mit ihnen verbündeten Teutonen wurden bei Aix 102, und sie selbst bei Vercelli in Tirol 101 von Marius vernichtet. Aber zuerst unter Augustus vernehmen wir wieder von Kimbern im Monumentum Ancyranum V 16—18: 'Cimbrique et Charydes et Semnones et eiusdem tractus alii Germanorum populi per legatos amicitiam meam et populi Romani petierunt'. — Strabo sagt VII 2, 1 p. 293, daß sie noch die Gegend bewohnen, woher die früheren Kimbernzüge gekommen seien, den Chersonnes, und daß sie dem Augustus einen heiligen Keßel schickten. Plinius IIII 96 kennt Cimbrorum promuntarium, das eine weit hinaus gestreckte Halbinsel bilde. Auch Tacitus setzt die Kimbern in die dänische Halbinsel und hält sie für das nemliche Volk, dessen Züge so berühmt waren. Der Name ist vielfach gedeutet, nicht mit Sicherheit. Nach Festus p. 43 Müll. 'Cimbri lingua Gallica (die der Cimbri selbst) latrones dicuntur'. Nach Tacitus sind sie Germanen.

utraque ripa] nemlich Rheni; überall Spuren ihres Zuges.

manus] so Ann. I 61: 'Vari castra trium legionum manus ostentabant'.

exitus] Lipsius will exercitus setzen; unnöthig. Orelli und Gerlach verstehen den Auszug aus der Heimath; ich nehme geradezu Ausgang, Untergang, wie auch Selling erklärt, daß wirklich die Zahl der Vernichteten so wunderbar groß war, als angegeben wird.

alterum] Traian Consul im J. d. St. 851 — n. Chr. 98, in welchem Nerva am 27. Januar starb. In diesem Jahr schrieb Tacitus die Germania.

tam diu Germania vincitur] Damit ist gesagt, daß Germanien nicht überwunden worden ist, und daß alle Hoffnung es zu unterwerfen aufgegeben werden muß.

admonuere] nemlich nos, durch Siege, daß wir sie nicht vergeßen sollten, mahnen. — Der Orient kann gegen uns nur den Untergang des Crassus anführen, J. d. St. 701; dabei aber hat er selbst den Pacorus verloren: denn im J. 716 'Ventidius .... regem Parthorum Pacorum in acie interfecit' (Orosius VI 18). P. Ventidius Bassus, ein Maulthiertreiber von Picenum, wurde von Caesar in Gallien hervorgezogen; später Pontifex,

Consul und Besieger der Parther. Es ist wohl nicht ohne Beziehung auf die niedrige Herkunft des Ventidius, daß Tacitus zur Demüthigung des Orients anführt, daß er von Ventidius besiegt worden sei.

Cn. Papirius Carbo im J. d. St. 641 — 113 v. Chr. bei Noreia geschlagen.

L. Cassius Longinus im J. d. St. 647 — 107 v. Chr. von den Tigurinern im Gebiet der Allobroger mit seinem Heer vernichtet. Es ist auffallend, daß auch dieser Sieg der Tigurini den Germanen zugerechnet wird, also die Tiguriner den Germanen zugerechnet.

M. Aurelius Scaurus wurde im J. d. St. 648 von den Kimbern geschlagen und selbst zum Gefangenen gemacht; und weil er in ihrer Versammlung behauptete, die Römer könnten nicht besiegt werden, von dem König Boiorix erschlagen.

Q. Servilius Caepio wurde 649 von den Kimbern besiegt, wobei 120000 Römer umkamen, secundum Arausionem (Orange) nach Livius epit. LXVII.

Marcus Manlius Cons. im J. d. St. 649; der Vorname Marcus ist auffallend, denn nach Livius VI 20, 14 war es ein Beschluß der gens Manlia, daß keiner mehr den Vornamen Marcus tragen dürfe, was auch von Cicero Phil. I 13, 32 bestätigt wird. (Der Befreier des Capitols, nachher beschuldigt nach der Herrschaft zu streben, wurde vom Capitol gestürzt.) Auch bei Sallust Jug. 114, 1 (in einigen Handschriften) und Eutrop. V 1 heißt er Marcus; aber bei Livius epit. lib. LXVII und in einer Inschrift (C. I. L. I nr. 577, 1, 3) heißt er wirklich Gnaeus.

nec inpune] nicht ohne eigenen schweren Verlust auf Seite der Römer.

Nero ist Tiberius.

C. Caesar ist Caligula. Hist. IIII 15 'Gaianarum expeditionum ludibrium'.

Gallias] während der inneren Kriege zwischen Otho und Vitellius; bezieht sich auf den Aufstand der Bataver unter Civilis.

proximis] unter Domitian, der einen Triumph über die Chatten feierte, einen Triumph ohne Sieg.

Die Handschriften geben *pulsi inde* oder *pulsi nam:* am besten scheint es, sowohl inde als nam zu streichen; oder rursus pulsi: iam Reifferscheid.

XXXVIII.

Suebi. Ich will zuerst vom Namen handeln. Zuerst ist abzuweisen eine Grille Jacob Grimms, der glaubt, es sei Slavi; zwar nicht, daß die Sueven Slawen seien, aber sie hätten den Namen der Slawen angenommen, weil sie lange mit ihnen in Berührung standen: es sei aus Slavi Suevi geworden, wie auch gothisch svepan schlafen. — Das ist eine wunderliche Grille,

die keine ernstliche Widerlegung verdient. Eine sehr gewöhnliche und bei Dilettanten sehr wohl angesehene Erklärung ist,
daß die Sueben den Namen vom schweifen hätten, die Umher-
schweifenden, nach ihrer Lebensweise, als Gegensatz gegen die
Sachsen, Sassen, die Seßhaften. Aber dieser Gegensatz ist
nichtig; denn der Name Sassen kommt nicht von sitzen, sondern von sahs (Schwert). Wirklich heißt ahd. sweib vibratio,
ambitus*. Diese Erklärung ist lautlich nicht unmöglich; aber
das Hauptvolk der Sueben scheint doch feste Sitze gehabt zu
haben, wenigstens ebenso gut, wie alle andern germanischen
Völker. Man hat auch an suepjan (schlafen) gedacht (eine
frühere Erklärung von Grimm), altnord. snefa (dormire) und
svaefa (pacare), also = pacifici; diese Bedeutung passt gar
nicht für die bellicosissima gens Sueborum, wie sie Caesar IIII
1, 3 nennt. Die Sueben waren ein Verein von vielen Völkern,
wie Tacitus an unserer Stelle sagt; die also ihre besonderen
Namen hatten. Das Gemeinsame, wodurch sich alle Sueben
auszeichneten, war die Haartracht: 'insigne gentis obliquare
crinem nodoque substringere; sic Suebi a ceteris Germanis, sic
Sueborum ingenui a servis separantur'. Man erwartet gewiss
als das Natürlichste, daß sie nach diesem Kennzeichen genannt
wurden: nun heißt gothisch vaips der Kranz, die Krone, und
vaipjan heißt binden. Ohne Zweifel ist vaips der deutsche
Name jenes nodus; damit verbindet sich su (griech. εὖ, skr.
su)**, das zwar nicht mehr vorkommt, aber in früherer Periode
gewiss vorhanden war, wie auch das entgegengesetzte zur = δύς
vorhanden ist, z. B. zuruuâni; also suvaipos oder svaipos, die
εὐπλόκαμοι, die einen schönen Haarbusch tragen. Dagegen
daß lateinisch ê, sonst = ahd. â, gothisch ê, für gothisch ai
stehe, wird bestritten werden. Allerdings haben wir Inguio-
mêrus, Catu-mêrus u. s. w. für gothisch mêrs, ahd. mâr. Aber
in Boihêmum steht wirklich lateinisch ê für gothisch ai in
haims; vgl. Altdeutsche Grammatik I 1, S. 13 f.

Svêbus ist also = Svaips. Allerdings passt auch das
spätere Suâb nicht dazu, das erscheint erst bei Procop. bell.
Gotth. I 42 Couάβοι, Jornandes c. 55 und Paulus Diaconus II
15. III 18 Suavi. Die Alamannen, die über den Grenzwall
hereinbrachen, wurden seit dem achten Jahrhundert Suabi genannt, aus Erneuerung des alten berühmten Namens aus dem
Latein. Der erste, der dieß thut, ist der gelehrte Dichter Ausonius im vierten Jahrhundert (epigr. 4, 1—3. edyll. 6 p. 167
Bip.), gerade wie man auch die längst untergegangenen Namen
Sigambri, Cherusci erneuerte. Allmählich drang dieß durch,
und so kam der Name Schwaben auf, der also nicht die lebendig
gebliebene Form des Namens ist, sondern aus dem Latein

---

* agr. svîfan, schweifen.
** Vgl. Germania II 214—217: 'zur und ro'.

dnrch die Gelehrsamkeit vermittelt zurückgekehrt und daher nicht
richtig gebildet. Ob die jetzigen Schwaben wirklich die Nachkommen der alten Suebi des Tacitus sind, ist zweifelhaft; daß
Ariovist ursprünglich am Oberrein im heutigen Schwaben gewohnt habe, ist eine ganz willkürliche Annahme. Alamaunen und
Schwaben stammen von den Tencteren und Usipeten. Die
Alamaunen, die seit der Zeit des Caracalla hinter dem Grenzwall
auftreten, sind wahrscheinlich suebische Völker. Noch im Annolied heißt es von dem Berge Suébo, 19, 284—286:

> 'si slûgen iri geselte
> ane dm berge Snebo;
> dannin wurden si geheizin Suâbö'.

Zuerst bei Isidor. or. VIIII 2, 96: 'dicti autom Suevi putantur
a monte Snevo, qui ab orta initium Germaniae fuit, cuius loca
incoluerunt'. In Plinius IIII 96 'mons Saevo', worunter Neuere
das skandinavische Gebirge Kjölen verstehen wollen. Ein Fluß
Couῆβoc wird bei Ptolemaeus II 11, 4 genannt, vielleicht die
Oder selbst, die sonst Viadrus heißt. Nach Tacitus nehmen
die suebischen Völker den Osten Germaniens ein, zwischen
Elbe und Woichsel und von der Ostsee bis zur Donau; aber
im Westen kennt er keine Sueben. Caesar findet die Sueben
in Gallien; woher sie gekommen sind, wird nicht deutlich gesagt; als er sie aber in ihrer Heimath aufsuchen will, geht er
nicht am Oberrein, sondern am Unterrein nach Germanien;
und die von den Sneben verjagten Usipeter kommen ebenfalls
am Unterrein nahe der Mündung herüber. Er glaubte also
nicht, daß ihre Heimath das heutige Schwaben sei. Es ist
durchaus nicht nothwendig, daß Ariovist und seine Suebi unmittelbar am Rein gewohnt haben: unter seinen Völkern waren
ja auch Harudes und Marcomanni, die aus großer Entfernung
kamen; so konnten auch die Suebi aus dem innern und östlichen Germanien gekommen sein. Nach Caesar I cap. 37, 3
melden die Trierer, daß 'pagos centum Sueborum ad ripas
Rheni consedisse, qui Rhenum transire conarentur; his praeesse
Nasuam et Cimberium fratres'. Caesar beschließt zu eilen,
damit nicht diese nova manus Sueborum sich mit den alten
Schaaren Ariovists vereinigen könne. Daraus geht deutlich hervor, daß die Wohnsitze der Sueben nicht am Rein waren,
sondern im Innern Deutschlands. Caesar I 54, 1 auf die Nachricht von Ariovists Niederlage: 'Suebi, qui ad ripas Rheni
venerant, domum reverti coeperunt; quos Ubii, qui proximi
Rhenum incolunt, perterritos insecuti magnum ex iis numerum
occiderunt'. IIII 3 sagt er, daß auf der einen Seite der Sueben
die Länder in einer Ausdehnung von 600000 Schritten unbe-
wohnt seien; auf der andern folgen die Ubii, die den Sueben
tribulpflichtig sind.

VI 9, 8 erfährt Caesar, daß die Hilfsvölker, welche die
Trevern erhalten, Sueben gewesen seien: 'aditus viasque in

Suebos perquiris'. 10, 1: er erfährt von den Ubiern, daß die Suebi sich versammeln und von allen ihnen unterworfenen Völkern Reiterei und Fußvolk verlangen. §. 4. 5: die Kundschafter der Ubii melden nach wenigen Tagen, daß sich die Suebi ad extremos fines zurückgezogen hätten in den Wald Baconia, der sie von den Cheruskern scheide. Man nimmt nun an, die Suebi des Caesar seien die Chatti; das ist aber durchaus nicht wahrscheinlich: denn die Chatti reichten an den Rein; und sie hatten das unterscheidende Kennzeichen der Suebi, die Haartracht, nicht. Es ist vielmehr glaublich, daß zwischen Caesar und der Zeit, die Tacitus schildert, sich manches verändert hat; die Chatti sind wohl erst nach Caesar eingewandert; die Suebi Caesar's sind aber die Semnones des Tacitus und scheinen schon zu Caesar's Zeit dieselben Wohnplätze eingenommen zu haben, wie bei Tacitus.

nationibus] ganz eigentlich.

Das Kennzeichen der Sueben war also die Haartracht. Wir finden das häufig, daß die alten Völker sich nach der Haartracht unterschieden. Schon bei den alten Indiern in ihren ältesten Liedern in den Vedahymnen ist ein Stamm die Rechtsgelockten, ein anderer die Dreilockigen, ein anderer die Fünfzöpfigen, u. s. w. In Homer die κάρη κομόωντες, die ὄπιθεν κομόωντες.

Bei den Deutschen die beiden Stellen des Tacitus: bei den Chatten (lang) und bei den Sueben. Wir finden diese Knöpfe öfters bei den Römern genannt. Seneca de ira III 26, 3: 'nec rufus crinis et coactus in nodum apud Germanos virum dedecet'. Juven. 13, 165: '(Germanum) madido torquentem cornua cirro'. Lucan. I 463: 'cirrigeros . . . Caycos'. Auf der Seule des Traian sind zwei solche Suebenköpfe deutlich zu erkennen, deren Haar auf dem Scheitel in einen Knopf zusammengebunden ist. Sehr interessant sind spätere Schilderungen bei Apollinaris Sidonius; er schildert epist. I 2 den König Theodoricus: 'capitis apex rotundus, in quo paululum a planitie frontis in verticem caesaries refuga crispatur, cervix non sedet enervis, germinos orbes hispidus superciliorum coronat arcus. si vero cilia flectantur, ad malas medias palpebrarum margo prope pervenit, aurium legulae (sicut mos gentis est) crinium superiacientium flagellis operiuntur'. Derselbe schildert epist. VIII 9 die Haartracht der aus Burdegala kommenden Germanen; es werden unterschieden Sachsen und Sigambren: die Sachsen haben den Vorderkopf geschoren, so daß die Stirn höher scheine, und der Haarboden kleiner; die Sigambren haben den Hinterkopf geschoren und laßen das Haar auf dem Vorderkopf wachsen:

> 'Istic Saxona caerulum videmus, —
> assuetum ante salo, solum timere:
> cuius verticis extimas per oras

'non contenta suos tenere mortus,
altas lamina marginem comarum,
et sic crinibus ad cutem recisis
decrescit caput, additurque vultus.'

Dagegen

'hic tonso occipiti senex Sicamber
postquam victus es, elicis retrorsum
cervicem ad veterem novos capillos.'

obliquare] heißt wohl nicht auf eine Seite kämmen, sondern von allen Seiten rückwärts auf den Scheitel, wo es gebunden wird.

horrentem] kann nicht wohl, wie einige wollen, auf canitiem bezogen werden, sondern auf capillum; das nie geschorene Haar ist horridus, horrens; oder es ist horrens, eben weil es rückwärts gestrichen ist; wie Quintilian. XI 3, 160: 'capillos a fronte contra naturam retro agere, ut sit horror ille terribilis'.

retro gehört zu *sequuntur:* es kann dieß nichts anderes sein, als oben obliquare crinem; aber Tacitus will hier rhetorisch schön sprechen und vermeidet daher für so prosaische Dinge die rechten, eigentlichen Ausdrücke; sie kämmten die Haare so, daß sie ihrer natürlichen Richtung zuwiderlaufen, hatten den Scheitel nach hinten und nach vorn: von vorn nach hinten nach dem Scheitel: so heißt retro vivere verkehrt leben, retro sequi verkehrt richten.

saepe] also nur ein Knoten; zuweilen also auch mehrere. — Nach Kritz nur auf die Greise zu beziehen: solus vertex, der bloße, kahle (woran aus Sallust, Jug. 103, 1 loca sola). Also die Greise, obgleich sie nur noch wenig Haare haben, streichen sie doch zusammen und binden sie auf dem kahlen Scheitel zu einem Koten.

innoxiae] Dekker mit Muretus innoxin: im Grund einerlei, die Sache ist dieselbe.

XXXVIIII.

in silvam . . . coeunt] Etwas Aehnliches wird in der vor 913 geschriebenen vita Lebuini (Liafwin † 776) von den alten Sachsen cap. 11 erzählt (Pertz Monum. Germ. S. II 361 f.): 'statuto quoque tempore anni semel ex singulis pagis atque ex iisdem ordinibus tripartitis (nobilibus, ingenuis, litis, nach Grimm DRA. 226) singillatim viri duodecim electi et in unum collecti in media Saxonia secus flumen Wiseram et locum Marklo nuncupatum exercebant generale concilium, tractantes, sancientes et propalantes communis commoda utilitatis, iuxta placitum a se statutae legis'.

auguriis bis *sacram* ist ein guter Hexameter; öfter, z. B. cap. 32: 'praecellunt; nec maior apud Chattos peditum laus' (nicht gerade musterhaft). Der Aufang der Anualen: 'urbem Romam a principio reges habuere'.

eiusdem sanguinis] sie haben also doch ein Bewustsein gemeinsamer Abstammung.

primordia] nemlich weil mit dieser religiösen Feier die Volksversammlung eröffnet wird.

evolcuntur] sie wälzen sich hinaus; nicht, daß sie von andern hinausgewälzt werden. So Ann. I 13: 'eum Tiberii genua advolveretur'.

vinculo ligatus] K. F. Vierordt erklärt es anders in einem interessanten Karlsruher Programm von 1851: De junctarum in precando manuum origine indo-germanica. Er weist nach, daß das Händefalten, das Zusammenlegen der Hände, eine Gebärde ist, die nicht bei den Römern, nicht in der ältesten christlichen Kirche vorkommt, aber bei den Germanen und in Indien. Vierordt meint nun, die Sueben seien Hände faltend in den Hain gegangen, und da hätten die Römer geglaubt, es seien ihnen die Hände gebunden. Dieß ist nicht anzunehmen.

initia gentis] Es wird also hier der Gott verehrt, von dem jedes Volk abstammte; d. i. ohne Zweifel Cap. 9 Teutonem, originem gentis; derselbe muß wieder der Mercurius sein, der durch Menschenopfer geehrt wird, = Wodan, auf den die angelsächsischen Könige ihr Geschlecht zurückführten. Vita s. Kentigerni episcopi Scoti um 590 (apud Bolland. 13. Januar. I 820): 'Woden, quem principalem deum crediderunt et Angli, *de quo originem duxerant* ..., hominem fuisse mortalem asseruit et regem Saxonum, a quo plures gentes genus duxerant'.

centum pagis] Dasselbe bezeugt Caesar von den Sueben IIII 1, 4: 'hi centum pagos habere dicuntur' und I 37, 3: 'pagos centum Sueborum ad ripas Rheni consedisse'. Es geht daraus hervor, daß die Sueben des Caesar die Semnonen des Tacitus sind. Neuere sind der Ansicht, daß hier und bei Caesar ein deutscher Name missverstanden sei; nemlich eine Unterabtheilung des Ganes heißt deutsch huntari in alemannischen Urkunden des achten Jahrhunderts (centena) [*]; diesen Namen hätten die Römer gehört und daher geglaubt, es seien hundert Gaue. Die Zahlen bei Caesar, welche er von gallischen und germanischen Völkern sagt, sind mit großer Vorsicht anzunehmen; so auch mit den hundert Gauen: das gäbe ein Heer von 100000 Mann, das jedes Jahr ausgezogen sei!

magno corpore] verstehen einige von der Leibesgröße; allein in diesem Zusammenhange heißt es die Größe des Volkes und ihres Gebietes. So Hist. IIII 64: 'corpus nomenque Germaniae'.

Ob Semnōnes oder Semnŏnes? ist zweifelhaft; bei Strabo VII 1, 3 p. 290 mit ω, bei andern, Ptolemaeus II 11, 15 und Cassius Dio, mit o. Der Name kommt bei Caesar nicht vor, der aber ganz dasselbe von den Sueben sagt; er scheint unter

---

[*] Vgl. Grimm DRA. S. 532. Waitz D. Verfassungsgesch. I[*] 168.

Sueben die Semnonen zu verstehen, die ja das älteste Volk der Sueben und ihr Hauptvolk sind. Es wird auch Senones geschrieben, Vellei. II 106, 2, und es ist die Frage, ob nicht das keltische Volk der Senones in Italien dasselbe ist. Der Unterschied in der Form des Namens ist nicht von Belang.* In Italien sitzen die Senones und Boii neben einander; so musten auch vor Alters die Boii (in Böhmen) und Semnones in Deutschland Nachbarvölker gewesen sein. Ein anderer Zweig findet sich in Gallien an der Seine am Agedincum. Im Monum. Ancyranum V 16—17: 'Cimbrique et Charydes et Semnones'. — Sie werden zuerst genannt bei Strabo a. a. O., wo er sie unter den Völkern nennt, die Marobod seinem Reiche einverleibte: 'καὶ τῶν Cοηβων αὐτῶν μέγα ἔθνος, Cέμνωνας'. Bei Tac. ann. II 45 sehen wir, daß sie von Marobod abfielen und zu Armin übergiengen. Bei Cassius Dio LXVII 5, 3 wird erzählt, daß unter Domitian Μάcυος, ein König der Semnonen, nach Rom kam; wahrscheinlich derselbe Name wie Nasua, suebischer Name bei Caesar I 37, 3. Zuletzt wird der Name zur Zeit des Markomannenkrieges unter Antonin von Dio LXXI 20, 2 erwähnt. Ihre Lage ist nicht leicht sicher zu bestimmen. Velleius Paterculus nennt sie II 106, 2 bei den Hermunduren und sagt, daß an diesen beiden Völkern die Elbe hinfließe (praeterfluit); und Ptolemaeus II 11, 15, daß sie von der Elbe bis zum Fluß Coηββοc sich erstrecken, worunter einige die Warne, andere die Oder verstehen. Man nimmt gewöhnlich jetzt das Königreich Sachsen an; es scheint mir aber, daß man sie zu weit östlich setzt; man setzt die Hermunduren fälschlich nach Thüringen; diese wohnten südlich an der Donau; also Thüringen bleibt frei, und dahin möchte ich die Semnonen setzen; es sind die Sueben des Caesar. Wo der Wald war, wo diese Versammlung gehalten wurde, kann nicht sicher ermittelt werden. Ptolemaeus II 11, 7 Cημαvoὺc ὕλη hinter dem Melibocas; davon kommt vielleicht der Name der Semnonen. Zwischen der Elster und Spree in der Gegend von Finsterwalde und Uebigau findet man deutliche Spuren von außerordentlich großen Opferplätzen. Vielleicht ist hier jenes Heiligthum zu suchen.

XI.

Die Langobardi werden zuerst von Velleius erwähnt, II 106, 2, sie seien im Jahr 4 nach Chr. von Tiberius besiegt worden: 'fracti Langobardi gens etiam Germana feritate ferocior'. Er nennt sie nach den Cauchi (Chauci) und sagt nachher, daß Tiberius bis an die Elbe vorgedrungen sei. Darnach muß man sie sich zwischen den Chauci und der Elbe denken, im

---

* Auch die italischen heißen Semnones, beide auch Sennones.

Lüneburgischen, wo noch ein Bardengau und Bardewic ihren Namen erhalten hat. Strabo VII 1, 3 S. 290 nennt sie (Λαγκόβαρδοι) neben den Hermunduren (Ἑρμόνδοροι) als suebische Völker, welche jenseits, d. h. vielleicht links von der Elbe wohnen. Tacitus ann. II 45 sagt, daß sie mit den Semnonen von Marobod zu Armin übergiengen, und XI 17, daß später, als Italicus von den Cheruskern vertrieben war, sie dessen Herstellung bewirkten. Schwer damit zu vereinigen ist die verworrene Angabe des Ptolemaeus, daß sie zwischen Rein und Weser wohnten.

Der Name wird gewöhnlich hergeleitet von langen Bärten; eine schon alte Erklärung (bei Paulus Diaconus I 8), aber schwerlich richtig; wahrscheinlich von langbart, wie hellebard eine Art von Waffe; auch wird er hergeleitet von den langen Börden, wie die fruchtbaren Landstriche an den Flußufern der Elbe heißen.

Die Langobarden hießen nach ihrer Wandersage zuerst Winili (Vandili hieß nach Plinius nat. hist. IIII 99 der erste der fünf Hauptstämme der Germanen neben den Burgodiones, Varinnae, Charini, Gutones), vielleicht Vindili, Vandili. Die Stammsage bei Paulus Diaconus I 9 und im Prolog des Gesetzes; vgl. J. Grimm, Gesch. der D. Sprache II S. 688.

Der erste Satz heißt in B lögobardon nobilitas. Es scheint, daß zuerst nobilitas für nobilitat geschrieben und dann bardos in bardis geändert wurde.

Reudigni] B hat Veudigni, CD Reudigni, S Reudigni. Der Name kommt sonst nicht vor. K. Zeuss, Die Deutschen und die Nachbarstämme S. 150. 312. 316 glaubt, es seien die Juthungi des Ammianus Marcellinus XVII 6, 1, die Vithungi bei Apollinaris Sidonius carm. 7, 233, die aber schon an ganz andern Orten erscheinen; nicht sicher.

Aviones] Später kommen vor Chaviones, Caviones, Chaibones bei den Panegyrikern, Mamertinus genethl. Max. Aug. 7 und Panegyr. Const. c. 6; nicht sicher.

Anglii] nach Tacitus an der Ostsee, nach Ptolemaeus II 11, 15 (Ἀγγείλοι*) etwa an der unteren Saale und der mittleren Elbe. Nach Beda** und den angelsächsischen Gedichten zwischen den Jüten und den Sachsen: die Landschaft Angeln zwischen Schleswig und Flensburg. Sie giengen im Jahr 440 mit den Sachsen nach Britannien, und seit Egbert, dem König der Westsachsen, wurde die Insel Anglia genannt: 'anno 827

---

* Bei Procop. b. Goth. IIII 20 Ἄγγιλοι.
** hist. eccl. I 15: 'advenerunt autem de tribus Germaniae populis fortioribus, id est Saxonibus, Anglis, Jutis … de Anglis, hoc est de illa patria quae Angulus dicitur, et ab eo tempore usque hodie manere desertos inter provincias Jutorum et Saxonum perhibetur'.

edixit, ut insula in posterum vocaretur Anglia'. Auf dem
Festlande verschwindet der Name; aber höchst wahrscheinlich
erscheint er noch einmal in der Aufschrift eines Gesetzes: 'incipit lex Angliorum et Werinorum, hoc est Thuringorum' (aus
der Gelehrsamkeit geflossen). Gerade so bei Tacitus die Anglii
und Varini neben einander; und zwar nach Ptolemaeus wohnten
diese Völker in dem Lande, das später Thüringen; nach
Tacitus freilich wird man sie weiter nördlich setzen. Vielleicht
kamen sie später an die Saale hin nach Thüringen und wan-
derten von da aus erst nach England.

Varini] von Plinius IIII 99 Varinnae genannt, und vielleicht
von Ptolemaeus II 11, 17 Οὐίροῦνοι. Sie erscheinen wieder
bei Procop. b. Gotth. II 15: ein Haufe Heruler um 512, der
von den Karpathen nach Skandinavien zieht, kommt südlich
von den Dänen zu den Varnen, ἐς τοὺς Οὐάρνους; und Theodorich der Ostgothe richtet 506 ein Schreiben an die Könige
der Heruler, Guarner und Thüringer, nach Cassiodor. var. III 3.
Im angelsächsischen Munde Värnum, dat. insl. von Värnas.
Mecklenburgische Orte Warin, Waren, Warnemünde, vielleicht
auch Schwerin.

Eudoses] werden sonst nirgends genannt; wahrscheinlich ist
der Name nicht richtig: vielleicht sind es die bei Caesar I 51, 2
genannten Sedusii, oder die Φουνδοῦσοι bei Ptolemaeus II
11, 12.

Auch die *Suardones* kommen nirgends vor; Zeuss a. a. O.
S. 154. 476 hält sie für die Heruler, die Φαραδεινοί des Pto-
lemaeus II 11, 13 von der Trave gegen die Oder. D hat
Suarines, andere Suarines (Schwerin).

Nuithones] D hat Nurtones, AS nuithones, Zeuss S. 149
meint, es seien die Teutones; sehr unsicher. Für die Jüten:
von König Theodebert an Justinian: 'subactis cum Saxonibus
Eutiis ... usque in Oceani litoribus dominatio nostra porrigitur'. Venantius Fortunatus ad Chilpericum regem 9, 1: 'Danus,
Eutdo, Saxo'. Beda: 'Jutae'.

Alle diese Völker wohnen wahrscheinlich an der Küste
der Ostsee in Holstein und Mecklenburg. Daß sie am Meere
wohnen, zeigt gleich im Folgenden die Insel, auf der ihr Heiligthum sich befindet.

in commune Nerthum] B hat ueithū, andere hertum. Am merk-
würdigsten scheint die Lesart des Stuttgarter Codex: dieser hat
nisi quod mammo nerthū, und am Rande dazu bemerkt von zweiter
Hand: in commune . nerthā. Jedenfalls muß Terram matrem ausgedrückt gewesen sein; dem lateinischen Terram matrem müßen
auch im Deutschen zwei Wörter entsprechen. Hier kann S
nicht reiner Fehler sein (die Handschrift ist nicht in Deutsch-

land geschrieben). Ich vermuthe mamman Ertham: das zweite
Wort ist erda, das erste mamma das lateinische, das freilich als
deutsches nicht nachgewiesen werden kann. Oder in communo
ammun Ertham; ammun als accus. von amma, nutrix, avia,
vielleicht auch mater. Die Erda wurde wirklich als Göttin verehrt bei den Deutschen; in der nordischen Mythologie ist Jördh
die erste Gemahlin des Odinn, die Mutter des Thörr; in angelsächsischen oder altsächsischen Zauber- oder Gebetsformeln
wurde die Erde angerufen als Mutter: 'erce, erce, erce eorđan
môdor' und 'hál ves thu folde, fira môdor!' — Oder Nertham:
eine Göttin Nirdu kommt nicht vor, wohl aber ein Gott Niörđr,
entsprechend einem älteren Nirdu, und der Sohn dieses Niörđr
ist Freyr, und dieser Freyr fährt ebenso auf einem verhüllten
Wagen durch das Land mit einer jungen Priesterin, während
das Volk betet und Opfer bringt, worauf schön Wetter und
fruchtbare Zeiten folgen. Es könnte auf den Sohn übertragen
sein, was ursprünglich vom Vater galt. Frey, wie auch sein
Vater Niörđr, werden in den nordischen Sagen öfters angerufen und haben viele Tempel. Niörđr hat eine Gemahlin
Skadi aus dem Riesengeschlechte; hingegen an einer Stelle
(OEgisdrekka 36) wird gesagt, er habe mit seiner Schwester
einen Sohn erzeugt, und dieß scheint auf eine Göttin Niörđr,
Northu zu deuten.

invehi] Die Fahrt auf dem Wagen finden wir also ebenso
im Norden, wo es der Gott Freyr ist: bei den Gothen, nach
Sozomenus hist. eccl. VI 15: unter Athanarich († 381) wird das
Bild eines Gottes auf einem Wagon vor den Zelten herumgeführt; und alle fallen nieder und bringen Opfer. Dasselbe
finden wir auch bei den alten Galliern: Gregor. Tur. de gloria
confessorum cap. 77, in Augustodunum sei vor Zeiten ein Bild
der Berecyntia gewesen, das habe man in einem Wagen zur
heiligen Zeit durch die Felder geführt 'pro salvatione agrorum
et vinearum suarum'. Vita s. Martini cap. 9 (bei Surius 11.
Novemb. pag. 249 ad 1618): 'quia esset haec Gallorum rusticis
consuetudo, simulacra daemonum *candido tecta velamine* misera
per agros suos circumferre dementia'.

pax et quies] Frô ist ein Gott des Friedens. So lange der
auf der Erde regierte, war allgemeiner Friede; daher wohl
später Waffenruhe, so lange Freyr seinen Umgang hielt. In
Schweden war noch nach Annahme des Christenthums dreimal
zehn Tage im Jahr allgemeiner Friede: 'aldra manna frith'.

tunc tantum nota, tunc tantum amata] Lachmann: tunc tantum amata, tunc tantum nota.

insula] Die Insel soll Rügen sein, Rugia, worauf der
schwarze See, oder Burgsee, jetzt noch Herthasee. Auch wird
sagenhaft von diesem See erzählt, vor alten Zeiten sei da der
Teufel angebetet worden, in seinem Dienst sei eine Jungfrau
unterhalten, und wenn er ihrer überdrüßig geworden, im See

ertränkt worden. Allein diese Sage scheint im siebzehnten Jahrhundert noch unbekannt* und erst durch Deutung des Tacitus entstanden zu sein. Aus Cap. 44 ist ziemlich sicher, daß nicht Rügen gemeint ist, sondern ein viel westlicheres Land, am wahrscheinlichsten die der Insel Fehmarn gegenüberliegende Spitze von Holstein, früher eine Insel; jetzt noch ist dort ein Ort, der Heiligenhafen heißt. Vgl. Maack in Pfeiffer's Germania IV 385—414.

XLI.

pars Sueborum] Alle Handschriften haben pars verborum. Rhenanus hat das richtige hergestellt. Ein Beweis, daß alle unsere Handschriften falsch lesen können.

colonia] Die Colonie ist natürlich Augsburg. Sie kommen herüber passim, nicht an der erlaubten Stelle, sondern wo es ihnen beliebt.

sine custode] Der Strom ist gar nicht bewacht. Dagegen Histor. IIII 64 von den Tencteren: 'inermes ac prope nudi sub custode et pretio coibant cum Agrippinensibus'. Aus der Stelle geht hervor, daß die Donau selbst die Grenze war; also jener limes (Cap. 29) erstreckte sich damals noch nicht nach Regensburg.

Albis] Wenn hier die wirkliche Quelle gemeint ist, so mußte sich das Land von der Donau bei Ulm bis in das Riesengebirge erstrecken. Wahrscheinlich ist ein Nebenfluß, die Eger, gemeint oder die Saale; die Quelle den Römern unbekannt.

notum olim] Nemlich Drusus kam bis zur Elbe im Jahr d. St. 745, ebenso L. Domitius Ahenobarbus, der Großvater des Nero, der sogar den Fluß überschritten haben soll, Ann. IIII 44: 'exercitu Albim transcendit' (754). Zuletzt kam Tiberius bis zur Elbe 758. Seither kam kein römisches Heer bis zur Elbe; daher: nunc tantum auditur.

Hermunduri] Wenn wir bloß dem Tacitus folgen, ist die Sache deutlich. Jedenfalls wohnen sie jenseits des limes und der Donau; von dem Land der Chatten an bis zur Donau; also etwa im Königreich Baiern nördlich der Donau. Die meisten setzen sie nach Thüringen.** Velleius (II 106, 2) setzt sie an die Elbe (Saale?); und Strabo sagt (VII 1, 3 p. 290), daß sie und die Langobarden über die Elbe hinaus wohnen: schwerlich richtig. Früher war wohl alles ihr Land

- - - - -

* Georg. Christoph. Lemnius (de Rugia. Wittebergae 1687) kennt diese Sage noch nicht.

** Zeuss meint S. 94: Caesar's Nachricht b. G. VI 10, 5, daß der Wald Bacenis die Cherusci und Suebi scheide, beziehe sich auf die Chatti und Hermunduri; falsch.

sicher markomannisch; und aus einem Fragment des Cassius
Dio LV 10a, 2 lernen wir, daß jener Domitius Ahenobarbus
die wandernden, neue Wohnsitze suchenden Hermunduren aufgenommen und ihnen im Gebiet der Markomannen Land
angewiesen habe; daher wohl auch das freundliche Verhältniss
zu den Römern. Unter ihrem König Vibilius vertreiben sie den
Catualda. Ann. II 63. Dann erscheinen sie weiter unten an
der March gegen den Vannius (XII 29), besiegen die Chatten
58 n. Chr.; auch werden sie noch im markomannischen Kriege
erwähnt; dann verschwinden sie.

<h2 style="text-align:center">XLII.</h2>

iuxta] Nemlich dem Lauf der Donau nach folgen die Naristi. Der Name ist nicht sicher, da auch Οὐάριστοl (Ptolem.
II 11, 3), Narietae bei andern (Ναρίσται Cassius Dio LXXI 21);
man setzt sie gewöhnlich ins Baireuthische und ins Voigtland;
aber nach unserer Stelle müßen sie wohl die Donau berühren.

Hierauf die Marcomani, zuerst bei Caesar I 51, 2 unter
den Truppen des Ariovist genannt. Sie bewohnen Böhmen, aus
welchem sie die Boier vertrieben haben. Aber früher wohnten sie
an der Donau; um der Nachbarschaft der Römer zu entgehen,
zogen sie sich ins Innere nach Böhmen zurück. Die Markomannen schlugen den Domitian, den sie von Pannonien aus
angriffen. Unter Marc Aurel beginnt der markomannische Krieg;
nachher nur noch einzelne Erwähnungen, dafür treten die
Bainvarii auf.

Oestlich von den Markomannen sind das letzte deutsche
Volk an der Donau die Quadi. Diese werden zuerst von
Tacitus ann. II 63 genannt, wo König Vannius vom Volke der
Quaden über die Begleiter der vertriebenen Könige Marobod
und Catualda zum König bestellt wird; vielleicht schon früher
bei Strabo VII 1, 3 p. 290 κολδούων (Κοαδούων). Dann unter
Domitian und im markomannischen Krieg. Später, im dritten
und vierten Jahrhundert bei Ammian. Marcell. XVI 10, 20.
XVII 12, 1. XXVI 4, 5. XXVIIII 6, 2. Ihre Wohnsitze in
Mähren und Oberungarn. Marcus Aurelius schrieb den Schluß
seiner Memoiren ἐν Κουάδοις πρὸς τῷ Γρανούᾳ (am Granfluß).
Sie werden häufig in Verbindung mit den Sarmaten genannt.
Vielleicht kommt der Name von qviþan sprechen.

peragitur] So die Handschriften. Die ältesten Ausgaben
auch pergitur, porrigitur (Walthor), praetexitur (Lipsius, Bekker);
es kann wohl peragitur bleiben. Diese Völker bilden gleichsam
die Stirn Germaniens, insofern sie von der Donau gebildet
wird. Der Gegensatz ist Rheno: wenn man von Gallien her-
kommt, so ist die frons gebildet von den Chatti, Usipi u. s. w.

Maroboduus bekannter König der Markomannen, der von
Armin geschlagen seine Zuflucht zu den Römern nahm.

Tudrus ist ganz unbekannt; einige Handschriften haben
Trudi: nicht einmal der Name ist sicher.

externos] So Vannius, zwar ein Quade, aber von den
Römern über die Sueben gesetzt. Aber dieser ist doch wohl
hier nicht gemeint, denn er war eigentlich kein externus, und
sie duldeten ihn nicht. Tacitus ann. XII 29 erzählt, daß er
vertrieben wurde; Tacitus bezieht sich hier auf Könige, von
denen wir nichts wißen, die zur Zeit des Traian mit römischer
Hilfe herrschten.

XLIII.

Marsigni, Cotini, Osi, Buri, die im Rücken der Marcomani
und Quadi wohnen, sind alle sonst fast unbekannt. Zwei davon,
die Marsigni und Buri, seien Germanen und zwar Sueben; die
zwei andern seien nicht germanisch.

Von den *Marsigni* findet sich keine weitere Spur, wenn
nicht das Marscinerland, das östlich von der Elbe bis zu dem
böhmischen Gebirge in späten Chroniken genannt wird.

Die *Buri* (Βοῦροι) werden von Ptolemaeus II 11, 20 schon
zu den Ligiern (Λούγιοι) gerechnet; sie werden noch öfter
neben den Quaden genannt, oft zu den Japygen und Sarmaten.

Die *Cotini*, bei Dio LXXI 12, 3 Κοτινοί.

Die gallische Sprache wird hier von der germanischen
unterschieden; aber Tacitus hatte schwerlich Sprachkenntniße;
er thut oft ein wenig gelehrt. Was das für eine Sprache war,
die Tacitus die gallische nennt, können wir nicht bestimmen.
Es kann nur so viel als ausgemacht gelten daß die Cotini
keine Deutsche waren.

Die *Osi* sind schon oben Cap. 28 genannt, wo sie zu
den Aravisci gestellt werden; ein pannonisches Volk.

quo magis pudeat] Da sie Eisen im Lande haben, sich
wehren können, so müßen sie sich um so mehr schämen, Tribut
zu bezahlen: nicht als ob die Arbeit selbst schmählich wäre.

iugumque] haben die Handschriften; aber Acidalius, Bekker,
auch Orelli tilgen es wohl mit Recht; es ist wahrscheinlich aus
der folgenden Zeile heraufgekommen.

Suebia hier zuerst wie Germania eigenes Land, von Tacitus
gebildet. Bei Cassius Dio LVI 1, Drusus sei nach Coυνβια
gekommen; und Χερουσκίς LIII 33, 1. LV 1, 2. LVI 18, 5.

iugum] das Riesengebirge, die Sudeten, die Karpathen.

plurimae] So Cap. 40 im Anfang 'plurimls ac valentissimis
nationibus' groß von Volkszahl.

Die *Ligii* müßen also jenseits des Gebirges, nach Schlesien,
Galizien, Polen gesetzt werden; auch Lugii. Zuerst gedenkt
ihrer Strabo VII 3 S. 290: Marobod, als er aus Rom heimkehrte,
habe sich unter andern Völkern auch die Λου⟨γ⟩ιους unterworfen. Dann sagt Tacitus ann. XII 29, daß der Reichthum

des Vannius Fremde herbeigezogen habe, 'vis innumera Ligii aliaeque gentes adventabant, fama ditis regni'. Später um 85 finden wir Lygier schon in Mösien auf der rechten Seite der Donau, wo sie den Domitian um Hilfe gegen die Sueben bitten. Die Lygier sind keine Germanen; tincta corpora; viele hielten sie für Slawen. Nestor, ein Mönch in Kiew im zwölften Jahrhundert, nennt Lechi Ljakhove; das könnten die Ligii sein.

Die einzelnen *Harii, Helveconas, Manimi, Elisii, Naharvali* werden sonst nirgends genannt, obgleich ähnliche Namen vorkommen, z. B. bei Ptolemaeus II 11, 17 Ἀλουαίωνες, wahrscheinlich die Helvecones, aber Sicheres über die Namen und die Wohnorte dieser Völker läßt sich nicht ermitteln. Statt Nahanarvalos hat B beidemal naharualos, und dieß scheint das Richtigere, das auch durch andere Handschriften bestätigt wird: S hat nahauernalos, aber uer durch Puncte getilgt, u in w geändert.

muliebri ornatu] Adam von Bremen de situ Daniae 223 (in Scriptores rer. Germ. septentr. Stud. E. Lindenbrogi. Francof. 1609 p. 66) von den Priestern der alten Curländer: 'divinis, auguribus atque nicromanticis omnes domus sunt plenae, qui etiam *vestitu monachico* induti sunt'.

Castorem] Diodor von Sicilien IIII 56 sagt nach Timaeus von Sicilien, daß die am Meere wohnenden Kelten von allen Göttern am meisten die Dioskuren verehren, und setzt hinzu, sie hätten eine alte Ueberlieferung, daß diese Götter vom Meere her zu ihnen gekommen seien. Bei den Galliern finden sich wirklich den Dioskuren gewidmete Altäre, und besonders zu erwähnen ist das Pariser Denkmal j. im Palais des Thermes (Muratori 1066, 5 = Orelli 1993): jeder der Brüder mit bedecktem Haupt mit einer Lanze und ein Pferd haltend. Castor bärtig, Pollux, wie es scheint, glatt; der untere Theil der Bilder ist verdorben.

Castorem Pollucemque] Die slawische Mythologie hat zwei verbundene Götter, Lel und Polel. In der nordischen Mythologie sind Ullr und Baldr vielleicht die Alci: beide zeichnen sich durch Jugend und Schönheit aus und stehen in besonderer näherer Verwandtschaft, denn Baldr heißt einmal in der älteren Edda (Vegtamskvida 3) Ullrs liebster mæfi (Verwandter); dieß deutet darauf, daß sie Zwillinge sind. Im zweiten Merseburger Gedicht wird vom Fohlen Baldrs gesprochen: jedenfalls also ein Pferd, wie auf dem Pariser Denkmal. Aber wahrscheinlich nicht germanisch.

Der Name Alcis ist wohl Dativ plur. vom Nominativ Alcus. Nun finden wir im Schwedischen dialektisch ein Wort jölk (der Knabe), und Jalkr ist einer der Namen des Odinn. Es könnte dieser Name erhalten sein in Alcuin, Alkwin u. s.

Alk, deutsch Elk, Elch ist der Name des Elennthiers; nun wird gemeldet, daß die alten Preussen dieß Elch göttlich ver-

ehrt hätten; Christoph Hartknoch (Selectae dissertationes histo-
ricae de variis rebus Prussicis,· Dissertatio IIX. De Diis secundi
& tertii ordinis cap. VII p. 143, hinter Petri de Dusburg
Chronicon Prussiae. Francofurti et Lipsiae 1679. 4.) sagt: 'inter
feras Pruffi Veteres inprimis ALCEM (elk) divino profequa-
bantur honore, ut teftis eft Erafmus Stella lib. 2. Antiq. Boruff.
non longè à principio. Nec dubium eft, quin aliis quoque animalibus divini sint honores delati'. Wahrscheinlich irrthümlich
auf das Thier bezogen.

tempore] wird durch das folgende erklärt 'atras ad proelia
noctes legunt'.

lenocinantur] für „helfen vergrößern“ in dem (späteren
Latein. Bei Plinius epist. II 19, 7: 'ut libro isti novitas leno-
cinetur', daß dem Buche seine Neuheit Gunst verschaffe. I 8, 6:
'etiam cum illi necessitas lenocinatur'.

tincta corpora] Dieß wird sonst nirgends von germanischen
oder gallischen Völkern gesagt; dagegen allgemein von den
brittischen (daher sind die Britten keine Kelten). Man darf
daher vermuthen, daß diese Harii doch kein germanisches Volk
waren. Von den Daci und Sarmatae wird dasselbe gesagt bei
Plinius XXII 2: 'mares corpora sua inscribunt'.

feralis exercitus] wird erklärt durch infernus aspectus; so
feralibus tenebris Ann. II 31, veste ferali Ann. XIIII 30.

Gothones] Ob hier die Gothen gemeint sind? Es wird so
angenommen; aber es ist doch sehr zweifelhaft, da die Gothen
sicher erst im dritten Jahrhundert genannt werden. Unter dem
Namen Ἄκτιγγοι werden sie von Cassius Dio LXXI 12, 1 zum
Jahr 174 genannt in Dacien. Die Gothen sind wohl keine
anderen als die Bastarnae, ein großes Volk auf dem nördlichen
Ufer der unteren Donau, das älteste deutsche Volk, das in der
Geschichte auftritt, schon unter Perseus in der ersten Hälfte
des zweiten Jahrhunderts vor Chr., und noch früher unter dem
allgemeinen Namen Γαλάται. Wenn dieß richtig ist, so können
nicht wohl die Gothones des Tacitus, die von den Bastarnae
weit geschieden sind, die Gothen sein. Diese, die Gothones
des Tacitus, müßen etwa in Polen zu suchen sein; und richtig
nennt Ptolemaeus III 5, 20 die Γύθωνες am rechten Ufer der
Weichsel. Sie werden noch einmal von Tacitus genannt Ann.
II 62: 'erat inter Gotones nobilis invenis nomine Catualda,
profugus olim vi Marobodui'. Catualda hat richtig gothische
Namensform, wie Vulfila; daraus könnte man schließen, daß
die Gotonen wirklich die Gothen waren; allein es ist nicht
gesagt, daß er den Gotones angehörte, sondern er hat unter
ihnen gewohnt, war ein Markomanne. Catualda wird hier
schwerlich selbst ein Goto genannt, sondern er war zu den
Gotonen geflohen. Diese Gothones werden schon von Pytheas
genannt, einem Griechen aus Massilia, der um 320 v. Chr. eine

Seereise ins nördliche Europa machte; aus seinem Reiseberichte
ist einiges erhalten bei Strabo und Plinius XXXVII 35[*].
Dieser sagte, daß die Gutonen an einem aestuarium des Oceans
mit Namen Mentonomon (vielleicht das kurische Haff) wohnten,
gegenüber der Insel Abalus; daß bei ihnen der Bernstein gefunden werde, den sie an die Teutonen verkauften. Dieß sind
wohl die Gotones des Tacitus, aber nicht die Gothen. Die
Völker in dieser Gegend, im alten Preussen (Ehstland), hießen
im Mittelalter die Gudden, ihre Sprache die guddische; oder
Getae; und noch erhalten in Samogitae. Es ist das Wahrscheinlichste, daß die Gotones des Tacitus, Ptolemaeus und
Pytheas keine anderen sind als die Guddones oder Gotae des
Mittelalters, also die Preussen und Litauer; keine Deutsche.
Die Ansicht Jacob Grimm's, daß die Gothen kein anderes Volk
seien als die Geten, ist schon darum zu verwerfen, weil die
Geten ganz bestimmt ein thrakisches Volk waren, die Thrakier
aber immer von den Germanen streng geschieden werden. Eine
ausführliche Widerlegung der Hypothese Grimms finden Sie in
meiner Schrift 'Kelten und Germanen' Seite 14—18.

regnantur] ist Passiv, nach der Sprache des Tacitus, Ann.
XIII 54: 'in quantum Germani regnantur'. Hist. I 16: 'gentibus quas regnantur', als ob regnare aliquem; regnatus beherrscht
auch bei Horaz, Ovid, Virgil.[**]

adductius] So Hist. III 7: 'adductius imperitabat'; straffer,
vom Anziehen des Zügels.

Rugii] Es gibt ein deutsches Volk Rugi, das aber erst bei
den Zügen des Attila auftritt, am rechten Ufer der unteren
Donau. In der Mitte des fünften Jahrhunderts wohnen sie am
linken Ufer der Donau gegenüber von Wien. Unter Odoaker
zogen sie nach Italien. Ob dieß die Rugi des Tacitus sind?
Ich möchte es sehr bezweifeln: die Rugii scheinen ein mit den
alten Preussen verwandtes Volk zu sein, und nach ihm hat die
Insel Rügen den Namen; im zehnten Jahrhundert ein slawisches
Volk Rugiani, und die Stadt Riga.

Lemovii oder *Lemonii* kommen sonst nicht vor; ich halte
sie ebenfalls für Aisten (nicht germanisch). Aschbach will
Lothovi lesen (die Litauer); ansprechend.

---

[*] Vgl. W. Bessel, über Pytheas von Massilien und dessen Einfluß
auf die Kenntniss der Alten vom Norden Europa's insbesondere Deutschlands. Göttingen 1858.

[**] Horatius c. II 6, 11: 'regnata petam Laconi rura Phalantho'.
III 29, 27: 'quid Seres et regnata Cyro Bactra parent'. Vergil. Aen.
III 14: 'terra ... regnata Lycurgo'. Ovid. met. VIII 623: 'arva suo
quondam regnata parenti'. epist. 10, 69: 'tellus iusto regnata parenti'.
ex Ponto IIII 15, 15: 'regnataque terra Philippo'. Plin. nat. hist. VI
76: 'sola Indorum regnata feminis'.

XLIIII.

Suiones] die Schweden, hier für alle Skandinavier.

in Oceano] Er hält also Skandinavien für eine Insel. Ein Theil der Handschriften, auch B, hat ipsae. B ipso ist wohl das Richtige.

velis ministrantur] aus der Aeneide VI 302: 'ipse ratem conto subigit velisque ministrat'. Lipsius ministrant beßer.

otiosa haben alle Handschriften; *otiosae* soll in zwei verlorenen Codd. (dem Arundelianus und dem Babenbergensis) stehn, Bekker. Wenn man *otiosa* liest, so ist manus collectiv für catervae; daher der Plural lasciviunt.

iure parendi ist auffallend.

Die Schilderung der Schweden ist höchst auffallend; die strenge königliche Gewalt, die Entziehung der Waffen sind gar nicht germanisch. Die germanische Bevölkerung Skandinaviens ist hier gar nicht zu erkennen; fast muß man vermuthen, daß die Suiones alle vorgermanischen Bewohner waren, daß also nicht lange vor Tacitus Zeiten noch keine Germanen in Skandinavien wohnten*. Man nimmt allgemein fälschlich an, daß die Germanen aus Skandinavien gekommen seien. Die nordische Sage, daß sie aus Deutschland einwanderten, als sie von den Römern gedrängt waren, erst zur Zeit des Tacitus, oder erst zur Zeit des Markomannenkriegs, ist sehr wahrscheinlich. Dieß scheint das Richtige zu sein.

XLV.

mare pigrum] wo die Schifffahrt schwierig ist, wie Agric. 10 'mare pigrum et grave remigantibus'. Pytheas hatte die erste Kunde von dem Eismeer, sechs Tagereisen über See nördlich von Britannien sei ein feststeckendes Meer, mare concretum, Plin. IIII 104, das von einigen mare Cronium genannt werde (altgriech. κρονο-Meer?). Es sei dieß weder Land noch Meer, noch Luft, gleich wie eine Lunge, eine gallertartige Materie, worin alle Dinge schwimmen, und welche undurchdringlich sei.

insuper emergentis] B und andere; em. fehlt in D). Ich habe es übersetzt.

deorum] Einige bloß *eorum*, und eine *equorum*. B deorū, S corū. Tanaquil Faber epp. 1 p. 5 und F. A. Wolf wollten *equorum*, und das scheint das Richtige: hier sei nemlich das Ende der Welt, darum höre man den Sonnengott und sehe seine Pferde und die Strahlen seines Hauptes. Das Ganze ist eine dunkle und verworrene Nachricht vom Nordlicht.

---

* Zuerst findet sich der Name Scadinavia Plinius IIII 96. VIII 39 (bei Pomponius Mela III 54 Codanovia).

— 263 —

natura] So wird Agric. 33 Britannia terrarum ac naturae finis genannt.

Daß die Ostsee Suehicum mare hieß, findet sich sonst nirgends; wohl nur so von Tacitus genannt, mit einem erfundenen Namen, weil er die Völker rechts und links zu den Sueben zählt.

dextro] Wenn man nordwärts schaut. So nennt auch Strabo I 3, 21 S. 61 die östlichen Ufer τὰ δεξιὰ·μέρη Πόντου.

Aesti] Das sind die Aisten. Zuerst bei Pytheas (vgl. Strabo I 4, 3 S. 63) Ὠστιαίους, ungenau. Es ist ein eigener Volksstamm, der weder zu den Slawen noch zu den Germanen gerechnet werden kann und noch jetzt diese Wohnplätze einnimmt. Der eigentliche Name ist Aisten. Die Sprache der Aisten, die höchst alterthümlich und interessant ist, theilt sich in drei Zweige: 1) die altpreussische (ausgestorben), 2) litauisch und 3) kurisch-lettisch. Tacitus hat sie oder den südlichen Theil dieses Volksstammes schon früher genannt in Cap. 43: Rugii, Gotones und Lemovii (südlichster Theil dieses Volkes)*. Der Ostgothe Theoderich richtet ein Schreiben an die Haesti, worin er sich für ein Geschenk von Bernstein bedankt (Cassiodor. var. V 2), und Jornandes sagt 23, daß die Aestorum natio dem mächtigen Gothenkönig Hermanrich unterworfen gewesen sei. Der Name Ehstland ist aber nicht von den Aisten benannt, sondern von den Ehsten, einem finnischen Volk, auf das vielleicht der Name der benachbarten Aisten übergieng.

lingua Britannicae proprior] höchst merkwürdig. Wir können noch beide Sprachen vergleichen: die litauisch-preussische Sprache ist sehr verschieden von der kymrisch-gaelischen, und man sieht daraus, daß die linguistischen Kenntnisse des Tacitus nicht hoch angeschlagen werden dürfen. Er gibt sich in dieser Beziehung ein gelehrtes Ansehen. Nur so viel ist sicher, daß diese Sprache nicht die germanische war.

matrem deum] Man darf diese Stelle nicht für die deutsche, sondern für die litauisch-preussisch-aistische Mythologie benutzen. Es ist die preussisch-litanische Göttin Seewa oder Zemmesmahti, die slawische Živa.

formas aprorum] Es waren eine Art Amulete in Ebergestalt. Dabei ist wohl nicht an die eoforcumbol, die Helmzierde der Germanen, zu denken, im Beowulf häufig. Wahrscheinlich war der Eber das Symbol oder das heilige Thier der mater deum. Bei den Germanen ist der Eber Gullinbursti bald dem Freyr bald der Freya zugeschrieben. In Freys Cultus werden Eber geopfert. In Schweden backt man auf Julabend Gebäck in

---

* Die Gotonen und Aesti sind dieselben: da 1) bei Pytheas der Bernstein bei den Guttonen gefunden wird; 2) Artemidor nennt die Ὠστίους Κοσσίνους, Pytheas Ὠστιαίους nach Stephanus v. Byzanz 712, 21 Mein. Das Κοσσίνους ist wohl gleich Gottones.

Ebergestalt. Es ist nicht unmöglich, daß die mater deum der
Aester, die ebenfalls ein Ebersymbol hat, mit der Freya der
Schweden dieselbe Person ist: aber darum sind doch die Aester
keine Germanen.

omnium tutela] ist Schutz gegen alles. So Cap. 46 ferarum
suffugium Zuflucht vor den Thieren. Bekker liest mit einem
Codex omnique.

frumenta . . . . laborant] Eigenthümlich construiert ist frumenta
laborare Getreide bauen, „sie bemühen sich um Getreide": sie
sind fleißiger im Feldbau als die übrigen Germanen. So auch
arma laborare Waffen schmieden.

sucinum] So war der Bernstein genannt bei Plinius XXXVII
43: 'arboris sucum esse prisci nostri credidere, ob id sucinum
appellantes'.

glesum ist nach Tacitus das Wort der Aester: Plinius sagt
XXXVII 42: 'certum est gigni in insulis septentrionalis Oceani
et ab Germanis appellari glaesum, itaque et ab nostris ob id
unam insularum Glaesariam appellatam Germanico Caesare res
ibi gerente classibus Austeraviam a barbaris dictam'. Plinius
versichert weiter, daß es von Germanen nach Pannonien gebracht werde (43). Es habe ein römischer Ritter zur Zeit des
Nero eine Reise gemacht, um die Handelswege und die Heimath
des Bernsteins zu erforschen (45). Es ist zweifelhaft, ob glaesum
in der deutschen Sprache, es könnte auch aistisch sein. Möglich, daß es unser Wort Glas* ist, womit wirklich in alten
Glossen electrum übersetzt wird. Es hat also seine ursprüngliche Bedeutung verloren: es steht übrigens „Glas" in der deutschen Sprache ohne deutliche Wurzel.

in nullo usu] wie Holz verbrannt; vgl. Plinius XXXVII
35: '(insulae Abali) incolas *pro ligno ad ignem uti eo proximis-
que Teutonis vendere*'. Darauf deutet der Name Bernstein —
Brennstein.

informe perfertur] Formlos kommt es zu uns, den Römern.
quae vicini . . . quae] auf balsama.

Auf diese ganze Stelle vom Bernstein beruft sich sonderbar
Theodorich der Ostgothe in einem Briefe an die Haesti (bei
Cassiodor. var. V 2), worin er sich bedankt für ein Geschenk,
Bernstein. Da sie nicht wüsten, was der Bernstein sei, wolle
er es ihnen sagen: 'hoc quodam (quondam Brotier) Cornelio
scribente legitur in interioribus insulis Oceani ex arboris suco
defluens, unde et sucinum dicitur, paulatim solis ardore coale-
scere'. Die Aester mögen über diese Gelehrsamkeit sehr ver-
wundert gewesen sein!

Sitones reihen sich an die Sulonen an, also, wie es scheint,
geht Tacitus vom rechten Ufer wieder auf das linke über. Der
Name kommt sonst nicht vor. Sie seien den Sulones ähnlich, nur

---

* ags. glaere (sucinum), engl. glare Glanz.

werden sie von einer Frau beherrscht: und darin sieht Tacitus
den tiefsten Stand der Sklaverei, da die Suionen zwar auch
beherrscht werden, also in servitute leben, aber von Männern.
— Eine Vermuthung liegt sehr nahe: bei Adam von Bremen,
auffallend an Tacitus erinnernd, finden wir die Sveones reichend
usque ad terram feminarum: von dieser terra feminarum, die
auch sonst Amazonen genannt werden, ist noch öftern die Rede.
Nun finden wir ein finnisches Volk, die Cvenas, bei Alfred von
England: nördlich von den Schweden sei Cvenland. Da nun
quena das Weib heißt, so wurde dieser Name des Volkes falsch
gedeutet. Es sind also höchst wahrscheinlich die Sitones des
Tacitus diese Cvenas, die den Namen Quenas schon damals
gehabt haben müßen.

Suebiae] Alle diese Völker rechnet Tacitus noch zu Suebia.
Die Aesti, wahrscheinlich sogar die Suiones und die Gotones,
Rugii, Lemovii, wohl auch die Harii waren keine Germanen,
aber sie konnten deswegen doch in einer Verbindung mit den
Sueben stehn und zu Suebia gehören. So konnte Tacitus 38
mit vollem Recht sagen, daß sie nationibus discreti seien; es
sind unter dem Namen Suebi Völker von ganz verschiedenem
Stamm befaßt.

XLVI.

Drei Völker, von denen Tacitus nicht weiß, wohin er sie
stellen soll: zwei derselben, die Fenni und Veneti, sind keine
Germanen; aber wohl die Peucini oder Bastarnae. Diese sind
das erste germanische Volk, das in der Geschichte auftritt. Die
Peucini und Bastarnae sind bei Plinius IIII 100 der fünfte Theil
der Germanen, contermina Dacis. Sie treten wenigstens zu
Anfang des zweiten Jahrhunderts vor Chr. an der untern Donau
auf, mit Perseus, und schon unter dessen Vater Philipp. Livius
XL 57. Und auch schon jene Galater, welche an Alexander
den Großen Gesandte schickten, um ihm ihre Freundschaft
anzubieten, werden wohl diese Bastarnae gewesen sein. Sie
wohnten von den Inseln in der Donaumündung an bis Moldau
und Galizien. Die Peucini waren eigentlich nur ein Theil der
Bastarnae und zwar derjenige, welcher die Insel Πεύκη in der
Donaumündung bewohnte.

Veneti sind die Wenden, allgemeiner Name für die slawischen Völker. Sie dürfen nicht verwechselt werden mit den
gallischen Veneti bei Caesar III 8 und am adriatischen Meere.
Deutsch Winidae, Wenden. Unter diesem Namen treten die
slawischen Völker zuerst in die Geschichte ein. Zuerst bei
Plinius IIII 96 (richtig Venedi), daß sie von dem Berge Saevo
bis zum Fluß Vistla wohnen; von ihrer Einwanderung nichts.
Strabo kennt sie noch nicht.

Fenni] die Finnen, zuerst von Tacitus genannt; nördlich von den Wenden, wo im Ganzen noch jetzt.

torpor: procerum Orelli, nach B: torpor. procerū; andere torpor procerum. Lesen wir *corpora procera* nach Livius XXXVII 17: 'procera corpora'.

peditum] pedum Lipsius, Haupt, Kritz.

habitum] sowohl Lebensart als Leibesgestalt.

domos figunt B, einige fingunt. Richtiger ist figunt; so Ann. XIII 54: 'iamque fixerant domos ⟨Frisii⟩'.

Die Veneti haben viel von den Sitten der Sarmaten, aber stehen doch den Germanen näher. Da ohne Zweifel die Veneti Slawen sind, so ist durch diese Stelle entschieden, daß nicht die Sarmaten, wie immer noch viele meinen, die Slawen seien: die Sarmaten sind ein Rest der alten Skythen; seit dem Auftreten der Slawen verschwinden die Sarmaten schnell aus der Geschichte.

Zuletzt werden einige fabelhafte Völker genannt, von welchen zuerst Pomponius Mela III 56 spricht, dann auch Plinius IIII 95; wahrscheinlich aus den Berichten des Pytheas geflossen. Mela: 'Oeneas (l. Oeonas), qui ovis avium palustrium et avenis tantum alantur', von ᾠόν, also „Eiervölker", bei Plinius Oeonae; diese sind wohl die Oxiones des Tacitus. Ferner Hippopodas (ebenso Plinius) et Sannalos (l. Panotos), von Pferdsfüßen oder großen Ohren. Die Panoti heißen bei Plinius Fanesii: höchst wahrscheinlich eine Entstellung des Namens Fanesii ist Hellusii.

in medium] Gellius XVII 2 bemerkt: 'nos (die Gebildeten) in medium relinquemus', aber 'vulgus (das gemeine Volk) in medio dicit'.

———

Mangelhafte Quellen. Die Religion habe ich ausgeschloßen; indessen haben wir ein schönes Bild: ein Volk, das von Anfang an in die Geschichte nicht nur eintritt mit dem Bewustsein, daß ihm die Herrschaft gebühre, sondern auch den Römern dasselbe Bewustsein einflößt. Aber ein Fehler der Cultur: sie war gegründet auf den Gedanken, daß der Krieg das Naturgemäße und Bleibende sei; aber der Krieg ist eine Ausnahme, und daher eine Cultur, wie die germanische, etwas nothwendig Vergängliches. Aber zu wünschen ist doch, daß im Frieden die Tugenden nicht untergehen, die der Cultur des Krieges eigen sind; daher ist die allgemeine Wehrpflicht etwas Heilsames. Aeußerst langsame Entwickelung! erst jetzt.

I.

Wörterverzeichniss zum Text der Germania.

Die erste Zahl bedeutet das Capitel, die zweite die Zeile auf der betreffenden Seite.

A.

a (praep.) vor c 38, 18; vor f 8, 18. 34, 8 35, 21; vor g 1, 1; vor l 45, 4; vor s 1, 3. 2, 11. 28, 10. 38, 18. 45, 8; vor t 34, 7; vor v 2, 11.

ab vor Vocalen 2, 15. 3, 23. 28, 1. 28, 5 (zweimal). 43, 8; vor h 30, 9.

abeunti 21, 5.

abluitur 40, 9.

Aboobas 1, 8.

abscondi 12, 21.

absolvat 31, 7.

absumitur 11, 11.

ac vor b 22, 18 28, 9; vor c 48, 9; vor d 24, 10. 30, 12. 42, 23. 40, 8; vor f 10, 16 21. 46, 19; vor j 13, 13; vor l 10, 22. 25, 13. 27, 15. 28, 7. 14; vor m 10, 21. 27, 13. 36, 8. 46, 12; vor n 2, 9. 9, 8. 24, 19. 37, 8; vor p 1, 8. 5, 16. 12, 22. 30, 9. 31, 4. 33, 24. 35, 20. 21. 36, 10. 37, 22. 35, 25. 46, 14; vor r † 1, 6. 10, 23. 34, 17. 37, 19; vor s 30, 14. 35, 5. 36, 13. 37, 14. 38, 23. 45, 10; vor t 32, 18. 43, 1. † 46, 9; vor v 5, 4. 24, 12. 25, 19. 26, 8. 35, 9. 40, 18. 43, 4. 45, 21.

accedo 4, 6.

accendunt 3, 14. accenditur 45 S. 78, 1.

accidit 38, 21.

accipiant 45, 18. accepimus 27, 19. accipitur 10, 8. accipiuntur 21, 3. acceptis 21, 7.

accusare 13, 19.

acer] acri (abl. n.) 8, 10. acrior 37, 1. acrius (adv.) 29, 8.

acies (nom. s.) 3, 17. 6, 34. 31, 10. aciem 6, 21. 7, 6. acies (acc.) 6, 17.

ad 3, 19. 4, 11. 6, 10. 30. 7, 16 (zweimal). 21, 4. 22, 11 (zweimal). 17. 18. 30, 20 (zweimal). 31, 12. 34, 10. 37, 14. 36, 13. 42, 1. 43, 7.

addat 3, 3. additum (acc. n.) 2, 8.

adductius 45 S. 74, 6.

adeo (adv.) 8, 20. 45, 25.

adeo] adit 1, 8. 24, 11. adeunt 21, 3. adiit 34, 14. adiere 3, 22. aditur 2, 15. adituri (pl.) 38, 2.

adhuc 9, 3. 10, 19. 22, 19. 28, 28. 3. 6. 29, 1. 34, 13. 38, 16.

adicit 39, 13. 45 S. 76, 8. adicitur 27, 13. adiecto (abl. n.) 3, 1.

adiungunt 44, 14.

adiuuntur 45 S. 76, 4.

admiratione 7, 6.

admonuere 37, 1.

admoto (abl. m.) 45, 23.

adoleverint 31, 1.

adsciscendis (abl.) 22, 15.

adscribam 46, 7.

adsum] adsunt 12, 1. adesse 6, 27. 7, 9. 40, 2.

advehebantur 2, 13. advectam 9, 6.

adventu 40, 8. adventibus (abl.) 2, 13.

adversus 2, 14. adversarum 36, 11. adversa (acc.) 45, 23.

adversus (praep.) 23, 27. 46, 2 (zweimal).

adulatione 8, 25.

adulescentulis 13, 19.

aemulatio 13, 15. 32, 20.

aequo (abl.) 36, 16. aequi (pl.) 36, 11.

aestas 26, 8.

Aesti] Aestorum 45 S. 76, 4.

aestimanti (d. m.) 6, 19.

aestum 4, 17.

aetas 11, 14.

aevi (g.) 37, 25.

affectationem 28, 9.

affectione 5, 4—5.

affecto] affectatur 8, 18.

afficiuntur 5, 23.

affinitatibus 22, 13.

affirmant 2, 6. affirmaverim 5, 21.

Africa 2, 16.

ager 26, 4. 31, 11. agri (n.) 26, 28. agris 46, 23. agros 29, 6.

assimulare 9, 7.
assuerunt 4, 13.
astuta (n. a.) 22, 19.
at 33, 4. 37, 4.
ater] atras 43, 2.
atque (vor Vocalem) 2, 14. 4, 11, 13. 5, 1. 6, 13. 24, 3. 4. 29, 23. 34, 16. 41, 17. 42, 23—24. 43, 3. 45, 16. 17. 46, 5; vor l 46, 21; vor p 39, 17.
atterit 29, 22.
attingere 40, 1.
attolli 39, 1.
anctor 28, 17.
auctoritas 12, 4. auctoritatem 39, 13. auctoritate 11, 15, 42, 4.
audax 28, 5. audacis 24, 7.
audentia 31, 23. 34, 13.
audire 30, 14. auditur 41, 21. audiuntur 11, 13. audiri 7, 13. 45 S. 76, 1. audita 37, 21.
aufero] abstulerunt 37, 7.
augurils (abl.) 39, 5.
auguror] augurantur 3, 17.
Avionas (nom.) 40, 13.
avis] avlam 10, 20.
Aurelio (= Scauro Aurelio) 37, 4.
aurum (acc.) 5, 4. 20. 22. 26.
anspicatissimum (acc. n.) 11, 7.
auspicio (d.) 10, 23. auspiciorum 10, 17. 77—28. auspicia 10, 11.
aut 1, 2. 2, 10 (zweimal). 5, 13 (zweimal). 14. 6, 8. 13. 15. 17, 27. 1. 7, 4. 11. 15. 8, 23 (zweimal). 11, 6. 7. 13, 11. 22, 17. 18. 23, 23. 23. 24, 4. 25, 17. 31, 11 (zweimal). 35, 2. 40, 20.
antem 13, 5.
autumni (g.) 26, 2.

B.

balsama (n.) 45, 20.
barbam 31, 1.
barbari (g.) 39, 7. barbaris (d. m.) 45, 12—13.
barditum 8, 15.
Bastarnae 46, 5.
Batavi (n.) 29, 17. Batavis (d.) 29, 1.
beatlus 46, 22.
bellantibus (d.) 7, 8.
bellum (n.) 1, 5. 10, 20. 30, 21. bello (abl.) 22, 16. 32, 22. bellorum 6, 2. 10, 20. 11, 15. 32, 17. bellis (d.) 29, 21. bella (acc.) 35, 2. 38, 1. 40, 5.
bigatos 5, 3.
blandimentis 23, 22.
Bolhemum] Bolhemi (g.) 28, 1.
Boii (n.) 28. 5. Boiis (abl.) 42, 24.
bonum] bona (n.) 26, 2. 28, 4.
bonus] boni (pl.) 36, 11.
bos] bubus 40, 2.

brevi (abl. n.) 6, 2. breves (n. m.) 43 S. 74, 2.
Britannicae 45 S. 76, 5.
Bructeri (n.) 33, 21. Bructeris (abl.) 33, 25—26.
Buri (n.) 43 S. 72, 6. 7.

C.

cado] cadentis (g. m.) 45, 23. ceciderunt 33, 3.
caedem 37, 7. caesto 22, 14. 31, 7.
caedo] caeso (abl. m.) 31, 2. 39, 6.
caelestium 0, 2.
caelo (d.) 4, 13. caelum (acc.) 10, 18. caelo (abl.) 2, 17. 29, 1.
caeano (abl.) 13, 21.
Caepione 37. 5.
caeruloi (n.) 4, 10.
C. Caesaris 37, 9. Caesari 37, 1.
caespes 27, 13.
calida 22, 9.
callida (n. a.) 22, 19.
campestrium 43, 22.
camporum 26, 3.
candidam 10, 13—14. candidi (pl.) 10, 21.
canco] canent 31, 6.
canitiem 38, 22.
cano] canunt 8, 14.
cantu 3, 16.
capillum 38, 23.
capiunt 22, 10. capitis (abl.) 37, 5.
captivitate 8, 19.
captivom (acc.) 10, 20.
caput] capitis 12, 20. 45 S. 76, 3. caput 39, 14.
Carbone 37, 4. Papirio Carbone 37, 21.
carmina (n.) 3, 14. carminibus 2, 19.
cassis (n.) 6, 13.
Cassius] Casaio (abl.) 37, 4.
Castorem 43, 20.
castra 37, 18. 41, 18.
raetum 40, 1.
casus (nom. s.) 7, 11.
causa (n) 9, 4.
cedere 6, 21. 30, 22. cessit 38, 13.
celebrant 2, 19. 39, 7.
contoni (pl.) 6, 22.
centeni (die Männen) 12, 5.
centum 39, 13.
certum (acc. n.) 32, 11. certis (abl.) 9, 1. 11, 6. 27, 11. certe 33, 4.
ceteri (n.) 2, 4. ceterae 30, 9. 43 S. 74, 7. cetera 39, 12. 46, 5. ceteros 25, 23. 44, 18. 46, 9. cetera 1, 3. 25, 18. 29, 17. 30, 17. 32, 22. 45 S. 76, 18. 76, 3. ceteris (abl. m.) 13, 11. 25, 18. 38, 12. (abl. f.) 41, 13. ceterum 2, 7. 8, 20. 7, 8. 9, 6. 43, 13. 23.

Chamavós 33, 25. 34, 7.
Chasuarii (pl.) 34, 7.
Chatti (pl.) 30, 8. Chattorum 29, 18. 31, 7. 36, 7. 38, 15. Chattis (d.) 32, 15. 36, 12. Chattos 30, 11. 30. 31, 25. 32, 16. 35, 23.
Chauci (pl.) 35, 24. Chaucorum 35, 20. 36, 7.
Cherusci (pl.) 36, 7. 11. Cheruscorum 36, 13.
cibum 22, 10. cibi (n.) 23, 25. cibos 7, 10.
Cimbri (n.) 57, 18. Cimbrorum 57, 21.
cingi 45, 24. cincti (n.) 40, 17.
circa (praep.) 28, 9.
cito (adv.) 27, 15. 30, 23 (zweimal).
civilium 37, 11.
civitas 13, 7. 37, 17. 41, 13. civitatis 10, 15. 24. civitati 12, 20. civitate 25, 23. civitates (n.) 30, 9. 41, 11. civitatum 8, 21. civitates 43, 16.
claritatem 34, 15.
clarus 45, 23. clarorum (n.) 27, 11.
classibus (abl.) 2, 13. 34, 18. 44, 12.
claudunt 43 8. 72, 7. clausum (n.) 45, 6. clausa (n. pl.) 44, 19.
clementer 1, 8.
cludunt 34, 3. cluduntur 45, 19. cludi 45, 24.
Cn. (= Gnaeo) Manlio (abl.) 37, 6.
coarguit 43 8. 72, 9.
coco] coeunt 11, 5. 39, 6. coeuntium 11, 11.
coeto 24, 3.
cogitationes (acc.) 22, 14.
cognatione 35, 20. *cognationibus* (abl.) 36, 1.
cognitis (abl.) 1, 4.
cohercere 25, 20. cohercendi 11, 13.
cohibere 9, 6.
collationibus (d.) 29, 21.
colligitur 6, 8. colliguntur 37, 21.
collis] colles (n.) 30, 19.
collocati (n.) 28, 17.
colo] colunt 9, 1. 28, 12. 29, 19. 32, 14. 40, 21.
colonia (n.) 28, 13. (abl.) 41, 17.
colono (d.) 25, 24.
coloribus (abl.) 6, 11.
columnas 34, 13.
comae (n.) 4, 10.
comes 21, 1. comites 12, 3. comitum 13, 15. comites 13, 13.
comitatus (n. s.) 13, 14.
comitor] comitantur 10, 24. 46, 19—20.
commercium (n.) 41, 18. commerciorum 5, 23. commercia (acc.) 24, 13.
commigraverint 27, 21. 28, 6.
comminus 6, 11. 8, 19.

commilitant 10, 1.
communis (n. m.) 21, 7. commune (acc.) 27, 3. 38, 17. 40, 21.
compari 8, 4. compertum (n.) 45, 13.
complectens (m.) 1, 4.
compluris (acc. f.) 8, 23.
componitur 8, 24.
compti (pl.) 38, 7.
computant 11, 9. computemus 37, 13.
concedere 21, 5. concessum (n.) 30, 18. 40, 2. concessis (abl. n.) 9, 8.
concentus (n.) 8, 18.
concilium (acc.) 6, 1. 12, 19. concilio (abl.) 13, 7. conciliis (abl.) 12, 8.
concretum 23, 23.
concupiscunt 23, 1. concupiscentibus (d. f.) 41, 20.
concutiunt 11, 17.
condicionis 24, 13.
condicunt 11, 9.
conditoris 23, 14. conditores (acc.) 2, 3.
confinio (abl.) 3, 2.
confirmare 3, 4.
conglobatio 7, 11.
congruente (f.) 6, 20.
coniuncto (abl. m.) 8, 18.
coniunx] coniuges (acc.) 7, 14.
conlucios 10, 17.
consecrant 9, 8. consecratam 3, 24—1.
consensum 31, 23. consensu 33, 23.
consentio] consensimus 34, 12.
conserant 26, 5.
considunt 11, 19. consederint 29, 4.
consilium (n.) 12, 8. consilii 6, 23. consilia (n.) 8, 23.
conspicui (pl.) 8, 18. 7, 5.
constantiae (d.) 30, 23. constantia 8, 18.
constituunt 11, 9. 22, 23. constitutum (acc. n.) 3, 21.
consuetudo 10, 12.
consul] consulibus (abl.) 37, 22.
consularis (acc.) 37, 6.
consulatum 37, 23.
consulo] consulitur 10, 16.
consultatio 10, 18.
consulto] consultant 11, 8. 22, 17.
contegantur 46, 23. contectum 40, 7.
contemnantur 29, 21.
contemptores (n.) 31, 12.
contendunt 26, 5. contendant 24, 10.
contentus 6, 18.
contermina (n. s.) 36, 13—14.
contingo] contacti (pl.) 10, 23.
continuare 22, 12. continuantur 45 8. 72, 2.
continuum (n. s.) 43, 14.
contra (coniunct.) 40, 18.
conubiis (abl.) 4, 7. 46, 9—10.

conveniunt 11, 11.
conversatione 40, 8.
convictia (abl.) 22, 13.
convicti (pl.) 12, 30.
convivia (acc.) 22, 11. convivia (abl.) 22, 17.
copia (abl.) 30, 20.
corpore 12, 22. 24, 10. 39, 11. corpora (n.) 4, 11. 30, 12. 43, 2. 46, 9. corporum 4, 9. corpora (acc.) 6, 22. 27, 10. 44, 4—5.
corruptus 23, 24.
Cotini (pl.) 43, 4. 11. Cotinos 43, 2.
Crassi 37, 2.
crate 12, 22.
crebrae (n.) 22, 13.
credibile (n.) 28, 13.
credunt 7, 9. 11, 8. credant 39, 15. credere 34, 18. 40, 9. crediderim 2, 11. 45, 21.
cremantur 27, 11.
crinem 31, 1. 38, 14.
cubile (n.) 46, 17.
cultorem 45 S. 76, 7. cultorum 20, 1. cultoribus (abl.) 28, 4.
cultus (g.) 6, 14. cultu (abl.) 2, 17. 43, 2. 46, 2.
cum (praep.) 10, 29 (zweimal). 28, 4. 37, 6. 40, 4. 41, 18. nobiscum 29, 27.
cum (conj.) 11, 6. 21, 1. 24, 9. 28, 6. 30, 14. 37, 21.
cunctant 27, 12.
cunctatio 30, 23. cunctatione 11, 11.
cuneum 7, 12. cuneos 6, 14.
cupiditate 35, 1.
cura (n.) 31, 11. 38, 14.
curru (abl.) 10, 23.
custodirentur 28, 16.
custos] custode 41, 16. 44, 10.

D.

Dacia (abl.) 1, 2.
damna (n.) 37, 15.
Danuvius 1, 2. Danuvium 29, 4. 41, 15. Danuvio 1, 2. 43, 1.
de 10, 18. 11, 9 (zweimal). 22, 11. 18. 24, 10 (zweimal). 27, 18. 31, 18. 38, 14.
dona (g.) 45, 7. deam 40, 3. 2. dens 6, 17.
decem 37, 24.
decimam 10, 12.
decoram 24, 6.
decumates 29, 4.
decus (n.) 11, 15. (acc.) 32, 17.
defero] delatum (acc. m.) 3, 22.
deficio] defecero 21, 1. defecerunt 24, 9.
definitor 6, 22.
defuncti (d. m.) 27, 14.
degenerant 42, 20. 45 S. 76, 5.

delectus 37, 3.
deinde 10, 18. 42, 22. 43 S. 74, 6.
deliberant 22, 21.
delicto (abl.) 12, 20. delictis (abl.) 12, 23.
deligo] delectos 6, 21.
demat 3, 5.
demum 31, 3.
denique 22, 16.
desum] defuit 31, 15.
detracta (n. s.) 22, 21.
detracta (acc.) 7, 20.
deus 39, 17. deum 2, 1. deo (abl.) 2, 6. 7, 2. dii 5, 20. deorum 9, 1. 2. 10, 17. 33, 1. 34, 18. deum (g.) 45 S. 76, 5. deos 9, 6. 10, 16. 43, 17. 46, 2.
dextro (abl. n.) 45 S. 76, 2. dextros 6, 16.
dicatum 40, 1.
dicendum 38, 14. dixerim 2, 14.
dies (s.) 11, 11. diem 10, 17. 11, 9. 22, 8. 17. 30, 18. die 22, 20. dies (pl. n.) 40, 4. dierum 11, 2. diebus (abl.) 0, 1.
differt 6, 14. 44, 18. differunt 45 S. 76, 4. differant 27, 20. differre 30, 15.
difficillimam 46, 2.
diffusum (n. n.) 43, 16.
digerunt 20, 7.
dignationem 13, 11—17. 26, 2.
dignatur 40, 5.
dignos 31, 4.
diriuit 43, 13.
discernit 21, 4.
disciplinae (g.) 32, 17. (d.) 30, 18. disciplina 25, 20.
discordiae (g.) 37, 16. discordiarum 33, 6.
discreti (pl.) 34, 16. discretos 10, 13.
describo] discriptis (abl.) 25, 14.
discrimen (acc.) 12, 19.
displicuit 11, 16.
disponere 30, 15.
distinctio 12, 20.
distingunt 8, 15.
diu 6, 5. 8, 25. 36, 8. 37, 24. 45, 13.
diversitas 12, 23.
diversus] diversa (n. pl.) 46, 15.
divisae 28, 20.
divus 28, 23. 37, 6. divo (abl. m.) 8, 24.
do] dedit 45, 14. data (acc.) 5, 24. 21, 6.
docet 9, 8. docentur 6, 17.
dolorem 27, 14.
domestici 29, 19.
domiciliis (abl.) 46, 5.
dominatur 45 S. 78, 4.
dominus 25, 17.
domus 31, 11. domus (g.) 13, 19. 25, 18. domum 21, 2. domo 25, 23. domibus 10, 23—1. domos 41, 19. 46, 13.
donec 1, 2. 31, 7. 13. 35, 21. 37, 10. 40, 7. 45, 14.

Drusus 37, 8. Druso (d.) 34, 16.
dubito 5. 21. 46, 7.
dubius] dubiae (g.) 39, 6. dubia (acc.) 30, 16. dubiis (abl. n.) 6, 26. dubiē 28, 11.
ducenti 37, 21.
ducere 11, 8.
dulcedine 33, 27.
Dulgubnii 34, 7.
dum 12, 24. 22, 23 (zweimal).
dummodo 6, 25.
dumtaxat 25, 23.
durescente 45, 18.
duro] durant 30, 10. duret 33, 4.
durus] durae (d.) 31, 13. duriora (n.) 30, 19.
dux] ducis 7, 8. duces (n.) 7, 4. (acc.) 7, 8.

E.

e (vor g) 27, 20. (vor q) 2, 4. 43 S. 72, 7. (vor s) 22, 8.
ebrietati 23, 27.
editum (acc. m.) 2, 1—2. edito (abl. m.) 1, 5.
edurat 45, 25.
efficacius (adv.) 8, 20.
efficitur 39, 16.
effigies (acc.) 7, 8.
effodiunt 43, 12.
effusus 1, 8. effusis (abl.) 30, 8.
ego 46, 5.
electamenta (acc.) 45, 14.
eligunt 5, 1. eliguntur 12, 1. electo (abl. m.) 10, 1. electos 30, 14.
Elisios (acc.) 43, 17.
emergentis (g. m.) 45 S. 76, 1.
eminus 6, 11.
enim 5, 17. 5, 23. 10, 24. 25, 24. 26, 4. 28, 24. 29, 25. 37, 2. 38, 15. 24. 43, 14. 46, 19.
enimvero 44, 21.
enumeratos 43, 22.
eo] ire 30, 20. ituri (pl.) 8, 14.
eo (dahin) 39, 11. (darum) 28, 23. 44, 26. (daher) 41, 18.
epulis (abl.) 21, 1.
eques 6, 11 ⟨equites 6, 19⟩. equitum 32, 9.
equestris 32, 17. equestrem 6, 20. equestrium 30, 21.
equus 27, 12. equo (abl.) 46, 16. equi (pl.) 6, 16. 32, 21. 40, 17. equorum 10, 21. 12, 26. 35, 6. 45 S. 76, 2.
erga 33, 27. 43 S. 74, 9.
ergo 22, 20. 45 S. 76, 8.
erigit 27, 13. erigitur 46, 12.
errare 22, 23.
errore 3, 27.
Ertham 40, 21 Holtzmann.
erubescunt 28, 16.
erumpat 1, 16.
et 1, 1. 2. 3. 5. 8. 2, 12. 14. 16. 1. 6. 7. 8. 3, 2. 18. 19. 20. 21 (zweimal). 4, 7. 8. 10. 12. 5, 2. 8. 19. 20. 23. 24. 25. 6, 9. 10. 11. 13. 20. 22. 23. 24. 7, 4. 9. 12 (zweimal). 16. 8, 17. 18. 19. 23. 25. 26. 9, 8 (zweimal). 4. 10, 19. 22. 27. 11, 6. 11 (zweimal). 13. 12, 19. 21 (dreimal). 24. 2. 4. 13, 15 16. 21, 2. 8. 22, 10. 14 (zweimal). 16 (zweimal). 20. 21. 23, 24. 25, 18. 19. 20. 21. 24. 27. 26, 4 (zweimal). 26, 5 (zweimal). 7 (zweimal). 27, 13 14. 15. 28, 26. 1. 8. 10. 15. 29, 19. 21. 23 (zweimal). 24. 1. 5. 7. 30, 11. 18. 20. 21. 24 (zweimal). 31, 4. 5. 8. 32, 21 (zweimal). 23. 33, 25. 34, 7 (zweimal). 12. 13. 35, 24. 2. 36, 9. 18. 19. 20 24. 37, 2. 4 (dreimal). 8. 11. 38, 21. 1. 39, 5. 9. 10. 40, 18 (dreimal). 19 (viermal). 40, 6. 8 (zweimal). 41, 15 16. 21. 42, 22. 8 (zweimal). 4. 43, 7. 9. 11. 13. 6. 9. 44, 15. 16. 18. 45, 10. 8. 2. 1. 46, 4. 6. 13. 14.
etiam 2 S. 28, 11. 3, 24. 6, 22. 8, 23. 10, 22. 18, 12. 11. 28, 23. 34, 12. 37, 7. 12. 42, 24. 45, 13. 17. S. 76, 7. 78, 5.
etsi 5, 16.
evaluerat 28, 23. evaluisse 2, 10.
Eudoses 40, 19.
eventus (acc.) 10, 22.
evolvuntur 39, 10.
ex (vor Vocalen) 3, 4. 6, 21. 36, 14. 42 S. 72, 4. (vor d) 12, 20. (vor g) 6, 7. 42, 2. (vor h) 23, 23. (vor l) 11. 10. (vor m) 9, 7. 34, 10. 46, 11. (vor n) 7, 8. (vor p) 12, 5. (vor q) 37, 22. 43, 15. (vor r) 29, 18. (vor s) 8, 21. (vor v) 7, 8.
exanguis (n.) 31, 12.
exceptionibus 44, 17.
excido] excisis (abl.) 35, 26.
excipit 21, 1. 32, 23. 31, 9. exceptis (abl.) 25, 22.
excursus (n. pl.) 30, 21.
exemplo (abl.) 7, 4.
exequuntur 25, 19.
exercent 24, 8. 29, 5.
exercitatio 24, 5.
exercitus 35, 5. exercitus (g.) 43, 8. exercitu (abl.) 30, 18. exercitus (acc.) 37, 8.
exigere 7, 16. exigitur 10, 19.
eximo] exempti (n. pl.) 29, 23.
exitus 37, 20.
exolvant 24, 14. exolvitur 12, 1.
expediam 27, 21.
expellunt 28, 26. expulerint 2, 8.
experimento (d.) 28, 15.
experiri 10, 21.

explorant 10, 22.
exposui 35, 22.
expressa 45, 22.
expugnatis (abl.) 37, 11.
extare 3, 6. extitisse 4, 6.
extendere 26, 17.
externos 42, 3.
extrahunt 22, 6.
extremus 45, 24. extremo (abl.) 24, 9.
exuere 31, 3.
exundant 45, 23.

F.

fabuloso (abl. m.) 8, 11. fabulosa (n. pl.) 46, 4.
facile (adv.) 23, 1. 44, 11.
facilior 5, 6.
facilitas 21, 6. facilitatem 26, 3.
facit 7, 17. faciat 31, 14. facerent 8, 17.
facundia (n.) 11, 15.
fagnos (acc.) 20, 17.
falso (adv.) 36, 9.
fama 34, 13. 35, 6. 45 S. 70, 8. famae (g.) 37, 17. famam 23, 25.
familiae (g.) 10, 15. familiam 25, 18. - 32, 11. familiae (n. pl.) 7, 13.
Fanesios 46, 6 Holtzmann.
fas 6, 1. 9, 7.
fatis (abl.) 33, 5.
favore 33, 17.
fecunda (n. f.) 8, 17. fecundiora (acc.) 46, 19.
femina 45 S. 78, 4. feminarum 7, 13. 8, 20. feminis 27, 14. feminas 46, 19. feminis 8, 14. 40, 9.
Fennorum 46, 6. Fenni (d.) 46, 14. Fennos 46, 13.
fera (n. s.) 23, 25. ferarum 46, 6. 20—21.
feralis (g. m.) 43 S. 74, 3.
ferax (f.) 5, 16.
feritas 46, 13. feritati] 43 S. 74, 1.
ferme 37, 24.
fero] ferant 7, 10. 15. 31, 4. ferens 39, 9.
feros 32, 22.
ferramentis 30, 19.
ferreum (acc.) 31, 5.
ferrum (n.) 6, 7. 40, 6. ferri 45 S. 76, 6. 40, 14. ferrum (acc.) 43, 11. ferro (abl.) 6, 9.
festa (n. pl.) 40, 4.
fides 10, 19. 25. 39, 4. 45, 24. fidei (g.) 25, 14. fidem 8, 6. 24, 13. 37, 22.
fidus] fida (n. f.) 41, 15.
figunt 45, 14.
figuratum (n. n.) 9, 5.
filius 32, 22. filium 2, 2. filios 2, 3. fingere 22, 25. finguntur 5, 25.

Exierunt 6, 2.
Gaia 45 S. 73, 5. Gaibus 29, 20.
(60] Gerent 29, 20.
firmatur 39, 6.
flagitium (n.) 6, 17. flagitia (acc.) 12, 24.
flaximatis 45 S. 78, 1.
flexu (abl.) 1, 7. 6, 17. 35, 20.
flumen (n.) 41, 21. fluminum 44, 15. fluminibus (abl.) 1, 6. 40, 19.
foedantur 45, 10.
foedus] foeda (n. f.) 8, 16. 46, 18.
forma 44, 18. formae (g.) 38, 24. formā 8, 16. formas 8, 20. 45 S. 70, 6. 6.
formidinis 6, 24. formidinem 30, 25. formidine 39, 5. 43, 5.
forte 39, 8.
fortis] fortium (m.) 8, 14. fortissimus 31, 5.
fortitudinis 7, 10—11.
fortuita (n. f.) 7, 11. 30, 22. fortuitum (n.) 11, 6. fortuito (adv.) 10, 24.
Fortuna 33, 5. fortuna (n.) 38, 12. 39, 19. fortunam 8, 16. 30, 16. fortunas 46, 1.
Posi 38, 12.
framei 6, 13. 13, 8. frameas 6, 9. 11, 17. 24, 6.
frango] fractum (n. n.) 8, 19.
fratrem (acc.) 43, 22.
fremitu (abl.) 11, 17. fremitus (acc.) 10, 24.
frequens (m.) 45 S. 76, 6.
frigora (acc.) 4, 13.
Frisii 34, 6. Frisiis 34, 5. 36, 11.
frons 42, 25. frontis 5, 25. frontem 31, 3. 44, 13. fronte 34, 9.
fructus (acc.) 45 S. 76, 9.
frugiferae (d.) 10, 14. frugiferarum 5, 17.
frumenti 25, 17. frumento (abl.) 23, 25. frumenta (acc.) 45 S. 76, 6.
fulgor 45, 25.
fundo] fusis (abl.) 37, 5.
funerum 27, 10.
fustium 45 S. 76, 6.
futurae (g.) 8, 16.

G.

galea (n.) 6, 16.
Galli] Gallorum 28, 22. 11. 20, 5. Gallos 2, 9. 28, 25. Gallis 1, 1.
Gallia 37, 6. Galliae (pl.) 37, 25. Gallias 5, 13. 27, 20. 37, 17.
Gallica (n. f.) 28, 8. 43, 8.
Gambrivios 2, 6.
gaudent 5, 19. 21, 6. 46, 14.
gens 27, 19. 28, 25. 8. 28, 14. 35, 11. 36, 14. 38, 15. gentis 2, 8. 5. 10. 10,

Idem (n. s. m.) 4, 10. 40, 7. 10. 46, 16. eadem (n. f.) 4, 12. 21, 6. 23, 17. 35, 6. Idem (n. n.) 24, 2. eiusdem 39, 6. eundem 10, 18. 37, 18. eodem (m.) 3, 1. 28, 4. eadem 10, 16. eodem 6, 10. 29, 21. eadem (n. pl. n.) 28, 8. Isdem (abl. n.) 10, 22. Iisdem (abl. n.) 12, 2.

Ideo 26, 27.

igitur 28, 1. 45, 19.

ignavis (d.) 31, 2. ignavos 12, 21.

igni (d.) 27, 18. igni (abl.) 45, 23.

ignominiosum (n. n.) 31, 6. ignominioso (d. m.) 6, 1.

Ignorantia (n.) 40, 11.

ignoramur 26, 9.

ignotum (n. n.) 26, 27. Ignoti (g. n.) 7, 16. ignotum (acc. m.) 21, 2.

Ille 3, 18. illud 10, 19. 11, 10. 40, 11. illius (m.) 10, 8. illud 9, 8. illo (m.) 3, 21. 23. illae 7, 15. illis 3, 14. 16, 2. illos 2, 19. 5, 23. 10, 27. 13, 9. 41, 16. illa (adv.) 34, 13.

Illinc 44, 18.

illuc 12, 23. 45 S. 70, 2.

imbellibus (d.) 31, 6.

imbrium 46, 21.

imitatione 38, 21.

imitor] imitantur 32, 19.

immensus 9, 14. immensum (acc. n.) 6, 13. 35, 23.

immigrasse 33, 25.

impares (acc.) 25, 15. 31, 13.

impatiens (f.) 5, 17. impatientius (adv.) 8, 19—20.

Imperatoris 37, 23.

imperitat 44, 17.

imperium] imperii 27, 7. 29, 20. 26. 33, 5. imperio 7, 2.

impero] imperante 7, 8. imperatur 11, 18. 26, 4. imperantur 8, 22.

impetum 4, 11. impetu 25, 21. impetus (acc.) 30, 16.

implent 35, 24. impletur 11, 7.

implicata (n. pl. n.) 45, 16.

imponant 48, 11.

impotentia 55, 2.

impressam 10, 17.

impune 25, 21.

imputant 21, 6.

in (m. Abl) 2, 5. 3, 23. 3. 4, 9. 6, 24. 25. 6, 26. 7, 12. 12, 1. 13, 7. 22, 16. 24, 3. 12. 25, 23 (zweimal). 29, 20. 24. 27. 30, 18. 19. 31, 10. 36, 7. 14. 57, 5 (zweimal). 9. 38, 18. 23. 40, 20. 1 (zweimal). 41, 16. 17. 20. 43 S. 74, 5. 44, 11. 15. 19. 45, 11. 15. 46, 15. 16. 21.

in (m. Acc.) 1, 7. 9. 5, 14. 21. 5, 14. 6, 16. 17 (zweimal). 18. 7, 8. 10. 9, 6. 7. 10, 13. 12. 21, 5. 22, 6. 15. 23, 23. 24, 6. 25, 16. 26, 27. 7. 27, 18. 20. 29, 23.
4. 5. 20, 19. 23. 30, 10. 31, 25. 34, 15. 10 (zweimal). 35, 19 (zweimal). 22. 36, 12. 37, 25. 10. 38, 17. 1. 39, 3. 40, 21. 41, 13. 43, 10. 44, 14. 45, 27 (zweimal). 22. 1. 2. 4. 46, 10. 6.

Inaccesso (abl. m.) 1, 6.

inbelles (acc.) 12, 21.

incalescat 22, 18.

Incertum (n. n.) 28, 7.

incidit 11, 2.

inciplat 35, 21.

Incitamentum (n.) 7, 11.

inclinatas 8, 17.

inclitum (n. n.) 41, 21.

incohant 30, 2. incohatur 11, 6.

incolitur 8, 23.

incompertum (acc. n.) 46, 5.

incursus (acc.) 44, 20.

inde 37, 10. 39, 11.

indigenas 2, 11.

indolescrie 23, 27.

incoliam 4, 13.

ineo] ineunt 40, 5. Intro 6, 1.

inertes 36, 12.

inertia 28, 11. 45, 10.

infamiam 6, 2.

infamis] infames (acc.) 12, 22.

infantium 7, 14. 32, 20. infantibus (d.) 46, 20.

infernum (acc. m.) 43, 4—5.

inferunt 43, 4.

infestas 24, 5.

inscio] infectos 4, 7.

insulta (n. f.) 7, 4.

informe (n. s.) 45, 15. informem (f.) 2, 17.

infra 37, 3.

Ingaevones (n.) 2, 3—4.

ingemero 45, 23.

ingenio (abl.) 3, 4.

ingens 37, 17. ingenti 35, 20. ingentes (n.) 37, 9.

ingenuum (m.) 44, 21. ingenui (pl.) 48, 19. ingenuos 26, 21.

Ingreditur 39, 2.

Ingvaeones (n.) 2, 3—4.

iniecta 12, 22.

inimicitiis (abl.) 22, 15.

inimicum 25, 21.

initium (acc.) 11, 2. 30, 6. initia (n.) 31, 2. 39, 11.

iniurias 35, 4.

inlaborare 46, 23.

inlacessiti 44, 9.

inmensos 34, 11. inmensa (acc.) 1, 4.

inmotum (n. n.) 45, 23.

innoxia (n. n.) 39, 24.

inopli 36, 7. 20, 5. 46, 18.

Inpotentis (acc.) 30, 9.

Inprocera 6, 18.

Iapnne 87, 7.
Inquiri 34, 17.
Inscriptos 5, 7.
Insero] Insitas (d.) 43, 1.
Insideo] insederunt 48, 13.
Insignis (n. f.) 18, 10—11. insigne (n. n.) 20, 21. 38, 17. 43, 9. (acc.) 45 9. 76, 6. insignes (n.) 51, 9.
Instituere (perf.) 52, 19. instituta (acc.) 27, 19. institutis (abl. m.) 28, 7.
Insto] Instes 6, 25.
insulam 29, 13. insulā 40, 1. insularum 1, 3—4. insulis 45, 20.
Insum] Inesse 8, 22. 45, 21.
insuper 12, 23. 51, 6. 34, 11. 45 9. 76, 1.
insurgere 39, 10.
Intellectus] intellectum 26, 8.
intellegit 40, 2. intellegas 45, 10. intellegere 30, 15.
intendere 12, 20.
inter 6, 23: 8, 21. 13, 13. 21, 7. 22, 13. 24, 4. a. 26, 3. 28, 1. 29, 3. 30, 13. 1. 17. 32, 20. 35, 24. 36, 9. 45, 11. 13. 7. 46, 11. 13.
intercipio] interceptum (acc. m.) 10, 22.
interiores (n. m.) 5, 1—2.
interlucent 45, 13.
interpretatione 48, 19.
interpretatur 10, 17.
interrogare 10, 20.
intersum] interest 21, 3.
intervenire 40, 23.
intra 38, 21.
intumescat 3, 20.
invehi 40, 23.
invento (abl. n.) 2, 11—13.
invicem 28, 1.
invidere (perf.) 33, 2.
invitati (n.) 21, 3.
loci 22, 20.
ipse 4, 6. 10, 13. 15, 14. 37, 3. ipsa (n. f.) 42, 24. ipsum (n. n.) 6, 22. 9, 5. 40, 9. ipsi (d. m.) 12, 1. ipsum (acc. m.) 28, 7. 34, 19. ipsam 28, 11. 16. ipso (abl. m.) 3, 15. 44, 11. ipsā 48, 3. ipso (n.) 18, 7. 29, 1. 38, 23. 45, 11. ipsi (n.) 24, 13. 45, 11. ipsorum 6, 9. 42, 1. ipsis (d. m.) 45, 15. ipsos 2, 11.
Ira 25, 21.
irati (n.) 5, 20.
is 40, 7. ea (n. f.) 24, 12. 38, 21. 42, 23. 43, 20. id (n.) 6, 75. 21, 1. 30, 22. 31, 6. 35, 1. 36, 8. 40, 21. 45 9. 76, 6. eius 10, 23. 12, 1. 13, 14. 34, 15. eam 40, 22. id 27, 10. eo (m.) 6, 12. 37, 7. (n.) 44, 12. eae 5, 19. eorum 4, 6. 6, 24. earum 8, 23. eos 3, 13. 10, 13. 29, 6. 37, 9. eas 29, 19. ea (acc.) 2, 7. 11, 6. iis (abl.) 25, 22.

Isis] Isidi 9, 2.
Istvaeones (Istaevones) 2, 6.
Ita 2, 10. 6, 10. 13. 11, 4. 29, 29. 30, 9. 38, 11. 45, 20.
Italiā 2, 14. 37, 6.
Iubendi 11, 14. iussi 11, 19.
incendios 36, 6.
indicio (abl.) 18, 14.
iugum (n.) 43, 14. [(acc.) 43, 13.] iugo (abl.) 1, 9.
Iulius 28, 23. 87, 6.
iungendis (abl.) 22, 14.
ius (n.) 11, 13. (acc.) 21, 4. iure 44, 17. iura (acc.) 12, 8. 33, 21.
insum 7, 5.
iustitia 85, 25.
iuvenem 13, 9. iuvenes (n.) 24, 4. 46, 17. iuvenum 82, 20. iuvenes (acc.) 43, 21. iuvenior 24, 11.
iuventae (g.) 13, 9. 38, 21.
inventute 6, 21.
iuvo] iuvantur 42, 5.
iuxta 30, 23. 33, 24. 42, 21.

L.

labantes (acc. f.) 8, 13.
labor] labuntur 45, 22.
laboris 4, 11. labore 26, 5.
laboro] laborant 45, 10.
lac 23, 25.
lacrimas 27, 15.
lacus 34, 11. 40, 10. lacu 84, 11.
Laeriae (g.) 3, 1.
lacti (pl.) 40, 4.
lamenta (acc.) 27, 15.
lanceis (abl.) 6, 8.
Langobardos 40, 14.
laqueo (abl.) 6, 8.
lasciviae 24, 7.
lasciviunt 44, 21.
latrociniis 35, 3. 46, 12.
lateo] latere 36, 7. lateribus 35, 23. 44, 14.
latus] lata (n. pl.) 37, 13. latos 1, 3. latissimā 48, 16.
lavantur 22, 9. lauti (n.) 22, 10.
laudare 11, 13.
laudatores (n.) 7, 14.
lacus 82, 13.
legationibus 39, 6.
legatis (d.) 5, 21.
legionum 37, 11. legiones (acc.) 37, 7.
legunt 43 9. 74, 3. 45 9. 76, 13. legitur 45 9. 76, 15. lectissimis (abl. m.) 6, 14.
Lemovii 43 9. 74, 9.
lenocinantur 43 9. 74, 1—2.
lentescit 45 9. 78, 14.
leves (n. pl. m.) 6, 14. levioribus (abl. n.) 12, 14—23. levissimae 29, 6.

modestia 36, 10.
modico (abl. m.) 1, 6.
modo (adv.) 21, 1. 41, 10. 45 S. 78, 4.
modum 9, 5. 25, 17. 45 S. 78, 1. modo (abl.) 10, 23. 12, 25. 34, 10. 41, 14.
Moenum 28, 1.
molem 37, 10.
molli 1, 8.
momentum 25, 23.
munitus (acc.) 10, 21.
mons] montis (g.) 1, 8. montium 43, 13. 14. 45, 13. montibus (abl.) 1, 3.
monstrator 21, 2.
monstro] monstrata 8, 13. monstrati (pl.) 31, 9.
monumentorum 27, 13. monumenta (acc.) 8, 2.
mortali (abl. n.) 10, 23. mortalia 40, 8.
mos] moris 13, 4. 21, 5. morem 6, 17. 25, 15. moribus (abl.) 27, 19. 28, 7. 46, 11.
mox 2, 11. 10, 14. 11, 13. 13, 10. 26, 2. 20, 6. 34, 17. 37, 9. 40, 8. 45 S. 78. 78, 2.
muliebri (abl. m.) 43, 19.
multa] multas (g.) 42, 19.
multantur 12, 21.
multum (n. n.) 30, 12. (acc. n.) 46, 11. multa 40, 4. multi (n. pl.) 6, 4. multa (n pl.) 37, 25. multum 25, 23. 20, 18.
mutuantur 40, 20.
munus] muneri 5, 24. muneribus (abl.) 21, 6.
murmur (nom.) 3, 19.
mutabile (n.) 44, 15.
mutant 26, 5. mutare 2, 13. mutatis (abl. m.) 28, 4.
mutuo (abl. m.) 1, 2.

N.

Naharvalos 43, 17. 18.
nam 11, 7. 29, 21. 31, 10. 33, 1. 43, 5. 46, 11.
† Naristi (pl.) 42, 22. 23.
narratur 33, 23.
nascendi (g.) 31, 4.
nationis 2, 10. natione 28, 5. nationes (n.) 27, 20. 34, 10. nationum 4, 7. 38, 23. nationes (acc.) 46, 4. nationibus (abl.) 38, 16. 40, 17.
natu 32, 23.
natura 45, 12. 3. naturam 45, 23.
navigatos 34, 17.
navium 44, 12. navibus (abl.) 2, 14. -ne 5, 20.
ne . . . quidem 5, 18. 6, 7. 7, 7. 28, 12. 31, 10. 33, 1. 37, 23. 44, 23. 46, 3.

nec (vor Vocalen) 6, 27. 7, 15. 8, 23. 10, 23. 11, 10. 21, 3. 7. 26, 4. 27, 12. 37, 7. 44, 15. 46, 20. (vor c) 9, 4. 22, 19. (vor d) 7, 4. 11, 8. 21, 8. 34, 15. (vor f) 7, 11. (vor m) 22, 11. 37, 18. 42, 5. (vor n) 30, 17. 31, 1. [42, 23.] (vor p) 29, 23. (vor q) 40, 20. 45, 12. (vor r) 7, 3. 13, 13. 44, 14. (vor t) 2, 12. 3, 17. 8, 21. 8, 20. 29, 21. (vor v) 6, 18. 27, 19. 42, 8. 44, 13.
neglegunt 8, 21.
nego] negaverint 5, 20.
negotia (acc.) 22, 11.
Nemetes (n. pl.) 28, 13.
nemo 6, 18. 21, 4. 31, 17. 39, 8.
nemus 40, 1 nemora (acc.) 9, 6. 45, 13. nemoribus (abl.) 10, 23.
neque (vor Vocalen) 7, 6. 9, 7. 38, 24. 44, 21. (vor c) 9, 8. (vor p) 13, 6. (zweimal). (vor r) 3, 4. (vor v) 7, 9.
Nero 37, 2.
Northum 40, 21 (Erilum Holtzmann).
Norvii (pl.) 28, 9.
nosciunt 22, 21.
nexu 46, 11.
nigra (n. n.) 43, 2.
nihil 13, 5. 33, 5.
nimiam 36, 7.
nisi 2, 18. 7. 7. 9. 5. 11, 5. 13, 5. 26, 31. 20, 1. 30, 17. 31, 2. 39, 8 40, 21.
nobile (n.) 42, 3. nobilem (acc. m.) 44, 21. nobiles (n.) 8, 21. (acc.) 25, 23. nobilissimus 35, 23. nobilissimos 39, 3.
nobilitas 11, 14. 13, 11. nobilitate 7, 5.
nobilitat 40, 15.
nodo (abl.) 38, 18.
nomen (n.) 6, 24. 26, 8. 43, 19. 21. (acc.) 2, 10. 45, 14. nomine 2, 19. 3, 1. 8, 20. 28, 14. nomina (acc.) 2, 7. nominibus (abl.) 2, 3. 9, 9. 38, 16.
nominatae 43, 16—17. nominatam (acc. n.) 8, 24.
non 2, 10. 4, 12. 5, 24. 6, 16 (zweimal). 7, 7. 11. 8, 23. 10, 21. 11, 10. 13, 6. 21, 3. 22, 19. 22. 23, 27. 24, 6. 25, 15. 30. 22. 26, 7. 28, 16. 29, 17. 2. 30, 9. 33, 23. 33, 2. 4. 35, 4. 24. 37, 21. 23 (zweimal). 38, 14. 40, 17. 5. 6. 41, 15. 21. 43, 2. 44, 17. 45 S. 78, 4. 46, 16 (zweimal). 17.
nondum 43 S. 74, 7.
nonnihil 46, 16.
Noricum (acc.) 5, 16.
nos (n.) 11, 8. nostri 33, 4. nobis (d.) 37, 2. nos (acc.) 33, 1. nobis (abl.) 29, 27.
nostra (n. a. L.) 37, 21. 45, 14. nostrae (g.) 5, 1. 37, 11. nostrum (acc. m.) 9, 17. 25, 15. nostram 12, 2. nostro

palude 12, 22. paludibus (abl.) 1, 10. 5, 16.
palustribus (abl.) 30, 9.
Pannoniam 5 16. 28, 4.
Pannonica (n. s. f.) 43, 8—9.
Pannoniis (abl.) 1, 1.
Papirio Carbone 37, 23.
par] pari (abl.) 21, 3. 28, 7. pariter 21, 7. 46, 19.
parentibus (abl.) 31, 4.
pareo] parentis (n.) 39, 11—12. parendi 44, 16.
parietibus (abl.) 9, 6.
pario] partā 42, 24.
paro] parare 30, 22. paret 25, 18. paravit 24, 5. paratam 44, 13.
pars 9, 3. 12, 20 (zweimal). 13, 10. 29, 20. 7. 41, 13. partem 35, 21. 38, 16. 43, 10 (zweimal). 46, 20.
Parthi 37, 24.
partiuntur 26, 8. partiendi 26, 3.
parum 9, 4.
parvus] parva (f.) 37, 17.
passim 41, 19. 46, 19.
patefecimus 41, 19—20.
pateo] patet 43, 15. pateat 22, 18.
pater 10, 15. 13, 9. patris 3, 1. patrum 13, 11. 39, 5.
patescit 30, 10.
patiens] patientius (adv.) 45 S. 76, 9.
patientia (n. s.) 4, 12.
patitur 24, 12. patiuntur 42, 3. 43, 10.
patria 2, 18. patriā 31, 4.
patrius] patriis (abl. n.) 10, 1.
paucitas 40, 16.
paucus] paucis (d. m.) 6, 15. pauca (acc.) 43, 18.
pavent 7, 16.
paulatim 2, 10. 30, 10.
paulo 41, 14. 43, 23. 6.
paupertas 46, 16.
pax 40, 6. pacem 36, 9. pace 22, 16. 31, 10.
pectoris 22, 19. pectorum 8, 19.
pecuniae (g.) 5, 1. pecuniam 5, 3. pecuniā 42, 5.
pecus] pecoris 25, 17. pecorum 5, 17. 12, 25.
pedes] peditem 6, 18. pedite 30, 20. pedites (n.) 6, 12. peditum 6, 21. 32, 16. 46, 14.
pelles (n. pl.) 46, 17.
pello] pulsi (n.) 37, 18. pulsis (abl. m.) 33, 25. 42, 24.
penates (n.) 46, 17. (acc.) 25, 16. 32, 21.
penes 6, 18. 11, 4. 31, 9.
penetrali (d.) 40, 3.
penitus 33, 26. 41, 17.
per 6, 24. 11, 12. 12, 2. 24, 13. 25, 15. 26, 3. 28, 10. 35, 4. 39, 10. 40, 17.
peragitur 42, 1.
perculerunt 37, 8.
perdendi 24, 8.
peregrinae (g.) 43, 21. peregrino (d. n.) 9, 4.
pereo] perituri (pl.) 40, 18.
pererrant 46, 12.
perfertur 45, 16.
periclitando (abl.) 40, 18.
periculum (acc.) 2, 15.
perinde 5, 23. 26, 6. 34, 8.
permissum (n. n.) 7, 7. 10, 19.
permutatione 5, 3.
permuto] permutaret 28, 25.
pernicitate 46, 14.
perseverant 32, 20.
persuasio 45, 2.
pertractantur 11, 5.
pervicacia 24, 18.
petunt 46, 20. peteret 2, 17.
Peucini (pl.) 46, 7. Peucinorum 46, 6. Peucinos 46, 11.
piger] pigrum (n. n.) 45, 23.
pignora (n.) 7, 13.
pinguem (f.) 46 S. 78, 1.
pix] picem 45 S. 78, 2.
placet 31, 8. placuit 11, 18. 17.
placo] placant 9, 3.
plagas 7, 18.
plaustro (abl.) 46, 15.
plebem 10, 25. 11, 4. 12, 3.
plenior (f.) 8, 20.
plerumque [5, 17—18.] 22, 8. 18. 45, 17. pleraque (n. pl.) 5, 17—18. pleroseque 8, 25.
plus (n. n.) 6, 19. (acc.) 30, 16. pluris (acc. m.) 1, 9. 2, 5. plures (acc. f.) 2, 5. 43, 16. plura (acc.) 6, 13. plurimum 28, 9. 35, 5. plurimi (pl.) 18, 16. plurimae 43, 15. plurimis (d.) 31, 7. (abl.) 40, 16.
poenam 7, 8. poenarum 12, 20. 25.
Poeni (pl.) 37, 26.
Pollucem 43, 20.
pomaria (acc.) 26, 5.
pomum] poma (n.) 23, 25.
pono] ponunt 27, 16.
Ponticum mare (acc.) 1, 9.
popularium (g.) 10, 1.
populor] populantur 35, 2.
populus 29, 19. 35, 24. populi (g.) 29, 25. populo (d.) 37, 8. populi (n.) 28, 18. 39, 6. 43, 12. populis (d.) 31, 21. 40, 27. populos 1, 9. 3, 6. 4, 6. 20, 3. 45, 23—1.
porrigitur 41, 14.
porro 2, 15. 44, 20.
poscit 6, 10—11. 44, 15. poscat 35, 8. poscendi 21, 5. poposcerit 21, 5.
possessionis 29, 5. possessione 5, 22.

possum] potest 33, a. possunt 22, b.
poster? 22, 20. posteri (pl.) 32, 14. posterior (n. m.) 6, 14.
potens] potentiores (n.) 36, 10.
potentia 42, 4. potentia 28, 25.
potestas 7, 1. potestatem 30, a. potestate 11, 14.
pollus 7, 1. 46, 13.
poto] potando (abl.) 22, 12.
potal (d.) 23, 21.
prae 30, 2.
praecellunt 82, 17.
praecipiti (abl. m.) 1, a.
praecipua (n. a.) 42, 21. praecipuum (n. a.) 6, 21. 7, 10. 35, 1. praecipui (pl.) 29, 17. praecipue 3, 18—19.
praedae (g.) 34, 21. 46, 21.
praeiudicio 10, 2.
praeponere 30, 14. 44, 21. praepositos 30, 14.
praesagia (acc.) 10, 21.
praesidet 43, 14.
praesidiis (abl.) 22, 7.
praestat 15 S. 76, a. praestant 26, 2. praestare 33, a.
praesunt 7, 1.
praeter 2, 15. 44, 11.
praetexuntur 34, 11.
prata 26, 1.
prava 24, 12.
precario (abl. n.) 44, 17.
preces] precum 8, 18.
precor] precatus 10, 10.
pressos 10, 21.
pretium (n.) 24, 1. (acc.) 45, 13. pretio (abl.) 5, 21. pretia (acc.) 31, 1.
pridem 13, 12.
primordia (acc.) 39, 7.
primus 13, a. 18—19. prima (n. f.) 31, 10. primam (m.) 3, 12. primi (pl.) 2, a. 13 S. 74, 5. primum (adv.) 2, 11. 31, 1. 37, 21. primo (adv.) 6, 21. 35, 20.
princeps (m.) 10, 11. 11, 14. principis 13, 11. principem 13, 14. principes (n.) 11, 1. 12, 2. 33, 21. principum 13, a. 14. principibus (d.) 5, 21. principes (acc.) 11, 5. principibus (abl.) 22, 14.
prisca 30, a.
privatim 10, 14.
privata (n. a.) 31, 21. privatae (g.) 13, a.
pro 10, a. 12, 21. 26, 21. 45, a. c.
probitas 36, 10.
probo] probant 5, 2. probaverit 13, 2. probatis (abl. m.) 13, 11.
probrum (n.) 22, 11.
procedunt 22, 11.
proceres (acc.) 10, 21.

procera (procerum) 46, a.
prodigi (n.) 31, 12.
proditores (acc.) 12, 20.
prodo] proditur 8, 11.
proeliantur 6, 20.
proelii 33, 1. proelium (acc.) 7, 14. 30, 21. proeliorum 29, 21. proelia (acc.) 3, 14. 42, 2. proeliis (abl.) 6, 21. 40, 17. 43, 5.
profero] protulit 29, 21.
prohibet 44, 20. prohibuerant 10, 13—14.
prolabor] prolapsus est 39, 9—10.
promiscuo (abl. n.) 44, 12. promiscuas 18, 21. promiscua (acc.) 5, a.
promotis (abl.) 29, 8.
prompti (n.) 7, 4. prompta (n. n.) 35, 4.
prope 45, 21.
propinquitates (n.) 7, 12.
propinquus 13, a. propinquis (d.) 12, 1.
propior 30, 21. 41, 14. 45 S. 76, 5.
propitii (pl.) 5, 21.
proprium (n. n.) 10, 20—21. 30, 21. proprium 4, 2. propriis (abl.) 39, 21.
prora (nom.) 43, 13.
prosequitur 30, 11. 40, 4.
protinus 18 S. 74, a.
providum (acc.) 6, 21.
provinciae (g.) 41, 12.
provocant 86, 2.
prout 3, 17. 6, 21. 11, 14 (dreimal). 21. 31, 12. 32, 21.
proximam 21, 1. proximum (acc. n.) 45, 21. proximo (abl. n.) 7, 11. proximi (n. pl.) 2, a. 6, 21. 22, 24. 31, 14. 37, 14. proximis (abl.) 37, 21.
publicanus 20, 21.
publicae (g.) 13, a. 10. publica 10, 11. 21. 38, a.
pudeat 45, 11.
pudore 21, 11.
puellae (n.) 6, 21.
pugna 30, 21. pugnae (g.) 2, 11. pugnam 6, 20. pugnarum 31, 2.
pugnent 6, 11. pugnantibus (d.) 7, 16.
putant 8, 21. 10, 21.

Q.

qua (wo) 6, 15, 21.
Quadi 42, 23, 25. 43, 10. Quadorum 43, 1. Quadis (d.) 42, 1.
quadragesimum (acc.) 37, 21.
quaerebant 2, 11. quaesitum (n. n.) 46, 14.
quaero 33, 2.
quaesitum 24, a.
quam (coni.) 3, 14. 5, a. 25. 6, 21. 7, a.

11, 14. 13, 2. 26, 32, 14. 33, 4.
34, 14. 36, 4. 37, 2. 12. 43 S. 76, 4.
45, 9. 46, 14. 21.

quamquam 4, 8, 5, 15. 28, 12. 29, 2.
36, 21. 38, 17. 46, 2.

quamvis 24, 6. 11 (zweimal). 28, 4.
quando 35, 4.
quantulum 28, 21.
quantum (acc.) 23, 2.
quasi 7, 4.
quatenus 27, 21. 42, 4.

quo 1, 2. 2, 9, 4. 7, 11. 14. 18. 3, 3. 12.
14. 21. 24. 4, 19 (zweimal). 5, 2. 3. 12.
6, 17. 13. 18. 21. 7, 2. 10. 16. 9, 2. 10,
11. 13. 18. 21. 21. 12, 2. 21. 13, 6. 15.
21, 4. 22, 14. 26, 21. 27, 12. 28, 21. 21.
28, 2. 3. 6. 29, 21. 27 (zweimal).
4, 7. 30, 12. 31, 2. 2. 4. 8. 2. 32, 15.
34, 2. 2. 4. 34, 6. 2. 11. 12. 35, 2. 4. 21.
36, 7. 14. 14. 37, 6. 12. 13. 38, 14. 12.
39, 2. 6. 14. 14. 40, 21. 2. 6. 14. 41,
14. 18 (zweimal), 42, 21. 21. 2. 43, 7. 2.
12. [13] 21. 14. 2. 8. 44, 14. 45, 15. 12.
21. 21. 21. 2. 2. 4. 46, 4. 14. 15. 19. 22.
21, 1 (zweimal). 4.

qui (n. s.) 13, 2. 21, 2. 32, 14. 35, 21.
quod (n. n.) 2, 14. 3, 21. 6, 21. 7, 14.
21, 12. 33, 2. 38, 21. 43, 15. cui (m.)
9, 2. 13, 14. quem 2, 15. 7, 2. 9, 2.
13, 15. 22, 6. 30, 12. quam 9, 12.
quasi 24, 2. 40, 14. 45, 14. 46, 4.
quo modo 41, 14. qui 10, 21. 21.
quo (n.) 37, 21. 45, 21. qui (pl.)
2, 4. 13, 4. 10, 14. 12, 2. 36, 14.
quae (n. f.) 25, 21. 27, 21. (n. n.)
6, 21. 45, 14. 21. 46, 15. quorum 2, 2.
8, 14. 11, 4. 37, 14. 38, 14. quibus
(d.) 9, 11. 11, 12. 13, 15. 24, 4. 45
8, 76, 2. quos 1, 6. 6, 21. 10, 21. 22,
2. 26, 2. 40, 14. 46, 2. quas 30, 14.
36, 21. 46, 14. quae (acc.) 3, 2. quibus (m.) 43, 7. (f.) 29, 21. 43, 14. 21.

quis 7, 14. 6, 4. 28, 2. 36, 2. 44, 12.
45, 14. 46, 15.

quicumque] quascumque (acc.) 40, 2.
quidam] quandam 23, 21. 38, 2. quodam (m.) 33, 21. quidam (pl.) 2,
4–5. 3, 21. 46, 2. quaedam (n. pl.
n.) 45, 14. quorundam 27, 21. quosdam 3, 2. quasdam 5, 2. 6, 12. quaedam (acc.) 7, 2. quibusdam (abl.)
1, 4–5. 10, 12. 44, 14.

quidem 5, 14. 6, 2. 11, 7, 2. 10, 12. 28,
12. 30, 12. 31, 12. 33, 2. 37, 21. 41,
12. 44, 12. 46, 4.

quies 44, 6.
quiescens 36, 12. quiescentibus 35, 4.
quieti (pl.) 35, 2.
quin 3, 21. 6, 21. 13, 14. 34, 12. 45, 21.
quinque 37, 6.

quippe 37, 2.
quis (indef.)] quid (nom.) 11, 2.
quis (interr.) 2, 15. 6, 21. quae (f.)
45, 21 (zweimal). quid (n.) 40, 14.
(acc.) 21, 2. 37, 2.
quisquam] quicquam (n.) 40, 21. cuiquam (m.) 13, 4.
quisque 3, 2. 21, 2. 25, 14. 30, 5. 31, 6.
quaeque (n. f.) 28, 21. cuiusque
31, 21. cuique (m.) 7, 14. 11, 14. 22,
10–11. 27, 17. quemque 10, 2. 31, 13.
quisquis] quicquid 31, 14. 46, 11. quoquo (abl. m.) 10, 21.
quo (adv.) 9, 21. 13, 12. quo minus
28, 21.
quod (coni.) 9, 2. 11, 12. 24, 21. 29, 2.
33, 3. 40, 21. 43, 2. 44, 14. 45 S. 74,
21. S. 78, 4.
quondam 29, 12.
quoniam 2, 2.
quoque 6, 12. 4, 2. 5, 2. 2. 8, 11–21. 9,
2. 10, 21. 11, 4. 13, 12. 24, 14. 26, 6.
30, 12. 37, 5. 13.

R.

radios 45, 2. radiis 46, 21.
Raeti] Raetis (abl.) 1, 1.
Raetiae (g.) 3, 2. 41, 12.
Raeticarum 1, 5–6.
ramorum 46, 21.
raptibus 36, 2.
rarescunt 30, 11.
rarus 45, 2. rarum (n. n.) 25, 21. 38,
21. rari (n. pl.) 6, 2. 30, 21. raris
(abl. f.) 2, 14. raro (abl.) 22, 12.
25, 21. 31, 21. 42, 4.
ratio 6, 12. 22, 21. 45, 12. rationis
30, 14.
recens (f.) 23, 21. (acc.) 2, 2.
receptaculum (n.) 46, 21.
reconciliandis (abl.) 22, 11.
rectum (acc. n.) 6, 17.
reddunt 12, 2. reddat 40, 6.
redit 35, 21. redeunt 46, 21.
refellere 3, 2.
referant 6, 21. 43, 2. referre 34, 14.
rettulisse 31, 2. referuntur 46, 15.
regina] regia (n. f.) 44, 21.
regnator 39, 12.
regno] regnantur 25, 21. 43 S. 74, 2.
regnum] regno (abl.) 37, 1.
rego] regit 25, 12.
relata (abl.) 3, 15.
religionis 43, 14. religionem 2, 2.
religione 39, 2.
religo] religant 38, 21.
reliquam 46, 2. reliquisse 6, 21. relicta 2, 14.
remigium 44, 12.

II.

Verzeichniss der besprochenen Schriftstellen.

III.

Sachregister.

(Die Ziffern beziehen sich auf die Seitenzahlen.)

candida vestis, candidum linteum
179.
canere 113.
caoma 149.
Canninefaten 149. 232.
Caracalla 235.
Carnuntum 85. 130.
Carnutes 161.
cäsering 132.
cassis 132 f. 134. 139.
L. Cassius Longinus 246.
Castor 260.
calcia 144.
Catualda 257. 260.
Cauchi 262.
Caulones 253.
Cayci 240.
Celts, König 102.
Celtae 102. 150.
Celtiberen 106. 199.
Celtillus 163.
centena 15. 158. 160. 251.
centeni 149. 155. 160. 185. 188.
189.
Centralmuseum in Mainz 16.
centuria 226.
certus 172.
cervesia, cervisia 218 f.
celerum 115.
Celius mons 84.
Chaibones 253.
Chamavi 239. 241.
chamchruda 214.
Charini 253.
Charlomer 235. 244.
Charlowalda 138.
Charolt 138.
Charydes 245.
Chasuarii 240. 242.
Chatti 173. 228. 232—238. 241 f.
244. 258 f. Chatta mulier 170.
Chattuarii 240. 242.
Χαῦβοι 230.
Chauci 240. 242 f. 245. 262.
Chaviones 253.
chelsuringu 112.
Cherusker 131. 142. 181. 235. 241.
244 f. 253. 256.
Χερουσκὶς 253.
chi- 112.
Childebert II 192.
Chilperich, 192.
Chlodovechus 160.
Chlodwig 181. 184. 208.
Chlotar 130.
chrenecruda, chrenechruda 192. 214.
Christenthum 154. 225.
Christtag 179.
chröda 214.
Chrotilde 208. 237.

Cimbri 8. 10. 13. 15. 90. 98. 111.
111. 121. 123. 128. 137. 141. 167.
174. 217. 245.
Cimmerii 8. 10. 90. 111.
Cincibilus 147.
Civilis 182. 232. 242. 248.
civitas 157—160. 166. 182.
clava 144.
clavus 205.
Cleffelius, Jo. Christoph. 16 f.
Clermont, Tempel zu 178 f.
clientes 129. 182. 193. 195. 199. 211.
clipeos rotare 136 f.
Clitovius 82.
Clondicas 149.
Cluverius 92.
Codanovia 262.
cognationes 222 f.
Coifi 178.
collationes 232.
Cöln, Colonia Agrippinensis 231.
Colonia Traiana 117.
colonus 221.
Columban 172.
comites 189 f.
Communismus 105. 206. 212. 224.
compositio 192.
concentus 115.
concilium 157—160. 181—183. 185
—189.
concretum mare 262.
condicere 184.
conglobatio 161.
consanguinei 109.
Constans 202.
constituere 184.
consulere 179.
contio 208.
convicia 218.
Corbulo 242.
corpus 251.
corruptus 219.
Corvey 21.
Cotini 258.
Crassus 245.
criniti reges 237.
Crocus 178 f.
Cromlech 18.
Cronium mare 202.
cruppellarii 132.
Cultur der Germanen 2—4. 14. 94. 260.
cumbol 137 f. 161.
cunena 137. 160 f.
Carländer 259.
Cortilius Mancia 241.
Cvenas, Cvenland 285.
Cyuvari 175. 240.

Dach 202 f.
Daci 84 f. 260.

su 103. 247.
Snäh, Suäbi, Couάßoι 247.
Snäbö 248.
Suardones 131. 251.
Suarines 251.
Suavi 247.
Succession 90. 139.
suclaum 264.
Sudeten 258.
Suebi 91. 129. 141. 149. 159. 166.
 172. 182. 200. 201. 217 f. 223 f.
 231. 235. 238. 240—240. 251 f.
 254. 259. 265.
Suebia 159. 258. 265.
Sueblorum mare 263.
Suébo, Berg 248.
Couάßoc, Fluß 248. 252.
Suessiones 159.
Suetonius de viris illustribus 21.
Suevus mons 248.
Sugambri 100. 103 f. 126. 238. 249 f.
sulftar, Sulftarbant 241.
Sulones 166. 222. 261.
sumore 160.
Sümpfe 124.
sonnewende, sůnewende, Sunwend,
 Sunwent 172 f. 181.
Suvaipos, Svaipos, Svalps 247.
Svennos 265.
svið, svidre 242.
svinfylking 160.
svinþe 212.
Svíþiöð 92.
swertleite 196.
swiftar 241.
Sybel, Heinrich v. 151—154. 159. 165.
Sygambri siehe Sugambri.
Symbole in Thiergestalt 101.
συνέδρια 181.

Tacitus 15. 87.
Tacitus' Leben 17—19. 22.
Tacitus' Schriften. 19—24.
— Dialogus de oratoribus 19. 21.
— Agricola 19. 22.
— Historien 19.
— Germania 19—25. 215.
— — Text, Uebersetzung und Appa-
 rat 26—81.
— — Commentar 82—268.
— — Ueberschrift 82.
— — Handschriften 21 f. 86. 07.
— — — Leydener 21 f.
— — — Stuttgarter 22. 82. 251.
— — — vaticanische 22.
— Annalen 19—22.
— Gewährsmänner 112.
— Schmeichelei 232.
— Sprachkenntnisse 258. 263.
Tacitus, Cornelius, der Kaiser 18. 21.

Tacitus, Cornelius, der Ritter 17. 21.
Tag 181.
Tag- und Nachtgleiche 173. 181.
taihsvö 241.
Tanfana 104. 175 f.
Tantiscus 102.
Tarquinius Priscus 89 f.
Tasgetius 83.
Taufe 212.
Taunus 231.
Taurisci 81.
Tauriscus 102.
Tausch 94. 130.
Ταξγαίτιον 83.
Tectosagen 60 f. 227 f.
Teja 131.
Telebo, heilige 176.
temere ac fortuito 172.
Tempel 175 f.
Tencteri 101. 109. 113. 117. 158.
 164. 175. 182. 202. 231. 238. 241.
 248. 258.
Τέγκεροι 86.
testamentum 213 f.
tester 241.
Tésterbant 241.
teatos 180.
Teufel, der 255.
Teufelsmauer 231.
Teut- 92.
Teutanten 172.
Teutates 98. 102. 172.
Teuto 96—99. 172. 210. 251.
Τευτοβούργιον 116.
Teutoburgium 91.
Teutoburgum 116.
Teutones, Teutoni 98. 130. 167. 215.
 261.
Teutonicus 98 f.
Τευτονόαροι 210.
Teutas 98.
teutrium 204.
Theer 202.
Theodebert 251.
theöden 98.
Theodoricus, König der Franken
 187 f.
Theodorich der Große 121. 132. 116.
 207. 210. 254. 263 f.
Thiere, wilde 124.
Thierbilder, Thierfiguren 137. 139.
Thierhaut 205.
Thierry, Amédée 8.
Thiersch, Friedrich 87.
Thiersymbole 164.
þili 202.
Thing 183—185. 189.
Thingfrieden 184 f.
Thiodolf von Hvin 151.
Thiota 170.

Berichtigungen und Zusätze.

S. 21 Z. 17 v. u. lies außer statt ausser.
S. 38 Z. 4 lies omnes statt omnia.
S. 68 Z. 10 lies attolli et insurgere.
S. 74 im Apparat Z. 7 v. u. lies Lemovij B statt Lemovij A.
S. 75 in der Uebersetzung Z. 4 v. u. setze nach unbewegtes ein Semikolon.
S. 83 Z. 13 v. u. lies Δρουτόμαγος.
Zu S. 88 vgl. Jacob Grimm in einem Briefe an Holtzmann vom 2. Februar 1855: 'Sehr treffend und überzeugend scheint mir das gegen die einwanderung der Deutschen aus Scandinavien gesagte. raum für sie, zwischen Slaven und Kelten, muss sich genug gefunden haben, weil sie wirklich alten, festen und breiten sitz auf ihm einnahmen'.
S. 92 Z. 28 lies Völuspá statt Völuspa.
S. 96 Z. 7 v. u. lies homines statt homimines.
S. 97 Z. 6 v. u. lies daß statt dass.
S. 101 Z. 2 lies Alamannen.
Zu S. 104—111 vgl. Jacob Grimm in dem zu S. 88 erwähnten Briefe: 'dem Strabo mögen noch die alten vorstellungen obschweben, wenn er die Germanen als alte und rechte Kelten darstellt. In dieser deutung von germanus aus γνήσιος und dem aufkommen des namens Germani zu Caesars zeit pflichte ich Ihnen vollständig bei, mich hatte früher die brüderschaft befangen gemacht, nachher die falsche kelt. etymologie gemacht'.
S. 145 Z. 19 lies Boranas statt Goranas.
S. 150 Z. 15 v. u. lies In statt Fn.
S. 150 Z. 14 v. u. lies für statt für.
S. 155 Z. 21 lies Rigr statt Rigr.
S. 173 Z. 12 lies Donnergott.
S. 175 Z. 13 v. u. lies Cynvari statt Cynvari.
S. 178 Z. 9 v. u. lies Weißagung.
S. 181 Z. 8 v. u. lies Von statt Vou.
S. 187 Z. 21 lies ðosago statt ðosaga.
S. 195 Z. 2 v. u. lies Italien statt Italien.
S. 213 Z. 11 lies Staat statt Staat.
S. 237 Z. 21 v. u. lies ignominiosum statt ignomini osum.
S. 218 Z. 11 lies dem statt dm.

BIBLIOTHECA GRAECA

VIRORUM DOCTORUM OPERA
RECOGNITA ET COMMENTARIIS INSTRUCTA
curantibus
FR. JACOBS et VAL. CHR. FR. ROST.

LIPSIAE IN AEDIBUS B. G. TEUBNERI.

Bedeutend ermässigte Preise.

— · —

Erschienen sind bis jetzt:

	ℳ	₰
Aeschinis in Ctesiphontem oratio recensuit explicavit *A. Weidner*	1	6
Aeschyli Choephorae, illustr. *R. H. Klausen.* 8. mai. 1835	—	22½
Agamemno, illustr. *R. H. Klausen.* Ed. II. ed. *H. Enger.* 8. mai. 1863	1	7½
Anacreontis carmina, Sapphus et Erinnae fragmenta, annotatt. illustr. *E. A. Moebius.* 8. mai. 1826	—	6
Aristophanis Nubes. Ed. illustr. praef. est *W. S. Teuffel.* Ed. II 8. mai 1863	—	12
Delectus epigrammatum Graecorum, novo ordine conc. et comment. instr. *Fr. Jacobs.* 8. mai. 1826	—	18
Demosthenis conciones, rec. et explic. *H. Sauppe.* Sect. I. (cont. Philipp. I. et Olynthiacae I—III.) Ed. II. 8. mai. 1845	—	10
Euripidis tragoediae, ed. *Pflugk* et *Klotz.* Vol. I, II et III. Sect. I—III.	4	27

Einzeln:

	ℳ	₰
Medea. Ed. III	—	15
Hecuba. Ed. II	—	12
Andromacha. Ed. II	—	12
Heraclidae. Ed. II	—	12
Helena. Ed. II	—	12
Alcestis. Ed. II	—	12
Hercules furens	—	18
Phoenissae	—	18
Orestes	—	12
Iphigenia Taurica	—	12
Iphigenia quae est Aulide	—	12

	ℳ	₰
Hesiodi carmina, recens. et illustr. *C. Goettling.* Ed. II. 8. mai. 1843	1	—

Einzeln:

	ℳ	₰
— Theogonia	—	7½
— Scutum Herculis	—	5
Opera et dies	—	10
Homeri certamen, fragmenta et vita Hesiodi	—	15
Homeri Ilias, varietal. lect. adi. *Spitzner.* Sect. I—IV. 8. mai. 1832—36	1	15

Einzeln:

	ℳ	₰
Sect. I. lib. 1—6	—	9
Sect. II. lib. 7—12	—	9
Sect. III. lib. 13—18	—	13½
Sect. IV. lib. 19—24	—	13½

Die einzige Ausgabe der Ilias, welche den kritischen Apparat vollständig enthält.

	ℳ	₰
Lysiae et Aeschinis orationes selectae, ed. *I. H. Bremi.* 8. mai. 1826	—	15
Lysiae orationes selectae, ed. *I. H. Bremi.* 8. mai. 1826	—	9
Pindari carmina cum deperditarum fragm., variet. lect. adi. et comment. illustr. *L. Dissen.* Ed. II. cur. *Schneidewin.* Vol. I. 1843	1	9
Vol. II. Sect. I. II. (Comment. in Olymp. et Pyth.) 1846. 47. (à 15 Ngr.)	1	—
Platonis opera omnia, recensuit, prolegomenis et commentariis instruxit *G. Stallbaum.* X voll. (21 Sectiones). 8. mai. 1826—61. compl.	21	16

Einzeln:

	ℳ	₰
— Apologia Socrati et Crito. Ed. IV. 1858	—	24

Platonis opera omnia ed. *G. Stallbaum.*

— — Phaedo. Ed. IIII. cur. *Wohlrab.* 1866 . . . . — 27
Symposium c. ind. Ed. III. 1862 . . . . — 22½
- - Gorgias. Ed. III. 1861 . . . . — 24
— Protagoras c. ind. Ed. III. ed. *Kroschel.* 1865 . . . — 18
- Politia sive de republica libri decem. 2 voll. Ed. II 2 15

    Einzeln:

— — ———— Vol. I. lib. I—V. 1858 . . . . 1 12
- — ———— Vol. II. lib. VI—X. 1859 . . . . 1 3
— — Phaedrus. Ed. II. 1857 . . . . — 24
— Menexenus, Lysis, Hippias uterque, Io. Ed. II. 1857 . . . — 27
Laches, Charmides, Alcibiades I. II. Ed. II. 1857 . . . . — 27
———— Cratylus cum. ind. 1835 . . . . — 27
— — Euthydemus. 1836 . . . . — 21
— Meno et Euthyphro itemque incerti scriptoris Theages, Erastae,
Hipparchus. 1836 . . . . 1 12
— — Timaeus et Critias. 1838 . . . . 1 24
— — Theaetetus. Ed. II. rec. *Wohlrab.* 1869 . . . . 1 —
— — Sophista. 1840 . . . . — 27
— Politicus et incerti auctoris Minos. 1841 . . . . — 27
— Philebus. 1842 . . . . — 27
— Leges. Vol. I. lib. I—IV. 1858 . . . . 1 6
Vol. II. lib. V—VIII. 1859 . . . . 1 6
Vol. III. lib. IX—XII. et Epinomis. 1860 . . . . . . 1 6

Sophoclis tragoediae, rec. et explan. *E. Wunderus* 2 voll. 8. mai.
1847—1857 . . . . 3 —

    Einzeln:

— — Philoctetes. Ed. III . . . . — 12
Oedipus tyrannus. Ed. IV . . . . — 12
- - Oedipus Coloneus. Ed. III . . . . — 18
Antigona. Ed. IV . . . . — 12
Electra. Ed. III . . . . — 12
— — Aiax. Ed. III . . . . — 12
Trachiniae. Ed. II . . . . — 13

Thucydidis de bello Peloponnesiaco libri VIII, explan. *E. F. Poppo.*
4 voll. 8. mai. 1843—1866 . . . . 4 —

    Einzeln:

———— Lib. I. Ed. II. . . . . 1 —
- - Lib. II. Ed. II. . . . . — 22½
- Lib. III. . . . . — 18
- Lib. IV. . . . . — 15
- Lib. V. . . . . — 15
- Lib. VI. . . . . — 18
— Lib. VII. . . . . — 15
Lib. VIII. . . . . — 15

Xenophontis Cyropaedia, comment. instr. *F. A. Bornemann.* 8. mai. 1838 — 15
— Memorabilia (Commentarii), illustr. *R. Kühner.* 8. mai. 1858.
Ed. II . . . . — 27
Anabasis (expeditio Cyri min.), illustr. *R. Kühner.* 1852 . . 1 6

    Einzeln à 15 Ngr:

Sect. I. lib. I—IV.
Sect. II. lib. V—VIII.

— Oeconomicus, rec. et explan. *L. Breitenbach.* 8. mai. 1841 — 15
Agesilaus ex ead. recens. 8. mai. 1843 . . . . — 12
Hiero ex ead. rec. 8. mai. 1844 . . . . — 7
Hellenica, Sect. I. (lib. I. II.), ex ead. rec. 8. mai. 1852. . — 12
Sect. II. (lib. III—VII.), ex ead. rec. 8. mai. 1863 1 18